NOCTURNO

NORA ROBERTS

NOCTURNO

Traducción de
Noemí Jiménez Furquet

Papel certificado por el Forest Stewardship Council®

Penguin
Random House
Grupo Editorial

Título original: *Nightwork*
Primera edición: marzo de 2023

Printed in Spain – Impreso en España

ISBN: 978-84-9129-743-7
Depósito legal: B-791-2023

Compuesto en Blue Action

Impreso en Black Print Cpi Iberica, S.L.
Sant Andreu de la Barca (Barcelona)

SL 9 7 4 3 7

Para Jason y Kat
Mis chiquillos teatreros

PRIMERA PARTE

El muchacho

La voluntad de un muchacho es la voluntad del viento,
y los recuerdos de la juventud son recuerdos lejanos, lejanos.

HENRY WADSWORTH LONGFELLOW

Todos pueden dominar un dolor menos el que lo padece.

WILLIAM SHAKESPEARE

1

Cuando tenía nueve años y su madre bailó su primera danza mortal con el cáncer, se convirtió en ladrón. En aquel momento no lo vio como una elección, una aventura o algo emocionante, aunque años después sí pensaría que su carrera era todo aquello. Para el joven Harry Booth, robar equivalía a sobrevivir.

Había que comer, pagar la hipoteca y a los médicos, y comprar medicamentos, a pesar de que su madre estaba demasiado enferma como para trabajar. Ella hacía todo lo que podía; siempre hacía todo lo que podía, esforzándose aun cuando el cabello se le caía a puñados y los kilos se le escapaban de un cuerpo ya de por sí delgado.

La pequeña empresa que había montado con su hermana, su tía Mags la loca, no bastaba para hacer frente a los costes del cáncer, a la colosal cantidad de dólares necesaria para combatir lo que le invadía el cuerpo. Su madre constituía el pilar fundamental de los Servicios de Limpieza Hermanas Relucientes y, aunque Harry echaba una mano los fines de semana, perdieron clientes.

A menos clientes, menos ingresos. Y a menos ingresos, uno tenía que buscar dinero para pagar la hipoteca de la encantadora casita de dos habitaciones en el West Side de Chicago. Tal vez no fuera gran cosa como casa, pero era suya… y del banco. Su madre no se había saltado ni una sola de las estúpidas cuotas hasta que cayó enferma, pero, en cuanto uno empezaba a retrasarse, a los bancos eso les daba igual. Todo el mundo quería su dinero, y si no pagabas a tiempo, la deuda aumentaba cada vez más. Si uno tenía tarjeta de crédito, podía comprar cosas como medicinas y zapatos (los pies de Harry no dejaban de crecer), pero entonces llegaban más facturas y más recargos por demora y más intereses y más de todo, hasta que al final oía llorar a su madre por la noche cuando creía que estaba dormido.

Harry sabía que Mags ayudaba. Se esforzaba mucho por conservar a los clientes y pagaba algunas de las facturas o de los recargos por demora con su propio dinero. Pero no era suficiente.

A los nueve aprendió que las palabras «acción hipotecaria» significaban que podías quedarte en la calle, y «embargo», que podían venir a llevarse tu coche. Así pues, aprendió por las malas que respetar las reglas, tal y como hacía su madre, no tenía demasiado valor para la gente de traje, corbata y maletín.

Harry sabía robar carteras. Su tía Mags la loca había pasado un par de años en una feria ambulante y había aprendido unos cuantos trucos, que le había enseñado a él como si se tratara de una especie de juego. Y se le daba bien, se le daba de vicio, así que había aprovechado su talento. El bien y el mal, que su madre le había enseñado a distinguir cuidadosamente, tampoco significaban gran cosa cuando acababa vomitando en el baño tras la quimio o cuando se ataba un pañuelo alrededor de la cabeza calva para arrastrarse a limpiar alguna casa elegante con vistas a un lago.

Harry no culpaba a la gente de las casas elegantes con vistas a un lago, ni a la de los áticos impecables, ni a la de los impolutos edificios de oficinas. Esa gente simplemente había tenido más suerte que su madre.

Harry viajaba en trenes, deambulaba por las calles, elegía a las víctimas. Tenía buen ojo para distinguirlas. Los turistas descuidados, el tipo que se había pasado con la bebida durante la hora feliz, la mujer demasiado ocupada con los mensajes del móvil como para estar pendiente del bolso. Aquel muchacho delgado, a punto de dar el estirón, con su mata ondulada de pelo castaño y los ojos azules de párpados perezosos que irradiaban inocencia, no tenía pinta de ladrón. Era capaz de mostrar una sonrisa encantadora o esbozar lentamente otra tímida. Un día se cubría la cabellera con una gorra de los Chicago Cubs vuelta hacia atrás (su look de pringado) o se la engominaba para convertirse en lo que él llamaba un relamido de colegio privado.

Durante el tiempo en el que su madre estuvo demasiado enferma como para enterarse de lo que pasaba, se pagó la hipoteca (Mags no preguntó y él no le dijo nada) y las luces permanecieron encendidas. Y aún le llegó para rebuscar por las tiendas de segunda mano lo que consideró un vestuario apropiado: una americana clásica, pantalones de vestir y una sudadera gastada de los Chicago Bears. Se cosió bolsas y bolsillos por dentro de un abrigo de invierno de segunda mano, o puede que de tercera. Y se compró su primer juego de ganzúas.

Siguió sacando buenas notas. Tenía una mente ávida y brillante; estudiaba, hacía los deberes y no se metía en líos. Se planteó poner en marcha un negocio: cobrar por hacerles la tarea a sus compañeros, pero entendió que la mayoría de los chavales se iría de la lengua. Así que se dedicó a practicar con las ganzúas y a investigar sobre sistemas de seguridad y alarmas en el ordenador de la biblioteca.

Entonces su madre se puso mejor. Aunque seguía pálida y muy delgada, cogió fuerzas. Los médicos lo llamaron «remisión»: se convirtió en su palabra favorita.

Su vida fue normal durante los tres años siguientes. Siguió mangando carteras. También robó en tiendas, aunque con mucha cautela. Nada demasiado caro ni reconocible. Había llegado a un acuerdo bastante ventajoso con una casa de empeños del South Side. Tenían una montaña de facturas a las que hacer frente, y con el dinero que ganaba dando clases particulares a sus compañeros no les llegaba. Además, le había cogido el gusto.

Su madre y Mags remontaron el negocio y, durante tres años, Harry se pasó los veranos limpiando, restregando y ojeando casas y negocios. Era un jovencito con la vista puesta en el futuro. Entonces, cuando la montaña de deudas se había erosionado hasta convertirse en una pequeña colina, cuando la preocupación dejó de velar los ojos de su madre, el cáncer volvió para sacarla a bailar.

Dos días después de su duodécimo cumpleaños, Harry allanó su primera casa. El terror que había sentido a que lo descubrieran y lo mandaran a la cárcel, así como el trauma que esto supondría y que, unido al cáncer, mataría a su madre, se evaporó en cuanto puso el pie en la oscuridad silenciosa del interior.

Años después, al echar la vista atrás, entendió que aquel había sido el momento en el que encontró su propósito en la vida. Tal vez no fuera uno bueno ni aceptable entre la sociedad respetable, pero era el suyo. Allí estaba, un chico alto tras el esperadísimo estirón, mirando por los ventanales a la luz de la luna que rielaba sobre el lago. Olía a rosas, a limones y a libertad. Solo él sabía que se encontraba allí. Podía tocar lo que quisiera, llevarse lo que quisiera. Sabía qué salida en el mercado tenían la electrónica, la plata, la joyería…, aunque las joyas buenas se hallarían a buen recaudo. Aún no sabía cómo abrir cajas fuertes, pero aprendería, se prometió a sí mismo. En ese momento no tenía ni tiempo ni capacidad para llevarse todo lo que relucía.

Habría querido quedarse allí y saborear el momento, pero se obligó a ponerse manos a la obra. Había aprendido que la mayoría de la gente no tenía reparos en hablar más de la cuenta delante del servicio, sobre todo cuando dicho servicio era un niño de doce años que restregaba el suelo de la cocina mientras tú y tu vecina planeabais un acto benéfico tomando café en el comedor. Así que, con la cabeza gacha, las manos ocupadas y el oído avizor, se enteró de la existencia de la colección de sellos del marido de la vecina de su clienta. La mujer se rio al mencionarla.

—Desde que heredó la colección de su tío el año pasado, se ha convertido en una obsesión. ¿Te puedes creer que acaba de gastarse cinco mil dólares en una cosa de esas?

—¿En un sello?

—Por no hablar de los sistemas de control de la temperatura y la humedad que ha instalado en el despacho donde los guarda.

Solía reírse del pasatiempo de su tío, pero ahora está entregadísimo. Anda a la caza en subastas y páginas web, ha creado sus propios álbumes. A ver, es una inversión, así que no pasa nada. Es decir, ¿a mí qué más me da que tenga un montón de estúpidos sellos en el escritorio? Pero anda mirando subastas y agentes en Roma para echarles un vistazo cuando vaya el mes que viene.

—Deja que se compre sus sellos —le aconsejó la clienta—, y tú cómprate zapatos.

Harry se guardó toda la información y entendió que el universo le había mandado una señal enorme y luminosa cuando la amiga habló de cargar las cajas para el acto en su coche. Se acercó al comedor, todo inocencia.

—Disculpe, señora Kelper, ya he acabado en la cocina. Esto…, ¿necesita que la ayude a llevar algo?

—La verdad es que…, Alva, este es Harry. Harry, a la señora Finkle le vendría bien una espalda fuerte.

El muchacho sonrió de oreja a oreja y flexionó un bíceps.

—Puedo echarle una mano antes de subir a ayudar a mi tía a acabar en el piso de arriba.

Así que se fue con la señora Finkle hasta la enorme y bonita casa de al lado, con sus enormes y bonitas vistas al lago, y vio de cerca el sistema de alarma que había en su interior. No tenían perro, advirtió, lo que siempre era un punto a favor.

—Eeeh, ¿se va a mudar, señora Finkle?

—¿Cómo? —Lo miró de soslayo mientras atravesaban el amplio vestíbulo—. Ah, por las cajas. No, vamos a celebrar un acto benéfico, una subasta silenciosa. Soy la encargada de recoger los objetos.

—Qué bonito gesto por su parte.

—Debemos hacer lo que podamos por los menos afortunados.

«Y tanto», pensó Harry mientras contemplaba el espacio diáfano y el recodo a la izquierda. También vio las puertas dobles de cristal, cerradas, tras las cuales se distinguía un despacho de aire masculino. Acarreó las cajas y las apiló en la parte trasera de un Mercedes SUV de un blanco reluciente. Y, aunque lo quería y le habría venido bien, rechazó los cinco dólares de propina.

—Es por solidaridad —dijo—, pero se lo agradezco.

Volvió al trabajo y pasó el resto de la soleada mañana de verano con las manos metidas en agua caliente y jabonosa. Mags y él tomaron el tren de vuelta a casa en silencio porque aquel era día de quimio, y su tía se pasó el viaje meditando y sosteniendo una de sus piedras mágicas para concitar vibraciones saludables. O algo por el estilo. Luego, con su madre ataviada con un pañuelo rosa chicle, se fueron al hospital y pasaron el mejor y el peor de los días. El mejor porque la enfermera (a Harry le caía mejor la enfermera que el médico) les dijo que su madre estaba mejor. El peor porque el tratamiento le sentaba fatal.

Se sentó con ella para leerle en voz alta el que llamaban su libro para el Día C. Permaneció con los ojos cerrados mientras la máquina bombeaba los medicamentos al interior de su cuerpo, pero Harry la hizo sonreír y hasta reír un poco al cambiar la voz para interpretar a los distintos personajes.

—Eres el mejor, Harry —murmuró con Mags sentada en el suelo con las piernas cruzadas a sus pies. Imaginando, les dijo, cómo una luz blanca y brillante destruía el cáncer.

Como siempre en el mejor y peor de los días, Mags preparó una cena que, según ella, tenía propiedades curativas y olía casi peor de lo que sabía. Quemaba incienso, colgaba cristales, cantaba y hablaba de espíritus guías o algo así, pero, por loca que estuviera, siempre se quedaba la noche del día de quimio y dormía en un colchón hinchable dispuesto en el suelo junto a la cama de su hermana. Si llegó a enterarse de la frecuencia con que Harry se escabullía de casa, jamás dijo nada. Y si alguna vez se preguntó de dónde sacaba aquellos cien dólares extra, nunca lo mencionó.

En ese momento se hallaba en mitad de la callada quietud de la casa con vistas al lago de los Finkle. Se movió por su interior en silencio, aunque no había nadie que oyese nada si trastabillaba de camino a aquellas puertas dobles de cristal.

Dentro del despacho, respiró un aire que olía vagamente a humo y a cerezas. Puros, dedujo Harry al ver el humidificador en el escritorio amplio y ornamentado. Abrió la tapa y olisqueó con curiosidad. Extrajo un puro y fingió darle varias bocanadas con aire importante. Y porque sí, porque al fin y al cabo tenía doce años, se lo guardó en la mochila. Luego se sentó en la silla de cuero, con su respaldo alto y su color del vino de Oporto, y se meció adelante y atrás, frunciendo el ceño igual que imaginó que haría un hombre rico al dirigir una reunión.

—¡Estáis todos despedidos! —exclamó, agitando un dedo en el aire y soltando una carcajada.

Entonces se puso manos a la obra. Había venido preparado para enfrentarse a un cajón bajo llave, pero por lo visto Finkle consideraba su casa lo bastante segura como para molestarse en ello.

Harry encontró los álbumes (cuatro en total) y, apuntando con la linterna, empezó a hojearlos. No se los llevaría todos. No le parecía justo y, además, tardaría demasiado en trasladarlos. No obstante, durante las últimas tres semanas había investigado un montón sobre sellos.

Finkle había montado los suyos en papel negro libre de ácido, con fundas de papel cristal para protegerlos. Tenía unas pinzas, pero Harry no se arriesgaría a usarlas. Sin práctica ni habilidad, podría rasgar o dañar un sello y reducir su valor. La mayoría de las fundas tenía cuatro sellos a lo ancho y seis a lo largo. Eligió una del primer álbum y la transfirió con cuidado al archivador que había llevado consigo.

Una de cada álbum parecía lo correcto, así que dejó el primero en su sitio y abrió el segundo. Con este se tomó su tiempo y, como Finkle tenía una tabla en cada álbum donde enumeraba los sellos y su valor, ni siquiera tuvo que esforzarse demasiado.

Acababa de elegir la hoja del último álbum cuando se encendieron unas luces al otro lado del cristal. Con el corazón en la garganta, cerró el cajón del escritorio con el último álbum dentro, agarró la funda que había sacado de él y se la llevó mientras se deslizaba bajo el escritorio.

Había alguien en la casa. Alguien más que él. Otro ladrón. Un adulto. Tres adultos. Con armas. En su mente entraron en tropel tres hombres, vestidos de negro, armados hasta los dientes. Tal vez no quisieran los sellos. Tal vez ni siquiera sabían de su existencia. Pero seguro que sí, y entrarían en el despacho. Lo encontrarían y le dispararían en la cabeza y lo enterrarían en un hoyo poco profundo.

Trató de encogerse, se imaginó invisible. Y pensó en su madre, cada vez más enferma por la preocupación. Tenía que salir de allí, esquivarlos de algún modo o encontrar un lugar mejor en el que esconderse. Comenzó a contar hasta tres. A la de tres, salió a gatas de debajo del escritorio.

El estruendo de la música hizo que diera un respingo y se golpease la cabeza con la base del escritorio tan fuerte que vio las estrellas. Mientras esta le daba vueltas, dijo para sus adentros todas las palabrotas que conocía. Dos veces. La segunda ronda se la dirigió a sí mismo, por estúpido. Los ladrones no encendían las dichosas luces ni ponían música a todo volumen. Había alguien en la casa, sí, pero no un grupo de ladrones con armas que le dispararían en la cabeza.

Con cuidado (con especial cuidado, ya que las manos seguían temblándole un poco), metió la funda en el archivador y se lo guardó en la mochila. Se arrastró sobre el vientre para salir de debajo del escritorio, sin apartar la vista de las puertas de cristal, lejos de la luz. Mientras se alejaba, vio a un chico (mayor que él, pero no demasiado) en calzoncillos. Estaba en la cocina, sirviendo lo que parecía vino en un par de copas. Harry casi se había adentrado ya entre las sombras cuando apareció la chica bailando en ropa interior. Llevaba un sujetador de encaje y un tanga como el del catálogo de Victoria's Secret que la madre de su amigo Will recibía por correo y que Will y él, junto con otros chicos, ojeaban con avidez siempre que podían. El rojo chillón destacaba contra su piel y tenía todo el culo allí mismo. Justo allí. Y los pechos se le salían por encima del sujetador, balanceándose mientras agitaba los hombros y movía las caderas.

Si miraban hacia las puertas, lo verían, pero Harry fue incapaz de moverse. Era un chico de doce años, y el empalme instantáneo lo petrificó.

Ella tenía el pelo negro, una melena negra y larguísima que se levantó y volvió a dejar caer cuando cogió la copa de vino. Dio un sorbo y se acercó bailando al chico. Él también bailaba, pero para Harry no era más que una mancha. Solo existía ella.

Se llevó la mano a la espalda y se desabrochó el sujetador. Cuando cayó, cada mililitro de sangre del cuerpo de Harry le palpitó en la entrepierna. Nunca había visto unos pechos de verdad a una chica de verdad. Y eran alucinantes. Se mecían y rebotaban a un ritmo extraño con la música. Harry experimentó su primer y asombroso orgasmo con *Dance, Dance* de Fall Out Boy.

Temía que los ojos se le salieran de las órbitas, que el corazón se le detuviera. Después, solo quiso quedarse allí tumbado, sobre el suelo de parqué reluciente, durante el resto de su vida. Pero en ese momento el chico se abalanzó sobre la chica, y la chica sobre el chico. Estaban haciendo cosas, montones de cosas, y él le quitó el tanga. Entonces, madre mía, se quedó completamente desnuda. Harry los oía emitir ruidos sexuales por encima de la música. De repente estaban en el suelo y estaban haciéndolo. ¡Haciéndolo! Allí mismo, con la chica encima.

Harry quería mirar, era lo que más deseaba en el mundo; pero el ladrón que llevaba dentro sabía que era hora de salir pitando. De marcharse mientras estuvieran demasiado ocupados para advertir su presencia. Abrió la puerta, salió arrastrándose sobre el vientre y usó el pie para cerrarla tras él. La chica ahora ronroneaba: «Terry. Ay, Dios. ¡Terry!». Harry pasó de arrastrarse sobre el estómago a caminar agachado, respiró hondo y echó a correr hacia la puerta. La oyó gritar de éxtasis mientras se escabullía al exterior. Aprovechó el viaje en tren para revivir cada momento.

Vendió los sellos por doce mil dólares. Sabía que habría conseguido más si hubiera sabido más. Y si no fuera un niño. Pero doce mil dólares eran una fortuna. Y era demasiado dinero para tenerlo guardado en su habitación. Así que tuvo que acudir a su tía Mags la loca.

Esperó a que estuvieran solos. Su madre insistía en ayudar, pero solo era capaz de asumir las tareas de limpieza más ligeras en una casa al día, y los jueves tenían dos. Ayudó a Mags a quitar la ropa blanca del elegante apartamento que un hombre soltero utilizaba para sus fiestas. La lluvia, que llevaba cayendo todo el día, golpeaba las ventanas mientras trabajaban. Mags reproducía en el equipo estéreo del cliente no sé qué porquería New Age.

Llevaba una camiseta que ella misma había teñido con nudos en verde y morado, y el pelo, con un tinte reciente de color caoba intenso, recogido bajo un pañuelo verde. Lucía piedras colgando de las orejas y un cristal de cuarzo rosa (para atraer el amor y la armonía) en una cadena alrededor del cuello.

—Quiero abrir una cuenta bancaria.

Harry miró a su tía mientras metía las sábanas arrugadas en el cesto. Tenía los ojos azules como su madre y él, pero de un tono más claro y soñador.

—¿Y eso?

—Ya ves.

—Ajá.

Mags desdobló la sábana bajera y juntos la sacudieron y empezaron a ajustarla al colchón. Harry sabía que podía dejarlo tal cual. En ese «ajá» que se estiraría por toda la eternidad.

—Tengo casi trece años y he ahorrado algo de dinero, así que quiero una cuenta en el banco.

—Si esa fuera toda la verdad y no solo una parte, estarías hablando de ello con tu madre y no conmigo.

—No quiero molestarla.

—Ajá.

Repitieron el proceso con la sábana de arriba.

—Necesito que venga un adulto conmigo y es probable que le toque firmar alguna cosa.

—¿Cuánto dinero?

Si lo acompañaba, lo descubriría de todas maneras, así que la miró directamente a los ojos.

—Casi quince mil.

Le dirigió una mirada dura. La minúscula piedra azul que lucía en la aleta de la nariz destelló.

—¿Vas a decirme de dónde has sacado todo ese dinero?

—He estado dando clases particulares, haciendo chapuzas y limpiando casas. Y no gasto mucho.

Mags se dio la vuelta para coger la colcha, negra como la medianoche, suave como una nube, y dijo:

—Ajá.

—Es mi dinero, y así puedo pagar algunas de las facturas y parte de la hipoteca. Estamos otra vez con las mierdas de las demoras y se ha presentado un tipo en la puerta: un tipo de la agencia de cobros. Mamá me dijo que me fuera a mi cuarto, pero oí lo suficiente.

Mags asintió mientras extendían la colcha sobre la cama y luego empezaron a poner las fundas a las almohadas.

—Eres un buen hijo, Harry, y si no se lo cuentas a Dana es porque no se iba a prestar a hacerlo. Te haría demasiadas preguntas, pero yo también tengo unas cuantas antes de aceptar.

—Vale.

—¿Has matado o has hecho daño a alguien para conseguir el dinero?

—Pero ¡qué dices! —El asombro que irradiaba sonó genuino—. No.

Mags dispuso las almohadas sobre la cama como si tal cosa.

—¿Estás traficando con drogas, aunque sea hierba, Harry?

Sabía que Mags fumaba hierba cuando la conseguía, pero esa no era la cuestión.

—No.

Lo miró largo y tendido con aquellos ojos soñadores.

—¿Te estás vendiendo, cariño? ¿Sexo?

Puede que la mandíbula no se le cayera hasta el suelo, pero esa fue la sensación que tuvo.

—¡Jo! No. Es solo... No.

—Bien. Menudo alivio. Eres un chico muy guapo; un bocado perfecto para algunos, así que estaba un poco preocupada a ese respecto. ¿Crees que no sé que te escapas por las noches? —siguió mientras cargaba con las fundas de las almohadas—. Esperaba que te hubieras echado novia o que quedases con amigos para pasártelo bien. —Lo miró con atención mientras jugueteaba con el cristal—. Sea lo que sea lo que andes haciendo, lo haces por tu madre. Yo la quiero tanto como tú.

—Lo sé.

—No sé por qué el universo ha proyectado esta sombra sobre ella y no me gusta que sea el dinero lo que traiga la luz. Pero así es, en su caso, visto que se preocupa demasiado por las facturas.

Mags dio un paso atrás y contempló el aspecto de la cama antes de asentir con aprobación.

—No necesitas una cuenta corriente. Lo que quieres es una cuenta de valores. Dinero llama a dinero; es triste, pero cierto.

Mags albergaba alguna que otra idea peculiar, sí, pero Harry también sabía que no tenía un pelo de tonta. Así que la escuchó y reflexionó.

—¿Una cuenta de valores?

—¿Tienes previsto… ahorrar más?

—Sí. No son solo las facturas. La última vez que nos repararon la caldera, el tipo dijo que no podría volver a arreglarse, así que vamos a necesitar una nueva este invierno.

—Una cuenta de valores. Salí con alguien que se dedicaba a ello. Demasiado estirado para que la relación fuera a ninguna parte, pero nos echará un cable. —Mags se acercó a Harry y le puso las manos en las mejillas—. Eres un buen hijo y un chico listo. —Le dio una palmadita—. Sigue así.

Oyeron hablar del robo de los sellos de los Finkle cuando la señora Kelper regaba las plantas de la azotea. Harry sintió sobre él una fría mirada de reojo de Mags mientras limpiaba las puertas de cristal y él les sacaba brillo a los electrodomésticos de acero inoxidable.

—Cuánto lo lamento —dijo Mags—. ¿Eran valiosos?

—Eso parece, pero lo peor es que se suponía que su hijo Terry estaría en unos cursos de verano de la universidad, pero se los saltó y se dedicó a celebrar fiestas durante una semana mientras sus padres estaban fuera. En casa. Tuve que decirle a Alva que oí la música, vi la luces encendidas y los coches. Así que es probable que uno de sus amigos, o un amigo de un amigo, ya sabes cómo son estas fiestas universitarias, se los llevara.

«Una señal», pensó Harry mientras hacía que el frigorífico Sub Zero refulgiese. Como diría Mags, el universo le había mostrado una luz. Y su madre se puso mejor.

A los dieciséis, Harry se enamoró de una rubia de ojos inocentes llamada Nita. Sobrecargaba sus sueños y lo hacía flotar por los pasillos del instituto. Él le daba gratis clases de español y la ayudaba con los deberes de álgebra. Iban juntos al cine o a cenar pizza, a veces solos, a veces con Will y su pareja del momento. Le pidió que fuera con él al baile de graduación; ella aceptó.

Bajó su ritmo de trabajo, tanto limpiando como forzando cerraduras, para pasar más tiempo con ella. Después de todo, ya habían comprado una caldera nueva, habían pagado las facturas de los médicos y estaban al día con el resto. Para no perder facultades, limpiaba con su madre y con Mags los sábados por la tarde, y mantenía una media de dos allanamientos al mes, que se iban sumando a su cuenta. Al fin y al cabo, seguía habiendo facturas que pagar y la universidad estaba a la vuelta de la esquina.

A su madre le gustaba Nita y le encantaba que Harry llevase a sus amigos a casa a ver películas o jugar a videojuegos. Siempre recordaría su tercer año de instituto con especial cariño.

Para el baile de graduación, Will y él reunieron dinero para una limusina. Compró un ramillete con capullos rosas para la muñeca de su acompañante y alquiló un esmoquin. Cuando salió de su cuarto, Dana se llevó las manos a la cara.

—¡Ay, ay! Mírate. Mags, es Booth, Harry Booth. Nada de martinis esta noche, hijo de mi vida. Ni mezclado ni agitado.

—Palabra de scout —respondió al tiempo que levantaba dos dedos… para luego cruzarlos, lo que la hizo reír.

—¡Fotos!

Su madre sacó el teléfono, pero Mags se lo quitó de las manos.

—Ve a ponerte con ese hijo tan apuesto que tienes. Dios, Dana, es igualito que tú.

—El amor de mi vida —murmuró Dana mientras apoyaba la cabeza en el hombro de Harry.

Este la rodeó con ambos brazos y la acercó a él.

—La mejor madre en la historia de las madres.

Dana se volvió y le pasó la mano por el pelo.

—Qué alto estás. Mi niñito ha crecido, Mags, y va de camino al baile de graduación. Venga, hace falta una foto de Harry contigo.

Dana y Mags intercambiaron los puestos. Mags se puso de puntillas como si fuera a besarle la mejilla a Harry y susurró:

—Te he metido condones en el bolsillo derecho de la chaqueta. Vale muchísimo más prevenir que lamentar.

Aquella noche, tras la magia del baile de graduación, durante la fiesta posterior en casa de Will, Harry se llevó la virginidad de Nita, y esta la de él, sobre el frío suelo de azulejos del cuarto de baño de invitados. Empezó el verano de su último año de instituto más feliz que nunca, pero antes de que acabara, el cáncer regresó para un último baile.

2

Harry no dudó jamás del amor de su tía por su hermana. El pasado de la mujer incluía ferias ambulantes, comunas y aquelarres. Había recorrido el país haciendo dedo, había trabajo brevemente como *showgirl* en Las Vegas, como artista de *performances*, como asistente de mago y como camarera en un bar de camioneros, donde había conocido al hombre a quien se refería como su primer exmarido.

Pero Mags se guardó su anhelo por viajar durante una década para quedarse con su hermana pequeña. Limpió casas, apartamentos y edificios de oficinas, y hasta en los buenos tiempos raras veces pasó más de unos pocos días lejos y por su cuenta. En los malos, fue una roca; una roca colorida, pero sólida. Jamás faltó a una cita con el médico ni a la quimio. Cuando Dana estaba demasiado débil para valerse por sí misma, Mags la bañaba y la vestía, rechazando la ayuda de Harry.

—Un hijo no debe bañar a su madre —decretó—, no cuando esta tiene un hermana.

Sin embargo, Harry no entendió lo profundo y enorme que era ese amor hasta que el cáncer dejó a su madre sin pelo por tercera vez. Dana y él preparaban juntos la cena. Tenía un día bueno; se sentía con fuerzas. Puede que a Harry le preocupasen las ojeras oscuras que orlaban sus ojos o lo flaca que parecía cuando la abrazaba, como si la piel le bailase sobre los huesos sueltos, pero tenía buen color y los ojos que lo miraban sobre los semicírculos oscuros brillaban felices.

Harry había acabado los deberes y Mags llegaría sobre las ocho. Podía irse sin cargo de conciencia a pasar un rato con Will. Luego tenía una casa que visitar antes de volver a la suya. Pero aquel día bueno dio un giro hacia lo extraño y sorprendente cuando Mags regresó dos horas antes de lo previsto.

Aquella mujer, que adoraba teñirse la mata ondulada de pelo de colores variopintos y que a menudo engarzaba en ella cuentas y plumas, apareció con el cráneo pelado y cubierto de purpurina. La cuchara que Dana tenía en la mano se cayó al suelo con estrépito.

—¡Ay, Dios mío, Mags! ¿Qué has hecho?

—Queda fenomenal, ¿verdad? —Mags posó con una mano en la cadera y otra tras la oreja—. Creo que la clave está en la purpurina. He usado purpurina multicolor en honor a mis amigos, enemigos y desconocidos gais y lesbianas, así que es dos por uno.

—Tu pelo, tu precioso pelo.

—Lo he donado: tres por uno. —Señaló con un dedo a Dana cuando se echó a llorar—. Corta el rollo. ¿Qué hay para cenar?

—Mags, Mags, no tenías por qué…

—Claro que no tenía por qué hacer nada. Soy un espíritu libre y hago lo que quiero y cuando quiero. —Mientras hablaba, atravesó la cocina y se inclinó sobre la sartén—. Huele bien.

—Es…, lleva pollo. Eres vegetariana.

—Hoy no. Hoy soy una carnívora calva, así que espero que haya bastante.

—Hay bastante. —Como temía echarse a llorar también, Harry apartó la sartén del fuego antes de que se quemara y envolvió con un brazo a cada una de las mujeres para estrecharlas—. Siempre habrá bastante.

Después de cenar, cuando Mags obligó a Dana a jugar a su variante personal del Scrabble, con puntos extra para las mejores palabras inventadas, Harry estudió su aspecto en el espejo del cuarto de baño. Le gustaba su pelo. De hecho, siempre posponía el corte todo lo posible porque normalmente se lo dejaban más corto de lo que le gustaba. Y le encantaba cómo Nita jugueteaba con él, pero entendía que lo que había hecho Mags era un gesto de amor, apoyo y, mierda, solidaridad.

Así que cogió la maquinilla eléctrica, porque no se fiaba de hacerlo con espuma y una cuchilla. Respiró hondo varias veces hasta que vio más determinación que miedo en los ojos que lo miraban al otro lado del espejo.

Después de la primera pasada larga, casi directamente por el centro, y la caída de las primeras ondas espesas, tuvo que doblarse por la cintura y agarrarse al lavabo. Las piernas le flaquearon, el estómago se le revolvió y la respiración simplemente se le cortó.

—Hostia puta. —Se obligó a mirarse y a ver cómo los ojos se le salían de las órbitas—. Hostia puta. No hay vuelta atrás. A por ello y punto.

La segunda pasada le provocó la misma reacción, pero aguantó con mayor entereza la siguiente, y la siguiente. La maquinilla no era de las mejores, e imaginó que probablemente habría acortado su esperanza de vida a la mitad. Dejó algún milímetro, pero supuso que lo que contaba era el gesto. Se dio cuenta de que se veía… rarísimo. No parecía él en absoluto. Se le ocurrió que tendría que ponerse un gorro para sus trabajos nocturnos, pero se planteó la posibilidad de aplicar cambios más radicales a su apariencia y que estos se sumarían a su repertorio de trucos.

Limpió los restos y volvió a estudiarse. Entonces se percató de algo más: cómo se sentiría su madre al mirarse en el espejo. Ella no tenía elección en cuanto a su cabello. El cáncer y los tratamientos se la habían arrebatado. Al mirarse, vería esa pérdida, esa falta de elección y a una mujer que no acababa de parecerse a ella misma.

—Otro motivo por el que Mags lo ha hecho —murmuró—. Para ver, sentir y saber cómo es para mamá.

Se escabulló hasta su cuarto y se cambió de camisa. Acto seguido se probó unas gafas de cristales transparentes que a veces usaba para cambiar de aspecto. Luego, unas de sol. Entrecerró los ojos y se imaginó con mosca o perilla. Tal vez podría confeccionarse algún postizo con su propio pelo y material del que usaban en el departamento de teatro del instituto para las representaciones. Satisfecho con las posibles ventajas colaterales, guardó la bolsa de pelo y cogió una gorra. Cuando salió del dormitorio, las hermanas estaban enfrascadas en la partida.

—¿*Torojido*? Venga ya, Mags.

—Es el quejido de un toro con estreñimiento, o un forajido que está fuerte como un toro. —Mags sonrió y pestañeó coqueta mientras Dana ponía los ojos en blanco—. Ocho letras, en una casilla que duplica el valor de la palabra, además del premio por palabra inventada. Menuda paliza te estoy dando, Dane.

—Ya, bueno, ya verás cómo te supero. Puedo superarte. Tú espera.

Harry se quedó parado, observando cómo su madre reordenaba sus letras, y sintió que el amor por ambas lo envolvía como una brisa cálida.

—Añado una ese a tu palabra para convertirla en el llanto desconsolado de toda una torada y subo para formar l-o-k-a-s. *Lokas*, un par de mujeres calvas que beben vino barato y se inventan palabras al Scrabble. —Dana levantó la copa—. Y ahora ¿quién le está dando una paliza a quién?

—La noche es joven.

—Os dejo, *lokas*, me voy a echar el rato con Will.

—Que te lo pases bien, cariño, y... —A Dana se le desvaneció la voz cuando se dio la vuelta; se tapó la boca con ambas manos y los ojos se le llenaron de lágrimas—. Harry. Ay, Harry.

—¿Qué? —Bajó la vista y sonrió—. Fiu. Creí que llevaba la bragueta abierta.

—No me lo puedo creer. Ni de bebé estuviste calvo. ¿Te acuerdas, Mags? Nació con una buena mata de pelo.

—Sí, me acuerdo. ¿Quieres un poco de purpurina, chaval? Tengo de sobra.

—Paso, pero gracias.

—Ay, Dios, qué pinta tenemos. —A Dana las lágrimas le corrían por las mejillas cuando se echó a reír—. Pero qué pinta. —Le asió la mano a Mags y le tendió la otra a su hijo—. Soy la mujer con más suerte del mundo.

Nita lloró, pero no con ternura o empatía.

—¡Cómo has podido! Ni siquiera me lo has consultado antes.

—Es mi pelo. O lo era.

Harry vio en sus ojos la advertencia de que iban a pelearse de verdad.

—¿Cómo te sentaría a ti que me cortase el pelo o me lo tiñese de azul como una friki?

—Es tu pelo.

—Qué fácil te resulta decirlo, como sabes que jamás haría algo así...

—No me importa tu pelo. Me importas tú. Y lo he hecho por mi madre.

Nita inspiró fuerte y ruidosamente, como hacía siempre que se consideraba de lo más razonable frente a sus pifias. En los últimos ocho meses Harry había aprendido que la pifiaba un montón a ojos de Nita.

—Siento lo de tu madre, sabes que lo siento. Es horrible por lo que está pasando. Lo odio, de verdad. Y entiendo que tienes que ayudarla con el trabajo y estar a su lado, así que no podemos pasar mucho tiempo juntos ni salir tanto como otras parejas.

—Pero... —Harry sabía que siempre había un «pero» cuando Nita sacaba a relucir su lado razonable.

—Pero es nuestro último año de instituto y la semana que viene es el partido y el baile de recepción de antiguos alumnos ¡La semana que viene, Harry! Es imposible que te crezca el pelo en una semana. ¿Cómo se supone que vamos a ir a nuestro último baile de recepción cuando pareces un engendro?

Esa fue la gota que colmó el vaso. Harry no sabía que el amor se podía romper en un instante.

—A mi madre se le ha caído el pelo. Es la tercera vez que le pasa. Supongo que eso la convertirá en un triple engendro.

—Sabes que no es eso a lo que me refería, y es absurdo que lo digas así. Tu madre... es una víctima. Tú lo has hecho aposta, y ni siquiera me has preguntado.

Harry no sabía que se sintiera tal frialdad cuando uno dejaba de amar.

—Mi madre no es la víctima de nadie. Es una luchadora de la leche. Y, para hacer algo por ella, no tengo que preguntarte ni a ti ni a nadie. ¿Esto? —Se señaló la cabeza—. Esto va a seguir así hasta que a ella le crezca el pelo. Como eso me convierte en un engendro y tú no quieres que te vean con uno, hemos terminado.

El asombro hizo que los ojos de Nita se abrieran desmesuradamente antes de llenarse de lágrimas.

—¿Quieres cortar conmigo? ¿Te afeitas la cabeza y cortas conmigo justo antes de la recepción a los antiguos alumnos? No puedes hacerme esto.

—Afeitarme la cabeza no ha tenido nada que ver contigo, y ya me has dejado claro que no quieres seguir conmigo tal y como están las cosas.

—Pero ¡ya tengo el vestido!

—Pues póntelo o no te lo pongas. No es mi problema.

—No puedes… Mantenemos relaciones sexuales.

—Ya no.

La dejó allí plantada, y se sintió indiferente y libre. Llegó a la conclusión de que pasar a verla de camino a casa de Will le había abierto el mundo. Todo había ido bien mientras su madre estaba en fase de remisión, pero las cosas empezaron a complicarse cuando el cáncer volvió, cuando no había tenido tanto tiempo para salir con Nita o para dedicarle toda la atención que deseaba. Ella había sido sutil con las señales, pensó Harry, lo suficiente como para hacerlo sentir culpable y dividido. En fin, se había acabado.

Tal vez echase de menos tener novia y, desde luego, echaría muchísimo de menos el sexo, pero se las arreglaría. Tenía cosas de sobra con las que ocupar el tiempo: el instituto (aún albergaba la esperanza de obtener una beca para estudiar en la Universidad de Northwestern), los amigos, el trabajo, su madre, su trabajo nocturno.

Con las manos en los bolsillos, la cabeza gacha y un humor de perros, arrastró sus pasos hasta casa de Will. Llamó a la puerta del alegre bungalow blanco. Cuando el padre de Will le abrió, ataviado con su sudadera de los Chicago Bears, ladeó la cabeza, le quitó la gorra a Harry y sonrió de oreja a oreja.

—¡Chaval! —exclamó, antes de frotarse la mejilla poblada de una barba incipiente—. Si quieres, puedo igualártelo.

—¿Sí?

El padre de Will se pasó la mano por el cráneo pelado.

—Se me da bien. —Luego, al posarle una mano en el hombro, se le humedecieron ligeramente los ojos—. Eres un tío como Dios manda, Harry Booth. Mete ese culito blanco que tienes en casa, anda.

El fresco y colorido otoño se volvió bruscamente gris y blanco con el invierno, que golpeó con brutalidad, soplando su aliento gélido sobre la ciudad como si pretendiera congelarla.

La caldera nueva hizo lo que pudo, pero el viejo calentador expiró una mañana de febrero en la que amaneció a veintidós grados bajo cero. Harry había ahorrado lo suficiente para una nueva, aunque tuvo que mentirle a su madre diciéndole que había conseguido una oferta que incluía el aparato y la mano de obra. No era la primera vez que le mentía aquel invierno, ni sería la última.

Se dijo que tenía mejor aspecto y, una vez que pasasen el invierno, una vez que pudiera salir y pasear de nuevo al aire libre, volvería a su antiguo ser. La carta de admisión de la Universidad de Northwestern y la beca le levantaron el ánimo. Dana podía pasarse el día estudiando encantada los folletos de las facultades, navegando por su página web, y la noche haciendo listas de lo que creía que a Harry le haría falta en la habitación de la residencia. Pero este había echado cuentas.

—El primer año voy a ir y venir. Viviré en casa. Alojamiento y servicio de lavandería gratis.

—Quiero que disfrutes de la experiencia completa. Eres el primero de la familia en ir a la universidad, y a una universidad buenísima. Quiero que…

—Ya tendré tiempo de sobra para disfrutar de la experiencia, y sin tener que compartir habitación con algún desconocido. Una vez que me haya familiarizado con todo y haya hecho amigos o lo que sea, me plantearé vivir en el campus el año que viene.

—Pero te perderás todas las actividades, las fiestas…

—¿Ahora quieres que vaya a emborracharme a las fiestas universitarias?

Dana esbozó una sonrisa.

—Más o menos. Quiero que tengas vida.

—La tengo.

—Y te la pasas cuidándome. Sé que vivir en el campus sale más caro y que la beca no lo cubrirá todo, pero podemos pedir un préstamo estudiantil.

—El año que viene.

Dana se sentó.

—He estado pensando en rehipotecar la casa.

—No.

—Harrison Silas Booth —dijo, cruzando los brazos sobre el pecho macilento—, ¿aquí quién manda?

—A ver, Dana Lee Booth, has dicho que querías que tuviera vida, y tenerla supone tomar mis propias decisiones. Mi decisión es vivir en casa el primer año.

—El primer semestre. Ni para ti ni para mí, Harry; el primer semestre. Para entonces conocerás el lugar y habrás hecho amigos.

—Desde luego, qué ganas tienes de perderme de vista.

Dana alargó la mano y cubrió la de Harry.

—Quiero que mi pajarito pruebe sus alas. Quiero verte volar, Harry. Aprovecha el primer semestre para hacerte al lugar y luego ya veremos.

—El primer semestre, pero ni se te ocurra rehipotecar la casa.

—Trato hecho. Miraremos los préstamos estudiantiles. Podrías trabajar en el campus. Es un campus precioso.

La hacía feliz, así que dejó que se ilusionara, pero él ya tenía un trabajo y, una vez que su madre se hubo ido a la cama, se marchó a ejercerlo.

Una pareja de profesionales jóvenes, que estaba pasando lo más frío del mes de febrero en su segunda vivienda, en Aruba, tenía una bonita colección de relojes de diseño, de hombre y mujer. Bvlgari, Rolex, Chopin, Baume & Mercier, TAG Heuer. Y, por lo que tenía entendido, un par de Graff. Dudaba que se los hubieran llevado todos con ellos, pero si ese plan le fallaba, la gente que coleccionaba relojes de más de diez mil dólares tendría montones y montones de otras cositas para elegir.

Tenía sus esperanzas puestas en los relojes: uno de cada miembro de la pareja, que tampoco era un monstruo. Si uno de ellos era un Graff, al venderlo cubriría los gastos médicos, de vivienda y de la universidad durante meses.

Había estado dentro de la casa la primavera anterior, cuando los propietarios habían entrevistado a las Hermanas Relucientes para que se encargasen de una limpieza a fondo, aunque luego no las habían contratado, por lo que conocía la distribución. También conocía su sistema de alarma y sabía cómo saltárselo. Igual que sabía que los Jenkinson tenían dos cajas fuertes: una en el despacho y otra en el vestidor del dormitorio principal. Esa sería en la que guardaban los relojes.

Harry había comprado una de la misma marca a modo de inversión. Había alquilado un pequeño trastero, algo así como un almacén temporal para aquellos objetos que esperaba mover. Allí, había practicado durante semanas el arte de abrir cajas fuertes.

Los Jenkinson no se habían ido al tope de gama, probablemente por suerte para Harry, aunque creía que no se le daba nada mal. Con su nueva habilidad y algo de suerte (se tomó los de quince a veinticinco centímetros de nieve previstos como una señal), en otoño empezaría la universidad sin deudas. O casi.

Le preocupaba dejar sola a su madre, aunque el trabajo solo le fuera a llevar dos horas, tres como máximo. ¿Y si la tormenta provocaba un corte de luz? ¿Y si se ponía enferma y lo llamaba? ¿Y si, y si…? No obstante, si el trabajo salía bien (y sabía de sobra que así sería), podría ir sacando el botín poco a poco, pagando esto y lo otro, y decirle a su madre que había aceptado impartir algunas clases particulares extra. Algo se le ocurriría.

Así que cogió el tren, un simple adolescente embozado hasta las cejas como el resto del mundo en aquella noche ventosa y nevada de Chicago. Se bajó una parada antes de la correspondiente a su destino y se guardó en uno de los bolsillos interiores las gafas de montura gruesa que había llevado durante el trayecto.

Se cambió el gorro de lana de fútbol americano por otro de hockey y se abrió paso a través del frío a lo largo de un kilómetro.

A la una de la madrugada, cualquiera con dos dedos de frente o sin intenciones de robar estaría cobijado al calor. Durante el kilómetro de caminata, lo único que le preocupaba era la posibilidad de que lo parase un coche patrulla para preguntarle qué demonios hacía en la calle. «Fui a visitar a mi chica, ¿sabe, agente? Voy de camino al metro para volver a casa. Ningún problema». Pero no se cruzó con ninguna patrulla y, cuando llegó a su destino, siguió caminando con paso firme. Pensaba que si uno actuaba con aire furtivo, la gente prestaría atención. Así que, sin dudar, fue directo a la puerta delantera.

Las cerraduras no le supusieron reto alguno, ya que la pareja había apostado por el aspecto decorativo más que por la seguridad, con un único cilindro y un cerrojo básico de bronce veneciano. No tardó ni un minuto en abrir la puerta.

Se quitó las botas, entró pisando con sus calcetines gruesos, las guardó en una bolsa de plástico y fue contando los segundos en su cabeza. Cerró la puerta, echó el cerrojo y se fue directo al cuadro de la alarma. Ahí también habían ido a lo básico. La abrió, la puenteó y, a continuación, se quedó parado y dejó que el silencio lo envolviera.

Era su parte favorita, lo admitía. Más que los preparativos, la práctica y el estudio, el momento clave era cuando podía limitarse a quedarse inmóvil en el silencio y el corazón se le aceleraba por el frenesí. ¿El robo? ¿Los beneficios? Eso no era más que trabajo. En cambio, ese momento, ese silencio, eso era suyo. Así que se deleitó en él antes de ponerse en marcha. Subió las escaleras, atravesó las puertas dobles a la izquierda y se dirigió al vestidor de la pared derecha.

Había un montón de ropa, pero un montonazo. Aquellos dos eran unos fanáticos de la moda. Admiró los trajes de caballero, de lana finísima, y las camisas con monograma en los puños, la piel suave de los zapatos de diseño. También admiró la colección de jerséis de la mujer. Cachemira, lana de merino. Se sintió tentado de llevarse uno, uno solo, para su madre, tan cálido y suave, pero conllevaría preguntas y no quería mentirle sobre un regalo, así que apuntó con la linterna hacia la caja fuerte y sonrió.

—Hola. He estado un tiempo trabajando con tu hermana. Conozcámonos mejor. —Meneó la cabeza mientras sacaba el estetoscopio—. Una cerradura de combinación básica. Deberían habérselo currado más.

El primer paso fue averiguar la longitud de la combinación. Para asegurarse de que todas las ruedas se desenganchaban, giró el dial tres veces hacia la derecha. Colocó la campana del estetoscopio junto al dial y empezó a girarlo hacia la izquierda. Cuando oyó los dos primeros clics, se detuvo y anotó el número que marcaba el dial. Volvió a la posición inicial y repitió el procedimiento dos veces más para estar seguro.

—Buen comienzo.

Girando el dial a la izquierda, se detuvo al llegar al punto opuesto al primer número. Retrocedió, despacio y con cuidado, hasta la posición en la que había estacionado las ruedas y prestó atención a los clics, apuntando el número hasta que dejó de oír nada. Una combinación de cuatro números, pensó.

Era el momento de aplicar sus habilidades matemáticas. ¿Quién decía que el álgebra no se usaba en la vida real? Dibujó dos gráficos de dos ejes: el de la x para el punto inicial y el de la y para el punto de contacto. Restableció la cerradura y la puso en posición cero.

Trabajó en silencio (no se oían más que los clics) y, con paciencia, fue apuntando cada área de contacto para luego unir los puntos, el valor de x, el valor de y. Tardó treinta y tres minutos de arduo esfuerzo, escucha atenta y cálculo exacto en averiguar los cuatro números: 8-9-14-2. Ahora necesitaba la secuencia. Comenzó a probar con los números según los había escrito, pero se detuvo.

—Es una fecha. Joder, es San Valentín. Probablemente su primera cita o algo. Del 98. ¿Será posible que sea tan fácil?

Una combinación de cuatro dígitos suponía cerca de dos mil variables. Era imposible que acertase a la primera, pero lo intentó: 2-14-9-8.

Cuanto tiró de la palanca, la puerta se abrió con la suavidad de la seda.

—¡La leche! Así, sin más. —El frenesí casi alcanzó el nivel de aquel primer orgasmo extraño y violento a los doce años. Sacó el cronómetro y pulsó el botón—. Treinta y cinco minutos, doce segundos. No está mal, pero mejoraré.

Extrajo una caja con tapa de cristal, sin cerradura, que podía albergar una docena de relojes de señora. En ese momento tenía siete. Y uno era el Graff. Lo sacó y apuntó con la linterna. Nunca había sostenido en las manos nada tan caro. Y poseía belleza, lo veía claramente. El modo en el que los diamantes brillaban bajo la luz y los zafiros a juego destellaban. Aprendería más sobre piedras preciosas, se prometió a sí mismo. Había..., ¿cómo decirlo?, vida en ellas. Eran más divertidas que los sellos o las monedas antiguas.

Metió el reloj en la bolsita que había traído, volvió a guardar la caja, sacó la siguiente y estudió la colección de hombre. Se decidió por el Rolex (era evidente por qué constituía un clásico) y devolvió la caja a su sitio.

Extrajo otras cajas: gemelos, pendientes, pulseras, collares. Colecciones pequeñas, suponía, pero impresionantes... y tentadoras. «Hay que volver a casa», se recordó, y aún tenía que pasar por el trastero a guardar el botín. No obstante, al final sus dedos se deslizaron hasta un par de pendientes de diamantes cuadrados. Pequeños pero elegantes, y probablemente nada fáciles de rastrear.

Cerró la caja fuerte y giró el dial. Echó un vistazo a la zona para asegurarse de que no se dejaba nada atrás. Volvió sobre sus pasos y atravesó la gruesa nieve que caía a buen ritmo, menos de una hora después de haberse adentrado en la casa y con lo que imaginaba que serían unos doscientos mil dólares en la mochila. Iba a negociar un veinte por ciento. Aceptaría un diez, pero trataría de negociarlo. Y tal vez consiguiera un quince. Con treinta mil dólares, se quitaría de encima un buen montón de facturas médicas. En primavera disfrutarían de aire fresco y las facturas de la calefacción se desvanecerían. Quizá, y solo quizá, podría convencer a su madre de coger vacaciones en verano. Hacía mucho que habían vendido su viejo coche, pero podían alquilar uno. Él tenía permiso de aprendiz. Había asistido al curso de conducción del instituto y el padre de Will le había prestado su coche para que practicara. Podía sacarse el carnet, alquilar un coche y viajar al mar. Su madre le había dicho lo mucho que deseaba ver el mar. Además, se suponía que el aire marino era curativo y todo eso. Podían alquilar una habitación unos días en un motel cerca de la playa. El viaje de ida y vuelta también sería como unas vacaciones. Llevaban sin irse de vacaciones desde…

«Desde el cáncer», pensó, pero alejó el pensamiento. Había tenido una noche excelente, no tenía sentido arruinarla. Era el momento de pensar en la primavera, en el verano, en la universidad, cuando llegara el otoño.

Pero el invierno se prolongaba y marzo continuó con la misma ferocidad con la que había empezado. A mediados de abril, llegó a la conclusión de que Chicago se había convertido en el planeta helado Hoth. Entonces, poco a poco, la primavera comenzó a soltar el gélido puño del invierno. Abrieron las ventanas de par en par y dejaron que entrara el aire. Sí, tenían que cerrarlas por la noche para no morir congelados, pero ya era un paso.

Harry sintió que la esperanza renacía en su interior como las flores de azafrán que su madre plantaba cuando era pequeño. Incluso estaba saliendo con una chica nueva, Alyson. Una friki de las ciencias, pero monísima. Nada serio; no quería nada serio antes de empezar en la universidad. Pero tenía pareja para el baile de graduación y eso era importante.

Volvía a casa en mitad del aire casi balsámico, repasando en la cabeza el horario para aquella noche: deberes, para que sus buenas notas no bajasen, y un poco más de investigación sobre piedras preciosas. Cenar: tal vez podría convencer a su madre para pedir pizza. Y luego tenía un objetivo potencialmente lucrativo al que quería echar un vistazo de cerca. Entró en casa de muy buen humor.

—¡Ey, mamá! Voy a coger algo para picar. Imagínate: he bordado el examen de química. Tengo un montón de deberes, pero está dominado.

Llevaba una bolsa de Doritos en una mano y una lata de Coca-Cola en la otra cuando su madre salió del dormitorio.

—Antes preferías un sándwich de mantequilla de cacahuete y mermelada después de clase.

—Los tiempos cambian. Necesito los hidratos y el subidón de cafeína para el cálculo y la redacción que tengo que escribir para...

La forma en la que su madre lo miraba atravesó su buen humor de lado a lado.

—¿Qué pasa?

—Siéntate, Harry.

—Mamá.

—Siéntate conmigo, por favor. ¿Por qué no me traes una Coca-Cola de esas?

Su mente se quedó en blanco; no pudo hacer otra cosa. Le sirvió la bebida en un vaso con hielo, como a ella le gustaba. Luego se sentó a la mesa de la cocina.

—Hoy he ido a hacerme una PET.

—¿Cómo? No me habías dicho que te tocaba hacerte una tomografía. Habría ido contigo.

—Tú tenías clase. Vino Mags. Y no te dije nada, cariño, porque la pidió el médico. La pidió porque..., mi amor, la quimio no está funcionando esta vez.

—No, pero si dijeron que sí. Lo dijeron.

—Funcionó brevemente el otoño pasado y en invierno, pero ya no, Harry, y ya lleva tiempo así.

Lo sabía, ¿verdad? En su interior lo sabía. Las ojeras, cada vez más profundas, la energía que se le escapaba como la carne sobre los huesos.

—Probarán con otro tratamiento.

—Harry. —Su madre le tomó las manos—. Se ha extendido. Han hecho todo lo que podían.

Las manos que lo asían eran como plumas huesudas. Tan ligeras, tan delgadas y afiladas.

—No me lo creo. Tú tampoco puedes creértelo.

—Necesito que seas fuerte por mí. No es justo, no debería tener que pedirte que seas fuerte. Nada de esto ha sido justo. Te he robado la infancia, y lo detesto. Lo odio. No te estoy diciendo que no lucharé; no es eso lo que digo. Pero vamos a dejar la quimio.

—Mamá, por favor.

—Podría ganar un par de meses, meses en los que me encontraría fatal. Eso sería todo. Quiero que el tiempo que me queda contigo sea un tiempo en el que pueda ser tu madre, al menos en gran parte. —Le apretó las manos con fuerza—. Seis meses. Ocho o nueve, quizá, con más tratamientos. Me sometería cien veces, Harry, si eso significase que podría ver cómo te haces hombre. Cómo te gradúas en la universidad, te enamoras, formas una familia. Pero no puedo. Mi corazón lo desea, porque lo eres todo para mí, pero mi cuerpo no me lo va a permitir.

—Ya lo has vencido antes.

—Esta vez no. Ayúdame a que estos seis meses sean buenos.

—Ya lo has vencido antes —repitió.

Cuando lo rodeó con sus brazos, volvía a ser un niño. Y el niño apretó el rostro contra el pecho de su madre y lloró.

3

Era el último día de instituto: la última página, como pensaba Harry, de un capítulo de doce años de su vida. Oía una risa histérica procedente de las ventanas abiertas de la casa en la que brotaban flores de macetas pintadas de colores junto a la puerta delantera.

Su madre ahora reía más y se la veía mucho más radiante y feliz, por lo que (casi) podía convencerse de que, al final, habían vencido al enemigo de su interior. Plantaba flores. Limpiaba casas, oía música, iba de compras. Se compró un vestido nuevo para la graduación. Decía que cada día era un regalo y Harry trataba de verlo también así, pero a veces, de noche, en la oscuridad, pensaba que cada día que pasaba era un día menos.

Ese día la oía reír; una risita tonta, pensó Harry, como la de sus compañeros de clase. Ahora ya excompañeros. Cuando entró, la vio con Mags en la cocina, tronchándose de risa. El cabello cortísimo de Mags brillaba azul como un zafiro. Eso no lo sorprendió; fue el pelo rosa chicle de su madre, que volvía a crecerle, lo que lo dejó asombrado. Las dos lo miraron con una sonrisa de oreja a oreja.

—¿Qué te parece? —le preguntó Dana.

—Me parece… que parecéis huevos de Pascua. Si hubiera huevos de Pascua en Marte.

Aquello volvió a hacerlas reír a carcajada limpia.

—Me queda bastante de los dos colores para teñirte. Puedo mezclarlos en un bonito violeta. Tienes un corte a lo George Clooney haciendo de César —observó Mags—. El violeta lo haría destacar.

—Paso.

Dana se levantó y sacó una Coca-Cola del frigorífico antes de que Harry pudiera cogerla él mismo.

—Me lo taparé con un pañuelo para la graduación, no te preocupes.

Harry cogió el refresco y se inclinó para besarle la mejilla.

—No. Me apuesto algo a que la madre de nadie más, ni la tía, llevarán el pelo rosa o azul.

Su madre se acercó para que la abrazara. «Qué delgada está, qué delgada. —Harry apartó tal pensamiento y se recordó—: Aquí, está aquí. Es feliz».

—Mags me tendió una emboscada cuando acabamos con la casa de los Gobble y pensé: «Qué demonios». Y con toda la emoción, ¡se me olvidó! —Se llevó las manos a la cara—. Hoy es el último día de clase. Mi niño, mi chiquitín de uno ochenta y ocho ha ido hoy por última vez al instituto.

—Oh, oh, tendré que ir a poner música sentimental.

—Ya suena en mi cabeza —le dijo Dana a Mags—. Todavía te veo, chavalín, con tu cazadora roja y tu fiambrera de Scooby Doo cuando te llevé el primer día al cole. Y cuando llegamos allí, dijiste «¡Adiós!» sin más, y entraste tú solo. Sin miedo. Nunca le has tenido miedo a nada.

Harry lo recordó, porque lo recordaba todo.

—En eso he salido a mi madre.

—Voy a prepararte un tentempié. Tendrás alguna fiesta esta noche. ¿Vas a ir con Alyson? Es una chica maja. Lista.

—Es una chica maja y lista, pero esta noche tengo una cita con alguien más. Con dos «alguien», de hecho.

Dana se detuvo y se dio la vuelta.

—No vas a pasar la primera noche del resto de tu vida conmigo y con Mags.

—Creo que tengo derecho a decidir cómo quiero pasar la primera noche del resto de mi vida, y ya he hecho planes.

—¿Qué tipo de planes?

—Mis planes. Tengo un par de horas, así que me apunto a ese tentempié; prepara suficiente de lo que sea para los tres. Luego voy a cortar el césped. —Cosa que le llevaría unos diez minutos, teniendo en cuenta la extensión—. Es una sorpresa —continuó, anticipándose a sus preguntas—. Lo que lleváis está bien, aunque tal vez queráis poneros un jersey o una chaqueta, pero eso es todo.

—Una incógnita —murmuró Mags—. Una sorpresa misteriosa. Ya me está gustando.

Cuando se subieron al tren, las mujeres no tenían ni idea del destino y Harry se negó a darles ninguna pista, pero a medida que se acercaban y se subía cada vez más gente con gorras y camisetas, Mags le dio un rápido puñetazo cariñoso en el hombro.

—Wrigley. Esta noche hay partido contra los Miami Marlins.

—Tal vez.

—Pero si a ti no te gusta el béisbol —comenzó a decir Dana—. Nunca he comprendido qué hice mal, pero…

—Me gusta sin más; pero a ustedes, señoras, les pirra.

—Es genial. Alucinante. Vaya, debería haberme traído el colgante con el heliotropo para la energía. No, no, el ónice negro. —Mags empezó a revolver el interior del bolso—. Debo de tener algo aquí dentro. Mi gorra de la suerte de los Cubs está en casa, pero puedo visualizarla. ¿Quién lanza? No recuerdo quién está hoy de pícher.

—Mitre —respondió Harry.

—Vale, bien. Lo visualizaré a tope.

Le encantaba el modo en el que se hablaba del partido a su alrededor, en el tren, de camino al estadio y bajo el gran cartel rojo. Le encantaba el ruido que hacían, y todos los demás.

—Os invito —dijo Dana—, por ser el último día de instituto.

—Demasiado tarde. —Harry sacó unas entradas del bolsillo trasero—. Ya me he encargado: para las mujeres que me han permitido llegar al último día de instituto.

—Harry, esas son entradas de palco. No puedes…

—Ya lo he hecho. Y todos vamos a tener gorra nueva.

—No le chafes los planes al muchacho. —Mags le apretó la mano a Dana—. Acepta su regalo.

—Tienes razón, tienes razón. La temporada pasada ni siquiera vinimos una vez ¿y ahora? Asientos de palco. Ay, Mags, mira. ¡En el lado de la primera base, justo detrás del banquillo!

Harry les compró una gorra a cada una y otra para él. Oyó el suspiro reverente de su madre al entrar en el estadio y ver cómo el césped verde, el montículo marrón y las líneas de base blancas se extendían hasta el muro cubierto de hiedra.

—Estamos prácticamente en el campo. ¡Huelo el césped! Mags, ¿te acuerdas de cuando veíamos los partidos desde la azotea? —Señaló con un gesto los edificios más allá de los muros.

—Pues claro. El tío Silas nos subía hasta allí con perritos calientes y zarzaparrilla. Ya te he hablado del tío Silas, ¿verdad?, el hermano de tu abuela.

—Llevo su nombre.

—Cierto. Se enamoró de una mujer que no lo quería y anduvo penando por ella hasta que murió. Nunca se casó. Sufrió un infarto cuando no eras más que un bebé.

Harry conocía la historia. El padre de Mags y Dana se había largado cuando esta última todavía andaba en pañales. La madre había trabajado en la carnicería de su hermano y había criado sola a las dos niñas. Murió por una bala perdida en un tiroteo desde un coche en marcha cuando la madre de Harry tenía diecisiete años. La misma edad que ahora tenía él, pensó.

—Puede que le fallara, pero tenía un corazón enorme. Fueron buenos tiempos. —Mags le dio una palmadita en el muslo a Dana—. Buenos tiempos de verdad.

—Sí que lo fueron. —Dana respiró hondo—. Pero estos son aún mejores.

Comieron perritos calientes y bebieron cerveza. Aunque a Harry no le gustaba demasiado, tomó algún sorbo del vaso de su madre, por solidaridad. Animaron a su equipo, abuchearon al contrario, discutieron sobre el arbitraje.

Su madre estaba radiante; esa fue la palabra que le vino a la mente. Se levantó de un salto para ver cómo volaba la pelota en un lanzamiento largo, aulló cuando el exterior central la atrapó a pocos metros del muro, gimió ante un *strikeout*.

El sol se puso; se encendieron las luces. Más por casualidad que por voluntad propia, Harry atrapó una pelota que se escapó directamente hacia él. Su madre se levantó y se puso a bailar.

—Manos rápidas —dijo Mags, dirigiéndole una mirada cómplice—. Buenos reflejos.

Harry sacudió la mano para recuperar la sensación y le entregó la pelota a Dana.

—Un recuerdo para la señora.

Ya fuera por las gorras de la suerte, por el heliotropo que Mags sacó del bolso o porque los Cubs tuvieron una buena noche, Mitre logró que el equipo abandonara el campo con catorce carreras en su haber mientras que los rivales no consiguieron ninguna. Harry no sentía la pasión por el deporte de su madre, pero sabía que un purista no se entusiasmaría con un catorce-cero en nueve entradas.

Dana apoyó la cabeza en el hombro de su hijo al sentarse, mientras la gente iba saliendo del estadio.

—¿Sabes qué es mejor que una noche de verano en Wrigley?

—¿El qué?

—Nada.

Se bajaron del tren una parada antes, compraron cucuruchos de helado y acompañaron a Mags hasta su apartamento. Mientras recorrían las pocas manzanas que los separaban de su casa, Harry rodeó los hombros de su madre con el brazo igual que ella hiciera antaño con él.

—Me apuesto algo a que estás cansada.

—Un poco —admitió—, pero para bien. Ha sido una sorpresa maravillosa, aunque tú siempre has sido mi mejor sorpresa. Nunca me has preguntado por tu padre.

—¿Qué hay que preguntar? —respondió Harry, y lo decía en serio—. No importa.

—Sí que importa, porque sin él no te tendría a ti. —Se apoyó en Harry y suspiró—. Debería contártelo para que lo sepas. Éramos jóvenes. Estaba desolada porque acabábamos de perder a mamá. Mags estaba enfadada, pero yo no lograba superar la tristeza. Tío Silas hacía todo lo posible, pero él también lo estaba pasando mal. En cualquier caso, había un chico que me deseaba. Y yo lo deseaba a él. No nos queríamos. No quiero que pienses que me rompió el corazón, porque no fue así.

Doblaron la esquina de su casa y Dana se detuvo a la puerta.

—Sentémonos un momento —dijo, al tiempo que se acomodaba en el poyo con las flores a los lados—. Solo estuvimos juntos unas semanas y ya nos habíamos alejado el uno del otro cuando descubrí que estaba embarazada. Él se había ido a la universidad, Mags se había hecho feriante y yo trabajaba en la carnicería. Va a sonar raro, pero no me asusté ni me pregunté qué hacer. Me hizo ilusión desde el primer momento. Era joven y atolondrada, pero estaba encantadísima. Y toda la tristeza se desvaneció.

»Tuve que contárselo al chico, pero no me sorprendió su reacción. Tampoco podía culparlo por ella, así que nunca lo he hecho. —Levantó la vista hacia Harry, sus ojos cansados pero serenos—. Tú tampoco deberías, por eso te lo estoy contando. Apenas tenía dieciocho años, su vida estaba empezando, igual que tú empiezas ahora la tuya. Ya no nos amábamos ni nos deseábamos. Sé que podría haberlo obligado a contribuir, y tal vez debería haberlo hecho, pero no quise. Eras mío, así que ¿por qué debería haber en tu vida alguien que no te quería, cuando ya te quería yo? Te habría guardado rencor, y a mí también, igual que sabía que mi padre nos guardaba rencor a mamá, a Mags y a mí. No, no iba a permitir que te sucediera lo mismo. Ese es un camino doloroso.

—Si quieres que te diga la verdad, no habría preferido que fuera de otro modo.

—Bien. Eso está bien. En cualquier caso, Mags volvió pocas semanas antes de que nacieras y estaba conmigo cuando hiciste tu debut. Luego volvió cuando murió el tío Silas. Ojalá te acordases de él, Harry, pero no eras más que un bebé. Te adoraba. Me dejó lo suficiente para pagar el depósito de esta casa. Luego pusimos en marcha el negocio y logramos que nos fuera muy bien una vez que empezaste el cole. Y aquí estamos. —Se apoyó en él—. A partir de toda aquella tristeza conseguí el mejor regalo, el mayor amor. Solo quiero que lo recuerdes, ¿vale? Y otra cosa. —Le dio un beso enorme y ruidoso en la mejilla—. Hoy, nada de penas.

—Sé que no me acuerdo de él, del tío Silas, pero lo conozco gracias a Mags y a ti. Recuerdo todas las historias que me habéis contado.

Su madre sonrió y le dio un toquecito en la sien.

—La memoria mágica.

—Sí.

Harry supo que nunca olvidaría estar sentado con su madre en el poyo delantero una noche de verano, flanqueado por sus bonitas flores.

Dana llevó el pelo rosa y el vestido nuevo a su graduación, y con ayuda de Mags celebró una fiesta para Harry y sus amigos. Pero cuando junio dio paso a julio, las ojeras ensombrecían sus ojos y Harry veía con demasiada frecuencia el dolor por encima de los semicírculos oscuros. Cuando apenas fue capaz de atravesar una habitación sin perder el aliento, fue Harry quien le pidió que se sentara a hablar con él.

—He tomado una decisión.

—¿Sobre qué? —preguntó Dana tras dar un sorbo al extraño té que, según Mags, poseía propiedades curativas.

—Voy a tomarme un año libre.

—Harry…

—No, escucha. —Sabía que su madre no podía confrontarlo, y parte de él lo odiaba, odiaba saber que estaba demasiado débil como para luchar—. Mucha gente lo hace, y es lo que yo voy a hacer. Mags me necesita para mantener en pie el negocio. Tú me necesitas. Y yo necesito estar aquí. Lo necesito, mamá. La Universidad de Northwestern no se va a ir a ninguna parte.

—Tu beca. Has trabajado mucho para conseguirla.

—Me la guardarán.

—Lo siento. —Cerró los ojos y los apretó con fuerza—. Siento no poder llevarte la contraria. No poder obligarte a ir. Quería verte ir a la universidad igual que te vi ir a la escuela. Era mi deseo. Odio todo esto. Odio saber que no voy a estar a tu lado. Escucha... —Tuvo que detenerse un instante. Era uno de sus días malos y los dos lo sabían—. Esta mañana he hablado con Anita, la de cuidados paliativos. Ha sido muy amable y entiende que no quiera ir al hospital. Quiero quedarme aquí. Necesitarás ayuda.

—Mags y yo podemos cuidarte.

—Lo sé de sobra, pero si necesitas ayuda, está a tu disposición. Me he encargado de todo. Lo he escrito todo. Sé que para ti es difícil hablar del tema, pero tenemos que hacerlo.

—Vale. —Hacía que se sintiera enfermo y asustado, pero se limitó a asentir.

—Incineradme, eso es lo que quiero. Sin grandes ceremonias ni nada. Mags y tú podéis decidir dónde esparcir las cenizas. Como sea y donde sea.

El estómago se le encogió en un nudo sudoroso y el calor se le pegó al cuerpo como una segunda piel, pero volvió a asentir.

—Vale, no te preocupes.

—He añadido tu nombre al título de la casa, lo hice hace meses, así que será tuya. Deberías venderla; supone un buen capital y te ayudaría a pagar la universidad. Los precios de los bienes inmuebles están subiendo y hay un montón de compradores dispuestos a venirse a un lugar como este y aburguesarlo. —Dana extendió las manos para cogerle las suyas a Harry y este notó que le temblaban—. No malgastes ese cerebro que tienes, cariño. Eres inteligentísimo. Ve a la universidad. Encuentra tu pasión. Explora. Viaja, descubre distintos lugares. Todo tipo de lugares. Eres fuerte, Harry. Fuerte e inteligente, y eres amable. He hecho un trabajo cojonudo.

—Sí que lo has hecho.

—Dale cariño a Mags. Puede que sea tu tía la loca, pero nunca nos ha fallado. —Dana apartó la taza de té—. Aunque intente hacerme beber esta porquería.

—¿Te apetece una Coca-Cola?

Dana sonrió.

—Me encantaría una Coca-Cola.

A medida que el verano fue apagándose, su salud hizo lo mismo. Mags dejó su apartamento y pasaba las noches en un colchón de aire al lado de la cama de su hermana. Harry pasaba los días limpiando casas con su tía y empleó el dinero de los trabajos nocturnos para pagar a un profesional que cuidase de su madre cuando ellos no podían.

En otoño, la mayoría de sus amigos se fueron a la universidad. La punzada que sentía iba y venía en los momentos más insospechados. Al sacar la basura o atarse los cordones de las zapatillas, o al ir a la biblioteca a por otra pila de libros que leerle a su madre. Compraron una silla de ruedas para poder sacarla a tomar el sol y el aire fresco. Pero incluso con el tiempo espléndido del veranillo de San Miguel, Dana pasaba frío si permanecía fuera más de una hora.

En noviembre, el mundo de Dana se redujo al dormitorio. Comía poco y dormía mucho. Habían alquilado una cama de hospital y trasladaron su vieja cómoda hasta el cuarto de estar, donde había espacio para dos camas y dos sillas. Amigos, vecinos y clientes enviaban flores o comida, o ambas cosas. Harry nunca olvidaría que la madre de Will acudía tres o cuatro noches a la semana después de trabajar a sentarse con ella, sin importarle que Dana se quedara dormida durante la visita. «Llévate a tu tía e invítala a un café», le dijo; así que escaparon de casa, que olía demasiado a flores y a enfermedad, y se sumergieron en el aire cortante de noviembre.

Mags le tomó la mano.

—Cariño, tenemos que dejarla marchar.

Harry trató de apartarla, pero Mags la aferró con fuerza.

—Ahora mismo solo la retiene el amor, por ti y por mí también. Está sufriendo. La medicina ayuda con el dolor, pero no lo detiene. La hierba ayuda con las náuseas, pero siguen ahí. Va alejándose minuto a minuto, se encuentra atrapada entre dos mundos y se aferra a este por nosotros.

Harry quería maldecir a su tía, apartarla de él. Pero miró al frente, sin ver nada.

—Ha dicho que cada día es un regalo. Y le estaba preguntando a la señora Forester por Will cuando nos fuimos. Ha elegido un libro para empezarlo esta noche.

—Tiene una enorme fuerza de voluntad y un amor inmenso por ti. Es horrible tener que decirle algo así a un chico que acaba de cumplir los dieciocho, pero no va a dar el siguiente paso hasta que tú le des permiso.

—Así que estás lista para dejarla morir sin más.

Entonces fue Mags quien soltó su mano.

—No. Nunca lo estaré. Pero sé que ella sí.

No hablaron más del tema ni de ningún otro mientras daban la vuelta a la manzana y el rencor se iba arremolinando en el interior de Harry como nubes de tormenta. Tenía muchas más cosas que decir y se prometió que las diría una vez que la madre de Will se hubiera ido, cuando su madre durmiera. Aquella tía loca, estúpida y egoísta lo llevaba claro si creía que iba a decirle a él qué hacer, sentir o pensar. Y si se había cansado de ayudar a cuidar de su propia hermana, podía irse al infierno. Lo haría todo él solo.

Cuando entraron en casa, Mags fue directamente a la cocina.

—Voy a calentarle un poco de sopa a Dana. ¿Quieres?

—No.

La madre de Will llegó desde el dormitorio.

—Hemos tenido una conversación muy agradable —Se acercó a Harry y lo abrazó—. No te disgustes si cree que has vuelto de vacaciones de la universidad. Está un poco cansada y confusa.

—Vale, está bien. Señora Forester, aprecio enormemente que haya venido a verla, tal y como está.

—Tu madre y yo somos amigas desde que Will y tú empezasteis en la guardería. —Le dio un breve apretón entre sus brazos—. Mags, me voy a casa. Avísame si necesitas algo.

—Lo haré. Gracias, Keisha.

La mujer le dio una palmadita a Harry en el brazo.

—Cuidaos el uno al otro.

Harry se encargaría de todo, pensó. Incluso de decirle a su tía por dónde se podía meter sus consejos. Pero primero tenían que trabajar juntos para llevar comida a su madre. Él sabía concentrarse, sabía dejarlo todo de lado para concentrarse en una tarea y llevarla a cabo.

Se quitó la cazadora y, cuando estaba a punto de colgarla, oyó a su madre hablar. No lo llamaba a él, solo hablaba. Y se reía. Con la chaqueta aún en la mano, entró en el dormitorio. Dana estaba recostada sobre la parte elevada de la cama, con los ojos demasiado brillantes. Llevaba el jersey rojo que Mags le había tejido encima del camisón azul pálido. Y le sonrió.

—¡Hola, mi niño! Bienvenido a casa. Le estaba diciendo ahora mismo al tío Silas que ibas a venir a pasar el fin de semana. Tiene chuletas de lomo de cerdo de oferta del día y nos va a traer unas cuantas para cenar.

Harry no sabía qué decir, se quedó parado sin más. Mags entró con paso ligero y una bandeja en la mano.

—Espero que haya puré de patatas para acompañarlas y no espinacas.

—Guisantes. Y luego cruasanes de lata.

—Me pido golpearla contra la encimera para despegar la masa.

—Siempre te lo pides.

—Para eso soy la mayor.

—Ahora mismo no tengo mucha hambre —dijo Dana mientras Mags cogía una cucharada de sopa.

—Pero si es la minestrone de la señora Cardini. Tu favorita.

Harry sintió vergüenza. Una vergüenza que lo inundó como un baño de agua caliente mientras veía a su tía darle un poco de sopa en la boca a su madre.

—Hace la mejor minestrone.

—Cierto. Y mientras comes, Harry va a empezar a leerte tu nuevo libro. ¿Este de que va?

—Es la historia de un hombre común que se embarca en un viaje muy poco común. ¡Aventuras! ¡Redención! ¡Amor!

—¿Sexo?

—No voy a leer en voz alta escenas de sexo a mi madre y mi tía.

—Este chico tuyo es un mojigato, Dane, pero sabe cómo darle dramatismo a la lectura.

—Está estudiando Literatura en la universidad y pronto volverá a unirse al grupo de teatro. No puedo comer más, Mags.

—Apartó la cara—. Mi maleta está fuera, ¿verdad? ¿He termi-nado de hacerla? Tengo que acabar de hacer la maleta.

Mags soltó la cuchara y dejó la bandeja a un lado. Harry vio cómo las lágrimas anegaban el azul de sus ojos.

—Está todo listo.

—Ah, vale. Bien, ya veo. —Sonrió a algo que solo ella podía ver al otro lado del cuarto—. Todo preparado y listo para partir. Vas a estar demasiado ocupado para echarme de menos, cariño, con la universidad y todo lo demás. —Sin dejar de sonreír, con los ojos muy brillantes y hundidos hasta lo más profundo, le cogió la mano—. Te enviaré postales. Puedes hacer un álbum de recortes. Yo siempre he querido hacer uno. Estarás bien, ¿verdad, Harry? Ya eres mayor. Estarás bien mientras me voy de viaje.

Le tomó la mano mientras las lágrimas le ardían en los ojos.

—Sí, estaré bien.

—Mags y tú cuidaréis el uno del otro.

—Sí, lo haremos. No tienes de qué preocuparte.

—Estoy un poco cansada. Acabaré de hacer la maleta más tarde.

Cerró los párpados y, mientras iba quedándose dormida, Mags se puso en pie y recogió la bandeja.

—Necesito un trago —dijo al dejar el cuarto.

Cuando Harry salió, su tía sirvió dos vasos.

—El vino malo de cartón sigue siendo vino, igual que la pizza cutre sigue siendo pizza. Si no quieres, me beberé tu vaso.

—Lo siento —se disculpó Harry. Cuando su tía negó con la cabeza, prosiguió—. Siento cómo me he comportado, lo que he dicho y las cosas todavía peores que he pensado.

—Es tu madre.

—Es tu hermana pequeña.

Mags se bebió el vino de un trago mientras las lágrimas le rodaban por las mejillas.

—Estoy cabreada, pero cabreadísima con quien sea que está al cargo… ¿Por qué ha tenido que pasar por todo esto? Caray, ¿para qué? Para nada, y no me importa lo que diga nadie al respecto. —Se dejó caer en la silla junto a la mesa de la cocina. Se le corrió el rímel cuando se limpió las lágrimas con las palmas de las manos—. Estas últimas noches ha estado hablando con el tío Silas o con nuestra madre. Y… se la ve feliz al hacerlo. No me importa si crees o no que pueda verlos. Todo el mundo tiene derecho a creer lo que quiera siempre y cuando no dé la tabarra con el tema. Y yo lo creo. Creo que la están esperando.

Harry se sentó y probó el vino. Era un poquitín mejor que la cerveza barata, decidió, aunque no mucho.

—No sé en qué creo, pero sé que antes estabas en lo cierto. Está luchando por nosotros y le duele; está agotando sus últimas fuerzas y tenías razón. Necesita saber que estaré bien.

—No quiero dejarla ir.

—Lo sé. Vamos a hacerlo por ella.

—Necesito pedirte que no salgas de noche hasta que… No podría ponerme en contacto contigo si…

—Estaré aquí.

Dos noches más tarde, Dana se fue mientras Harry le leía y Mags tejía una bufanda infinita.

No había querido un funeral, así que no lo hubo. Aun así, la gente pasó por casa y llevó flores o comida, o ambas cosas. A Harry le sorprendió la cantidad de clientes que se desplazaron hasta allí o enviaron tarjetas de condolencia.

Una noche fría y ventosa de noviembre, Harry sorteó los sistemas de seguridad de Wrigley Field y condujo a Mags a lo que habría sido la base del bateador durante la temporada.

—Suponía que estarías haciendo algo así, allanamientos de morada, pero no imaginaba que fueras tan condenadamente bueno.

—Vacío, y casi en invierno, se ve distinto. Pero le habría gustado, ¿verdad?

—Le habría encantado; es el lugar perfecto. Una chica de Chicago cien por cien.

—De acuerdo. ¿Quieres, no sé, hacer algo o decir algo?

—Su espíritu ya ha volado. Dejemos que el resto se vaya con ella. Con eso basta.

Harry abrió la caja y la aferró con fuerza. Luego dejó que el viento se llevará las cenizas.

—Mírala marchar, Harry. Parte de ella siempre estará aquí, animando a sus Cubs. Nunca sabrán la suerte que tienen de que esté a su lado. Pero nosotros lo sabemos. Nosotros sí lo sabemos.

—Lo sabemos —repitió mientras contemplaba cómo el viento se llevaba las cenizas, las arrastraba y formaba remolinos.

En el tren de camino a casa, Mags le dio una palmada en la pierna.

—¿Qué vas a hacer con la casa?

—Puedes vivir en ella el tiempo que quieras.

—No puedo. Por ahora, hasta que te decidas, sí, claro. Pero no podría vivir allí sin ella. No quiero estar en Chicago sin ella; una vez que tomes la decisión, ya no. Podrías empezar en la universidad, puede que incluso el mes que viene.

Harry negó con la cabeza.

—No puedo. Me pasa lo mismo. No quiero estar aquí, no sin ella.

—¿Y dónde, entonces?

—No lo sé. Puede que, para empezar, en algún lugar cálido. Lejos de este puñetero frío. ¿Y tú?

—Me han hablado de una vieja furgoneta Volkswagen.

Harry se dio la vuelta y se quedó mirando a su tía, que en ese momento tenía el pelo del color de una berenjena madura.

—Estás de broma.

—No. Creo que me iré al oeste, y puede que ponga en marcha otra vez mi negocio de videncia por teléfono. Madame Magdelaine lo sabe todo, lo ve todo.

—Te compraré un coche decente.

—Hay un motivo por el que la furgo Volkswagen es un clásico, colega. Guardo gratos recuerdos de encuentros anteriores en una igual.

—Entonces te compraré tu maldita furgo, pero asegúrate de que esté restaurada y en buen estado. No quiero imaginarte tirada en alguna carretera en mitad del desierto. Deja que haga esto por ti, de su parte. Ella lo habría querido así.

—No vas a hacerme llorar en el tren. ¿Tanto dinero tienes?

—Tengo el suficiente y voy a vender la casa, así que tendré más.

—Dana quería que fueras a la universidad, Harry. Era lo que más quería.

—E iré, prometido.

Harry sabía que debería esperar hasta la primavera, cuando el mercado inmobiliario sería mejor, pero puso la casa en venta. La colocó en menos de dos semanas por cinco mil dólares más de lo que pedía. Se compró un Volvo de segunda mano, con pocos kilómetros y en buen estado.

Vaciar la casa, con todas las cosas de su madre, fue lo más duro. Una vez hecho, se quedó de pie con Mags en el pequeño jardín delantero. Llevaba el jersey rojo y un par de pendientes de Dana. Su Volkswagen bicolor, roja y blanca, estaba aparcada delante del Volvo negro.

—Menudo coche más aburrido, chaval.

—Los coches aburridos no llaman la atención. Tú tendrás una colección de multas antes de haber llegado a Iowa.

—El día que no sea capaz de convencer con mis encantos a un poli para que me quite una multa será el día que lo deje.

—Me parece bien.

—Una vez al año, no me importaría que fueran más, pero al menos una vez al año, tenemos que vernos. Iré yo o vendrás tú, o quedaremos en algún sitio, no me importa. Pasaremos unos días juntos. Eres lo único que me queda de ella, Harry. Eres mi familia.

—Escojamos ya la primera fecha, y ya veremos el lugar. Antes estaría bien, pero digamos que nos veremos el 1 de abril.

—¿El día de las inocentadas?

—Es una fecha fácil de recordar. Nos veremos el 1 de abril. ¿Quieres que entrelacemos los meñiques para prometérnoslo?

—Probemos esto otro.

Mags lo estrechó entre sus brazos. Harry olió a su madre en su tía (usaba el champú favorito de Dana), así que hundió el rostro en su cabello.

—Perfecto. Trato hecho. Intenta no meterte en líos.

—Y entonces, ¿dónde está la diversión? —Mags se echó atrás y le rodeó la cara con las manos—. Llámame cuando quieras. Si necesitas que alguien te pague una fianza, cuenta conmigo.

—Lo mismo digo. ¿Estás lista?

—¿Para vivir aventuras? Siempre. Y hazlo tú también, Harry. Vive alguna aventura. Nos vemos el 1 de abril —dijo mientras se encaminaba hacia la Volkswagen—. Y no me gastes la inocentada de no presentarte.

—Un trato es un trato. Te quiero, Mags.

—Y yo a ti.

Mags se subió al vehículo y se puso unas gafas de sol de ojos de gato con lentes arcoíris. Había colgado del espejo retrovisor varios cristales y un signo de la paz. Cogió uno de los cristales y se lo tendió a Harry a través de la ventanilla abierta.

—Heliotropo blanco, para viajar seguro.

—¿Y el tuyo?

Mags se sacó la cadena de debajo de la camisa.

—Paz, colega.

Arrancó la furgoneta, que iba como la seda, y se alejó. Harry esperó hasta que dejó de verla y, acto seguido, se subió al Volvo. Pensó «¡qué demonios!» y colgó el cristal del espejo retrovisor. Miró por última vez la casa y se alejó sin volver la vista atrás.

4

Harry tomó la interestatal 65 y atravesó Indiana. Dado que, además de Illinois, aquel era el único estado que había llegado a visitar, quería salir cuanto antes de él. Hacia algún otro lugar, algún lugar nuevo, cualquier lugar cálido.

Se mantuvo en la autovía, con la radio a todo volumen y la calefacción encendida. Sintió alivio, un alivio físico, cuando entró en Kentucky. Tomó una salida al azar. Haría una parada técnica y tal vez daría una vuelta por el estado.

—El estado del pasto azul; aunque en realidad es la Mancomunidad de Kentucky —se corrigió, al tiempo que extraía diversos datos de su cerebro—. Capital: Frankfort. Ah, caballos, bourbon, pollo frito, Derby, blues, Fort Knox.

Fort Knox le hizo preguntarse qué haría con unos lingotes de oro si lograse robar parte de las reservas que se custodiaban en la base militar. Aquello le daría derecho a presumir de lo lindo, aunque si lo hacía acabaría en cierta institución de Kansas: Leavenworth. O en la versión kentuckiana de dicha prisión federal. Además, uno no podía guardarse los lingotes de oro en la mochila.

Se detuvo a vaciar la vejiga y llenar el depósito, comprar Doritos, que seguían siendo una de sus comidas favoritas, y una Coca-Cola. Le gustó el aspecto de las colinas, cuya ondulación solo había visto en fotografías o películas. Las imaginó de verde estival, bajando y subiendo tras los campos salpicados de caballos pastando. Tal vez disfrutaría de algo de vida rural. Tal vez.

Sin embargo, aunque el aire no mordía, estaba lo bastante frío para pinchar. Así que continuó su camino, rumbo al sur, y cuando los Doritos dejaron de llenarle el estómago, accedió a un McDonald's con McAuto y se compró un Big Mac y un paquete grande de patatas. La mujer que atendía, que tendría la edad de su madre, le tendió la bolsa con una sonrisa.

—Aquí tienes, hijo. Que lo disfrutes, ¿eh?

Su acento le sonó cálido y maravilloso.

—Sí, señora.

Y, en efecto, lo disfrutó mientras se lo comía al entrar en Tennessee.

—Whisky, Elvis, Dolly Parton, plantaciones de tabaco, barbacoas y blues, y las Great Smoky Mountains.

Para un chico que nunca había estado a más de trescientos kilómetros de casa, era como explorar un país extranjero. Un mundo completamente distinto. Y cuando probó la salsa secreta típica del estado, le supo a libertad.

Se planteó poner rumbo al suroeste hasta Memphis para visitar Graceland. No era que se considerase un gran fan de Elvis, pero era un icono y eso lo atraía. «En otro momento», decidió, y se dirigió al sureste. Tenía la vaga idea de llegar al océano. Nunca había visto el mar. ¿Por qué no marcar esa casilla primero?

El primer vistazo a las Humeantes lo dejó más boquiabierto que un turista en Times Square. Y como el océano no se iba a ir a ninguna parte, primero se dirigió a las montañas. Hasta entonces, la «vastedad» habían sido los llanos que se extendían más allá de Chicago. Planicies interminables en las que los vientos soplaban y se formaban tornados. Ahora, la palabra equivalía a la asombrosa elevación de picos verdes y valles a sus pies. Las nubes se enredaban entre ellos como el humo, mientras los invernales rayos de sol descendían oblicuos y débiles. Experimentó por primera vez las carreteras zigzagueantes y se las tomó con calma, más que nada porque quería verlo todo a la vez.

Subió y subió, deteniéndose en los miradores para bajarse a contemplar las vistas sin perder un detalle. Hizo fotografías con el teléfono. Pensó que se las enviaría a Will, a Mags. Volvió a detenerse cuando el día cedía ante el crepúsculo, y entonces sacó el frasquito de la mochila. No le había dicho a Mags que había cogido parte de las cenizas de su madre antes de ir a Wrigley. Había previsto esparcirlas al viento del océano, pero decidió soltar unas pocas allí y compartir aquel lugar con ella.

—Estamos muy, muy arriba, a más de mil ochocientos metros de altitud. Mira cómo se pierden los picos en la lejanía, como si se extendieran camino de Carolina del Norte. Ha sido un primer día bastante bueno. Cuatro estados. E imagino que encontraremos un motel o lo que sea. Pero primero...

Le quitó el corcho al frasco y lo sacudió para dejar salir parte de las cenizas. Las montañas se llevaron a su madre volando.

Anochecía cuando volvió a subirse al coche y se enfrentó al reto de conducir por las montañas en la oscuridad. En un momento dado se detuvo en seco, la boca abierta, asombrado al divisar un oso, un oso de verdad, que atravesaba pesadamente la carretera como si se dirigiera a casa después de un día de arduo trabajo. Decidió poner rumbo al lugar civilizado más cercano.

Encontró un motel encajado en lo que suponía que sería el pie de las montañas. De una sola planta alargada, estaba construido con bloques de hormigón pintados de rojo, tenía un aparcamiento de grava y un restaurante adosado con un neón que anunciaba ¡COMIDAS! Aquello lo convenció, porque se moría de hambre otra vez. Lo registró un hombre con una impresionante barriga cervecera bajo una camiseta blanca y una barba castaña veteada de gris. Pagó una noche en efectivo, cogió la llave y, al preguntar, se enteró de que el restaurante cerraba a las diez.

Arrastró la bolsa de viaje y la mochila hasta su cuarto, donde encontró una cama individual cubierta por una colcha de flores verde y azul, una sola cómoda sobre la que descansaba un televisor de aspecto anticuado, una moqueta verde y paredes beis. Había un par de lámparas de pie a ambos lados de la cama y un baño minúsculo que, según su ojo experimentado, la verdad es que parecía más que aceptable en cuanto a limpieza. Bajó la persiana de la ventana y encendió el televisor para que le hiciese compañía mientras se quitaba la ropa. Desenvolvió la pastilla de jabón de cortesía y se dio una ducha larga. Nadie sabía quién era o dónde estaba, y eso le resultaba fascinante. Liberador. Se lo contaría a Mags, le enviaría fotos, pero, por lo demás, no era nadie y era todo el mundo a la vez.

Se vistió y se pasó los dedos por el pelo. Volvía a tener una buena mata, y no le parecía mal. Cuando salió al exterior, se sintió como si se hubiera adentrado en el decorado de una película. El zumbido de la máquina de hielo, las dos máquinas expendedoras, el olor a pino en el aire frío; un frío distinto al de Chicago, aunque demasiado cortante como para detenerse más que una noche. El sonido de los televisores murmurantes tras las puertas cerradas.

En el interior del restaurante, la sensación lo golpeó con fuerza. Las luces fluorescentes, de un brillo duro, ponían de relieve todo lo que iluminaban. El largo mostrador, con las tartas y pasteles expuestos en varios pisos y, tras él, la cocina abierta. El aire olía a grasa, café y carne frita. Las dos camareras, una más o menos de su edad y la otra lo bastante mayor como para ser su abuela, llevaban vestidos rosas con delantales blancos. Los asientos de los reservados, las sillas y los taburetes circulares del mostrador estaban revestidos de vinilo naranja. Mesas de formica blanca sostenían dispensadores de servilletas, cajitas con condimentos y tazas de café boca abajo.

Una pareja en un reservado parecía agotada mientras intentaba lidiar con sus dos hijos pequeños. De viaje hacia las vacaciones, pensó Harry; tal vez cruzaran el río y los bosques camino de casa de la abuela. Los dos hombres que discutían de fútbol americano ante lo que parecía pastel de carne tenían pinta de locales. Una mezcla de ambos se extendía por el restaurante, en uno de cuyos rincones titilaba un árbol de Navidad de plástico junto a una máquina de discos en la que (oh, sí, ¡la perfección!) Dolly Parton le rogaba a Jolene que no se llevase a su hombre.

—Tú solo coge asiento, corazón —le invitó la camarera de más edad—. Enseguida estamos contigo.

Harry se acomodó en un reservado y extrajo el menú laminado del soporte que incluía la cajita de los condimentos.

—¿Quieres café, guapo?

Levantó la vista a la mujer con aspecto de abuela, cuya plaquita de identificación rezaba MERVINE. Llevaba los labios rojos y el pelo más rojo aún. Su acento era más pronunciado que el de la mujer del McDonald's. Seguro que, al cantar, Mervine sonaba como Dolly.

—No, señora, gracias. ¿Puedo tomar una Coca-Cola?

—Claro que sí. ¿Vienes de lejos, verdad? —Recogió el par de tazas de café—. Del norte.

—Sí, señora. De Chicago.

—Sí que está lejos. ¿Necesitas más tiempo con el menú?

—Ah, creo que sí.

Se apoyó una mano, de cuyo pulgar colgaba la taza, en la cadera. Ladeó la cabeza.

—Te voy a decir lo que quieres.

—¿Sí?

—Tengo un don. Ahora tú dime que me equivoco y que eres vegetariano o algo por el estilo, pero lo que quieres es pollo en salsa, puré de patatas y judías verdes. Y vas a tomarlo con pan de maíz, que lo horneamos aquí mismo. Cambia esa Coca-Cola por un té dulce y así te metes una buena comida entre pecho y espalda, guapo.

—Suena… realmente bien.

—Garantizado. —Le guiñó un ojo antes de alejarse—. Darcia, tráele a ese jovencito tan lindo un poco de té dulce. Herschal, me preparas un pajarito calentito con su monte de puré y su verde al lado.

Harry se comió hasta el último bocado y se bebió dos vasos de té dulce. La doble de Dolly le puso delante una gruesa porción de tarta de manzana con una bola de helado de vainilla que empezó a derretirse encima.

—Señora…

—La tarta corre de mi cuenta. Necesitas algo de carne en esos huesos. Si hay un hombre en el mundo al que no le guste la tarta de manzana con helado, aún no lo he conocido. Y he conocido a la mayoría.

—Aún no lo ha conocido, no —respondió, y la hizo reír.

—Tienes los ojos tristes, guapo. Mira a ver si esta tarta no te los alegra un poco.

Dejó veinte dólares de propina e imaginó que no era el primero en enamorarse un poquitín de ella. Pensó en dar un paseo para bajar la tarta, pero recordó al oso y se fue directo a la habitación. Hizo algunas flexiones. No estaba seguro de lo de la carne en los huesos, pero lo que sí quería era empezar a echar algo de músculo. Retiró la colcha, porque a saber cuántos culos al aire se habían sentado en ella hasta ese momento, y sacó un libro de la bolsa. Volvió a encender el televisor para llenar un silencio que le resultaba extraño. Envió un mensaje y se relajó cuando Mags le respondió que había parado a hacer noche en Nebraska. Después de juntar un par de cojines mugrosos, abrió el libro.

Se despertó todavía vestido, con la luz encendida, el televisor en marcha y los lloriqueos de un niño que quería ver dibujos animados. Tardó un minuto en recordar dónde estaba. Caminó hacia la ventana aún grogui, preguntándose qué demonios hacía un niño al otro lado de su cuarto en mitad de la noche. El sol lo cegó cuando abrió una esquina de la persiana. Se tapó los ojos con una mano, la dejó caer y parpadeó. Miró el reloj. ¿Las nueve y media? Había dormido casi doce horas. No recordaba la última vez que había dormido ocho horas seguidas, mucho menos doce. Claro que nunca había conducido durante más de una hora ni lo había hecho a través de las montañas.

Limpió, recogió sus pertenencias, compró en las máquinas expendedoras una Coca-Cola y una bolsa de patatas fritas (el desayuno de los campeones) y a las diez puso rumbo al este.

Esperaba enamorarse del océano al llegar, pero todavía quedaba un montón de Carolina del Norte entre la frontera con Tennessee y el Atlántico. Había calculado que, siguiendo el trayecto más rápido, llegaría en ocho o diez horas, en función de la frecuencia y la duración de las paradas. Pero decidió casi de inmediato que ni quería ni necesitaba apresurarse.

Esperaba enamorarse del océano, pero lo que no se esperaba era enamorarse de las montañas. Si las Humeantes lo encandilaron, la cordillera Azul y los Apalaches hicieron que su amor floreciera. En lugar de autovías o la interestatal, eligió carreteras secundarias. Disfrutó de subir y bajar, de que con cada ascenso y descenso, al doblar un recodo el mundo le ofreciese nuevas vistas.

Se detuvo un rato en el lago Norman, que no era el Michigan, pero era bastante bonito. Le gustaron los árboles y el silencio decembrino mientras se comía un burrito que había pillado en un autoservicio. Consultó su mapa y decidió que daría un rodeo para conocer algo llamado el Bosque Nacional Uwharrie; luego se desviaría para subir a Chapel Hill y echaría un vistazo al campus universitario. Si tenía buena pinta (porque, definitivamente, quería ir a la universidad en algún momento), tal vez encontrase un motel en la zona para ver qué le parecía todo aquello. Pondría rumbo a la costa al día siguiente, o al otro.

El bosque le proporcionó una nueva maravilla. Como ya se arrepentía de no haberse tomado su tiempo para caminar por las Humeantes, aparcó junto a uno de los senderos bien señalizados. Sacó el teléfono, las llaves, su media botella de Coca-Cola y una barrita de Kit Kat, y el muchacho nacido y criado en la ciudad se dispuso a hacer un circuito con sus Converse Chuck.

Olía a pino y a silvestre, y, en comparación con diciembre en Chicago, los doce grados a la sombra parecían primavera. El silencio no dejaba de maravillarlo. Habría dicho que se había criado en un barrio tranquilo, pero parecería una jaula de grillos al lado de la quietud del bosque. Oyó a un par de pájaros, vio a una ardilla trepar por un árbol y llegó a un arroyo en el que las aguas bajaban haciendo cabriolas sobre las rocas. Se preguntó si algún día acabaría en un lugar así. No todo el año, pensó mientras continuaba por el sendero, tal vez durante las vacaciones. Un lugar en el que esconderse.

Necesitaría otra casa, en un centro urbano o cerca. Tenía que ganarse la vida, al fin y al cabo. Atlanta, quizá, o Miami. Houston o Raleigh. Probablemente lo supiera cuando lo viera. Y algún día, sin duda alguna, viajaría a Europa. A Florencia y a París y a Londres. A Madrid y a Praga y a todas las demás grandes ciudades. A todas ellas. Pero había mucho que aprender y mucho dinero que ganar antes de que llegase ese día. Y en ese momento solo quería un paseo por el bosque y una excursión al mar.

Caminó durante más de una hora antes de no escuchar nada más que el silencio o aquellos sonidos del bosque, tan extraños para él; antes de oír nada que sonase humano. Un motor, un par de motores. Lo poco que había leído en su teléfono sobre el bosque le informó de que se trataba de vehículos todoterreno. Algo que tampoco había hecho nunca y que algún día probaría. Pero en ese momento le pareció una intrusión en su paseo, por lo que dio media vuelta.

Le maravilló el ciervo que se cruzó en su camino. El animal lo miró con altivez. No había otra palabra para describirlo, pensó Harry mientras sacaba con lentitud y cautela el móvil del bolsillo. Mientras tomaba la fotografía, lo asombró el gran número de picos afilados de su cornamenta. Si Bambi (había quien olvidaba que Bambi era un macho) decidiera cargar contra él, Harry imaginó que acabaría lleno de cornadas.

—Ningún problema. No te voy a dar ningún problema, ¿vale? Solo estoy bajando por este sendero.

El ciervo emitió un sonido. Tal vez fuera de burla, rechazo o asco, pero lo importante es que se alejó y se perdió entre los árboles.

—Bien. Eso está bien. Todo está bien.

Harry recorrió el resto del camino hasta su coche trotando a buen paso. Quería explorar, se recordó mientras encendía el vehículo, quería algo de aventura, ¿no? Pues bien, misión cumplida.

Condujo hasta la universidad y descubrió otro amor. Era grande y extensa, y él necesitaba algo grande para sus planes de ampliar su educación. Era bella, con sus edificios clásicos y elegantes y sus jardines cuadrados, y él quería toda la belleza que pudiera conseguir.

Como Will solía decir, Harry ansiaba aprender, y se imaginaba satisfaciendo su ansia en ese lugar. «Durante un semestre o dos», pensó mientras bajaba a dar un paseo. Era un universitario más, con sus Converse altas, los tejanos desgastados y su cazadora demasiado grande. Miles de jóvenes acudían allí a diario, atravesaban los jardines, se sentaban en los auditorios para escuchar conferencias y se apresuraban por los pasillos camino de clase. Él podía ser uno de ellos. Tal vez en primavera, o en otoño si se tomaba libre todo el año. Pero quería lo que ofrecían allí. Conocimiento.

Igual que había hecho en el bosque, caminó y observó. Se mezcló con un grupo que iba de una clase a otra y entró en un edificio y en una biblioteca. Deambuló entre los estantes, olió los libros. Y nadie se fijó en él. Para cuando acabó el tour informal, que solo abarcó una parte del campus, sabía que pasaría parte de su vida universitaria justo allí. Y para cerrar el trato, fue hasta una de las tiendas y se compró una sudadera de la Universidad de Carolina del Norte.

Montones de tiendas, notó; restaurantes, clubes, bares universitarios. Mientras conducía por la zona, añadió a su lista varias casas muy bonitas. Casas muy bonitas en las que la gente guardaría cosas muy bonitas que un joven emprendedor podría convertir en efectivo.

Eligió otro motel, comió una pizza decente con salchichas y aceitunas negras. Se acomodó y se dispuso a investigar con el portátil. Elaboró una lista de asignaturas que quería cursar. Después de cuatro años de instituto, su español era buenísimo, por lo que imaginó que podría pasarse al francés. Literatura inglesa, por supuesto, historia del arte, porque si ampliaba el negocio al robo de obras de arte (o más bien «cuando» lo ampliase), tendría que conocer sus objetivos. Más clases de informática. Más matemáticas. Con el tiempo, algo de gemología. Y no le importaría adentrarse en la ingeniería.

Nada de clubes, nada de fraternidades, nada de novias serias. Nada de residencias. Tendría que vivir fuera del campus. La gente del teatro siempre acababa haciendo piña. Así que nada de apuntarse a ninguna representación, aunque lo echaría mucho de menos. Tal vez pudiera colar un semestre, solo uno, de aspectos técnicos, vestuario o maquillaje. Satisfecho con su plan emergente, se dispuso a hacer sus flexiones nocturnas. Tal vez se comprase unas pesas cuando tuviera casa y se pusiese en serio a echar algo de músculo.

Por la mañana se vistió con su nueva sudadera, pagó la habitación y se adentró en una de los cafeterías del campus. Pidió un café con leche y un *bagel*, más que nada porque le pareció que era lo que tomaría un estudiante cualquiera. Comió fuera, observando el trajín de la vida universitaria, admitiendo que la envidiaba. Y escuchando las voces. Los lugareños tenían una especie de acento fluido que practicó en su cabeza mientras daba una vuelta por otra sección del campus. Los fragmentos de conversaciones abarcaban desde las dificultades con algún profesor duro de roer hasta las fiestas en cierta residencia, pasando por qué hacer durante las vacaciones de invierno.

Entró y salió de edificios y, aunque se sintió mal por ello, le robó la cartera a un chaval con pinta de deportista. Como el objetivo llevaba unas Air Jordan XX que costaban cerca de doscientos pavos, tampoco tuvo demasiado cargo de conciencia; además, no podría falsificar bien un carnet de estudiante a menos que tuviera un modelo. Espero a llegar a un área de descanso más allá de Raleigh antes de sacar la cartera: Carson Edward Wyatt III. Puede que no estuviera bien, pero el nombre y la sonrisa petulante del carnet acabaron con el último atisbo de sentimiento de culpa. C. E. (Harry se apostaba lo que fuera a que lo llamaban así) tenía permiso de conducir de Carolina del Norte, de modo que se trataba de un oriundo de la zona. También tenía una American Express Oro, una Visa Platino, dos Trojan y ciento ochenta y dos dólares en efectivo.

Harry sacó unas tijeras de la mochila y cortó el permiso de conducir y las tarjetas de crédito. Se guardó el efectivo y los condones, y repartió los pedazos de las tarjetas y del permiso en dos papeleras. La cartera, una Fendi de cuero negro, podría reemplazar la suya. Guardó el carnet de estudiante en el fondo de la mochila junto con el dinero. Después de trasladar el contenido de su vieja cartera, metió la nueva en la mochila.

Llegó hasta Nags Head, con el estrecho de Pamlico a su espalda y el Atlántico ante él. Sabía que tenía que buscarse una habitación, pero caminó por las dunas, atravesó la arena y simplemente se quedó allí de pie. El agua se apresuraba hacia la arena, de un verde profundo coronado de blanco mientras lo azotaba el viento. También lo azotaba a él, levantándole la sudadera y agitándole el pelo. El verde se perdía hacia el azul, que se hacía más profundo conforme el agua se extendía en el horizonte, hasta el fin del mundo. La superficie se rizaba, se rompía, se enroscaba sobre sí misma y vuelta a empezar. Una y otra vez. Las gaviotas volaban en círculos, chillando, y unos pájaros pequeños y de patitas delgadas danzaban sobre la arena mojada.

Había más gente caminando por la playa. Una pareja más o menos joven con un enorme y precioso golden retriever con la correa roja. Una pareja más o menos mayor de la mano, como enamorados; un padre con un niño pequeño subido a los hombros y una sonrisa de oreja a oreja; una mujer de piernas largas con ropa de correr, sus pies golpeando la arena húmeda mientras sumaba kilómetros.

Vio los restos de una hoguera, con la madera chamuscada como huesos negros, y un minúsculo cangrejo traslúcido que se escondía en un agujero en la arena. Se sentó sobre la arena fría, contempló las olas, olió el aire, dejó que el viento lo acariciara. Mientras el sol se ocultaba por el oeste, el cielo del este se oscurecía y, con él, el mar.

Cuando salieron las primeras estrellas, se puso en pie para caminar hasta el agua. Metió la mano en el bolsillo y asió el frasco que contenía los últimos restos de su madre. No había creído que fuera tan duro dejar marchar esa última fracción. ¿No había sido ese el motivo de venir al mar? Pero el dolor lo golpeó con tanta fuerza que solo pudo quedarse parado y llorarla.

—¿Hijo?

Atrapado por el pesar, no había oído acercarse a nadie. Cuando se dio la vuelta, vio un policía. Trató de mostrar su mejor cara de «aquí no pasa nada», pero la voz le tembló un poco.

—Sí, señor.

—Me han dado aviso de que llevas un par de horas o más aquí fuera.

—Sí, señor. Nunca había visto el mar. Solo estaba sentado, contemplándolo.

—Ajá.

De aspecto entrecano, con densos mechones de cabello gris, tenía un rostro rubicundo y avejentado, y unos ojos que no admitían tonterías.

—¿Cuántos años tienes, chico?

—Dieciocho. Tengo aquí el carnet. —Mientras sacaba su cartera nueva, Harry admitió que había cometido una estupidez. Había llamado la atención.

—Harrison Booth, de Chicago, Illinois. —El policía asintió y le devolvió la cartera— Estás muy lejos de casa, ¿no? ¿No tienes a tu familia contigo?

—No. Estoy solo, oficial…

—Agente. Agente Prince.

—Agente Prince, no estaba metiéndome con nadie. Solo quería sentarme en la playa.

—Ajá. ¿Llevas drogas encima?

—No, señor.

—Vale, pero me gustaría saber que llevas en ese bolsillo.

—Agente…

—Está oscuro aquí fuera, incluso con la luna y hace frío. ¿Por qué no me enseñas lo que llevas en ese bolsillo y luego nos alejamos del frío y la oscuridad?

Podía negarse, pensó Harry. Pero entonces, alguien con los ojos como los del gente Prince encontraría otro motivo para obligarlo. Sacó el frasco.

—Vaya, ¿qué hay ahí dentro?

—Son…, son las últimas cenizas de mi madre. Ha muerto. Tenía cáncer y ha muerto, y siempre había querido ver el océano.

Prince miró a Harry a los ojos. Este sabía que se le habían empañado, pero antes muerto que llorar delante de un poli.

—¿Has venido hasta aquí para hacerle ese regalo?

—Era mi madre.

—Es una pérdida dura, una madre. Perdí a la mía hace dos años y aún duele. Te acompaño en el sentimiento, Harrison. ¿Tienes algún lugar en el que quedarte?

—Todavía no. Voy a buscar un motel y puede que me quede un par de días.

—Conduce como medio kilómetro hacia el sur. Verás el Gull's Nest a mano izquierda. Diles que vas de mi parte. Es un lugar limpio y decente, con ofertas fuera de temporada.

—Lo haré. Gracias.

—No te quedes aquí fuera mucho tiempo. Va a empeorar el tiempo.

El agente regresó por la arena. Cuando Harry volvió a quedarse solo en la playa, miró al mar y abrió la botella.

—Lo hemos conseguido, mamá. Te echo de menos, pero estoy bien. Voy a estar bien —dijo—. Adiós.

Y dejó volar las cenizas.

5

Se quedó tres días, y cada uno de ellos puso la alarma para poder bajar por la mañana caminando a la playa y contemplar la salida del sol. Tomó lo que le parecieron fotografías más que decentes de la elegante majestad de la luz abriéndose paso en rojos, dorados y rosas titilantes sobre el espejo del mar. Comió una barbacoa asombrosa y descubrió el placer de los *hush puppies*. Luego hizo la maleta y puso rumbo al sur por la autovía 12 hasta Hatteras. Hizo fotos del faro, porque… era un faro. Echó un vistazo a las playas. Era un lugar muchísimo más tranquilo que Nags Head o Kitty Hawk. Si volvía a dejarse caer por allí, tal vez alquilase una de las cabañas o se diese el capricho de una casa con vistas al mar durante una semana.

Pero, por el momento, condujo hasta el final de la isla y tomó el ferry a Ocracoke. Otra novedad: meter el vehículo en la embarcación y salir a cubierta mientras el ferry se desplazaba con su motor imponiéndose a los demás sonidos. Observó la estela que cortaba el agua a su espalda y las gaviotas sobrevolándolos. Una vez atracaron, se dirigió al otro extremo de la isla y tomó el gran ferry que esperaba en el puerto, con destino a Cedar Island. Podría haber llegado a tierra firme desde Hatteras por carreteras y puentes, pero en el ferry podía sentarse o quedarse de pie y contemplar, sentir y oler. Por primera vez en años no tenía un plan fijo ni lo necesitaba. No había ningún lugar en el que debiera estar ni nada esencial que tuviera que hacer. Eso tenía que cambiar, lo sabía e incluso le hacía ilusión. Pero de momento vivía de un instante al siguiente, y le gustaba.

Una vez en el continente, condujo por la costa mientras pudo, serpenteando y desviándose, deteniéndose cuando el hambre o las ganas se lo pedían. Otro motel, otro restaurante. Durante el puñado de días que permaneció en Carolina del Norte aprendió que los *hush puppies* eran maravillosos, que la sémola de maíz se podía comer con queso o sin él y que su barbacoa estaba a la altura de cualquier otra.

Entró en Carolina del Sur una luminosa tarde de diciembre, lo bastante cálida como para conducir con las ventanillas abiertas. Capital: Columbia. Algodón, Fort Sumter, Clemson. Playas. Montones y montones de playas, que pasó un día explorando. Comió pollo frito: aquella gente sabía cómo preparar un pollo. Practicó sus acentos regionales y se inventó una historia para la camarera cuando le preguntó hacia dónde se dirigía.

—A casa por vacaciones, señora; vengo de la UF... Ah, la Universidad de Florida.

—Pues menudo viaje. ¿Y de dónde eres, corazón?

—Kill Devil Hills... ¿Le suenan los hermanos Wright?

—¡Vaya, vaya! Bueno, pues buen viaje, y que disfrutes de la Navidad con tu familia.

—Estoy deseando verlos.

Cuando llegó a Georgia (melocotones, Atlanta, cacahuetes, Jimmy Carter), decidió pasar unos días en un solo lugar y Savannah le pareció el sitio perfecto.

Le encantaron los árboles nudosos, las calles adoquinadas, los muelles, la arquitectura elegante y el ambiente extrañamente apacible. Alquiló una habitación en la Thunderbird Inn, porque le gustó lo del «pájaro de trueno», el aspecto y la cercanía al distrito histórico. Acarició a un caballo enganchado a uno de los coches que no dejaban de pasar y robó un par de carteras bien cargadas mientras paseaba bajo las barbas plateadas del musgo español.

Pasó el día de Nochebuena comiendo cerdo deshilachado y nachos en su cuarto mientras investigaba una casa (mansión, más bien) de lo más prometedora y a poca distancia. Merecía la pena tener los oídos y los ojos abiertos para estar pendiente de cualquier oportunidad. La familia Carlyse iba a celebrar esa noche una gran fiesta para un montón de gente, seguida de una comida de Navidad para los amigos íntimos. Luego se marcharían en un jet privado a pasar sus vacaciones anuales esquiando en Vermont, donde poseían una segunda vivienda.

Harry tenía la impresión de que no solo estarían bien asegurados, sino que podrían permitirse perder alguna fruslería con la que él financiase sus gastos de viaje. Leyó un artículo tras otro sobre Jeb Carlyse, savannahiano de cuarta generación y acaudalado hombre de negocios. Parecía que alguno de esos barcos que entraban y salían del puerto eran, al menos en parte, suyos. Su esposa, Jaylene, también venía de familia de dinero. Poseían la mansión en Savannah, el refugio de Vermont y una casa en la playa en las Islas Caimán. Harry se apostaría algo a que en aquel paraíso fiscal tendrían montado algún chanchullo para evadir impuestos. Tenían tres hijos: J. B., de veintinueve, prometido a una rica heredera, cómo no; Josuah, de veintiséis, que trabajaba en el negocio familiar, y Juliet, de veinte, que estudiaba en la Universidad de Georgia en Athens.

«Gran mecenas de las artes —leyó Harry mientras comía nachos—, con una amplia colección». La casa, registrada en la lista de patrimonio histórico, abría parcialmente sus puertas a las visitas un día al año, en primavera. Gracias a ello encontró numerosas fotografías, y otras tantas de las galas a las que asistían los Carlyse, que le permitieron admirar el buen gusto de Jaylene para las joyas.

Decidió dar un paseo de Nochebuena y echar un vistazo a la mansión. Si conseguía acercarse lo suficiente, tal vez pudiera evaluar el sistema de alarma y seguridad. Se puso una camisa decente y sus tejanos más nuevos. Durante la caminata disfrutó de las luces navideñas y del sonido de la música y las voces. Esa noche se celebraba más de una fiesta, y se vio retrocediendo mentalmente a las nochebuenas del pasado. El árbol en la ventana delantera, siempre en el mismo lugar y con el ridículo Santa Claus de fieltro que le había confeccionado a su madre en primaria. Los calcetines colgados en ganchos y la música navideña puesta. *Jingle Bell Rock* para bailar. *Santa Claus Is Comin' to Town*, de Bruce Springsteen, para berrear el estribillo a pleno pulmón. En ese momento no quería pensar en todo aquello, no quería regodearse en la idea de pasar su primera Navidad solo. Preparar un trabajo nocturno le permitiría aprovechar mejor el tiempo.

La fiesta se oía a media manzana de distancia, y vio las luces incluso antes. En el elegante edificio de ladrillo de tres plantas brillaban bombillas blancas y los árboles, de los que pendía el musgo, titilaban con ellas. La música escapaba de su interior y, por el sonido, parecía que se trataba de una orquesta en vivo.

La multitud se derramaba de la mansión al porche, a los balcones y hasta a la acera con sus flautas de champán y sus vasos de tubo. Y también brillaban, vaya que si brillaban. Diamantes, rubíes, esmeraldas. Que no se dijera que no era la mejor Navidad. Podía sacar en cinco minutos lo suficiente para estudiar en Harvard.

Se detuvo, como imaginaba que tantos otros habían hecho y harían, y estudió el cuadro. Las ventanas resplandecían con la luz y las personas que se movían tras ellas. Vestidos de cóctel, trajes de gala. Contó tres árboles, uno en cada planta, adornados y rutilantes. Por el sendero y la escalinata ascendían flores de Pascua, de las blancas, con pequeñas luces dentro de las macetas. Las columnas del porche estaban decoradas con ramas verdes atadas con enormes lazos rojos y más luces minúsculas rodeándolas.

—¿Qué te parece?

Reconoció a Juliet Carlyse porque la había investigado, aunque pensó que tenía mejor aspecto en persona. Se había cortado el pelo muy corto y le quedaban bien la corona de oro pálido, el cuello largo, los ojazos azules.

—Es precioso.

—¿No es demasiado?

—Nada es demasiado en Navidad.

La joven sonrió y tomó un sorbo de champán.

—¿Te conozco?

—No lo creo. ¿Quieres?

Ella rio.

—Tal vez. Bueno, entra.

—Oh, solo pasaba por aquí. No estoy invitado.

—Es mi casa, así que ahora sí que estás invitado. —Le tendió la mano—. Juliet.

—Silas —decidió en ese instante—. Silas Harrison.

—Entra, Silas Harrison. Participa de la alegría navideña. ¿Qué haces paseando solo en Nochebuena?

—Conociendo la ciudad. Es mi primera vez aquí.

—¿En serio? —preguntó mientras lo conducía directamente a la mansión, que olía a pino, perfume y cera de velas.

El vestíbulo de entrada era aún mejor; más flores de Pascua brillaban con luces a lo largo de la curva de la escalinata. Una gran mesa redonda albergaba el mayor arreglo de rosas blancas y rojas que jamás hubiera visto ni imaginado. Había gente por todas partes. A la derecha, un amplio umbral daba paso a otra estancia y a una chimenea encendida con la repisa adornada alegremente con ramas verdes y velas, además del alto árbol que brillaba ante el ventanal. Camareros de camisa blanca, pantalón negro y pajarita roja portaban bandejas de bebidas y canapés.

Juliet tomó dos copas de una de ellas y dejó la suya casi vacía.

—Feliz Navidad —brindó, haciendo chocar su copa con la de él.

—Feliz Navidad.

—¿Tienes hambre?

—La verdad es que acabo de comer, pero gracias. ¿Todo el mundo es tan amable por aquí?

—La hospitalidad es una religión en Savannah. ¿De dónde eres?

Había usado su acento de Carolina del Sur, así que siguió por ahí.

—De Florence. —Recordó que se llegaba directo por la interestatal 95—. Me dirijo a Jacksonville para darles una sorpresa a mis abuelos. Supuse que llegaría esta noche, pero he encontrado más tráfico del previsto. Así que me quedaré hasta mañana; no quería llegar tan tarde que, en vez de sorprenderlos, los asustase.

—Pero qué dulce, ¿no? —Le lanzó lo que solo podría interpretarse como una mirada coqueta—. ¿Viajas solo?

—Con mi hermano. Se ha quedado lamentándose en la habitación, hablando con su novia, porque lo he obligado a venirse conmigo. —La historia le salió sola—. Perdimos a papá el año pasado y a mamá cuando Willy era pequeño, así que solo quedamos nosotros dos.

—Lo siento mucho. —Juliet posó su mano sobre la suya—. Es bueno que vayáis a ver a la familia, y no creo que se lamente mucho tiempo. Vamos a sumergirte en el espíritu festivo. Arriba hay baile. —Juliet lo guio por las escaleras—. ¿Y qué haces en Florence?

—Ahora mismo, trabajos de carpintería. En la empresa de mi padre. Me he tomado un año sabático después de todo lo sucedido, pero Will irá a la universidad este otoño, si Dios quiere, y yo volveré a Universidad de Carolina del Norte. ¿Y tú?

—Estoy en casa por las vacaciones de invierno. Voy a la Universidad de Georgia. Tradición familiar. —Le tomó la mano y lo condujo por el siguiente tramo de escaleras.

—Esta casa es espectacular.

—Estamos orgullosos de ella.

Su plan original había sido más o menos entrar, ir directamente al dormitorio principal y acceder a la caja fuerte que, concluyó, encontraría en él. Había evaluado los cerrojos y la alarma mientras Juliet lo guiaba, y sabía que podría hacerse con ellos. Sin embargo, ahora le parecía más sencillo y, de algún modo, más educado, hacerse con alguna joya de una muñeca o cuello que le quedase a tiro y punto. No de ella, pensó, porque sería una grosería, aunque llevaba un trío de pulseras de diamantes muy bonito en la muñeca derecha y un Chopard en la izquierda.

La joven saludó a un hombre con un traje oscuro y corbata roja a quien Harry reconoció en el acto: Jeb Carlyse.

—¡Papá! He encontrado a este pobre deambulando por las calles y me lo he traído para que participe de la festividad.

Carlyse posó una mano en el hombro de su hija y miró a Harry de arriba abajo.

—Ah, ¿sí? ¿Deambulando desde dónde?

—Venía de Florence, señor, y voy camino de Jacksonville para ver a mis abuelos. Solo hemos parado para pernoctar en Savannah y… me he colado.

—Te he invitado yo —le recordó Juliet.

—¿Y qué haces en Florence?

—Me dedico a la carpintería. No tengo las habilidades que tenía mi padre, pero sé lo suficiente como para afirmar que la marquetería aquí es extraordinaria.

—Su padre murió el verano pasado, así que está cuidando de su hermano pequeño hasta que se vaya a la universidad. Silas después volverá a la Universidad de Carolina del Norte.

—¿Vas a la UNC?

—Sí, señor. Volveré en otoño, en cuanto Willy esté instalado.

—¿Y qué estás estudiando?

—Papá, ¿vas a seguir mucho rato atosigando a preguntas al pobre Silas solo por venir a tomar una copa y bailar un rato?

—Puede que esta sea la última.

—Me estoy especializando en Literatura. Como la mayoría de quienes la estudiamos, tengo previsto enseñar para ganarme el pan mientras escribo la Gran Novela Americana.

En respuesta recibió una leve sonrisa y un pequeño asentimiento.

—¿Thriller sureño?

Harry rio.

—Vaya, pues sí, señor. ¿Se me nota?

—Yo sí. Muy bien, ya tienes una copa en la mano, así que ve a bailar. Disfruta de la fiesta.

—Gracias por su hospitalidad, señor… Lo siento, ni siquiera sé dónde estoy.

—Carlyse. Prueba la *mousse* de gambas. Está deliciosa.

—Primero, a bailar —insistió Juliet mientras tiraba de él hacia lo que vio que era un verdadero salón de baile, decorado con la máxima elegancia, una orquesta en vivo dándolo todo y las puertas de los balcones abiertas de par en par.

Así que bailaron. Harry sabía mover los pies y a su madre, que había sido su pareja habitual, le encantaba bailar. Se negó a beber más de media copa, aunque el champán le pareció mucho más delicioso que la *mousse* de gambas.

Había escogido un par de víctimas cuando, de pronto, una le cayó encima casi literalmente. En mitad de la pista de baile tropezó con él una cuarentona, calculó, que en ningún caso se había limitado a beber media copa. Llevaba un ceñido vestido plateado que exhibía unos senos impresionantes. El cabello castaño se le había comenzado a escapar del tipo de recogido con el que hubiera empezado la velada, y sus ojos marrones rieron al verlo.

—¡Ups! —Entonces lo rodeó con sus brazos—. Ya que lo he pillado, Juliet, te lo voy a robar. ¡Este muchacho sabe moverse! ¡Enséñame esos pasos, precioso!

Harry la enderezó y le envió a Juliet una efectista mirada de miedo. Ella se limitó a poner en blanco sus lindos ojos azules.

—Adelante, dale una vuelta a la señorita Mazie. Pero luego me lo llevo otra vez, que lo sepa.

—¡Será si puedes!

No estaba como una cuba, pensó Harry mientras le daba esa vuelta, pero iba camino de estarlo. Mientras reía como una tonta, flirteaba y se pegaba a él, le abrió el cierre de seguridad de la pulsera y el mosquetón y deslizó el bonito juego de diamantes y zafiros hasta su bolsillo.

Cuando acabó la música, la mujer dijo:

—¡Caramba! Sí que sabes moverte. Juliet te está malgastando en la pista de baile, si quieres que te diga la verdad.

—Pero bueno, señorita Mazie —exclamó Juliet mientras la apartaba de Harry—. ¿Le parece bonito avergonzar así a mi invitado? Ahora sí que me lo llevo.

—Aprovecha, chiquilla —respondió antes de alejarse en busca de alguien más que le diera una vuelta.

—Debería tomar el aire.

—Bah, estará bien. Le pasa todos los años.

Volvió a bailar con Juliet para disimular y porque le apetecía.

—Tengo que volver —se lamentó—. No esperaba pasar fuera tanto tiempo.

—Haz una cosa: ve y, si Willy sigue despierto y lamentándose, tráetelo. Le quitaremos las penas de fiesta y, créeme, esto va a seguir así toda la noche.

—Puede que lo haga. Me gustaría.

Bajó con él hasta la segunda planta y se alejó de la escalera.

—Dame un minuto más.

Lo condujo por un amplio pasillo hasta una habitación. Su dormitorio, se percató Harry cuando Juliet lo hizo entrar, cerró la puerta y se apoyó en ella.

—Me apuesto algo a que Willy puede esperar un ratito más, y yo me aburro muchísimo en estas fiestas. ¿Se te ocurre cómo evitar el aburrimiento?

—Eh, puede que sí, ahora que lo comentas.

—Aquí y ahora. —Sonrió mientras se sacaba el vestido por la cabeza y se quedaba con un sujetador y una braguita mínimos de color negro—. Fóllame contra la puerta, Silas. Bien, fuerte y rápido.

—Esto sí que va a ser una feliz Navidad.

Pensó en la pulsera que llevaba en el bolsillo y tuvo cuidado para que no se cayera. A continuación cumplió sus deseos.

Volvió al hotel aturdido. Si no hubiera sido por el peso de la pulsera en su bolsillo, juraría que lo había soñado. Al llegar a la habitación, se sentó en el borde de la cama y lo revivió todo. Especialmente la última parte. La parte en la que Juliet le había rodeado la cintura con las piernas y le había clavado las uñas en los hombros. Cuando se había corrido, había sido una explosión. No sabía que podía ser tan rápido, tan intenso, tan febril. Si había una cosa de la que se arrepentía, era de saber que no podía volver y repetir la experiencia.

Sacó la pulsera, cogió la lupa y estudió las piedras bajo la luz.

—Oh, sí, feliz Navidad y próspero Año Nuevo.

Puso la alarma (sería mejor marcharse con las primeras luces) y se arrastró hasta la cama.

Sus planes de poner rumbo al sur y conocer Florida, tal vez pasar una semana o dos explorando las playas y quizá bajar hasta los cayos, cambiaron. No tenía sentido desviarse hasta Jacksonville cuando había mencionado dicha ciudad, no fuera que alguien relacionara la desaparición de una pulsera de diamantes y zafiros con un chaval cualquiera que había bailado con la borracha de su propietaria y se propusiera hablar con él. Así, pasó su primera Navidad solo, atravesando Georgia camino de Alabama. Como no le apetecía conversar («¿Qué haces tan solo el día de Navidad, muchacho?»), sacó algunos tentempiés de una máquina expendedora y se dedicó a zampar patatas fritas, galletas de mantequilla de cacahuete, Oreos y barritas Hershey mientras recorría las suaves colinas de Piedmont.

Con el subidón del azúcar y los hidratos de carbono, atravesó el río Chattahoochee y fue directo a Montgomery y a un motel de medio pelo en el que durmió doce horas seguidas. Pensó en Juliet, la de la cabellera dorada y las piernas ágiles, de camino al norte a esquiar. Todo le parecía un sueño hasta que estudió la pulsera. Aunque calculaba que había interpuesto suficientes kilómetros entre él y Savannah, se negaba a arriesgarse e intentar vender los bienes demasiado pronto.

Aprendió a amar el Sur, el ambiente, la gastronomía, las voces y el ritmo lento y tranquilo de las carreteras secundarias. Pasó la Nochevieja en Mobile, viendo desde la habitación de un motel cómo bajaba la bola de Times Square mientras comía pizza fría. Tras cruzar la frontera y adentrarse en Mississippi, en Año Nuevo disfrutó de la playa en el golfo de México. Se planteó instalarse allí por un tiempo, tal vez conseguir empleo, llevar a cabo algún trabajo nocturno. Sin embargo, empeñó la pulsera en Biloxi y prosiguió. Entonces llegó a Nueva Orleans y se enamoró.

Lo tenía todo: el agua, las voces, la gastronomía, la música, la arquitectura. Y turistas con carteras abultadas, por no hablar de un distrito histórico lleno de mansiones. Tenía Tulane, una universidad más pequeña de lo que habría querido para arriesgarse a colarse de oyente en alguna facultad, pero pensó que se las ingeniaría.

Tras dos días explorando el Barrio Francés, aprendió que podía meterse en el tugurio más humilde y comer como un rey.

Que un paseo por Bourbon Street de noche implicaba música atronando a través de los umbrales y turistas borrachos de huracanes, el cóctel típico, a quienes podría aliviar del peso de sus carteras o relojes con un simple empujón.

Se lanzó y alquiló un apartamento amueblado en Burgundy Street, abrió una cuenta en un banco local y, aunque le costó, se hizo con un carnet de conducir estupendamente falsificado, todo ello a nombre de Silas Booth. Jacques Xavier, el alma emprendedora que le había vendido el carnet, tenía una prima, una cartomántica que trabajaba como camarera por las noches. Dauphine LeBlanc tenía unos ojazos enternecedores y una cascada de pelo negro. A ella no le importaba que anduviese por el bar algunas noches, escuchando música, bebiendo Coca-Cola o té dulce y buscando objetivos. Llevaba camisas ceñidas y coloridas, y cadenas con cristales. Una noche de mediados de enero, mientras la banda tocaba oscuro y profundo delta blues, los cristales lo llevaron a decirle que le recordaba a su tía.

Ella frunció sus bonitos y gruesos labios, y ladeó la cabeza.

—¿Me estás diciendo, *doudou*, que estás ahí sentado con todo este material de primera delante de ti y a quien ves es a tu *tante*?

—No, no es eso. A ella también le interesan los cristales y trabaja como vidente por teléfono. Es tremenda.

Además, Mags no aparecía en ninguno de sus sueños húmedos, mientras que Dauphine había protagonizado uno o dos. A los veintidós años, lo trataba como un perro callejero que hubiera aparecido en su puerta. Con amabilidad, con un afecto vago y ocasional, y sin ningún tipo de atadura. Claro que él tampoco las buscaba.

Se bebió su té dulce y disfrutó de la música mientras ella se afanaba en el bar antes de regresar y rellenarle el vaso.

—Deberías venir a mi local para que te lea las cartas.

No lo haría gratis. Su primo le había dicho a Silas que Dauphine tenía una regla clara al respecto. Si le leía las cartas a alguien gratis, le abría la puerta a una avalancha de amigos y parientes que querrían lo mismo.

—Puede. Algún día.

—Yo ya veo lo que veo. Provengo de cierta estirpe y sabemos lo que sabemos. Tú también ves mucho. —Se inclinó y Silas obtuvo una generosa panorámica de su excelente escote, pero como lo habían educado para ser una persona decente, mantuvo la mirada en su rostro—. La mesa de ahí, por ejemplo, con el hombre tan blanco que hasta brilla mientras suda su camisa elegante y bebe whisky sours. Tú ves, al igual que yo, su reloj de oro, grande y feo, y que la mujer que está con él y cuya pierna acaricia por debajo de la mesa no es su esposa.

—Su esposa está en casa —siguió él—, en algún lugar tipo Toledo, mientras él se trae a la amiguita a una convención en la que puede hacerse pasar por un mandamás a costa de la cuenta de gastos de la empresa.

Dauphine le dio un toquecito con el dedo en el dorso de la mano.

—Tú lo ves y yo también. Pero ¿por qué Toledo?

—O los alrededores, qué más da. El acento.

—Ah, *bien sûr*. Yanquis, me suenan todos iguales. Tienes buen oído, me parece.

A Silas se le ocurrió una idea, por lo que decidió probar.

—¿Cuánto me cobrarías por enseñarme francés?

Dauphine lo rechazó con un gesto de la mano y se alejó por la barra para atender pedidos. Silas había aprendido, aun conociéndola desde hacía poco, que debía esperar. La banda aceleró el ritmo de la música y los pies empezaron a golpear el suelo. Un grupo de cuatro chicas (universitarias, concluyó Silas) entró y se apiñó en la barra. Dauphine les pediría el carnet y a Silas se le ocurrió que, si cualquiera de ellas tenía uno falso, tal vez fuera por cortesía de su primo. Cuando regresó, le puso delante un plato de croquetas de cangrejo y salsa de mostaza criolla. Se lo cobraría, pero no iba a quejarse.

—¿Para qué quieres aprender francés?

—Me gusta aprender.

Se quedó mirándolo mientras limpiaba la barra.

—¿Qué tipo de francés quieres aprender? Está el de París, la lengua criolla de Luisiana, el francés cajún y más.

—Todos, o todos los que sepas.

—Haremos lo siguiente: yo te doy una lección, de una hora, cincuenta dólares, y si creo que eres imbécil, *c'est tout*. Si creo que no es una pérdida de mi tiempo y tu dinero, seguimos. Veinticinco dólares cada sesión.

—Hecho. No te voy a parecer imbécil.

No parecía convencida, pero asintió.

—Mañana por la noche, a las ocho. Ten la cena preparada y una botella de vino bueno. Una hora, sin tonterías.

Aquella noche, antes de irse a la cama, guardó el reloj de oro (Gucci) y el efectivo de la cartera, de la que ya se había deshecho, en el espacio que había practicado bajo los tablones del suelo, debajo de su cama. Guardó el reloj algunas semanas, donde hizo compañía a un par de pendientes de rubíes muy bonitos, de unos dos quilates cada uno, unos gemelos de zafiros multicolor y un TAG Heuer Aquaracer.

Una vez que los vendiera (no todos a la vez, por supuesto, y no todos en el mismo lugar), añadiría el importe a sus cuentas bancarias. Ya no tendría que preocuparse por que alguien le quitase el techo bajo el que vivía o por que Mags tuviera suficiente para ir tirando.

Se arrellanó con uno de los libros de historia del arte que había tomado prestados de la biblioteca, con carnet. Pensó que se acercaba el día en el que podría ampliar su trabajo nocturno al arte.

Tuvo que pagar a alguien para que le comprase el vino, ya que hasta su carnet falso indicaba que era menor de edad. Decidió cocinar él. Le gustaba tener una cocina y se preparaba la comida con frecuencia, pero esta vez quería algo un poco mejor, o más adulto, que unos macarrones con queso o una hamburguesa. Dado que aún no creía haber desarrollado las habilidades para probar con la gastronomía cajún ni criolla, decidió centrarse en uno de los clásicos de su madre para las visitas; de los tiempos en los que tenían visitas a cenar. Acudió al mercado de productores en busca de patatas rojas, encontró algunos espárragos tempranos, compró una baguette, algo de pollo y una tarta de praliné pequeña.

No iba a tirarle los tejos, pensó mientras cortaba las patatas en dados. Quizá se reiría de él, lo que sería humillante, o se negaría a continuar con las lecciones. Y quería sumar el francés a su repertorio. Así que hizo la cena y, cuando los distintos pasos y los olores le trajeron a su madre al apartamento, no le dolió tanto como antes. Encontró cierto consuelo en ellos. Puso la mesa y sacó las flores que había comprado. No encendió velas ni puso música; no quería enviar un mensaje incorrecto.

Cuando Dauphine llamó a la puerta, a las ocho en punto, Silas decidió que la puntualidad formaría parte de las lecciones. Llevaba un vestido negro ceñido y zapatos rojos de tacón que la colocaban casi a la misma altura que él. Había pasado casi un mes desde el encuentro sexual breve e intenso de Savannah, por lo que Silas pensó que era perdonable la punzada de deseo.

—*Bonsoir* —dijo—. *Bienvenue*.

Dauphine asintió.

—*C'est bon.* —Entró en el apartamento minúsculo y le echó un vistazo rápido—. Lo tienes limpio. Tengo tres hermanos y son todos unos gandules. Sus cuartos siempre huelen a calcetines sucios y pan mohoso. Aquí huele a buena comida. ¿Has cocinado tú o es teatro?

—He comprado el pan y la tarta. El resto lo he preparado yo.

Dauphine dio un par de pasos hasta la cocina.

—¿Dónde has aprendido a cocinar?

—De mi madre.

Sus ojos enternecedores se clavaron en los de Silas.

—¿Ya no está entre nosotros? También tengo oído —añadió—, y oigo dolor.

—Sí, el año pasado.

—*Je suis désolée.* —Se llevó la mano al corazón—. Creo que habría estado orgullosa de esta comida. Ahora sírveme algo de vino. *Divin*: francés de Luisiana. *Du vin* en francés formal. —Se dio un toque en la oreja—. Tienes que escuchar para notar la diferencia.

Silas les sirvió vino a ambos.

—La segunda expresión es, como has dicho, más formal. Puedo oírlo.

—Entonces, oyes bien. —Caminó hasta la ventana y señaló
con el dedo—. ¿El coche? *Un char*: francés de Luisiana. *Une
automobile* en francés. Pero, ¿sabes?, aquí puedes mezclar los
dos. En Francia no, pero aquí puedes usar cualquiera de los dos
o ambos a la vez. Demuestra que sabes más de un idioma. Aquí
cambiamos entre francés, inglés y criollo, porque podemos.

—Primero hay que hablarlos todos con fluidez.

—*Mais oui*. El vino es bueno. *Le vin est bon.*

Cuando lo repitió, Dauphine frunció los labios y asintió.

—Tu acento es bueno para un principiante. Así que sírveme
eso que huele tan bien. Creo que hablar mientras cenamos es una
buena forma de aprender.

Silas demostró que no era imbécil, así que Dauphine accedió
a regresar la semana siguiente por la mitad de precio, a cambio
de comida y buen vino. La tercera semana, dieron la lección
mientras disfrutaban de su primer intento de *étouffée* de cangrejo.

—Podrías trabajar de cocinero. Sé de algún sitio.

—Si tienes que hacerlo, deja de ser divertido. Y voy lento,
solo puedo hacer un puñado de recetas. Además, aún no busco
trabajo legal. Le he pedido a mi tía que venga al Mardi Gras y
quiero enseñarle los alrededores, tener tiempo para ella.

—*Tu as un bon cœur.* —Se apartó la melena negra mientras
recorría el apartamento con la mirada—. Eres limpio y tienes un
rostro bonito. Te digo que no ligues conmigo y no lo haces. Eres
educado. Creo que esto ya lo sabes de las lecciones, y de la canción: *Voulez-vous coucher avec moi?*

Silas cogió el vino y dio un sorbo cauteloso.

—Soy un hombre heterosexual. Eres una mujer bella, sexy,
divertida, inteligente y con cuerpazo. Un cuerpazo de escándalo.
Así que: *absolument.*

—No busco romance. No tengo tiempo. Me gustas: como
amigo, un amigo inteligente. Si te enamoras de mí, te romperé
ese corazón bueno que tienes. Y me dará pena.

—No busco romance. Ah… *Je ne suis pas prêt. Je vous aime.*

—*Je t'aime bien* —lo corrigió.

—*Je t'aime bien* —repitió—. Puede que seas tú quien se enamore de mí, y entonces me dará pena romperte el corazón.

—En ese sentido, no corremos peligro. —Le tendió la mano—. *Amis.*

—*Amis* —accedió.

—¿Tu dormitorio está tan limpio como el resto?

—Sí.

Dauphine se puso en pie y volvió a tenderle la mano.

—*Montre-moi.*

6

La larga fiesta salvaje que constituía el Mardi Gras comenzó para Silas con la llegada de Mags. Puede que solo hubieran pasado unos meses, aunque parecían más, pero se sintió ridículamente feliz de verla. Su tía la loca, con su pelo caoba veteado de rosa chicle, lo estrechó entre unos brazos bronceados por el sol del desierto. En el interior del antebrazo derecho ahora lucía una brújula tatuada con un corazón rojo en el centro.

—¿Qué es?

—El símbolo de mi anhelo por viajar. —Volvió a estrecharlo con fuerza—. Con todos los kilómetros que llevas recorridos, también podrías hacerte uno.

Él lo dudaba mucho.

—Voy a hacerme otro con mi animal espiritual cuando decida cuál es.

—Pensaba que era el animal quien te elegía.

Mags se limitó a reír antes de separarse de su sobrino para estudiar su rostro.

—Tienes buen aspecto, colega. Jo, estás más alto. Has crecido dos o tres centímetros.

—Puede ser.

—Qué va a poder ser: lo es. Creía que ya no darías más estirones. Bueno, enséñame ese apartamento tuyo.

Con las bolsas (un par de petates enormes de tela de flores) abandonadas junto a la puerta, entró a inspeccionar el apartamento.

—Bonito, muy bonito para ser el primer apartamento de nuestro muchacho. Y muy buena ubicación, buena luz. Me gusta la decoración, las escenas callejeras del Barrio Francés.

—Son míos. No es que los haya pintado yo —rectificó cuando Mags se dio la vuelta y se quedó mirándolo—. El apartamento venía amueblado, pero he colgado algunos cuadros que he ido pillando. Comprando —se corrigió—. Hay muchos artistas en el Vieux Carré.

—Demuestras buen gusto y apoyas a los artistas locales. Además, está reluciente.

—Supongo que viene en el ADN.

—Ay, sí. La echo muchísimo de menos.

—Lo sé. Yo también. No te dije nada, pero me llevé parte de sus cenizas conmigo. Solté unas pocas en un lugar en las Humeantes y luego, al llegar a esta playa de los Outer Banks, esparcí el resto en el océano.

Mags soltó un suspiro y se apuntó con el dedo.

—En el desierto Pintado y en el Pacífico.

—¿En serio?

—Imagino que nos parecemos más de lo que creíamos ninguno de los dos, Harry.

—Aquí soy Silas.

—Vale.

—Deja que meta tus bolsas en el dormitorio y luego te hago una visita guiada y te llevo a comer.

—Dormiré en el sofá.

—Mi Mags no va a dormir en el sofá en mi casa.

Para dejar zanjada la cuestión, levantó las bolsas y las llevó hasta el dormitorio.

—Vale, esto es adorable. Me encanta el techo abuhardillado, y fíjate: láminas de Maxfield Parrish en la pared.

—Son del mercadillo, de un calendario o algo así.

—Sigues demostrando buen gusto. —No era un cuarto por el que uno pudiera deambular, dado el tamaño, pero Mags dio una vuelta—. Y narcisos en la cómoda. Para mí. Alguien te ha educado bien…, Silas.

—Dos personas me educaron bien. O lo suficientemente bien.

Mags le acarició la mejilla, en la que empezaba a asomar la barba.

—Más te vale darme ese tour antes de que me ponga tonta y eche a perder mi maquillaje.

—¿Nunca habías estado aquí? —le preguntó Silas mientras la conducía al exterior.

—No; es mi primera vez. Creo que el universo decidió que debía disfrutar de mi primera experiencia en Nueva Orleans, y del Mardi Gras, con mi sobrino.

—¿Qué tal Las Vegas?

—Calurosa y bulliciosa. Pero voy a darle una oportunidad a Santa Fe. Es adonde iré cuando me marche.

—¿Y qué tal el negocio telefónico?

—Eso es lo bueno, amigo mío. —Una vez fuera, inspiró con fuerza el aire cálido y húmedo—. Mientras haya cerca una torre de telefonía móvil, madame Magdelaine estará disponible. —Apoyó un dedo en el tatuaje—. Así que irá adonde el espíritu la lleve.

—Los vientos del desierto son lo tuyo.

—Eso parece. Y el calor, la humedad y el agua, lo tuyo.

—Sí, hasta ahora. Pero creo que también me atraen las colinas y las montañas. Como ciudad, esta es perfecta. Quiero probar Nueva York, Washington, San Francisco, y puede que tenga una excusa para visitar Santa Fe, pero esto es lo máximo en cuanto a ciudades. Porque no es una ciudad, al menos no esta parte: es una experiencia.

Los turistas abarrotaban las tiendas, las calles, los bares. Arrojaban monedas a los sombreros y fundas de instrumentos de los músicos callejeros mientras que los sonidos de metales, acordeones y voces *a cappella* serpenteaban por el aire.

Pasearon por calles adoquinadas, bajo balcones enrejados decorados con flores y cuentas doradas y púrpuras. Silas le presentó a su caballo de tiro favorito y esperó mientras su tía buscaba en una tienda cristales, velas e incienso para añadirlos a lo que Silas sabía que era una colección ya enorme. Y volvió a esperar mientras elegía una camiseta de Mardi Gras. Antes de que lo arrastrase a una nueva tienda, la condujo a un restaurante oloroso y lleno de gente en el que la mayoría de los turistas ni siquiera se fijarían.

Mamá Lou tenía una docena de mesas y ofrecía servicio en barra. A la hora de comer no había silla ni taburete sin un culo encima, pero Silas había reservado una mesa. Little Lou, la hija de Mamá Lou, los saludó cuando entraron.

—¡Aquí estás, *cher*! *Assis-toi, assis-toi.* ¡Mamá! Ha llegado Silas *avec sa tante.*

La mujer, una cuarentona huesuda de piel oscura y brillante y la cabeza llena de trencitas, se acercó a paso ligero mientras Silas conducía a Mags a la mesa junto al único ventanuco del lugar: el mejor sitio. Little Lou se puso se puntillas para darle un beso en la mejilla.

—Mamá quiere conocer a la señorita Mags. Está enamoradísima de este muchacho.

—Es mutuo. Mags, esta es Little Lou, la hija de Mamá Lou y la segunda mejor cocinera del Barrio Francés.

—Eso es porque mamá es la primera. —Soltó una carcajada—. Ahora mismo os traigo algo de beber. Silas querrá su Coca-Cola, *c'est vrai?*

—*Merci. Vin blanc pour ma tante, et une bouteille d'eau pour la table, s'il te plaît.*

—*Bien, bien* —respondió antes de marcharse a toda prisa.

Mags se inclinó sobre la mesita de madera y le clavó un dedo en el hombro.

—¿Desde cuándo hablas francés?

—He estado tomando lecciones. Aquí llega Mamá. Es única.

Mamá Lou, una mujer de anchas caderas que apenas superaba el metro y medio, se abrió paso como una reina entre las mesas con su mandil blanco y un vestido con estampado de pensamientos. A los sesenta años, su piel tostada seguía lisa y sus penetrantes ojos verdes, despiertos. Silas se puso en pie y, como había hecho tras probar por primera vez su jambalaya, le tomó la mano y se la besó. Siguió hablando en francés; en francés formal, porque sabía que le gustaba y la divertía:

—Mamá Lou, *permettez-moi de vous présenter ma tante,* Magdelaine Booth. *Et merci, merci beaucoup de l'accueillir. Elle m'est chère.*

La mujer asintió y le dio un cachetito en la mejilla.

—*Bien, cher.* —Luego le tendió la mano a Mags—. Es un buen muchacho —dijo con una voz que fluía como flores líquidas—. Porque mis hijas son mayores y mis nietas demasiado jóvenes, que si no, lo robaría para alguna de ellas. Me lo quedaría para mí, pero *mon mari* le arrearía un puñetazo en esa carita guapa si lo hiciera.

—Pues entonces, nada. Gracias por cuidar de él. Me gusta ver que está en tan buenas manos.

—Sigue estando demasiado flaco.

—Sí, pero no tanto como antes.

—Habéis venido al Mardi Gras, así que *laissez les bon temps rouler.* —Se apartó lo justo para que su hija les sirviera las bebidas—. A ver, Tante Mags tomará gumbo y Silas *po'boy* de gambas. Todo para compartir; así comerán un poco de cada. Y de postre, pudin de pan. *Bon appétit.*

Mags observó a la mujer volver cimbreándose hasta la cocina.

—Única, dijiste, y no te equivocabas. ¿Siempre te dice ella lo que vas a comer?

—Solo si le caes bien.

—Estupendo. —Levantó la copa de vino y dio un sorbo—. No está mal. Y ahora, cuéntame lo del francés. ¿Cómo es que has aprendido a conversar así en solo unas semanas?

—Mi profesora es muy buena.

—Me lo figuro. Recuerdo que el español siempre se te dio fenomenal y que te defendías cual torero. La memoria mágica ayuda, claro. ¿Clases en la universidad, algún curso para adultos?

—Profesora particular. Una amiga. La conocerás esta noche.

—Aaaah. —Mags dejó arrastrar el monosílabo, cargándolo de significado—. Una amiga.

—Sí. Te gustará. Lee el tarot y las manos. Trabaja en un bar algunas noches a la semana.

—¿Una amiga con derecho a roce?

Silas se limitó a encogerse de hombros.

—Nada serio por parte de ninguno de los dos.

—Bien. Puede que ahora hables tres idiomas y te desenvuelvas por ti mismo, por lo que veo, de maravilla, pero sigues siendo demasiado joven para nada serio. Te voy a hacer una pregunta porque es mi obligación: ¿te has planteado ir a la universidad?

—Me he planteado ir de oyente o matricularme de alguna asignatura en Tulane. Después del Mardi Gras y puede que el otoño que viene, si sigo por aquí.

Little Lou les trajo el almuerzo, junto con un cestillo de *hush puppies*.

—Por todos los santos, es muchísima comida.

—Uno no se va con hambre de casa de Mamá Lou.

Mags probó el gumbo.

—Vale, esto está buenísimo. —Entonces le dio un bocado a su mitad del *po'boy*—. Y una vez más: ¿tienes pensado marcharte próximamente?

—No lo sé. Solo sé que por ahora no. Di una vuelta por la Universidad de Carolina del Norte cuando estuve allí y me atrajo muchísimo, así que puede que con el tiempo lo haga. Voy a mirar alguna más. No busco un título, Mags, solo quiero aprender más de aquello que me interesa.

—Soy la última persona que te lo discutiría. Aún no eres feliz… y yo tampoco. Uno tarda lo que tarda. Pero te diré que estás en un buen lugar, y no solo en el mapa. Yo también, así que bien por nosotros.

Aquella noche hicieron la ruta de los desfiles. Recogieron cuentas y las lanzaron. Mags, siendo Mags, bailó en la calle con desconocidos. Comieron *kabobs* de gambas y *beignets* calientes mientras jaleaban a las carrozas. Un hombre ataviado únicamente con una máscara de bufón y unos bóxer violetas bailó un *boogie* en un balcón y se ganó unos aplausos.

—¡¿Por qué nunca había vivido esto?! —bramó Mags por encima del estruendo.

Silas la llevó al bar en el que Dauphine y otro camarero mezclaban, vertían y servían bebidas, mientras la banda esa noche tocaba zydeco. En cuanto Dauphine los vio, levantó la voz.

—Tito, bastante has calentado ya ese taburete. Levántate y deja que se siente la señora.

Un hombre robusto de ojos soñolientos se levantó y, dándose la vuelta, le hizo una reverencia a Mags.

—Vaya, muchas gracias, caballero.

—Mags, esta es Dauphine, mi amiga y profesora de francés.

—Si mezclas la bebida igual que enseñas francés, tengo que probar alguna. Silas parlotea como si hubiera nacido aquí.

—Tiene un don para las lenguas, creo, pero sobre todo para aprender. ¿Qué te pongo?

—Lo que quieras. Es Mardi Gras en Nueva Orleans y estoy dispuesta a todo.

—Me gustan las aventureras. —Las dos mujeres se observaron un instante; acto seguido, Dauphine asintió—. Sé lo que necesitas.

Avisó en francés al otro camarero de que iba a tomarse un breve descanso con unos amigos. Entonces agarró la coctelera, cogió unos gajos de limón y un poco de menta, vertió algo de una botella y comenzó a remover.

—Bueno, señorita Mags, ¿estás disfrutando de Nueva Orleans?

—Estaría loca si no. ¿Eres de aquí?

—Sí. Toda mi vida está aquí.

—Es probable que esta semana no sea tan divertida para ti.

—Pero es rentable. —Añadió una cucharada de hielo picado, algo de otra botella, un poco de soda y empezó a agitar la coctelera—. Tú haces videncia por teléfono.

—Sí. Es rentable.

Dauphine le sonrió de oreja a oreja.

—¿Lees las cartas?

—Las echo mientras hablo con el cliente. Silas dice que tú te ganas la vida leyéndolas.

—En el Five Fold. —Vertió la mezcla en un vaso bajo y la decoró con una ramita de menta fresca—. Prueba. Si no te gusta, te hago otra cosa.

Mags dio un sorbo y esbozó una lenta sonrisa.

—¡Magia! ¿Qué es?

—Un creolo. Sofisticado y refrescante, como diría que eres tú.

—Ay, me gusta tu amiga, sobrino mío. Cenemos juntos mañana. Llévanos a una cita, Silas.

—Hum, claro.

Dauphine sonrió y sacó un cuenco de frutos secos.

—Silas cocina. Cocina bien.

—Siempre se le ha dado mejor que a mí. Haznos de cenar, guapo.

Las dos conectaron. Conectaron rápido y conectaron bien. Durante las tres noches siguientes, Mags les demostró lo que era salir de fiesta y acabaron cada una de ellas probando un cóctel nuevo en el bar.

El primer día de Cuaresma y última noche de Mags, Silas les preparó jambalaya… y probó a freír sus primeros *hush puppies*. No tenía que añadir gran cosa a la conversación cuando se juntaban. Hablaron de películas, libros, arte, moda y, a pesar de su presencia, de hombres. Si Mags y Dauphine se desviaban, como a menudo hicieron, hacia el sexo, él se ausentaba. Se le hacía demasiado raro.

—Voy a sacar la basura —dijo cuando se aproximaron una a la otra frente a la mesita—. Y puede que dé un paseo.

Salió y dio un par de vueltas a la manzana en el silencio postfestividad del barrio. Al volver, se sorprendió al descubrir a Dauphine leyéndole las cartas a Mags.

—¿Cuánto vas a cobrarle?

—Es un trueque. Yo se las leo a ella y ella me las lee a mí. —Dauphine le tomó la mano a Mags—. Ella te cuida, ¿lo ves? Creo que siempre lo hará. Aquí hay fuerza femenina desde la raíz, y también están las preocupaciones del pasado, los cambios, los finales que todavía se ciernen. Pero ella está a tu lado. Y aquí está él, el hijo que compartisteis. Por ahora yo tengo un pedacito de él, pero el tuyo es para siempre. Mira al frente, es ambicioso e incansable. Tú también miras al frente, a lo que vendrá después y aún más tarde. Puede que un día sus pies se planten, pero los tuyos seguirán vagando hasta que arraigue el amor. E incluso entonces, ese amor debe estar dispuesto a irse contigo.

Sonrió y deslizó un dedo sobre una carta.

—El amor no es un objetivo, sino un deseo. Siento lo mismo. Es un regalo que puedes abrir o dejar envuelto y bien atado. Ha de ser una elección; si no, no te durará. Viajes y trayectos, y tú debes llevar el timón. ¿Seguridad? ¿De qué sirve sin la aventura, sin lo que viene después, sin el futuro?

Silas se acercó a mirar; nunca le había visto echar las cartas. Si las conocía era porque Mags jugueteaba a veces con ellas.

—Puede que viajes a capricho y que físicamente estés sola, pero llevas tus raíces contigo. Sabes cómo trasplantarlas, cómo hacerlas crecer donde quieras y hasta que quieras cambiar de lugar. Eso es libertad. Es admirable. ¿Y el botín que obtienes? Tu copa nunca se vacía; el amor la llena una y otra vez. —Se recostó en el asiento—. Eres una mujer afortunada, Mags, y una mujer que lleva la fortuna con ella.

—Mi hermana me hizo un regalo. No es que en aquel momento supiera qué demonios hacer con él. Y tampoco es que me gustasen los bebés y los niños. Dana era una madre de la cabeza a los pies. Creo que yo nací para ser tía. Me sorprendió ver parte de mí en Silas. ¿La inteligencia? No tengo ni idea de dónde puñetas la ha sacado. Ni esa memoria terrorífica.

—Podría preguntarte cualquier dato estadístico sobre algún jardinero de los Cubs y lo soltarías sin pestañear —apuntó Silas.

—Eso no es memoria terrorífica, colega, eso es béisbol. Vamos a tomarnos otra copa de vino, Dauphine, y te las leo a ti.

Esta sonrió.

—Venga.

Una vez que Mags hubo puesto rumbo al oeste con su Volkswagen, Silas fue hasta Tulane. Tenía todos los papeles (generados con cuidado y meticulosidad) y los antecedentes de Silas Booth perfectamente preparados. No tuvo que esforzarse demasiado para que le permitieran, pagando las tasas correspondientes, asistir como oyente a los pocos cursos que le interesaban.

Durante el resto del mes de febrero y hasta el 1 de abril, que pasó con Mags en Santa Fe, mantuvo un perfil bajo y la boca prácticamente cerrada mientras estudiaba Literatura inglesa, Impresionismo y Programación. Casi se sentía como un estudiante corriente, caminando por el campus verde de vegetación entre azaleas que estallaban de color. Aunque no era necesario, hacía los ejercicios y escribía disertaciones. Y aprendía. Sus clases de francés con Dauphine evolucionaron hasta convertirse en conversaciones vespertinas y sexo ocasional. Aprendió piratería informática de Jacques y mediante su propia ingeniería inversa, y descubrió un curso online de italiano que parecía el elemento perfecto que añadir a su currículo.

Entonces, mientras la húmeda primavera daba paso al cálido y lluvioso verano, conoció a Sebastien Picot.

Silas estaba sentado en un banco con vistas al río en Audubon Park, lejos del denso ajetreo de la ciudad, mientras contemplaba el Mississippi y los barcos de vapor que lo surcaban. A su espalda, la gente merendaba o lanzaba frisbis, o simplemente sesteaba sobre la hierba. Él llevaba su camiseta de Green Wave: otro universitario más en una tórrida tarde de mayo.

Había acudido a encontrarse con Jacques a petición de su falsificador y, en ocasiones, perista. Como había empezado a prepararse para un nuevo trabajo (la acaudalada abuela de un compañero de su clase de literatura que no paraba de alardear de sus joyas), tenía previsto abordar la liquidación del collar de diamantes de varias vueltas que, con considerable alegría, el bocazas de su compañero esperaba heredar.

Jacques se dejó caer a su lado y alargó la mano para chocársela.

—Eh, tío.

Si Silas era de complexión delgada (tenía sus pesas y estaba trabajando en ello), Jacques era un espantapájaros en pantalón corto de baloncesto. Incluso sentado irradiaba energía. Silas imaginó que quemaría más calorías echándose la siesta que la mayoría corriendo un par de kilómetros.

—Este no es uno de tus lugares habituales, hermano.

—Pero sí de los tuyos.

Así era, pensó Silas. El ancho río marrón se deslizaba perezoso y, a la puesta de sol, todo adquiría un tinte mágico.

—Hay alguien que quiere conocerte.

Cuando Silas apartó la vista del río y miró a Jacques, este levantó las manos y sonrió con picardía. El hombre lucía una sonrisa casi permanente, de grandes dientes blancos, pero cuando lo hacía adrede, prácticamente refulgía.

—¿Crees que te la liaría? Lo conozco desde que timaba a los turistas con el cambio de los billetes. Tiene una propuesta que hacerte; tú las tomas o la dejas, *ami*. Yo solo he venido para dar fe de él.

—¿Cuánto te va a pagar?

Jacques soltó un aullido y negó con la cabeza, haciendo que se sacudieran los *twists* que orlaban su cabeza como una corona.

—Es amigo de un amigo, *ça va*? Si aceptas la propuesta y todo sale bien, me llevó una comisión. Si no quieres, no quieres, y todos tan contentos.

Silas se acostaba de vez en cuando con la prima de Jacques, por lo que sabía que tenía cierto peso en su escala de valores. Así que se encogió de hombros.

—Escucharé la propuesta.

—Bien.

Jacques levantó la mano y la movió adelante y atrás. Silas vio a un hombre aproximarse renqueando al banco. Calzaba en el pie derecho una de esas gruesas botas ortopédicas y usaba bastón. Por lo demás, parecía en buena forma, de unos cincuenta años. Llevaba un perrillo de aspecto desagradable y patas arqueadas atado con una correa. Mediría uno setenta y lucía una perilla recortada en el rostro curtido. Algunos hilos plateados entreveraban el rubio trigueño de su impresionante cabellera. Se sentó al otro lado de Silas y dejó escapar un suspiro al descargar el peso del pie embotado. El perro olfateó con desconfianza las Converse Chuck de Silas.

—No muerde demasiado. *Assis*, Bluto, viejo *coullion*. —Su acento cajún sonaba afilado e indolente al mismo tiempo—. Buen sitio, este, aunque hace un poquito de brisa.

—Yo ya me voy. —Jacques se levantó—. Os dejo para que os conozcáis. *Á bientôt.*

Sebastien se arrellanó en el banco como si tuviera todo el tiempo del mundo.

—Este muchacho tiene más energía que un cohete. Tú pareces más tranquilito. Sebastien Picot —continuó sin ofrecerle la mano para estrechársela—. Soy un admirador de tu trabajo.

—¿Qué trabajo?

Sebastien se limitó a sonreír sin dejar de mirar al río mientras Bluto se sentaba, aunque siguió olisqueando las zapatillas de Silas.

—A un hombre en mi posición, con mi experiencia, más le vale conocer a la competencia o, siendo amables, a los colegas. Tenemos ciertos conocidos en común tú y yo, *mon ami*: Jacques, Burdette en Baton Rouge, Michelle en Lafayette. Como ya sabes, son cuidadosos con lo que dicen y a quién se lo dicen. A mí me conocen desde hace mucho tiempo, así que, cuando pregunto, responden.

—¿Cuando les preguntas el qué?

—*Mais*, cómo ciertas fruslerías encuentran la manera de ir de un lugar a otro. De moverse con inteligencia. A mí la inteligencia me gusta. Así que me digo: este jovencito es inteligente; lo bastante como para no ir dejando miguitas, para llevarse algo, pero no demasiado. Es elegante, pienso al observar estos viajes. Las fruslerías, *c'est bon*. En mis tiempos, también ayudé a que muchos salieran de viaje. Y obras de arte, *aussi*. El efectivo no es más que papel. No hay elegancia. Si te lo ponen a mano, lo coges, claro, pero las fruslerías, el arte: eso sí es elegante.

Silas no creía que fuera un timo, no si Jacques estaba implicado, pero dejó que el silencio se extendiera cuando Sebastien acabó de hablar. Permanecieron sentados un minuto, luego dos, mientras la corriente discurría y el sol comenzaba a ponerse.

—Tengo un cliente —prosiguió Sebastien—, y hay un cuadro muy bonito que le gustaría añadir a su colección. Ahora mismo, está en la colección de otra persona, ¿vale? En una colección privada a la que viajó en un momento dado desde otra pública en Londres. ¿Conoces Londres?

—Sé dónde queda.

La carcajada de Sebastien rechinó como una sierra oxidada contra madera vieja.

—Yo no participé en ese viaje, pero sabía de él. Muy elegante. Antes de que tú nacieras, creo. *Mais* este cuadro ya no está en Londres, sino aquí, en Nueva Orleans, en esta colección privada. El cliente lo quiere y yo acepté encargarme de ello. Digamos que acepté un depósito. Y ya lo he preparado todo. Es un reto, pero soy bueno en lo mío.

—Vale. Muy bien, pues buena suerte.

—*Malchance*, eso es lo que he tenido. —Sebastien se inclinó y se dio un golpecito en la bota—. Este trabajo exige agilidad y a mí no me quitan esta mierda hasta dentro de cinco semanas. El cuadro debe salir de viaje la semana que viene. Este cliente paga muy bien, pero es… difícil. Podría devolverle el depósito, pero no le bastaría. Si no acaba satisfecho, me espera algo peor que una fractura de tobillo. No quiero más huesos rotos, así que necesito un socio para este proyecto.

Silas se dijo que no estaba interesado; se dijo que debería marcharse. Sin embargo, apuntó la bota con el dedo.

—Quítatela para que pueda verlo.

—*Alors…* —Sebastien siseó con fastidio, pero se agachó, abrió la bota y levantó con cuidado el pie, lleno de nubarrones violáceos—. Una fractura capilar, dicen. Lo que yo digo es que les den.

—¿Cómo te lo has hecho?

—Podría decirte que fue saltando por una ventana para huir de un marido celoso, pero me tropecé con el condenado chucho. Uno se levanta a mear en mitad de la noche porque ha bebido mucho vino y se tropieza con su propio perro. Así que ahora necesito a alguien con cabeza y habilidad para que me ayude a mandar este cuadro de viaje o acabaré con las piernas, los brazos, y puede que hasta el cuello, rotos.

—Levántate la camisa.

Sebastien suspiró, pero se la levantó.

—Eres inteligente al mostrar cautela. No me gusta la gente estúpida. —Sin que se lo pidiera Silas, se vació los bolsillos—. Jacques jamás te traicionaría. En tu corazón sabes que es verdad, pero uno tiene que guiarse por la cabeza, ¿*oui*?

—Yo trabajo solo.

—Y yo igual, casi siempre. Si cometes un error, es cosa tuya. Si te vas de la lengua, es cosa tuya. Y los honorarios son cosa tuya. Pero este proyecto, esta vez, este cliente: no puedo hacerlo solo.

—¿Cuáles son los honorarios? Estarás pensando cuánto puedes rascar. Por cuánto aceptaré. No lo hagas. Llevo trabajando en esto media vida.

—*Non!* —Sebastien se quedó mirándolo con los ojos como platos, mitad asombro, mitad admiración—. ¡Pero si serías *un bébé*!

—Tenía nueve años. Las circunstancias; no es que te importe. No trates de engañarme.

Sebastien le clavó un dedo en el pecho.

—Me gustas. Podría ofrecerte menos, pero la necesidad apremia. El depósito es de diez mil; esos me los quedo, puesto que el cliente vino a verme a mí. Cuando el cuadro viaje hasta él y sea autenticado, de lo que también me ocuparé yo, me transferirá los honorarios a mi cuenta. Un millón de dólares, estadounidenses.

Silas se quedó sin respiración durante un minuto; el corazón le había dado tal vuelco que lo tenía en las tripas.

—Pero ¿qué cuadro es, joder?

—Se conoce como *Sol naciente sobre el Támesis*. Turner lo pintó en su fase de madurez; una abstracción. Un cuadro pequeño, de sesenta por sesenta. Ha viajado mucho y ya estuvo en otra colección privada en Alemania antes de que se lo llevaran los nazis. Después viajó un poco más y acabó donado en la Tate de Londres. Ahora descansa en la cámara de seguridad de esta colección privada.

Silas sabía un poco sobre Turner por sus estudios, pero se prometió aprender más.

—Va a valer más de un millón.

—*Mais oui*, pero esos son los honorarios y es una buena suma para alguien como yo. Me quedaré con el ochenta por ciento y el depósito, ya que lo he preparado todo, el cliente es mío y tendré que enseñarte, creo, algunas de las habilidades que aún no dominas. De mi parte pagaré a Jacques mil dólares por habernos presentado.

A Silas le costaba imaginar que se llevaría cerca de doscientos mil dólares. Le costaba imaginar tanto dinero por un solo trabajo. Pero eso no significaba que fuera a aceptar la primera oferta.

—Voy a ser yo quien lleve a cabo todo el trabajo, quien corra riesgos. Dividiremos los honorarios a la mitad; tú te quedas con el depósito.

Sebastien soltó una carcajada burlona.

—Tengo treinta años de experiencia y ya he invertido cerca de un mes en el proyecto. Cuento con el equipamiento. Setenta y cinco-veinticinco.

—Yo tengo dos tobillos funcionales y a ti te corre prisa. Sesenta-cuarenta.

Silas estaba más que dispuesto a aceptar setenta-treinta, pero no parpadeó cuando Sebastien le tendió la mano.

—Hecho.

Silas se la estrechó y dio comienzo a la siguiente etapa de su viaje personal.

7

Para cuando fue a cenar a casa de Sebastien la noche siguiente, Silas había investigado a fondo tanto a Turner como el golpe que en 1983 había dejado a la Tate sin su *Sol naciente sobre el Támesis*. También había acribillado a Jacques y a Dauphine a preguntas sobre Sebastien. Jacques lo consideraba legal, fiable y honesto a la manera de los ladrones y estafadores. Dauphine lo calificó de «crápula encantador» que no era de fiar con mujeres o puertas cerradas cerca.

Silas caviló sobre lo que podría hacer con unos honorarios que rozaban el medio millón. Podría ir a la universidad, podría viajar, podría comprar equipamiento mejor para su trabajo nocturno y, cuando muriera el Volvo, comprarse algo que no fuera de segunda mano. No quería un casoplón, pero podía mandarle algo de dinero a Mags en caso de que ella sí. No obstante, como diez años de experiencia le habían enseñado a no vender la piel del oso antes de cazarlo, primero se tenía que preparar y aprender.

Llevó vino, porque eso era lo que uno supuestamente debía hacer, y pensó que sería genial cuando no tuviera que pagar a alguien para que lo comprara por él. Sebastien vivía en los pantanos, pero no en una cabaña o una casucha, como Silas esperaba. Poseía lo que parecía una casita recoleta de paredes blancas y postigos rojo chillón, rodeada de flores con vistas al agua y a las rodillas de los cipreses que descollaban sobre la superficie. Una piragua se mecía amarrada a un pequeño muelle.

La casita tenía en la parte delantera un porche cubierto con un par de mecedoras flanqueando una mesa cuadrada. Carillones y lo que Silas sabía que eran campanillas espirituales tintineaban y canturreaban con la brisa. En la explanada de grava entre la vivienda y el cobertizo descansaba una camioneta roja. La música atronaba por una de las ventanas abiertas y el perro ladraba como si le fuera la vida en ello.

Silas se quedó parado un momento, admirando el agua, las luces y las sombras. Entonces vio deslizándose el lomo nudoso de un caimán.

—¡La madre que me parió!

Silas retrocedió un par de metros antes de darse la vuelta, subir al porche y llamar a la puerta.

—Adelante, y límpiate primero los pies. ¡*Ferme ta bouche*, Bluto!

El perro dejó de ladrar en cuanto Silas entró, aunque salió disparado a olisquearle las zapatillas y clavarle una mirada hostil.

La casita le pareció «acogedora», e imaginó que su madre habría dicho que estaba «llena de trastos», pero con tono alegre. Se figuró que las paredes, decoradas con obras de madera de deriva, un reloj de cuco y desnudos a carboncillo, estarían construidas en madera de ciprés. El comedor, con su sofá azulón y sillas de un rojo vivo, daba directamente a la cocina, donde se encontraba Sebastien, con un mandil cubriéndole los tejanos holgados y la camiseta.

—Has tenido suerte, *cher*. Hace como una hora capturé un par de buenos peces gato. Voy a asártelos un poco. Irán bien con la ensalada de patata y la ocra frita.

El perro corrió hasta una cesta llena de pelotas, huesos de goma y restos destrozados de lo que habrían sido animales de peluche. Sacó uno de los huesos y se subió a una butaca con él. Entonces se quedó mirando a Silas como si lo desafiase a hacer algo al respecto.

—¿Qué tienes ahí?

—Vino. Eh, un shiraz, pero tengo entendido que al pescado le pega más el vino blanco.

—A estos gatos no les va a importar. Tráelo para que podamos abrirlo.

Silas atravesó una cocina de cuya pared colgaban cazuelas y utensilios. En los anaqueles abiertos se apretaban botellas y tarros. Los platos y la cristalería llenaban sin orden ni concierto los aparadores. Un ramillete de flores silvestres descollaba en una jarrita sobre la mesa cuadrada.

Sebastien remojó los filetes de pescado en a saber qué, pero el aroma hizo que a Silas le picase la nariz.

—El sacacorchos está en esa pared de ahí; los vasos, aquí detrás.

Mientras Silas se afanaba en abrir el vino, Sebastien se lavó las manos en el fregadero y fue a bajar un poco el volumen de la música.

—Acabo de ver un caimán ahí delante. En el agua, pero justo donde el muelle.

—Sería Pierre. Le gusta nadar un rato por la tarde.

Silas se preguntó si era buena idea asociarse con alguien que le ponía nombre a un caimán.

—Se zamparía a tu perro de un bocado.

—Bluto es duro de roer. Además, lleva un dije en el collar que repele al *cocodril*.

—Vale.

Conque no se comería a ese extraño perrillo, pensó Silas. Y, a pesar de que imaginaba que podría mandarlo a cincuenta metros de una patada, simplemente le dio miedo.

—¿Has hecho muchos trabajos como este? —preguntó Silas.

—Alguno que otro.

Sebastien dio un trago al vino, sacó un par de huevos de un frigorífico blanco como la nieve y empezó a batirlos en un cuenco.

—Jacques dice que jamás te han pillado.

—*Mais…* —Comenzó a cortar la ocra en rodajas—. Solo una vez. Tendría más o menos tu edad, creo, y trabajaba con un primo segundo por parte de *maman*, Louie. Íbamos a llevarnos unas fruslerías de viaje de una casa de abolengo en Metairie. Louie no tiene muchas luces en esa cabeza suya, pero es de la familia. Y mira si no coge el muchacho y se mete en ese pedazo de casa y despierta al dueño y va el hombre y tiene una recortada. —Mientras le contaba la anécdota, Sebastien iba sumergiendo las rodajas de ocra en el huevo para empaparlas—. ¿Yo? Podía echar a correr. El tipo tenía a Louie y, vale que no es una lumbrera, pero no iba a delatarme. *Mais*, no podía largarme y dejar que mi primo cargara con el muerto él solo, así que salí con las manos en alto. Y a Louie y a mí nos cayeron seis meses.

Volvió a coger la copa de vino.

—Y esa, *mon ami*, fue la última vez que trabajé con un socio hasta hoy. Creo que tú sí que tienes buenas luces en esa cabeza tuya.

—¿Qué ha sido de Louie?

Sebastien sonrió mientras descolgaba un par de sartenes de hierro de la pared.

—El muchacho se casó y pilló trabajo a bordo de un camaronero. Tuvo cinco hijos y ya tiene tres nietos.

—Si te llegan trabajos como este de vez en cuando, ¿por qué vives aquí? La casa no está mal, pero con este tipo de ingresos, podrías permitirte lo que quisieras.

—¿Y vivir en un caserón elegante en el que cualquiera quiera colarse a echar un vistazo?

—Nadie sabe de sistemas de seguridad domésticos como un ladrón.

Sebastien soltó un bufido.

—Ay, esa cabeza tuya… Esta es mi casa. Nací en los pantanos. Y ya sabes lo que dice la canción.

—Hasta que vine aquí, no.

—Mi sangre está aquí. Mi corazón. No hay otro lugar en el mundo que me cante así. Yo construí esta casa.

—¿En serio?

—Con estas manos. La familia ayudó, como es lo suyo, pero esta casa es más mía de lo que ningún otro lugar podrá ser jamás.

—Hiciste un trabajo fantástico. El padre de un amigo es carpintero, así que sé un poco. Según se te da la albañilería, ¿por qué robar?

—*Cher*, me pregunto si eres tan listo cuando haces preguntas tan tontas. Por la *envie*, igual que tú.

—En mi caso no es por envidia.

—*Non, non, envie*. El hambre. El hambre por averiguar cómo entrar, por diseñar los pasos, por lo que se siente en la sangre al moverse uno en la oscuridad. Si no la tienes, el único motivo va a ser la codicia, y la codicia acabará contigo.

Silas lo entendía, lo entendía a la perfección. *Envie*, pensó. Conocía esa hambre.

—Y tengo tres hijas. Tres muchachas preciosas y las tres exmujeres con quienes las concebí. Les doy una buena vida, una buena educación.

—Tres exmujeres.

Sebastien sacó un cuenco, vertió harina de maíz, añadió sal, pimienta, algo de uno de los tarros.

—Adoro a las mujeres. A todas. Me da igual el tamaño, la forma, ricas, pobres, listas o tontas. —Mientras filosofaba seguía cocinando, añadía aceite a una sartén, encendía el fogón, rebozaba en la mezcla de harina la ocra empapada en huevo—. Es su fragancia, su sabor, su tacto. Mmm, mmm, mmm. No hay nada como una mujer. ¿Y todas y cada una de ellas? *Elles sont belles*. Me digo: «No te cases con esta, Sebastien», pero luego voy y me caso. Soy un buen amante, concibo unas chicas preciosas y soy un buen padre, pero ¿como *mari*...? —Levantó una mano, los dedos cubiertos de harina de maíz húmeda, y la agitó en el aire—. *Mais*, seguimos siendo amigos por esos tres soles que tenemos.

Echó las rodajas rebozadas en el aceite caliente. El aire comenzó a sisear y a humear.

—Pásame esos platos. Esto ya no va a tardar. Tengo que poner en marcha esos gatos.

Parecía una forma extraña de hacer negocios, pero Silas puso la mesa. A petición de Sebastien, sacó el bol de ensalada de patata del frigorífico. Cuando el perro llegó corriendo y empezó a bailar delante de la puerta, Sebastien llenó de pienso una escudilla roja, cortó una porción del pescado asado y lo mezcló.

Se sentaron en la cocina, con las ventanas abiertas a los sonidos del pantano, Silas con su primera copa de vino y Sebastien con la segunda.

—Eres cauteloso con el vino, ¿no?

—Tengo que conducir.

Sebastien se dio un toquecito en la sien con el dedo.

—Ser inteligente y cauteloso es bueno. *Mange.*

Silas probó primero el pescado. Picaba, pero estaba delicioso.

—*C'est bon. Très bon.*

Todo picaba, descubrió, pero estaba igualmente delicioso.

—El hombre que, sin una mujer al lado, no cocine, pasará hambre —sentenció Sebastien—. Y a mí no me gusta pasar hambre. Jacques dice que has aprendido francés sin problemas, y que también hablas español.

—Aprendí español en el instituto, pero ya he acabado con él. Ahora estoy aprendiendo italiano.

—¿Por qué aprendes todo eso?

—Supongo que tengo *envie* por los idiomas. Y son una herramienta. Como si te convirtieras en otra persona.

—Ah, *oui*, ¿como un disfraz?

—Sí, eso.

Sebastien bebía, comía y estudiaba a su socio potencial.

—¿Cómo empezaste a trabajar en esto?

—¿Jacques no te lo ha contado?

—Dice que es tu historia. Así que cuéntamela si quieres. Estamos de *veiller.*

—¿Ve-qué?

—*Veiller* es, eh… hablar con amigos, charlar de nuestras cosas.

El perro terminó de comer y salió a dar una vuelta por la puerta mosquitera de atrás. Silas imaginó que no acabaría de tentempié de algún caimán.

—Mi madre enfermó y se nos acumularon las facturas: las del médico eran las peores, pero también estaban las de la hipoteca y todas las demás. Mi tía y yo mantuvimos el negocio a flote, la empresa de limpiezas que tenían, pero no era suficiente con nosotros dos solos, y yo tenía que ir al colegio. Así que…

—Un hijo cuida de su madre o no es hijo que valga. ¿Se curó?

Silas negó con la cabeza.

—Se puso mejor, luego volvió a enfermar, luego mejoró otra vez y luego enfermó de nuevo. Murió el año pasado.

Sebastien se santiguó y se llevó la mano al corazón.

—Le pondré una vela en la iglesia.

—¿Vas a la iglesia?

—A veces voy a la iglesia, a veces mi iglesia son los pantanos. Si te fijas, hay ángeles por todas partes. ¿Cómo empezaste? ¿Forzando cerraduras?

—Robando carteras.

—Ah, y ¿se te da bien?

—Sí.

—Para eso yo no valgo. Lo mío son las cerraduras. —Se dio un golpecito en el pecho exiguo—. Soy capaz de encandilarlas hasta que caen rendidas. Ahora las hay digitales, pero eso no me detiene. Este hombre, el del cuadro, vive en una vieja casa de plantación, con criados y gente que va a cortarle el césped y todo el rollo. No los trata como es debido, así te lo digo. Y engaña a la mujer. Yo he tenido tres y jamás le he faltado a ninguna. Cuando amas a las mujeres, las respetas. El hombre que engaña no es un hombre.

—¿Te importa si el objetivo es una buena persona o no?

Sebastien encogió los hombros enjutos.

—Un trabajo es un trabajo. Pero hay *lagniappe* cuando se trata de un cabrón infiel.

—Un pequeño placer extra.

—*Mais oui.* ¿Tú bailas, *garçon*?

—¿Bailar? Sí, ¿por?

—A las damas les gustan los hombres que bailan, eso para empezar. ¿Bailar? Es una mezcla de gracia, ritmo y equilibrio. *Tu saisis?*

—*Oui.*

Sebastien dio un golpecito en el suelo con la bota.

—Con esto no puedo bailar, y un trabajo así precisa de gracia, ritmo y equilibrio. Con esto yo no me deslizo, voy a trompicones. Este hombre, que engaña a su mujer y es duro con quienes trabajan para él, tiene una casa con muchas puertas y ventanas. Muchas cerraduras, todas conectadas, *tu vois*.

—Si conozco el tipo de sistema, puedo vencerlo.

—Es un sistema muy bueno, pero, como sabemos, ninguno es infalible. *Mais*, dentro, en la habitación donde guarda el cuadro y otras cosas de valor, también hay seguridad. Es como una cámara acorazada dentro del despacho que tiene ahí, un cuarto grande que también está protegido y solo se abre para que lo limpien. Y cambia el código cada día… o eso me han dicho.

—Así que hay que ir paso a paso. El sistema de alarma de la casa ¿tiene cámaras?

—*Bien sûr*.

—Vale. Primero el sistema de la casa, luego el despacho y luego la cámara. Y volver sobre los pasos.

—¿Volver sobre los pasos?

—Dejarlo todo tal y como estaba, volver a activar los sistemas. ¿Para qué hacerle saber de inmediato que has estado ahí?

Sebastien se echó hacia atrás.

—Una buena idea. Se tarda más, sí, pero tal vez se gane tiempo. Todo se queda igual, salvo una cosa. El cuadro ha salido de viaje. —Asintió y se puso en pie—. Ven, voy a mostrarte lo que tenemos.

Lo condujo por un corto pasillo hasta un dormitorio. Como había dos camas, una para humanos con el cabecero y el pie de metal, y otra para perros, Silas se figuró que sería el de Sebastien. Las paredes de madera de ciprés estaban decoradas con más dibujos: escenas de los pantanos y figuras femeninas. En un rincón descansaba una butaca de madera con una lámpara de pie. Las estanterías albergaban libros y quincalla.

Sebastien se dirigió al dibujo de una mujer de cuerpo entero, de pie bajo el encaje que formaba el musgo español. Deslizó un dedo por detrás del marco y la pared se deslizó hacia dentro.

—Una puerta corredera. No se ve a menos que sepas dónde mirar.

Impresionado, Silas dio un paso adelante para estudiar la estancia, de algo menos de un metro por tres y medio. Sobre un escritorio estrecho reposaba un ordenador de altísima gama. Tras él colgaba un tablero, cubierto con lo que Silas entendió que serían los preparativos del trabajo: un plano de la casa, calendarios, nombres, fechas, una fotografía del cuadro, otras de la mansión y de los terrenos y las edificaciones adyacentes. Y, lo que más le llamó la atención, una fotografía de la puerta de la cámara acorazada.

—¿Cómo has conseguido una fotografía de la cámara?

—Esta no es la suya, sino otra del mismo modelo.

—Nunca he trabajado en una puerta así.

—Alguna vez tiene que ser la primera.

Al adentrarse aún más, se percató de que las estanterías sobre la pared que comunicaba con el dormitorio guardaban las herramientas propias del oficio: ganzúas, taladros, estetoscopios, mandos a distancia y teléfonos móviles que podían (o que ya se habían) convertido para su uso en sistemas digitales. Guantes, cubrezapatos de papel, pasamontañas. Un puñetero gancho. Cuerda de nailon, cortadores de vidrio.

—Acércame esa silla —le pidió Sebastien mientras encendía el ordenador—. Llevo demasiado tiempo en pie con esta mierda.

En el momento en que iba a coger la butaca de madera, entró Bluto, se fue directamente a su cama, se sentó y lo fulminó con la mirada.

—Suelo gustarles a los perros.

—Y le gustas; si no, emitiría un gruñido gutural. Solo te está demostrando quién manda por estos pagos. Mira, cada lugar tiene un punto débil —comenzó.

Para asombro de Silas, abrió una imagen tridimensional de la casa y comenzó a hacerla girar lentamente con el ratón.

—Esto es una pasada.

—El mundo cambia y tú tienes que cambiar con él. ¿Ves esto? —Dio un toquecito con el dedo a unas puertas de jardín de cristal—. Por ahí es por donde entrarás.

Pasaron una hora revisando las cuestiones básicas, hasta que Sebastien dijo que era el momento de hacer un alto para tomar un café y ver la puesta de sol en el porche. Aunque Silas no era muy cafetero, disfrutó al contemplar cómo la luz rojiza y dorada se deslizaba muy despacio sobre el río, a través de los cipreses. Las lechuzas ululaban, los insectos cantaban, las ranas croaban, algo chapoteaba en el agua.

—El pantano toca su música toda la noche.

Un tipo de música extraño, pero atractivo, para un chico de ciudad, admitió Silas.

—No tienes mucha seguridad por aquí.

—Tengo a esta bestia terrorífica —dijo señalando a Bluto, que roncaba a sus pies—. Por ahí tengo a Pierre y a su familia. Y ¿ese pequeño badén que habrás notado al venir? Es una alarma por presión: sé cuándo alguien viene a casa. Pero nací y me crie aquí, mi familia está aquí y la gente me conoce. Nadie de los pantanos va a venir a tocarme las narices. Y la *po-po* no tiene motivos para venir a husmear por aquí. Si lo hace, no va a encontrar más que a un hombre con su perro, viviendo de la tierra y haciendo algún trabajillo esporádico. Nunca robo en las casas en las que trabajo.

—Yo tampoco robaba en las casas que limpiaba.

Después del descanso, siguieron hasta la medianoche, repasando los pasos, los sistemas, las costumbres de la casa. No tenían perro, lo que siempre era un plus, sino un gato. O un *minou*, como lo llamó Sebastien. Además del gato, el hombre, la mujer y sus dos hijos, un niño de doce y una niña de ocho, en la mansión vivía la criada con su marido.

Para cuando volvió a casa, con los ojos y la mente despiertos por la taza de café solo que Sebastien lo había obligado a tomar, Silas sabía cada nombre y situación de los ocupantes de la casa, la distancia desde el punto de entrada hasta el despacho cerrado y la que había desde esa puerta a la cámara acorazada. Conocía el sistema de seguridad de la vivienda y, como ya había trabajado con uno parecido, se sentía seguro. La puerta del despacho tampoco lo preocupaba demasiado. Pero ¿la cámara? Era algo nuevo, original y complejo. Y solo contaba con unos días para desvelar sus particularidades y sus secretos.

Animado por el café, trabajó durante otras dos horas en su apartamento, tomando sus propias notas y cronología, practicando con el mando a distancia modificado que Sebastien le había prestado y con su cerradura de combinación. La cámara tenía una combinación de nueve números como máximo y estaba de acuerdo con Sebastien en que el objetivo usaría los nueve. Eso le llevaría mucho tiempo. En la mayoría de los trabajos, ya era capaz de descifrar una combinación de tres números en menos de quince minutos. Una de nueve no solo triplicaría el tiempo; con toda probabilidad, su complejidad añadiría como mínimo una hora más, a menos que tuviera mucha, pero que mucha suerte. Apuntó dos horas para abrir la cámara. Desde que entrase hasta que saliese, calculó, tardaría un total de tres horas o tres horas y media, para ir sobre seguro. Era mucho más de lo que nunca se había arriesgado, pero también le pagarían más de lo que nunca había ganado. Cuando, por fin, se metió en la cama, soñó con combinaciones infinitas y el satisfactorio clic-clic de las piezas móviles de la cámara.

Se saltó su clase semanal de francés y la posibilidad de acostarse con Dauphine y se centró en mejorar sus tiempos. En una ciudad donde la comida era una religión, se limitó a comer pizza congelada para suprimir toda distracción. Con unas planchas metálicas que recogió de un desguace construyó una imitación barata de la puerta acorazada y se pasó horas montando y desmontando una cerradura de combinación. Al cabo de dos noches, había reducido su tiempo medio a sesenta y siete minutos con doce segundos. Estaba resuelto a hacerlo mejor. Se dedicó a comer Doritos y a estudiar los esquemas de seguridad. Hacía pesas, bebía Gatorade y reproducía en su mente cada paso y cada movimiento.

Cuando llegó la noche en cuestión, se dijo que estaba listo. Se recordó que un trabajo era un trabajo, una serie de pasos tras una preparación específica y cuidadosa. Dejó su coche en casa de Sebastien y se subió a la camioneta con el perro.

—Te dejaré en la entrada, donde te enseñé, y desde allí irás a pie. A estas horas de la noche no habrá mucha gente por la carretera, pero si ves acercarse un coche…

—… me aparto del arcén —acabó Silas—. Cuando haya terminado, vuelvo a encender el móvil, te mando un mensaje y me recoges donde me dejaste.

—¿Tienes la cabeza despejada, *mon ami*?

—Estoy bien. Lo tengo controlado —le aseguró—. Si lo repetimos demasiadas veces, terminaré preparado de más. Lo tengo controlado —repitió.

La noche tórrida y sin luna jugaba en su favor. Habría luces de seguridad en la finca, pero serían fáciles de esquivar. Las ventanas estarían cerradas para evitar el calor y se oiría el zumbido del aire acondicionado, dos ventajas más a juicio de Silas. A la una de la madrugada de una pesada noche de verano, la casa estaría profundamente dormida. Si no, tendría que evitar a los insomnes. Si cumplía el mejor tiempo conseguido mientras practicaba, entraría y volvería a salir en menos de dos horas. Aun con complicaciones, estaría de regreso en la camioneta antes de que hasta el más madrugador se hubiera movido.

No se cruzaron con ningún otro coche por la carretera bordeada de árboles. Cuando Sebastien se detuvo, dedicó a Silas una última mirada prolongada.

—*Bonne chance.*

Silas asintió y se apeó, comprobó la hora y echó a correr. Alto y espigado, vestido de negro, no tardó en recorrer los cuatrocientos metros antes de detenerse al abrigo de los árboles para observar la casa.

Las esperadas luces de seguridad iluminaban el césped lustroso y teñían de plata el musgo español. Los faroles que flanqueaban la ancha puerta delantera vertían su luz sobre el largo porche de gruesas columnas. Pero, de las numerosas ventanas, todas estaban a oscuras.

Se parapetó tras los árboles y los arbustos, sin perder de vista las ventanas por si algo se movía, y rodeó la casa hasta el lateral y lo que según Sebastien era el punto débil. Rosas, lirios y el aroma estival de la vegetación perfumaban el aire mientras manipulaba la sencilla cerradura del pomo de hierro decorado. En el interior de lo que imaginó que llamarían la salita o cuarto de estar, fue directo al panel de alarma. Era la primera prueba, pensó, para ver si Sebastien tenía la menor idea de lo que hacía con el lector casero.

Los segundos corrían mientras los números parpadeaban en la pantalla. En el peor de los casos, echaría a correr, pero el código se iluminó en verde. Volvió a cerrar la puerta con cautela.

Allí el aire también estaba cargado de perfume. Flores y limones. Y ese aire ni se movió mientras él, de pie y con los ojos cerrados, aguzaba el oído. Con los planos en la cabeza, abandonó la estancia y, en una breve carrerita, atravesó el enorme vestíbulo con su elegante escalera central. Una nueva carrerita, esta vez a la izquierda, moviéndose rápido y en silencio, le permitió atravesar otra sala y el cuarto de billar hasta llegar a la puerta cerrada del despacho.

Al sacar las ganzúas, algo pasó siseando contra sus piernas y del susto pegó un bote que casi lo saca de las Chucks. El gato atigrado dijo «Miau». Aunque tenía una carita muy dulce, Silas no lo tocó. Se dio diez segundos para calmarse y, acto seguido, se puso con la cerradura.

El gato se coló antes de que pudiera impedírselo y brincó hasta encaramarse en el ancho reposabrazos de un sofá de cuero de color oporto. Si lo echaba, podía maullar aún más, rascar la puerta o hacer algo que despertase a alguien. Silas cerró tras sí y encaró la puerta acorazada.

Impresionaba más en persona, con su metro de ancho por dos y medio de alto, de un gris pavonado. Por lo que sabía de los esquemas, tenía casi treinta años. Se acercó y apoyó una mano enguantada en la fría superficie de metal. Entonces puso el cronómetro en marcha y las manos a la obra. A sus espaldas, el gato lo observaba ronroneante. Calculó la distancia hasta la ventana: su única vía de escape si alguien decidía entrar. A continuación, se aisló de todo.

Trabajó con meticulosidad, como si fuera la primera vez (y, echando la vista atrás, tremendamente sencilla) que abría una caja fuerte. A medida que cada pitón iba cayendo, sentía una silenciosa punzada de satisfacción. Había entrenado para trazar el gráfico en su cabeza, por lo que hizo los cálculos y continuó. Se detuvo una vez, cuando oyó un crujido. Esperó y esperó, pero no se repitió. Sabía que las casas antiguas tenían sus voces nocturnas.

Aguantó la respiración cuando agarró la palanca. Las matemáticas no mentían, pero en más de una ocasión los cálculos humanos fallaban. La palanca se movió con suavidad y, con un tirón fuerte y prolongado, la puerta se abrió. Detuvo el cronómetro. Cincuenta minutos justos. Más tarde, se prometió, celebraría haber batido su propio récord.

Usando solo la linterna, penetró en la cámara. Del doble de ancho que la puerta y amueblada con un sillón de cuero y una cómoda que parecían antigüedades. Un decantador y un vaso de cristal descansaban sobre ella en medio de un cuarto decorado con estatuas (bronce, mármol, piedra) sobre pedestales. Una serie de anchos anaqueles sostenían otros menores con una exposición de piedras preciosas y lo que se figuró que podría ser una roca lunar. También había un huevo ornamental, posiblemente Fabergé, y un par de pistolas de duelo.

En las paredes colgaban pinturas: el retrato de una joven de perfil, un paisaje de colinas ondulantes y árboles representados en todo su esplendor otoñal, una acuarela, un cuadro abstracto que no tenía ningún sentido para él… y el Turner, la pequeña joya de dorados y rojos y toques de azul.

No se parecía en nada a las fotografías que había estudiado. Era mucho más. Estaba vivo, se movía, respiraba. Podía sentir cómo el sol cobraba vida en un estallido de color sobre la ciudad, sobre el río, y se prometió que algún día iría y lo vería por sí mismo. Le pareció que el cuadro resplandecía cuando lo separó lentamente, con reverencia, de la pared. Se suponía que debía cortar el lienzo para sacarlo del marco, enrollarlo y largarse, pero no pudo hacerlo. Imposible ahora que podía ver las pinceladas, sentir su genialidad. Como no sabía exactamente cómo sacarlo del marco y no tenía tiempo para averiguarlo, decidió llevárselo tal cual.

Aunque quería, aunque tenía la *envie* de echar un vistazo más de cerca a los demás tesoros de la cámara, se resistió. Salió y, cuando ya estaba empezando a cerrar la puerta, vio que el gato ya no estaba encaramado en el sillón.

—Joder.

Había empezado a buscarlo cuando oyó un ronroneo. El gato se había acomodado en la butaca del amo en su museo privado. Silas cogió el cuadro de un brazo y el gato del otro. Cerró la cámara, giró el cierre y restableció el número tal y como lo había encontrado. Dejó al gato fuera del despacho y cerró la puerta antes de que pudiera deslizarse nuevamente a su interior. Rearmó la cerradura. El gato maulló a sus espaldas con cierto desamparo, mientras Silas volvía sobre sus pasos.

Activó de nuevo la alarma de la casa, cerró la puerta lateral, corrió hasta la carretera y se adentró entre los árboles antes de detenerse a enviar el mensaje de texto a Sebastien. Luego echó a correr de nuevo hasta el punto de recogida. Comprobó la hora y sonrió. Había entrado y salido en setenta y dos minutos.

8

Conocía el sonido de la camioneta de Sebastien, pero permaneció entre las sombras hasta que la vio apartarse de la carretera y detenerse.

—Un trabajo rápido —dijo este cuando Silas abrió la puerta del acompañante—. ¿Qué has hecho? ¿Te lo has traído con marco?

—Ni de broma iba a clavarle un cuchillo a este lienzo. Tío, tú míralo.

Sebastien puso los ojos en blanco.

—Ya lo miraré después, y más nos vale que ningún *po-po* decida cruzarse con nosotros y echarse una parrafada mientras llevas eso en el regazo.

Volvió la vista mientras se reincorporaba a la carretera. Silas se quedó mirando el cuadro.

—No te enamores de él, que ahora le pertenece al cliente.

—Puedo enamorarme de él y, aun así, hacer el trabajo.

—¿Ha habido algún problema?

—Me encontré con el gato. Casi lo encierro en la cámara antes de darme la cuenta de que se había metido dentro. Un gato simpático —añadió al tiempo que se removía un poco, porque Bluto, que sin duda había percibido al felino, no dejaba de olisquearlo—. Por lo demás, nada. Tenías razón con lo de la puerta lateral: probablemente habría bastado una cinta de celuloide para abrirla, y tu lector es bueno. Tienes que enseñarme a fabricar uno.

—Ah, ¿sí?

—Sí, enséñame. Podría averiguar cómo se hace si tuviera tiempo, pero tú ya sabes cómo. Voy a asistir a más cursos de electrónica e informática. Sé algo de piratería básica, pero tengo que ampliar conocimientos.

—¿Cuánto has tardado en abrir la puerta acorazada?

—Cincuenta minutos justos, pero los voy a mejorar. Sebastien, tiene un cuarto lleno de obras de arte, piedras y antigüedades. Tiene un sofá de cuero enorme en el que sentarse y admirarlo todo. Perfectamente aislado, solo para él.

—Esa gente es la que nos permite seguir en el negocio.

—¿Si algún día consiguiera tener algo así, una obra de verdad? La colgaría de la pared, a plena vista. Este cliente ¿tiene una habitación de este tipo?

—Yo diría que, en comparación con lo que tiene, la habitación que has visto es un escobero.

—No entiendo por qué la gente así quiere tener algo tan bello donde nadie más pueda verlo.

—No hay que entenderlo. Como te he dicho, seguimos en el negocio gracias a ellos. —No obstante, al adentrarse en el pantano, dirigió una nueva mirada a Silas—. No tienen alma, *tu saisis?* No ven lo que tú al contemplarlo. Solo quieren más, *c'est tout.* Como si te follases a una mujer en la oscuridad, sin conocerla, sin mirarla, sin sentirla ni preocuparte por ella. No es más que el deseo, sin alma. —Aparcó delante de la casita—. Ni todo el dinero del mundo, y ellos tienen la mayor parte, les va a comprar el alma que les hace falta. *Mais* solo quieren más y más, porque nunca van a ver lo que tú ves cuando miras.

Al bajarse de la camioneta, Silas contempló una última vez el Turner antes de entregárselo a Sebastien.

—¿Quieres un trago? Te lo has ganado.

—No, es tarde. Hay un curso de verano sobre auditoría al que quiero echar un vistazo.

—Ese cerebro tuyo no descansa. Llamaré al cliente por la mañana y es probable que acompañe al cuadro durante el resto de su viaje. Así que mañana, o dentro de un día o dos si aún no está listo, ingresaré tu parte en esas cuentas, tal y como me pediste.

—Vale.

—No te la voy a liar.

—Nunca he pensado que fueras a hacerlo. Además, sé dónde vives. —Bajó la vista a Bluto—. Y también sé dónde vive tu perrillo.

Sebastien le dio una palmadita en el hombro.

—Puede que volvamos a trabajar juntos en algún momento.

—Tal vez.

—*Bonne nuit, mon cher ami* —se despidió Sebastien, alejándose renqueante hacia la casita.

—*Bonne nuit.*

Silas se subió al coche y regresó al barrio. Mientras conducía en mitad de la noche tórrida y silenciosa, se percató de que lo más emocionante no había sido la cifra astronómica que iba a ganar. Ni siquiera la experiencia de abrir la puerta acorazada en cincuenta minutos. Había sido tener en las manos aquel milagro y mirarlo al corazón.

El teléfono lo despertó a las diez menos cuarto, sacándolo de un sueño de amaneceres y sexo. Lo buscó a tientas.

—¿Sí? ¿Qué pasa?

—Hora de levantarse, *garçon*. Vas a venirte de viaje conmigo y con el cuadro.

Silas bostezó con ganas y trató de poner en marcha el cerebro.

—¿Por qué?

—Porque el cliente quiere conocerte. Vístete y pasa a buscarme. Tú conduces. De todas formas, es un buen trecho como para ir con este pie chungo.

—¿Cómo? ¿Adónde...? —Pero Sebastien ya había colgado—. Mierda.

Su idea había sido levantarse cuando se despertara, ya que se había ido a la cama cuando casi era de día. Y luego esperaba convencerse para asistir a un curso de verano. No tenía demasiadas ganas de conocer a ese cliente, pero desde luego que quería cobrar los honorarios, así que cogió una Coca-Cola y se duchó mientras se la bebía para despejarse. Agarró uno de sus tejanos más nuevos (y limpios) y luego decidió que la mayoría de sus camisetas no le servirían porque llevaba sin hacer la colada más de una semana. Se puso una de las tres camisas buenas que tenía y se enrolló las mangas. Cogió otra Coca-Cola, la cartera, las llaves y las gafas de sol, y enfiló la puerta comiéndose una Pop-Tart.

Al llegar a casa de Sebastien, vio (y aceptó) que Bluto iría con ellos. Sebastien tenía enganchada la correa a su cinturón. Llevaba el cuadro envuelto en papel de estraza, una taza de viaje con café y el bastón. El perro se subió de un salto, fulminó a Silas con la mirada y se fue al asiento trasero. Silas sujetó el cuadro al asiento con el cinturón de seguridad.

—¿Has estado en el lago Charles? —le preguntó Sebastien.

—No.

—Pues hoy vas a ir. Lo mejor es que te salgas por la interestatal 10. El camino no es tan bonito como por las carreteras secundarias, pero sí más rápido.

—¿Por qué quiere verme?

—A un hombre así no se le pregunta. Vamos, nos paga y decimos *au revoir* hasta la próxima vez que quiera algo.

Silas dio la vuelta con el coche y salió.

—No te gusta.

—No tiene por qué gustarme. ¿A ti te gustaba todo el mundo cuando limpiabas casas?

—No.

—Ahí lo tienes. Tuve que decirle que me había agenciado a un joven socio por lo de mi pie, porque no me daba tiempo a curarme y hacerlo yo mismo. Le dije que no iba a darle el nombre ni nada, y que no tenía motivos para no creerme. A un tipo así no se le miente, *tu saisis?* Pero va y me dice que te traiga hoy. Sabe cómo ha sido este trabajo, que exige habilidad y delicadeza, así que ha decidido que quiere echarte un vistazo.

—Vale. Me da igual.

Sebastien frunció el ceño y se quedó mirando por la ventanilla un rato.

—Ahora vas a conocer su nombre, su cara y una de sus mansiones. Puede que te venga bien. Tiene estos caprichos, pero no es un buen hombre.

—Eso ya lo has dicho.

—Si no le llego a llevar el cuadro cuando me dijo, me habría dado una paliza de campeonato. Habría pagado a alguien para que lo hiciera. ¿Si no se lo consigo porque cometo un error o me dejo pillar? Eso a él no le importa, porque sabe que no voy a delatarlo. No merece la pena jugármela.

—¿Te mataría?

—Las tripas me dicen que sí, desde luego. Y oigo cosas que a mi cabeza también se lo dicen. No te lo puedo afirmar *absolument*, pero las tripas y la cabeza me dicen lo que me dicen, y tengo tres hijas que aún no son adultas. Te lo digo porque te he cogido cariño, así que ándate con cuidado con este tipo.

—Vamos a entregarle el cuadro, así que no hay ningún problema.

—Esta vez no, y en cuanto a mí, llevo haciéndole un montón de viajes desde hace la tira de tiempo. Pero quiere más y mejor, *oui*? Algo más especial. Yo le digo la verdad cuando no puedo conseguirle algo y se conforma. Pero un día no se va a conformar cuando le diga que no puedo, aunque por ahora trabajamos bien.

—¿Quién es?

—Carter LaPorte.

—Ese es su nombre, no quien es.

—Es rico, y de nacimiento. Un hombre que vive una vida de privilegio y abundancia. Más que abundancia —reflexionó Sebastien—. De exceso, *oui*? Lleva muy bien su máscara, *tu saisis*? Una máscara de civilización, sofisticación y elegancia. Pero por debajo es cruel y despiadado.

—¿Por qué haces negocios con él?

—Lleva muy bien la máscara —repitió— y siempre paga sin regatear una vez hecho el trabajo, no como muchos otros. Y tengo tres hijas. —Se encogió de hombros, como si esa respuesta lo dijera todo—. Es un hombre que lleva rubíes en la mano, pero que no le bastan. Nunca tiene suficiente. Si alguien más tiene esmeraldas, se le antojan. Necesita tener más que los demás, más de lo que él mismo tiene, siempre más. Lo mejor, lo más grande, lo más precioso.

—Así que es avaricioso. Una de mis reglas es no ser avaricioso. Es una buena forma de que te pillen.

—A los hombres como LaPorte no les preocupa que los pillen. Ostentan todo el poder. Él ve algo que le gusta y se lo queda, de una forma o de otra. Tiene una mujer, la más bella, la más deseable, pero se cansa de ella o ve a otra o, más probablemente, ve a un hombre con una mujer bella y deseable, así que se le antoja conseguirla. ¿Por qué? Porque está con otro. Posesiones, y para él una mujer no es más que algo más que poseer. Nunca se ha casado. No te fíes de un hombre que no conserva a su lado a una mujer o, dado el caso, a otro hombre. De alguien que no valora el amor. Sin amor, no son más que objetos.

Sebastien tamborileó levemente con las manos en los muslos, lo que dio a Silas la primera pista: aquel hombre temía a LaPorte.

—Le tienes miedo.

—Soy un hombre sensato. *Mais* sí, le tengo miedo. Sé sensato, *mon ami*. Siempre me digo que este será el último trabajo que hago para él...

—Nunca digas que un trabajo es el último, se trate de lo que se trate. Es la regla número uno. Ahí es donde todo se va a la mierda y te pillan.

—¿Tienes reglas?

—Sí. No seas avaricioso. Nunca digas que este trabajo es el último. Jamás finjas tener un arma. No robes a quien está más necesitado que tú. Huye cuando sea necesario... y ten siempre lista una mochila para poder hacerlo.

—Un hombre juicioso. Me pregunto qué pensará LaPorte de ti.

—Que piense lo que quiera, siempre que pague.

Sebastien guio a Silas por la interestatal hasta el lago. Hizo que parase para darle un paseo a Bluto, ya que, según explicó, en la mansión no le permitirían bajarse del coche. Silas se pasó todo el tiempo contemplando el lago y preguntándose cómo sería vivir en una casa con aquellas vistas. ¿Qué tipo de casa tendría él? Con muchas ventanas, decidió, para poder ver el agua desde todas ellas. Tal vez un pequeño velero en el muelle. Una cámara de seguridad, por supuesto, y mayor que la de Sebastien. «Algún día», pensó. A decir verdad, en ese momento no se veía viviendo en una casa y mucho menos siendo propietario. Pero algún día.

Tardó poco en descubrir que LaPorte no poseía una casa. Ni siquiera lo habría llamado una mansión. Lo que vio se consideraría un palacete. De estilo mediterráneo, con tejados de teja roja que se distribuían en varios niveles. En los muros de piedra dorada asomaban balcones y terrazas amplias, con un largo porche cubierto mirando al lago. Parecía un hotel exclusivo, con su césped perfecto, sus jardines exuberantes y sus árboles antiguos. Silas imaginó que el sistema de seguridad presentaría todo un desafío, y por un instante deseó poder medirse con él. Pero ¿otra de sus reglas? Nunca robarle a un cliente.

Al abrirse, las puertas de hierro dieron paso a una garita o cochera con el mismo tipo de piedra y tejado rojo que la mansión principal.

—Seguridad: tres hombres. Armados —le dijo Sebastien—. Disponibles veinticuatro horas por turnos.

—Bueno es saberlo.

—También hay seguridad en la casa. Lo que llamarías el mayordomo es un exmilitar. ¿La criada? Estaba en el Mossad. ¿El guardés? Experto en artes marciales mixtas… y suma y sigue.

—Una buena idea. Es más fácil vencer a la tecnología que a las personas.

Silas se detuvo ante la garita cuando un hombre trajeado salió y levantó una mano.

—Ahora nos bajamos. Abre el maletero. Van a comprobarnos a nosotros y al coche.

—¿Por qué?

—Por si hay armas, dispositivos… y porque pueden. Nos requisarán los teléfonos. Nos los devolverán al irnos.

—¿En serio?

—Es un hombre cuidadoso, LaPorte.

Silas decidió que era mejor no discutir con un hombre armado que parecía capaz de hacerte añicos sin despeinarse. Se sintió extrañamente desnudo cuando le entregó su teléfono. Levantó los brazos mientras el hombre le pasaba un detector como en los aeropuertos. Se sometió al cacheo, rápido e invasivo. El guarda pasó otro aparato por el coche: por dentro, por fuera y por debajo.

—Podéis entrar —le dijo a Sebastien.

—¿Le hace lo mismo a todo el mundo? —preguntó Silas cuando volvieron a montarse en el coche.

—No sabría decirte; a mí nunca me han invitado a una velada. Aparca ahí, junto al garaje. A la sombra.

—¿Eso es un garaje?

—Tiene muchos coches de lujo.

Dado que el garaje era más grande que la casa en la que se había criado, Silas no vio motivo para dudar de ello.

—Deja las ventanillas abiertas, un cuarto, para Bluto. —Le dio una palmadita entre las orejas al perro y se sacó del bolsillo un huesito de cuero—. Tú espera. —Cuando se apearon, cogió el cuadro envuelto en papel—. Vamos por el lateral, a la parte trasera, por la entrada de servicio: para él somos sirvientes.

Cuando echaron a andar por el camino ancho de baldosas doradas, una mujer salió por la puerta lateral. Iba de negro de la cabeza a los pies, el cabello azabache recogido en un moño bajo que dejaba despejado un rostro glorioso. Sus ojos, profundos y castaños, recorrieron a Silas con rapidez. Llevaba una bandeja de vasos, un pequeño cubo de hielo y una jarra de lo que parecía limonada.

—El señor LaPorte está en el jardín. Los acompañaré.

—*Merci.* ¿Quiere que lleve eso por usted?

—Ya me apaño.

Su acento, muy leve, hizo pensar a Silas que tal vez fuera la exagente del Mossad. Una cosa era cierta: estaba buenísima. El modo en que Sebastien enarcó brevemente una ceja le hizo saber que estaba de acuerdo.

El camino se abría a un jardín inmenso. Los amplios muros dorados de la mansión lo envolvían en una gran U. Más allá había una piscina de refulgente agua azul, otra casita y unos jardines espectaculares con una arboleda. Silas distinguió limones, limas, naranjas.

Reconoció a LaPorte en el hombre delgado con cabello ondulado rubio sentado a una mesa con sombrilla. Llevaba un traje blanco, zapatos blancos y gafas de sol oscuras. Sabía que debía hacerse una idea de él, recordar los detalles, pero no era fácil, pues la otra ocupante de la mesa era una asombrosa pelirroja con el biquini más minúsculo que jamás había visto. Era verde esmeralda y mostraba cada centímetro de su espectacular cuerpo salvo un par. Llevaba una pulsera de llamativos diamantes alrededor del tobillo izquierdo y se bajó las gafas de sol ámbar para echarle un vistazo con unos ojos del mismo color que aquellos pequeños retales.

—Esta es nueva —dijo entre dientes Sebastien—. La última era morena.

LaPorte le dio una palmadita en el brazo a la pelirroja y le murmuró algo. Esta hizo un pequeño mohín y Silas tuvo que esforzarse activamente para no babear. La mujer se levantó y se echó por encima una especie de pareo traslúcido de flores coloridas. Giró sobre sus piernas infinitas y se encaminó hacia la casa. Una lástima, pensó Silas, pero su marcha lo ayudaría a centrarse en LaPorte. A pesar de las gafas oscuras, sabía que lo estudiaba, que lo estaba evaluando. Igual que dio por sentado que el hombre ya sabría sobre él todo lo que hubiera sido capaz de descubrir. Decidió que la mejor estrategia sería hablar poco y escuchar mucho.

—Bueno, Sebastien, veo que has traído a tu joven amigo.

Su voz sonaba al Sur, al Sur acaudalado.

—*Mais oui*, como me pidió.

LaPorte no se levantó ni les tendió la mano, sino que permaneció sentado mientras la criada sustituía los vasos usados, el cubo de hielo y la jarra mediada de limonada por otros nuevos. Llenó tres vasos con hielo, que crepitó al verter el líquido. Sebastien esperó a que se marchase con la bandeja.

—Y el Turner.

Un hombre le abrió la puerta a la criada antes de aproximarse a la mesa. ¿El mayordomo?, se preguntó Silas. Parecía militar por la postura y la forma de moverse. No dijo nada; solo cogió el cuadro envuelto en papel y atravesó nuevamente el jardín de vuelta a la casa.

—Sentaos —los invitó LaPorte—. Tomaremos una limonada mientras autentican la pintura.

—*Merci.*

—Aún no se ha oído nada de un desafortunado robo con allanamiento. Aunque mi conocido tendría reparos para denunciar algo así ante las autoridades, seguro que yo sí me enteraría.

—Mi joven amigo es muy… pulcro en su trabajo. No deja huellas que lo delaten. Diría que este conocido suyo todavía no ha visitado su galería personal. La próxima vez que lo haga se llevará una sorpresa.

—¿Te llevaste algo más? —LaPorte miró directamente a Silas.

—No. Me encargaron el Turner y me llevé el Turner.

—Me enteraré de si es verdad.

—Entonces ya se enterará.

—Dime cómo lo hiciste.

—No.

Por debajo de la mesa, Sebastien posó la mano sobre la rodilla de Silas y apretó. LaPorte se echó hacia atrás y su boca se tensó.

—Yo soy quien paga. Así que respóndeme.

—Me paga por el Turner. No me paga por que le revele mis métodos. No están a la venta.

—Todo tiene un precio.

«No», pensó Silas, y lo creía de corazón. Sin embargo, no dijo nada.

—Eres joven. Ya aprenderás… si es que vives lo suficiente. Podría contactar con las autoridades, decirles que te has presentado con el Turner y has tratado de vendérmelo. Tendrían muchas preguntas; jamás creerían que un hombre como yo participaría de algo semejante o se asociaría con gente como tú o como Picot.

—Puede que sí, pero entonces se quedaría sin el Turner.

LaPorte dejó escapar una rápida carcajada totalmente desprovista de humor.

—Oh, hay formas y formas. —LaPorte levantó el teléfono, que acababa de sonar. Escuchó un momento antes de volver a dejarlo en la mesa sin mediar palabra. Sonrió ligeramente mientras bebía un poco de limonada—. ¿Y si te digo que el cuadro que me has traído es una falsificación?

—*Monsieur* —terció Sebastien—, no es eso lo que le han dicho por teléfono. Está provocando a mi joven amigo.

«Está riéndose de mí», pensó Silas, pero se mordió la lengua.

—Supongamos que fuera cierto. ¿Qué harías? —le preguntó LaPorte a Silas.

—Marcharme. Y luego buscar la manera de volver a robarlo. Podría tardar años, pero lo conseguiría.

Entonces LaPorte se echó a reír, esta vez con ganas.

—Tiene agallas. Me ocuparé de que hagan la transferencia, según lo acordado. Sebastien, concédeme un momento con el chico.

—*Monsieur*.

—Un momento con el chico. —La voz heló el aire—. Te lo devolveré ileso.

—Está bien —le aseguró Silas—. Nos vemos en el coche dentro de un minuto.

—Está bajo mi cuidado —dijo Sebastien mientras se ponía en pie. Con ayuda del bastón, atravesó el jardín y enfiló el sendero.

—Un hombre interesante, Sebastien, y listo. Nuestra asociación lleva tiempo reportándonos beneficios a ambos. —LaPorte dio un sorbo a la limonada y su vista se perdió más allá de la piscina, en los jardines—. Pero se está haciendo mayor y ya no es tan rápido. Por eso te llamó. Creo que la transferencia debería incluir en tu caso una suma mayor de la negociada. ¿Qué porcentaje llevas?

—Eso es cosa de Sebastien y mía.

—Te estoy ofreciendo una parte mayor. Es mi dinero. Creo que debería ser un ochenta por ciento para ti y un veinte para él. Necesitaré tus datos bancarios.

—Pague a Sebastien y él me pagará a mí. Ese es el trato que hicimos.

—He decidido cambiar los términos. Apenas lo conoces, y yo te ofrezco el doble o más de lo que acordasteis.

—Se lo agradezco, pero pague a Sebastien y él me pagará a mí. Ese es el trato.

LaPorte se bajó las gafas de sol y lo miró por encima del borde con unos ojos marrones gélidos.

—La lealtad también puede comprarse.

—En tal caso no es lealtad. —Silas se puso en pie—. Gracias por la limonada. Disfrute del Turner, es realmente precioso.

—Una día te arrepentirás de no haber aceptado un porcentaje mayor —le dijo LaPorte, alzando la voz, mientras se alejaba.

—No lo creo.

En ese momento entendió el miedo de Sebastien, ahora que sentía su frío en el fondo del vientre. Se dio cuenta de que la criada buenorra, el estoico mayordomo o el rígido guarda (cualquiera de ellos o todos juntos) podrían aplastarle el cráneo, y a Sebastien también, y tirar sus cadáveres al lago. Nadie se enteraría. Imaginó que LaPorte también lo sabía.

Sebastien no habló cuando Silas se subió al coche, ni cuando pasaron por la garita a recuperar sus teléfonos. Esperó a que parase una vez más para sacar a Bluto.

—¿Qué quería?

—Ofrecerme una parte mayor; reducir la tuya a un veinte por ciento.

Sebastien asintió mientras Bluto levantaba la patita y meaba como un caballo de carreras.

—¿Y qué le has respondido?

Silas sintió cómo arreciaba la ira, una rabia nacida del miedo.

—¿Por quién me tomas? Teníamos un trato.

Sebastien dejó que Bluto merodeara y olisqueara, olisqueara y merodeara un poco más mientras él contemplaba el lago.

—Muchos que hacen tratos habrían aceptado ese otro.

—Yo no soy uno de ellos.

—No, *cher*, no lo eres. Seguro que se molestó.

—Lo entiendo. Nadie le dice que no. Pensé en decirle que sí y arreglarnos entre nosotros después según lo que habíamos acordado, pero que le den, Sebastien. El único motivo por el que quería que fuera, bueno, uno de los dos únicos motivos, era darme por saco; el otro era darte por saco a ti.

—Eres nuevo y le resultas interesante. Eres como un puzle. Puede que contacte contigo directamente para algún otro trabajo.

—Puede que lo acepte y puede que no. ¿Pagará lo acordado y del modo acordado?

—Lo hará, porque hay algo más que desea poseer. Eres rico, amigo mío. Y, aun así, vamos a volver al barrio y te voy a invitar a una cena estupenda.

—Primero dime una cosa. Si hubiera sido al revés y te hubiera ofrecido un nuevo trato, ¿lo habrías aceptado?

Sebastien lo miró directamente a los ojos.

—No, no lo habría aceptado, no. Los amigos son algo precioso y yo no tengo tantos. Ahora, venga, a celebrarlo.

Volvieron a subir al perro al coche y, al sentarse, Sebastien soltó un suspiro.

—¿La mujer? ¿La pelirroja? *Oh là là!*

9

Para cuando cumplió los diecinueve, Silas hablaba cuatro idiomas y tenía conocimientos básicos de ruso. Preocupado por lo pequeño que era el campus de Tulane, se pasó a los cursos online y, mientras aprendía lo que quería aprender, descubrió que no obtenía un placer genuino al hacerlo. Aprendió de Sebastien más sobre electrónica y cómo burlarla, y de Jacques más sobre ordenadores y cómo hackearlos, de lo que habría aprendido en ningún curso estructurado.

Espació sus trabajos nocturnos, dosificándose y expandiéndolos de Nueva Orleans a Baton Rouge, hasta Nueva Iberia y Lafayette. Si trabajaba demasiado en una sola área daría que husmear a la *po-po*, como la llamaba Sebastien.

En Navidad se hizo con un arbolito y lo decoró. Colgó luces en las ventanas y supo que era hora de irse. Pasó parte de la Nochebuena en la cama con Dauphine, para alegría de ambos. Mientras, perezosos y desnudos, miraban las luces por la ventana del dormitorio y oían a los juerguistas que seguían de celebración en el Vieux Carré, esta alargó la mano y tomó la suya.

—¿Cuándo te marchas?

No fingió no entenderla.

—Después de Mardi Gras, creo. Mags quiere volver para la fiesta, y tampoco es que tenga prisa ni nada.

Dauphine se sentó y se echó el cabello hacia atrás. A Silas le gustaba ver cómo aquella nube oscura se agitaba antes de asentarse.

—Mi generoso amigo me regala esto por Navidad —dijo, dándose un toquecito en los pendientes de rubíes que llevaba en las orejas—, pero no se enamora de mí.

—Te prometí que no lo haría. Te quiero, que es distinto, pero es de verdad.

Dauphine se inclinó y le dio un beso leve.

—Siento debilidad por ti y siempre la sentiré.

Cuando Dauphine se levantó de la cama, Silas se incorporó.

—¿Tienes que irte ya?

—No, me queda un ratito antes de ir donde Mamá Lou. Podrías venir, ¿sabes? Ella también te quiere.

—Iré a desayunar en Navidad. Luego tengo que comer en casa de la madre de Sebastien, y me han advertido que se prolongará la mitad del día y gran parte de la noche. —Se detuvo, lamentando verla vestirse. Aun así—. Es bueno tener una familia en Navidad, y aquí siento que la tengo.

—Y siempre la tendrás. Ahora vístete, venga. Tengo otro regalo para ti.

—¡Otro! Todavía no me creo que me compraras unas Chucks nuevas.

—Las otras se caen a pedazos. Podrías gastar parte de tu dinero en ti mismo, *cher.*

—Sí, me lo estoy planteando.

—¿Adónde te dirigirás cuando te vayas?

—Tenía pensado ir a Carolina del Norte, a la universidad, pero creo que voy a poner rumbo al este, a Texas. No he estado nunca y la Universidad de Texas A&M es de lo más grande que hay.

—Pero ¿aún quieres ser más listo?

—Siempre hay más que aprender.

—Como lo que has aprendido de Sebastien y de Jacques.

—Sí, justo. *Et de toi.*

Dauphine le sonrió mientras se ponía los tejanos.

—Ya no estás tan flaco como antes.

—De verdad que voy a echar de menos la comida de aquí.

—Volverás. Lo sé hasta sin leer las cartas, pero ahora vamos a ir y sentarnos, y te las leeré.

Se quedó parado con la camiseta a medio poner.

—¿En serio?

—Jamás me has pedido que te las leyera.

—Porque eres espeluznante cuando lo haces.

—Esta noche te las leeré y no te voy a cobrar porque es Navidad y es un regalo. —Lo apuntó con el dedo—. Es de mala educación rechazar un regalo.

Silas se puso la camiseta pensando que, en efecto, no siempre necesitaba las cartas para leerlo. Conocía el procedimiento, así que se sentó y barajó las cartas que Dauphine sacó del bolso. Cortó el mazo repetidamente y observó cómo las disponía sobre la mesa.

—Esto no me sorprende —dijo Dauphine, tocando con un dedo la carta central, que lo representaba a él—. El Mago: inteligente, creativo, busca nuevas oportunidades. Conectas con los reinos espiritual y material. Eres un hombre de la tierra que sabe que hay más. En ti hay poder, por lo que buscas el conocimiento para usarlo. Y aquí te atraviesa la fuerza. Estás mirando a la mujer con el león… Hay muchas mujeres en tus cartas.

—Soy irresistible.

—Mucha de la fuerza en tu interior, tanto coraje como compasión, viene de las mujeres que te han forjado. Eres afortunado por su presencia, ya que en tu viaje necesitarás su fuerza, su energía y su amabilidad. Sabes que ya están en tu interior. Por encima está la sota de oros. Juventud, ambición, anhelo de conocimientos y del viaje que lleva a cosas mejores. Mira adelante, ¿ves? Siempre pendiente de lo venidero. No vas a asentarte en un futuro próximo. Y aquí, debajo, tienes a la reina de copas, una mujer amable y de espíritu generoso. Tu madre, *cher*, y Mags, que te han dado las bases. —Lo miró con una sonrisa en los ojos y con amor, el tipo de amor que proviene de la amistad verdadera—. Si las mujeres se sienten atraídas por ti, no es por tu cara bonita. Puede que me haya acostado contigo por ella, pero no te querría como *mon cher ami* sin todo lo demás.

—Tú has contribuido a cambiar mi vida. No solo con las clases de francés y el sexo, sino con tu amistad. —Silas le cogió la mano—. Tenía buenos amigos en Chicago, pero tuve que irme y no sé si alguna vez volveré a conectar de verdad con ellos. Pero contigo sí.

—Sí que lo harás; no permitiré lo contrario. Aquí, detrás, tienes la Torre. Pérdida, trauma y pesar. Sabemos lo que significan para ti y, aunque los has dejado atrás, siempre formarán parte de tu persona. Son parte de tu fuerza, la base, el núcleo. Y delante de ti está la Emperatriz.

—Parece rica. ¿Me acuesto con ella o le robo? La regla dice que no es posible hacer las dos cosas.

—Eso es respeto; pero no, aquí simboliza el control, una necesidad de controlar tus acciones y aún más tu corazón. Tú aún no buscas el amor… real y duradero. Ella también es poder, y artimañas. Riqueza material, tanto necesidad como consecución.

—Me gusta esa parte.

—Y, aun así, no son cosas lo que quieres, ni siquiera un par de zapatillas nuevas. Es el conocimiento que puedes atesorar, y la pérdida que tienes detrás influye en todo lo que ves y necesitas de cara al futuro. Por ahora, puede que necesites proteger así tus sentimientos. Porque aquí, en esta carta, están tus sentimientos, por ahora.

—Sí, esa nunca me ha gustado. La Muerte.

—¿Cuántas veces te he dicho que no se trata de la muerte física? En esta lectura se trata de tus ideas de pérdida, de marcharte, y de la libertad que supone hacerlo. El cambio, el fin de esta etapa y el comienzo de la siguiente. No, no vas a asentarte por una buena temporada y lo que va a suceder próximamente no es el único cambio que se avecina, el único fin o comienzo. Miras hacia delante. —Volvió a tocar la sota de oros—. Y aquí tienes las influencias y el entorno. La reina de espadas. Una vez más se trata de tu precaución, pero también de una mujer por venir. Una que te hará daño. Otro tipo de pérdida, y otra partida. Después te costará confiar y ninguno de los dos vais a olvidarlo.

Dauphine levantó la vista y, al mirarlo, Silas recordó por qué nunca le había pedido que le echara las cartas. Era espeluznante, se repitió. Toda ella era espeluznante.

—A veces miramos adelante y no vemos lo que nos espera y nos depara el futuro. Tu viaje te va a llevar a avanzar y a alejarte, puede que para protegerla a ella o para protegerte a ti, pero la espada se clava en los corazones. Una herida te puede fortalecer, igual que te han fortalecido anteriormente, y puede endurecerte. Ten cuidado, *mon ami*, de no endurecerte.

—No quiero hacer daño a nadie. Sé que parece una chorrada viniendo de un ladrón, pero…

—No es por ti. Aquí tienes tus deseos y propósitos. Oros nuevamente…, que son monedas, *oui?* El nueve vuelve a mostrar una mujer, y está satisfecha. Un deseo de satisfacción, de logros, realizaciones, y la capacidad de llevarlos a cabo. Riqueza, sí…, material y de espíritu. El lujo, para ti, es esa satisfacción y seguridad. Y aquí llegamos a la última carta: el resultado.

Silas vio a los Amantes y esbozó una amplia sonrisa pícara.

—No se trata de sexo —le advirtió Dauphine señalándolo con el dedo—, o no solo de sexo. Puede ser amor, amor de verdad, y unidad, con una emoción profunda. Sin embargo, también simboliza la lealtad y la comprensión, la elección de ofrecer ambas, de superar algo perdido y acoger lo encontrado. Creo, *cher*, que la reina de espadas podría volver a ti, o tú a ella, y entonces la elección será de los dos. Tú tienes lo que necesitas, lo que te dieron mujeres fuertes y amorosas. Buscas lo que necesitas en los viajes mientras miras adelante, principio y fin, fin y principio. Y, si usas todo lo que tienes, todo lo que ganas, todo lo que eres, al final obtendrás lo que más necesitas.

Silas observó los naipes antes de alzar la vista a Dauphine.

—No ha sido demasiado espeluznante. De hecho, ha sido un regalo genial. Gracias.

—Falta una parte más.

Recogió las cartas, las barajó y las abrió en abanico. Aquello también se lo había visto hacer. Silas sabía que debía escoger una para que la añadiera a la lectura. Una suerte de colofón. Así, sacó una carta y la levantó para que la viese. Su expresión hizo que nuevamente le resultase espeluznante.

—Madre mía, ¿cuál es? —Dio la vuelta a la carta—. Vale, el Diablo; bueno no puede ser.

—Es un enemigo. Tú eliges a tus amigos, a tus amantes. Pero un enemigo te elige a ti. Es despiadado y cruel. Está lleno de avaricia. Si te tienta, dale la espalda. No dejes que te elija o te dejará marcado. Se apoderará de todo lo que eres y de todo lo que puedes poseer, así que dale la espalda.

—Ningún problema.

—Prométemelo. —Le tomó la mano y se la apretó con fuerza—. Prométemelo.

—Te lo prometo. De verdad. Nada de tratos con el diablo.

Con ademán deliberado, Dauphine tomó la carta y la devolvió al mazo.

—Hay quien no reconoce al diablo hasta que ya ha cerrado el trato. Mantén los ojos abiertos, *mon ami.*

Cuando Mags llegó para el Mardi Gras, Silas ya había hecho casi todas las maletas. No es que tuviera mucho que recoger. Se dio cuenta de que no se preocupaba demasiado por lo material porque, en ese momento, solo eran más cosas que recoger cuando le hacía falta avanzar.

Mags se había teñido el pelo de violeta eléctrico y lo llevaba liso como una tabla, con flequillo. Debería haber estado rara; sin embargo, estaba fabulosa. Su abrazo quebrantahuesos fue como volver a casa.

—Creo que por fin has terminado de crecer. ¿Uno noventa?

—Y un poco más. Creo que ya he parado.

—Y mira lo que tenemos por aquí. —Le apretó divertida el bíceps derecho—. Te estás mazando, chaval. Y lo que es mejor, te veo feliz —concluyó, tocándole la mejilla.

—Verte me hace feliz.

Eso lo hizo merecedor de un nuevo abrazo. A continuación, Mags señaló con la cabeza el macuto del rincón.

—¿De verdad te marchas?

—Dentro de un par de semanas me voy a Texas A&M. Lee Harrington se traslada de la Universidad Estatal de Florida para estar más cerca de sus padres, porque el padre está enfermo. Tengo para la matrícula, así que ¿por qué no lanzarme?

—Lo tienes todo pensado.

—Sí, está todo listo. Nueva Orleans me ha venido bien, pero ando loco por ver qué viene después.

—¿Ya tienes donde quedarte? —le preguntó mientras llevaba sus bolsas al dormitorio.

—He mirado algunos apartamentos online. No puedo ir a una residencia, pero puedo pillar algo cerca del campus. Es enorme.

—Me desvié un poco mientras venía para echarle un vistazo. Te engullirá.

—Ese es el plan. Cuando atraviesas el agua en línea recta, no produces oleaje. ¿Te apetece dar un paseo antes de ir a cenar con Dauphine y Sebastien?

—Claro. Estoy deseando conocer al tal Sebastien.

Esperaba que Mags y Sebastien se llevasen bien. Lo que no esperaba era que se llevasen «tan» bien. No sabía qué pensar del hecho de que su tía y el hombre que, había llegado a la conclusión, se había convertido en una especie de figura paterna, se pusieran a ligar delante de sus narices. El perro (porque, por supuesto, Sebastien había llevado a Bluto) se sentó y se quedó mirando a Mags con ojos de corderito. La verdad es que le quitó las ganas de comerse el gumbo.

Trató de ignorarlo mientras el gentío crecía, el ambiente se intensificaba y la música se enardecía. Atrapó cuentas como antaño atrapara una bola mal tirada en Wrigley. Bebió un poco del daiquiri para llevar de Dauphine, comprobó que no era para él y volvió a la Coca-Cola. Supuso que era una experiencia más estar completamente sobrio en mitad de una muchedumbre entre achispada y como una cuba. Era su segundo Mardi Gras en

Nueva Orleans, y probablemente el último como residente, así que quería disfrutarlo a tope.

No le molestó que Mags y Sebastien empezaran a bailar. Muchísima gente bailaba: sola, en grupos, qué más daba. Un sinfín de pisotones, de hombros y caderas agitándose. Pero el *boogie*, alegre y remojado en vino, dio paso a un inconfundible baile sexy. Los cuerpos se frotaban ondulantes; las manos… ¡ay, Dios! ¡Manos por todas partes! Y, lo que era peor, se les daba fenomenal. Era rítmico, sensual, fluido como el agua.

—Mis ojos. Me arden los ojos.

—Pues ciérralos, *doudou* —sugirió Dauphine—, porque diría que esto no ha hecho más que empezar.

Su amiga no se equivocaba. Silas sabía que sabían moverse. Se había criado con Mags y había ido a *fais-dodos* en casa de la madre de Sebastien. Sin embargo, verlos a ambos bailando juntos cambiaba las cosas. Lo que era aún peor, atrajeron a su propia audiencia, ese tipo de audiencia que hace ruidos sexis de aprobación y lleva el ritmo con las manos o los pies. Bochornoso.

Entonces lo remataron, pero bien rematado, al acabar el baile más enredados que unas vides de kudzu, con los labios tan pegados que los asistentes se pusieron a jalearlos y a silbar. Cuando Dauphine se les unió, Silas se sintió solo en una rocosa isla de indignación.

Las cuentas caían como lluvia, los caramelos se precipitaban como granizo envuelto en oro. Cuando Sebastien susurró algo al oído de Mags, esta soltó aquella enorme y delirante carcajada suya y le pellizcó el culo. Fue aún peor cuando los perdió de vista. La culpa era suya, admitió Silas, ya que había apartado la mirada para que los ojos no le sangrasen durante los siguientes besos de tornillo.

—¿Adónde han ido? —Presa del pánico, pero de verdad, trató de atravesar como con un láser el muro de personas en movimiento—. ¿Adónde han ido?

—Adonde quieran. —Dauphine se limitó a encogerse de hombros—. No te preocupes, *cher*. Está con Sebastien.

—Eso es lo que me preocupa.

Con una carcajada, le enlazó la cintura con un brazo.

—No pensarás que una mujer tan llena de vida y pasiones como Mags no es sexualmente activa…

—No pienso en ello. No tengo por qué pensar en ello porque está en el oeste y no delante de mí. Ahora la tengo en plena cara, con Sebastien.

—¿Preferirías que se enrollara con un desconocido o con alguien a quien conoces?

—Esa es una pregunta trampa. —Su estatura le confería cierta ventaja al mirar por encima de las ondulaciones de aquella marea humana—. ¿No debería ser capaz de atisbar su pelo? Es violeta eléctrico.

—Ven, anda, que te voy a comprar un vaso de vino, y otro para mí. Deja de preocuparte, *cher*. Sebastien te la traerá a casa sana y salva.

Por lo visto, sana y salva significaba traerla a las tres y diecisiete de la madrugada. Silas sabía la hora exacta porque oyó sus risitas (jo, risitas) al otro lado de la puerta del apartamento y el rumor de la risa ahogada de Sebastien. No oyó nada más durante los siguientes minutos, y prefirió no imaginar lo que sucedía en el silencio. Él había acompañado a Dauphine a casa sobre las dos y, una vez solo, había emprendido la búsqueda entre los juerguistas hasta darse por vencido y volver a casa, donde se había sentado, o tirado, en el sofá con unos pantalones cortos de deporte. A esperar.

Al fin, Mags entró a hurtadillas y cerró la puerta. Se sacudió el cabello violeta en desorden. Entonces lo vio y sonrió de oreja a oreja antes de abrir los ojos como platos.

—Oh, oh. ¿Me he saltado el toque de queda?

—Qué graciosa. Estaba preocupado. No respondías al teléfono.

—Probablemente porque lo dejé cargándose en el dormitorio.

Fue hasta la cocina y se sirvió un gran vaso de agua, que se llevó con ella hasta la silla frente a Silas. Dio un largo trago.

—¿Dónde andabas?

—Por ahí. Nos apartamos de la multitud un rato, tomamos algo en un bar, escuchamos música. Bailamos un poco. Comimos un pedazo de tarta de lima.

—¿Sabías que Sebastien tiene tres, escucha bien, tres exmujeres?

Mags estudió a Silas por encima del borde del vaso mientras bebía de nuevo.

—Y cada una le ha dado una hija preciosa. ¿Te preocupa que me convierta en la número cuatro, o que yo lo convierta en mi segundo exmarido?

—Lo único que quiero, ¿sabes?, es que sepas cómo son las cosas.

—Chaval, sé cómo son desde antes de que tú nacieras. ¿Eso te hace pensar que soy demasiado vieja para mantener relaciones sexuales con un hombre la mar de interesante?

—No. —No exactamente.

—Bien. Me voy a la cama… ¡Menuda noche! Sebastien va a pasar a buscarme mañana al mediodía. Me ha invitado a comer en su casa y me va a llevar a dar una vuelta en su piragua.

—Hay caimanes. Caimanes de verdad.

—Estoy deseando ver alguno. Buenas noches —se despidió de camino al dormitorio antes de cerrar la puerta.

A Silas, sus últimos días en Nueva Orleans se le hicieron sumamente extraños. Estaba claro que su tía y su amigo estaban, usando una expresión de su madre, «prendados» el uno del otro. Parecía más inocua que la palabra «encoñados».

No podía quejarse de que Mags no pasase tiempo con él. Desayunaban juntos cada mañana. Paseaban y echaban el rato. Y, como pronto se iría a la universidad, insistió en que se comprara ropa nueva, lo que implicó ir de compras. Mientras que él se decantaba sobre todo por tejanos y camisetas, cedió ante su insistencia y compró lo que a sus ojos eran camisas de vestir, porque tenían cuello y manga larga. Empezó a oponer cierta resistencia cuando Mags le tendió una cazadora de cuero.

—No necesito…

—No es por necesidad. Tú póntela.

En lugar de perder tiempo discutiendo, se la probó. Vale, la sensación era genial, pero seguía sin necesitarla.

—Síííi, esto ya son palabras mayores. —Lo agarró por los hombros y lo volvió hacia un espejo—. Elegante y sexy.

Tal vez. Sí. Negra, con el cuello en punta y bolsillos en diagonal, le llegaba a la cadera. Y las mangas, que a menudo le daban problemas porque tenía los brazos largos, le quedaban bien.

—Estás guapísimo, chaval, y lo sabes.

—Sí, no está nada mal. —No se lo esperaba, ni eso, ni que lo hiciera sentirse bien. Entonces echó un vistazo a la etiqueta—. ¡La madre que me parió!

—Lo bueno hay que pagarlo, y este cuero es la leche. Bonito y suave. Esta cazadora la vas a llevar años y años. Te la regalo.

—No. —La idea hizo que se girase de golpe a mirarla—. Ni de coña. Mira, yo tengo dinero.

—Ya lo sé, pero esa no es la cuestión. Te voy a comprar tu primera cazadora de cuero. —Le tomó el rostro entre las manos—. Que no sea la última que cuelgue en tu armario. —Dio un paso atrás—. Haces que me sienta orgullosa.

—Ay, Mags.

—Me siento orgullosa —repitió— y eso es bueno para mí, porque eres lo único que tengo. Y ahora vas a comprarte un par de cinturones decentes: uno negro y otro marrón.

—Este no tiene nada de malo.

Mags no se dejó disuadir, igual que no se dejó convencer cuando lo instó a elegir algunos jerséis ligeros y un par de botas de cuero negras. Ni cuando le abrió el macuto, tiró varias prendas a lo que llamó «el montón que se va» y guardó con cuidado la ropa nueva.

—Ya está. —dijo, sacudiéndose el polvo de las manos—. Una cosa hecha. Ahora, vámonos de fiesta para que tu última noche en Nueva Orleans sea memorable.

—No he dicho que me vaya mañana.

—Como si no te conociera. Tu cabeza ya está en otra parte. Tu corazón necesita esta última noche.

Se despidió de la gente que importaba. De Dauphine, durante una hora lenta y dulce en su apartamento, mientras Mags pasaba la tarde en casa de Sebastien. De Jacques, de Mamá Lou y de Little Lou, y de toda la gente con quien había conectado. Por la noche se despediría de Sebastien.

—Estaba pensando que podía irme contigo mañana. Te seguiré rumbo al este un tiempo.

Mags sacó un pintalabios y, con una habilidad que Silas jamás había comprendido, se lo aplicó a la perfección sin necesidad de espejo.

—No me voy mañana. Voy a quedarme unos días más.

—Ah, pensaba... Puedo decírselo al casero. Yo...

—No necesito el apartamento, cariño.

—Pero... ah. Aaah. ¿En serio? ¿Vas a quedarte con Sebastien?

—Unos días. Así podré decir que he vivido en el pantano. —Se acercó a Silas y enlazó el brazo con el suyo—. Es hora de divertirse. Ya te estoy echando de menos, así que vamos a divertirnos a tope.

Al pensar en su última noche, recordaría un borrón de movimiento, sonido y color, a Mags con su pelo violeta y sus risas alocadas, a Sebastien bailando zydeco, a Bluto aullando con los *muris*. Y a Dauphine con un vestido rojo.

Nueva Orleans le había enseñado muchas cosas. Lo había acunado cuando lo necesitaba, le había abierto la puerta a nuevos mundos, le había ofrecido amistades. La echaría de menos; echaría de menos su parsimonia y su calor húmedo, las voces lentas, el ritmo constante de la música y a las personas que lo habían acogido. Encontraría la forma de volver, de eso estaba seguro; pero, por el momento, mientras ponía rumbo al oeste, no miró atrás. Miró hacia delante.

Texas no lo atrajo como Nueva Orleans, pero la universidad sí, que lo engulló, tal y como deseaba. Y aprendió. Mantuvo un perfil bajo y cultivó un puñado de amistades ocasionales. Salió con algunas mujeres que no querían nada serio, igual que él. Expandió su trabajo nocturno, incrementó sus cuentas corrientes… y se compró otra cazadora de cuero.

No volvió a Nueva Orleans para el Mardi Gras. Su corazón no estaba listo para hacerlo. Lo que hizo fue quedar con Mags durante las vacaciones de primavera y reservar una suite en un hotel de San Diego, en la playa. Para el segundo semestre, cambió su minúsculo apartamento por un piso de dos habitaciones y usó la segunda a modo de oficina. Aprendió contabilidad básica, porque le hacía falta para gestionar su dinero, y se inscribió en un curso sobre guion porque pensó que le resultaría interesante. Así fue y, además, a pesar de que era uno de los sueños de su madre, descubrió que en realidad era incapaz de escribir… o que era incapaz de permanecer sentado el tiempo suficiente como para hacerlo.

Cuando supo que había llegado el momento de cambiar de aires, falsificó certificados y traslados de expedientes con el nombre de Booth Harrison. Se fue de Texas sin mirar atrás y sin prisa por llegar a ninguna parte. Tenía todo el verano para establecerse, tantear el terreno y hasta buscar una casita que alquilar. Podía permitírsela y se había cansado de vivir en apartamentos. Quería un jardín, césped que cortar y espacio. Tenía tiempo y había decidido que estaba listo para ver qué podía ofrecerle Carolina.

10

Como ya le había sucedido antes, le llamaron la atención las vistas, los sonidos, la atmósfera de Chapel Hill. Sintió la misma afinidad que había sentido en Nueva Orleans y, aunque con el presupuesto que había previsto no se podía permitir (ni en tiempo ni en dinero) alquilar una casa junto al lago, encontró lo que buscaba. Le recordaba un poco a aquella en la que había crecido. La tendría que amueblar, pero para eso estaban los mercadillos. No buscaba nada elegante ni permanente, bastaba con que fuera habitable. Y tenía un jardín, con algunos árboles y arbustos, así que se compró un cortacésped antes de tener una cama. Podía ir andando al campus si no le importaba caminar cuatro kilómetros, y no le importaba; aun así, se compró una bici.

Los vecinos de la derecha, una pareja de treintañeros, tenían un niño de cuatro años y otro en camino. A la izquierda vivía una pareja entrada en la sesentena con dos hijos adultos, un par de nietos y un golden retriever llamado Mac. Se propuso ser un buen vecino con todo el mundo, de los que mantienen el césped cortado y la música baja. Aquí era Booth Harrison, oriundo de Chicago, que a esas alturas le parecía lo bastante seguro. Estudiante de cuarto año en la Universidad de Carolina del Norte, grado en Literatura y doble especialización en Teatro y Lenguas romances. Entretejió suficientes verdades para que resultase sencillo. Había perdido a su madre, tenía una tía en el Oeste y había buscado una casa en un vecindario tranquilo para poder centrarse en sus estudios. Le gustaba cocinar, por lo que entabló amistad con la señorita Opal, la abuela de la puerta de al lado, compartiendo recetas. Ayudó a Jackson, el tipo del otro lado, a poner una mosquitera en el porche trasero. Acababa de colegiarse como abogado, pero no distinguía un martillo de un destornillador.

Para cuando empezaron las clases, Booth estaba completamente inmerso en su nueva identidad. Instaló por sus propios medios un armero en el sótano sin terminar. Allí, enfrente de la caldera vieja, guardó sus herramientas nocturnas y el botín, tras unas puertas sólidas con su buena cerradura digital. Había encontrado suficiente trabajo nocturno durante el verano (lejos de su vecindario, por descontado), por lo que la matrícula no le dolió demasiado.

El primer día de clase, disfrutó de la brisa cálida matinal con su bicicleta y, de inmediato, se sintió como en casa cuando le puso el candado y se sumó al tropel de estudiantes. Imaginó que, si no hubiera sido un ladrón, podría haberse dedicado profesionalmente a los estudios. Tal vez como profesor, aunque enseñar parecía mucho más difícil que ejercer de alumno.

Disfrutó mucho de su primera clase de teatro y se felicitó por la elección. Complementaría lo que ya había aprendido en Texas y Nueva Orleans sobre maquillaje y vestuario, y la necesidad de representar monólogos y escenas le permitiría perfeccionar sus habilidades para convertirse en quien hiciera falta.

Aprendió rápidamente que la profesora de mirada severa que impartía francés suponía un desafío y un esfuerzo. No toleraba en clase ni una palabra en inglés. Todas las lecturas eran *en français*, al igual que las redacciones. Nada más empezar les encargó leer *Le Savon*, un poema sobre jabón, de Ponge, un poeta francés muerto, y escribir un trabajo analizándolo verso a verso. No podía decir que lo entusiasmase analizar un poema sobre jabón, pero lo que importaba era expresarse en francés. Tuvo tiempo suficiente entre clases para tomarse una Coca-Cola y un pedazo de pizza; disfrutó de su primer almuerzo sentado solo en un banco, observando la vida del campus. No buscaba hacer amigos en particular y, como siempre, su intención era reducir las fiestas al mínimo. Algo de fiesta y algo de salir con chicas, porque de lo contrario llamaría la atención, y la idea era fundirse con el entorno.

Llevado por un impulso se inscribió en el Club de Shakespeare, que sonaba interesante y lo dirigía su próximo profesor. «Un par de horas, una vez a la semana», pensó. De ese modo, al igual que con las clases de teatro, se integraría en un par de pequeños círculos, gente con la que quedar para comer o para tomar una cerveza.

Entró en el aula, más parecida a un auditorio que su pequeña clase de francés. Eligió un asiento, ni en las primeras filas, ni en las últimas, ni exactamente en la mitad, pero cerca. Conforme fueron entrando los demás, sacó su tableta, su minigrabadora y su cuaderno. Siempre cubría todas las bases. Le gustó el rumor de los estudiantes que hablaban o simplemente se instalaban, el olor del café para llevar de alguien, el chicle de otra persona..., cereza, sin duda. Un chico con una densa mata de cabello castaño que le caía por la frente y se le metía por las gafas de carey se sentó a su lado.

—Te he visto esta mañana en la clase de Jones, ¿verdad? Soy R. J. Doyle.

—Sí, ¿qué tal? Yo soy Booth Harrison.

—Todo bien, tío.

El modo en que dijo «tío» lo delató: era un friki. A Booth le gustaban los frikis. Y su acento lo identificaba como local, pero probablemente de algún lugar de la costa de Carolina del Norte.

—¿También estudias Literatura? —le preguntó Booth.

—Qué va. Teatro, pero si quieres estudiar a Shakespeare, como yo, nadie como el profesor Emerson. En fin, si vas a graduarte en Literatura, eso ya lo sabes.

—Acabo de trasladarme de Texas A&M. Es mi primer día aquí.

El chico sacudió la cabeza para apartarse el pelo y se subió las gafas.

—¿En serio? Menudo cambio para ser en cuarto, ¿no?

—Imagino. Estaba listo para darlo. El año pasado sufrí una ruptura bastante mala y quería empezar de nuevo. Por el momento, esto me gusta de verdad.

—Has venido al lugar adecuado. —R. J. levantó una mano, saludó y le hizo un gesto a alguien—. ¡Ey!

Booth reprimió una sonrisita: friki total.

El chico que se les acercó tenía la piel del color del café con leche, los ojos como avellanas tostadas y la cabeza llena de largas rastas. Con pómulos afilados, labios gruesos y cejas arqueadas, a Booth le pareció que tenía el rostro perfecto para la portada de una revista. Ya se había fijado en él durante la primera clase debido a aquellas facciones tan llamativas.

—Zed Warron, te presento a Booth Harrison: acaba de trasladarse. Estudia Literatura.

—Pues bienvenido. ¿De dónde eres?

—Vengo de Texas A&M.

—No suenas tejano.

—Soy de Chicago.

Y Zed, pensó Booth, era del Atlántico medio; puede que de Maryland, o tal vez del norte de Virginia o de Washington.

—Tengo primos en Chicago: en invierno hace un frío que te cagas. ¿Cubs o Socks?

—Cubs.

—Pues ni te acerques a mis primos cuando vuelvas. No saldrás vivo. Fans de los Socks a la máxima potencia.

—Soy de los de vive y deja vivir.

—Créeme, en lo que a béisbol se refiere, ellos no. —Sacó un MacBook y lo encendió—. ¿Preparados para lo que se nos viene encima?

—Nací preparado —afirmó R. J. con un frikismo irresistible.

El profesor entró, se colocó en el estrado y hojeó unas notas. Booth decidió de inmediato que, si algún día se hacía pasar por profesor universitario, usaría a Bennett Emerson como modelo. Tenía una cabellera densa y espesa, de color tirando a avellana, como los ojos de Zed, bastante salpicada de plata en las sienes. Una perilla perfecta, corta y bien delimitada, bastante canosa también. Unos ojos verdes y tiernos tras las lentes de unas gafas de montura de acero. Vestía una chaqueta marrón encima de una camiseta blanca y tejanos.

Booth se guardó los detalles y recorrió con la mirada el aula, casi llena, en el momento en que entraba un puñado de rezagados. Entonces la vio.

A lo largo de su vida, volvería a recordar ese momento único en incontables ocasiones. El instante en el que ella entró en el aula y en su vida, y lo dejó sin respiración. Era bella, pero no despampanante y sensual como Dauphine, ni perfecta como una caja de bombones, al estilo de una chica con la que había salido una temporada en Texas. Alta, pero no demasiado, quizá uno setenta o poco más, calculó, y delgada como un junco, con sus mallas negras y una camisa blanca y azul hasta la cadera. Llevaba el cabello en una trenza del color que Tiziano había hecho famoso: ese rojizo dorado que solo un maestro podía crear. Su piel era leche y pétalos de rosa. No acertó a ver el color de sus ojos cuando se sentó en el auditorio y se inclinó para murmurarle algo a otra chica que, obviamente, le había guardado el sitio. No obstante, cuando le sonrió a su compañera, Booth supo que tenía una boca amplia y de formas perfectas.

—Buenas tardes —los saludó el profesor— y bienvenidos a El mundo de Shakespeare.

Booth oyó la voz, una atractiva voz de barítono bien impostada y que identificaba al profesor como local, pero tuvo que obligarse a apartar la mirada de la chica, porque le pitaban los oídos. Encendió la grabadora e hizo todo lo posible por atender mientras el profesor Emerson ofrecía una vista general del curso. Habría deseado tener una botella de Coca-Cola, de agua o de lo que fuese, porque tenía la boca seca como el polvo. El corazón no le dejaba de golpear contra las costillas. Loco, pensó, se había vuelto loco. Jamás había reaccionado así ante una mujer. Interés, atracción, un subidón de deseo, sí, pero nada, jamás, que hubiera hecho que sus entrañas enteras temblasen. Se dijo que debía mantenerse alejado de la pelirroja. Ni acercársele, porque aquello no podía ser bueno.

R. J. se inclinó y le susurró:

—Te he pillado mirando, tío. Miranda Emerson, la hija del profe.

Booth emitió un sonido y tomó unos apuntes que después no sería capaz de descifrar. Se prometió que no se le acercaría ni a un kilómetro. Liarse con la hija del profesor no era para nada la manera de fundirse con el entorno. Visualizó cómo metía su imagen en una caja y cerraba la tapa. Le sirvió para poder concentrarse y hasta para tomar apuntes legibles.

Una vez acabada la clase, la última de la jornada, fue con R. J. y Zed a tomar nachos y cerveza. Pensó que el ruido, los olores y la compañía podrían ayudarlo a borrarle de la mente la imagen de la pelirroja. Además, los nachos estaban impresionantes.

—¿Alguno de vosotros sabe algo del Club de Shakespeare?

R. J. se apuntó con un dedo al pecho y luego señaló a Zed.

—Somos veteranos. Se estudia a fondo una obra y el profe deja que fluya la conversación, ¿vale? Y, una vez al mes, celebra una reunión en su casa, con pizza y un montón de cosas más. Eso es lo mejor.

—¿Te interesa? —le preguntó Zed.

—Ya me he inscrito. Es solo que no estoy seguro de si tendré tiempo, con toda la carga de trabajo.

—Saca el tiempo. —Zed usó el nacho como cuchara para coger más queso y guacamole—. Tiene mucho en común con la asignatura, pero es más informal, más despreocupado. ¿Qué vas a hacer con la especialización en teatro?

—Es más por divertirme que otra cosa. Simplemente me gusta, y el resto de las asignaturas son bastante duras. Lo cual me recuerda que tengo que irme.

—Un grupito tenemos una casa en el campus. Ya quedaremos —dijo R. J., levantando la cerveza a modo de brindis.

—Genial. Pues nos vemos.

Un primer día de lujo, decidió Booth mientras se encaminaba a la salida. Por el momento le gustaban las clases (aunque se reservaba su opinión sobre la de literatura francesa), había hecho un par de contactos y creía que disfrutaría saliendo con ellos de vez en cuando. El campus era perfecto, el clima increíble y, tal y como esperaba, se había adaptado a su ritmo.

Entonces la vio de nuevo. ¿Qué puñetera probabilidad había de volver a encontrársela en un campus de aquel tamaño? Pero allí estaba, junto a una de las fuentes, con un grupo de otras dos chicas y un par de chicos. Llevaba gafas de sol, por lo que Booth seguía sin verle los ojos, pero sabía, con toda seguridad, que eran alucinantes.

Se maldijo a sí mismo por no dar un enorme rodeo para evitar al grupo, y evitarla a ella. Antes bien, pasó a su lado, lo bastante cerca como para oír su voz. Cálida y fluida como la lluvia de verano, con una risa de tipo ahumado al final, dijo: «No puedo creerme que nadie hiciera precisamente eso». Su voz y su risa quedaron tan grabadas como su rostro en la memoria de Booth. Justo cuando había empezado a dejarlo atrás.

Booth prosiguió su camino, andando sin más. Perdió la noción de lo que hacía, de modo que tuvo que regresar por la bici. Aprovechó el camino de vuelta a casa para volver a borrarla. De hecho, se planteó pedirle a Sebastien que le enviara un grisgrís para romper el hechizo. Porque eso era lo que parecía. Ni siquiera la conocía. Podía ser una cabrona de tomo y lomo, una engreída de mierda. Decidió pintarla en esos colores con la esperanza de deshacer el encantamiento.

Miranda Emerson. Se apostaba algo a que debía su nombre a *La tempestad*: le pegaría. Pero, en lugar de parecer inocente, dulce y cándida, resultaba ser fría, cruel y petulante. Apenas se había convencido de ello cuando llegó a casa. La señorita Opal y Papá Pete, como le había dicho que lo llamara, estaban sentados en su porchecito delantero, bebiendo lo que sabía que sería té dulce. Pensó que parecía la escena de una película. Una película conmovedora de las buenas, sin demasiada cursilería.

Al verlo, Mac llegó al galope. Al agacharse para jugar a las peleas, Booth pensó en Bluto.

—Tú eres un perro de verdad —murmuró—, no un extraño perrillo mutante.

—¿Qué tal el primer día? —preguntó la señorita Opal.

—Bien. Ha sido un día realmente bueno.

—Ven y nos lo cuentas; bebe algo que te refresque.

—Gracias, pero tengo mucha tarea para esta noche. —Como sabía que lo apreciarían, continuó—. Tengo que leer un poema sobre jabón en francés y analizarlo.

—¿Sobre jabón? —Papá Pete lanzó un bufido—. Ay, muchacho, eso te lo estás inventando.

—Palabra que no. Es lo primero con lo que me voy a poner.

—El jabón es un lujo; desliza y resbala. Y cuando estás sucio, lava culo y cara.

Riendo, Booth dio una última rascada a Mac.

—Señorita Opal, creo que es usted mucho mejor poeta que el francés ese —dijo antes de despedirse con la mano y entrar en casa.

El poema le pareció más interesante e inteligente de lo que imaginaba y, de hecho, disfrutó del reto que supuso redactar un análisis en francés. Comenzó el trabajo para la clase sobre Shakespeare, lo que le hizo pensar en la pelirroja, así que hizo una pausa para preparar algo de comer y despejar la mente. Le gustaba tener una estructura: hacer los ejercicios, preparar la cena, fregar los platos, seguir con los ejercicios. Descansar viendo un rato la tele o escuchando música mientras buscaba zonas en las que llevar a cabo su trabajo nocturno.

Sobre la una se cambió y comprobó y revisó las herramientas elegidas para el trabajo. Le encantaba aquel barrio tranquilo, pero el inconveniente de tanta tranquilidad era que alguien podía oírle encender el motor del coche. Tenía una historia preparada para tal eventualidad: cuando no era capaz de despejarse y dormir, salía a dar una vuelta. Pero no le gustaba la idea de tener que mentir, así que rodeó la manzana en punto muerto antes de arrancar.

La casa que iba a visitar, a dieciocho kilómetros de distancia, estaba vacía. Lo sabía porque los ocupantes, Jack y Elaine Springer, publicaban a diario fotografías, sobre todo de comida, de su viaje a Italia. Había que adorar las redes sociales.

Mientras la mañana se extendía por la escalinata de la plaza de España de Roma (Jack y Elaine tenían unas vistas muy bonitas de ella desde el hotel), Booth aparcó a ochocientos metros de lo que en su mente llamaba «la McMansión». Era una enorme casa de un estilo colonial poco inspirado, con un sistema de seguridad decente, aunque fácil de saltar. Como el objetivo eran sellos, algo sobre lo que Jack solía publicar y de lo que debatía en varios foros de internet dedicados al coleccionismo, Booth consideraba aquel trabajo una especie de vuelta a sus raíces.

Tras casi diez años de experiencia, tardó mucho menos en allanar la casa que cuando era más joven, pero una vez dentro, sintió la misma capacidad para maravillarse y el mismo frenesí abrirse paso lentamente. Nunca había estado allí, por supuesto, pero trajo a la memoria los planos a los que había tenido acceso y fue directamente al estudio-despacho de Jack en la primera planta, donde el filatélico guardaba su colección en archivadores de cuero dentro de un armario expositor. En uno de ellos vivía un Penny Black de 1840: el primer sello postal adhesivo del mundo. «No mint», de acuerdo con las ampulosas disquisiciones de Jack, pero con cuatro márgenes limpios. Ya lo vería él en cuanto le echase un vistazo. Si Jack, como tantos otros en redes sociales, exageraba, Booth podía decidirse por algún otro.

Lo encontró sin problemas, pues Jack demostró ser un coleccionista organizado. Desde luego, no estaba nuevo, concluyó Booth mientras estudiaba el sello con la lupa. Y aunque tres de los cuatro márgenes sí estaban limpios, el cuarto era cuestionable, lo que reducía su valor (y, en consecuencia, sus ganancias) considerablemente. Aun así, tampoco era una basura, pensó. Empezó a hojear otro álbum en busca de su segunda opción cuando se detuvo para mirar más de cerca el cuadro que colgaba sobre la pequeña estufa de gas. No le gustaba el estilo, de colores y formas agresivas, pero al apuntar al marco con la linterna se percató de las bisagras.

—Un clásico. —Apartó el cuadro y sonrió al ver la pequeña caja fuerte con su cerradura digital de cuatro números—. A ver, es que la tengo aquí delante. Sería una lástima no echar un vistazo.

Cogió la bolsa de herramientas. Nunca había sido un boy scout, pero valoraba su lema, «siempre listo», por lo que había venido preparado. Sacó el imán enfundado en un calcetín de gimnasia. Tenía otros métodos, pero ese no dejaba huella y, cuando funcionaba, normalmente tardaba menos de un minuto. O, en ese caso, dieciocho segundos pasando el imán cubierto sobre la puerta de la caja fuerte.

Dentro había un montón de papeles, pero los que le interesaban eran todos verdes. Diez pulcros montoncitos de billetes de cincuenta dólares enfajados. Mil dólares por montoncito. Se planteó la posibilidad de ganar el doble con el sello, o sellos, frente a aquel pájaro en mano. Podía llevarse las dos cosas, el dinero y los sellos, pero rompería la regla de la avaricia. Así que, con las mismas, se inventó una nueva regla: «Coge siempre el efectivo». Metió el dinero en la bolsa, cerró la caja fuerte y volvió a dejar aquel cuadro tan feo en su sitio. Se despidió del Penny Black y restituyó el álbum intacto. En menos de una hora desde que rodeara la manzana en punto muerto, estaba guardando diez de los grandes en la caja fuerte del sótano.

Se metió en la cama y se puso a cavilar sobre las mejores formas de gastar el botín. Luego pensó en el trabajo que había empezado a escribir sobre *Enrique V* y en los paralelismos con la política actual. Se figuró que tenía más o menos controlados los puntos de vista que quería explorar y dejó que vagaran por su mente mientras empezaba a adormilarse. Acabó soñando con la pelirroja.

Tendría que haber imaginado que la encontraría en alguna otra de sus clases de literatura. Había elegido aquella facultad no solo porque lo atraía, sino por su tamaño. Y allí estaba, sentada en su clase de Literatura contemporánea, con el cabello recogido en una trenza elaborada y, esta vez, lo bastante cerca como para poder verle los ojos: verde mar, con un círculo oscuro alrededor del iris que los hacía imposibles de ignorar… o casi, ya que Booth se concentraba precisamente en eso. Había ido allí a aprender, a debatir sobre libros, a adentrarse en ellos. No a obsesionarse con otra estudiante.

Entonces ella volvió la cabeza y lo miró. Booth pensó que tal vez su afán por no hacerle caso había accionado algún tipo de interruptor interno, pero el caso es que se dio la vuelta y se quedó mirándolo fijamente durante diez dolorosos segundos. Le sonrió, solo un poco, lo suficiente para que a Booth el corazón le diera un vuelco antes de apartar la vista de nuevo.

Se pasó el resto de la clase en blanco. Tendría que confiar en la grabadora y reproducir después toda la maldita lección. Aunque se aseguró de evitarla al terminar la clase, no volvió a relajarse hasta llegar a la clase sobre maquillaje escénico: también aplicable al cine, la televisión… y a su trabajo nocturno. Terminó la jornada con una clase de danza que podría serle igual de útil. Este exigía gracilidad y pies ligeros para enfrentarse a los sensores de movimiento. Y sin duda acabaría encontrándoselos si expandía el negocio a proyectos de mayor envergadura. Quitando a la pelirroja (ya la superaría), Booth calificó su primera semana en la UNC como la mejor que jamás hubiera experimentado.

El viernes por la noche se tomó un descanso y salió con R. J., Zed y otros cuantos del grupo de teatro. El sábado cortó el césped y limpió la casa: un hábito inveterado. Echó el rato lanzándole el frisbi a Mac y luego salvó a su otro vecino del intento de colgar en el porche un columpio que le había comprado a su mujer por su aniversario. En serio, el tipo no solo daba pena, sino que era un peligro con una herramienta en la mano.

Booth encontró su ritmo en aquellas primeras semanas, equilibrando las exigencias de la educación superior con las amistades ocasionales y la diversión sencilla que ofrecían. Con los retos y los horarios de lo que consideraba genuinamente su trabajo. Espació los proyectos para dar abasto entre redactar ejercicios, completar las lecturas obligatorias y llevar a cabo las investigaciones y preparativos necesarios para disfrutar de una carrera de éxito como ladrón. Decidió que no efectuaría más de un trabajo nocturno al mes, como mucho dos si algo le caía del cielo, y con la vista puesta en el futuro, tal y como le habían dicho las cartas, empezó a hacer planes de cara a las vacaciones de primavera. No iría a la playa con un puñado de estudiantes universitarios, sino a Italia, con Mags. Puede que Jack y Elaine lo hubieran inspirado, o acaso fueran los diez mil dólares de aquella noche, pero quería ver Florencia y quería que Mags la viera con él.

Como apenas había leído ni oído nada durante sus búsquedas en las emisoras de noticias locales sobre el dinero robado, se preguntó si tal vez Jack no se había hecho con aquellos diez mil dólares por medios estrictamente legales. En cualquier caso, la mayor parte ya estaba cuidadosamente invertida y contribuiría en gran medida a pagar un par de billetes de avión en primera clase y una suite de dos habitaciones en un hotel de cinco estrellas. Comprobaría qué tal se le daba hablar italiano en terreno nativo, admiraría las obras de arte y degustaría aquella gastronomía maravillosa. ¿Y no sería genial probar a hacer algún trabajo nocturno en un lugar donde el inglés no era la lengua autóctona? Algo en lo que pensar… y meses para meditarlo, pero ahora tenía que concentrarse en el presente.

Se planteó dejar el Club de Shakespeare, sobre todo cuando se enteró de que la primera reunión tendría lugar en casa del profesor Emerson. Era más que probable que ella estuviera allí, y evitarla no sería tan fácil como le había resultado hasta entonces. Sin embargo, R. J. y Zed le lanzaron un ataque conjunto.

—Ni de coña, tío, tienes que ir. —R. J. agitó el último pedazo de su panini mientras el flequillo se le caía nuevamente por la cara—. Vas a tener de todo: información, camaradería y comida de primera. El profe siempre tiene comida de primera.

—Y si ya te inscribiste…, que sí que te inscribiste —le recordó Zed—, ¿cómo no vas a aparecer? Te preguntará por qué no has ido.

—¿A él que le va a importar?

—Pues le importa —le aseguró Zed.

—De verdad que tengo muchísimo lío con las clases, y tengo un trabajo que acabar sobre *La danza de la muerte*, de Stephen King. Y un análisis más sobre otro poeta francés muerto. ¿Quién me mandaría a mí matricularme de esa mierda?

—¿No decías que habías bordado el último? ¿El del tío del jabón?

—Sí, pero…

—Necesitas equilibrio en la vida. Zed dice que tienes que relajarte. —R. J. mojó una patata frita en mostaza: una desviación de la norma ante la cual Booth no podía quedarse atrás—. ¿Le tienes miedo a la hija del profe?

—¿Quién? ¿Cómo? ¿Por qué iba a tenerle miedo?

—Ay, colega, pero si le clavas unas miradas que en cualquier momento te vas a levantar y vas a ir a morderle el cuello.

—Anda ya, tío, qué chorradas dices.

—Es verdad. —R. J. se acabó el panini—. Tu coche es el mejor, así que puedes pasar a recogernos por la residencia. Compartiremos gastos y te defenderemos de Piernas Emerson.

—¿«Piernas»?

—No has debido de fijarte lo suficiente como para ver que le llegan hasta los ojos —señaló Zed—. Tú preséntate sobre las seis; serás el conductor designado esa noche.

Lo de no beber no era un problema, el problema iba a ser no mirarla tanto que no llamase la atención. Era hora de solucionarlo.

—Vale, pero como suspenda el ejercicio de francés, ya sé a quién echarle la culpa.

SEGUNDA PARTE

El ladrón

Todos los hombres gustan de apropiarse de lo ajeno.
Es un sentimiento universal;
solo la manera de hacerlo es diferente.

ALAIN RENÉ LESAGE

Haré bien de pedirle en préstamo a la noche
una hora oscura o dos.

WILLIAM SHAKESPEARE

11

La pelirroja (Booth intentaba por todos los medios no llamarla por su nombre) no solo estaba allí, sino que fue quien les abrió la puerta. Cuando lo hizo, llevaba uno de esos vestidos de verano vaporosos, del tipo en el que la mayoría de los tíos ni siquiera se fija salvo para notar que es fino y ligero y deja ver un montón de brazo y de pierna. Esa noche no había trenza, así que aquel cabello del color del crepúsculo le caía suelto y ondulante por debajo de los hombros. Unos hombros prácticamente desnudos. Sus ojos verde mar sonrieron; su boca amplia y limpia se curvó.

—Hola. Sois R. J. y Zed, me acuerdo de vosotros del año pasado.

Dios, qué voz tenía. La había oído un par de veces en clase y otra en el campus, pero esa vez era distinta. Esa vez era en la intimidad y justo delante de él. Al igual que aquella vez en clase, sus ojos volvieron hacia los suyos.

—¿Y quién es vuestro amigo?

—Este es Booth Harrison. Acaba de trasladarse. Grado en Literatura y especialización en Teatro —respondió R. J., dándole a Booth una palmadita amistosa en el hombro.

—Bienvenido, Booth. Soy Miranda.

Cuando le tendió la mano, pensó: «Ay, Dios, ahora tengo que tocarla». Lo hizo rápido, aunque consiguió estrechársela con una única sacudida firme.

—Encantado de conocerte.

—Creo que estamos juntos en alguna otra clase. Da igual, entrad. La mayoría ya está aquí.

Booth trató de concentrarse en la casa y no en la forma en que su dueña se movía por ella: fluida, como su voz. Ya le había parecido digna y de buen gusto. Dado el vecindario (con vistas al lago), el tamaño y el cuidado mantenimiento, decidió que por alguna parte el profesor venía de familia acomodada. No era como la de Jack y Elaine (la McMansión), sino un caserón victoriano, antiguo, peculiar y fabuloso.

Lo tachó de cualquier posible lista de trabajo nocturno. Quizá hubiera sido el tipo de lugar en el que alguien de su profesión encontraría un tesoro o dos, pero él no les robaba a sus profesores: sería una grosería. Reparó en que las obras de arte (elegantes, interesantes) y el mobiliario, del vestíbulo al cuarto de estar, se remontaban hasta las antigüedades. Herencia familiar.

Al menos una docena de personas ya se mezclaban en el cuarto de estar, un amplio espacio que le hizo pensar que en algún momento del pasado un par de salitas se habían fusionado hasta formar una única pieza, aunque habían conservado la excelente marquetería y los medallones de techo. También habían encalado una vieja chimenea, flanqueada por vitrinas del suelo al techo repletas de libros, fotos y quincalla.

—¿Te gustan las casas antiguas? —le preguntó la pelirroja.

—¿Qué? Ah, sí, la verdad.

—A mí también. Soy la cuarta generación de los Emerson que vive aquí. A ver, ¿recordáis dónde estaba la cocina? Allí encontraréis bebidas y tentempiés. Aún faltan algunos por llegar, así que no hay prisa.

No había acabado de decirlo cuando volvió a sonar el timbre, por lo que se dio la vuelta y fue a abrir.

A Booth le encantó la casa. No habían abierto todos los espacios, sino que habían respetado aquel laberinto victoriano de habitaciones; hasta que uno llegaba a la cocina, donde volvían los espacios amplios con paredes de color tostado, amplias puertas de cristal que comunicaban con un patio que luego daba paso a césped y jardines, con el lago por detrás.

En una mesa reposaba un enorme balde galvanizado con bebidas (cerveza, vino, agua, refrescos) en un lecho de hielo. La gran isla central estaba cubierta de pizza y todo tipo de recetas sencillas. R. J. cogió un plato.

—Comida de primera. ¿Acaso mentía?

Booth se conformó con una Coca-Cola. No le gustaba la sensación de nerviosismo en el estómago; él nunca se ponía nervioso, pero, dado que era así como se sentía, no quería darle demasiada importancia. A algunos de los presentes los conocía de clase y reconoció a varios de vista. Se recordó el motivo de haberse inscrito: aprender y divertirse un rato. Y hacer algún contacto informal. Los lobos solitarios no pasaban inadvertidos.

La pelirroja se sentó en el suelo a hablar con el chico con pinta de deportista con quien la había visto en el campus y la chica que le había guardado el sitio el primer día. Un trío inseparable, concluyó Booth. Cuando la pelirroja se rio y le dio un codazo amistoso al deportista, se preguntó si estarían juntos. La posibilidad debería haberlo aliviado; en cambio, sintió una punzada rápida y desagradable de lo que debían de ser celos. Otra sensación nueva que no le gustaba.

Vio al profesor, que se había medio sentado en el reposabrazos de un sofá. A pesar de los tejanos y la camiseta (sin chaqueta) y a que gesticulaba con una botella de Amstel Light en la mano, seguía teniendo aspecto de profesor universitario. Booth reparó en un puñado de sillas plegables dispuestas al otro lado de la sala y se encaminó hacia ellas. Así formaría parte del grupo, pero permanecería algo apartado. Le venía bien.

La conversación no se cortó cuando el profesor se puso en pie, pero se vio reducida a un murmullo.

—Bienvenidos a nuestra primera reunión del curso. Algunos estáis aquí porque sois fans de Shakespeare, otros esperáis subir de nota y otros os habéis enterado de que hay comida gratis. Motivos válidos todos ellos. Veo algunas caras conocidas y otras nuevas. Todavía no me sé todos vuestros nombres, pero ya llegaré. Aquí tenemos pocas reglas: mantened limpia vuestra zona, reciclad todas las botellas y latas, y quien rompe, paga. Por lo demás, todas las opiniones e interpretaciones son, una vez más, válidas. No obstante, pueden refutarse, pues dichas refutaciones también son válidas. Y el debate animado no puede cruzar la línea de la grosería.

Volvió a sentarse y a gesticular.

—Este semestre, los debates se centrarán en el romance en las obras de Shakespeare, el humor y el conflicto, el ingenio y las palabras, y cómo esas relaciones representan el momento en el que se escribieron y cómo resuenan o rechinan frente a las sensibilidades actuales. Para empezar, hoy vamos a echar un vistazo a Beatriz y Benedicto, oponiéndolos, dado el caso, a Hero y Claudio. —Se detuvo un instante—. Si no reconocéis estos nombres, es que no habéis leído *Mucho ruido*, así que va siendo hora de desempolvar a Shakespeare.

—*Brush up your Shakespeare* —cantó R. J. con voz sorprendentemente potente—. *Start quoting him now.*[1]

Ben rio y agitó la mano.

—Y, si no reconocéis la canción, alquilaos la película *Bésame, Kate*. Por cierto, cuando lleguemos a Petrucho y Catalina, tendremos que abrir las ventanas para ventilar el humo que le saldrá por las orejas a Miranda. Si el bardo viviera hoy, esta tendría muchas, pero que muchas palabras con que calificarlo por *La fierecilla*.

—Un matón sexista tortura psicológicamente y mediante violencia a una mujer fuerte hasta someterla y convertirla en una debilucha obediente.

—Y otras lindezas por el estilo —concluyó Ben, dirigiéndole una sonrisa a su hija—, pero de eso hablaremos en otro momento. Empecemos por Beatriz, otra mujer fuerte: inteligente, astuta, cáustica y con una mirada certera sobre el macho de su especie, todo lo cual se trasluce en sus versos.

—«Prefiero escuchar a un perro ladrando a un cuervo que a un hombre jurando que me ama».

---

[1] «Desempolva a tu Shakespeare. Empieza a citarlo ya». *(N. de la T.)*.

—¿Y acaso eso no es sexista? —objetó el deportista.

«Ya estamos en marcha», pensó Booth. Conversaciones cruzadas, argumentos y contraargumentos a montones. El grupo lanzaba citas como quien lanza confeti, en grandes nubes coloridas. Él no tenía previsto decir gran cosa, o más bien nada, en ese primer debate. En su opinión, merecía la pena saber quién era quién y qué era qué antes de meter baza. Se aprendía más escuchando y observando, pensaba.

La pelirroja tenía un montón de opiniones y no se cortaba a la hora de expresarlas. En unos dos minutos, Booth también llegó a la conclusión de que era tan inteligente que daba miedo…, al menos en esa área.

Zed se había apretado en un sillón con una chica llamada Jen: gafas de pasta negra y media melena negra y lisa, sin tonterías. El deportista, Phil, se enfrentaba a todo y a todos, pero con un estilo mesurado. La tercera del trío, Hayley, debía de estar en el equipo de debate, porque era capaz de coger cualquier punto de vista y argumentarlo hasta la extenuación por puro placer.

El profesor no se inmiscuía a menudo, sino que dejaba desarrollarse la conversación. Booth decidió que era señal de que era buen profesor y un líder seguro. R. J. salió, regresó con un nuevo cuenco de patatas fritas y le tendió a Booth otra Coca-Cola. Este se la agradeció y, como estaba inmerso en la discusión mientras abría la botella, habló sin pensar:

—Claudio en realidad no la amaba.

Ben se volvió hacia él y ladeó la cabeza.

—¿Y eso?

—¿Cómo? Ay, perdón. Solo pensaba en voz alta.

—Acaba ese pensamiento.

Atrapado, se removió en la silla.

—Lo que quiero decir es que ¿cómo va a ser amor? Don Juan lo engaña, y todo el mundo sabe que don Juan es un imbécil, haciéndole creer que Hero se está tirando al otro tipo. ¿Por qué no va y lo soluciona directamente? Espera hasta la boda, la condena…, en ningún momento dice ¡pero qué coño! Y, si muere, pues fenomenal. Hasta al padre le parece fenomenal. Pero nadie dice ¿y qué pasa con el que se la está tirando? Nadie dice que haya que lincharlo. ¿Qué va a ser eso amor? No es más que una mujer guapa, ¿no?, pues con las mismas consigue otra. Benedicto y Beatriz se conocen y están a la par, pero Hero y Claudio no.

Ojalá no se hubiera percatado de cómo le sonreía la pelirroja cuando acabó.

—Pensaba que lo había traicionado la noche antes de la boda —terció Hayle, la polemista.

—«Pensaba» es la palabra clave, ¿no? Jamás pregunta, jamás pide una explicación y ni siquiera cree a Hero cuando lo niega. Se mantiene pasivo, igual que ella. No son más que comparsas para que destaquen Benedicto y Beatriz.

—Hero debería haber mandado a Claudio a hacer puñetas: «Gracias por nada, gilipollas» —señaló Jen.

—¿Verdad? Para eso, quizá habría sido mejor casarse con Dogberry. Al menos ese sí que sabe que es idiota.

Las carcajadas que provocó sorprendieron agradablemente a Booth. Además, un par de chicos del grupo de teatro representaron algunos versos de Dogberry con la ronda.

—Permíteme una pregunta antes de acabar. Lo siento, sé que estás en mi clase de los lunes y los jueves.

—Me llamo Booth. Booth Harrison.

—Ah, vale, muy buen trabajo sobre *Enrique V*. ¿Crees que a esas dos parejas, a esos cuatro chalados, les irá bien?

—Seguro, creo yo. Benedicto y Beatriz están colados el uno por el otro, son inteligentes y nunca se aburrirán. Claudio y Hero pasarán por la vida sin pena ni gloria, seguirán las tradiciones, cumplirán las normas y ya, sin mayor problema.

—Estoy de acuerdo. Dicho lo cual, recoged vuestra basura y largaos de mi casa. Nos vemos la semana que viene, en el campus, a la misma hora. Trataremos las relaciones en *Sueño*. Hora de añadir triquiñuelas mágicas a una nueva boda en ciernes.

La gente se entremezcló y cogió sus desechos, por lo que el nivel de ruido aumentó. Fruto de un hábito fuertemente arraigado, Booth comenzó a recoger lo que otros dejaban atrás.

—Espero que no te hayamos asustado.

—Oh, no, señor. Ha estado bien. Si hasta ha empezado con mi comedia favorita.

—Yo también le tengo un cariño especial. Estás haciendo un trabajo excelente en mi asignatura. No estaría mal que participaras más.

Mierda… Había llamado la atención.

—Imagino que todavía estoy absorbiendo más que otra cosa.

—No esperes demasiado. Me gusta oír las voces de mis alumnos.

Tiró la basura que había recogido y se guardó la media Coca-Cola para el viaje. Como la pelirroja se pegó al deportista (algo debía de haber ahí), consiguió salir de la casa sin volver a cruzarse con ella. Algunos de los chavales estaban fuera, charlando en el césped o la acera. Algunos se subían a coches; otros se montaban en bicis y varios, imaginó, recorrerían a pie los dos kilómetros y medio hasta el campus.

—Ey, Booth, ¿te importa llevar a Jen a casa?

El brazo de Zed rodeaba los hombros de la chica, pero a Booth le pareció un gesto más amistoso que romántico. Tampoco importaba.

—Claro, sube.

—Gracias. Es tu primera reunión, ¿verdad?

—Sí. Me ha gustado.

—Tenemos un club de teatro que se reúne el primer martes de cada mes. Deberías unirte. ¿Cómo es posible que aún no lo hayáis convencido para unirse al club de teatro?

—Rechazó la oferta —reconoció R. J.

—No doy para más; tengo un montón de asignaturas este semestre.

—Necesitas una válvula de escape.

Jen se pasó el camino de vuelta hablando de una manera que hizo pensar a Booth que los tres se conocían bien.

—Puedo dejarte en tu residencia —le dijo—. Ningún problema.

—Nada de residencias, gracias. Vivo con estos dos. Nada de rollitos, solo somos cinco colegas viviendo en un caos platónico. ¿Tú andas con alguien?

—Eeeh, no.

—Tuvo una ruptura dolorosa en Texas —informó R. J.

—Te entiendo. Te pediría salir, porque eres muy mono, pero no eres mi tipo.

Aquello hizo que Booth la mirase por el retrovisor, dado que R. J. había ocupado el asiento del copiloto.

—Vale, pero ¿y eso?

—Soy una pequeña diosa asiática de uno cincuenta y cinco, y tú eres un maquinón, alto y delgado. ¿Cuánto mides, uno noventa?

—Y un poco más.

—Ya veo. Pareceríamos bobos el uno al lado del otro con casi medio metro de diferencia. Así que mejor nos quedamos en Villa-platónica.

—Podrías ponerte tacones.

Jen se rio y le dio una palmada a Zed en la pierna.

—Me gusta. Ya me dijiste que me gustaría.

A Booth también le gustó ella, con su aire despreocupado. Cuando volvió a casa después de dejarlos en la suya, estaba satisfecho con la velada. Una vez que había emparejado a la pelirroja con el deportista, podía quitársela de la cabeza.

La pelirroja lo abordó al día siguiente. Booth no lo vio venir y cayó en la trampa de cabeza. Estaba esperándolo fuera de clase y le cortó el paso sin más.

—Ey, hola —dijo Booth.

—Ey, hola. Vamos a tomar un café.

Se quedó tan desconcertado que tardó en reaccionar.

—La verdad es que tengo…

—Lo que tienes es hora y media hasta la siguiente clase, y yo también. Vamos a tomar un café. Te invito.

La mala educación, en el mundo de su madre, era una cosa muy fea.

—Vale. ¿Necesitas algo? —le preguntó mientras ella enlazaba el brazo con el suyo y tiraba de él.

—Sí, café. Esta mañana me he quedado dormida, cosa que detesto, y apenas he tenido tiempo de beberme una sola taza deprisa y corriendo.

—No, que si necesitas algo de mí.

—Sí. Tengo una pregunta candente.

Tampoco había tenido tiempo de hacerse una trenza, pensó Booth, aunque había conseguido recogerse el cabello en una cola de caballo larga y elegante. La joven se la echó hacia atrás con un golpe de cabeza mientras lo miraba.

—Dime.

—¿Crees en la reencarnación? Ya sabes, lo de vivir numerosas vidas hasta que terminamos haciendo las cosas bien.

No era ni por asomo el tipo de pregunta que se hubiera esperado, pero como era ella quien lo guiaba (era evidente que sabía exactamente dónde quería tomarse el café), meditó su respuesta. Pensó en su madre, en lo corta que había sido su vida y en lo difícil que había resultado gran parte de ella.

—Sí. Tiene que haber algo más que una sola ronda.

—Eso creo yo también. Así que lo que me pregunto, y esta es la segunda pregunta candente, es qué te he hecho yo en alguna vida pasada para caerte mal. En general se me considera una persona bastante agradable, pero es posible que en esa vida pasada estrangulara a tu perro.

—No creo que estrangulases a mi perro ni al de nadie más.

Ella le dirigió una larga mirada cómplice con aquellos ojos fabulosos.

—Las vidas pasadas son engañosas.

—Y, de todas formas, no me caes mal. No te conozco.

—Pues esta es tu oportunidad. —Se fue directa a un café situado entre las tiendas, avanzando a grandes zancadas con aquellas piernas larguísimas—. Me gustó lo que dijiste sobre Claudio y Hero, así que te voy a dar una oportunidad.

El establecimiento estaba atestado de estudiantes y trabajadores necesitados de café, magdalenas y galletas del tamaño de platos de postre.

—La verdad es que no bebo café… mucho.

Ella lo miró con aquellos ojos verdes extrañamente asombrosos.

—Y, sin embargo, aquí estás, vivito y coleando. —Se acercó al mostrador—. Dos cafés a nombre de Miranda. Para mí, un americano con doble de café.

Booth imaginó que tal cantidad de café bastaría para propulsar un camión articulado campo a través.

—¿Después de beberte eso no se te salen los ojos de las órbitas, como cuando un gato se electrocuta en los dibujos animados?

—Ahora lo veremos.

—Para mí un *latte* de vainilla.

—Ayyy, un blandengue de los cafés.

—Lo acepto.

La pelirroja pagó y se colocaron a un lado a esperar. El establecimiento entero olía a café: un aroma que, en su opinión, jamás se trasladaba adecuadamente a la bebida en sí. Sin embargo, incluso a través de ese olor percibió su aroma leve y fresco. Al hacerlo, se recordó que la había emparejado con el deportista. Phil. Phil el deportista.

—Bueno… ¿y dónde anda Phil?

Ella enarcó una ceja, la izquierda. Booth se había dado cuenta de que tenía ese don, o habilidad, o lo que fuera.

—Creo que ahora mismo está en una clase de estudios cinematográficos —respondió tras sacarse el teléfono del bolsillo para mirar la hora—. ¿Por?

—Por nada. Me lo preguntaba sin más, como los dos estáis… juntos…

Entonces sonrió con aquella sonrisa suya y se dio la vuelta para coger las bebidas cuando anunciaron su nombre.

—Vamos fuera, que aquí hace mucho ruido. Conque «juntos» —repitió al llegar a la puerta—. Sí que andamos juntos; se llama amistad. Conectamos en segundo. Y fue en segundo porque entre el instituto y los cursos de verano adquirí conocimientos suficientes como para entrar en la universidad directamente en segundo. Es muy inteligente, divertido, atlético: este año empieza de *quarterback*. Y ahora mismo está coladísimo por un estudiante de posgrado. Chad.

—Ah.

—No es el típico amigo gay reglamentario; es mi amigo y ya. ¿Algún problema?

—No. Por Dios, no. —Salvo por que había vuelto a dejarlo por los suelos.

—Bien, porque tengo cero tolerancia a la discriminación en todas sus formas. Entonces —continuó mientras caminaban—, te has trasladado en cuarto. ¿Por qué?

—Si has pasado dos minutos cerca de R. J., ya lo sabrás.

La pelirroja se rio y señaló un banco vacío.

—Una ruptura dolorosa. La mayoría hemos sufrido alguna, pero normalmente no nos mudamos de estado.

Booth mezcló varias historias sobre la marcha.

—Quería un cambio. Había dado una vuelta por el campus antes y me había gustado mucho, pero... mi madre murió.

—Ay, Booth, lo siento muchísimo.

Lo decía en serio, lo sintió cuando le cubrió la mano con la suya.

—Fue muy duro, también para mi tía, la hermana de mi madre, que pasó todo el trance con nosotros, así que los dos queríamos irnos de Chicago. Ella tenía la vista puesta en Nuevo México, así que, como yo tenía Texas en mi lista, aproveché. La universidad es estupenda, pero cuando tuve la excusa, supongo, para trasladarme, también aproveché. Y aquí me siento bien.

—Yo qué voy a decir, si casi me he criado aquí. ¿Y tu padre?

—Nunca ha estado presente. Pero el tuyo es genial.

—El mejor padre del mundo.

Booth necesitaba saber más. No quería, pero lo necesitaba.

—¿Y tu madre?

—Mmm, es una larga historia. ¿La versión corta? Dejó de querernos; quería cambiar de pareja y de aires, así que nos abandonó.

—Ahora soy yo quien lo siente.

—No, en serio, fue lo mejor para todos. Cumplió su sueño y ahora vive en Hawái, en la isla grande, con Biff. —Se había puesto las gafas de sol cuando se sentaron y ahora se las bajó para mirarlo por encima del borde de la montura—. Se llama así, no me lo estoy inventando.

«Mierda, mierda, mierda». Le gustaba.

—Bueno, con su pan se lo coma.

—Cierto, tanto él como ella. Y mi padre y yo, bajo su punto de vista, estamos metidos hasta el cuello en el fango académico. Supongo que nos gusta estar enfangados. —Le dio un trago largo y lento al café, antes de echar la cabeza hacia atrás y mirar al cielo—. Bueno, Booth Harrison de Chicago vía Texas, ¿qué quieres hacer con tu vida?

—¿Ahora mismo? Aprender. Me gusta aprender.

—A mí también, ¿qué nos pasa? Y ¿qué haces para divertirte cuando no estás aprendiendo?

«Allanar viviendas —pensó— abrir cajas fuertes, saltar vallas». Puede que fuera su trabajo, pero eso no significaba que no se divirtiera.

—Me gusta la música y pasar el rato con el perro de la puerta del lado. Mac, un golden retriever. Es genial. Y me gusta cocinar.

La pelirroja volvió a bajarse las gafas de sol.

—¿Cocinas?

—Sí, aprendí mientras mi madre estaba enferma y tengo amigos en Nueva Orleans, por lo que pasé un tiempo allí. Mejoré.

—Mi padre y yo somos unos inútiles en la cocina. Lo creas o no, contratamos a alguien, Suzanna, para que venga dos veces a la semana a hacernos la comida y no morirnos de hambre. Bueno, pues ahora que sabemos que no estrangulé a tu perro en una vida pasada, puedes hacerme una demostración de tus artes culinarias algún día. Entretanto, tengo que irme a prepararme para la siguiente clase.

Esta vez se subió las gafas de sol y se dio un toquecito con el dedo bajo el ojo.

—¿Se me han salido de las órbitas?

—No. Son preciosos.

Volvió a colocarse las gafas en su sitio.

—He tenido suerte en la lotería genética. Un placer hablar contigo —dijo mientras se levantaba—. ¿Nos vemos?

—Sí, claro. Gracias por el café.

—No sé si a eso se lo puede llamar café, pero de nada.

Allí lo dejó, sentado en el banco, con la mirada perdida en lo que no se sabía si se podía llamar café, y supo que estaba perdido.

Como, a esas alturas, evitarla le parecía estúpido, Booth hizo todo lo posible para que sus encuentros fueran breves e informales. Él había ido a la UNC a aprender y a disfrutar de la mejor experiencia posible en su último año de universidad. No obstante, ya había empezado a mirar algunos cursos de posgrado. Después de todo, cuando por fin dejase la universidad, era probable que necesitase algún tipo de trabajo de día a modo de tapadera para su profesión real. Podía montar una empresa de limpiezas: bien sabía Dios que experiencia ya tenía. Y en A&M había hecho algunos cursos sobre contabilidad y negocios, así que también tenía conocimientos en esa área. Pero ese año se había propuesto dedicarse a disfrutar sin más de aprender lo que le apeteciera. Después de dos meses, tenía sobresaliente en todas las asignaturas, un pequeño círculo de amigos y una rutina que lo satisfacía.

Un día, R. J. y Zed lo llevaron a rastras a un partido de fútbol americano. No es que le disgustara: el deporte le resultaba del todo indiferente. Aunque su madre y Mags habían sido seguidoras de los Bears, no habían sido sus fans devotas, como lo fueron de los Cubs. Los deportes simplemente no se contaban entre los intereses de Booth, aunque había aprendido (sobre todo en Texas) que si uno no quería llamar la atención, de vez en cuando tenía que calentar el asiento en la grada y animar al equipo local. Así que, cuando los Tar Heels se enfrentaron a los Cavaliers en casa, se presentó en el Kenan Stadium vistiendo los colores de su facultad. Hizo lo que tenía que hacer: se puso una sudadera universitaria y jaleó a la mascota: un carnero de verdad, llamado Rameses. Se comió un sándwich de cerdo deshilachado bastante bueno, vitoreó, abucheó y maldijo en el momento apropiado junto a unos cincuenta mil aficionados más. Y pensó, con cierta lástima, en todas las casas vacías y listas para robar en aquella noche fresca y clara de octubre.

Sabía lo suficiente de fútbol americano para ver que, aunque Phil el deportista estaba en un buen momento, la defensa no lo estaba haciendo nada bien. Como resultado, los Tar Heels acabaron el primer cuarto a siete puntos. Cuando llegaron a la mitad, iban diez a siete, lo que animó los espíritus de la hinchada local. Como Zed estaba ocupado flirteando con su cita y R. J. y Jen debatían con una pasión sorprendente sobre el pañuelo de castigo que les habían sacado a los atacantes de los Tar Heels en los últimos minutos de la primera mitad, Booth decidió salir a estirar las piernas.

Y allí estaba ella. En un estadio de cincuenta mil localidades, se tuvo que topar con ella. Llevaba tejanos, una sudadera universitaria y el cabello suelto por la espalda. La gente iba y venía a su alrededor mientras permanecía apoyada en una pared y terminaba de enviar un mensaje de texto a alguien. Entonces se guardó el teléfono en el bolsillo de canguro de la sudadera.

—¿Eres aficionado al fútbol americano?

Estaba a punto de decir que sí cuando le salió la verdad.

—No, ni por asomo. He venido por presión de grupo.

Ella se llevó la palma de la mano al pecho.

—Yo, por amistad. Bueno, y por familia. Si mi padre se arrancase de cuajo el brazo antes de un partido de los locales contra Virginia, le diría al de la ambulancia que primero se desviase al estadio. —Le indicó que esperase levantando un dedo y sacó el móvil—. Es él, pidiéndome que a la vuelta le lleve patatas fritas. En estos partidos se pone nervioso y no para de comer. Tiene un amigo que fue a la Universidad de Virginia y apuestan a lo grande en cada partido.

—¿En serio? —El profesor no le había parecido de los que jugaban fuerte—. ¿Cuánto?

—Un reluciente cuarto de dólar. Siempre es la misma moneda: el cuarto de la suerte. Un trofeo de lo más codiciado desde hace diecisiete años… y los que le quedan. —Señaló con un gesto uno de los puestos de comida—. Quédate conmigo mientras cumplo con mi deber filial. Tengo entendido que le estás dando clases particulares a Ken Fisher: el *tackle* derecho, o izquierdo. O algo. Phil me ha dicho que lo estabas ayudando con su clase de francés.

La gente iba y venía a su alrededor. Booth no se daba cuenta.

—Sí, necesita un crédito en alguna lengua extranjera y le está costando conseguirlo. La profesora Relve me preguntó si le echaría una mano. Le da Francés I.

—Phil dice que le está sirviendo. Ken necesita buenas notas para conservar la beca y poder seguir jugando. ¿Tendrías tiempo para admitir un alumno más?

El corazón se le paró un instante.

—¿Necesitas ayuda?

—¿Yo? No. *Je parle français très bien. Mais j'écris français très mal.* Para hablar me vale, pero lo que es leer, escribir…, no soy lo bastante buena como para ayudar a Hayley, y está teniendo problemas. —Pidió las patatas fritas y se volvió hacia Booth—. ¿Tendrías tiempo, y cuánto cobrarías?

—Puedo mirar a ver. Ken me paga veinte dólares por clase.

—Suena justo. Ya me dirás, ¿vale? El último ejercicio lo suspendió y se está poniendo histérica.

Tal vez había encontrado su trabajo de día antes de lo pensado.

—Tengo tiempo entre clases los lunes, de nueve y media a diez y media, y los miércoles de una a dos. Los jueves, igual que los lunes. Si le sirve.

—Resérvame una hora a su nombre.

—Vale. Si cambia de idea…

—No va a hacerlo. Está histérica. Hayley no es de las que suspenden. Dame tu teléfono. —Le pasó la caja de patatas fritas y lo cogió—. Voy a guardar mi número en tus contactos. Mándame un mensaje si cambias de planes.

—Vale. —No tenía intención de preguntar, sabía que era un error, una idea terrible, pero lo hizo igualmente—. ¿Quieres quedar a comer pizza algún día?

Miranda sonrió y enarcó la ceja con aquel gesto suyo.

—Sí, pero preferiría ir a tu casa a cenar y ver si realmente sabes cocinar.

Un error aún mayor, mucho mayor, pero…

—Claro. Aaah…

—¿Qué tal mañana? ¿Te cuadra a las siete?

—Podría cuadrarme.

—Genial. —Volvió a sacar su móvil—. Necesito tu dirección.

Se la dio, envuelto en una especie de neblina mental.

—Bueno… ¿Tienes alguna, ya sabes, alergia o hay algo que no te guste o que no comas?

—Ninguna alergia, y todo lo que cocines me lo comeré. —Volvió a coger la caja de patatas fritas y la agitó—. Tengo que volver antes de que se queden frías. Le diré a Hayley lo del lunes. Nos vemos mañana.

—Sí, nos vemos mañana. Espero que tu padre gane el cuarto de dólar.

Miranda le lanzó una mirada chispeante por encima del hombro.

—No tanto como él.

Sin salir de la neblina, Booth volvió a las gradas. ¿Qué demonios acababa de hacer? ¿Y qué demonios iba a cocinar?

12

Aquello tumbó toda su rutina de sábado, lo que le dijo que tal vez, solo tal vez, se había acomodado. Tampoco es que no hubiese cocinado para una chica, o una mujer, nunca. Puede que Dauphine fuese la primera fuera de la familia, pero no había sido la última, aunque normalmente se había reservado esa arma en particular para cuando ambas partes sabían o, desde luego, daban por sentado que la velada acabaría en la cama.

No era eso lo que iba a suceder esta vez: se lo había propuesto firmemente. Además, aquella era su primera cita, si es que de verdad era una cita, y tenía que admitir que Miranda lo descolocaba una y otra vez. Tal vez solo fueran amigos. Villaplatónica. Eso sería lo mejor para todos. Su padre era uno de sus profesores, por el amor de Dios. Como para no hablar de terreno pantanoso. Aun así, quería impresionarla con la comida. «Pero nada demasiado elaborado», pensó mientras rechazaba media docena de menús: sería alardear. Pero sí algo bueno, algo que estuviera bien. Al final se decidió por pasta al pesto con pollo asado. Usaría pajaritas, para que nadie tuviera que enroscar o sorber. Además, las pajaritas eran alegres, informales. La pasta era informal. La cena era informal.

Aún tenía que hacer la limpieza sabatina, por lo que empezó pronto y con ganas mientras subía la masa del pan italiano. Llevó a cabo todas las tareas propias del sábado, horneó el pan y fue a comprar todo lo necesario para la cena.

Luego se obligó a sentarse y trabajar en una redacción para su clase de francés. Para cambiar de aires, bajó al sótano, puso en marcha el cronómetro y ensayó para mejorar su récord con las cerraduras de combinación. Tener las manos y la mente ocupadas lo ayudó. Aun así, para cuando se dio una ducha y empezó a preparar la cena, momento en que empezó a caer una lluvia fina y ligera, admitió que estaba hecho un manojo de nervios. Debería haber practicado algo de yoga. Mags decía que era milagroso, y siempre que probaba lo relajaba un montón. Además, mantenía el cuerpo en forma, y alguien con su profesión lo necesitaba. «Demasiado tarde», pensó mientras se preguntaba si debería encender unas velas y poner música, o si sería demasiado. Decidió que estas funcionarían, porque la lluvia había ensombrecido el ambiente. Eran alegres, igual que las pajaritas.

A las 7.02 (no es que estuviera mirando el reloj), llamaron a la puerta y el estómago se le encogió: no era un nudo, era como si unas manos estrujasen una bayeta húmeda. Miranda llevaba uno de esos vestidos con una cazadora corta vaquera encima. Minúsculas gotas de lluvia brillaban en su cabello. Sostenía en las manos un ramillete de flores. Jamás en su vida había deseado tanto nada ni a nadie.

—Pensé en traer vino, pero como no tenía ni idea de lo que ibas a cocinar, no supe qué botella robarle a mi padre.

A Booth volvió a envolverlo la neblina mientras las aceptaba. Eso era nuevo, pensó. Nunca le habían regalado flores.

—Gracias. Entra.

—Qué casa más bonita y…, guau —añadió al entrar—, está tan limpia que reluce.

Cuando Booth se rio, ella lo miró con su ceja enarcada.

—Un chiste familiar, supongo. Mi madre y mi tía tenían una empresa de limpiezas: las Hermanas Relucientes.

—Qué buen nombre —dijo mientras deambulaba por el cuarto de estar.

«Bastante austero —pensó Booth ahora que la veía en él—, pero limpísimo».

—Me crie limpiando casas, así que es… costumbre.

—Cocinas y limpias. Te debe de gustar vivir fuera del campus.

Se encogió de hombros y recurrió a la explicación que llevaba usando todo el verano.

—Me gusta tener espacio, un jardín y silencio cuando trabajo. Cuando estudio.

—Eso desde luego. ¿Por qué no me enseñas eso que huele tan bien?

La condujo hasta la cocina y volvió a observarla deambular. No había mucho que ver, pensó, más allá de las vetustas encimeras de formica y los armarios anticuados. Teniendo en cuenta el tamaño, debería colgar un tablero y, siguiendo el ejemplo de Sebastien, tener las cazuelas expuestas.

—Vives más aquí que allí.

—Supongo que sí.

—Y has preparado comida italiana. —Señaló con un gesto la bandeja de entremeses sobre la encimera—. De mis favoritas de siempre.

—Tengo un vino que le pega, si quieres.

—Legalmente no puedo beber hasta abril, pero tomaré un poco.

Booth no tenía ningún jarrón, pero sí un vaso para té helado que serviría. Puso las flores en el vaso y sirvió el vino.

—Vale, no eres perfecto.

—Ah, ¿no?

—No entiendes de arreglos florales. —Cogió la copa de vino y la dejó en la mesa para disponer las flores—. Hayley está encantada, por cierto. Ken te dio el visto bueno. Dice que eres un profesor particular flipante, y eso viniendo de él es todo un cumplido.

—Di alguna que otra clase en el instituto. Ken está motivado, pero la gramática lo mata. Estamos trabajando en ello.

—Es una lástima que no vayas a especializarte en matemáticas. Sé de unas cuantas personas que lo están pasando mal.

—De hecho, solía dar clases de mates.

Miranda levantó la vista, cogió un *pepperoncino* de la bandeja y le dio un mordisco.

—Se trata más bien de cálculo y álgebra avanzada. —Cuando él se encogió de hombros, ella volvió a hacer aquel gesto con la ceja—. ¿En serio?

—Las matemáticas no son más que números, fórmulas y lógica.

—A mí nunca me ha parecido tan sencillo, pero tampoco voy a tener que volver a darlas en la vida. —Probó una aceituna—. Qué ricas. En fin, que si quieres más alumnos, conozco a un par de personas.

—Claro, ¿por qué no?

Miranda se echó hacia atrás y, apoyándose en la encimera, le dio un sorbo al vino.

—¿Te has planteado la docencia?

—No, la verdad es que no. Ahora mismo lo que quiero es aprender. ¿Y tú?

—Tal vez. Me gustaría escribir, pero está lo de ganarse la vida y demás.

—¿Escribir el que?

—Novelas enormes, desbordantes y jugosas. —Le dedicó una de sus sonrisas—. Pero eso exige tiempo, talento y, probablemente, suerte, así que puede que acabe enseñando sobre novelas enormes, desbordantes y jugosas que hayan escrito otros.

Tal vez, pensó Booth, aunque le pareció que estaba mucho más que motivada; estaba convencida.

—Pero vas a escribir de todos modos.

—Es lo que más me gusta. Y algo más habrá que leer aparte de Shakespeare.

—Todo y de todo tipo. Algún día leeré *Enorme, desbordante y jugosa*, de Miranda Emerson.

Riéndose, se apartó el cabello sacudiendo la cabeza.

—¿Acaso cada estudiante de literatura no quiere escribir, aunque sea en secreto? ¿Tú no quieres?

—Era lo que esperaba mi madre. No se me da mal, pero tampoco bien, y no me atrae, ¿entiendes?

—Sí, lo entiendo. Entonces ¿qué? ¿Qué te atrae?

«Las casas oscuras y silenciosas —pensó—. Cerraduras que abrir, cajas fuertes que reventar».

—Demasiados temas, quizá, por lo que no consigo decidirme por uno solo. Me gusta analizar las cosas, ver cómo funcionan, y a las personas también. ¿Por qué son como son? Los idiomas… me gusta aprenderlos. Permiten analizar las cosas. Y el teatro: ¿cómo coges esta historia, esta ambientación y estos personajes y haces que todo funcione?

—Un momento; retrocede. —Hizo girar un dedo en el aire—. ¿Idiomas? ¿No solo hablas francés?

—Bueno, también hablo español e italiano. Ahora tengo buen nivel en ruso y portugués. Tal vez pruebe con el persa. —Booth se percató de que le estaba contando demasiado, porque le resultaba muy sencillo—. ¿Tienes hambre?

—Estoy arrasando los entremeses, así que debo de tenerla.

—Pondré en marcha la pasta.

Ya tenía el agua al fuego, así que subió la temperatura para que hirviera. Miranda dio un sorbo al vino, se aproximó y se inclinó por encima de la encimera para echar un vistazo.

—¿Cómo se dice eso en italiano? Ya sabes, lo de hervir la pasta.

—*Buttare la pasta.*

—Te lo puedes haber inventado, claro está, pero suena bien.

Booth había envuelto el pan en un paño, y ahora lo sacó para ponerlo sobre una tabla de cortar.

—¿De dónde has sacado el pan? —Miranda chocó su cadera con la suya y se acercó a olfatearlo—. No me digas que lo has hecho tú.

Booth no sabía si sentirse tonto u orgulloso.

—Hornear pan es una de las cosas que más me relajan.

—¡Anda ya!

Cuando empezó a cortarlo, Miranda cogió una rebanada de la tabla y le dio un mordisco.

—¡Madre mía! Esto está buenísimo. Tal vez deberías abrir una panadería.

—¿Estás de coña? ¿Sabes a qué hora se levantan los panaderos a diario? Prácticamente en mitad de la noche. Y hornear pan por trabajo le quita la faceta relajante.

—Supongo que sí, pero el caso es que podrías hacerlo. Papá y yo horneamos galletas cada Navidad. Créeme, no podríamos abrir una panadería. —Miranda lo vio añadir la pasta al agua hirviendo y sacar un escurridor y platos hondos—. Eres el primer hombre que me hace la cena, o que lo intenta, aparte de mi padre.

—¿En serio?

—En serio. Te preguntaría si necesitas ayuda, pero me voy a limitar a no estar en medio.

Eso fue lo que hizo mientras Booth sacaba los tomates cherry que ya había cortado por la mitad, el tarro del pesto que había preparado, más albahaca fresca y un pedazo de queso parmesano. Siguió picoteando de la bandeja de entremeses mientras él cortaba el pollo asado que había conservado caliente en el horno y mezclaba la pasta, el pollo, el pesto y los tomates en un bol.

—¿El pesto lo has hecho tú con la albahaca?

—Es así como se hace.

Booth arrancó unas hojitas para decorar la pasta que había servido en los platos y ralló el parmesano por encima. Vertió un chorrito de vinagre balsámico por encima del aceite de oliva en unos platillos para untar. Luego lo llevo todo, junto con el pan, a la mesa. Tenía buena pinta, decidió. Pero que muy buena. Y ella la tenía perfecta.

—Bueno, *buon appetito*.

—Lo mismo digo. —Miranda se sentó y de inmediato pinchó la pasta con el tenedor—. Jo, guau. ¿Sabes? Cuando me autoinvité a cenar, imaginé que pondrías algo a asar, tal vez un par de patatas…, que no está mal. Pero esto es alucinante, y delicioso.

—Eres la primera persona a la que jamás haya invitado a una cena sentados.

—¿Es que hay de otro tipo?

—Puedes cenar ensalada de patata cajún en el jardín de un vecino o compartir unos espagueti que te sobraron con el chaval de la puerta del lado.

—Ahora tengo que preguntarte qué es la ensalada de patata cajún.

—Es una pasada. Un amigo mío de Nueva Orleans me dio la receta secreta de su mezcla de especias cajún.

—No he estado nunca en Nueva Orleans. ¿Es tan maravillosa como se ve en las películas y suena en los libros?

—Es un lugar único. Allí me sentí seguro y tranquilo cuando todo mi mundo se tambaleaba. Deberías ir. No es solo un lugar, es una experiencia.

—Lo pondré en mi lista. ¿Dónde más has estado?

—No había viajado nunca, así que hice un largo trayecto en coche de camino a Nueva Orleans, y luego fui a Texas. Atravesé las montañas Humeantes. Ya sabes cómo es Chicago —dijo, trazando una línea horizontal con la mano—, así que nunca había visto nada parecido, y tampoco había visto nunca el mar, así que fui hasta la costa, subí a los Outer Banks. El agua me atrae. El agua y las colinas.

—Hace unos años pasamos una semana en una casa en Hatteras, en verano. Es precioso.

—¿Dónde más has estado?

—Inglaterra. —Miranda arrancó un pedazo de pan y lo mojó en el aceite—. Por mi padre, ¿sabes? Shakespeare. Irlanda, por Yeats, Joyce y demás. Verde y maravillosa. Maine. Si te gusta el mar, tienes que verlo desde una de esas playas rocosas de Maine.

—Lo pondré en mi lista. ¿Adónde te gustaría ir que aún no hayas estado?

—¿Por encima de todo? Florencia: el arte, la arquitectura, la comida, el sol. Las tiendas.

Booth había dejado de sentirse nervioso e inseguro. Dejó de preocuparse por qué decir y qué callar. Sentado a la pequeña mesa con Miranda mientras el sonido de la lluvia repiqueteaba en el exterior, se sentía más cómodo de lo que nunca había estado en la vida.

—Has elegido uno de mis destinos favoritos. De hecho, Mags y yo vamos a ir en las vacaciones de primavera.

—¿Mags?

—Mi tía.

—¡Suertudo! Debes de estar muy unido a ella. ¿A qué se dedica ahora? ¿Ha seguido con el negocio después de mudarse a Nuevo México?

—No, de hecho… —podría haber dicho cualquier cosa, pero dijo la verdad—, es vidente por teléfono.

Esperó que Miranda reaccionara, pensando que se reiría, probablemente con desdén. Sin embargo, abrió los ojos como platos y le dio un golpecito amistoso en el hombro.

—¡Anda ya! ¿En serio? ¿Lee las manos? Bueno, las manos no se pueden leer por teléfono, ¿no? ¿Las cartas del tarot?

—Sí, eso y también el aura o algo así.

—Es alucinante. Espera. —Le apuntó con el dedo—. Tú no crees.

—Tendrías que conocer a Mags para… ¿Tú sí? ¿Crees en la videncia?

—«Más cosas hay en el cielo y la tierra, Horacio, que las que se sueñan en tu filosofía». Fuimos a Stonehenge cuando estuvimos en Inglaterra y a este otro círculo de piedras, mucho más pequeño, pero increíble, en Irlanda. Si allí no sientes que hay algo más, no lo sentirás nunca.

Hablaron, hablaron y hablaron, y todo resultó sencillísimo. Booth no sabría decir en qué momento se esfumaron los nervios. Todo fluyó sin más. Los libros que habían leído, las películas que habían visto, la música que les gustaba y mucho más mientras comían pasta y pan, y luego bolas de helado. Hablaron cuando Miranda, tras mucho insistir, ayudó a Booth a fregar y siguieron hablando cuando se sentaron un rato más, ella con agua con gas y él con una Coca-Cola.

Nada más pasar la medianoche, Miranda suspiró.

—Tengo que irme. La velada ha sido simplemente perfecta. Ojalá pudiera devolverte el gesto ofreciéndome a cocinar para ti, pero me caes bien, así que no voy a torturarte con mis dotes culinarias.

—Podemos pillar pizza algún día, o simplemente puedes volver aquí.

—Las dos cosas suenan bien, pero probemos lo siguiente: elige una película. Puedo llevarte al cine sin arriesgarme a intoxicarte. Así podré autoinvitarme otra vez a cenar en tu casa con la conciencia tranquila.

—Vale. ¿Qué te parece mañana por la noche?

Miranda se levantó y se puso la cazadora.

—El lunes me viene mejor. Tengo que entregar un trabajo a primera hora, y aún tengo que pulirlo.

—Pues entonces el lunes.

«Cualquier lunes», pensó mientras la acompañaba hasta la puerta. Cualquier día y a cualquier hora. Cuando fuera.

—Elige la peli y mándame un mensaje. —Se echó el pelo hacia atrás y lo miró directamente a los ojos—. Gracias por la cena, ha sido maravillosa.

Cuando Miranda abrió la puerta, Booth vio que la lluvia se había convertido en bruma. Flotaba, leve, fresca, hermosa. La pelirroja parada en el umbral de la puerta abierta, de espaldas al exterior, le robó el aliento.

—Tengo una pregunta que hacerte.

—Dime.

—Creo que no soy mala observadora, y observo que te gusto.

—¿Y a quién no?

—A un montón de gente —respondió con llaneza—, pero observo que a ti sí. Te he dado pie un par de veces y no has picado, así que he tenido que invitarme yo sola. Y he pasado, ¿cuánto?, unas cinco horas o así sola en tu casa. Buena comida, buena compañía; una vez más, según he observado. Sin embargo, no me has tirado ficha.

Y ahí, otra vez, había vuelto a descolocarlo.

—No estaba seguro de que tú…

—Podría haberlo hecho yo; no es que me parezca mal: igualdad de derechos y todo el rollo. Solo me preguntaba si no has superado aún esa ruptura dolorosa.

—¿Esa qué? Oh. No, no. No —repitió—. Está superada.

—Bueno es saberlo. Tal vez no sepas tomar la iniciativa.

Descolocado y algo herido, respondió con orgullo:

—Claro que sé. Vaya que sí.

—Pues tal vez deberías demostrarlo, una sola vez —añadió, levantando un dedo—. No tiene por qué ser nada extraordinario. Seré generosa al ponerte nota, porque puede que estés oxidado.

Irritado, tal y como Miranda pretendía, se le acercó, la agarró por la cadera y, con los ojos clavados en los suyos, deslizó las manos por su costado. Lentamente. Hasta tenerla junto a él, pegada a él. Solo entonces su boca descendió hasta la de ella.

Era difícil no tomar demasiado, no deleitarse en lo que había deseado tanto, tanto, tanto. Sin embargo, podía flotar en el momento, como la bruma suspendida más allá de sus cuerpos. Flotar suspendido en su sabor, su tacto, su aroma, todo su ser. Pero no tomaría demasiado, no rompería la regla de la avaricia, tan solo disfrutaría del momento, de los brazos que lo rodeaban, las caderas que respondían a las suyas, el leve murmullo de su garganta.

Las manos de Miranda ascendieron hasta su pelo mientras el beso los envolvía. Y como Booth quería tocar y tomar demasiado, le rodeó el rostro con las suyas, cambió el ángulo de su beso. Luego dejó que los envolviera de nuevo. Cuando se apartó, la miró a los ojos, a aquellos ojos de bruja de los mares.

—Buena iniciativa —acertó a decir ella.

—Pensé que no estaría mal para empezar.

La movió y apretó su espalda contra la jamba de la puerta. Con su cuerpo aprisionado entre el suyo y el marco, tomó un poco más. Ahora podía sentir su corazón desbocado, su pulso acelerado y el estremecimiento único y rápido que la sacudió.

—Otra buena jugada, sí.

Le agradó notar que su voz no sonaba demasiado firme, como tampoco lo estaba la mano que posó en su pecho para interponer un poco de distancia entre ellos.

—Diez de diez, inmejorable. Ahora de verdad tengo que irme.

—O puedes quedarte —la invitó, acarició el cabello, aquella preciosa y densa melena, dorada como el fuego.

—Lo deseo más de lo que pensaba, así que debo irme. Tengo una regla sobre las primeras citas y estoy deseando romperla, así que no puedo.

—Ya tomamos café aquella vez.

Se rio y negó con la cabeza.

—Esa no cuenta, no. Las reglas son las reglas —dijo, dando un paso a un lado para apartarse de él—. Probemos con lo de la peli, la pizza o lo que sea.

—Entiendo lo de las reglas; yo también tengo las mías. —Y una de ellas, grabada en piedra, era respetar los deseos de una mujer—. Hasta el lunes por la noche.

—Hasta el lunes por la noche.

La vio caminar entre la bruma hasta su coche y la vio alejarse en él. Entonces pensó: «Esto era de lo que hablaban. En todos los libros, era a esto a lo que se referían. Esto es enamorarse».

Cuando llegó a casa, Miranda colgó la cazadora con todo el cuidado y subió los escalones sin hacer ningún ruido. Sabía que su padre tenía una luz del dormitorio encendida, porque la había visto brillar al aparcar el coche. Sin embargo, a menudo se quedaba dormido en la cama, con las gafas caídas sobre la nariz y el libro abierto en el regazo. Esa noche no. Estaba sentado recto, con una camiseta de los Tar Heels, y cerró el libro que sostenía en cuanto Miranda asomó la cabeza por la puerta.

—¿Sabes? —le dijo— Soy demasiado mayor como para que me esperes despierto.

—Jamás serás demasiado mayor para eso. Además, no te estaba esperando. Estaba leyendo un libro estupendo una noche lluviosa de sábado. ¿Qué tal la cena?

Miranda atravesó el cuarto hasta sentarse a los pies de la cama con dosel que había pertenecido a su abuela.

—Horneó pan.

Ben frunció el ceño.

—¿Del de harina y levadura?

—Sí; dice que lo relaja. Y preparó una receta de pasta alucinante, con pesto hecho por él.

—¿Lo puede hacer uno mismo?

—Pues sí. Su casa es muy mona y está tan limpia que me dan ganas de pegarle mañana un manguerazo a mi habitación. Su madre y su tía tenían una empresa de limpiezas y las ayudaba a limpiar las casas. Oh, oh, y su tía, a la que llama Mags, ¡es vidente por teléfono! Es que no me lo creo. Se le nota que la quiere, no en plan: a ver, es mi tía; la quiere de verdad.

Miranda se levantó y fue hasta la ventana, desde donde contempló la noche brumosa.

—Y daba clases de matemáticas, también. Así que le voy a decir a Nate que se ponga en contacto con él. Y no solo habla francés, también italiano, español, ruso y portugués.

Ben se removió en la cama.

—¿Estás segura de que no exagera un poco, cariño?

—No. Al principio tienes que sonsacarle las cosas. No es que sea tímido, es precavido. Tuve que provocarlo para que me besara.

—Ay, Miranda. ¿Es que quieres que me salgan más canas?

—Como padre mío que eres —dijo, después de volver a su lado y darle un beso en la mejilla—, te gustará saber que, aunque podría haberse aprovechado, y, lo siento, porque te va a salir otra cana más, pero le habría dejado aprovecharse, no lo hizo. No me presionó, no insistió, no lloriqueó. Tiene lo que siempre dices que es tan importante.

—Es una persona como es debido.

—Exactamente. Es especial, papá. Tiene algo distinto, y quiero saber más sobre él. El lunes por la noche lo voy a llevar al cine.

Ben le tomó la mano entre las suyas y la acarició.

—Ten cuidado.

—Sabes que lo tendré. Me has educado bien.

—Me gusta. Es extraordinariamente brillante, educado sin resultar demasiado estirado ni darse aires. Lo invitaremos a cenar en casa algún día. Suzanna cocinará y yo lo freiré como a un pescadito.

—Me parece bien. —Volvió a darle un beso en la mejilla—. No te quedes leyendo hasta tarde. Sabes que te dormirás y luego te pasará lo del cuello.

—Cuando tienes razón, tienes razón. Buenas noches, mi amor.

Ben esperó a oír cómo se cerraba la puerta antes de dejar el libro a un lado. No había estado esperándola exactamente, había estado leyendo; pero, ahora que el centro de su mundo había vuelto a casa sano y salvo, ya podía dormir. Tal vez primero se preocupase un poco por las estrellas que le brillaban en los ojos a su pequeñuela al hablar del muchacho, pero podría dormir.

—¿Seis idiomas? —murmuró Ben al apagar la luz—. ¿A su edad? Eso tendremos que verlo.

13

El lunes, Booth contaba con tres alumnos más. Tendría que organizarse para compatibilizarlo todo, pero siempre había sido organizado. Se instaló en una de las zonas de estudio para alumnos con Hayley, la amiga de Miranda, y pronto descubrió que iba mejor en francés que el jugador de fútbol americano. También descubrió que se tomaba tremendamente en serio lo de mejorar las notas y, debido a ello y a sus frecuentes errores de comprensión al leer en francés, supo cuál era su palabra favorita: *merde*.

—Bueno, manos a la obra. Mira, hablar lo hablas muy bien. Necesitas mejorar a la hora de traducir y comprender la lengua escrita, así que te voy a poner deberes.

—*Merde*.

—Pues sí, pero así es la vida. Escribe, no sé, una entrada de un diario. Elige un día o invéntatelo. ¿Cómo lo voy a saber? Pero escribirlo te va a ayudar a leer bloques de texto. Y vete a la sección de libros extranjeros de la biblioteca y elige una traducción francesa de alguna novela romántica o de misterio.

Hayley lo miró con los ojos entrecerrados.

—¿Dices lo de la novela romántica porque soy una chica?

—¿Preferirías que te dijese que leyeras a Flaubert o a Dumas?

—Ya lo intenté. Un asco.

—Lo entiendo. Lo que quiero es que leas algo que se haya traducido del inglés al francés.

—Vale. Y que sepas que esto no ha estado mal. Además, ahora entiendo perfectamente por qué le molas a Miranda.

A Booth le dio un nuevo vuelco el corazón.

—Ah, ¿sí?

—Venga, hombre. —Hayley puso los ojos en blanco mientras recogía sus cosas—. No te lo diría si no lo supieras ya. Que os lo paséis bien esta noche en el cine.

—Gracias. Nos vemos el lunes que viene.

Booth agarró la mochila y fue en busca de una Coca-Cola que lo ayudara a sobrellevar la siguiente clase. De camino se topó con Ben.

—Booth, ¿tienes un segundo? Miranda me ha dicho que hablas italiano.

Asintió, porque lo único en lo que podía pensar era en que Miranda había hablado de él con su padre. ¿Eso era bueno? ¿O daba miedo? Decidió que las dos cosas.

—¿Lo lees?

—Sí. Yo...

—Perfecto, porque yo no. —Ben metió la mano en la cartera y sacó un pedazo de papel—. ¿Puedes traducirme esto?

Booth lo cogió y le echó un vistazo.

—Sí, es Dante, el *Infierno*. Se reconoce en inglés porque es una cita que aparece un montón por ahí: «No temas; nuestro destino no nos puede ser arrebatado; es un regalo».

—Ah, por supuesto. Aunque, claro —dijo Ben, mientras Booth le entregaba el documento—, en ciertos casos la mayoría de nosotros desearía poder devolver tal regalo.

—Si lo hiciéramos, todo cambiaría.

—Eso también es verdad. Tengo entendido que das clases particulares: francés, cálculo, autores universales como Jane Austen.

—Sí, señor. No es que lo buscara.

—Cálculo y Jane Austen. Menuda combinación. Permíteme que te pregunte algo, Booth.

No se quedó helado, sino que se armó de valor: no se había fundido en el entorno como tenía que haber hecho. Cuando uno llamaba la atención, la gente se fijaba en uno y se hacía preguntas.

—¿Memoria eidética o una gran variedad de intereses?

Desde luego, aquella no era la pregunta que se esperaba.

—Podrían ser las dos cosas.

—Podrían. Pensé haber detectado la memoria.

—Tampoco es que la buscara.

—Es algo poco común, y valioso. Desde luego, el tipo de regalo que uno no querría devolver.

—A veces, recordar cada detalle no es tan bueno como parece.

Tras estudiarlo un momento, Ben asintió.

—Supongo que tienes razón. Ven a cenar mañana por la noche.

—¿Cómo?

—Que vengas a cenar, Booth. Mañana. A las siete. Gracias por la traducción.

Ben se alejó a paso tranquilo; Booth se quedó clavado en el sitio. Debería anular la cita para ir al cine. De hecho, debería irse a casa, hacer la maleta y largarse. Había otras ciudades, otras universidades. Siempre habría otro lugar en el que ocultarse.

El problema era que lo recordaba absolutamente todo. Recordaba cómo se había sentido al charlar sentado con Miranda, al oírla reír. Cómo se había sentido por dentro al besarla. Sabía cómo era sentirse integrado de nuevo y volver a tener amigos, algo que había evitado desde Nueva Orleans. No quería renunciar a ello. No quería renunciar a ella. Había bajado la guardia más de lo necesario, pero se las ingeniaría, se adaptaría. ¿No decía Dante que el destino era un regalo? Muy bien. Entonces, averiguaría cómo usarlo.

Puede que ir al cine, compartir palomitas y despedirse de una chica con un beso fuera algo normal para la mayoría de los jóvenes, pero para Booth era el no va más. Todo lo relacionado con Miranda era el no va más. Él sabía de química, biología, endorfinas. Igual que sabía que lo que lo atraía hacia ella no era algo tan básico y elemental como la ciencia. Si tenerla en su vida, si crear una vida en la que Miranda tuviera su lugar demostraba ser un error, asumiría las consecuencias.

Se figuró que la primera de ellas sería cenar con su padre. Se preparó para el acontecimiento igual que haría para un trabajo complicado. Buscó artículos sobre cómo conocer a los padres. Claro que él ya tenía trato con el profesor, pero se aplicaba el mismo principio. Leyó la biografía de Bennet Emerson y los artículos que había publicado. Al mismo tiempo que organizaba el trabajo que había previsto para el jueves por la noche, cavilaba sobre la ropa que se pondría para cenar, los temas de conversación adecuados y su propia historia personal.

Llegó a las siete en punto, ya deseoso de que acabase la velada. Entonces, cuando Miranda le abrió la puerta, recordó por qué se había preparado para semejante tortura. Vestía unos tejanos oscuros y un jersey que le trajeron a la memoria los pinos que cubrían las colinas de las montañas Humeantes. Cuando le sonrió, su interior se iluminó por entero.

—Y aquí llega él, cargado de regalos. Voy a arriesgarme: las flores son para mí y el bourbon, para mi padre. —Miranda aceptó las flores. Booth había comprado rosas rojas, un clásico—. Tú ve entrando mientras las pongo en agua. —Le cogió la mano y se la apretó—. No te va a doler demasiado; lo prometo.

Booth no lo creyó ni por un momento, pero la casa lo encandiló igual que la primera vez e imaginó cómo sería poseer un hogar así desde hacía generaciones.

Ben estaba en la cocina, afilando un cuchillo de trinchar.

—No te preocupes, no es para ti. —Enarcó una ceja en un gesto igual que el de su hija—. Todavía. Vamos a cenar pollo asado.

—Huele fenomenal. Gracias por invitarme. Tengo entendido que le gusta el buen bourbon.

—Cierto. —Ben dejó a un lado el cuchillo y cogió la botella—. Woodford Reserve, buena elección. ¿Te apetece un vaso y así me acompañas?

—La verdad es que tengo que conducir, así que...

—Respuesta correcta. Espero que hayas venido con hambre, porque Suzanna se ha superado. Tengo entendido que eres buen cocinero.

—Me gusta cocinar.

—Yo, de alcanzar la fama gastronómica, será trinchando. Soy un trinchador excelente. Miranda es una «removedora» estupenda.

—Y cortadora —añadió mientras terminaba de arreglar las flores—. Soy una excelente cortadora y una peladora algo superior a la media.

—No hay muchas recetas que se puedan preparar sin remover, cortar o pelar.

—No hay duda de que Suzanna hizo todo eso y más. ¿Por qué no vamos a degustar los resultados?

El pollo los esperaba en una fuente que Booth reconoció como Wedgwood. Ben realmente tenía una mano experta para trinchar y, con la mesa ya puesta (con elegancia) para tres, se sentaron en el comedor. Había un vaso para agua (mineral o con gas) y una copa para vino. Aceptó media, una cantidad que consideró moderada. Ben propuso un brindis.

—Por el final del semestre. ¿Qué tal te ha ido, Booth? Sé que mi asignatura la has bordado. Tu trabajo sobre los roles de género en *Macbeth* ha sido excelente.

—Gracias. Sé que suena a peloteo, pero realmente disfruto de su clase.

—No tengo nada en contra de un poco de peloteo, pero se nota que disfrutas. ¿Qué es lo que despertó tu interés por Shakespeare?

—Cuando era pequeño vimos en la tele *Enrique V*, la peli de Laurence Olivier. Fueron todas esas batallas, el conflicto interno, la redención. Aunque sobre todo las batallas, la verdad. Así que saqué de la biblioteca un tomo enorme con sus obras completas.

—¿Cuántos años tenías?

—Once.

—Shakespeare fue el responsable de varios de mis cuentos infantiles —terció Miranda.

Ben sonrió a su hija.

—Nunca se es demasiado joven.

—El lenguaje y el ritmo pueden resultar relajantes.

—Exacto. —Ben apuntó a Booth con el tenedor—. No se puede decir lo mismo de mi habilidad cantando nanas. ¿Qué es lo que te atrae de una lengua, Booth?

—No es solo comunicarse. A ver, eso es clave, claro, pero también está la cultura, y eso es algo personal, íntimo incluso. Cómo se usa, cómo suena o cómo se ve.

—¿Cómo se ve?

—En la página o en lengua de signos.

—¿Hablas lengua de signos?

—Me defiendo.

—Aprender lengua de signos es una de las asignaturas pendientes de papá. Nunca parece tener tiempo.

—Tal vez podrías enseñarme tú. El entrenador me ha dicho que Ken ha sacado un notable en su último examen de francés, cuando antes había suspendido. Debes de tener la chispa. La de la docencia.

—Es más que nada encontrar los puntos flacos y resolverlos. Además, Ken está realmente motivado. Quiere jugar profesionalmente.

—¿Te gusta el fútbol americano?

—«Gustar» sería una palabra demasiado fuerte.

Ben negó con la cabeza y tomó un bocado de pollo.

—Es una pena. Miranda lo tolera.

—«Tolerar» sería una palabra demasiado fuerte —replicó esta con su ceja enarcada.

—Lo cual es otra pena. Cuando tenía doce años, Miranda me lloró, me suplicó y me engatusó para que le dejara perforarse las orejas.

—Me dijo que hasta los trece, nada, y esa es una edad arbitraria.

—Hasta la adolescencia, nada. Me rebajé a hacerle chantaje. Si veía el partido del domingo por la tarde conmigo, la llevaría a que le agujereasen las orejas.

—Y, cuando cumplió, ni siquiera lloré durante el proceso, aunque él me había advertido que lo haría.

—A mí sí que se me escapó alguna lágrima.

Miranda rio y se inclinó para acariciarle la mano a su padre.

—La verdad es que alguna se le escapó.

Hacían muy buena pareja, pensó Booth. Muy buena pareja, sí, lo que provocó una rápida punzada de añoranza por su madre al recordar que ellos también la hacían.

—Así que cuéntame, Booth, ¿cuáles son tus planes? ¿Qué piensas hacer con todos esos idiomas? ¿Enseñar, labrarte una carrera como intérprete, convertirte en ladrón de joyas a nivel internacional?

Booth ocultó el estremecimiento mordisqueando un pedazo de zanahoria.

—Aún no lo he decidido, pero podría combinar los tres. Usaría la enseñanza como tapadera y prestaría servicio a las autoridades con mis habilidades lingüísticas mientras viajaba por el mundo robando diamantes.

—¿Solo diamantes? —preguntó Miranda con asombro.

—Podría especializarme. Los hay de todo tipo de colores, cortes y quilates; pero ahora mismo lo que me planteo tal vez es hacer un curso de posgrado.

—¿En qué rama?

Como lo de los cursos de posgrado era verdad, siguió por ahí.

—Ese es el problema, acotar el campo. Me gusta estudiar. Me gusta tener estructura y un propósito, pero el menú es muy amplio y me cuesta elegir solo uno o dos platos.

—Si decides estudiar aquí, en Carolina, a mí siempre me vendría bien un buen asistente. Así podrías probar y ver si prende esa chispa que es obvio que tienes.

¿Ayudante docente, y con el padre de la mujer con quien esperaba de corazón acostarse?

—No sé si sería lo bastante bueno. Solo he dado clases particulares, en las que de verdad puedes centrarte en cada persona.

—Tú piénsatelo. Si no, muchos graduados en literatura esperan convertirse en escritores.

—No se me da bien. Crear es distinto de analizar algo creado por otro. Mi madre... —Había empezado a desviarse, pero recuperó el hilo—. Ella quería que escribiera. Le encantaba leer. Yo hice algún curso, pero…

—¿Pero…? —lo invitó a continuar Ben.

—Hay un montón de reglas, y ciertos profesores pueden ser bastante estrictos con ellas. Y luego lees algo y yo diría que los libros realmente buenos, los que se quedan contigo, no siguen todas esas reglas. Además, si intento leer con todas esas reglas en la cabeza, se acaba la diversión.

—Pero es evidente que no dejaste de leer ni de disfrutar de los libros.

—No, es solo que dejé de hacerlo con las reglas en mi cabeza. Creo que uno tiene que saber cómo contar una historia a su manera. Y yo no tengo eso, lo que ha dicho usted, esa chispa.

Ben miró a su hija.

—El chico sabe responder.

—¿Has terminado ya de freírlo?

—Cariño, apenas he empezado a filetearlo. Lo freiré durante el postre.

Puede que Booth sintiera cierto calor mientras comía la tarta de manzana. Ben quería saber alguna que otra cosa sobre su vida en Chicago, su estancia en Nueva Orleans y en Texas, sus viajes. Se había preparado, ya había elegido qué contar y cómo contarlo. Cuando, con los cafés (y la Coca-Cola para Booth), llegaron al tema de Mags, Ben estaba fascinado.

—Viajaba con una feria ambulante.

—Durante una temporada, sí.

Se sentaron en el cuarto de estar, donde el fuego ardía bajo.

—Cuando perdieron a sus padres, su tío se hizo cargo de ellas. Luego Mags se fue con los feriantes y mi madre empezó a trabajar en la carnicería del tío. Entonces llegué yo y Mags volvió para echar una mano. El tío murió y ellas pusieron en marcha la empresa de limpiezas.

—Las Hermanas Relucientes —añadió Miranda.

—Sí. En ocasiones, Mags decía que la casa de un cliente tenía malas vibraciones, así que llevaba cristales y salvia blanca. Entonaba cánticos. Hace ese tipo de cosas.

—Y ahora es vidente por teléfono.

Como Ben lo dijo complacido, Booth le dedicó una sonrisa franca.

—Es única.

—Sí viene a uno de nuestros fines de semana para visitas, espero que me la presentes. Ya sé que es personal, pero no mencionas a tu padre.

—Salió de nuestras vidas antes de que yo naciera.

—Ah, bueno, sinceramente creo que él se lo ha perdido. —Volvió a mirar a Miranda—. El chico tiene mi aprobado. Ahora voy a servirme un par de dedos de ese excelente bourbon y a llevármelo arriba. Eres bienvenido, Booth, siempre que quieras.

Booth se levantó al mismo tiempo que Ben.

—Gracias, profesor, por la cena y todo lo demás.

—Ben. Aquí puedes llamarme Ben. Y piénsate lo del puesto de ayudante docente. Creo que tienes talento para ello. —Se inclinó y le besó la coronilla a Miranda—. Buenas noches, cariño.

—Buenas noches, papá.

Cuando Ben se marchó y Booth volvió a sentarse, Miranda se giró, le tomó la cara entre las manos y lo besó hasta que la cabeza le dio vueltas.

—Invítame a cenar el viernes por la noche.

—Ven a cenar el viernes.

—Me encantaría. —Volvió a besarlo—. Le diré a papá que no me espere despierto.

Para Booth, fue la semana más larga de su vida. Tenía un montón de asignaturas, a lo que había que sumar un calendario de clases particulares bastante complejo y una serie de tareas domésticas básicas que, por naturaleza, no era capaz de ignorar. Además, le esperaban los últimos preparativos y la ejecución de un trabajo nocturno dentro de una antigua mansión colonial, bastante bien rehabilitada, que implicaba un collar de diamantes y esmeraldas. Una horterada, pero como lo iba a desmontar para hacerse con las piedras, no era cuestión de gusto.

Disponía de una generosa ventana de tres horas para entrar, abrir la caja fuerte, sacar la horterada y marcharse. Como la pareja, que se había ido a la cena de ensayo de boda de su hija, se olvidó de encender el sistema de alarma, el trabajo entero (para el que había estado preparándose durante dos semanas) le llevó menos de cuarenta y cinco minutos. Así tuvo tiempo suficiente para desmontar las piedras, guardarlas en un tarro de Nivea y embalarlas para su envío por FedEx. Se las mandaría a Sebastien, quien, por una reducida comisión de gestión, se las pasaría a un contacto. El sistema funcionaba y las ganancias cubrirían la matrícula de los cursos de posgrado.

Por fin llegó el viernes, con un viento fuerte que agitaba los árboles y que hizo desear a Booth contar con una chimenea, aunque solo fuera por crear ambiente. Decidió que, si algún día tenía casa propia, sería con chimenea. Como quería que Miranda probase un poco de las delicias de Nueva Orleans, tenía jambalaya en la cazuela y pan de maíz en el horno, para que no se enfriara. Esta vez no se sentiría estúpido por encender velas. Incluso tenía blues sonando bajito en el iPod.

Un rápido examen interior le dijo que estaba ilusionado y no nervioso cuando al fin llamaron a la puerta. Miranda llevaba tejanos y botas, y un jersey del color del puré de arándanos. En lugar de vino o flores, cargaba con un pequeño bolso de viaje.

—Si las cosas no funcionan, me lo llevo de vuelta al coche. —Lo dejó junto a la puerta—. ¿Qué huele tan bien?

—Jambalaya.

—¿En serio? Nunca lo he comido. Diría que estoy deseando probarlo, pero... ¿puede esperar un rato?

—Claro.

Booth quería besarla, pero ella empezó a deambular por el cuarto de estar.

—Genial, porque realmente quiero ver si las cosas funcionan. —Se volvió hacia él—. Estoy un poco inquieta...; esa es la palabra, sí. No sé si sería capaz de cenar sin saberlo antes.

Esta vez, Booth se dio cuenta de que era ella quien estaba nerviosa. Así que se acercó, la tomó entre sus brazos y unió su boca a la suya. Se sumergió en el beso y dejó que los arrastrara a ambos. Miranda le puso la mano en la mejilla y lo miró a los ojos.

—Creo que las cosas van a funcionar a la perfección.

—Si cambias de idea…

—No voy a cambiar de idea.

—Iba a decir —continuó Booth, tomándola de la mano para conducirla hasta el dormitorio— que, si cambias de idea, jamás podré volver a comer jambalaya o pan de maíz.

—No puedo hacerme responsable de tal cosa.

Volvió a besarla.

—¿Luces encendidas o apagadas?

—Ay, pues…

—Probemos con velas. —Había dispuesto algunas, lleno de expectación y esperanza. Mientras las encendía, reparó en algo y se volvió hacia ella, presa de cierto pánico—. No será… tu primera vez, ¿verdad?

—No. Tuve dos novios medio serios, así que no es mi primera vez. —La ceja enarcada y la sonrisa de Miranda le dijeron a Booth que los nervios se estaban esfumando—. ¿Y tú?

—No.

—Noto que no mencionas ningún número.

—No —respondió tajante.

—En tal caso, entiendo que voy a estar en buenas manos.

—Siento que esto es distinto.

—Sí.

«Distinto y bueno», pensó mientras la atraía hacia él. Bueno en todos los sentidos.

No se apresuró, no cuando cada momento constituía en sí mismo un pequeño milagro. La forma en que su boca se movía contra la de él, en que su lengua se deslizaba, en que sus alientos se mezclaban: recordaría todos y cada uno de aquellos pequeños milagros. El aroma de su pelo, el tacto de su piel, el rumor de las ramas por el viento al otro lado de la ventana. Ella le tiró del jersey; él tiró del de ella, que rio y dio un paso atrás.

—Necesito quitarme las botas.

—Ya llegaremos. —Booth la atrajo hacia sí y le sacó el jersey por la cabeza. De un modo increíble, perfecto, el minúsculo sujetador reflejaba el color del jersey—. Eres preciosa. Dios, simplemente preciosa.

La tomó en brazos y la tumbó en la cama, donde dejó que sus besos se volvieran más profundos y sus manos comenzaran a recorrerla despacio, a pesar de que era todo un reto, con suavidad, a pesar de que era duro contenerse. *Teasin' You*, de Snooks Eaglin, flotaba en el aire: un ritmo constante y quedo mientras Booth posaba sus labios sobre el corazón de Miranda, a quien un estremecimiento la atravesó como un cohete hasta dejarla tan ansiosa como debilitada. Se había esperado un torbellino (y estaba más que dispuesta a seguir semejante ritmo), y esa exploración concienzuda y prolongada estaba despertando cada nervio de su cuerpo.

«Buenas manos», pensó. Estaba en muy, muy buenas manos. Podía dejarse arrastrar por ellas, fluir como un río mientras aceptaba el regalo que él le hacía e intentaba por todos los medios devolvérselo. Booth tenía un torso largo, esbelto, firme. La piel suave y unos músculos sorprendentes, que se tensaban y relajaban bajo sus manos. Lo deseaba más de lo que habría imaginado posible. Booth le soltó el cierre del sujetador con una sola mano, haciéndola estremecer.

—Buen truco —acertó a decir antes de arquear la espalda y gemir cuando su boca se apropió de su seno.

La llevó hasta el límite con la lengua, los dientes, los labios. Luego deslizó la mano hacia abajo y, con la misma habilidad inusitada, sus dedos le desabrocharon los tejanos. Booth solo tuvo que presionar la mano contra su centro para precipitarla de cabeza más allá del límite.

—Voy a quitarte las botas.

Sus labios iban descendiendo por su cuerpo, prendiendo innumerables llamas.

—No importa, no importa; tú no pares.

—Sí. Necesito verte desnuda.

Incluso mientras la descalzaba, su lengua se deslizó sobre ella, introduciéndose apenas. El orgasmo la atravesó como una bala húmeda y caliente que la dejó aturdida y enloquecida. Entonces la poseyó con las manos, con la boca, y Miranda supo que no solo la había despojado de la ropa, sino de todo lo demás. No le importó.

Cuando Booth comenzó a desabrocharse los tejanos, ella acercó las manos.

—Déjame hacerlo. Déjame. —Se afanó con torpeza, por lo que soltó una carcajada jadeante—. Me tiemblan las manos. Es una locura.

No, pensó él, era perfecto. Tener sus manos sobre él, el modo en que su cabello refulgía, como una hoguera, a la luz de las velas, el modo en que temblaba de deseo tanto como él la deseaba. Entonces se tumbó sobre ella y sus bocas volvieron a unirse, hambrientas ahora, ávidas. Miranda se abrió a sus caricias, lo envolvió con sus largas extremidades y el corazón acelerado.

Siempre recordaría su cabello derramado sobre las sencillas sábanas blancas y la magia de sus ojos al mirar a los suyos. Siempre recordaría cómo su respiración se entrecortó cuando, por fin, se deslizó en su interior.

Y siempre recordaría cómo se movieron juntos y que lo que lo traspasó fue más que placer, más que necesidad, más que triunfo. Fue encontrar un tesoro, algo precioso, algo que no tenía precio. Algo con lo que hasta entonces solo había soñado.

14

Le habría gustado saber componer poemas o música, o pintar. Sin duda, habría creado un poema épico, una canción conmovedora, una obra maestra con lo que en ese momento vivía en su interior. Miranda yacía con la cabeza sobre su corazón, y Booth supo que, así viviera cien años, jamás conocería un momento más bello.

—Realmente ha funcionado.

Miranda lo hizo reír y, con la risa, todo en él se sintió libre.

—No lo sé, probablemente deberíamos probar de nuevo, un par de veces, para asegurarnos de que no ha sido la suerte del principiante.

—Una idea razonable. —Le acarició el pecho—. ¿Sabes? Todo esto lo escondes bastante bien.

—¿Mis asombrosos talentos sexuales?

—Eso también. Los músculos. Estás bastante mazado para ser un tío tan flaco. Cuando te pillé mirando el primer día en clase de mi padre, pensé: «Este chaval es superguapo de cara». Y luego, si te veía por el campus, pensaba: un tipo alto, el típico larguirucho. Pensé que serías bailarín.

—¿Cómo? ¿Por qué?

—La forma en que te mueves, un poco gatuna, atlética, pero no como si fueras deportista; como un bailarín.

—Todo se debe a mi gracia natural y, una vez más, asombrosa. Yo no quería que me gustaras.

—Ahora me toca a mí. —Levantó la cabeza para observarlo—. ¿Cómo? ¿Por qué?

—Porque en el minuto en que te vi, todo se detuvo y pasó a un segundo plano. Mi mundo dio un giro de ciento ochenta grados, se puso patas arriba. De verdad que me dio por saco.

Sonriendo, Miranda se apartó el pelo hacia atrás.

—Ese es el mayor cumplido de la historia de los cumplidos.

—Decidí que tenías que ser una esnob asquerosa y arrogante para poder dejar de pensar en ti. Pero no lo eras, así que la cagué.

—¿Perdona?

Negó con la cabeza.

—No lo siento, así que nada que perdonar.

—Yo tampoco lo siento. También pensé un montón en ti: ese chaval misterioso con los ojos azul marino que se deslizaba por el campus como una sombra.

—No soy misterioso.

—Un poco sí, y a mí me gustan los puzles. Mi padre diría que tienes un montón de capas, capas muy interesantes. Eres inteligentísimo, y eso que yo tampoco soy precisamente tonta. Te juntas con los frikis, juntarte de verdad, a pesar de que no eres un friki como tal. Y te gusta vivir solo, fuera del campus, lejos de la acción. Eres más maduro que la mayoría, aquí y aquí —dijo, tocándole el corazón y la sien.

—¿Seguro que no te vas a graduar en Psicología?

—No soy más que una aspirante a escritora a quien le gusta analizar a la gente. Al fin y al cabo, voy a escribir sobre ella. Y, visto que estamos desnudos en la cama, es importante averiguar cómo eres.

—Por si aún no lo has averiguado, tengo bastante claro que estoy enamorado de ti.

Miranda volvió a apoyar la cabeza en su corazón.

—Y yo tengo bastante claro que también. Da miedo.

—Sí que lo da, pero… también es genial, porque nunca me he sentido así con nadie. Y nunca le he pedido a nadie que no se vea con nadie más que conmigo.

Booth sintió cómo los labios de Miranda se curvaban antes de moverse para posarlos sobre su pecho.

—Para mí eso ya era evidente.

—Me haces feliz en todos los aspectos. Hacía tiempo que la felicidad no penetraba todas las capas. —Feliz, satisfecho, esperanzado, le acarició la espalda—. ¿Tienes hambre?

—Me muero de hambre.

—Pues comamos, tal vez después podríamos dar un paseo. Y luego podríamos volver y probar una vez más, ya sabes, por lo de la suerte del principiante.

—Voto a favor de todo.

—Solo una cosa —dijo Booth mientras se incorporaba con ella—. Si resulta que no te gusta la jambalaya, esto se acabó.

—Qué estricto…

—Alguien me dijo hace poco que las reglas son las reglas.

Dio la casualidad de que sí le gustó.

A los ocho años, antes de que su mundo se viniera abajo, Booth escribió un relato, para el cole, sobre un niño al que se le concedía el deseo de que toda una semana fuera sábado. Aquella redacción, que le valió un sobresaliente, convenció a su madre de que su hijo algún día se convertiría en escritor. Aunque, en opinión de Booth, más realista, aquella entrañable esperanza maternal jamás se haría realidad, la historia en sí y la alegría del niño protagonista permanecieron en su memoria como el símbolo de la más pura felicidad.

Aquel breve fin de semana con Miranda lo superó. Pasearon por su vecindario, tranquilo bajo la luna otoñal, intercambiaron besos de ensueño bajo su dulce luz. Y, a pesar de que el mediodía del sábado llegó cuando aún no habían salido de la cama, le preparó el desayuno y aceptó comprar una cafetera si Miranda pasaba el día con él. Con su aprobación, adquirió una francesa. Hablaron sobre ir a una sesión matinal de cine, pero acabaron alquilando una película y viéndola acurrucados en el sofá del cuarto de estar. Hicieron el amor allí mismo mientras los títulos de crédito se deslizaban por la pantalla. Miranda se quedó y demostró sus habilidades como cortadora cuando Booth preparó fajitas para cenar.

El domingo por la mañana, tumbado a su lado, Booth pensó en el niño protagonista de aquella vieja historia y en el placer inconmensurable de despertarse y que fuera otra vez sábado.

—Podíamos fingir que es sábado de nuevo.

Miranda tenía la cabeza apoyada en su corazón. Booth no estaba seguro de poder remolonear nunca más en la cama tranquilamente sin esa sensación.

—¿Podemos fingir que no hay que entregar mañana un trabajo sobre *El mercader de Venecia*? El profesor Emerson ese es un tirano. Además, tengo que revisar bien mi historia de venganza para la clase de escritura creativa. Luego… —Se interrumpió, levantó la cabeza y lo miró con los ojos entrecerrados—. Tú ya has acabado el trabajo sobre Shakespeare, ¿verdad? Qué cabrón.

—Me falta el repaso final.

—Ahora mismo podría odiarte. Yo apenas tengo terminado el primer borrador y, mierda, es casi mediodía. De verdad que tengo que irme.

—Podrías hacerlo aquí.

Miranda se movió lo justo para besarlo.

—Me gusta que raspes —murmuró— y diría que, si me quedo, ninguno de los dos va a hacer demasiado, aparte de que todas mis cosas están en casa. —Enroscó con gesto indolente un mechón del pelo de Booth alrededor de su dedo—. ¿Crees que esto, esto que sentimos, amainará con el tiempo?

—Espero que no.

—Yo también. De verdad que tengo que irme. Pero primero voy a meterme en la ducha.

Booth se metió en la ducha con ella, de modo que al final no se fue hasta casi las dos y él, un hombre que valoraba enormemente la soledad, se sintió más solo que nunca. No obstante, tenía mucho con lo que matar el tiempo hasta que volviera a verla al día siguiente. Había que repasar aquel trabajo y tenía que preparar las lecciones de sus clases particulares, además de las tareas domésticas y las pesquisas para su trabajo nocturno.

Encendió la música y se puso manos a la obra. Con cada tarea, pensaba en ella. Miranda llenaba los espacios que Booth había creído querer mantener vacíos. Lo hacía pensar casi tanto como lo hacía desear. Se preguntó si se mudaría con él. Se estaba precipitando, desde luego, pero quizá dentro de unas semanas más... Entonces pensó en su profesión, en sus herramientas, en su espacio de trabajo en el sótano. ¿Cómo iba a vivir con él si tenía todos esos lugares secretos?

Buscaría la manera. Eso era lo que hacían los enamorados, pensó: buscaban la manera. Podría dejarlo..., tal vez. Pensaba que podría dejarlo, o al menos tomarse un descanso. Una especie de prueba. Nunca se había planteado dejar su trabajo real, el que ya llevaba haciendo más de media vida; pero podía intentarlo. Por Miranda, podía intentarlo todo.

Cuando ella le mandó un mensaje, iluminó su día entero.

Descansando entre Porcia y la venganza. Que sepas que te odio.

Booth respondió:

Añade una libra de carne a tu historia de venganza. Te echo de menos.

Demasiado tarde para la carne. Más bien un cubo de sangre. También te echo de menos. Concierto mañana en Club Caro. ¿Te apetece?

Suena bien.

Te veo mañana.

Te veo por todas partes. Es raro. Me gusta.

Miranda le envió un corazón y unos labios formando un beso. Luego se desconectó.

Podía tomarse ese descanso, pensó Booth. Podía dejar a un lado su trabajo, incluso probar con una profesión de civil. Cuando acabó con los trabajos de clase, los planes para las particulares y las tareas domésticas, pensó en su trabajo del sótano y en la colección de monedas que había empezado a investigar. Si iba a dejarlo todo, bien podía empezar ya. Podía dar un paseo, leer un libro. Podía mandarle un mensaje a R. J. y ver qué andaban haciendo él y Zed.

Cuando llamaron a la puerta, supuso que sería uno de los vecinos. No estaba preparado para abrir y encontrarse a Carter LaPorte ni al tipo grande y corpulento un paso por detrás de él.

—Hola, Silas. Ay, no, que ahora eres Booth, ¿no?

—¿Qué hace usted aquí?

—Sería de buena educación que me invitases a entrar, así hablaremos.

—Ahora mismo iba a salir.

Los labios de LaPorte se curvaron en una sonrisa que no se vio reflejada en sus ojos.

—Cambio de planes.

Booth reparó en la berlina oscura Mercedes aparcada en la acera. Tendría que inventarse una historia al respecto cuando los vecinos le preguntasen…, porque le preguntarían. No obstante, no podía arriesgarse a tener un altercado en la entrada. Más que nada porque aquel guardaespaldas podía partirle la crisma sin pestañear.

—Que sea rápido —dijo, dando un paso atrás—. Mis amigos me esperan.

—Amigos. Sí, te has hecho con un buen grupito por aquí, ¿no? —Con su traje gris acero y su corbata perfectamente anudada, LaPorte paseó la vista por el cuarto de estar—. Me esperaba más de un joven con tu talento. Esto es bastante… corriente, ¿no?

—Soy un estudiante universitario.

LaPorte clavó a Booth una larga mirada.

—Los dos sabemos que eres mucho más que eso. No se te ha dado nada mal desde la última vez que nos vimos. —LaPorte fue hasta una silla, se sentó y extendió las manos—. Tengo contactos, y mis contactos tienen contactos. Me gustaría tomar un café.

Booth pensó en la cafetera francesa que había comprado con Miranda. Para Miranda. Antes muerto que usarla para LaPorte.

—No soy cafetero. ¿Qué quiere?

La gélida furia de LaPorte estalló. Booth pensó que podía hacer más daño que el fuego y las llamas.

—Podrías empezar por respetar a tus mayores. David, aquí presente, es experto en convencer a la gente para que muestre respeto. ¿Quieres que le pida que te haga una demostración?

Como no quería acabar con un ojo morado, los dedos rotos o algo peor, Booth se sentó en el sofá.

—Ha venido porque quiere algo. Tengo gente esperando y su tiempo es demasiado valioso como para perderlo.

—Así está mejor. Tengo una propuesta de negocio que hacerte.

—Sebastien…

—No está preparado para hacerlo. No me interrumpas. Hay una pequeña escultura de bronce, exquisita, una figura femenina denominada simplemente *Bella Donna*. Hace poco que la subastaron en la sede de Christie's en Nueva York y ahora forma parte de una colección privada. La pieza, junto a otras de la colección, estará expuesta en el museo Hobart de Baltimore. El coleccionista es de la ciudad. La exposición tendrá lugar del 1 de noviembre a finales de enero. Necesito que me consigas la escultura, por cuyo servicio recibirás un millón y medio de dólares.

«Cuidado», se advirtió Booth.

—Le agradezco la oferta, señor LaPorte, pero soy estudiante a tiempo completo de la Universidad de Carolina del Norte. Además, nunca he robado en un museo, solo viviendas privadas. No soy la persona adecuada para el trabajo.

—No estoy de acuerdo. El Hobart es un museo privado, básicamente una vivienda. Tendrás varias semanas para prepararlo.

—Vivo aquí y voy a la universidad aquí.

—Las cosas cambian, como bien sabes. —Con toda tranquilidad, LaPorte hizo un gesto con la mano antes de reacomodarse en la silla de mercadillo con su traje de ricachón—. Mira, aunque cursar estudios superiores es algo admirable, por supuesto, los dos sabemos que no van a ninguna parte. Esos estudios podrían acabarse de la noche a la mañana: basta que cierta información de interés llegue a los oídos adecuados. ¿Quién es este Booth Harrison en realidad? ¿Cómo está pagando la matrícula? ¿Por qué dejó la universidad en Texas? Ah, un momento, que no la dejó, que su documentación está falsificada. ¿Qué pensarán tu grupito de amigos y la pelirroja esa tan mona cuando se enteren de quién y qué eres de verdad? Un vagabundo, un ladrón, un mentiroso que los usa como tapadera...

—No los uso como tapadera. Amenazarme no hace que sea la persona adecuada para el trabajo y, a decir verdad, ya no puedo hacer ese tipo de trabajos. Soy universitario a tiempo completo y doy clases particulares. Estamos a punto de empezar los ensayos técnicos de una obra. No puedo robar esa escultura en Baltimore, por mucho que me ofrezca.

LaPorte se inclinó hacia delante.

—¿Te crees que puedes conectar y desconectar a tu gusto? —Chasqueó los dedos—. Eres lo que eres. Irás a Baltimore, te convertirás en quien necesites convertirte, como has hecho hasta ahora, y conseguirás la escultura de bronce.

—No puedo. Mire, nadie rechazaría tal cantidad de dinero si tuviera opción, pero...

—¿Cómo está tu tía? —LaPorte entrelazó las manos y se recostó en el asiento—. Es el último miembro vivo de tu familia, ¿verdad?

Booth conocía el sabor del miedo, y en ese momento le llenó la garganta. Conocía el calor de la indignación, y lo quemaba por dentro cuando se puso en pie de un salto.

—Ella no tiene nada que ver con esto. Es hora de que se marche.

El guardaespaldas le agarró el hombro con una mano. Booth trató de desasirse, pero aquel brazo de hierro lo empujó hasta obligarlo a sentarse.

—Tal vez quieras..., ¿Mags se llamaba? Muy bonito. Tal vez quieras llamar a Mags. Alguien ha entrado en su casa y se la ha destrozado. Por suerte, no estaba dentro cuando sucedió... esta vez —añadió—. Bastaría una palabra mía. Una sola palabra mía para que acabe en el hospital. O en el hoyo.

La indignación no tenía nada que hacer frente al miedo.

—¿Por qué hace esto? Podría recurrir a cualquier otro.

—Si quisiera a cualquier otro, esta conversación no estaría teniendo lugar. Eres buen estudiante..., Booth, así que apréndete la lección: yo soy la mano, tú eres la herramienta. Tienes una función. Si cumples la función, obtienes una recompensa. Si no la cumples, sufres las consecuencias.

—¿Por qué ahora?

—Porque me dejaste impresionado y hasta ahora no he vuelto a precisar de tus servicios. La *Bella Donna*, el museo Hobart. Espero que me la entregues el 1 de febrero a más tardar. —La-Porte dirigió un gesto de asentimiento al guardaespaldas, que dejó caer varios rollos de billetes sobre la mesita de café—. Diez mil, más que de sobra, creo, para los gastos de viaje y manutención. Naturalmente, se te deducirán del importe final debido a tu comportamiento. —Se puso en pie—. Y ahora te dejo tranquilo. Estoy seguro de que querrás poner rumbo a Maryland muy pronto.

—Como le hagas daño a Mags, te mato.

LaPorte apenas lanzó una mirada al guardaespaldas. La bofetada llegó como una exhalación. Más tarde, Booth pensaría que había tenido suerte de que no fuera un puñetazo, pero cuando se derrumbó sobre el suelo con la mitad de la cara en llamas, no se lo pareció.

—Esos modales.

Lo dejaron allí tirado y no se movió, mientras intentaba recuperar el aliento, hasta que se le pasaron las náuseas horribles que sentía. Entonces, con dedos temblorosos, sacó el teléfono y llamó a Mags.

—Ey, colega.

Su voz, algo áspera y jadeante, hizo que Booth cerrase los ojos con fuerza.

—Hola, Mags, ¿qué tal todo?

—Pues como si me hubieran meado encima, así te lo digo. Llegué a casa hace como una hora; alguien me ha entrado, a plena luz del día, y ha destrozado mi preciosa casita.

—¿Tú estás bien?

—Sí, sí. Ni siquiera parece que se hayan llevado nada, solo se han dedicado a destruirlo todo. La policía cree que podría haber sido alguien en busca de drogas…, que no tengo, salvo un poco de maría a buen recaudo, cosa que no le conté al oficial guapito que ha venido. O alguien cabreado conmigo, pero palabrita del niño Jesús que últimamente no le he tocado las narices a nadie. He hecho alguna videncia en persona aquí y allá, así que tal vez a alguien no le gustó lo que le leí. Yo qué sé. Rompieron el jarrón, ya sabes, el jarrón azul de tu madre, ese tan bonito con los colibríes.

Entonces se echó a llorar.

—Lo siento mucho, Mags. No pasa nada. Ya verás que no es nada. ¿Quieres que vaya a verte?

—No, no. Son solo cosas; ya está. Siento lloriquearte. Tengo los fragmentos del jarrón, ya haré algo con ellos. Tenía que haber seguido tu consejo y poner una alarma, pero es que no hay nada… Vaya, que ahora sí la pondré. En fin, cuéntame algo bueno. Levántame el ánimo.

Trató de pensar en algo bueno cuando todo estaba mal. Le habló de Miranda y, al hacerlo, sintió cómo se le rompía el corazón. Se le hizo añicos al tomar conciencia de que aquel fin de semana perfecto había sido el único. No volvería a tener algo así. No volvería a tenerla a ella. Nunca más volvería a tener nada.

Al colgar, se sentó tal y como estaba, en el suelo. Sabía lo que tenía que hacer. Si hacía lo que debía, Mags estaría a salvo. Se levantó y se puso en marcha. Recogió su ropa y sus herramientas, dejó vacía su área de trabajo. Tenía un moratón incipiente, de la mejilla al mentón, que cubrió cuidadosa y exhaustivamente con maquillaje.

No podía irse sin más: lo buscarían y lo investigarían, así que, cuando hubo cargado el coche, le envió un mensaje a R. J.:

4

Emergencia familiar. Tengo que irme y no sé cuándo volveré, si es que vuelvo. El alquiler está pagado hasta finales de mayo. Usad la casa si queréis. Voy a dejarle las llaves a la señorita Opal. Si no vuelvo, quédate con los muebles. No son gran cosa, pero le pueden servir a alguien.

La respuesta le llegó de camino a casa de la vecina.

Pero qué coño, tío? Qué ha pasado? Te piras?

Sí, no hay otra. Mi tía me necesita ya. Tengo que irme y parece que va para largo, así que aprovechad las cosas. De todas formas, es probable que pase unos meses fuera. Tengo que dejarte. No puedo escribir y conducir a la vez.

En cuanto envió el mensaje, apagó el teléfono y llamó a la puerta de la vecina. Le contó la misma historia y añadió un accidente, que su tía precisaba cirugía, rehabilitación y todo lo que se le pasó por la cabeza. A la mujer se le saltaron las lágrimas, pero aceptó las llaves y lo abrazó antes y después de prepararle una bolsa de galletas de mantequilla de cacahuete. Booth se montó en el coche, se despidió con la mano de la señorita Opal, papá Pete y Mac, y se marchó. No pensó en Miranda. No podía permitírselo. Simplemente condujo con la mente en blanco y atravesó Carolina del Norte hasta Virginia y luego Virginia hasta Maryland. No sintió la expectación ni la fascinación de cuando puso rumbo al sur y al este desde Chicago. Tampoco miraba adelante. ¿La vida que había soñado labrarse? Una fantasía. Ahora lo veía claro. LaPorte era un embustero y un arrogante, pero había dicho algo que era verdad: usase el nombre que usase, Harry, Silas, Lee o Booth, era lo que era.

Alquiló una habitación de hotel a nombre de Harry Williams (un guiño a su infancia y a su viejo amigo) y dejó que el cansancio llegara y se adueñase de él hasta la mañana siguiente. Cuando se despertó, poco antes del mediodía, y volvió a encender el teléfono, vio un mensaje de texto tras otro, un mensaje de voz tras otro. El primero de Miranda estaba registrado a las 8.28. No lo escuchó; no pudo. La veía con toda claridad, buscándolo en el aula, y a R. J. contándole que se había ido y por qué. Después le había escrito un mensaje:

> ¡Booth, cuánto siento lo de tu tía! Espero que esté bien. Escríbeme o llámame en cuanto puedas. Estoy muy preocupada. Muchísimos besos.

A este le seguía un sinfín más, pero no los leyó todos. Sabía lo que tenía que hacer.

> Lo siento, no había visto nada hasta ahora. Mags es una luchadora, pero esto va para largo.

Lo dejó así, sin añadir nada más y, sabiendo lo que vendría después, fue a darse una ducha para no oír el timbre del teléfono. Se vistió: un jersey bueno, la cazadora de cuero, unos tejanos de calidad. Se aplicó el vello facial con cuidado. Una perilla estilosamente desarreglada, de un rubio oscuro a juego con la peluca, que se recogió en una coleta gruesa y corta; luego se probó varias gafas hasta decidirse por unas de montura metálica. Cambió la mochila por una bolsa de mensajero. Una vez más, apagó el móvil (sería mejor que nada lo distrajera) y se encaminó al Hobart para echar un primer vistazo. Luego buscaría en las proximidades un apartamento bien amueblado o, si calculaba que el proyecto le llevaría más de cuatro o cinco semanas, una casita.

Harry Williams era escritor freelance, un niño rico de Baton Rouge en busca de historias en Baltimore. Un hombre serio y solitario de veintitrés años: acaudalado, privilegiado y algo gilipollas.

Condujo hacia Inner Harbor, tomando nota de los patrones del tráfico (horrible) y las sensaciones de la zona (turística). Usó un aparcamiento público y recorrió varias manzanas a pie bajo el frío viento de noviembre. En consideración a este, se detuvo en una tienda, se compró una bufanda azul marino y se la puso. Le añadía un toque de buen gusto, pensó, que le pegaba.

El museo se hallaba encajonado entre las tiendas de alta gama y los restaurantes, y, tal y como había dicho LaPorte, era una residencia privada: ladrillo rojo, perfiles blancos, dos plantas y, probablemente, un sótano. Las puertas delanteras dobles, las ventanas inmaculadas, la placa de latón…, todo ello hablaba de digna elegancia.

Tomó nota de las cámaras de seguridad, de las luces y del pequeño y discreto cartel que advertía de que las instalaciones estaban protegidas por Guardian Security. «Gracias por el aviso», pensó antes de entrar. Suelos de anchos listones de madera, cámaras de seguridad, un detector de movimiento: una opción inteligente. Un gran espacio abierto para exhibir las obras en las paredes, en vitrinas, en pedestales.

Pagó la entrada (un poco cara) y, junto a unas cinco personas más, comenzó a deambular. Vio un guardia de seguridad uniformado. Otro, supuso, vigilaría las cámaras. Era muy probable que hubiera al menos un guardia nocturno, cosa que debería tener en cuenta. Tomó apuntes, tal y como haría un escritor, de distintas pinturas, esculturas y cerámicas.

Echó un primer vistazo a la dama en cuestión: era muy bella. Sinuosa, sensual, con el cuerpo alargado y la cabeza, de cabellera al viento, inclinada para mirar por encima del hombro izquierdo. Tenía la mano izquierda levantada, el brazo doblado por el codo, la palma hacia arriba, como diciendo: «Tómame. Tómame si te atreves». Tendría que atreverse.

Tras tomar varios apuntes, se alejó con paso lento. Pasó setenta y cinco minutos registrando cada centímetro del lugar antes de marcharse paseando a inspeccionar los edificios vecinos, las calles, las vías de escape. A media tarde, entró en un cibercafé a buscar alquileres y se procuró una casa adosada bastante digna a menos de tres kilómetros del objetivo. Consiguió un alquiler de tres meses, pagó una fianza considerable y los tres meses al completo, tal y como había negociado. Compró algunos productos básicos y, con las mismas, se mudó.

La vivienda precisaba algunas reformas, pero no le importó. Estaba limpia y se permitió el pequeño placer de disfrutar de una chimenea funcional. Guardó todo y dispuso sus herramientas y suministros de trabajo en el segundo dormitorio. Metió una pizza en el horno, cogió una Coca-Cola y encendió el móvil. Sonó casi de inmediato.

—Lo siento, lo siento —se disculpó Miranda en cuanto respondió—. Sé que te estoy llenando el buzón de voz y de mensajes, pero estoy preocupadísima.

—Sí.

—¿Cómo está tu tía, y cómo estás tú? ¿Qué puedo hacer?

—Está estable. —Booth mantuvo la voz neutra y un poco seca—. Yo estoy bien. No soy yo contra quien se estrelló un imbécil que mensajeaba mientras conducía. No hay nada que puedas hacer.

—¿Es eso lo que pasó? Ay, Booth. ¿En qué hospital está? Podemos enviarle flores.

—No te conoce. —Esta vez tiñó de frialdad sus palabras, y se odió por ello—. Mira, tengo que volver dentro.

—¿Puedes llamarme después y contarme un poco? Estamos todos preocupados por ella, y por ti. Si...

—Os lo agradezco, sí, ¿vale? Estoy muy ocupado y no tengo tiempo para andar hablando contigo. Va a necesitar meses de rehabilitación cuando salga de aquí.

La voz de Miranda también cambió; Booth oyó el dolor que desprendía y sintió cómo se le clavaba en lo más hondo.

—Solo queremos ayudar, Booth, como podamos. Aunque solo sea ofreciéndote alguien con quien hablar. Podría coger un avión, pasar allí unos días y...

Booth se apretó la cara con una mano y luchó por reprimir las emociones que lo embargaban, la necesidad, hasta la imagen de Miranda en su mente. Su voz resonó como un látigo, fría y cortante.

—Madre mía, contrólate un poco. Nos lo pasamos bien, ¿vale? Disfrutamos de un fin de semana y demás, pero eso es todo. Aquí tengo que enfrentarme a una movida gordísima y no tengo ganas de tener que atenderte a ti porque hayas convertido un par de citas y unos buenos polvos en una novela romántica.

—Eso es… Es horrible lo que acabas de decir, y no es nada propio de ti.

—Entonces supongo que no me conocías. Tengo que irme.

Booth colgó y se dejó caer hasta esconder la cabeza entre las rodillas. En ese momento lo odiaría, luego lo olvidaría. No sería más que un imbécil del que se enamoró brevemente en la universidad. Un error. Una lección aprendida. Todo aquello no había sido más que un error, se dijo, una lección aprendida por ambas partes. Jamás volvería a acercarse tanto a nadie. Era hora de centrarse, de hacer lo que había que hacer. Como siempre.

Cuando saltó la alarma del horno, sacó la pizza y se la llevó junto con la Coca-Cola al piso de arriba, donde encendió el ordenador. Tenía que trabajar.

Se llevó a la dama en Nochebuena.

Había vuelto al museo una vez, con aspecto diferente: cabello castaño liso y largo, barba cerrada, gafas oscuras, un tatuaje temporal con el símbolo de la paz en el dorso de la mano derecha. De algún modo había recorrido el lugar, con pinta de andar deambulando sin más, mientras iba añadiendo nuevos detalles. Lo que le molestó de verdad mientras investigaba el barrio a distintas horas del día y de la noche era lo evidente que resultaba que LaPorte no lo habría necesitado específicamente a él para el trabajo. Le había arruinado la vida, o la vida que había empezado a imaginar, porque sí, porque una vez Booth le había dicho que no a un hombre que exigía obediencia absoluta. Otra lección aprendida.

A las dos de la madrugada del día de Navidad, mientras los niños soñaban con Santa Claus, Booth se escabulló entre las luces y las sombras, fuera del alcance de las cámaras. Desactivó el sistema de seguridad durante treinta y dos segundos. Cualquiera que lo vigilase no vería más que un fallo técnico y, aunque saliera a echar un vistazo, él se mantendría oculto. Estudió los delgados haces rojizos de los sensores de movimiento, esperando a ver si oía algo o a alguien. Creyó sentir voces y ya estaba preparado para moverse a toda velocidad cuando reconoció a George Bailey sobre el puente con Clarence: *Qué bello es vivir.* El guardia se entretenía con una película navideña y ¿quién iba a culparlo?

Booth danzó entre las luces rojas, proyectó pintura negra sobre las lentes de las cámaras en su camino hacia la dama. Pesaba, pero, como había leído su descripción completa, ya se lo esperaba. Oyó al guardia de seguridad soltar una carcajada y exclamar: «¡Corre, George, corre!».

Booth, negando con la cabeza, levantó la escultura y se la guardó en la mochila antes de volver sobre sus pasos. Otro breve fallo técnico y estaba en la acera, caminando a toda prisa hacia su coche. Ya había recogido sus cosas: no era más que otro tipo que volvía a casa por Navidad.

15

La tarde del día de Navidad, mientras el sol brillaba por las ventanas, Booth se presentó en el impresionante despacho de la impresionante mansión de LaPorte en el lago Charles. Espoleado por la ira y el resentimiento, había ido directamente allí. No había dormido en treinta y seis horas. Más que cansado, se sentía crispado.

—Me sorprendes. No esperaba tenerte de vuelta tan pronto, y menos en Navidad. Si hubieras tardado una hora más, no me habrías encontrado en casa.

Sin decir nada, Booth dejó la mochila sobre el gran escritorio de caoba, junto a un tintero antiguo. Recordaría esta habitación, pensó, y todo lo que contenía: el Georgia O'Keeffe sobre la chimenea, la librería tras el escritorio, más llena de tesoros que de libros, el caballo de jade, el jarrón Ming, el pavo real Daum. Todos los tesoros. Y es que un día, quizá algún día…, pero, por el momento, solo sacó la escultura de la mochila y la dejó sobre la mesa.

—Ah, aquí está. —Booth vio la avaricia y la vanidad mientras LaPorte deslizaba un dedo sobre el rostro de bronce y descendía por el cuerpo—. Es deliciosa, ¿verdad? Fuerte, sexual, casi feroz. Una mujer, creo yo, que conoce las necesidades de los hombres y las satisface cuando quiere. —Caminó hasta una vitrina de cristal de diez lados, victoriana, recordó Booth de sus estudios sobre antigüedades, y sacó un decantador—. ¿Un trago para conmemorar el momento?

—No. —Booth sacó un papel y lo dejó junto a la escultura—. Transfiere el dinero aquí.

—Tus modales no mejoran.

—Esto es un negocio. Tienes lo que querías. Y no me necesitabas para el trabajo, no tenías por qué poner mi vida patas arriba para esto.

—No estoy de acuerdo. —LaPorte se sirvió el bourbon en un vaso bajo de cristal—. Por lo que sé, al final te he hecho un gran favor. Tus habilidades siguen siendo impresionantes y me satisface disponer de una herramienta tan bien engrasada en mi exclusivísima caja. —Levantó el vaso hacia Booth en ademán de brindis y tomó un sorbo—. Evidentemente, tendré que mandar autenticar el bronce antes de que recibas la suma. Como esta noche tengo un compromiso y no esperaba que vinieras, lo organizaré mañana.

—Entonces, transfiéreme el dinero mañana.

Booth se dio la vuelta para marcharse.

—Qué confiado. Podría quedarme con la escultura y con tus honorarios.

—No lo harás: sé dónde vives.

—Podría decir lo mismo, pero no te preocupes, tendrás tu dinero. Yo siempre pago mis deudas. —Volvió a brindar—. Hasta la próxima… y feliz Navidad.

—Tú transfiere el dinero.

Cuando Sebastien volvió a casa después de medianoche tras una larga y bulliciosa celebración navideña en la de su madre, se encontró el coche de Booth aparcado delante de la puerta y a este durmiendo en su sofá.

—¿Has allanado mi casa, *mon ami*?

Al despertar, Booth se encontró la mirada del perro clavada en él y a Sebastien de pie con una sonrisa de oreja a oreja y dos bolsas de papel llenas hasta el borde.

—Lo siento, necesitaba dormir.

—¿Cómo es que no me has avisado de que venías?

—No estaba seguro de hacerlo.

Booth se incorporó y se frotó la cara con las manos para luego hundirla entre ellas; a Sebastien se le borró la sonrisa.

—*Cher*, se nota a la legua que has tenido problemas. ¿Te salido mal algún trabajo?

—No, nada de eso.

—Me apuesto algo a que necesitas comer. Me he traído sobras de la comida familiar como para alimentar a todo el puñetero pantano. Ven y siéntate, voy a prepararte algo.

—Gracias.

Sebastien comenzó a vaciar las bolsas, y el aroma de la comida golpeó el estómago vacío de Booth como un martillo. Cogió el plato que Sebastien le había llenado de jamón, pollo frito y galletas.

—Voy a calentar las alubias rojas y el arroz, y unos palitos de pollo. Tú cuéntame qué haces comiendo en mi cocina en vez de andar acaramelado con la chica esa de la que me hablaste, la pelirroja.

Booth se limitó a negar con la cabeza, pero a Sebastien no le hacían falta palabras para entender.

—Ay, a veces el amor nos da la espalda.

—Fui yo quien se la dio. Tenía que hacerlo. Tenía que hacer que me odiara.

—¿Por qué?

—LaPorte —dijo Booth y, acto seguido, se lo contó todo a Sebastien.

—*Picon!* Que le den de aquí al infierno y de vuelta. Hace años que yo no subo a trabajar al norte, eso es verdad, pero cuenta con otros. Para él, eres como la escultura. Quiere poseerte.

—Ya, lo he pillado.

—Esto vamos a solucionarlo, *tu saisis?* Tú vuélvete a tu universidad y con tu chica, reconcíliate con ella.

—No puedo. La usará, usará a Mags, te usará a ti y a cualquiera que me importe para manipularme, y la próxima vez no se conformará con destrozar unos muebles.

—¿Qué quieres hacer? Sea lo que sea, estoy a tu lado.

—He comprado teléfonos de prepago. Voy a mandarle uno a Mags y voy a dejarte otro a ti; te daré el número del mío, ya me he deshecho del otro. Probablemente esté exagerando, pero su alcance llega muy lejos. No podrá utilizarme si no me encuentra. No tiene sentido hacer daño a la gente que me importa si no es capaz de encontrarme.

—¿Adónde vas a ir?

—A Atlanta; allí venderé mi coche. De todos modos, ya iba siendo hora. También cambiaré de nombre una vez más y usaré parte de su maldito dinero para reservar un avión privado, así no pasarán mi equipaje y demás por rayos X. Tengo que comprarme unas maletas buenas, ropa informal de diseño, ese tipo de cosas. Debo parecer alguien que vuele normalmente en avión privado de Atlanta a París. Empezaré por París y luego ya veré.

—Un francés pudiente, de familia rica. Vas a ser parisino, así que ponte pijo: maletas Louis Vuitton y zapatos italianos, y las gafas de sol también.

—Lo tengo.

—Avísame cuando llegues, voy a estar preocupado por ti.

—No; estaré bien. Avisa a Mags, ¿vale? Dile que la llamaré al teléfono nuevo en unos días. Estaré bien —repitió—. Siempre he querido ir a Europa, ¿por qué no ya? —Se levantó y fue a buscar el teléfono a la mochila—. Aquí está mi número, y también el del teléfono que le mandaré a Mags. Me voy a ir yendo. Gracias por la comida.

—No hay nada que agradecer; somos familia. —Agarró a Booth de los hombros—. Vuelve cuando quieras, ¿me oyes? Y, cuando creas que es seguro otra vez, iré yo a verte. Mags y yo iremos a verte. —Sebastien lo abrazó y le dio una palmada en la espalda—. Tengo tres hijas preciosas, y tengo un hijo guapísimo. ¿Por qué no te quedas esta noche y duermes otro rato?

—Prefiero conducir de noche. Imaginará que he venido aquí, así que más me vale moverme. Dile a Dauphine…, dile que siento no haber podido verla.

El 30 de diciembre, Henri Metarie embarcó en un jet privado en Atlanta. Tenía el cabello castaño claro con reflejos dorados, ondulado y a capas. Llevaba una chaqueta de cuero marrón larga por encima de un jersey de cuello vuelto de cachemira azul marino, gafas de sol Armani (aunque el sol ya había empezado a ponerse) y tejanos negros ceñidos. El reloj Piaget (falso, aunque daba el pego) tenía la correa de cuero negro. Habló poco, en un inglés perfecto con afectado acento parisino. La auxiliar de vuelo encargada de atenderlo le dijo al piloto que parecía aburrido y repelente. Eso le habría complacido.

Aterrizó en París una neblinosa mañana de invierno y franqueó la aduana con toda tranquilidad, como hacen los ricos y privilegiados. Su pasaporte lucía los numerosos sellos de los viajeros frecuentes e internacionales. Allí recibió el primero legal.

—*Bienvenue*, monsieur Metarie.

Dirigió al agente de aduanas el gesto de asentimiento más leve.

—*Merci*.

Y, dejando atrás todo lo que le importaba, atravesó el aeropuerto y se adentró en el siguiente mundo.

Pasó la mayor parte de la veintena en Europa, explorando, trabajando, incluso haciendo senderismo y bicicleta. En Francia se centró en lo que Sebastien llamaba «fruslerías», y pasó de un apartamento en París a una casa de campo en la Provenza y luego a un hotel en un castillo en el valle del Loira. Recibió clases de cocina de una alumna de Le Cordon Bleu y compartió su cama tras aprender a preparar el *macaron* perfecto. En Italia se dedicó al arte, a admirarlo y a robarlo, y gozó con la maravillosa luz de Florencia, la magia de los canales de Venecia, las antigüedades de Roma. Viajó a Grecia, donde aprendió el idioma, a Inglaterra y a Irlanda, a Sicilia y a la Toscana. Aprendió a moverse por Europa con la misma despreocupación con que antaño recorriera con la bicicleta su viejo vecindario de Chicago.

Una vez el año, tal y como había prometido, pasaba unos días con Mags. Elegía un lugar: una villa en la Toscana, una casa en Bar Harbor, lo que le apeteciera. A menudo, su tía viajaba con Sebastien, y él aprovechaba para ponerse al día de cómo le había ido la vida a Mags.

A los veintisiete era rico, viajado y hablaba diez idiomas, ocho de ellos, en su opinión, con fluidez. Había visto mundo, o buena parte de él. Y, salvo esos pocos días cada año, estaba solo.

Se sentó en la terraza de una bonita villa en la costa de Italia y, dando un sorbo al vino, contempló el Mediterráneo y las embarcaciones que se deslizaban por su superficie. Mags estaba sentada a su lado. Había ido sola porque, el invierno pasado, Bluto se había ido a la gran casa para perros que hay en el cielo. Sebastien tenía un nuevo cachorro, recién destetado, y aún no quería separarse de él.

—Está como loco con el perrillo —dijo Mags—. Sé que tener a Wiley lo ha ayudado con el duelo.

—Como el Coyote, ¿no? ¿Wile E. Coyote? Solo les pone a los perros nombres de personajes de dibujos animados, pero de los villanos. Va de malote, supongo.

Alargó la mano, la entrelazó con la de Mags y permanecieron unidos, sin más. Le había dicho que tenía un aspecto fantástico, y no había tenido que exagerar. Seguía llevando el pelo largo y salvaje, ahora rojo fuego con generosas mechas de un dorado brillante.

—Tengo noticias —comenzó a decir Mags.

—¿De las buenas o de las malas?

—Creo que son muy buenas, para mí. Me mudo.

—¿Otra vez?

Cuando él se marchó de Estados Unidos, Mags había dejado Santa Fe y había probado suerte en Sedona.

—Otra vez. Me mudo a Nueva Orleans.

Aquello atrajo su atención, por lo que se volvió a mirarla.

—No vas a mudarte a casa de Sebastien. Os conozco a los dos...; sé lo vuestro y adoro a ese hombre, de verdad, pero es el pantano y es...

—A Sebastien y a mí nos gusta disponer de nuestro propio espacio. Entre mi negocio y que no dejas de echarme dinero encima...

—Eres mi familia.

—Y tú la mía, chaval. En fin, que voy a comprarme una casa; esta vez no voy a alquilar, esta vez voy a tener algo propio. Dauphine y su hombre me han ayudado a buscar una y, como Luc es muy apañado, va a ayudarme a arreglarla. A mi manera. Es un sitio pequeñito y voy a tener una tienda mágica a pie de calle. A mí me basta; es lo bastante grande como para que vengas a visitarme, para que te quedes si quieres. Sé que llevas años sin volver a Nueva Orleans, así que tal vez sea hora de hacerlo ya, o en un futuro próximo.

—Tal vez.

—¿Quieres más noticias? Dauphine está en estado.

—¿En qué estado?

A Mags se le escapó una carcajada que se convirtió en un aullido y, luego, en hipidos y jadeos mientras se apretaba las costillas con la mano.

—Que estaba embarazada, bobo.

—¿Cómo? ¿En serio? ¡La hostia! ¿Está contenta? ¿Todo va bien? ¿Ella está bien?

—Ella está encantada y se encuentra muy bien. Tan bien que Luc por fin la ha convencido para casarse con él. Es el mes que viene. Dauphine espera que puedas ir, pero entenderá si no lo haces.

Los barcos se deslizaban sobre el gran mar azul.

—Ojalá pudiera, de verdad que sí. Pero es justo el tipo de acontecimientos que él estará vigilando.

—Ay, mi amor, no puede ser que el cabrón ese siga buscándote. Te juro por Dios que nadie ha vuelto a molestarme. Te lo diría.

—Sé que lo harías, pero este tipo no acepta un no por respuesta o, si lo hace, te hace pagar por ello. El otoño pasado le llegó un rastro mío en Praga. Alguien me dio el chivatazo, pero sigue teniendo espías por ahí.

—No me dijiste nada.

—Fue un rastro, nada más. —Le besó la mano—. Dile a Dauphine que le deseo todo lo mejor, con el bebé, con Luc... Y volveré, de verdad. Pronto. De todos modos, las cosas se están empezando a caldear por aquí.

—Supongo que no te refieres al calor veraniego.

—Me han puesto nombre, los que buscan a gente como yo: el Camaleón. Me gusta —admitió—, pero cuando identifican tu estilo lo suficiente como para darte un nombre, es que las cosas se están caldeando.

—Podrías parar.

El sonido que emitió no era un sí ni un no.

—Estaba pensando en echar un vistazo a Río, visitar Sudamérica, el Amazonas. Quizá pasar un año o dos allí, o puede que en Estados Unidos. Me lo tengo que pensar. O en Australia, Nueva Zelanda. Tal vez me tome unas buenas vacaciones.

—Creo que ese culo inquieto lo has heredado de mí.

Entonces la miró, su tía Mags la loca, su familia, su constante. Nadie lo conocía como ella. Nadie más se acordaba del niño que había sido, de su madre, de aquella vida.

—Movamos ese culo inquieto y demos un paseo por el pueblo. Todavía no has tenido oportunidad de ir de compras.

—Cómo me conoces. —Sin embargo, apretó una vez más la mano que asía la suya—. Quién habría pensado que algún día nos sentaríamos en un lugar así, una villa en Sorrento, con el Mediterráneo entero solo para nosotros.

—El mundo es un pañuelo, Mags. Solo hay que abrirlo para descubrir los tesoros que guarda.

Se hizo con unos cuantos rubíes durante las semanas que estuvo en Río, antes de poner rumbo a Perú a por esmeraldas y disfrutar después de un crucero por el Amazonas. En Perú empezó a ajustar cuentas y encontró la forma de que una de las herramientas menos refinadas y más brutales de LaPorte acabara entre rejas. Se sintió bien; sintió que era... justo.

Aquello hizo que se alejara de Sudamérica y se acercara al Pacífico Sur. Tres meses en Australia le procuraron ópalos y un pequeño e interesante Seurat en blanco y negro. Buceó en la Gran Barrera de Coral. Nueva Zelanda le ofreció piragüismo y senderismo, y sellos, siempre fiables. Pasó una semana con Mags y Sebastien en Fiji.

Nueve años después de aterrizar en París por primera vez, volvió. Willem Dauphine, marchante de arte, actualmente con base en Londres. Esa vez se quedó en el esplendor modernista del Península, en el corazón de la ciudad. De estilo conservador, Willem llevaba trajes a medida perfectamente confeccionados, casi siempre con corbata y pañuelo de bolsillo de Hermès. Tenía el cabello rubio oscuro corto y peinado hacia atrás, le gustaban las gafas de carey y llevar el rostro bien afeitado. Una pequeña cicatriz le recorría la mandíbula derecha y presentaba una sobremordida pronunciada. Poseía en otra parte de la capital un pequeño apartamento amueblado que le servía como espacio de trabajo. Visitó museos y galerías, pero su objetivo era el Musée National d'Art Moderne y una exquisita naturaleza muerta de Matisse.

Allí concertó una cita con la directora adjunta, una estilosa mujer de mediana edad con un austero traje negro que le ofreció café. Aunque le pareció lo bastante fuerte como para deshacerle el esmalte de los dientes, lo tomó solo. La conversación tuvo lugar en un francés fluido y formal.

—Gracias, madame Drussalt, por reunirse conmigo. Sé que su tiempo es valioso.

—Todo el tiempo lo es.

—Por supuesto. Represento a un clienta que ha heredado una colección de arte; una colección privada, ya me entiende. He convencido, o he empezado a convencer, a esta clienta de que comparta su colección con el mundo.

—¿Y quién es esta clienta?

—Todavía no tengo la libertad de divulgarlo, solo puedo decirle que la colección, aunque pequeña, contiene lo que considero obras importantes del fauvismo, seis en total, que llevan dos generaciones en esta colección privada.

—No estoy al tanto de tal colección.

—Como debe ser, madame. Permanece en un cuarto privado de una vivienda privada. Sin embargo, creo que ese no es el propósito del arte, por lo que he urgido a mi clienta a que saque a la luz lo que ha estado oculto. Se me ha encargado, por así decirlo, entablar conversaciones aquí, en Londres, en Roma y en Nueva York, para luego proporcionar a mi clienta más detalles que pudieran persuadirla de prestar la colección de forma permanente.

—Desea que expongamos esta colección, pero no puede decirme nada ni de ella ni de su clienta.

—Lo que deseo es convencer a mi clienta, ese es el primer obstáculo. Voy a serle sincero.

—Por favor. —La mujer lo invitó a proseguir con un gesto de la mano.

—Mi clienta no tiene un verdadero interés por el arte. Deseo disuadirla de que venda los cuadros, pues, de subastarse, podrían volver a manos privadas. Verá: mi clienta no necesita sacar beneficio alguno de ellos. Yo no le hablo de fines artísticos, sino del prestigio de contar con una placa en un gran museo, una placa que la identifique como donante. Por la publicidad que generaría tal donación y demás. Con esto en mente, mi clienta se halla lo suficientemente convencida como para permitirme… tantear el terreno.

—Entiendo.

—Yo vivo y trabajo en Londres, madame, pero soy francés. Si pudiera elegir, la colección vendría aquí. No obstante, mi prioridad es que estas obras salgan a la luz. Hay otros cuya prioridad es venderlas, o que permanezcan tal y como han estado hasta ahora. Lo que deseo es ofrecerle a mi clienta ciertas garantías de los beneficios que obtendrá de esta donación.

—Desea imponerle condiciones a un regalo.

—Soy consciente de sus políticas, pero deseo asegurarme de algún modo de que, si esta colección se considera meritoria, se exhibirá con una placa. —Cerró los ojos un instante—. Debe haber una placa y cierta pompa en lo relativo a la donación. —Se rascó la nuca, como si lidiara con el estrés—. No estoy en libertad de divulgarlo, pero estoy seguro, madame, de que sabrá de la exposición que tuvo lugar en el Salon d'Automne en 1905 y de sus controversias. En ella participó Van Dongen, ¿verdad?

Una chispa de interés brilló en los ojos de la mujer.

—En efecto.

—Junto a Matisse, Marquet y otros. Fue entonces, sí, cuando a estos artistas se les dio el nombre de *fauves* por su uso atrevido del color. Las bestias salvajes del arte. Van Dongen, como sabemos, se mudó a Montmartre y fue amigo de Picasso. Además, con sus retratos se convirtió en un favorito de la alta sociedad francesa. Tal vez le resulte interesante saber que la abuela de mi clienta también vivió en Montmartre. Una mujer asombrosamente bella en su día. —Hizo una pausa dramática—. He visto su retrato.

—Ah.

—Si yo le aseguro que esta colección contiene obras de capital importancia, ¿puede asegurarle usted a mi clienta el tipo de recibimiento que tendrán? Todo ello, por el momento, de manera hipotética.

Aquello le valió una visita VIP y, debido al importante robo de arte acaecido en mayo de 2010, una explicación sobre «garantías» en lo relativo a la seguridad.

Luego volvió directamente al piso a trabajar. Al día siguiente, después de abandonar el hotel, voló a Roma, donde repitió la escena en la Galleria Nazionale d'Arte Moderna e Contemporanea. Allí dejó caer que su clienta lo había conminado a regresar a Londres. Voló a Londres, borró a Willem Dauphine, se convirtió en Jacques Picot y volvió en su Mini recién comprado al apartamento de París. Allí, con barba desaliñada, cabello largo y oscuro, gafas de John Lennon, un pendiente de plata en la oreja izquierda y una nariz prominente, trabajó durante dos semanas enteras en planear el golpe.

Y allí se enteró de que LaPorte había detectado algo más que un rastro. Más tarde imaginó lo que podría haber sucedido si no hubiera decidido dar un paseo una bella tarde de otoño por París, si no le hubiera apetecido comprarse un dulce y si no se lo hubiera comido por la avenida George V. Si no hubiera visto a LaPorte bajarse de la limusina y, acompañado de su guardaespaldas, saludar al director y entrar en el gran hotel de abolengo. Un hotel a poca distancia del museo. A poca distancia de su apartamento. Pocos días antes de cuando había previsto robar el Matisse. El mundo podía ser pequeño, pero no tanto.

No echó a correr, sino que siguió paseando y se maldijo por haber vuelto a París, a Europa. Debería haberlo tachado de la lista. Ahora lo haría. Una vez en el apartamento, desmontó el equipo, lo recogió todo y limpió cada una de las superficies. Para no dejar cabos sueltos, contactó con el casero y le contó entre lágrimas que su abuela había muerto en Niza, de manera repentina e inesperada.

Mientras salía de París, pensó en las semanas de trabajo, en la planificación, en los viajes, en el puñetero Matisse: tanto trabajo a la basura porque un hombre había decidido poseerlo. Había dejado caer alguna miguita en alguna parte, pensó, las suficientes como para que quien fuese que LaPorte tenía siguiéndole los pasos lo encontrara. Si no hubiera sido por el *pain au chocolat*, era más que probable que hubieran vuelto a acorralarlo. No volvió a Londres ni condujo hasta Niza, sino que llegó hasta Calais, donde vendió el Mini casi regalado y, con otro aspecto y otro nombre, se subió a un tren con rumbo a Bélgica. Cruzó el país y entró en Alemania, desechando personalidades como quien muda de piel hasta cerciorarse de que nadie le pisaba los talones. Llegó a Nueva York pocos días antes de Navidad y se perdió en la ciudad durante la mayor parte de un invierno frío y solitario.

El Martes de Carnaval, Mags bailaba en la calle con Sebastien. Después de todo, las tradiciones merecían un respeto. La noche era joven, pero Dauphine y Luc tenían un bebé esperando en casa y llevaban todo el día celebrando el Mardi Gras. Podían haber bailado en el balcón de su bonita casa, ver desde allí la mayor parte de la acción y arrojar cuentas a los juerguistas bajo sus pies, pero no el Martes de Carnaval.

Esa semana, Dauphine y ella habían trabajado sin parar en Crystal Ball, la tienda de regalos y centro de videncia que regentaban en el local bajo aquel balcón. La vida, pensó Mags mientras la música atronaba y volaban las cuentas, era casi perfecta. La campana de la perfección habría sonado si hubiera tenido noticias de Harry, Booth, Silas o como se llamase en ese momento. Sin embargo, este le había advertido que la comunicación seguiría siendo irregular un poco más de tiempo. Por si acaso, siempre llevaba el teléfono encima, aunque hacía más de seis semanas que no sonaba ni vibraba; así que, con él, también llevaba encima una insidiosa inquietud. Entonces lo hizo: vibró en el bolsillo mientras resonaban las trompetas.

Lo sacó, y tuvo que recordarse que aún no debía usar nombres, por si acaso, por lo que se limitó a decir:

—Hola.

—Hola, Mags. Feliz Mardi Gras.

—Ay, chaval, cómo me alegro de oír tu voz. —Le cogió la mano a Sebastien mientras hablaba, y la mirada que dirigió a Dauphine, empañada de lágrimas, fue de lo más elocuente.

—Y yo a ti.

—¿Puedes decirme dónde estás?

—En el balcón de tu casa. Se os ve fenomenal.

—¡Ay, Dios mío, que estás aquí! ¡Está aquí! —Alzó la mirada y lo vio—. Ya vamos. Vamos ahora mismo.

Cogió en brazos a Wiley, la otra mano aferrada a la de Sebastien.

—No se va a ir a ninguna parte, *cher* —le dijo este—. Vamos a casa despacio. —Levantó la mano y se la besó—. Paseando tranquilamente.

Mags bajó el ritmo, aunque sabía que su sobrino jamás habría vuelto si no tuviera la certeza de que era seguro. Dauphine abrió con la llave la puerta de la tienda. Entonces, Mags echó a correr; dejó el perro en manos de Sebastien y salió disparada hacia la puerta de la vivienda, ya abierta, donde su sobrino la esperaba. Se encontraron a medio camino.

—¡Estás aquí! —lo rodeó con los brazos—. Por fin estás aquí.

—Te he echado de menos —murmuró con los labios pegados a su maravilloso cabello salvaje—. Y tú —añadió, mirando a Sebastien por encima de la cabeza de su tía—, desde luego, siempre eliges los perros más feos.

—Este tiene carácter.

—Más le vale, para compensar esa cara.

Su mirada se desvió hasta la de Dauphine, donde se detuvo antes de observar a Luc. Tal vez unos centímetros más bajo que él, pero más ancho de hombros, llevaba el pelo retorcido en *twists* cortos y, en opinión de Booth, sus ojos irradiaban toda la paciencia del mundo.

—Luc, me alegro de conocerte al fin. Por favor, no me pegues. —Entonces soltó a Mags para envolver a Dauphine en sus brazos y besarla. Luego bajó la vista a la barriga, poco abultada, pero claramente visible—. A los dos: siento no haber podido venir a la boda, ni a conocer a Giselle.

Dauphine le acarició la barba incipiente y el cabello espeso que le caía sobre el cuello.

—Ahora la conocerás.

—He visto las fotos y los vídeos. Tiene tus ojos y tu carácter.

—Desde luego que tiene carácter —confirmó Luc.

Dauphine dio un paso atrás y negó con la cabeza.

—Sigues siendo muy guapo de cara. Cuánto me alegro de volver a verla en persona.

—Subamos, vamos todos, sentémonos, tomemos algo y pongámonos al día. —Mags se enjugó los ojos—. ¿Cuándo has llegado? —preguntó mientras subía las escaleras.

—Hace un par de días.

—¡Un par de días!

—Quería estar seguro, y ahora lo estoy. Me gusta tu casa, y la tienda también. Buena seguridad.

—No lo bastante buena.

Booth le dirigió una sonrisa a Sebastien.

—Para la mayoría, sí.

—Vas a quedarte.

—Eso me gustaría, al menos un tiempo —asintió antes de volverse hacia Luc—. La casa la has reformado tú. Has hecho un buen trabajo.

—El único que merece la pena.

Entraron en el colorido cuarto de estar de Mags, con su bosque de cojines y su lluvia de cristales. Fuera de las puertas dobles, el Mardi Gras estaba en pleno apogeo. Wiley, libre de la correa, se subió de un salto a su cama elevada y se ovilló en ella. Luego le sonrió a Booth.

—A este le caigo bien; no me mira como si intentara que me explotara el cerebro por el poder de su mente.

—Voy a abrir ese champán que estabas guardando, *cher*. A ti no te voy a dar más que esto —dijo Sebastien, enseñándole dos dedos pegados a Dauphine—, el resto será zumo de naranja.

Esta se dio una palmadita en la barriga.

—El muchachote podrá con eso.

—Así que es niño —aventuró Booth.

—Eso dicen las cartas —respondió Dauphine sonriente antes de arrellanarse con Luc en una enorme butaca rojo chillón de un modo que dio a entender a Booth que se trataba de su lugar habitual.

Se los veía bien juntos, pensó, hacían buena pareja. Era lo mismo que había pensado al ver las fotografías de la boda y de familia, pero ahora que los tenía delante, estaba claro. En ese momento oyó en la cocina el ruido distintivo de una botella al descorcharse y el grito alegre de Sebastien.

—¿No puedes quedarte? —preguntó Mags—. ¿No podrías instalarte y quedarte sin más? Nueva Orleans te sienta bien.

—Siempre me ha sentado bien, pero él está demasiado cerca y sus tentáculos llegan demasiado lejos.

—Maldita sea mi estampa. —Sebastien regresó con la botella, copas y una jarra de zumo en una bandeja—. Maldito sea el día en que te propuse aquel trabajo.

—El destino es así. Si no hubiera sido aquello, habría sido otra cosa. La culpa es suya, no tuya. Él es el único responsable.

—¿Qué vas a hacer? —Mags volvió a cogerle la mano a Booth—. ¿Adónde irás? Si vuelves a Europa…

—No, al menos por unos años. —Si es que volvía—. Tengo algunas ideas, algunos planes, un par de sitios en mente. —Trató de infundirle seguridad con una sonrisa—. Es hora de tomarme esa temporada sabática que tenía pendiente.

—Desde luego, brindo por ella. —Le tendió una copa que Sebastien acababa de servir y esperó a que todos tuvieran una en la mano—. Por una temporada sabática agradable, larga y feliz.

Aunque en ese momento no contaba con que fuera feliz, Booth bebió: dos de tres no estaba mal.

16

Había conducido de Nueva York a Nueva Orleans en un Volvo nuevo, comprado casi tanto por sentimentalismo como por eficiencia. Por seguir con el sentimentalismo, había vuelto a visitar las montañas Humeantes y los Outer Banks, que lo habían maravillado igual que la primera vez. Aunque no recorrió exactamente la misma ruta que a los dieciocho, prefirió las carreteras secundarias a las autovías y se detuvo en moteles y restaurantes en los que pagar al contado no levantaba sospechas.

Pese a que aún lo reconfortaba y lo recibía con calidez, entendió que Nueva Orleans ya no era su lugar. Era, y siempre sería, un respiro, un lugar en el que conectar con la familia y los amigos, y puede que también con quien fue, más joven e inocente. Experimentó sensaciones de pertenencia y aislamiento al ver la conexión y el afecto evidentes entre Mags y Sebastien. Compartían casi una década de historia de la que Booth solo había vivido fragmentos. Y Dauphine, con su chiquitina pizpireta y otro bebé en camino, le provocó las mismas sensaciones. Llevaba demasiado tiempo sin participar de su vida cotidiana como para reintegrarse de buenas a primeras. Era algo que tal vez podría cambiar..., si tuviera tiempo; pero el cuartel general de LaPorte en el lago Charles quedaba demasiado cerca como para sentirse mínimamente cómodo.

Para proteger a la gente que le importaba, tenía que alejarse lo máximo posible, y eso implicaba volver a crearse una personalidad, otra vez: un pasado, presente y, durante un tiempo, un futuro.

—¿Profesor? —preguntó Mags mientras disfrutaban del fresco sol de febrero sentados en el banco.

—Ya lo he hecho antes. Puedo impartir inglés a nivel de instituto y dar cursos de teatro.

—Eso no lo dudo. ¿Será suficiente para ti?

—No lo sé, pero tengo dos puestos potenciales: en un instituto privado a las afueras de Atlanta y en otro público en Virginia, a menos de dos horas de Washington.

—Georgia está más cerca de Luisiana.

—Eso sí. —Quizá demasiado, y eso había que tenerlo en cuenta—. En cualquier caso, me he postulado y he hecho un par de entrevistas online y telefónicas. La siguiente es en persona. Soy Sebastian, escrito tal y como suena, Sebastian Xavier Booth, originario de Chicago. Doble grado en Inglés y Pedagogía, con especialidad en Teatro, por la Universidad de Northwestern. Me fue realmente bien.

—Me apuesto algo a que sí.

Booth estiró sus largas piernas.

—Me saqué un máster por cada grado aquí, en Tulane, donde vive mi tía. Luego me quedé para sacarme otro en Teatro. Entre medias viajé por Europa, y después también. Un niño rico, ya sabes.

—Claro que sí —rio Mags—. Los Booth venimos de buena familia. ¿Alguna vez has dado clase de verdad?

—Claro, en Nueva York. Me lo planteé como plan B mientras intentaba abrirme camino como actor en Broadway; así descubrí mi verdadera vocación, pero Nueva York no era mi lugar. Busco una vida más tranquila, un lugar en el que pueda conectar y tener un mayor impacto sobre los alumnos.

Mags alargó la mano y le acarició el brazo.

—¿En serio, chaval?

—Sí, lo de la vida más tranquila ahora mismo suena bien; lo de la docencia ya lo veré. Me gustaba dar clases particulares, pero esto va mucho más allá de la relación a dos. Lo más importante es desaparecer. No veo a LaPorte, ni a nadie en pos del Camaleón, buscando a un profesor de instituto en una ciudad pequeña o mediana.

—¿Y qué va a pasar con tu trabajo nocturno?

—Ya veremos. Sé tener cuidado y dejar las cosas fuera del propio nido. Además, la idea es disfrutar de una temporada sabática, una vida tranquila, preparar lecciones y montar espectáculos. Y todo eso depende de que consiga el puesto.

—Te conozco, colega. Si te lo propones, conseguirás el trabajo, pero ¿cómo demonios vas a superar la entrevista? Van a comprobarlo todo.

—Informática, tecnología. —Agitó los dedos—. Magia. Voy a dejarte otro teléfono y voy a hacer algo de magia en tu ordenador. Cualquier día de estos te llamarán de los dos centros. Serás la doctora Sylvia Fine, directora de la Robinwood Academy de Nueva York. Lo repasaremos juntos, pero ya sabes cómo funciona. Sebastien se encargará de las consultas sobre Tulane y yo me ocuparé de la información sobre la Universidad de Northwestern. No creo que ahonden demasiado. Les envié mis certificados y cartas de recomendación, pero lo tendremos todo cubierto.

—¿Te arrepientes de tener que hacerlo así?

—No. —Negó con la cabeza, se encogió de hombros y estiró una pierna—. No tiene sentido. Hice lo que tenía que hacer y le cogí gusto. Joder, Mags, siempre me ha gustado.

Esta asintió, se recostó en el asiento y contempló el silencio post-Mardi Gras del vecindario.

—¿Has leído algún libro interesante últimamente? Por poner un ejemplo… ¿un thriller sureño de tipo literario ambientado en el mundillo universitario?

Le escoció, bastante.

—*Publica o perece*, de Miranda Emerson. Sí, lo he leído. Es bueno, muy bueno; tampoco es que me sorprenda. Y sí, me he reconocido en el gilipollas oportunista que se convierte en la segunda víctima. Merecía esa muerte brutal y prematura.

—No, no te la merecías. —La reprimenda, tan poco habitual, lo hizo sentir como si volviera a tener doce años—. Hiciste lo que tenías que hacer.

—Una cosa no quita a la otra. Me arrepiento de lo de Miranda —admitió—. Me debato entre el arrepentimiento por haber tenido algo con ella o por haberla hecho sufrir después. Supongo que una cosa tampoco quita la otra.

—Tú también sufriste.

—Lo superé. —A lo hecho, pecho. «Agua pasada», se decía siempre, intentando creérselo—. Éramos unos críos.

—Ay, amigo mío, dejaste de ser un crío antes de los diez. —Mags levantó la vista hacia él—. ¿Cuándo te marchas?

—Tengo la entrevista en Georgia el martes por la tarde.

—Muy bien, pues aprovechemos al máximo el tiempo que nos queda.

Disfrutaron de la música y la comida. Booth estrechó lazos con Luc gracias a las chapuzas domésticas y quedó prendado por los encantos de la efervescente Giselle. El último día, se sentó con Sebastien en el porche de la casita del pantano, con Wiley sesteando despatarrado sobre su pie izquierdo.

—El perro es feo, pero tiene un gusto exquisito.

—El viejo Bluto jamás trató de arrancarte un pedazo de un mordisco, así que le caías lo bastante bien. Al joven Wiley le cae bien todo el mundo: aún tiene que crecer y volverse un poco más selectivo. Tú también deberías agenciarte un perro, *mon ami*.

—Un perro no se puede meter en una mochila cuando uno tiene que echar a correr.

—Sé que no quieres oírlo, pero cuando echo la vista atrás a aquel maldito trabajo, a mi tobillo fastidiado y al jodido LaPorte... —Negó con la cabeza y suspiró mientras el río corría lento ante ellos—. ¡Qué trabajo tan fino! Eras un crío, la verdad, e hiciste un trabajo finísimo. Naciste con ese talento y ¿cómo no vas a aprovechar algo que tienes de nacimiento?

—El problema no fue el trabajo, sino hacerlo demasiado bien.

—Ese jodido LaPorte y su jodido cuadro.

—Una obra preciosa. Aún puedo verla en mi cabeza y sentir asombro y admiración. Un día se lo robaré, y la escultura también.

—Mantente alejado de ese cerdo.

—Ay, lo haré, pero un día volverá a ese palacete que tiene como casa y verá que han desaparecido. Entonces sabrá que lo he vencido. Él me robó un posible futuro; yo le quitaré lo que más quiere: sus posesiones.

Sebastien se quedó callado, contemplando el río. Luego volvió a asentir.

—*Maintenant, mon ami*, si necesitas ayuda con eso o con otra cosa, cuenta con Sebastien. Estaré a tu lado, siempre.

—Lo sé. Estás cuidando de Mags, y eso ya representa mucho para mí.

—Amo a esa mujer. La amo tanto que a veces siento el corazón demasiado grande en mi interior, por eso no me caso con ella. Así nunca será mi cuarta exmujer.

Era una forma de verlo, decidió Booth, una forma que, desde luego, les funcionaba a Sebastien y a Mags, y eso era lo único importante. Cuando se marchara de Nueva Orleans el lunes por la mañana, sabría que las personas que más le importaban se cuidaban unas a otras.

Como tenía previsto quedarse en el instituto que lo contratara durante al menos un año (con suerte dos), no se disfrazó. Se presentó en la entrevista tal y como en ese momento se veía a sí mismo. Sebastian Booth llevaba un buen traje gris piedra de Hugo Boss y portaba un maletín de cuero. Después de todo, venía de familia de dinero, como la mayoría de los alumnos del centro.

Los chicos llevaban uniforme, también gris, y americanas con el logotipo rojo de la escuela en el bolsillo delantero. No se permitían teñirse el pelo de colores que no existieran en la naturaleza y los chicos debían llevarlo cortado por encima del cuello. Solo se admitían uñas con esmalte transparente y pendientes de botón en los lóbulos de las orejas: los piercings estaban prohibidos, al igual que los tatuajes visibles.

No había creído que el rígido código de vestimenta fuera a molestarlo. Le gustaba la estructura, la organización, y comprendía la escuela de pensamiento que consideraba que tales desviaciones de «la norma» servían de distracción a lo educativo. Sin embargo, lo contrarió casi tanto como el aire de autosuficiencia que se respiraba en los pasillos. A pesar de los uniformes, reconoció a los deportistas, los frikis, los abusones y los abusados. Tal vez pudiera propiciar algún cambio, cosa que pensaba hacer allí donde acabase. No obstante, a pesar de que el campus le parecía encantador y la arquitectura del centro interesante, al cabo de diez minutos de entrevista ya sabía que no quería quedarse allí. Por supuesto que aceptaría la oferta y se adaptaría si la de Virginia no salía bien, pero con idea de buscar otra cosa cuanto antes.

Había previsto pasar la noche en la zona, dar una vuelta con el coche, pasear un rato, tomarle el pulso a la comunidad. En cambio, puso rumbo al norte y llegó con dos días de antelación a la localidad de Westbend, una ciudad interesante que, según leyó, debía su nombre a que se extendía por una curva al oeste del tramo norte del río Rappahannock.

Tenía encanto, con su cuidada calle principal en el casco antiguo, su pequeño puerto, sus vistas al agua, al bosque y a las montañas. Suficiente encanto, lo sabía, para atraer a algún turista, a algún senderista, a algún piragüista y a algún navegante ocasional. Le faltaban kilómetros para convertirse en un polo de atracción. El tramo sur de Tappahannock sí lo era, al igual que los pueblos marítimos de la bahía de Chesapeake y las zonas de alto standing en los márgenes del río Potomac. No obstante, le gustó la sensación que le daba: era lo bastante grande como para pasar inadvertido, y no tanto como para que lo engullera. Además, si le hiciera falta marcharse de repente, podía coger la interestatal 95 y punto.

Condujo más allá del instituto, el único de Westbend, lo que podía suponer un pequeño problema, aunque no irresoluble. Carecía de la gracia y la dignidad del colegio privado de Georgia, pero le gustó la solidez del ladrillo rojo y su extensión, su hermosa arboleda y la suavidad de su pradera de césped. Se fijó en la pista de atletismo y el estadio de fútbol americano: hogar de los campeones regionales, los Westbend Catfish. Echó un vistazo a los aparcamientos de alumnos y de profesores y serpenteó a través del campus hasta pasar junto a la escuela de secundaria, más pequeña, y la elemental. Todo parecía… normal, decidió. Volvió a la calle principal y aparcó. Daría un paseó, pensó, para ver qué sensación le transmitía. Tal vez se comiera una hamburguesa.

Una tienda de regalos, una librería que, cómo no, tenía el libro de Miranda en el escaparate; no estaba solo, pero allí estaba. No se veía la fotografía de la contraportada, pero Booth ya había estudiado cada centímetro: la fabulosa melena, que le caía suelta en un plano medio corto, aquellos ojos de bruja de los mares mirando directamente a cámara, la amplia boca, curvada lo justo en un atisbo mínimo de sonrisa. Entró, porque era incapaz de resistirse a una librería, y le gustó saber que tenía una justo en la calle principal si aterrizaba allí. Compró otro thriller, pues ya tenía el suyo, con idea de empezarlo aquella noche en su habitación del hotel. La librera, muy amable, le recomendó la hamburguesería Main Street Grill, que estaba a tan solo una manzana de distancia.

Echó a andar, pero se detuvo delante de la inmobiliaria Westbend Real State. Había previsto (una vez más, si acababa recalando allí) alquilar una casa durante al menos uno o dos meses y luego plantearse comprar si sentía que iba a quedarse los dos años, pero no contaba con la casa de la fotografía expuesta en el escaparate. Una casa de buen tamaño, no enorme pero, desde luego, más grande de lo que necesitaba. No estaba en la ciudad, por lo que no podría ir andando a la escuela, y esa era una de sus condiciones. Además, con media hectárea de terreno, era más grande de lo que tenía previsto.

Tirando por la ventana condiciones y previsiones, entró en la inmobiliaria. La única persona presente en ese momento dejó el ordenador y, girándose sobre la silla, le dirigió una sonrisa radiante.

—Buenas tardes. ¿Qué puedo hacer por usted?

Era una mujer curvilínea con un jersey rojo y una media melena recta, de color miel oscuro, que enmarcaba una cara bonita; Booth imaginó que tendría su edad.

—La casa en Waterside Drive, la del escaparate, me ha llamado la atención.

—Una propiedad fantástica, y ha salido al mercado justo esta semana. Cuatro dormitorios, uno de ellos en la planta principal, que podría servir como despacho o estudio. El principal tiene baño incorporado, reformado recientemente. Hay otro baño completo en la segunda planta y un lavabo espacioso en la principal, además de una ducha exterior. Todos los suelos son de parqué y se encuentran en buen estado. La cocina es la atracción principal de la casa, en mi opinión. —Volvió a dirigirle una sonrisa—. ¿Usted o alguien de su familia cocina?

—Soy yo solo, y sí, cocino.

Pero era demasiado grande para él, pensó. No necesitaba tanto espacio.

—Le va a encantar. Hornos dobles empotrados, microondas y máquina de hielo bajo la encimera. Una pequeña trascocina con fregadero y cava para vinos. Bueno, debería verla sin más, en vez de estar aquí escuchándome hablar sobre ella. ¿Le parece si vamos ahora?

—Yo… Claro, si no le importa.

—Hoy estoy sola; mi socio ha salido. Pondré el cartel de cerrado en la puerta y lo llevaré a ver la casa en mi coche.

—Me gustaría echarle un vistazo, pero no quiero que pierda el tiempo. He venido para una entrevista de trabajo, y si no consigo el puesto…

—Bueno, pues bienvenido a Westbend. —Se levantó y se puso una chaqueta—. Tracey Newman —se presentó, tendiéndole la mano.

—Sebastian Booth.

—Bienvenido, Sebastian, y buena suerte con el trabajo. Enseñar una casa nunca es una pérdida de tiempo para mí. Tengo el coche aquí detrás —añadió con un gesto al tiempo que emprendía la marcha—. ¿Qué tipo de trabajo?

—Profesor, en el instituto.

—¿El nuevo profesor de inglés?

—Y de teatro. —Puede que, al final, el pueblo fuese demasiado pequeño, pensó.

—Entiendo. Mi tío es el subdirector, por eso sé que están buscando a alguien. —Lo condujo a la parte trasera, hasta un aparcamiento de cuatro plazas donde los esperaba un SUV compacto—. Hay cierto margen de negociación en el precio, siempre lo hay, pero es bastante caro para un salario de profesor.

—Tengo otras fuentes de ingresos, dinero de mi familia —añadió tras lo que creyó que sonaba, tal y como pretendía, a cierta vacilación embarazosa.

—Me alegro por ti, porque es una propiedad estupenda. Da la casualidad de que la señora Hubbard, pues la casa pertenece a Gayle y Robert Hubbard, es a quien sustituirás cuando, y digo «cuando» y no «si», consigas el trabajo. Creo en el pensamiento positivo. —Salió del aparcamiento por una bocacalle—. Decidió retirarse y van a trasladarse a Kentucky para estar más cerca de su hija y sus nietos. La hija se casó con un domador de caballos de allí. En fin, que llevan con suplentes desde las vacaciones de invierno. —Le lanzó una mirada—. Voy a darte información privilegiada. Si puedes empezar de inmediato, ganarás puntos con ellos.

—Pensaba que no empezaría hasta agosto.

—Es información privilegiada. Entiendo que no te importaría vivir un poco alejado del pueblo.

—En absoluto, está junto al agua.

—Tiene unas vistas estupendas del río, las colinas y el bosque. En la parte trasera hay un pequeño muelle: la casa mira a la carretera y el río pasa por detrás. La señora Hubbard es aficionada a la jardinería, por lo que el exterior tiene bastante encanto. ¿Te interesaría un barco?

—Tal vez un kayak. Me gusta el piragüismo.

—Ve a Rick's Water Sports, en el extremo norte de la calle principal. Aquí creemos en el comercio local.

—Bien.

—Entonces ¿de dónde eres, Sebastian?

—Originalmente de Chicago, pero he estado dando clases en un colegio privado de Nueva York. Quería un cambio.

—¿De un colegio privado de Nueva York a Westbend High? —Tracey rio—. Menudo cambio, sí.

Giró por un camino de grava que atravesaba el bosque y desembocaba en la casa. De dos plantas, con una base de piedra coronada por cedro plateado, no parecía una caja gracias al saliente en la parte sur, probablemente un añadido. Tenía un porche delantero cubierto y, por lo que sabía gracias a las fotografías, una terraza en la parte trasera de la segunda planta. Un montón de ventanas, advirtió, por lo que tendría luz de sobra. Parecía sencilla y robusta, cálida y cuidada, con un césped que cortar y unos arbustos y árboles ornamentales que tendría que estudiar. «Mierda. Mierda. Es perfecta», pensó.

Puede que Tracey captara su buena disposición, porque volvió a sonreírle de oreja a oreja.

—Permíteme ser la primera en darte la bienvenida a tu hogar, Sebastian. —Se apeó e hizo un gesto hacia la casa—. Como puedes ver, la propiedad está bien mantenida. El interior..., ahora verás que a la señora Hubbard le gustan los colores fuertes y que necesita algún retoque aquí y allá. Es probable que quieras bajar la intensidad de algunos de esos tonos.

Subieron los tres peldaños de acceso al porche.

—El tejado solo tiene cinco años. El porche necesita un columpio; se llevaron el que había: el señor Hubbard lo construyó con su hijo mayor, es un sentimental.

Tracey introdujo un código en la caja de seguridad, que Booth vio y memorizó por costumbre, para sacar las llaves.

—¿La casa no tiene sistema de alarma?

—No, y han vivido aquí treinta y seis años sin incidentes; pero si buscas algo, puedo hacerte algunas recomendaciones.

Tracey giró la llave; la cerradura era corriente, de estilo Mission en negro mate, sin cerrojo. La puerta daba a una zona de salón y cuarto de estar, con chimenea y abierta a la cocina, lo que indicaba que probablemente hubieran tirado algunas paredes en la última década. Booth no se había equivocado en cuanto a la luz, que inundaba la pieza, y Tracey no le había mentido en cuanto a los colores fuertes. La señora Hubbard había elegido algo que, a ojos de Booth, parecía terracota y contrastaba con el turquesa de los muebles empotrados que flanqueaban la chimenea.

—Una elección atrevida —comentó Tracey.

—Valiente. Me recuerda a mi tía.

—¿Para bien o para mal?

—Con mi tía no hay «para mal» que valga.

—Ay, qué dulce. En fin, puedes ver que los suelos están en muy buen estado y que es todo parqué. El señor Hubbard es constructor y han ido remodelando la casa con los años. El trabajo es de calidad.

—Ya lo veo.

Booth la dejó hablar: un lavabo, un dormitorio o despacho en la planta principal, una cocina moderna, donde la valiente y atrevida señora Hubbard había apostado por un azul más claro en los muebles y un montón de vitrinas, una isla de granito blanco, un fregadero rústico y un salpicadero que casaba los azules y terracotas en un diseño que le recordó a Italia. No obstante, lo que de verdad le llamó la atención fueron las vistas a través de las puertas dobles de cristal que daban a un patio embaldosado y más allá: el río con su manso discurrir.

—Aquí tenemos el cuarto zapatero y de la colada, y ahí el comedor. Traté de convencerlos para que me dejaran preparar la decoración, pero no les interesó.

Abrió las puertas de cristal, lo invitó a salir y dar una vuelta, ver el terreno, los jardines, el pequeño muelle. Booth oyó los datos que le ofrecía sobre la caldera, el calentador y demás, pero sabía que la casa estaba vendida desde el minuto en el que vio la fotografía en el escaparate. El trabajo seguía siendo el único escollo.

Le hizo las preguntas adecuadas, las que formularía un hombre que aún no se imaginase contemplando esas vistas durante el próximo año o dos de su vida, y continuó con la visita por la segunda planta. Le gustó el dormitorio principal, con sus puertas de atrio que daban a la terraza, y el vestidor, de dimensiones más que generosas, podría servir como espacio de trabajo privado. Tendría que vivir un tiempo con aquellas paredes de color lavanda, pero, joder, era un dormitorio con chimenea: pequeña, de gas, con un sólido estante de madera a modo de repisa.

Cuando le pareciera seguro que Mags lo visitara, si llegaba a parecérselo, tendría un cuarto de invitados para ella y Sebastien, y otro dormitorio más con vestidor. No tan amplio como el principal, pero suficiente para alterar sus vagos planes. Aquel espacio, en su totalidad, podría irle bien. La casa carecía de sótano y, en lugar de garaje, tenía una cochera, pero el ático era espacioso: otra posibilidad más.

—¿Quieres hacer una oferta? —le preguntó Tracey.

—Primero me la tienen que hacer a mí. En tal caso, sí; es lo que estoy buscando.

—¿Estás listo para la entrevista?

—Lo suficiente. La tengo pasado mañana.

—¿Qué tal ya?

—¿Perdona?

—Mi tío Joe es el subdirector y participo en un club de lectura con Lorna…, Lorna Downey, la directora. ¿Te parece si hago una llamada y luego te llevo hasta allí?

—Yo… La verdad es que no estoy vestido para una entrevista de trabajo.

—En un lugar como este, sí. Solo dame un segundo.

Sacó el teléfono y salió fuera. Booth le oyó decir: «Hola, Lorna. Soy Tracey. Adivina quién está echándole un vistazo a la casa de los Hubbard».

Había previsto ir por una hamburguesa y dar una vuelta con el coche por la zona. Trataba de evitar los impulsos, que a menudo acababan dando lugar a errores y los errores a menudo acababan con uno cumpliendo de cinco a diez años en un establecimiento estatal. No obstante…

Tracey regresó con paso tranquilo, cerrando y echando la llave a las puertas a su paso.

—La directora Downey estará encantada de recibirte ahora mismo.

—Vaya, guau. Gracias, creo.

—Te propongo una cosa: si consigues el trabajo, me invitas a cenar. Si consigues el trabajo y compras la casa, te invito a cenar yo.

Se quedó mirándola: su rostro bonito, su actitud desenvuelta.

—Me parece un buen plan.

Booth sintió que el pueblo respondía a su necesidad de un descanso temporal y sintió que la casa respondía más que de sobra a su necesidad de privacidad y ambiente. El instituto, en cuanto atravesó sus puertas, supuso una marca en la última casilla. Los chicos parecían chicos: tejanos rotos, sudaderas holgadas con capucha, camisetas, alguna minifalda. Montones de pelos con colores que no se encontraban en la naturaleza. Como entró durante el cambio de clase, los pasillos estaban llenos de ruido: voces, puertas de taquillas, teléfonos móviles. Reparó en una vitrina de exposición con los trofeos ganados: fútbol americano y europeo, sóftbol, atletismo, lacrosse, campo a través, baloncesto. Deportes, deportes y más deportes. Vio un trofeo de coro, intercentros, y otro del equipo de debate: campeones regionales. No obstante, predominaban los deportes y, entre estos, el fútbol americano.

Siguiendo las indicaciones que Tracey le había dado, giró a la derecha y luego a la izquierda hasta llegar a la oficina de administración. La mujer de aspecto agobiado que atendía el mostrador miró mal a Booth antes de girarse hacia el chico enfurruñado al otro lado de la barrera.

—Vuélvete a clase, Kevin.

Este, malhumorado, se marchó. Booth captó a su paso un levísimo aroma a marihuana impregnado en su sudadera.

—Buenas tardes —saludó Booth, dando un paso adelante—. Tengo una cita con la directora Downey. Soy Sebastian Booth.

—Ya lo sé. Al colarlo a usted, se ha fastidiado el resto del calendario del día. —Pulsó un botón—. Directora Downey, su cita no programada ya está aquí.

—Muy bien, Marva. Hágalo pasar.

Marva señaló una puerta con la palabra directora grabada en el cristal esmerilado.

—Supongo que, si viene por un puesto de profesor, sabrá leer.

—Sí, señora, gracias. Siento lo del horario —añadió al tiempo que se dirigía a la puerta.

—Hum —respondió Marva.

La puerta se abrió antes de poder llamar. Booth había investigado a Lorna Downey y sabía que se había graduado en el mismo instituto que ahora dirigía antes de continuar sus estudios en la Universidad de Maryland. Sabía que tenía tres hijos y dos nietos. Que llevaba veintinueve años casada con Jacob Po, y que tenía la misma edad (cincuenta y dos) que la directora de Georgia; pero, hasta donde él veía, ahí acababa todo parecido entre ellas. Era menuda y fibrosa, con el cabello castaño con mechas corto y forma de casco. Sus ojos marrones lo estudiaron al tiempo que le tendía la mano para estrechársela. Llevaba una camiseta de baloncesto roja y blanca, los colores del instituto, y un tatuaje en el nervudo bíceps izquierdo, en mandarín.

—Señor Booth, ¡gracias por venir directamente! Por favor, disculpe el atuendo y el desorden. Estamos en plena campaña de apoyo al equipo de baloncesto.

—Le agradezco que me haya hecho un hueco.

—Nada, nada. —Le señaló con un gesto una silla antes de volverse a su escritorio… y su desorden—. ¿Café?

—No, gracias. —Siempre se sentía obligado a dar una explicación—. La verdad es que no soy nada cafetero.

La directora Dawney asintió mientras cogía la jarra colocada sobre un plato caliente y buscaba una taza.

—¿Y de qué planeta es usted, entonces?

—Del planeta Coca-Cola.

Levantó un dedo y abrió la puerta de una pequeña nevera. Llevaba un reloj inteligente de color rojo chillón en la muñeca.

—Solo tengo Pepsi —dijo, ofreciéndole una botella.

—Sufriré ese martirio sin quejarme.

La mujer se sentó, se apoyó en el respaldo y lo observó por encima del borde de la taza mientras se bebía el café negro.

—Ha presentado usted una solicitud impresionante, aunque el currículo es un poco pobre para tanto como ha viajado.

—Ver el mundo, visitar países en los que el inglés no es la lengua principal es otra forma de educación. —Asintió levemente señalando el tatuaje—. «Los maestros abren la puerta, pero eres tú quien debe atravesarla». Digamos que quería probar muchas puertas.

—¿Lee mandarín?

—Un poco.

—No lo ponía en la lista.

—Solo un poco; no puedo afirmar hablarlo con fluidez.

—Pero sí otros idiomas y, con todo y con eso, ha optado por centrarse en el inglés y el teatro como educador.

—Di clases particulares en el instituto y en la universidad, por lo que sabía en qué quería centrarme. Lo que no sabía era que quería dedicarme a la docencia, la verdad. En su momento era una especie de plan B, hasta que dejó de serlo.

—Un hombre en su posición económica no necesita un plan B.

—Viajar es educativo, es emocionante y satisfactorio, pero carece de propósito. Tardé lo mío, pero acabé dándome cuenta de que quería abrir puertas.

—Buena respuesta. —Dio otro trago largo al café—. Acabo de colgar el teléfono a la directora de su instituto en Nueva York.

—¿Cómo está?

—Parece que bien, aunque lamenta tener que perderlo. No ha escatimado en alabanzas sobre su intelecto, pero eso ya lo había visto en sus certificados. Me dice que tiene un don para conectar con los alumnos y habilidad para intuir lo que se cuece en el aula, amor de verdad por la educación y las artes.

«Buen trabajo, Mags», pensó Booth.

—Todo ello son cosas que aprecio. Mi madre y mi tía me inculcaron el amor por los libros, por las historias. Los libros y el teatro cuentan historias y pueden atraer a los alumnos, abrirles esas puertas, fomentar las preguntas y la participación, promover la confianza.

—Estoy de acuerdo. De todas formas, Westbend está muy lejos de Nueva York, en distancia, en cultura, en ritmo de vida. Y Westbend High está muy lejos de lo que es un elegante instituto privado.

«La directora Downey no es de las que se dejan engañar», pensó, y se dio cuenta de que deseaba el puesto, aquel puñetero puesto, tanto como deseaba la puñetera casa. No iba a poder engatusarla hasta conseguirlo; aquella mujer no era de las que uno podía embaucar, y supuso que su detector de milongas estaría perfectamente calibrado, así que se ciñó a la verdad.

—Ese es el motivo por el que estoy aquí. Hace unos días tuve una entrevista en un centro privado y me di cuenta de inmediato de que no era para mí. Si me ofrecen el puesto y usted no, lo aceptaré porque quiero enseñar, pero no sería mi primera opción. Deseo enseñar en un lugar que no sea tan rígido y privilegiado, en el que los alumnos procedan de la zona, en el que vivan donde estudian. Deseo tener esa sensación de comunidad y conexión. Además, veo que no tienen un Club de Shakespeare.

La mujer enarcó las cejas.

—No, no lo tenemos.

—Tienen un club de teatro, algo importante para los alumnos que tienen esa pasión. Imagino, y entiendo, que estará por debajo del equipo de fútbol americano, el de baloncesto y demás. Lo entiendo. Sin embargo, Shakespeare puede hablar a un montón de mentes jóvenes si se abre la puerta adecuadamente. Y una vez que la atraviesen, se les abrirá el mundo. Me gustaría poner uno en marcha si me uno al personal del centro.

—Le advierto que tendrá que hacerlo en su tiempo libre y que el grupo será muy pequeño.

—Tengo tiempo y no me importa empezar poco a poco.

La directora volvió a recostarse en el respaldo y giró la silla a derecha e izquierda.

—Hablemos un poco sobre su filosofía de enseñanza y las reglas, costumbres y prácticas que tenemos aquí, en el instituto Westbend High.

Continuaron charlando otros treinta minutos, durante los cuales Booth se percató de que aquella mujer le caía bien a nivel personal y de que deseaba trabajar con ella casi tanto como deseaba el puesto y la casa.

—Es usted joven —añadió la directora Downey— y guapísimo; por favor, no me demande por semejante observación. Los alumnos creerán que pueden comérselo vivo.

Booth sonrió.

—Descubrirán que soy duro de roer y aún más de tragar.

La directora volvió a girar en la silla.

—¿Cuándo dice que puede empezar?

—¿En serio?

—Están haciendo polvo a los profesores sustitutos en las clases de Hubbard, porque pueden. Y, como pueden, no están aprendiendo al nivel que deberían. El musical de primavera es importante y popular, y ni siquiera han elegido la obra ni han hecho las audiciones.

—*Grease*. Les resultará atractivo porque se desarrolla en un instituto. Los trajes y el maquillaje no son complicados. Las coreografías pueden adaptarse a las aptitudes. Tendré que echar un vistazo al espacio y ver el equipo técnico, pero es una apuesta segura, sobre todo si hay prisa.

La directora dejó la taza a un lado y se frotó levemente los ojos.

—Montamos *Grease*..., hará como diez o doce años. Yo daba clases, no me había pasado a la administración. Fue todo un éxito, así que, una vez más: ¿cuándo puede empezar?

Booth decidió repetir las palabras de Tracey:

—¿Qué tal ya?

17

No fue tan sencillo, pero casi. Al cabo de dos semanas había comprado la casa y, al aceptar alquilarla hasta que cerrasen el trato, se mudó de inmediato. Conoció a sus colegas docentes, asistió al primer partido de baloncesto, se familiarizó con quienes serían sus alumnos. En ese sentido, Instagram y TikTok eran una joya, y Facebook sirvió de complemento en lo relativo a padres y abuelos.

Se encargó del papeleo y pagó las licencias que les permitirían representar *Grease* en el instituto, y puso un cartel avisando de las audiciones; luego puso otro anunciando un Club de Shakespeare. Tuvo que amueblar la casa y equipar la cocina, y lo hizo en establecimientos de la zona. Poco a poco, con cautela, comenzó a integrarse en el tejido de la comunidad. Al formar parte de un todo, uno pasaba inadvertido. Era en los márgenes donde se llamaba la atención.

Se sintió seguro a la cabeza de la clase y levemente aterrorizado ante la idea de producir y dirigir un musical de instituto. Algunos alumnos trataron de roerlo y tragarlo, pero se había preparado. Todo empezó el primer día y en la primera clase. El chico de la sonrisa burlona en la última fila de Literatura tenía un leve acceso de acné juvenil y muy mala leche. Como el suplente les había mandado leer *Matar a un ruiseñor* la semana anterior, Booth empezó la clase con un debate, y el muchacho de la sonrisa levantó la voz.

—A ver, ¿para qué sirve leer nada escrito por tíos blancos muertos? No tiene nada que ver con la actualidad.

—En realidad, Harper Lee es una tía blanca muerta. Entiendo que…, eres Kirby, ¿verdad?

Booth reparó en la reacción de sorpresa del muchacho al dirigirse a él por su nombre.

—Sí, ¿qué?

—Entiendo que no has abierto siquiera el libro; si no, te habrías dado cuenta de que esta historia en concreto tiene mucho que ver con la actualidad. Dado que no lo has hecho, puedes escuchar el debate, porque hoy vamos a explorar la narración de Scout, una niña blanca, y los estereotipos raciales, el racismo y la injusticia social que refiere a lo largo de la historia, todo lo cual aún existe en la actualidad, por cierto.

Kirby se encogió de hombros, se cruzó de brazos y cerró los ojos como si fuera a echarse una siesta. Se oyeron risitas desdeñosas.

—Y, Kirby, tras leer el libro tendrás que escribir una redacción de quinientas palabras argumentando tu afirmación o la mía, como prefieras.

Aquello hizo que abriera los ojos de golpe.

—Ni usted ni nadie puede obligarme a escribir esa chorrada.

—Escríbela o no, ¿vale? Pero búscate otra clase, porque en esta mando yo. Has hecho una afirmación, así que ahora debes sostenerla o retractarte en una redacción de quinientas palabras. Eres un alumno en un aula de veinticuatro, Kirby, y ya has perdido bastante el tiempo de todos con tus quejas. Solo voy a añadir una cosa. —Booth se detuvo y esperó a que los murmullos, risitas y la agitación en los asientos se calmaran—. Muchos de los libros que se os exigen pueden pareceros ajenos, al menos en la superficie. Y no todos os van a resultar interesantes a algunos, puede que a la mayoría. Así pues, teniéndolo en cuenta, cada cuatro semanas haremos una lectura libre. Leeréis lo que queráis y me entregaréis una reseña.

—¡*Deadpool*! —exclamó alguien.

—Me vale cualquier novela gráfica.

El chico lo miró boquiabierto. «Ethan», recordó Booth.

—¿En serio?

—En esta clase respetamos la palabra escrita. Puede que no estemos de acuerdo con el autor, puede que no disfrutemos con la historia o los personajes, pero respetamos la palabra escrita y somos libres de expresar nuestras opiniones sobre cualquier libro, positivas o negativas. Y ahora, volvamos con Scout.

Sobrevivió al primer día, y luego al segundo. Celebró las audiciones con ayuda del profesor de música y director del coro, y también sobrevivió, con alguna que otra sorpresa agradable. Había ciertas voces potentes con las que trabajar. En cuanto a actuar, había unos pocos con talento de verdad y alguno más con potencial, además de un montón de energía.

Se dio prisa con el casting porque recordaba cómo había sido presentarse (cuando aún podía) a las audiciones para una representación en el instituto y luego tener que esperar a que se hiciera público el elenco, el equipo técnico y el auxiliar. La primera semana se convirtió en dos, y luego en un mes repleto de planes de lecciones, ensayos, encuentros de los clubes (con un total de cinco participantes en el de Shakespeare), reuniones de personal y calificación de ejercicios. Claro que ya sabía que la docencia implicaba mucho más que enseñar, pero ahora lo estaba viviendo.

Se tomó su tiempo en instalar un sistema de seguridad principal y otro secundario en el dormitorio superior, donde guardaba sus herramientas, vestuario y demás aperos para su trabajo nocturno. Aunque de vez en cuando sentía una punzada y más de una vez anheló de verdad entrar en una casa a oscuras que perteneciera a otra persona, se ciñó a las reglas de su temporada sabática durante lo que quedaba de curso.

Asistió a la graduación, ya que varios de sus alumnos se ponían la toga y el birrete, y decidió que también le servía como una especie de ceremonia de graduación personal. Había abierto algunas puertas, había gestionado más de un par de problemas y había dirigido una obra realmente buena. Lo que es más, había disfrutado de todo ello. Ahora, con las vacaciones de verano a la vuelta de la esquina y tiempo libre de verdad, haría más piragüismo en el río, pasaría alguna que otra mañana y noche sentado en la terraza o en el patio. Leería por placer y tal vez organizaría una barbacoa para el resto de los profesores y el personal. ¿Y si hacía una excursión a los barrios acaudalados de las afueras de Washington y a sus preciosas mansiones antiguas repletas de objetos preciosos durante el largo verano? Había que practicar para mantenerse en forma.

Había previsto ser durante un año, posiblemente dos, Sebastian Booth, profesor de instituto, piragüista apasionado, entusiasta del teatro y forofo de Shakespeare. Se gustaba en ese papel y disfrutaba más de lo que habría imaginado haciendo prender una chispa en sus alumnos. Asistió a una segunda graduación y luego a una tercera. En la tercera presenció cómo Kirby (antiguo antagonista convertido en estudiante de notables) atravesaba el estrado con la toga y el birrete; se sintió orgulloso, tanto del chico como de sí mismo por haber encontrado la llave que abría su particular cerradura.

Durante aquel tercer verano sopesó los pros y los contras de quedarse o irse. Los pros estaban claros: le gustaba la casa, la zona, la gente, el trabajo, y todo ello se hallaba en un lugar lo bastante recóndito como para que LaPorte no husmease. De hecho, parecía casi imposible que siguiera perdiendo tiempo y recursos en perseguir a un único ladrón. Claro que ese «casi» pesaba bastante. Se sentía cómodo en la piel de Sebastian Booth, y eso también era importante. El hecho de que pudiera verse en esa piel a largo plazo se encontraba a caballo entre el pro y el contra.

¿En cuanto a las desventajas más claras? Por muy cómodo que se sintiese en aquella piel, no le permitía forjar relaciones personales serias. Tenía demasiados motivos para evitar aquella necesidad humana básica. ¿Amistades? Estupendo. ¿Sexo informal, ocasional y de mutuo acuerdo? Ningún problema. Sin embargo, no podía arriesgarse a desarrollar una intimidad real o una conexión duradera. Aunque tampoco veía que eso fuera a cambiar si se largaba y empezaba de nuevo en otro lugar y con otro nombre. Ahí tenía los cambios de estación y ya los había visto todos: el exuberante banquete de la primavera, el calor pegajoso del verano, los desgarradores colores del otoño y el manto silencioso del invierno. Cuando se fuera y allá donde recalara, tendría que encontrar un lugar que le ofreciera la misma sensación de paz y propósito.

Conforme el verano arrastraba sus pies sudorosos hacia la línea de meta, volvió a encontrarse de vuelta en el aula. Contempló las caras nuevas, los ojos aburridos y los ilusionados.

—Buenos días, soy Sebastian Booth y esta es la clase de Lengua y Literatura. En ella vamos a explorar distintos géneros literarios y a desarrollar vuestro pensamiento crítico y vuestra escritura. La semana que viene comenzaremos los debates sobre el primer libro del programa, *El señor de las moscas*, de William Golding. Podéis encontrarlo en la biblioteca del instituto, en la del pueblo, en Books on Main y posiblemente en alguna estantería de vuestra propia casa.

Se fijó en quién tomaba nota de todo, quién miraba por la ventana o al techo, y en la parejita que compartía pupitre y no dejaba de enviarse mensajes de texto.

—O leéis esos mensajes en voz alta a toda la clase antes de que os requise los teléfonos —dijo sin alterarse— o los guardáis ahora mismo.

Los teléfonos desaparecieron en sus bolsillos.

—Buena elección.

Booth decidió que quedarse, quizá solo un año más, también era una buena elección. Se instaló en una rutina que lo llevó sin darse cuenta hasta las vacaciones de invierno: clases, preparación de clases, clubes, audiciones y ensayos para *Cuatro bodas y un funeral*, la obra de los alumnos de último año, los distintos monólogos y *sketches* de los alumnos de teatro, por no hablar de los debates y discusiones en profundidad sobre *Como gustéis* del Club de Shakespeare, que ya contaba con doce miembros. Decorados que se construían; mentes que se desarrollaban.

Montó un árbol junto a la ventana, colgó luces en las vigas del tejadillo del porche delantero y metió una doble hornada de galletas glaseadas y decoradas con azúcar en una lata para llevarlas a la celebración en casa de Lorna, la directora Downey. Salió de casa con humor festivo, que no hizo sino mejorar con el aire fresco y una luna llena arrebatadora. Estaba deseando alternar con sus colegas de trabajo, amigos y el resto de las personas que formaban parte del amplio círculo de Lorna. Solía pasar la mayoría de las noches en casa, pero nunca se había perdido la fiesta de invierno de Lorna, y él mismo celebraba una barbacoa anual en verano. Bajaba a por pizza al pueblo, se había convertido en un asiduo de Books on Main, aunque por el momento había reprimido las ganas de dirigir un club de lectura o de unirse a alguno. Hasta bien entrado el invierno, se lo podía ver la mayoría de los fines de semana navegando en kayak por el río. Se había planteado seriamente hacerse con un perro, pero había conseguido que imperase lo que consideraba sentido común y había desechado la idea.

Los coches ya se apiñaban en el camino de entrada y en la calle delante de la casa de Lorna y su marido, Jacob, que no habían escatimado en decoraciones. Las dos plantas y el garaje adosado titilaban con las luces, al igual que el gran arce que daba sombra en el jardín delantero. A sus pies había desperdigados varios elfos y, en lo alto del tejado, Santa Claus conducía su trineo tirado por Rudolph. Puede que hubiera pasado la Navidad y que el mundo avanzase hacia el nuevo año, pero allí la festividad proseguía en su más refulgente apogeo.

Booth no tuvo que golpear la puerta ni pulsar el timbre. Ser invitado en casa de Lorna significaba entrar sin llamar, así que eso hizo, sumergiéndose entre las luces y los villancicos. La gente atestaba el cuarto de estar y llegaba hasta la cocina, con su larga península repleta de comida.

Conocedor de las costumbres de la casa, saludó y fue saludado mientras se adentraba hasta el estudio para soltar el abrigo y luego iba a la cocina para dejar las galletas en la mesa de postres ya abarrotada. Tracey, ataviada de rojo navideño, se acercó a besarle la mejilla. Habían salido juntos un par de veces y se habían acostado dos, pero ambos habían llegado a la conclusión de que les iba mejor siendo amigos. La primavera pasada había asistido a su boda.

—Felices fiestas. Habrás traído esas malditas galletas, ¿no?

—Me declaro culpable.

—Mis caderas se expanden solo de pensar en ellas —dijo al tiempo que cogía una.

—Estás estupenda, como siempre.

—Me siento estupenda. Acabo de cerrar el acuerdo de un alquiler a poco más de un kilómetro de tu casa. Contrato de seis meses en mitad del invierno, y a una celebridad.

—Guau. Dime que es Jennifer Lawrence: la reina de mi corazón.

Aquello le valió un codazo y una carcajada.

—Qué más quisiera, pero es una celebridad de las tuyas. Ven que te la presente. —Comenzó a mirar entre el gentío—. Su madrina se vino a vivir aquí hace unos años, después de divorciarse, para cambiar de aires, por así decirlo; es una vieja amiga de Lorna. Y nuestra celebridad tiene pensado quedarse un tiempo con su madrina mientras investiga la zona. ¡Aquí está! ¿Qué tal todo? Sebastian, mira, tienes que conocerla.

Booth se dio la vuelta y el mundo se le vino abajo.

Se había hecho dos pequeñas trenzas por encima de las orejas, de modo que la melena le caía por la espalda como hojas otoñales bañadas por el sol. Aquellos ojos verdes de bruja se clavaron en los suyos y vio su asombro.

—Miranda Emerson, escritora superventas, este es Sebastian Booth. Sebastian se encarga de inculcar el amor por los libros y el teatro en Westbend High.

—Sebastian —dijo Miranda con toda lentitud, con toda deliberación.

Podría destruirlo todo con una sola palabra y él no tendría nada que echarle en cara. Una única palabra y saldría de allí, agarraría su mochila y se marcharía. No pareció importarle. Nada lo parecía, aunque alargó la mano y tomó la de ella.

—Encantado de conocerte. Me gusta mucho tu trabajo.

—Ah, ¿sí?

Booth se preguntó si solo él notaba su tono cortante.

—Sí. Voy por la mitad de *Contrapunto*.

—Sebastian casi mantiene a flote él solo Books on Main, y da la casualidad de que sois vecinos… o lo seréis en cuanto te mudes.

—Vecinos.

Esta vez no era un tono cortante, pensó Booth, sino una especie de carcajada incrédula.

—La casa de Sebastian queda a poco menos de un kilómetro de la tuya, junto al río. Ay, veo que Marcy Babcok ha vuelto a acorralar a mi Nick. Siempre anda queriendo demandar a alguien. Voy a salvarlo.

Booth esperó un instante antes de decir su nombre, solo su nombre.

—Miranda.

—No. No voy a montar una escena y a avergonzar a mi madrina o a Lorna. Ni aquí, ni ahora.

Se alejó de él y solo quedó su fragancia. Booth no podía irse sin más; no sin dar lugar a un montón de preguntas. Así pues, se sirvió media copa de vino. Podía mantenerse alejado de su camino durante una hora. No creía que su cuerpo pudiera soportar más. Se fue acercando a un grupo hasta incorporarse a él. Se confundió en él mientras su interior se agitaba y revolvía. Tenía que irse, no quedaba otra, pero el cómo dependía de Miranda. Si le concedía margen suficiente, se inventaría una emergencia, pondría la casa en venta con Tracey, daría a Lorna algo de tiempo para sustituirlo o encadenar suplentes. Si no, guardaría lo estrictamente necesario, se despediría de Sebastian Booth y desaparecería.

Puede que esta vez pusiera rumbo al oeste. Puede que la puñetera Alaska estuviera lo bastante lejos como para que el destino no volviera a ponérsela delante de nuevo, para que no volviera a plantársela donde despertase todos aquellos sentimientos antiguos que había tratado de encerrar en una caja fuerte y que Miranda había reventado con su sola presencia, aquellos sentimientos que eran lo único que no había cambiado en más de diez de años. Seguía enamorado de ella.

Booth charló, hasta rio. Dio un abrazo a Lorna y otro, en su versión masculina, a Jacob. Mantuvo intacta su media copa de vino durante toda la hora. Atisbó a Miranda un par de veces, con aquella melena cayéndole por la espalda de un vestido verde bosque. Sus miradas se cruzaron una vez, mientras ella estaba sentada con Andy y Carolyn Stipper, los propietarios de la librería. Aquella mirada casi hizo que Booth cayera de rodillas. Recuperó su abrigo y se marchó a hurtadillas por la puerta trasera, como un…, bueno, como un ladrón.

Condujo en piloto automático, el ánimo festivo arruinado, y luego se quedó sentado en el coche. Echó la cabeza hacia atrás, cerró los ojos y todo lo que Miranda había desencadenado lo inundó. Su vida, la vida que ahora reconocía que quería mantener y construir, a la que quería pertenecer, había acabado. Y lo aceptaba, pero ¿cómo iba a aceptar que nunca podría tener una vida de verdad, en ningún lugar y bajo ningún nombre, porque no podía tenerla a ella? ¿Qué tipo de mundo era el que exigía que sintiera aquello, todo aquello, por la única mujer fuera de su alcance?

—La realidad —murmuró, cerrando el coche de un portazo—. No es más que la puta realidad.

Casi había llegado a la puerta cuando vio los faros encendidos. Su mundo se vio sacudido una vez más cuando el coche aparcó detrás del suyo. Miranda no había perdido el tiempo. Booth esperó mientras la veía caminar, los tacones de sus botas repicando sobre las baldosas. Empezó a hablar sin saber qué decir. El puño de Miranda se hundió, con una fuerza considerable, en su estómago. Lo dejó sin respiración. Tuvo que inspirar hondo y espirar lentamente para recuperarse.

—Me lo merecía.

—Te mereces un puñetazo en la cara, pedazo de gilipollas, pero un ojo morado daría lugar a demasiadas preguntas.

—Tienes razón, en ambos casos. Hace frío. ¿Quieres entrar?

—No quiero, pero entraré.

Booth abrió la puerta y, una vez dentro, volvió a activar la alarma.

—Dame tu abrigo.

—No me toques —dijo mientras se lo quitaba ella sola y atravesaba el cuarto de estar para dejarlo encima de una silla.

—Vale. ¿Quieres algo de beber o...?

—Venga, por favor.

Parecía una guerrera, lista para una batalla que sin duda ganaría. Vio fragmentos de la chica que había conocido y amado, pero la mujer poseía una dureza de la que la joven había carecido. Poseía un espléndido aplomo y una enorme y justa cólera.

—¿Sebastian Booth? ¿Qué clase de chorrada es esa? ¿Y das clases? Pero ¿tú tienes título? ¿Cómo demonios te llamas?

—Aquí y ahora, me llamo Sebastian Booth. No me hagas repetir lo que Shakespeare escribió sobre los nombres. No voy a decírtelo porque es mejor para los dos.

—Eres un embustero; no pienses que voy a tragarme tus mentiras como hice cuando tenía veinte años. Respóndeme ahora mismo o me voy a Lorna y se te acaba el jueguecito.

—No es ningún juego, no como tú crees; pero me iré. Si me das unos días, yo...

La furia hizo que las rosas de sus mejillas se encendieran.

—¿Te irás como hiciste entonces? ¿Dejarás a Lorna en la estacada, abandonarás a esos chiquillos a los que dice que enseñas con tanta creatividad? Sería propio de ti. —Le dio la espalda antes de girarse otra vez hacia él—. ¿Tu supuesta tía volverá a tener un accidente de tráfico?

—No es mi supuesta tía. No tuvo ningún accidente, pero mi tía existe.

—Cualquiera que mienta sobre la muerte de cáncer de su madre mentiría sobre cualquier cosa.

—Basta. —Su voz sonó como un látigo, y Booth notó cómo comenzaba a hervir su rabia contenida—. Tenía nueve años la primera vez que mi madre tuvo cáncer, la primera vez que tuvo que someterse a aquellas pruebas y a todos aquellos tratamientos que le revolvían las tripas. Piensa lo que quieras sobre mí, estás en tu derecho, pero no me subestimes por lo que pasó. La primera vez no tenía ni treinta años y no llegó a cumplir los cuarenta.

—Entonces ¿a qué todas las mentiras, Booth? Me rompiste el maldito corazón e hiciste que me avergonzara de lo que había sentido por ti, de lo que había hecho contigo. Lo degradaste todo. Me degradaste a mí.

—Tuve que hacerlo, no había otra salida que yo supiera. Había alguien que quería que hiciera algo, que no me iba a dar otra opción. Para llevarlo a cabo y librarme de él, tenía que irme, desaparecer sin más, y pensé, creí, que hacer que me odiaras era lo mejor para ti.

—Con esto no me basta, pero ni por asomo. Lloré a mares por ti. Me hiciste daño, Booth, como nadie me lo ha hecho nunca ni volverá a hacérmelo jamás. ¿Cómo que «alguien» y «algo»? No es suficiente. Estás aquí, en una casa que un profesor de instituto no debería poder permitirse, usando otro nombre. De acuerdo con Lorna, te graduaste en la Universidad de Northwestern, lo cual es una mentira más, y un fraude. Estudiaste en Carolina del Norte. Así que quiero un quién, un qué y un por qué.

Miranda se apoyó en el reposabrazos de un sillón, pero no se sentó. «Eso sería demasiado informal, demasiado amistoso», pensó Booth. Miranda se apoyó y le hizo un gesto.

—O me dices algo que sea verdad o te juro por Dios que te daré un puñetazo en toda la cara antes de irme a hablar muy seriamente con Lorna.

Booth vio algo que no habría deseado: bajo la furia, en aquellos ojos habitaba el dolor. Allí ya estaba acabado, se recordó. Podía darle algo de verdad antes de marcharse.

—Se llama LaPorte y quería que robase una escultura de bronce, la *Bella Donna*, que en ese momento valdría varios millones; después de aquello, probablemente se habrá duplicado el valor.

Miranda ladeó la cabeza y enarcó aquella ceja suya.

—¿Por qué demonios iba a querer o esperar nadie que robases una escultura?

—Porque eso es a lo que me dedico. Robo objetos.

Booth se sentó, en parte porque se había quitado un peso de encima solo con decirlo.

18

Era evidente que no le creía. En lugar de mostrarse asombrada ante su revelación, lo miró con desdén.

—Así que, a los veinte, el tal LaPorte te obligó a robar una valiosísima obra de arte. Con éxito, entiendo.

—Soy bueno en lo mío.

—Vale. —Se incorporó—. Supongo que hemos acabado.

—Míralo. Coge el teléfono y búscalo en Google. *Bella Donna*, un bronce de la artista Julietta Castletti, robado del Hobart, un museo privado de Baltimore, pocas semanas después de que me fuera.

—Booth prosiguió mientras Miranda sacaba el teléfono y tecleaba los detalles—. Se lo llevé a su casa del lago Charles, en Luisiana, el día de Navidad. Luego cambié de nombre... y de aspecto otra vez, que es algo que también se me da bien, y me fui a París en un chárter. Necesitaba mantenerme alejado de él porque, si no, iba a hacer lo mismo una y otra vez. Para LaPorte es una cuestión de poder.

Miranda levantó la vista del teléfono.

—Que sepas ciertos detalles sobre este robo de arte no implica que fueras tú ni que nada de lo que me estás diciendo sea verdad.

—Por el amor de Dios. —Booth se puso en pie y, rozándola levemente, se aproximó a la chimenea—. Voy a encender el fuego. ¿Qué hora es?

Miranda bajó de inmediato la vista a su reloj, un bonito Baume & Mercier, pero no lo llevaba. Booth lo alzó en su mano.

—¿Esto es tuyo? —Si no asombro, ahora sí vio sorpresa en su cara—. Llevo robando carteras desde que era un niño, un niño en Chicago con una madre enferma y una montaña de deudas. —Le devolvió el reloj y accionó el encendedor bajo la yesca y los troncos—. Me marché e hice aquel trabajo para LaPorte porque me había amenazado con hacer daño a Mags, mi tía. Mandó a alguien a destrozarle la casa cuando no estaba allí para demostrarme que podía hacerlo. Le habría hecho daño a ella, te habría hecho daño a ti, a mis amigos, a cualquiera que me importase. Es lo que hace, y se le da muy bien.

El fuego le iluminaba la cara cuando Booth levantó la vista hacia Miranda.

—Así que me marché y te hice daño.

—Eres un ladrón.

—Sí. —Se puso en pie—. Sobre todo de joyas y obras de arte. También de sellos y monedas, pero no es tan satisfactorio.

—¿Satisfactorio? —Miranda lo miró—. Le robas a la gente. Eres un delincuente y te parece «satisfactorio».

—Estoy tratando de no mentirte.

—Tú… Echas puertas abajo y…

—No, yo no hago eso. Yo abro cerraduras y sistemas de seguridad. No rompo nada. No ejerzo ninguna violencia contra personas ni bienes. Es una regla fundamental.

—¿Tienes reglas?

—Sí, tengo reglas. Una lista bastante larga, la verdad. Voy a por vino; puedes tomar un poco o no. —Se fue a la cocina y escogió un buen chianti del botellero.

—Invades la privacidad de la gente y te llevas lo que no es tuyo. Por dinero.

Booth quitó el corcho y sacó un par de copas. Mientras servía el vino, la miró con frialdad.

—Jamás, ni una sola vez en tu vida, has tenido que preocuparte por esa enorme y preciosa mansión en la que tu familia lleva viviendo desde hace cuatro generaciones. Ni una sola vez has tenido que preguntarte si había dinero suficiente para comprar comida. Ni una sola vez has oído a tu madre llorar por la noche, pensando que estabas dormida, porque las facturas no paraban de llegar. Facturas de hospital, de los médicos, de la hipoteca, de un seguro que, a la hora de la verdad, no cubría una mierda. Te criaste en el privilegio, así que no vengas a darme lecciones sobre lo que he hecho por dinero.

—Cómo me criara no tiene nada que ver.

—Cómo me crie yo, sí —le espetó Booth—. Mi madre lo hizo todo bien: vivíamos dentro de nuestras posibilidades, se pagaban las facturas. Montó un negocio y se deslomaba a trabajar. Ahorraba lo que podía, «un colchón», lo llamaba. Quería tener suficiente para poder tomarse unas vacaciones y pasar una semana en la playa. Quería ver el mar. De repente, nada de eso importaba. Hacerlo todo bien no suponía una mierda. Mejoró durante un tiempo: una remisión. Sí. Luego volvió el cáncer, un poco más grave. Facturas, facturas y más facturas, y el pelo se le volvía a caer a mechones. Una nueva remisión y luego la enfermedad otra vez. A la tercera estás fuera. ¿Alguna vez has visto a alguien que amaras morir de cáncer?

Miranda negó con la cabeza y cogió el vino. Bebió.

—No me des lecciones sobre las decisiones que he tomado.

—¿Por qué estás aquí? ¿Por qué estás dando clase en un instituto de Westbend, Virginia?

—LaPorte se me acercó demasiado cuando todavía vivía y trabajaba en Europa. Tal vez bajé la guardia o me acomodé más de lo que debía, no lo sé, pero se me acercó demasiado. Tanto que tuve que echar el cierre, por así decirlo, viajar un poco y luego volver a Estados Unidos. La docencia es una buena tapadera.

—Una tapadera.

—Has desarrollado un molesto hábito de repetir lo que digo.

—Vaya, perdona que esté aquí escuchando mientras me cuentas que eres un ladrón de arte a nivel internacional. Y de joyas. Y de sellos y monedas, además de un carterista.

—Querías oír la verdad y la estás oyendo: vine aquí, a este instituto, porque me llamó. La casa me llamó. Me he quedado más tiempo del previsto porque me gusta. Me gusta vivir aquí, me gusta enseñar y montar obras, ver cómo los chicos se emocionan. Y se me da bien, así que he prolongado mi temporada sabática.

—Sabática.

—Ya empiezas otra vez.

La furia relampagueó en los ojos de Miranda, pero se limitó a tomar un sorbo lento de vino.

—Así que te estás tomando un descanso de robar.

Booth bebió de nuevo y dejó escapar un suspiro.

—Casi.

—¿Eso que significa?

—Durante las vacaciones puede que haga alguna excursión. ¿Y si te digo que me paso las vacaciones trabajando?

—Por Dios, Booth.

—Aquí no hago ningún trabajo nocturno. No robo a la gente del pueblo; tampoco es que a la gente de Westbend le salgan por las orejas las joyas y las obras de arte, pero no.

—¿Otra de tus reglas?

—Una de las primeras. No tenía previsto quedarme más de un par de años, pero lamentaré marcharme. Intentaría lamentar haberte visto de nuevo, pero eso es imposible. Nunca pude dejarte atrás del todo.

Esta vez no hubo acceso de ira, solo acero frío.

—No sigas por ese camino: acabarás con un ojo morado.

—Vale, pues imagina que estoy atrapado por el lazo dorado de la Wonder Woman, así que tengo que decir la verdad.

—¿Cuál es tu verdadero nombre?

—Callar algo no es mentir.

—No es así como funciona el lazo dorado.

—Ahí me has pillado, tendré que corregirme. Todavía tengo gente que proteger.

Miranda caminó hasta la lumbre y se quedó mirándola.

—Me pregunto si soy una idiota por creer, como mínimo, la mayor parte de lo que me has contado.

—No tengo motivo para mentir una vez que he empezado.

—Siento lo de tu madre, Booth. Siento que las cosas fueran tan duras y tristes para ti cuando eras niño. Tienes razón, jamás he experimentado nada parecido a ese miedo y a ese dolor, pero no puedo justificar que vayas robando por la vida.

—No espero que lo hagas; lo he elegido yo. ¿Qué vas a hacer al respecto?

—No lo sé. —Se dio la vuelta—. ¿Tienes un arma?

—¿Un arma? No. ¿Por qué iba a tenerla?

—¿Para cuando robas?

—Por Dios, no. No tengo un arma, nunca he tenido un arma en la mano. No quiero tenerla. Robo objetos, Miranda, cosas: cosas hermosas, claro, cosas brillantes, hasta cosas importantes, pero no son seres humanos. No son de carne y hueso.

—¿Qué haces si te pillan cuando estás robando algo?

—No ha sucedido.

—¿Nunca?

—No; soy bueno en lo mío. Mira, entiendo lo que me estás preguntando. No, nunca he golpeado a nadie, ni he disparado, apuñalado, estrangulado o hecho daño de ninguna otra manera a nadie. Son objetos, Miranda. Las personas importan mucho más. —Comenzó a caminar por la sala—. Verás, no me pongo una máscara e irrumpo en la casa de alguien o en una joyería. No destruyo nada, no es así como trabajo. —Se sentía incómodo y algo avergonzado, pero prosiguió—: En Europa empezaron a llamarme el Camaleón, otro motivo por el que lo dejé. Si alguien reconoce tu estilo, tu técnica, significa que ese alguien está demasiado cerca. También puedes buscarlo si quieres, no son más que especulaciones, pero puedes buscarlo.

—Lo haré. No voy a hablar con Lorna esta noche, pero…

—Cuando lo hagas, si no te importa, dame veinticuatro horas. Solo un día.

—Si acepto, ¿seguirás aquí mañana por la mañana?

—Sí, sigo atrapado por el lazo dorado: mi vida está en tus manos. Supongo que eso también me lo merezco. Vas a quedarte aquí seis meses; no me iré hasta que me digas que es el momento. Podría acabar el curso escolar; lo creas o no, eso es importante para mí. Hay algunos chicos que…, a quienes me gustaría ver acabar el curso.

—Si sigues aquí mañana por la mañana, acepto lo de las veinticuatro horas de preaviso. Si no estás, me pondré en contacto con la policía y les contaré todo lo que me has dicho.

—Severo, pero justo. Estaré aquí.

Miranda cogió el abrigo.

—Voy a pensar en todo lo que has contado; ya te diré lo que haya decidido, si es que sigues aquí.

Cogió el abrigo y, mientras se lo ponía, se encaminó hacia la puerta.

—Realmente me encanta tu trabajo —le dijo Booth—, aunque me mataste de un modo bastante truculento en *Publica o perece*.

Miranda volvió la vista hacia él.

—Me sentó bien. Fue liberador.

—Me apuesto algo a que sí —murmuró Booth mientras la puerta se cerraba.

Se sentó junto al fuego y hundió la cabeza entre las manos. Podía huir, coger lo poco que necesitaba y limpiar la casa de arriba abajo. Colarse en el instituto y hacer lo mismo en su aula. Era lo más sensato: levantar el vuelo, desaparecer de nuevo; pero esta vez no iba a hacer lo sensato. Iba a poner su vida en sus manos y dejarla en ellas.

Miranda, con los ojos adormilados, se bebía la primera taza de café de la mañana en la pequeña y dulce cocina de su pequeña y dulce vivienda de alquiler. No había dormido bien, imposible cuando su mente no dejaba de dar vueltas y la atenazaba la ansiedad ante la posibilidad de que entraran en su casa. Desde luego, conocía a alguien capaz de hacerlo.

Le creía. No quería creerlo, pues se había acomodado en la idea de que Booth era un cabrón mentiroso. Que lo era, se recordó, así que podía acomodarse sin problemas en ella. Sin embargo, creía lo de que era un ladrón… y lo de que había viajado por el mundo robando. Además, tenía que admitir que realmente quería saber cómo había conseguido quitarle el reloj en la muñeca en un solo movimiento sin que ella notase nada. Desde luego que creía lo de su madre y entendía bien cómo aquel trauma a lo largo de su infancia lo había forjado como persona; pero, si se permitía creerlo por completo en lo relativo al tal LaPorte, las cosas cambiarían. Las cosas se pondrían de lo más incómodas.

Se bajó del taburete frente a la encimera y fue hasta el cuarto de estar, un trayecto corto; luego encendió los leños de gas de la chimenea. La acogedora casa de dos habitaciones con vistas al río respondía a sus necesidades a corto plazo, pero quedaba muy lejos de la extensa mansión en la que había pasado la mayor parte de su vida.

Le había prometido una visita a su madrina y, como su padre estaba viviendo su sueño de ejercer como profesor invitado en Oxford durante los próximos meses, le había parecido el momento oportuno. Si añadía la idea de salir de su…, vale, zona de confort, al ambientar un libro lejos de su hábitat natural, todo cobraba sentido. Cesca, su madrina, también tenía una casita muy mona en mitad del pueblo. Pero como Miranda quería, y nece- sitaba, más espacio y privacidad para trabajar, había rechazado con cariño pero con firmeza los ruegos de Cesca para que se quedara con ella.

Y funcionó. Todo parecía ir sobre ruedas hasta que, días des- pués de celebrar la Navidad con su padre en casa y llevarlo hasta el aeropuerto la soleada mañana del 26, menos de veinticuatro horas después de haber firmado el alquiler y haberse mudado, había ido a la fiesta en casa de Lorna. Y allí había encontrado al chico que le había hecho añicos el corazón.

—¿Qué vas a hacer al respecto, Miranda? ¿Qué demonios vas a hacer?

No lo sabía, y había pasado gran parte de la noche sin dormir dándole vueltas a la cuestión. ¿Qué sabía? Que desempeñaba un puesto de profesor sin acreditación. Que lo ocupaba bajo un nombre que no era el suyo, o que probablemente no lo era. ¿Cómo saberlo? Quizá, como Fagin, entrenaba a unos chiquillos impresionables para que formaran parte de su banda de ladrones. Una exageración, sin duda, pero ¿cómo saberlo?

Hizo lo que siempre hacía cuando se encontraba con un problema. Se sentó con una segunda taza de café y su cuaderno, y elaboró una lista.

- *Asegurarme de que el hijo de puta no se haya ido sin más.*
- *Investigar LaPorte, lago Charles, Luisiana.*
- *Investigar «Camaleón» (Europa).*
- *Hablar (sutilmente) sobre Sebastian Booth con Cesca/Lorna/Tracey.*
- *Visitar el instituto. Observar.*
- *Visitar la librería, hacer preguntas, con cuidado.*

Tendría que añadir más elementos a la lista, desde luego, pero le pareció que era un buen comienzo. Y decidió empezar desde ya a tachar puntos. Se vistió, se hizo una trenza y se maquilló con cuidado para disimular la noche de insomnio. El instituto tendría que esperar hasta después de las vacaciones, pero podía avanzar algo.

Aunque se encontraba en dirección contraria al pueblo, lo primero que hizo fue conducir hasta la casa de Booth. Su coche estaba en la cochera y salía una espiral de humo de la chimenea. No era una prueba concluyente, pensó, pero suficiente para demostrar que no se había ido. Dio media vuelta y puso rumbo a Westbend.

Le gustaba la zona, el modo en el que la carretera seguía el transcurso del río, las vistas que se atisbaban de las montañas, las densas extensiones de bosque. Podía pintar una historia sólida sobre ese lienzo, pensó. Se obligaría a salir de su ambiente natural y vería por dónde iba. También le convencía el pueblo; no tan pequeño como para toparse con alguien conocido a cada paso, pero lo bastante como para encontrarse con rostros familiares y amigables de vez en cuando. El pequeño puerto contribuía a la sensación de ciudad fluvial y poseía la atmósfera adecuada, con su animada calle principal y todas sus ramificaciones. Le gustó ver luces y decoraciones en la mayoría de las tiendas y de las casas, y se preguntó qué aspecto tendría todo cuando nevase. Cuando nevase de verdad.

Encontró aparcamiento y dio un paseo al frescor de la brisa del río. Durante la fiesta había logrado esquivar las solicitudes de firmas de libros. Aunque no podía imaginar que llegase un momento en el que no se sintiera agradecida y un poco asombrada de que alguien deseara que le firmase su obra, primero quería establecerse. Y, sobre todo, ahondar en la historia que apenas había comenzado a escribir. Sin duda, con aquella visita a la librería se vería acorralada, pero pagaría el precio. Ver su libro en el escaparate le había provocado un vuelco de felicidad en el corazón, otra sensación que no podía imaginar que fuera a mitigarse con el tiempo. Admiró el modo en que quien se ocupase del escaparate había dispuesto los libros con otros objetos, como velas o bolsas de tela, y ya sabía que saldría de la tienda con una de las camisetas que rezaban:

DISFRUTO DE LARGOS PASEOS ROMÁNTICOS
POR LA LIBRERÍA

Entró en el establecimiento y, como a menudo sucede en los paseos románticos, se enamoró un poco. Vio una acogedora butaca con una pila de libros sobre la mesa que tenía al lado. Estanterías de libros, por supuesto, con un anaquel de superventas. Entre ellos estaba el suyo, por lo que se sintió de nuevo maravillada. Su segunda novela se había aupado brevemente al final de la lista, mientras que la tercera se había situado en la mitad, donde había resistido varias semanas. En ese momento se aferraba a la cola, donde permanecía en un afortunado puesto número trece tras un total de siete semanas en lista.

En realidad no tardó más de unos segundos en examinar la tienda: libros de recetas y velas sobre una vieja mesa de cocina, libros navideños junto a un árbol engalanado con ornamentos de oferta: diez por ciento de descuento. El aire olía a libros y a café, el perfume perfecto. Tras el mostrador, formado por un gabinete para libros recuperado, Carolyn Stipper juntó las palmas de las manos.

—¡Miranda! ¡Bienvenida, bienvenida! Cuánto me alegro de que hayas venido.

—Que librería tan maravillosa.

—Ay, aún no has visto nada. Ven que te la enseñe.

Se dejó conducir por el local mientras Carolyn parloteaba, y descubrió que era una cálida y acogedora librería independiente de tamaño medio en un acogedor pueblo de tamaño medio. Se detuvo al llegar a una estantería de libros con el cartel:

LOS ALUMNOS DE WESTBEND RECOMIENDAN

—¿Alumnos?

—En efecto: de escuela elemental, secundaria e instituto. Los profesores hacen una encuesta al mes y nos envían una lista de los diez libros más votados. Si no tenemos algún título, lo pedimos.

—Es una idea fantástica. Atraerá a algunos chicos a la tienda y a la lectura.

—Sí. Ojalá pudiera decir que la idea ha sido mía, pero fue Sebastian quien la sugirió.

Miranda giró la cabeza e hizo un esfuerzo para que su voz no se viera alterada.

—¿Sebastian?

—Sebastian Booth; enseña lengua y teatro en el instituto. Pensaba que te lo habían presentado ayer en casa de Lorna.

—Ay, es verdad. Sí. Imagino que será un profesor creativo con buenas ideas.

—Para mí, de lo mejor. Nuestro nieto mayor está en el primer curso del instituto y dirías que, como su abuela y su abuelo tienen una librería, sería un lector voraz. Pues hasta hace poco no lo era en absoluto. Robbie sigue sin ser lo que se diría voraz, pero al menos ya lee. Y no se queja mucho sobre las lecturas obligatorias ahora que está en clase de Sebastian. Una vez al mes, los alumnos tienen una lectura libre, pueden elegir el libro que quieran y, en gran medida, son los que ves en esta estantería. —Dio un toquecito en uno de los libros y su voz se llenó de orgullo—. Este es el de Robbie, está emocionadito con él. Trata sobre adolescentes y zombis en Londres. Lo he leído para que pudiéramos hablar sobre él. He mantenido un debate sobre libros con mi nieto adolescente; casi bastaría para darle la patada a Andy y fugarme a Aruba con Sebastian. —Carolyn dirigió a Miranda una sonrisa enorme—. Y, hablando de libros…

Miranda accedió a la firma, compró la camiseta, tres libros y media docena de velas. Luego caminó hasta la agencia inmobiliaria, donde encontró a Tracey quitándose el abrigo en ese instante.

—¡Hola! Me pillas recién llegada. Derrick acaba de irse andando a una cita con un cliente. ¿Qué tal te va en tu nueva casa?

—Me encanta. —Miranda le tendió una bolsa de regalo—. Gracias.

—¡Gracias! —Tracey echó un vistazo al interior—. Ay, me encantan las velas y me vuelve loca este aroma a jazmín.

—Eso me ha dicho Carolyn.

—¿Puedes quedarte a tomar un café?

—Ya me he bebido tres tazas esta mañana, pero gracias. Solo quería agradecerte una vez más que me encontraras la casa perfecta y que hicieras que todos los detalles se solucionaran rápido y sin problemas.

—Cesca está muy ilusionada de que pases una temporada aquí. Además, no todos los días tenemos a una autora superventas mudándose al pueblo, aunque solo sea por unos meses. ¿Carolyn te ha convencido de participar en algún evento?

—Sí, un acto nocturno con firma de libros, encuentro y conversación con los lectores a mediados de marzo.

—Es genial, y entiendo su motivación. Supone un buen empujón para la librería, para la calle principal y para el pueblo, justo antes del musical de primavera. El instituto tendrá folletos por todas partes. Si no me equivoco, este año van a representar *Un beso para Birdie*.

—Esto… Es con el profesor que me presentaste anoche, ¿no? ¿Booth?

—Sebastian Booth, dirige el grupo de teatro. El musical de primavera es todo un acontecimiento por estos pagos y él se lo toma muy en serio. Trató de abrirse camino en Broadway, en

Nueva York, pero no lo consiguió. La verdad es que creo que ellos se lo han perdido.

—Así que ¿era actor?

—Por lo que cuenta, siempre fue y siempre será un aspirante; pero, desde luego, a los chicos los hace brillar. Está soltero, ¿sabes?, por si te lo preguntabas.

—No. —Miranda se aseguró de soltar una carcajada—. La verdad es que no he venido aquí para eso, otro motivo por el que la casa me viene tan bien. Hay mucho silencio, por lo que puedo escribir sin molestias. En cualquier caso, me aseguraré de ver el musical de primavera. Ahora voy a hacer una parada en casa de Cesca antes de sumergirme en ese silencio.

Condujo las pocas manzanas que la separaban de su casa y aparcó detrás de su robusta berlina. Se sintió un poco culpable al proponerse sonsacar información en secreto a la mujer que había ejercido de madre con ella la mayor parte de su vida, pero debía hacerlo.

Cesca, con el cabello rubio ceniza recogido en lo alto de la coronilla, en chándal y oliendo a naranja, lo que indicaba que había estado limpiando, se apoyó el puño en la cadera.

—¿No te di una llave y te dije que nunca tendrías que llamar a mi puerta?

—Sí que lo hiciste, pero no estaba segura de que estuvieras despierta.

—¡Son las once! Casi mediodía. Tengo turno de tarde en la biblioteca, pero eso no quiere decir que pueda quedarme en la cama todo el día. —Atrajo a Miranda hacia sí, la estrechó y la meció entre sus brazos—. No sabes lo que significa para mí tenerte cerca una temporada y saber que puedes entrar por esa puerta en cualquier momento, tal y como hacías en casa.

Miranda le devolvió el abrazo.

—¿Sigues considerándola «casa»?

Cesca suspiró.

—Estoy trabajando en ello. Me gusta esta casita y empiezo a sentirme como si realmente fuera mi casa. Además, Lorna ha sido un pilar fundamental para mí.

—Me alegro de haber tenido la oportunidad de conocerla. Realmente disfruté de la fiesta de anoche. Me alegro de que me convencieras de ir.

—Tu presencia fue un bombazo. Vente a la parte trasera y vamos a sentarnos con un café y un pedazo de tarta que he horneado con la esperanza de atraerte y así cotillear.

—Tu tarta me atraería desde Tombuctú.

Se sentaron en la cocina, como hacían desde que Miranda era niña. La de entonces era grande y sofisticada, con sus colores neutros y su brillante acero inoxidable. La de ahora, aunque minúscula en comparación, tenía las paredes de un suave amarillo, armarios verde salvia y una mesa de carnicero lo bastante grande para acomodar a dos personas.

Miranda sabía que el divorcio había sacudido a su madrina hasta la médula y no lograba entender cómo un hombre casado desde hacía más de treinta años podía decidir de repente que no quería seguir con su esposa. No habían tenido hijos, por lo que el final de su matrimonio había dejado a Cesca a la deriva. El traslado, pensó Miranda mientras la veía cortar el pastel y servir el café, le había devuelto la estabilidad.

—Aquí eres feliz. Necesitaba verlo para estar segura, pero ahora lo tengo claro.

—Lo soy. ¿Sabes?, me casé nada más acabar la universidad, nunca llegué a vivir sola. Estoy disfrutando de la independencia más de lo que habría imaginado nunca. Claro que os echo de menos a ti, a tu padre y a mis amigos de allí…, no voy a decir «de casa», sino de Chapel Hill. Sin embargo, Lorna se está asegurando por todos los medios de que me integre aquí. ¿Qué tal tu padre por Oxford?, ¿contento?

—Es como un crío que se despertase cada mañana el día de Navidad.

—¿Y cómo te sientes con que Deborah haya ido con él?

Miranda apoyó la barbilla en el puño.

—Me gusta, de verdad que me gusta. No creo que ninguno de los dos, ni papá ni yo, pensásemos que fuera a tener otra relación, una relación seria. Pero estos últimos años, Deborah ha aportado a su vida cierta ligereza y gusto por la aventura. Papá quería aceptar la oferta de Oxford, pero no estoy segura de que lo hubiera hecho si ella no lo hubiera animado a tomarse una temporada sabática de la Universidad de Carolina.

Otra vez aquella palabra, pensó Miranda.

—Y a dejarte. Deborah fue muy amable conmigo después de que Marty se fuera, algo que nunca olvidaré. Tú has desplegado las alas, Miranda, y todos estamos muy orgullosos de ti, pero no creo que las hubieses extendido lo suficiente como para venir aquí si él no se hubiera ido a Oxford.

—Probablemente tengas razón. —«Zonas de confort», volvió a pensar. Ella se había refugiado en la suya—. Los Emerson tendemos a echar raíces profundas. Esta mañana di un paseo corto pero interesante por la calle principal y me detuve en la librería.

—Les alegrarías el día a Carolyn y Andy.

—Vamos a celebrar una firma de libros en marzo. Creo que, de haber accedido, la habríamos hecho mañana mismo —reconoció Miranda, negando con la cabeza.

—Entonces les habrás alegrado el año. ¡Estoy deseando ir!

—Me gustó mucho su tienda, la sensación que da. Me quedé bastante impresionada con lo de las recomendaciones de los alumnos. Carolyn me dijo que había sido idea del profesor de literatura del instituto. ¿Sebastian Booth?

—Sí; por lo que se ve, convenció a la biblioteca para que hiciera lo mismo, y es un detalle bonito. La verdad es que no lo conozco, no nos hemos cruzado desde que me trasladé al pueblo, pero Lorna habla de él maravillas.

—Ah, ¿sí?

—Pues sí, y no creas que es fácil. Lo conocí anoche. —Cesca enarcó las cejas—. Atractivo y soltero, por lo que tengo entendido.

—Para.

—Yo solo te lo digo. Claudette, mi supervisora en la biblioteca, dice que los alumnos han cogido en préstamo más Shakespeare en los pocos años que él lleva aquí que en los diez anteriores. Seguro que te hace ilusión.

—Sí.

—Ha puesto en marcha un Club de Shakespeare.

—¿En serio? —murmuró.

—Dudo que sea…, bueno, tan potente como el de tu padre, pero ¿para un instituto pequeño? Es todo un logro. Te advierto que Lorna va a intentar que vayas a dar una charla sobre escritura a algunos de los alumnos.

—Ay, pues…

Cesca le dio un palmadita en la mano.

—Yo te aviso, y también te aviso de que Lorna suele conseguir lo que se propone.

Miranda culpó al cuarto café antes del mediodía de la explosión de energía que empezó a sentir. Después de despedirse de Cesca con un abrazo, atravesó el pueblo con el coche, salió por el otro extremo y condujo en paralelo al río. Hasta se detuvo para tomar fotografías con el teléfono. Para pintar en aquel lienzo, primero tenía que conocerlo.

Como cocinar no era de las actividades, por decirlo con delicadeza, que mejor se le daban, se detuvo a comprar una ración de sopa para llevar con idea de calentarla después. Para estar segura, volvió a pasar por delante de la casa de Booth, que seguía ahí, antes de regresar a la suya. ¿Qué haría allí metido, se preguntó, durante las vacaciones escolares? ¿Planear su próximo golpe, contactar con su perista? ¿Tendría un perista? ¿Sería así como funcionaban las cosas? ¿Seguiría cocinando? Porque aquello no había sido mentira. El hombre sabía cocinar. O el chico, en aquel entonces. Tal vez horneaba pan y cocinaba sopa mientras planificaba su próximo golpe.

Miranda aparcó en el camino de entrada y, sentada en el coche, le sobrevino la idea. «Esto no era lo que tenía previsto —se recordó mientras sacaba la bolsa con la comida para llevar y encaminaba sus pasos hacia la casa—. Es una historia sobre una ciudad llena de secretos y un asesino oculto entre ellos». No obstante, qué había más secreto que ser un puñetero ladrón, ¿no? Un ladrón que cocinase…, quizá con un restaurante. No podía hacerlo profesor de lengua, quedaría demasiado pegado a la realidad.

Metió la sopa en el frigorífico y se preparó un sándwich con el jamón que Lorna le había dado la noche anterior. Se lo llevó, junto con una botella de agua, hasta el segundo dormitorio, que apenas había amueblado y mucho menos utilizado como oficina. Se quedó mirando el ordenador portátil y el cuaderno, que ya contenía sus notas, obsesivamente cuidadosas y organizadas. Pensó en las páginas que ya había escrito del primer borrador, que arrancaba por todo lo alto con el asesinato de una esposa infiel. Podía cambiarlo; podía adaptarlo. ¿Y si la esposa infiel vivía de momento, pero descubría que el diamante…, no, que el collar de rubíes y diamantes, herencia familiar, había desaparecido? «No, no, no un collar —pensó mientras se sentaba y encendía el ordenador—. Un objeto de artes decorativas, de valor incalculable, herencia familiar, sí. Un pájaro de cristal, encaramado en la rama de un árbol de oro, junto a su nido. Un nido con un huevo de diamante». La esposa infiel es seducida con toda facilidad por el atractivo ladrón-cocinero. La mujer le pone en bandeja el robo del pájaro y su pérdida le costará la vida.

—Vale, vale, esto podría funcionar. Vamos a averiguarlo.

19

Se pasó el resto del día escribiendo, editando el borrador según hacía falta. El personaje de la esposa seguía valiendo tal cual, salvo por lo de terminar muerta al final del capítulo uno. Sin embargo, el hombre que inicialmente iba a ser su asesino ahora era un ladrón y, desde luego, no mataba a nadie. En un sentido muy real, según lo veía ella, él también se había convertido en una víctima, y no porque lo hubiera basado, muy libremente, en Booth, sino porque convertirlo en causa y efecto con respecto a los asesinatos no acababa de funcionarle.

A mediodía del día siguiente, tenía una nueva versión de los dos primeros capítulos. Los dejó a un lado para que reposaran mientras tachaba otro punto de la lista. El primer artículo que encontró sobre el Camaleón procedía de la prensa sensacionalista francesa. Podía leerlo, pero le exigía mucho tiempo y esfuerzo, por lo que probó de nuevo y encontró uno en un tabloide de Londres. Trataba del robo de un colgante de esmeraldas y diamantes, valorado en más de ochocientas mil libras, de la cámara de seguridad de la hacienda que lady Stanwyke poseía en el Distrito de los Lagos. Se creía que el robo había tenido lugar durante una fiesta, tiempo antes de que la propia lady Stanwyke abriera la cámara, pues tenía pensado ponerse el colgante para el baile que celebraría aquella noche. Se contactó con las autoridades, blablablá, se entrevistó a todos los invitados y el personal, y se llevó a cabo una búsqueda exhaustiva. No había señales de allanamiento o daños en la cámara, ni faltaba ningún otro objeto, aunque la dama era conocida por su valiosa e impresionante colección de joyas y (je, je) objetos de artes decorativas.

—«Se especula —murmuró Miranda en voz alta— que este robo, inteligente y muy lucrativo, es obra del Camaleón, así llamado por los disfraces que emplea para ocultar su identidad. El *modus operandi* del Camaleón, ¡o Camaleona!, informan las mismas fuentes, consiste en no dejar huellas y llevarse únicamente uno o tal vez dos objetos de valor».

Miranda continuó leyendo, aunque la mayor parte del artículo presentaba una fuerte tendencia al sensacionalismo y lo siniestro. Volvió a aquel párrafo.

—Uno o tal vez dos objetos, tal y como me dijo.

Imprimió lo que quería y pasó a LaPorte. Desconocía su nombre de pila, pero apareció en cuanto buscó en Google su apellido y «lago Charles». Leyó media docena de artículos sobre él y todos confirmaban lo poco que Booth le había dicho: un hombre rico y poderoso, y puede que se viera influida por la historia que le había contado, pero vio crueldad en sus ojos. Coleccionista ávido y generoso benefactor de las artes. Un hombre que nunca se había casado, aunque a menudo llevaba del brazo a una mujer despampanante.

Imprimió varios artículos y decidió que sería el modelo para el asesino: sobre todo su aspecto, pensó, y algunas características, ya que los artículos no paraban de usar adjetivos como «encantador», «carismático» o «poderoso».

—Me has costado mucho, imbécil; así que me las vas a pagar, a mi manera.

Pasó la Nochevieja con Cesca y se quedó a dormir allí porque la pequeña celebración implicó una gran cantidad de champán. Aun así, a primera hora de la mañana siguiente llamó a la puerta de Booth. Este respondió cuando Miranda pasó de llamar a aporrear, ataviado con lo que parecía una sudadera viejísima de la Universidad de Tulane, pantalones de franela y los pies descalzos. En su cara, la barba asomaba lo suficiente como para

adivinar que llevaba varios días sin afeitarse, y tenía el pelo albo-
rotado y los ojos soñolientos de quien acaba de levantarse de la
cama.

—Por Dios, Miranda. Son, ¿qué?, ni las ocho de la mañana.

—Casi las ocho y media. —Entonces añadió una fuerte dosis
de azúcar a su voz—. ¿Durmiendo hasta tarde?

—Ese era el plan. Hubo una fiesta… de Nochevieja. Un
infierno.

Booth se dio media vuelta, hizo un gesto para que Miranda
lo siguiera y siguió andando.

—El plan para algunos era empezar el Año Nuevo trabajando.

—Yo no tengo que trabajar hasta pasado mañana.

Miranda lo siguió hasta la cocina (inmaculada, por supuesto)
y las vistas tras ella, que cortaban la respiración. Booth sacó una
Coca-Cola del frigorífico y señaló con otro gesto vago una elegante cafetera.

—No voy a hacer café. Prepáratelo tú si quieres.

—Cuánta amabilidad. Me tomaré una de esas —respondió
Miranda al tiempo que abría el frigorífico, igual de inmaculado
y con el tipo de productos que confirmaban que sí, Booth seguía
cocinando, y sacaba una Coca-Cola.

Booth cogió un frasco de ibuprofeno de un armario y se tomó
tres pastillas con la Coca-Cola.

—¿Resaca? —preguntó Miranda, rezumando azúcar.

Él se limitó a mirarla impertérrito sin dejar de beber Coca-
Cola.

—No la tendría si hubiera dormido un par de horas más. Si
has venido a decirme que me quedan veinticuatro, llévate la
Coca-Cola para el camino y así puedo empezar a recoger.

Sin embargo, Miranda se sentó en uno de los taburetes de la
encimera, se quitó el abrigo y se desenrolló la bufanda. Puede
que fuera algo mezquino por su parte, pero se alegró un poco
de haberse molestado en peinarse, maquillarse y vestirse: ella
estaba fantástica y él no.

—He venido a proponerte un trato.

Booth se pasó la mano por el pelo y, en lugar de sentarse, se apoyó en la encimera. Sus ojos, de un azul oscuro y profundo, estaban ensombrecidos por las ojeras y soñolientos.

—¿Qué tipo de trato?

—Para empezar, he hecho algunas averiguaciones discretas en Westbend sobre Sebastian Booth. *¿Un beso para Birdie?*

—Pues sí. Aún no he decidido si actualizarla o apostar al cien por cien por lo retro.

—Retro, que tiene más encanto. En cualquier caso, no debería sorprenderme que le caigas bien a la gente, también caías bien en Carolina; pero admito que parece que te tomas tu trabajo y tu deber con los alumnos en serio. Aunque también te tomabas en serio tus estudios.

—Aquella era mi vida entonces. Esta es mi vida ahora. ¿Cuál es el trato?

—También he leído sobre Carter LaPorte. No me gusta.

—Pues ponte a la cola.

—Y sobre el Camaleón. La prensa amarilla europea lo adora, o «la» adora. ¿Qué hiciste con el colgante de lady Stanwyke?

—Lo desmonté y vendí las piedras y el platino. Conseguí… alrededor de trescientas cincuenta mil libras. Esterlinas.

—El artículo decía que valía más del doble.

Booth se frotó la sien y Miranda imaginó el dolor de cabeza de debajo.

—Si hubiera intentado venderlo entero, habría conseguido más o menos la mitad de lo que gané. ¿Piedras sueltas? La mitad supone una buena ganancia.

«Fascinante —pensó Miranda—, además de un tipo de negocio extraño».

—¿Es eso lo que se gana, la mitad aproximadamente?

—Lo normal es un poco menos, dependiendo de dónde y cómo lo vendas. ¿Por qué?

—¿Qué haces con el dinero? —preguntó, al tiempo que sacaba un cuaderno y empezaba a escribir.

—Va a un banco, a una cuenta numerada u *offshore*, o lo invierto. ¿Por qué? —repitió—. ¿Vas a escribir un libro? —Cuando

Miranda sonrió y siguió escribiendo, Booth se apartó de la encimera—. No. Ni de broma.

Miranda soltó el cuaderno y cogió la Coca-Cola. Sí, por mezquino y despreciable que fuera, estaba disfrutando de cada segundo.

—Este es el trato, Booth, y jamás voy a llamarte esa memez de Sebastian, así que tienes suerte de haber usado Booth como apellido. El trato: tú quieres mi cooperación para poder seguir aquí, al menos por el momento. Yo te la ofrezco en los siguientes términos: primero, mientras dure nuestra cooperación, solo serás profesor. Nada de robar.

—¿Cómo ibas a saber si lo hago?

—Vamos a hacer un trato y, si lo rompes y me entero, no te doy ni veinticuatro horas. —Se detuvo momento—. Y no me gusta LaPorte, así que eso juega en tu favor. Segundo: me contarás todo lo que necesite y quiera saber sobre esta… profesión tuya, porque voy a escribir un libro. —Levantó un dedo antes de que pudiera objetar nada—. Puede que el personaje que estoy creando se base en ti en términos generales, pero no se te parecerá ni sonará como tú. Es un chef, posee un restaurante en un pueblo como Westbend. Veo que sigues cocinando, así que tendrás que ayudarme ahí también, porque yo sigo sin acercarme a los fogones.

—Tú remueves y cortas —murmuró Booth.

—Cierto. Si voy a escribir sobre un ladrón, voy a escribir sobre un ladrón de éxito. Sus motivaciones no son las tuyas, y puedo alterar su… estilo, imagino que será. Ahí también me puedes ayudar. —Alzó la Coca-Cola a modo de brindis—. Eres mi nuevo ayudante de investigación, Booth, por lo que disfrutarás como mínimo de seis meses. Cuando me marche, volveremos a negociar los términos.

—No uses a mi madre.

Su sonrisa jovial se esfumó. ¿Cómo podía odiarlo si lo primero que le exigía era proteger a su madre? ¿Y cómo de cínica la consideraba si pensaba que usaría a su madre y su muerte para vender libros?

—No, no lo haré, te lo prometo. Te voy a decir una cosa, aunque no te lo mereces: la otra noche tenías razón en algo. Nunca he sufrido ese tipo de pérdida, nunca he tenido que preocuparme por dónde o cómo vivir. Más allá de que mi madre nos abandonara, y sé que a mi padre y a mí nos ha ido mejor así, mi infancia fue prácticamente perfecta. ¿Quitándote a ti? El resto también fue un paseo. No voy a usar esa pérdida.

Booth caminó hasta las puertas de cristal y miró a través de ellas. Miranda se preguntó por qué no aceptaba la oferta de inmediato. Estaba claro que ella tenía la sartén por el mango, pero no veía que hubiera ningún inconveniente para él.

—Debes respetar mi calendario. Cuando vuelvan las clases, tendré poco tiempo libre.

—Soy hija de un profesor de universidad —le recordó—. Se lo que supone enseñar. Organizaremos un calendario que nos sirva a los dos. Podemos hacerlo por correo electrónico o…

—Pero bueno, ¿crees que voy a ponerlo por escrito? Y nada de grabaciones. Puedes tomar apuntes, pero nada de grabar, nada de correo electrónico, nada de mensajes, nada de conversaciones telefónicas sobre el tema.

—Vale, lo entiendo. Solo en persona.

Booth siguió mirando a través de los cristales, contemplando el perezoso discurrir del río, porque ese era el problema para él, el gran problema. No obstante, por disponer de seis meses más, se las ingeniería. Caminó hacia ella.

—Trato hecho.

—Genial. Supongo que abrirás cerraduras. ¿Puedes enseñarme cómo?

—Tienes que estar de broma. Necesito una ducha. Ni siquiera me he lavado los dientes. Y ahora tengo hambre.

—Muy bien, pues ponte a ello. Volveré dentro de dos horas. —Miranda cogió el abrigo y se bajó del taburete.

—Había olvidado lo mandona que eres.

—No me lo creo. Tú no olvidas nada.

Miranda se llevó su Coca-Cola con ella. Booth bajó la vista a la suya mientras ella se alejaba. No, no olvidaba nada. Y ahora tendría semanas o meses de recuerdos de ella guardados en su mente. Desde luego, quien salía ganando con el trato era la pelirroja.

Cuando volvió, traía un arsenal de preguntas. Booth decidió distraerse mientras las respondía, por lo que empezó a preparar una cazuela de sopa de tortilla. Además, tendría la ventaja añadida de comerse lo que sobrara una vez que su calendario volviera a estar a rebosar.

Por lo visto, su manera de cocinar la distraía.

—No estás siguiendo una receta.

—Me la sé.

—No estás midiendo nada.

—Mido a ojo.

A Booth le hizo gracia que Miranda lo apuntase de verdad.

—¿Cómo demonios vas a escribir sobre un chef cuando no sabes cocinar?

—Pero tú sí. La mayoría de la gente que no escribe cree que uno escribe sobre lo que sabe. Pero mira qué casualidad: en realidad no sé cómo se asesina a nadie, puesto que nunca lo he hecho. Todavía. —Sonrió—. Pero, sobre el papel, he matado..., veamos..., a siete personas de formas distintas. Tampoco he sido madre soltera ni veterinaria, pero he escrito personajes así. —Vio cómo Booth extraía del congelador unas bolsas, sacaba unos cubitos verdes de cada una y los dejaba caer en la cazuela—. ¿Qué son?

—Hierbas. Las cultivo, las pico y las congelo en bandejas de cubitos de hielo para poder usarlas en otoño e invierno. ¿Quieres saber sobre robos o sobre cocina?

—El personaje principal hace las dos cosas, así que sobre las dos cosas.

Booth volvió a guardar las bolsas y removió la cazuela.

—¿Sabes? Cocinar y llevar un restaurante no es un trabajo a media jornada.

—Y enseñar tampoco —replicó—. Tú consigues que funcione. Quiero saber cómo.

—Durante el curso escolar, la docencia es mi prioridad.

—Así que entre…, digamos…, finales de agosto y junio ¿no robas?

—Para eso están las vacaciones.

—Vale. Las vacaciones de invierno acaban de terminar. ¿Qué has robado?

—Nada.

—Holgazán.

Sin abrir la boca, Booth sacó una sartén. Parecía sumamente irritado, molesto. Miranda no estaba segura de que le importase lo más mínimo.

—Pareces haber perdido el sentido del humor durante la última década.

Booth cogió el pollo que ya había marinado y empezó a cortarlo en dados.

—Me lo estás poniendo muy difícil, Miranda.

—Es gracioso, porque bajo mi punto de vista te estoy haciendo un enorme favor. Así que ¿por qué no aprovechaste tu tiempo libre la semana pasada?

—Hay un excelente diamante rosa de ocho quilates descansando cómodamente en una caja fuerte para joyas en una mansión de Potomac, Maryland, que no acabó en mis manos anoche porque alguien decidió visitar a su madrina.

—Ya veo. —Anotó lo del diamante rosa porque sonaba romántico, sexy y valioso—. Pero anoche fuiste a una fiesta. ¿Cómo te habrías escaqueado?

—No lo habría hecho. Me habría marchado de la fiesta poco después de medianoche, habría conducido hasta Potomac, habría llevado a cabo el trabajo, habría vuelto a casa y me habría metido en la cama.

Lo contaba, pensó Miranda, como quien hablaba de comprar un cartón de leche después de trabajar.

—¿Así, sin más?

—Si no contamos las horas invertidas en investigar y planificar el trabajo, sí, sin más.

—¿Cómo te enteraste de la existencia del diamante? ¿Conocías a esa gente?

—Personalmente no. La mujer comparte demasiada información en redes sociales. —Añadió aceite de oliva a la sartén y subió el fuego—. El marido le regaló el colgante el verano pasado, por su aniversario. —Mientras el aceite se calentaba, exprimió medio limón en un platillo de cristal con un saliente en el centro—. Tiffany's, Nueva York. A partir de ahí, es cuestión de autenticar la compra y dar con el sistema de seguridad. Internet facilita mucho las cosas.

—¿En serio?

—Hace cuatro años compraron una mansión colonial de casi mil metros cuadrados; tienen un hijo de cuatro años y no tienen mascotas. Ella es alérgica. Los ladridos de un perro son más fiables que un sistema de alarma.

Miranda fue tomando apuntes mientras Booth salteaba el pollo y añadía una cantidad generosa de una mezcla de especias que, obviamente, había preparado él mismo.

—Él es cirujano plástico; ella, abogada patrimonialista, especializada en grandes propiedades. Poseen una casa de verano en los Hamptons y pasan las vacaciones de invierno en Vail: les gusta esquiar. Él está aprendiendo a pilotar aviones y ambos son muy aficionados al tenis. —Añadió el jugo de limón y un chorrito de tequila a la sartén—. Los tengo en el radar desde hace unos meses.

—¿Todo eso lo has averiguado en sus redes sociales? —Miranda tomó nota mental de echar un buen vistazo a sus propias publicaciones y, dado el caso, borrarlas.

—En este caso, ese fue el punto de partida. Ella pone para quién trabaja, así que esa es otra área que investigar.

Miranda pensó que nada de aquel proceso tenía mucho que ver con lo que ella había imaginado.

—Entonces ¿no vas en persona a, por así decirlo, tantear el terreno?

Booth habría puesto los ojos en blanco, pero le pareció que exigiría demasiado esfuerzo.

—Por supuesto que he estado allí, dos veces, para echar un vistazo al vecindario; pero es posible obtener una vista aérea de cualquier puñetera dirección, y hasta vistas a nivel de calle.

—¿Cómo sabes que tienen una caja fuerte para joyas?

—Porque él compró una cuando nació el bebé y le regaló a la mujer una pulsera de zafiros y diamantes: piedras azules porque había sido un niño. Zafiros birmanos, doble A, y diamantes blancos, G en la escala GIA.

Miranda frunció el ceño mientras tomaba notas en el cuaderno.

—Lo de la G como clasificación no suena demasiado bien y ¿qué es GIA?

—Son las siglas en inglés del Instituto Gemológico de América —respondió mientras seguía trabajando—. Y una G en la escala significa que las piedras son prácticamente incoloras, e IF, *internally flawless*, sin inclusiones internas.

—Entonces deberían estar más arriba, en la A o la B.

—La escala comienza en la D, así que cuéntaselo a la GIA. ¿Sabes?, todo esto lo podrías buscar tú sola.

—Está bien. —Desde luego que lo haría—. ¿Y todo esto lo sacas de las redes sociales?

—Lo de la pulsera sí, porque la mujer publicó una foto con ella puesta mientras tenía al bebé en brazos. Del resto me enteré al hackear la cuenta del marido.

—Vale, muy bien, tendremos que ver cómo se hace. —Anotó la palabra «hackear» y la rodeó con un círculo—. Una pregunta: la pulsera parece el tipo de objeto que podrías desmontar igual que el colgante de lady Stanwyke. ¿No tenías previsto robárselo?

—El marido se lo regaló después de traer al mundo a un ser humano, después de quince horas de parto.

Perpleja e intrigada, Miranda observó a Booth mientras vertía el pollo y el líquido en la cazuela.

—Eres un misterio, Booth. Me siento tentada de convertir a mi personaje en alguien igual de sentimental, pero…

—No es tanto cuestión de sentimientos como de objetivos. Mi objetivo es el diamante rosa.

—No lo has dicho en pasado.

—Porque me haré con él.

Miranda dio un toquecito con el bolígrafo en el cuaderno mientras Booth removía la sopa.

—Creo que eso me convierte en cómplice instigadora.

El modo en que Booth se encogió de hombros fue elocuente: «Ese es tu problema».

—Eres tú quien está haciendo las preguntas.

—Mientras me lo pienso, pasemos a la vida pública de mi personaje: ¿qué tipo de sopa es esa?

—Cuando la acabe, será sopa de tortilla.

—Y te limitas a añadir los ingredientes, de memoria, sin una receta.

—Si tu personaje trabaja en un restaurante, tendrá una cocina profesional y un *sous chef*, un jefe de partida, camareros y demás. No se pondrá a cocinar a ojo en casa.

—Por eso voy a visitar algunas cocinas profesionales y a hacer más preguntas, pero ahora mismo tú estás a mano. ¿Qué tipo de restaurante tendrías?

—Ninguno. —Ni se lo pensó ni dudó—. Demasiado trabajo. Me gusta cocinar, no me gusta tener que cocinar. Y vas a necesitar una buena zona de bar: los márgenes son estrechos en los restaurantes, pero no tanto en los bares. Las bebidas dan dinero.

—¿Cómo sabes eso?

—Mis amigos en Nueva Orleans tenían un restaurante y salí con una chef en Francia que quería abrir su propio establecimiento.

—¿Lo consiguió?

—No lo sé. Me fui.

Miranda asintió y cerró el cuaderno.

—Y ahora yo tengo que hacer lo mismo y empezar a trabajar en esto. ¿Qué noche te viene mejor esta semana para repetir la experiencia?

—La primera semana después de las vacaciones nunca es buena. Acaba con los exámenes finales del semestre.

—De acuerdo, por el momento nos limitaremos a los domingos. Digamos que por la tarde, ¿sobre las dos? —Miranda se levantó para ponerse el abrigo—. Oh, y puede que hable con algunos de tus alumnos. Sé que Lorna va a proponerles que vaya al centro a responder a sus preguntas sobre escritura.

—Genial, fantástico.

El tono amargo en cada sílaba la animó en cierto modo.

—Te veré el próximo domingo y así podrás enseñarme cómo abrir una cerradura. —Se enroscó la bufanda—. Ah, una cosa más. ¿Cómo se abre una caja fuerte, una cámara acorazada o lo que sea? ¿Algo sin llave?

—Es casi todo matemáticas.

—¿En serio? Ya hablaremos de ello.

Mientras Miranda se alejaba hacia la puerta, Booth se quedó mirando la sopa con el ceño fruncido. No creía que Miranda fuera a romper el trato. Por supuesto que podía, y entonces estaría bien jodido, pero no creía que lo hiciera. Aun así, la sola idea de que semejante trato existiera lo dejaba pasmado.

Miranda volvió la semana siguiente, y la siguiente. Booth trató de guardar aquellos… interludios en una caja y olvidarse de ella hasta el domingo por la tarde. Celebró audiciones, planificó lecciones, calificó ejercicios y, por el momento, dejó completamente de lado su trabajo nocturno. No podía arriesgarse. Aunque aquel diamante rosa no dejaba de tentarlo.

Miranda acudió a la charla con los alumnos, pero Booth al menos se ahorró que se dirigiera a alguna de sus clases. Con todo y con eso, el entusiasmo por su visita se sentía entre sus colegas profesores y los estudiantes. ¡Qué accesible! ¡Qué cercana! ¡Y qué divertida!

Hizo que los chicos construyeran decorados, pintaran fondos, confeccionaran trajes. Booth debía ocuparse de la coreografía y la escenografía. Tuvo un alumno cuyas notas empezaron a bajar mientras sus padres se peleaban por el divorcio y otra que decidió que su vida estaba básicamente acabada después de que el novio la dejase. Pidió al chico que se quedase después de la última clase del día y se topó con un muro de sufrimiento adolescente en forma de insolencia grosera y pasota.

—Sé que ahora mismo te debe de costar centrarte.

—¿Cómo va a saberlo? ¿Acaso sus padres decidieron que se odiaban a muerte? ¿Alguna vez su padre llamó «furcia del infierno» a su madre?

—No, porque nunca se casaron. El mío se largó antes de que yo naciera.

El chico se encogió de hombros, malhumorado, e hizo una mueca de desdén.

—Seguramente le fue mejor. Así no le contaría chorradas que no tenían nada que ver con usted.

—Pero sí que tienen que ver contigo.

El sufrimiento insolente se convirtió en culpa indignada.

—¡No es culpa mía!

—No es eso lo que dicho, Barry. —Booth no usaba su escritorio en ese tipo de sesiones, sino dos sillas plegables cara a cara—. Tu familia, la familia en la que te has criado, está cambiando, así que tiene mucho que ver contigo. Tienes derecho a sentirte dolido, molesto, infeliz. Sin embargo, en realidad son ellos quienes están dolidos, molestos e infelices el uno con el otro.

—¿Va a decirme que no puedo cambiar los hechos, que lo único que puedo cambiar es mi reacción ante ellos?

En clase, Booth no habría tolerado aquel tono desafiante ni por un segundo, pero allí lo dejó pasar.

—No estoy seguro de cómo vas a cambiar tu reacción cuando te encuentras en mitad de una guerra que aún no ha terminado.

A Barry, las lágrimas le ardían en los ojos. Unas lágrimas calientes, furiosas y desoladas.

—Mi padre se ha ido de casa, pero siguen peleándose a la más mínima oportunidad. Mi hermana está fatal, pero no paran. Mi madre no deja de decir mierdas como: «Ahora eres el hombre de la casa, Barry», o de repetirle a mi hermana que tiene que ser fuerte y ayudar más en las tareas domésticas.

Booth se preguntó por qué los adultos podían ser tan cortos de miras durante una crisis.

—Te voy a hacer la pregunta típica: ¿has intentado hablar con ellos sobre la cuestión?

—¡No escuchan! Ahora estoy castigado por las notas; mi madre dice que no puede lidiar con otro problema y mi padre, que soy un vago.

Lo que le pasaba a Barry, pensó Booth, era que estaba al borde de una llantina descomunal y desesperado por que sus padres dejasen de echarse las manos al cuello lo suficiente como para actuar como padres y no como enemigos mortales.

—Esto es lo que quiero que pruebes…

—No empiece con la terapia familiar —le soltó el muchacho como un latigazo rápido y afilado—. Ya fueron dos veces a terapia de pareja. No sirvió de nada.

—Si fueron a terapia, al menos lo intentaron. —Booth levantó la mano antes de que Barry pudiera responder—. Espera. Ni puedo ni quiero saber nada sobre el matrimonio de tus padres. Pero te conozco, eres un buen estudiante. Te lo voy a repetir: tienes derecho a sentir todo lo que estás sintiendo. Quiero que escribas sobre ello.

—Venga ya, señor Booth.

—Escribe sobre ello a tu manera. Escribe aquello que no quieren escuchar. Escribe tanto o tan poco como quieras. Lo aceptaré y te lo puntuaré en lugar del examen que acabas de suspender.

—Si lo escribo a mi manera, me va a suspender por el lenguaje utilizado.

—No, ya lo verás. Entrégamelo antes de la clase del jueves.

Al menos, el chico podría expresarse, pensó Booth mientras se encaminaba al salón de actos para los ensayos. Luego ya verían.

Miranda volvió el domingo, y puede que Booth se odiara un poco a sí mismo por estar deseándolo. Como siempre, celebraron su «reunión» en la cocina; todavía no le había permitido acceder a su espacio de trabajo, aunque le había llevado algunas herramientas. Y, como siempre, tenía algo al fuego, aunque aún no la había invitado a comer con él.

Le había enseñado cómo abrir una cerradura y le había demostrado cómo averiguar una combinación sencilla. Miranda, por supuesto, quería más.

—Vale, pero nadie va a tener una cerradura básica en una caja fuerte con objetos de valor dentro.

—La fórmula es la misma.

Había puesto una pequeña caja de caudales con cerradura de combinación en la mesa, junto a un cuaderno y el estetoscopio.

—Pero en una caja fuerte de verdad será más complicada.

Empleó la misma paciencia y firmeza enseñando cómo robar a Miranda que con sus alumnos de lengua y teatro.

—La fórmula es la misma, pero con más pasos. Los pasos dependen, como ya te he dicho, de los números de la combinación. Esta cerradura ya está armada con una combinación sencilla de tres números.

—Si ya conoces la combinación —replicó—, ¿de qué nos va a servir?

—No soy yo quien la va a abrir, sino tú.

—¿Yo?

Fascinada, se quedó mirando el dial antes de llevarse la mano atrás para trenzarse el cabello, que se había dejado suelto.

—¿Recuerdas los pasos?

—Creo que sí; pero, de todas maneras, los apunté. —Pasó varias páginas de su cuaderno—. Creo…, no, estoy completamente segura de que voy a fallar en la parte de matemáticas.

—Te echaré una mano con ella, esta vez.

Visiblemente encantada, cogió el estetoscopio y, envuelta por el aroma de la ternera guisada que Booth tenía a fuego lento en la cocina, empezó a colocarse los auriculares.

En ese momento sonó el timbre de la puerta.

—Mierda. —Booth cogió la caja y se la llevó con el resto de los utensilios al cuarto zapatero—. Estamos debatiendo la posibilidad de que vengas a dar una charla a mis alumnos avanzados —le advirtió mientras regresaba con las manos vacías.

—Vale.

Booth encendió el ordenador encima de la encimera y abrió la vista de su porche delantero.

—Tienes una cámara…

—Es Barry Kolber, uno de mis alumnos. Espera un minuto.

Volvió a apagarlo antes de ir a responder.

—Hola, Barry.

—Um, señor Booth, yo… —Vio a Miranda y cambió el peso sobre los pies—. Lo siento, veo que tiene, ejem…, compañía. Ya lo veré mañana en clase.

—No pasa nada. Entra.

Miranda se puso en pie.

—Voy un momento al baño.

Tras su discreta salida, Booth le hizo un gesto a Barry para que entrase.

—Hace frío. ¿Todo bien?

—No bien como tal, pero mejor. Sé que hizo ir a mis padres al instituto después de clase el viernes y que les leyó lo que escribí. En cualquier caso, papá vino ayer a casa y los dos estuvieron hablando conmigo y con Becs…, mi hermana. Ahora mismo mis padres se llevan fatal, señor Booth, pero dijeron que lo sentían. —La voz se le quebró un poco, por lo que se detuvo y respiró hondo—. Se disculparon conmigo y con Becs, y fue raro; genial, pero raro. Dijeron que iban a intentar hacerlo mejor, que no iban a hablar entre ellos de nada que no fuéramos Becs y yo. Que nos querían y todo eso. En fin, todos dijimos un montón de cosas, en gran parte sin gritar. Y quería darle las gracias. No quería hacerlo en el instituto, ¿sabe? Solo quería darle las gracias por pedirme que escribiera todo aquello. Y me puso un sobresaliente.

—Lo merecías.

—Tengo que irme. Me han levantado el castigo porque los dos se sentían fatal por ello. —Le dirigió una rápida sonrisa—. En fin, que gracias.

—De nada.

—Eh…, ¿fue duro, lo de no tener padre?

—Creo que fue más duro para mi madre que para mí, así que quizá podrías tener algo de manga ancha si sus notas empiezan a bajar un poco.

Barry soltó una carcajada.

—Venga, sí. Gracias.

Una vez que Booth hubo cerrado la puerta, avisó a Miranda de que no había moros en la costa y fue por la caja.

—¿Puedo preguntar o era confidencial?

Booth se encogió de hombros y sacó una Coca-Cola para cada uno.

—Era uno de mis alumnos; sus padres están en mitad de un divorcio bastante feo y los están usando a él y a su hermana como arma. Hice que escribiera cómo le hacía sentir la situación, luego llamé a los padres y les leí lo que había escrito. Se enzarzaron allí mismo, madre mía. —Mientras reproducía punto por punto cada detalle de la escena en su cabeza, Booth se rascó la nuca—. Que si él esto, que si ella lo otro, hasta que les hice ver sin demasiada diplomacia que estaban demostrando todo lo que el chaval había plasmado. Y que tal vez deberían escucharlo de nuevo, así que se lo volví a leer. —Dejó escapar un sonido impaciente y asqueado antes de sentarse—. Confieso que hubo un momento en que lo pasé mal, porque empezaba a parecer que hubiera empeorado las cosas para los chavales, pero la segunda lectura caló en ellos lo suficiente como para que dejaran de lanzarse a la yugular del otro. Barry dice que ayer se reunieron y estuvieron hablando de verdad, así que ya es algo.

—Algo —repitió Miranda en voz baja.

Por mucho que viera repetirse la misma situación, a Booth no dejaba de revolverle las tripas.

—Entiendo que las personas puedan acabar detestándose o, como mínimo, que quieran hacerle daño a la pareja porque están cabreadas y hartas. Lo que no entiendo es cómo unos padres pueden estar tan obcecados en hacer pedazos al otro que no se den cuenta de que sus hijos están sufriendo o no les importe.

Booth pensó en aquella larga noche de verano después del partido, sentado en el poyo delantero con su madre. Aún la veía, tan delgada, delgadísima, con la gorra de béisbol sobre la corona de pelo corto rosa.

—Mi madre jamás pronunció una mala palabra sobre mi padre biológico, ni una; al contrario. Podría haberlo convertido en un villano, pero no lo hizo.

Miranda se quedó callada durante un largo instante.

—Te quería demasiado para ello. Hemos sido afortunados: el progenitor que nos quería no tuvo necesidad de calumniar al otro.

—Sí. La mayoría de la gente no tiene tanta suerte a ese respecto.

—No, pero has validado los sentimientos de Barry —señaló Miranda— y eso le ha dado apoyo y un escudo. Lo que es más, sabe que has hecho que sus padres escucharan su voz cuando probablemente no podían oírla por encima de las suyas. Jamás te olvidará.

—Yo no he tenido ningún protagonismo.

—No, pero nunca olvidará que alguien lo escuchó cuando le hacía falta. Y puede que un día sea él quien escuche, porque se acordará de esto. —Miranda cogió el estetoscopio y jugueteó con él un instante—. Booth, para mí no es fácil descubrir estos pequeños momentos en los que vuelves a caerme bien; no es fácil recordar por qué una vez albergué sentimientos por ti. Así que…, si abro esta cerradura, ¿me invitas a un poco de eso que tienes al fuego y que huele que flipas?

—Es ternera guisada; como el estofado a la borgoñona francés, pero no tan chic. —A él también le estaba costando tenerla de vuelta en su vida. Le estaba costando tenerla ahí delante—. Si abres la cerradura, te pongo un plato.

20

Booth sabía que era una estupidez, pero realmente deseaba que llegasen los domingos por la tarde. Al cabo de un par de lecciones sobre manejar cerraduras, concluyó que Miranda jamás les pillaría el truco, aunque no por no intentarlo. Cuando combinó, a petición de la pelirroja, la apertura de cajas fuertes con la cocina, llegó a la misma conclusión sobre sus talentos en los fogones. Con las cajas, la derrotaban las matemáticas; en la cocina, su dependencia de las medidas exactas surtía el mismo efecto. No tenía maña para ninguna de las dos.

Aquel domingo de febrero, mientras fuera caía una gruesa capa de nieve propia de una película navideña de Hallmark y el fuego crepitaba en el cuarto de estar, en la cocina Miranda se empeñaba en abrir la cerradura de cerrojo común que Booth había instalado en un panel para que practicara. La dejó trabajar (le llevaría su tiempo) y empezó a golpear la masa de pan que había estado creciendo. La dejó reposar unos minutos y observó los avances de la mujer.

—Necesitas mantener la tensión de la llave de tuerca.

—Sí, sí, sí.

La cocina de Booth olía como una granja de Provenza por el pollo *en cocotte* que tenía al fuego. Miranda, hubo de admitir al inclinarse por encima de su hombro, olía aún mejor.

—¿Cuántos pines has levantado?

—Uno; nada de comentarios maliciosos.

Como llevaba afanándose con la cerradura cerca de diez minutos y le quedaban cuatro pines por levantar, a ese paso tardaría cerca de una hora.

Booth cubrió una bandeja de horno con papel sulfurizado, pasó la masa a una tabla y la cortó por la mitad. Formó con las manos dos bolas, las cubrió y volvió a meterlas en el horno (apagado, pero con la luz encendida) para que subieran de nuevo.

—¡Dos! ¡Ya van dos! Lo tengo, lo tengo. Estaba distraída con ese olor alucinante.

Booth le había pedido que llegase pronto, ya que iban a combinar las dos profesiones del personaje: la cocina y los robos. La puso a pelar, lavar y cortar las verduras. Era exhaustiva, pensó Booth. Metódica. Increíblemente lenta. En cuanto a dorar el pollo, le había impedido quemarlo, pero por poco. Mientras fregaba el cuenco que había usado para la masa, pensó que a Miranda no se le había dado demasiado mal amasar una vez que había encontrado el ritmo, pero se trataba de algo físico, igual de remover y cortar. A pesar de su falta de habilidad, que, concluyó Booth, se debía a una sorprendente falta de confianza, disfrutaba de su presencia aquellos domingos de un modo que, a su entender, equivalía a un error estúpido.

Su larga trenza lo fascinaba. Había reparado en que ese día era un poco más moderna, como una cola de pescado. ¿No era preciso unos dedos ágiles para hacerlas? Por qué esos mismos dedos ágiles se volvían torpes ante una simple cerradura era algo que lo desconcertaba.

—¡Ya está! ¡Ya está! ¿Cuánto he tardado?

—Cuarenta y un minutos con doce segundos.

—¡Dios! —Se dejó caer hacia atrás en la silla y flexionó los dedos agarrotados—. ¿Cuánto tardas tú?

—Cuando estaba aprendiendo tardaba más —reconoció mientras sacaba una botella de buen pouilly-fuissé de la cava que tenía en la trascocina.

—¿Cuánto?

Booth se encogió de hombros al descorchar la botella, aunque sabía que ella quería enterarse.

—Ocho con veinticuatro.

—¿Cuántos años tenías?

—Diez. Casi diez. No me has dicho cuándo empezó tu personaje.

—Joven. Su padre era ladrón y su abuelo también.

—Negocio familiar.

Miranda aceptó el vino que Booth le había servido.

—Exacto. Así lo considera él, igual que si se hubiera criado en una familia de fontaneros o abogados. Voy a meter algunos flashbacks para mostrar justo eso. No es un mal hombre, en realidad. Moralmente flexible.

—Flexible.

—«No robarás», Booth.

—No harás un montón de mierdas que la gente hace continuamente —replicó con toda facilidad.

—Flexible —repitió Miranda antes de dar un sorbo al vino—. No tiene ningún problema en seducir a Allison Reed para que le facilite el acceso a su casa y así averiguar el método para robar el Pájaro de Covington, una herencia familiar de valor incalculable.

—Suena a objeto famoso, por lo que será fácilmente reconocible.

—Desde luego, es algo único. Un encargo del bisabuelo del marido asesino para su prometida. Es un pájaro de cristal de Waterford con ojos de zafiro, encaramado en un nido sobre la rama de un árbol de oro incrustado de piedras preciosas. El huevo es un diamante blanco ruso de veintiocho kilates, un D en la escala. Ah, e IF, sin inclusiones internas.

—Ajá. —Solo el diamante costaría un par de millones, calculó Booth, sin contar el resto, y su valor histórico—. ¿Y qué va a hacer con él cuando lo consiga?

—Venderlo. Incluso por la mitad de su valor, como me contaste, se embolsará unos cinco millones. Su mayor golpe, y el último, ya que con él dará el carpetazo... ¿Por qué sonríes?

—Famosas últimas palabras: «el último golpe». Suele serlo porque con él estás pidiendo que te pillen.

—Eso suena a superstición.

—Si pasas por debajo de la escalera a la que está subido un tipo pintando su casa, podría caerte un cubo de pintura en la cabeza. Así que evitas pasar por debajo de escaleras.

Booth fue a sacar la masa de pan del horno y lo puso a precalentar. A Miranda le gustaba la idea de que su protagonista planificará su último trabajo, el mayor, y que las cosas se desmoronaran con el asesinato de su objetivo.

—El restaurante es lo que acapara la mayor parte de su tiempo, y le gusta. Desea dedicarse a ello. En cualquier caso, tiene previsto vender el pájaro.

—¿Quién va a comprarlo?

—Estaba pensando en una subasta en la web profunda.

Booth asintió mientras echaba un vistazo al estofado.

—Podría valer, dado que van a pillarlo de todas maneras.

Un ramalazo de irritación atravesó el rostro de Miranda. ¿Quién estaba escribiendo el puñetero libro?

—Claro que no lo van a pillar, esa es la gracia.

—Entonces, necesita un comprador. Pertenece a la tercera generación de una familia de ladrones, así que sabrá que uno no roba algo así sin una finalidad. Necesita a alguien con mucho dinero que lo quiera, por el motivo que mejor te parezca, y que pueda ponerlo en un espacio privado y hermoso en el que admirarlo. De lo contrario, es un objeto demasiado conocido que quedaría arruinado si lo desmonta.

La irritación se tornó interés y nuevas perspectivas.

—¿Conoces a gente así? ¿Qué pagaría millones por quedarse en exclusiva algo bello?

—Claro. El primer trabajo, y creía que el último, que llevé a cabo para LaPorte fue robar un Turner de un tipo que lo había robado para poder sentarse en su elegante cámara acorazada, llena de otros objetos bellos y robados, a fumarse un puro y admirar su colección.

—¿Así que robaste algo previamente robado para que este LaPorte pudiera sentarse con ello en su propia elegante cámara acorazada?

—Básicamente.

Allí sentada, con su vino, Miranda empezó a vislumbrar una nueva trama.

—Es un punto de vista interesante, voy a tener que darle unas vueltas a la idea.

—Bien. Con lo que puedes juguetear ahora es con la idea de preparar un barniz de huevo para las bolas de masa madre.

—¿Un barniz de huevo? No sé ni qué es eso.

Booth le hizo un gesto para que se levantara mientras sacaba tres platillos de cristal.

—No es más que clara de huevo con un poco de agua. Vas a separar la clara de la yema y luego vas a batir la clara con el agua y pintar las bolas con la mezcla. —Sacó un cartón de huevos del frigorífico—. Así.

Cascó un huevo y fue pasando la yema de una mitad de la cáscara a la otra mientras dejaba que la clara fuera cayendo en el platillo. Luego dejó la yema en otro.

—Parece factible. ¿Y el tercer platillo?

—Para cuando la pifies.

¡Un reto!

—Veinte dólares a que no la pifio.

Booth le sonrió.

—¿Y qué tal un cuarto de dólar reluciente?

Miranda no le devolvió la sonrisa; Booth realmente deseaba que lo hiciera.

—Sí que lo recuerdas todo. Vale, un cuarto de dólar reluciente. —Cascó el huevo y la yema se le rompió en el primer pase—. Mierda.

—Inténtalo de nuevo —la animó Booth mientras le tendía otro huevo.

Esta vez no rompió la yema, pero inclinó tanto la cáscara que cayó todo junto en el plato.

—No pasa nada. Me haré una tortilla para desayunar. Inténtalo de nuevo.

—Tiene que haber un utensilio para esto.

—Claro, para los cobardes.

Tuvo que intentarlo cuatro veces, pero al final lo consiguió. Después de que hubiera batido la mezcla y pintado las bolas de masa, Booth le tendió un tarro de semillas de amapola.

—¿Cuánto echo?

—Hasta que te parezca.

Todo en ella anhelaba algo de precisión y exactitud.

—¿Por qué no puedes darme una respuesta y ya?

—Esa es la respuesta.

Miranda comenzó a espolvorear las semillas.

—¿Sabes? Entiendo por qué a Nathan le gusta robar, pero no entiendo por qué le encanta cocinar. Y le encanta: es su verdadera vocación. Es feliz, de hecho; a largo plazo, es más feliz de pie en mitad del ruido y el caos de la cocina de un restaurante preparando comida que de pie en una casa oscura y silenciosa mientras extrae diamantes de una caja fuerte... ¿Te parece que así está bien?

—Te lo tiene que parecer a ti —le recordó Booth.

—Yo creo que está bien.

—Entonces lo está.

Booth metió la bandeja en el horno y giró el temporizador. Cuando se dio la vuelta, la vio delante de la puerta de la cocina, contemplando la nieve. Aceptó el modo en que el corazón se le encogió en el pecho. ¿Qué otra cosa iba a hacer?

—Me preguntaba qué aspecto tendría todo esto bajo la nieve, y no decepciona. Parece que amaina, pero podrías acabar teniendo mañana el día libre. O al menos llegar un poco tarde.

—Estoy seguro de que el examen sorpresa que tenía previsto para la primera hora puede esperar hasta el martes.

Miranda reía cuando se dio la vuelta y sus ojos se encontraron. Para Booth fue un puñetazo en el estómago, un cálido abrazo, una promesa, un rechazo, todo a la vez.

—Miranda...

—Me gustaría ver tu espacio de trabajo —se apresuró a decir ella.

Booth le indicó con un gesto la puerta de paneles de vidrio, el escritorio y el ordenador portátil, las estanterías de libros por detrás.

—No donde preparas las lecciones, a menos que no dispongas de un espacio separado para esto —le advirtió, dando un toquecito al cerrojo.

—En el piso de arriba, el segundo cuarto de invitados.

—Llevo viniendo aquí más de un mes, Booth. Me gustaría verlo. El de Nathan lo he instalado en el sótano de su casa. Solo quiero ver si he captado cómo se hacen las cosas.

—En la casa de Chapel Hill usaba el sótano. Aquí no hay.

Booth sincronizó el temporizador del horno con el de su teléfono antes de conducirla escaleras arriba. Miranda se quedó en el umbral y contempló lo que parecía un cuarto de invitados atractivo y acogedor. Una colcha blanca sobre una cama de matrimonio, almohadas ahuecadas, una butaca de lectura y una lámpara, una vieja cómoda tan pulida que brillaba, con un espejo encima. En las paredes, varias escenas callejeras de París enmarcadas.

—¿No cierras la puerta con llave?

—La gente siente curiosidad por las puertas cerradas. No es que venga mucha gente a casa, pero preparo una gran barbacoa en verano y reúno a los alumnos del club antes de las vacaciones de invierno. Con la puerta abierta, es una habitación. Con ella cerrada, es una incógnita.

Sí, claro. Miranda dejaría abierta la puerta del sótano de Nathan.

—¿No tienes invitados que se queden a dormir?

—Mi tía y Sebastien han venido un par de veces. —Booth entendía a qué se refería—. No, ninguna mujer. Es buscarme problemas.

Se encaminó al armario y lo abrió.

—Solo veo un armario —reconoció Miranda—. Está lleno de trajes, disfraces, pelucas: cosas propias de un director de teatro, organizadas con tu estilo implacable. Y sin una sola mota de polvo. Sé que sigues haciendo tú la limpieza, porque se lo he preguntado a Patti, que viene todas las semanas a encargarse de la mía.

—La gente que te limpia la casa sabe de ti más que nadie, créeme. En cualquier caso, esto es lo que la gente ve si llega hasta aquí. El resto está en mi habitación.

Entonces salió y la condujo hasta el dormitorio principal. Limpio, pensó Miranda, organizado, atractivo con sus paredes gris niebla y su inteligente arte callejero, además, por supuesto, de la maravillosa vista a través de las puertas de cristal que comunicaban con la terraza cubierta de nieve. No le pareció espartano ni simple, sino tremendamente atrayente con aquella colcha gris oscuro y los acentos de color azulón en una acogedora butaca de lectura, con una mantita que parecía tejida a mano. En el escritorio y la cómoda reconoció antigüedades restauradas con cariño. Tal vez, para su gusto, tendiera demasiado al minimalismo y, antes de darse cuenta, se imaginó una pila de bonitos cojines sobre la cama, algunas velas o botellas interesantes en el escritorio, una planta verde y alta en una maceta colorida junto a aquellas puertas. Para compensar el desliz mental, señaló estas últimas con un gesto de la cabeza.

—Debe de ser maravilloso despertarse cada mañana con esta vista.

—Nunca me canso de hacerlo —reconoció antes de abrir las puertas de otro vestidor.

Un vestidor tan bien equipado que le provocó un enorme y repentino ataque de envidia. Tenía un espacio exclusivo para el calzado, que no llenaba con sus tres pares de Chucks y unos pocos pares de zapatos de vestir y botas. Dos cajoneras empotradas en las que, conociendo a Booth, muy probablemente tendría guardada la ropa de verano. Barras de las que colgaban prendas impecablemente organizadas por tipo (camisas, pantalones, trajes, chaquetas) y, para mayor insulto a sus propias costumbres, coordinada por colores.

—Es imposible que tú te merezcas este vestidor. Yo me merezco este vestidor. A ti te obsesiona el orden, y lo hace hasta tal punto que podrías conformarte con un armario que fuera la mitad de este.

Booth quería tocarla, solo pasar la mano por su trenza, rozarle el brazo con los dedos. En lugar de hacerlo, se metió las manos en los bolsillos.

—Usar el espacio de manera organizada, no obsesiva, supone que no perderás tiempo tratando de buscar una camisa de vestir blanca o un par de pantalones negros.

—Pero si solo tienes tres camisas de vestir blancas. Es fácil contarlas, ya que, dada tu obsesión, están colgadas las tres juntas.

—Es el máximo que cualquiera necesita. —No se le escapó su rápida mirada de lástima—. ¿Tú cuántas tienes?

—No tengo ni idea, motivo por el cual me merezco este vestidor y tú no.

—Por otro lado...

Booth sacó el teléfono e introdujo un código. Miranda oyó un pitido bajo.

—Cerradura electrónica.

Entonces Booth empujó con la mano un lateral del armario, que se abrió como una puerta; de hecho, era una puerta, se corrigió Miranda, instalada con tanta habilidad que se convertía en una pared. En el interior había un escritorio y una silla, un ordenador portátil, tres monitores, un armero, estantes llenos de cerraduras, instrumentos electrónicos que no reconocía y una serie de mandos a distancia, varios teléfonos portátiles y ganzúas. Una encimera larga y estrecha (la mesa de trabajo, se figuró Miranda) recorría la pared por debajo de los estantes.

—¿Por qué tienes tantos teléfonos?

—No todos son solo teléfonos, o ni siquiera lo son. Básicamente, los rediseño para que lean códigos de alarma digitales y electrónicos, abran cerraduras electrónicas y cosas de esas.

—Cosas de esas —murmuró Miranda—. ¿Cómo las has aprendido?

—Hice algunos cursos, y tengo un amigo con talento para ello que me enseñó más de lo que aprendí con las clases.

Miranda se dio la vuelta en aquel espacio exiguo y sus cuerpos se rozaron.

—No hay ningún lugar que esté realmente seguro y a salvo, ¿verdad?

—No, siempre que alguien pase tiempo suficiente averiguando cómo entrar. Un golpe en un gran museo, el Louvre o el Smithsonian, va a exigir un montón de planificación y será más fácil con un equipo o una persona infiltrada.

—¿Tú lo has hecho?

—No me gusta robar en museos y no trabajo en equipo.

—Eso no es un sí ni un no.

Booth volvió a meterse las manos en los bolsillos.

—Me colé en el Louvre. No me llevé nada, solo quería ver si era capaz.

Miranda se quedó observando a aquel hombre, con su mata de pelo a la que le faltaba poco para necesitar un corte, la barba incipiente en un rostro espectacular, los ojos azules un poco distraídos con el recuerdo. Aquel hombre, quien fuera el chico al que había amado, se había colado en uno de los museos más prestigiosos del mundo. Por ver si era capaz.

—Si te hubieran pillado…

—No lo hicieron. Es un lugar mágico sin las multitudes, con los guardas, los detectores de movimiento, las cámaras. Es completamente distinto y mágico.

Es lo que Miranda vio en sus ojos: que recordaba la magia.

—¿En qué sentido?

Si echaba la vista atrás, Booth aún podía verlo, aún podía sentirlo.

—Respira, el arte. Los lienzos y la pintura que los cubre, el mármol y el granito y el bronce y la porcelana. Todas esas figuras, esos paisajes, esas naturalezas muertas, todo lo que son y todo lo que hizo falta para crearlos.

—Y ver y sentir aquello ¿hizo que mereciera la pena el riesgo?

—Oh, sí. Tú crees que conoces, no sé, la *Mona Lisa*. Su imagen está en todas partes, el rostro icónico, la sonrisa, toda ella. Puedes verla entre el gentío, a la luz, con el ruido y el movimiento a tu alrededor, y es mucho más de lo que creías. Te enamoras de ella. Pero cuando la ves sola, rodeada de silencio, te corta la respiración y te estruja el corazón. Está viva. Vivísima en mitad del silencio. Es como oír el rumor de Stonehenge a la luz de las estrellas.

—Eres un romántico, Booth.

—Tal vez. —Se prohibió hacerlo, pero cedió y pasó una mano por la trenza que descansaba sobre su hombro—. No sé pintar, no puedo coger un trozo de piedra y ver la vida en su interior y sacarla a la luz, pero puedo admirar el resultado y al genio que la creó.

—Digamos que estás en mitad de Cartier en la oscuridad...
¿Lo has hecho alguna vez?

Booth hizo un gesto de desdén.

—Las joyas son asombrosas, fascinantes incluso. Hay que
tener arte para crear esas piezas a partir de piedras y metal, pero
no es lo mismo. Para mí —añadió.

—¿Por qué no?

—Porque puedes desmontarlas y crear algo distinto, algo
asombroso. Pero no puedes crear algo distinto y magnífico a
partir de la Mona Lisa.

De repente, Miranda creyó comprender un elemento clave
de aquel aspecto de Booth.

—Por eso robas más joyas que arte, porque las joyas no son
más que piedras hermosas y metal. Nathan no tiene tu sensibi-
lidad.

—Solo mi moral flexible.

Los ojos de Miranda, que continuaba con el rostro levantado,
lo encandilaron. Booth pensó que el aroma de su pelo y de su piel
envolvía el cuarto, sin más, y a él en su interior. Si tomaba lo que
deseaba (solo un roce ligero, solo un sorbo), Miranda podría
alejarse para no volver. Sería una bendición. Comenzó a acercar
la mano a su trenza, a aquel bucle de luz crepuscular. Entonces
sonó la alarma del teléfono.

—Es el pan. —Dio un paso atrás, como si se apartara de una
pendiente excesivamente escarpada—. Tengo que sacarlo del
horno.

Booth se movió a toda prisa y, como Miranda pudo comprobar, sin hacer apenas ruido. Esta dejó escapar el aire que permanecía atrapado en sus pulmones y apoyó la frente en la pared
hasta que el cerebro dejó de zumbarle. No podía permitirse un
acercamiento así, a él, a lo que fuera que le sucedía cuando lo
tenía cerca. No había futuro ni tampoco presente de verdad, se
recordó, solo un doloroso pasado.

Ya tenía todo lo que necesitaba de él, al menos por el momento,
pensó mientras salía de su cuarto secreto. Recorrió con los dedos
los trajes, los abrigos, los tejanos desgastados, los pantalones chi-

nos planchados. No tenía por qué pasar las tardes de los domingos en su cocina. Si surgía alguna pregunta mientras escribía, podía ponerse en contacto con él y pedirle que se reunieran. Desearía no creer haber visto al verdadero Booth cuando hablaba de arte maravillándose, ni cuando le explicaba con toda la paciencia del mundo los pasos para separar la clara de un maldito huevo. Desearía que ese centro moral flexible no le importase cada vez menos cuanto más tiempo pasaba con él. Y desearía no haber estado dispuesta a envolverse entre sus brazos al ver la necesidad y la intención en sus ojos hacía un momento.

Dejaría de ir a su casa. Tomaría todo lo que le había contado, todo lo que le había mostrado, todo lo que le había dado que pensar y lo integraría en el libro, y cuando volviera a casa, lo haría con su corazón y su orgullo intactos.

Cuando bajó, el olor del pan recién hecho que salía del horno añadía un nuevo aroma. Booth había puesto la mesa, sin alharacas, no era más que un par de... amigos que comían juntos un domingo nevado. Era culpa suya, pensó Miranda. Era ella quien había empezado. La comida, el vino, la conversación más allá del trato que habían hecho. Él había cumplido su parte y ella cumpliría la suya. No habría más, en cualquier caso.

—Ha dejado de nevar —comentó Booth con total naturalidad, como si aquel momento en el piso de arriba, y Miranda sabía que había sido un momento especial para ambos, no hubiera sucedido—. He oído pasar un quitanieves, así que la carretera debería estar lo bastante limpia cuando estés lista para irte.

Debería irse ya, pero Booth había puesto la mesa, le había rellenado la copa y en ese momento dio un toquecito con el dedo en el pan que se enfriaba sobre una rejilla en la encimera.

—Buen trabajo con esto.

—Mi famoso barniz de huevo.

—Me ayudaste con la masa y la amasaste casi toda tú.

Booth sacó una fuente y empezó a llenarla con el contenido de la cazuela que tenía al fuego.

—Ay, Dios mío. —El aroma hizo que Miranda se acercara—. Tiene una pinta buenísima.

—También ha sido en parte cosa tuya.

—¿Dónde aprendiste esta receta? ¿De la chef francesa?

—No, la verdad es que fue una mujer en Provenza. Una vez pasé allí varias semanas. Era como una abuela —añadió— y la convencí de que compartiera conmigo su método.

Booth llevó la fuente a la mesa y regresó para poner un pan sobre una tabla y dejar un cuchillo de sierra al lado. Miranda se colocó junto a él.

—Siento que debería tomar una foto y subirla a mis redes sociales. —Riendo, se sentó al ver que él la miraba con recelo—. Pero no lo haré.

Se sirvió en el plato algo de pollo, zanahorias, patatas, apio y cebolla. Todo olía a gloria. Se dijo que tenía que cortar como un interruptor lo que fuese que se había encendido, en los dos, allí arriba.

—Cuéntame cómo van los ensayos.

—No van mal; tampoco van exactamente bien, pero no van mal. Tenemos algunas voces potentes y Kim, a quien interpreta Alicia Rohan, baila fenomenal. Nuestro Hugo, Jonah Wyatt, no baila ni aunque le paguen, pero voy a integrar esa torpeza en el personaje. Jonah hace que funcione.

Miranda lo escuchaba, disfrutaba escuchándolo hablar sobre «sus chicos», sus puntos fuertes y débiles, lo sólidamente unidos que ya estaban el elenco y el equipo.

—Tengo algún paquete y ninguno se sabe su papel de memoria aún, pero vamos avanzando. Y, madre mía, Matt, que interpreta a Conrad Birdie, es exageradísimo. Se sale. Los decorados van tomando forma, aunque las cuestiones técnicas todavía están verdes, pero… Deberías pararme los pies.

—No. Participé dos veces en el musical de primavera de mi instituto. Sé que es una locura maravillosa, pero déjame que te interrumpa: has dicho que una abuela francesa te enseñó a preparar esta receta. ¿Estás seguro de que era humana? ¿Y lo eres tú, que no pesas trescientos kilos a pesar de que comes lo que cocinas?

—Se llama Marie-Thérèse.

Booth la recordó en su cocina enorme y colorida, su cabello gris piedra de rizos apretados, sus ojos azules como huevos de petirrojo radiantes cuando el marido, con su sombrero de jardinero de alas flexibles, llegaba por el amplio arco de entrada con un ramillete de flores en la mano.

—Tiene cuatro hijos —continuó—, doce nietos, aunque probablemente ya serán más, y un marido que seguía adorándola después de, en aquel momento, treinta y ocho años de matrimonio.

—Es precioso, ¿verdad? Una familia unida durante décadas. Ninguno de los dos hemos disfrutado de algo así.

—Tú tienes a tu padre. Y yo tengo a Mags. ¿Qué tal le va por Oxford?

—Le encanta. Deborah y él intentan aprovechar los fines de semana para explorar la zona.

—¿Quién? ¿Quién es Deborah?

—Oh. Es... Su «amiga» suena estúpido y «novia» suena ridículo. Llevan juntos un par de años. Se ha ido con él a Inglaterra.

—Vaya, es una gran noticia. ¿Tú estás contenta?

—Sí. —Miranda comió un pedazo de pan, sin salir de su asombro por haber participado en su elaboración—. Es maravillosa y están muy bien juntos; es viuda, con dos hijos adultos, también muy simpáticos. Es artista, pintora. Papá fue de casualidad a una de sus exposiciones y... —Extendió las manos.

—La invitó a salir.

—Ella lo invitó a café y creo que papá se quedó demasiado estupefacto para poner una excusa como podía haber hecho. Me cae muy bien, en gran medida porque lo hace muy feliz. Antes de irse, papá me preguntó qué me parecería si le pedía que se fuera a vivir con él a casa.

—¿Y qué te parece?

—Mejor que bien. ¿Y Mags? —No habían hablado de cuestiones familiares desde que cerraran el trato—. ¿Sigue haciendo videncia por teléfono?

—En parte. Ella y otra amiga mía han montado una tienda de regalos y videncia en el Vieux Carré. Lecturas y cosas mágicas.

—Una tienda de regalos y videncia. De verdad que un día de estos tengo que conocer a tu tía.

—Está con un tipo cajún, un poco como tu padre con la artista, supongo.

—¿Te cae bien?

—¿Sebastien? Claro. Es único, como Mags. Me... subcontrató, por así decirlo, para hacer aquel trabajo para LaPorte porque se había tropezado con un perrillo feo que tenía y se había fastidiado el tobillo. El perro, Bluto, debía de pesar unos dos kilos y medio y tenía una mirada asesina que asustaría a los mismísimos *cocodrils*.

—¿Sebastien es un ladrón?

Mientras alcanzaba la copa de vino, Booth se dio cuenta de que se sentía tan cómodo a su lado que se había dejado llevar demasiado.

—En efecto.

—¿Y trabaja para el tal LaPorte?

—No, no es así como funciona. Es... como prestar un servicio. Sebastien aceptó un trabajo, pero se tropezó con el perro y no podía llevarlo a cabo. LaPorte no es de los que tienen en cuenta los problemas personales, así que Sebastien me subcontrató.

—¿Cómo sabía que podía acudir a ti?

Booth volvió a sentir que debía ser precavido, aunque admitió que ya era demasiado tarde.

—Por un amigo común.

—¿Otro ladrón? ¿Es que os conocéis todos?

—No y no.

—¿No guardas rencor a Sebastien por haberte enredado con LaPorte?

—Sabía en lo que me metía, o creía saberlo: un trabajo. Si Sebastien o yo hubiéramos sabido que LaPorte decidiría añadirme a su colección de posesiones, habríamos encontrado otra solución. —Su tono de voz cambió, tornándose frío y concluyente—. Mira, Sebastien es lo más parecido que tengo a un padre, ¿vale? No fue culpa suya. Ese no es tu mundo, Miranda.

—En lo relativo al libro, sí que lo es. Entonces ¿no hay una guarida de ladrones en la que paséis el rato todos y alardeéis de vuestros grandes golpes?

—Desde luego que no. Si alardeas, te pillan. Actúa con discreción, no seas avaricioso, no lleves nunca un arma, no robes a amigos ni socios. Para vivir en libertad, roba con cabeza.

—¿Por qué crees que LaPorte está tan empeñado en poseerte?

—Esa es una pregunta que me he hecho miles de veces. ¿Lo primero? Le dije que no. Quería que traicionase a Sebastien y me negué. A LaPorte no se le dice que no.

—Sí, esa es la impresión que tengo tras leer entre líneas los artículos y noticias que he encontrado sobre él. ¿Y qué más?

Puede que Miranda no tuviera maña para abrir una caja fuerte, pero desde luego que la tenía para sonsacar información. Booth pensó que no perdía nada dándosela; ya sabía mucho sobre él.

—Y, lo segundo, tal vez hice demasiado bien el trabajo. Era una cámara acorazada estupenda y yo tengo buena mano con ellas. Echando la vista atrás, debería haberle mentido, debería haberle dicho que sí, que me llevé alguna otra cosa, porque le intrigó que no lo hiciera.

—¿Por qué no lo hiciste?

—Porque eso no formaba parte del trabajo —respondió llanamente—. LaPorte es un hombre con mucho alcance y averiguó lo suficiente sobre mí como para saber cómo trabajaba. Era joven, unos dieciocho años, se me daba bien lo que hacía y tenía potencial para mejorar aún más. Él necesita poseer lo mejor, lo más valioso, lo más deseable, lo más lo que sea. Decidió que yo le encajaba, o que le encajaría con el tiempo… y le dije que no. —Igual que había echado la vista atrás, miró hacia delante y, finalmente, levantó la copa—. Algún día me llevaré ese cuadro y esa escultura.

Entonces Miranda vio lo que no había visto hasta entonces: un fuego que ardía bajo.

—¿Por qué?

—Todo empezó con el cuadro, y la escultura me costó todo lo que me importaba. Quería ponerme la toga y el birrete, joder, incluso quería probar suerte con los cursos de posgrado. Quería salir con los amigos que había hecho y sentarme en el porche de mis vecinos a beber té dulce. —Sus ojos se volvieron a los de ella y la miraron fijamente—. Te quería a ti. —Se encogió de hombros—. Él ganó y yo perdí, pero la partida aún no ha terminado.

La toga y el birrete, cursos de posgrado. Miranda había creído (o se había convencido de ello, admitió) que Booth había usado todo aquello como tapadera. Sin embargo, oyó la verdad en su voz y la vio en aquel fuego bajo. Y, al oírla y al verla, sintió una punzada rápida y abrasadora de angustia por él.

—Deberías dejarlo estar, Booth. Deja a ese hombre en paz. Aquí te has labrado una buena vida, tienes una buena vida. Buscar la manera de devolverle lo que te ha hecho, de vengarte de alguna forma, ¿no implica romper tu regla de actuar con discreción?

—Sería la excepción que la confirma, ¿no? —A pesar de todos los años transcurridos, para Booth, obligarse a decir lo que había deseado fue como echar sal en una herida abierta—. Iba a pedirte que vinieras a vivir conmigo; tras la graduación, si es que conseguía esperar tanto. Iba a dejar el trabajo nocturno y ser Booth Harrison; tal vez enseñaría, o ya vería qué hacer. Tal vez compraría una casa y montaría un estudio para que escribieras. Lo tenía claro como el cristal. Entonces LaPorte se presentó en mi puerta y el cristal se rompió en mil pedazos. Es un hombre paciente, pero yo también, y ya no tengo veinte años ni lo temo.

—Me habría ido a vivir contigo —respondió Miranda al cabo de un momento—, pero teníamos veinte años, Booth, y no podemos saber si habría salido bien. Si lo que sentíamos el uno por el otro a los veinte duraría.

—Nunca tuvimos la oportunidad de averiguarlo.

Los ojos de Miranda se enternecieron y, aunque no alargó la mano, Booth casi la sintió sobre la suya.

—Creo que Sebastian Booth ha influido para bien en varias mentes jóvenes y que se ha hecho un hueco importante en esta comunidad. Si las cosas hubieran sido de otro modo, eso no habría sucedido. Y como no puedes cambiar el pasado, lo más inteligente es construir a partir de lo que tienes ahora. Por cierto, una pregunta más.

—¿Cuál?

—¿Qué es un *cocodril*?

Lo sorprendió que aún fuera capaz de reírse.

—Es la palabra cajún con que se denomina a los caimanes.

—Pensaba que el cajún era francés, o un dialecto del francés.

—Lo es, y tiene sus propias expresiones, jerga y ritmo. ¿Me haces un favor? En este libro, al menos, no metas nada de eso.

—De todos formas, no me encaja. —Se levantó y, siguiendo la costumbre que habían adoptado durante aquellos domingos, comenzó a recoger—. ¿Hablas cajún?

—*Mais, cher,* pásate por aquí el domingo que viene, ¿eh?, y ya hago la compra yo —respondió con un fuerte acento—. Tú tráete si quieres unos *bons amis* y nos montamos un *fais-dodo* y echamos un buen rato.

Riendo, Miranda negó con la cabeza.

—Ese es otro don que tienes. No solo el idioma, sino el acento. Suenas como si hubieras nacido en los pantanos.

—En parte soy de allí. Sebastien tiene una casita en el pantano. Él me ha enseñado muchas cosas.

Miranda llenó el lavavajillas mientras Booth repartía lo que había sobrado: parte para él y parte para ella.

—¿Tu tía la vidente vive en una casita en el pantano?

—No, vive encima de la tienda del Vieux Carré. Les gusta disponer de su propio espacio, supongo, y a ambos les va bien. Al principio pensaba, para vergüenza mía, que no era más que sexo con una buena dosis de afecto, pero se aman.

—Si alguna vez decido ambientar una novela en Nueva Orleans, ¿me enseñarán la ciudad, me ofrecerán algo de sabor local?

—Por supuesto. Les gustan tus libros.

Siempre la sorprendía oírlo y la dejaba azorada y orgullosa.

—¿En serio?

—Los dos son grandes lectores…, otro punto de atracción, supongo. No recuerdo haber visto nunca a Mags sin un libro en el bolso, un montón de cristales, cinco pintalabios de distintos colores, una baraja de tarot y, desde que está con Sebastien, una bolsa de galletitas para perros.

—En serio que debo conocerla. —Al darse la vuelta, se chocó de refilón con Booth. En lugar de dar un paso atrás, este le posó las manos en los hombros—. No puedo —lo rechazó, dando un paso atrás antes de empezar a recoger sus cosas—. Gracias, como siempre, por una comida alucinante. O comidas, ya que una vez más me has dado también la cena de mañana.

—Ningún problema. Me gusta cocinar para alguien que no sea yo. Eres tú quien hace las preguntas, ese es el trato, pero yo tengo una.

Miranda se puso el abrigo y se enrolló la bufanda.

—Vale.

—¿Aún hay algo?

—Sí. —Sin acortar la distancia, Miranda clavó sus ojos en los de Booth y le dijo la verdad—. Siempre ha habido algo, por eso no puedo. Nos vemos la semana que viene.

TERCERA PARTE

La Diosa Roja

Mira con tus oídos. Verás cómo aquel juez
reprende a ese vulgar ladrón. Pon el oído;
cámbialos de lugar, y, adivina adivinanza,
¿quién es el juez, quién el ladrón?

WILLIAM SHAKESPEARE

Y si veinte cerrojos guardaran la belleza
aún, así, destruyéndolos el amor entraría
.

WILLIAM SHAKESPEARE

21

Miranda no tenía intención de ir al salón de actos. Lo que quería era dar un paseo por el instituto fuera del horario lectivo para investigar una escena y con permiso de Lorna. Sin embargo, al oír la música y las voces, atravesó a hurtadillas las pesadas puertas dobles.

Una docena de adolescentes ocupaba el escenario, con Booth en el lateral izquierdo. Le había dicho que había voces potentes y, mientras se acomodaba en un asiento en la última fila, Miranda le dio la razón. Reconoció a la chica que interpretaba a la protagonista y, una vez más, admitió que Booth había acertado en lo que a su talento para el baile se refería. Parecía estar echando toda la carne en el asador; claro que, al fin y al cabo, interpretaba a una adolescente airada que se escapaba para disfrutar de una noche de rebelión.

Algunos miembros del coro perdieron el ritmo y uno de ellos giró en el sentido contrario.

—Para la música.

—¡Lo siento, señor B!

—No te preocupes, Carlene, para eso están los ensayos. Recordad todos dónde estáis. Es la Casa de Hielo, adonde uno va a desmelenarse y, maldita sea, tenéis mucho que vivir. Mark, dame esas manos de jazz; Alicia, un poco más brusco ese *pas de bourrée*. Nada de fluidez, brusco. Exagerado.

Cuando Booth le demostró cómo hacerlo, las cejas de Miranda salieron disparadas hacia arriba.

—Desde el principio. En posición. Música.

Miranda detectó algunos pasos incorrectos, que sin duda Booth habría visto y corregiría. Aun así, en general, era pura diversión. Tanta que le costó no romper a aplaudir al finalizar el número.

Se quedó mirando otros diez minutos mientras Booth trabajaba con un par de bailarines y el resto se tomaba un descanso. Pensó que eran más de las cinco y ya había trabajado más de ocho horas. Cuando llegase a casa, imaginó, era probable que tuviera ejercicios que leer y calificar o lecciones que terminar de preparar. Había buenos motivos para no seguir los pasos de su padre en la docencia. Para ser un buen profesor hacía falta formación y educación, pero uno debía tener pasión. Su padre la tenía y, por lo que veía desde allí, también Booth. Volvió a atravesar las puertas a hurtadillas. Kim y sus amigas tenían mucho que vivir, pero Miranda se daba cuenta de que ella tenía mucho sobre lo que reflexionar.

A pesar de sus intenciones, al final la enredaron para que asistiera a una reunión del club de lectura. Era casi incapaz de negarle nada a su madrina y, por lo visto, Cesca tampoco era capaz de resistir la presión de Carolyn Stipper.

No era más que una reunión, se recordó Miranda mientras aparcaba delante de la casa de Cesca. Respondería a preguntas sobre su primer libro, astutamente asignado para ese mes, y avivaría el interés por su inminente firma. El viento de principios de marzo cortaba, por lo que deseó con cada centímetro de sus huesos congelados poder arrebujarse en su casa con el libro de alguien más, en pijama, con una copa de vino, y oír cómo aquel condenado viento golpeaba contra las ventanas. En cambio, se había puesto lo que consideraba su ropa informal de trabajo: un jersey de cachemira negra que dejaba ver un poco de los faldones y los puños de una camisa blanca inmaculada, pantalones gris piedra y botas negras de tacón grueso. Se había hecho una trenza de raíz y se había puesto unos pendientes de botón y un colgante de heliotropo engarzado en plata que había descubierto en Treasure Chest, en la calle principal. Estaba a punto de llamar, pero oyó voces y risas por encima del viento, por lo que entró sin más.

—¡Ya estás aquí! —Cesca se levantó de una de las sillas del cuarto de estar, donde varias plegables se sumaban a las habituales, y se apresuró a abrazarla.

—Lo siento, ¿llego tarde?

—No, no. Dame tu abrigo. Llegas justo a tiempo. Aún no conoces a todas, así que ¡atención! Esta es Miranda.

Un coro de voces femeninas respondió:

—¡Hola, Miranda!

Algunas bebían vino, otras lo que parecía café o té. Iban de los veintitantos a los posiblemente ochenta y tantos, y todas la miraban con rostros curiosos e ilusionados. Miranda, una vez más, pensó con añoranza en su pijama.

—Ven a sentarte. Te hemos guardado una silla. Tracey, corazón, tráele a Miranda una copa de vino.

—No, yo…

—Ahora mismo —respondió esta, levantándose como por resorte.

—Nos gusta charlar un rato antes de abordar el debate. Ya conoces a Lorna y a Tracey… Gracias, Tracey —añadió Cesca cuando la agente inmobiliaria le trajo una copa de vino—. Y a Margo.

—El colgante te queda genial —observó la propietaria de Treasure Chest con una sonrisa radiante.

—Y a Carolyn, claro, y a Layla: hablaste con algunos de sus alumnos el mes pasado.

Cesca comenzó a presentarle al resto de las asistentes, por lo que sus nombres se arremolinaron en la cabeza de Miranda. Aquello se le daba fatal, pensó. Esa faceta de ser escritora se le daba de pena, pero puso cara de «encantadísima de conoceros». Curiosamente, le resultó más sencillo cuando empezaron a bombardearla con preguntas. Incluso se dio cuenta de que disfrutaba cuando se limitó a escuchar cómo debatían entre sí. ¿Y quién no se divertiría de lo lindo oyendo a un par de mujeres debatir, con considerable pasión, sobre uno de sus personajes? El personaje que había basado, libremente, en Booth.

—Era un imbécil —insistió Margo—. Guapísimo, pero imbécil.

Miranda reprimió una risita, pues era justo como había pretendido mostrarlo.

—Era muy joven —argumentó Lorna—. Casi un adolescente.

—Usó a Fiona —terció otra de las asistentes—. Usó su encanto y su pose de chico tímido para embaucarla; solo por el sexo.

—Todos los chicos de esa edad piensan con la entrepierna.

—¿Y cuándo dejan de hacerlo? —se preguntó Cesca, lo que le valió una sutil palmadita de Lorna, que estaba a su lado.

La participante más anciana, Esther, una bibliotecaria jubilada, rio.

—Ya os avisaré si dejan de hacerlo y cuándo.

—La utilizó —afirmó Layla— y luego la dejó con total frialdad. Aun así, pagó un precio terrible.

—¿Tú qué dices, Miranda? —preguntó Lorna—. ¿Imbécil o víctima?

—Puede ser las dos cosas —respondió esta con una sonrisa—. Y tenéis razón. Era un imbécil y utilizó a Fiona, y el modo en que la abandonó tuvo un papel importante en su vida emocional y en las decisiones que tomó durante mucho tiempo. Sin embargo, él nunca tuvo la oportunidad de redimirse, de elegir si redimirse o no.

Todo porque, Miranda lo admitía, no había querido que encontrase la redención ni que tuviera una oportunidad. Había querido acabar con él y, al escribirle aquel final, dar carpetazo a sus propios sentimientos. Durante mucho tiempo, había funcionado.

Se lo pasó mejor de lo que esperaba y cayó en la cuenta de que su círculo de amigas se había separado y dispersado tanto desde los días de universidad que el contacto se limitaba a alguna cena ocasional y, más a menudo, mensajes de texto y correo electrónico. Había echado de menos la intimidad espontánea de una reunión de mujeres.

Cuando terminó la velada, mientras Cesca charlaba en la puerta con las participantes que ya se marchaban, Miranda llevaba las copas y platos de postre a la cocina con Tracey.

—Me alegro mucho de que hayas venido. Es muy especial contar con la presencia de la persona que escribió el libro.

—También es muy especial para la escritora. Me ha encantado ver que Cesca tiene buenas amigas. Dio un gran paso al mudarse aquí.

—Cierto, fue muy valiente. La queremos mucho.

—Se nota. Me alegro de haber tenido la oportunidad de verlo.

—Y, hablando de mudarse, aunque sea temporalmente, ¿qué tal la vida junto al río?

—Me encanta. La casa es perfecta para lo que necesito ahora mismo. Tengo silencio, comodidad y vistas.

—Y un vecino sexy —añadió Tracey—. El domingo estuve enseñando una casa por la zona y vi tu coche delante de la casa de Sebastian Booth.

Miranda pensó: «Ups», pero mantuvo el tono informal.

—Oh, me está ayudando con parte de la investigación. Estoy trabajando en un personaje que es chef.

—Y el buen hombre sabe cocinar. Salimos un par de veces, tiempo atrás, y llegué a probar algo. —Al decirlo, sonrió de oreja a oreja—. Es un buen tipo.

—Eso parece —respondió Miranda con facilidad—. Pasé un par de horas sentada en un rincón de la cocina de Renalo y vi cómo funciona un restaurante. Booth me está enseñando más bien lo que es preparar recetas; diría que es un arte. Mi idea de cocinar es abrir una lata o pedir comida china.

—Y que lo digas. Nick y yo estamos intentando aprender a cocinar en lugar de andar siempre con comida para llevar. Es bonito lo de cocinar juntos. Y sexy. Yo solo te lo digo.

Miranda no quería nada sexy, pensó mientras recorría el breve trayecto hasta casa de Booth el domingo siguiente. Ni en esa parte del libro, ni en su vida personal. Lo que sí quería en la novela era la sensualidad de cocinar. El modo en que se integraban todos los sentidos: los aromas, las texturas, el chisporroteo y el fuego lento; el cortar, remover, mezclar. Y el paladear.

Al estacionar junto al coche de Booth, se dio cuenta de que cualquiera podía pasar cerca, reconocer el suyo y especular.

Entonces decidió que no le importaba. Dentro de unos meses volvería a casa… ¿y Booth? Que se quedase o se fuera.

Los carámbanos que colgaban de las vigas empezaban a deshacerse, y su goteo quedo le recordó que la primavera estaba a la vuelta de la esquina. Marzo había llegado sin saber cómo y la firma de libros estaba cada vez más cerca. En lugar de pensar en ello, admiró la nieve. Booth la había retirado del camino de entrada a pala, barrena y soplador, pero el resto seguía intacto, un manto blanco con el leve brillo del hielo que se había deshecho, congelado y vuelto a deshacer. Por la chimenea, el humo formaba volutas, por lo que supo que en el interior la esperaba un fuego. Igual que la esperaba él.

Caminaba por una fina línea, pensó Miranda, al acudir allí semana tras semana, al pasar horas con él entre todos aquellos aromas, sabores y texturas. Era por trabajo, sí, y, tenía que admitirlo, también para demostrarse a sí misma que podía caminar por aquella fina línea sin resbalar. Si aún albergaba sentimientos por Booth, lidiaría con ellos. Llamó al timbre, se limpió las botas en el felpudo y se armó de valor para hacerlo.

Booth respondió en tejanos, con un agujero incipiente en la rodilla, una sudadera y unas Chucks viejísimas, lo que constituía su habitual uniforme de domingo.

—Te dije que no te hacía falta llamar a la puerta.

—He llamado al timbre, pero, en cualquier caso, échale la culpa a mi educación sureña.

La casa olía a naranja y vainilla. El fuego crepitaba; los suelos relucían.

—¿Has pulido el parqué?

—Ayer.

Miranda se quitó la bufanda y el abrigo y, como si no lo hacía ella lo haría él, los llevo al cuarto zapatero (deprimente de puro ordenado, en su opinión) y los colgó junto a lo que decidió que era una cazadora de trabajo; de trabajo con pala, barrena y soplador.

—Tengo el mismo tipo de suelo. ¿Se supone que tengo que pulirlo?

—La madera hay que limpiarla; además, pasa sed y así tiene mejor aspecto. En la casa familiar tenéis unos suelos alucinantes: ¿el equipo de limpieza no los limpia y los pule?

—Ahora que lo mencionas, sí. —Miranda añadió una tarea más a la lista de la casa de alquiler. En vez de preguntarle cómo hacerlo, lo buscaría ella sola; era menos degradante—. Bueno. Estoy planeando un golpe.

—Vale. —Booth sacó un par de Coca-Colas—. ¿Cuál es tu objetivo?

—Inspirada por esas cámaras del tesoro privadas, quiero entrar en una y llevarme un cuadro, de artista aún por determinar, un *netsuke* antiguo de marfil, creo, y un jarrón francés de porcelana tallada del Barroco.

—Menudo botín. ¿No te mueves del arte?

—Es su especialidad. En fin, ¿cómo lo va a hacer?

—Dímelo tú.

Cuando Booth se sentó, Miranda se deslizó al taburete de al lado.

—Es una mansión dentro de una finca familiar —comenzó a relatarle.

Miranda describió la casa, los terrenos; le ofreció una buena panorámica. Booth se imaginó buscando los puntos débiles, los ángulos muertos, repasando la tapia, y le dio su opinión sobre todo. Durante la primera hora la guio por los pasos, las trampas y las herramientas, mientras Miranda tomaba notas. Ella aportaría el drama, pensó, la tensión, los riesgos y las recompensas, pero él le solucionaría las cuestiones prácticas.

—Digamos que en la cámara también hay una caja fuerte. ¿Intentaría abrirla también?

—Depende del tiempo de que disponga y de lo avaricioso que sea. Dentro va a haber dinero, puede que bonos al portador, joyas o piedras sueltas. Si el protagonista es sobre todo ladrón de arte, ¿por qué no llevarse algo más de lo que ya tiene delante?

Miranda frunció el ceño.

—¿Tú no irías a por la caja?

—No, a menos que lo que hubiera dentro fuera mi objetivo desde el principio. Pero él no soy yo.

—No, no lo es. Creo que irá por la caja, porque robar es una adicción para él. Sería como si un alcohólico en plena borrachera le dijera que no a una ronda más.

—Es un milagro que todavía no lo hayan pillado.

«Tal vez —pensó Miranda—, pero…».

—Ha tenido suerte, cosa que puede suceder, y eso ha alimentado su adicción. Es el asesinato de la mujer a la que ha utilizado lo que cambia las cosas para él. La mujer le gustaba, pero se acostó con ella a fin de hacerse con el pájaro. Él lo consigue y ella muere. Da la impresión de que la mató quienquiera que robase el pájaro, pero lo robó él y no es el asesino. Así, le sucede como en *El corazón delator*: el pájaro lo obsesiona, pero descubrir quién la mató se vuelve más importante que su adicción.

—Así que este golpe tiene lugar antes que lo del pájaro y el asesinato.

—Va a ser la escena inicial. —Aquello supondría editar más y reescribir más, pero merecería la pena—. No iba a serlo, pero me he dado cuenta de que tenía que presentarlo en el primer minuto, tanto dentro de la historia como para el lector. Quiero que ese impacto, que esa tensión inicial, muestre quién es. Así, el modo en que cambia, en que se redime, por así decirlo, y el resultado final serán aún más impactantes. O eso espero —se corrigió—. De ahí la yuxtaposición de mostrarlo cocinando, en el restaurante, en su otra vida.

—Hace unos diez años alguien robó un Renoir en una vivienda de Houston. En aquella época valdría alrededor de un millón de dólares. Podría ser una buena elección. La mayoría de la gente conoce a Renoir, si no el cuadro: *Madeleine con flores en el pelo, apoyada en el codo*. Puedes buscarlo.

—Lo haré. ¿Lo robaste tú?

—No. Fue un robo nocturno a mano armada. Yo no uso armas ni aterrorizo a la gente.

—Como quiero que caiga bien, y como veo bastante claro por dónde quiero que vaya, ahí voy a seguir tu consejo. Él no hace daño a la gente y eso agudiza su sentimiento de culpa por la mujer, ya que el robo fue lo que provocó su muerte.

Mientras Miranda hablaba, Booth se puso en pie y sacó del frigorífico una bolsa grande de gambas, además de un bol, una cazuela y papel de periódico. Luego volcó las gambas sobre el papel.

—La última vez me hiciste recordar Nueva Orleans, así que vamos a preparar *étouffée* de gambas.

Miranda dejó el cuaderno a un lado, pero lo bastante cerca como para poder tomar alguna nota.

—No solo no lo he preparado nunca, sino que tampoco lo he llegado a probar.

—Pues hoy es el día. —Booth la evaluó un momento—. Ese jersey es bueno, así que yo que tú me remangaría. Vamos a empezar por pelar las gambas. Las colas van al bol y las cáscaras a la cazuela, para hacer el caldo.

—¿Vamos a hacer caldo con las cáscaras?

—Es como se hace.

Cuando Miranda terminó de pelar su primera gamba, mientras que Booth llevaba diez, siseó:

—Yo solo las he pelado una vez hechas, como las gambas picantes.

—Ya llegarás.

Y llegó, poco a poco. Luego se lavó las manos, mucho. Booth sacó una cebolla, apio y un pimiento verde.

—Admira la santísima trinidad de la gastronomía de Nueva Orleans.

—¿Vamos a rezarles? ¿O a rezar por ellos?

—Ninguna de las dos cosas. Vamos a picar media cebolla y una rama de apio, y vamos a usarlos con la parte superior e inferior del pimiento verde en el caldo.

Miranda se giró para tomar nota de todo.

—¿Y cómo se hace el caldo con todo eso?

—Añadimos agua, picamos un poco de ajo, echamos unas hojas de laurel y dejamos que cueza unos cuarenta y cinco minutos.

Booth cortó la cebolla y empezó a picarla, por lo que Miranda cogió el apio.

—¿Cómo es que los ojos no te lloran al picar cebolla?

—Tengo una voluntad de hierro.

La guio por el resto de los pasos y colocó la cazuela al fuego. Entonces la puso a amasar una vez más. Mientras lo hacía lo mejor que podía, le lanzó una mirada.

—¿Alguna vez te has planteado comprar pan y ya?

—¿Sabes en qué se diferencian una barra de pan francés del supermercado y una hecha en casa? En todo. Tienes buena mano para amasar. Haz una bola y dejaremos que suba mientras empezamos con el *roux*.

—Conozco la palabra, pero ¿qué lleva exactamente?

—Harina y grasa.

—Qué rico.

Booth sonrió ante su sarcasmo.

—Pues sí que lo está, *cher*. *Roux* marrón para el *étouffée*. —Vertió, sin medir, aceite en otra cazuela, cogió unas varillas y empezó a añadir harina—. Hay que removerlo sin parar sobre el fuego. No queremos que se formen grumos.

—A nadie le gusta un *roux* con grumos.

—Y tampoco queremos que se nos queme.

«Pide algo para llevar —pensó Miranda— o hazte un sándwich. Sigue siendo comida».

—¿Durante cuánto tiempo tienes que hacerlo?

—Diez o quince minutos. Hasta que esté suave.

Miranda decidió que, si cocinaba a la manera de Booth, podía saltarse un día de ejercicios del tren superior en el gimnasio. Cada puñetero domingo les daba un buen repaso a bíceps, tríceps y hombros.

—¿Y una vez que se te hayan caído los brazos?

—Tendrás un *roux* bien ligado y sabroso. Prueba.

—Mi ladrón tiene un restaurante ecléctico —indicó mientras probaba a remover con las varillas—, así que lo veo preparando algo así. —Se inclinó sobre la otra cazuela para echarle un vistazo—. Diría que esto empieza a tener pinta de caldo.

—Porque lo es. Sigue removiendo.

—Que sí, que sí. Con tanto amasar, batir y remover, se me van a poner unos bíceps de mucho cuidado. Ah, la semana pasada vi parte de vuestro ensayo.

Booth, que se había agachado para elegir una botella de vino de la cava, se detuvo y alzó la vista.

—Ah, ¿sí?

—Tengo una escena en un instituto, fuera del horario lectivo, así que pensé que me vendría bien echar un vistazo, y os oí cantar. Estabais ensayando *A Lot of Livin' to Do*. Son realmente buenos, Booth.

—Ahí van.

—Me quedé viéndoos desde atrás…, bueno, lo que se tarda en remover este *roux*, y disfruté de verdad. No sabía que la coreografía era cosa tuya.

—No podemos permitirnos pagar a alguien que se haga cargo y tengo la suerte de contar con un par de alumnos entre el elenco que saben bailar. Me han dado muy buenas ideas.

—Parecía divertido. Los chicos parecían divertirse.

—De lo contrario, no tendría sentido. Trabajan mucho, así que es importante que se diviertan. —Abrió el vino y sacó un par de copas—. Déjame a mí; puedes descansar un poco antes de que empecemos con las verduras.

—¿Qué más hay que picar?

—El resto de la cebolla, el pimiento verde, algunos jalapeños, más apio y más ajo.

Miranda cogió el vino y se apoyó en la encimera mientras Booth continuaba removiendo el *roux*.

—Hace un par de días participé en el club de lectura, el de Cesca. Fue más divertido de lo que esperaba. La verdad es que no me gusta estar sentada analizando un libro, y menos uno mío, pero es un grupo de mujeres simpático e interesante.

—Lorna trató de meterme. «Necesitamos un hombre, Booth. Sé un hombre» —enunció imitando el tono de Lorna de forma muy creíble—. Me gusta hablar de libros, pero ¿leer por obligación? Para eso ya tengo el instituto.

—Tracey es miembro del club. Mencionó que había visto mi coche aquí el domingo pasado.

Booth volvió la vista hacia ella.

—¿Te supone un problema?

—No; le dije que me estás ayudando con una investigación. —Hizo un gesto hacia las cazuelas—. De este tipo. No sabía que habíais estado juntos.

—No lo estuvimos, como tal. Nos caímos bien. Aún nos caemos bien. Salimos juntos un par de veces. ¿Te supone un problema?

—Por supuesto que no.

—Bien. Ponte a picar.

—¿Sabes? —admitió mientras picaba—. Hay una parte extrañamente relajante en todo esto. No es que sea zen, pero sí relajante. Implica más trabajo del que invertiría en prepararme nada para mí, pero podría probar a cocinar algo sencillo e invitar a papá y a Deborah a cenar en mi casa.

—¿En tu casa? Pensaba que vivías con él.

Miranda dejó de picar y rompió a reír.

—Por Dios, Booth, ¡que paso de los treinta! Tengo mi propia casa en la ciudad, mi propio espacio. Veo a papá todo el tiempo, pero me independicé hace años. Si te digo la verdad, me he planteado alguna vez, durante unos cinco minutos, hacer como Zed y R. J. y probar suerte en Nueva York. ¿Sabías que se mudaron allí el verano después de la graduación?

—Vi a Zed en Broadway hace unos años.

—¡Qué me dices! ¿Hablaste con él?

Booth negó con la cabeza.

—Mejor evitar las preguntas incómodas, pero estuvo genial: interpretaba a Billy Flynn en un nuevo montaje de *Chicago*. ¿Seguís en contacto?

—A ratos. Sé que R. J. acababa de comprometerse. No ha dado el pelotazo como Zed, pero actúa en off-Broadway y en el circuito regional.

—¿Y Hayley?

—Está en Los Ángeles; es guionista. Le encanta vivir allí. Se casó el año pasado.

—¿He visto algo que haya escrito?

—Ahora mismo está trabajando en una serie bajo demanda: *En frío*. Va por la segunda temporada.

Le resultó normal, más reconfortante que incómodo, hablar de la vida de gente que ambos conocían, o, en el caso de Booth, que había conocido tiempo atrás.

—Le echaré un vistazo. Necesito las verduras; esto está listo. El ajo no, pero todo lo demás sí.

Booth cogió una cuchara de madera y fue removiendo y mezclando mientras Miranda vertía los ingredientes. Mientras ambos permanecían juntos al calor de las cazuelas.

—Esto tiene que cocer unos minutos, luego añadiremos el ajo y lo dejaremos un par más.

—¿No se te mezclan tantas cosas en la cabeza?

—Tengo un montón de cuartos y cajones ahí dentro. Ahora tienes que darle puñetazos al pan, ¿te acuerdas de cómo se hacía?

—Es mi parte favorita, si exceptuamos comer.

—Dale puñetazos, usa el utensilio para dividir la masa, cúbrela y deja que repose sobre la tabla.

Era… interesante, decidió Miranda, y satisfactorio, al menos lo suficiente como para trasladar la sensación a su personaje.

—Nunca me va a volver loca cocinar, pero entiendo que a algunas personas les encante: todos los aromas, los colores, la sensación de la masa de pan en las manos.

Booth le enseñó cómo añadir el caldo a la cazuela y, acto seguido, cómo dar forma al pan antes de que volviera a subir. Miranda se sentó con su vino.

—Esta receta exige muchísimo trabajo.

—Pero merece la pena. Decías que tendrás la firma de ejemplares pronto.

—Demasiado pronto.

Booth paró un instante y se sentó a su lado.

—¿No te gusta hacerlo?

—No es que no me guste. Siempre es un poco raro, al menos al principio. Es genial, en serio, lo de conocer a los lectores. Gente que realmente se sienta a leer lo que tú has escrito. Acabo llena de energía y exhausta al mismo tiempo. Sin embargo, me gusta la tranquilidad —reconoció con un suspiro—, lo que resulta aún más raro, pero ese es el motivo por el que al final no me mudé a Nueva York, ni a Los Ángeles, ni a ninguna parte. Viajar es maravilloso: ver, experimentar, fantástico todo; pero me gusta saber que después tendré tranquilidad. ¿Cómo es que tú no has acabado en Nueva York, por ejemplo? Diría que es un lugar en el que podrías desaparecer, si es que ese era el objetivo de tu temporada sabática.

—A mí también me gusta la tranquilidad. —Se giró y miró a través de las puertas de la cocina—. Me gusta tener estas vistas y no del tráfico o una calle, con gente corriendo de un lado para otro.

Daba la casualidad de que a ella también.

—¿Cómo nos hemos vuelto tan aburridos? Aunque no puedo decir que tu trabajo lo sea.

—Es un trabajo, una profesión, una carrera. —Le quitó importancia con un ademán—. Y exige mucho tiempo de silencio. Igual que escribir.

—Creo que es la única similitud que puedes sacar entre los dos.

—No lo sé. —Booth movió la silla y estiró las piernas—. Tú organizas, planificas, tienes un objetivo, te adaptas según las circunstancias y trabajas sola. Y ahora vas a preparar un nuevo barniz de huevo.

—Ay, Dios.

—Luego vamos a añadir las gambas, a preparar algo de arroz y a hornear el pan. Y después vamos a comer muy, pero que muy bien.

22

Booth no mentía. Miranda probó un bocado, levantó un dedo y tomó otro más.

—Esto está buenísimo. Tiene un picante agradable. Y un aspecto bonito. —Al probar el pan, suspiró—. Vale, puede que tengas razón cuando dices que se diferencian en todo.

—Lo has hecho tú.

—Yo te he ayudado.

—No, te he ayudado yo a ti —la corrigió—. Tú te has encargado de cada paso. Deberías ser capaz de mostrar a tu chef preparando una comida como esta.

Mientras comía, Miranda pensaba en su personaje, en sus flaquezas y en sus virtudes, algo dudosas.

—Se ve atraído, seducido por la sensualidad de la gastronomía. Incluso en el caos de una cocina profesional, esa parte lo apela. El humo, el vapor, el chisporroteo, los aromas. Robar es un negocio, el negocio familiar, y una adicción; cocinar, sin embargo, es su pasión. Puede que al final decida retirarlo del negocio, o al menos intentarlo, todavía no lo sé. —Entonces miró a Booth, pensativa—. ¿Alguna vez te lo planteas? No es un negocio familiar, pero podría decirse que te criaste haciéndolo.

—Lo pensé cuando estaba en la universidad, y ahora estoy tomándome un descanso más largo del previsto y viviendo esta vida.

Miranda quería saber como base para su libro, pero no podía negar que le interesaba porque sí.

—¿No es duro, no te desorienta, incluso? ¿Lo de pasar de una vida a otra?

—No lo sé. —No podía decir que hubiera reflexionado demasiado sobre el tema, pero…—. Básicamente es como actuar, como adoptar un papel, proyectar un personaje: simplemente te conviertes en él. Además, a veces es liberador, una especie de *tabula rasa* para después ver qué escribir en la siguiente tablilla.

—Interesante. —Miranda hizo un gesto con el tenedor—. Se supone que todos, antes o después, deseamos hacer *tabula rasa*, empezar de nuevo, hacer, ser o tener algo distinto. —Sin dejar de cavilar, se sirvió más *étouffée* con el cucharón—. Supongo que es lo que hizo mi madre.

—¿Aún te duele?

—No, la verdad es que no. Como mucho puedo decir que es un punto sensible, y lo digo —admitió— cuando me pongo quisquillosa con el tema; pero, en realidad, no es más que parte de mi historia.

—¿Sigue en Hawái?

—Sí, pero no con el tipo con el que se marchó.

—Biff —recordó Booth, haciendo reír a Miranda.

—Biff pasó a mejor vida. La relación se fue a pique hace cinco, seis, ¿siete años?… No estoy segura. Por lo visto, le hizo lo mismo que ella le había hecho a papá, pero se llevó la mayor parte del dinero.

—Qué simpático.

—Bueno, quien siembra vientos… Si me enteré fue porque se puso en contacto con papá y le pidió un préstamo. Yo protesté, pero no me hizo caso.

—Te tiene gracias a ella.

Miranda asintió mientras comía un pedazo de pan.

—Eso es justo lo que dijo, negándose a escucharme. En cualquier caso, le envió dinero, no un préstamo, sino dinero sin más, para que pudiera salir a flote. Ahora tiene una tienda de tatuajes, lleva los antebrazos llenos de *tatoos*, se ha puesto tetas y anda con un chavalito que, por la pinta, tendrá mi edad. —Dio un sorbo al vino y sonrió por encima de la copa—. Redes sociales. No pude evitarlo.

—Así que hizo *tabula rasa* otra vez.

—Debe de ser duro acabar tan insatisfecho con la vida cada pocos años, sin encontrar nunca la felicidad. Podría darme lástima, pero no me veo con tanta generosidad, la verdad.

—Tampoco la apreciaría —señaló Booth—, ¿para qué malgastarla?

—Un argumento excelente. En tu caso, no es así. En tu caso, es parte de lo que haces. Es evidente que estás satisfecho con la vida que ahora mismo estás viviendo.

—Desde luego. En parte, es por la suerte que he tenido de caer aquí, de toparme con esta casa cuando ni siquiera tenía el trabajo aún. A veces es una pesadez, o das con un chico empeñado en arruinarse la vida y, si puede, la tuya también. Entonces pienso: «Jo, podría estar sentado en la terraza de una villa en Corfú, contemplando el mar Jónico y bebiendo *ouzo*».

Por extraño que pareciera y a pesar de la sudadera y los vaqueros gastados, Miranda podía imaginárselo allí.

—Pero al día siguiente vuelves.

—Porque al día siguiente se prende una chispa y ves, pero de verdad, que algo conecta en la cabeza de un chaval y se abre una puerta. O ves a un puñado de chiquillos en el escenario, buscando algo, y sabes que algunos de ellos lo van a encontrar y lo van a hacer suyo. —Se encogió de hombros—. Y el Jónico no se va a ir a ninguna parte.

—Nunca he estado en Grecia. ¿Me gustaría?

—A mí me gustó: la cultura, el arte, la antigüedad, la comida; todo.

—Apuesto algo a que aprendiste el idioma.

—Solo para apañarme.

—Dime algo en griego.

Booth la miró a los ojos, a aquellos ojos de bruja del mar.

—*Écheis ta mátia mias thalássias mágissas.*

—Yo diría que te apañas más que de sobra. ¿Qué has dicho?

—He dicho —mintió— que es bonito tener con quien compartir una comida excelente.

—Sí que lo es. Si estuviera en casa, un día como este es probable que abriera una lata de sopa y la acompañara de una porción de ensalada de bolsa.

Booth se estremeció.

—De verdad que eso me ha dolido en el corazón.

—Podría ponerme creativa y untar crema de queso en unas galletas saladas —replicó Miranda con la ceja enarcada.

—Para.

—Rápido, cómodo y sabroso. En fin, háblame de alguno de tus trabajos. No, de alguno no —decidió—: del primero. Háblame de la primera casa que allanaste.

Booth sabía que había vuelto al libro y se dijo que debía aceptarlo.

—La verdad es que estuvo muy bien. La vecina de una clienta se encontraba en casa de esta mientras limpiábamos, tomando café y charlando en el salón. Yo me ocupaba del suelo de la cocina cuando la vecina empieza a quejarse y a bromear sobre la colección de sellos del marido. Dice que está obsesionado y suelta la cifra colosal que ha pagado por un sello en concreto. —Booth cogió el vino—. Yo nunca había pensado demasiado en sellos, pero aquello me llamó la atención.

—¿Cuántos años tenías?

—Unos doce. Voy dándole vueltas mientras ellas hablan de un acto benéfico que están organizando, así que me ofrezco voluntario a ayudar a la vecina a llevar al coche algunas de sus cosas para la subasta.

—Para poder entrar en su casa.

—La ayudé con las cajas y le eché un buen vistazo al sistema de alarma: estaba a mi alcance. Y, de hecho, vi el despacho del marido. El trabajo me cayó en las manos.

—En unas manos de doce años.

—Sí. Me tomé mi tiempo: los vecinos tenían previsto irse de vacaciones, así que esperé a que la casa quedase vacía. Era una bonita mansión en un barrio bonito y tranquilo. No me costó mucho abrir las cerraduras ni desactivar la alarma. —Se detuvo un momento al recordar en tromba todos y cada uno de los detalles—. La sensación fue increíble, para qué fingir otra cosa. Allí de pie, en una casa oscura y silenciosa en la que no debía estar. Sabía que podría recorrerla entera y llevarme lo que me diera la gana: jamás se enteraría nadie.

—¿Es lo que hiciste?

—¿Cómo? No.

—¿Por qué no? Tienes doce años y todo al alcance de la mano.

—Porque no es así como funciona; al menos, para mí. La magia estaba en saber que podía hacerlo. Los sellos eran el objetivo. El caso es que estoy en el despacho, repasando los álbumes de sellos. Los tenía bien catalogados. Elijo lo que había investigado y… se encienden las luces y suena una música atronadora.

Miranda se sobresaltó de verdad y, acto seguido, se rio de sí misma.

—¿Al final no se habían ido de vacaciones?

—No, sí que se habían ido, pero lo que yo no sabía era que su hijo universitario se iba a presentar a montar fiestas. Y allí estoy yo, escondido bajo el escritorio del despacho del hombre, y el chaval en la cocina, justo al otro lado de las puertas de cristal, en bóxer y con una chica en ropa interior. Bebiendo vino y bailando sexy.

Miranda, que reía tan fuerte que tuvo que agarrarse el estómago con la mano, se tapó la cara con la otra.

—Ay, madre. ¿Qué hiciste?

—Bueno, me quedé mirando; trataba de pensar en cómo salir de allí con los sellos, pero sobre todo me quedé agazapado, espiando en la oscuridad. Entonces empezaron a quitarse la ropa mientras seguían con el baile sexy, y digamos que tuve una reacción potente.

A Miranda se le escapó la siguiente carcajada sin poder evitarlo.

—Ya me lo imagino.

—No había visto nunca una chica desnuda. Una chica desnuda de verdad, y él se está quitando el calzoncillo y están uno encima del otro, ahí en la cocina. Yo sabía cómo se suponía que funcionaba el tema, pero nunca había visto cómo se hacía, en persona.

Encantada, Miranda apoyó el codo en la mesa y la barbilla en el puño.

—Sellos o porno en vivo. ¿Qué va a hacer un pobre prepúber?

—La elección era difícil, pero tenía que largarme mientras estuvieran distraídos, así que agarré los sellos, me escabullí reptando, restablecí la alarma y salí corriendo. —Booth se levantó a recoger—. Jamás descubrieron el allanamiento; pensaron que alguien se había llevado los sellos en alguna de las fiestas del hijo, y gracias a ellos pagué un montón de facturas y seguí formándome.

«A los doce», pensó Miranda mientras lo ayudaba a recoger.

—Así que ¿esa fue tu transición de robar carteras?

—Yo no diría tanto. Simplemente diversifiqué.

Miranda comenzó a llenar el lavavajillas, señal de que la sesión dominical se acercaba a su fin. Lamentarlo, aunque fuera solo un poco, parecía natural.

—¿Puedes mostrarme cómo hiciste lo del reloj? ¿Cómo me lo quitaste sin que lo notase?

—No hace falta más que un toque leve y rápido. —Booth le rozó la muñeca con una mano—. Así.

Miranda levantó el brazo.

—Sigo llevando el reloj.

—Pero ya no llevas esto —respondió, levantando el colgante en la mano—. Es un bonito heliotropo. Distracción, y un toque leve y rápido.

Miranda abrió la boca con asombro antes de echarse a reír.

—Es ridículo; además, no estaba tan distraída.

—Lo suficiente. Probablemente quieras esto de vuelta.

Le rodeó el cuello con el colgante y, al abrochárselo por detrás, sus dedos le rozaron la nuca. Era natural cerrar los ojos, solo un momento, para deleitarse en la sensación.

—Sí, gracias. Ahora mismo es de mis favoritos.

—¿Y esto?

Miranda se dio la vuelta y vio el reloj entre sus dedos.

—¡Booth! Venga ya, esto pasa de lo ridículo a lo siniestro. —Le quitó el reloj y se lo volvió a poner—. Podías tener un espectáculo de magia.

—No me guardo nada en la manga; excepto… —Se sacó el collar—. Esto.

El asombro y la diversión brillaban en los ojos de Miranda.

—Ahora, cada vez que camine por la calle, veo que tendré que dejar tres metros de distancia. ¿Y todo esto te lo enseñó tu tía?

—Los rudimentos sí. —Booth trazó un círculo con el dedo para que Miranda se diera la vuelta otra vez y sonrió cuando esta, con toda la intención, se tapó el reloj de la muñeca con la mano—. En su defensa diré que lo hacía por entretenimiento, no como guía. Ya está: el heliotropo y el bonito Baume y Mercier. Solo me quedaré con estos como pago por la lección.

Levantó sus pendientes en la mano y sonrió de oreja a oreja cuando Miranda se llevó de golpe las manos a las orejas.

—¡Pero bueno!

—Cierres de gancho: fáciles de sacar.

—No lo olvidaré —respondió Miranda, tendiéndole la mano.

Sin embargo, Booth se movió unos centímetros para ponerle uno y luego el otro.

—Te quedan bien.

—Gracias. —Miranda sintió un vuelco en el corazón y un anhelo creciente—. Me estás cortando el paso, Booth.

—Perdón. —Se retiró hacia atrás y aquellas manos tan listas se metieron en los bolsillos—. Yo acabaré de recoger. Voy a darte un poco para que puedas ahorrarte el queso con galletas saladas.

Se acercó a la isla de cocina y sacó un táper. Miranda no se movió de donde estaba.

—Así eres; esta es otra característica tuya: aceptas un no por respuesta y no insistes, aunque los dos sabemos que ahora mismo insistir un poquitín jugaría en tu favor.

—No quiero insistir a mi favor. —La miró directamente a los ojos, a su interior—. Contigo no.

—No puedo repetir el mismo error.

Sus ojos se volvieron líquidos, como si se hubiera encendido una llama.

—No fue un error, y maldita sea mi estampa si eso es lo que te parece. Puedes decir que lo fue el modo en que gestioné la situación y estoy de acuerdo, aunque no sé cómo podría haberlo hecho de otro modo. Pero aquel tiempo contigo, aquellos últimos días, fue el mejor fin de semana de mi vida, antes o después. Fue perfecto. No fue un puñetero error.

Su ira prendió la de ella.

—¿Que cómo podrías haberlo hecho de otro modo? Podrías haberme dicho la verdad.

—¿En serio? Así que, según tú, voy y le digo a la chica con la que acabo de pasar un fin de semana alucinante, cuyo padre no solo es uno de mis profesores favoritos, sino que he estado en su casa, le digo: «Ey, Miranda, te voy a contar un detallito simpático sobre mí. Soy un ladrón; además, ¿sabes?, ¿todos esos certificados con los que entré en la universidad? Falsos. Y ahora resulta que un ricachón pirado para el que hice un trabajo hace unos años ha vuelto y quiere que le haga otro; si no, le hará daño a mi tía, puede que a ti y al puñado de amigos que tengo. ¿Qué hago?». —Dejó el táper a un lado de golpe y se alejó—. ¿Llamo a la policía? ¿Al puto FBI? ¿Y qué les digo? ¿Que hay un tío que quiere que robe una escultura? ¿Cómo, que por qué yo? Porque es a lo que me dedico. ¿Que les dé mi nombre? Ay, bueno, ¿cuál de todos?

—Tal vez tengas razón; no lo sé. Tal vez podría haberte ayudado; no lo sabes.

—Ni tú lo sabes, ni yo lo sé, pero lo que sí sé es que, si te lo hubiera contado, LaPorte habría tenido más motivos para hacerte daño. A Mags no se lo conté hasta una vez concluido por la misma razón.

Aquello hizo que, de repente, el resentimiento de Miranda dejara de crecer.

—¿No se lo contaste a tu tía?

—Hasta que no acabé y básicamente iba camino de Francia, no. Tampoco le gustó que no le dijera nada, pero al menos estaba a salvo.

Miranda no sabía por qué aquello cambiaba las cosas, pero el caso es que lo hacía, porque Booth quería a su tía y esta había sido una constante en su vida.

—¿Cómo se lo contaste si te habías ido?

—Teléfonos de usar y tirar. Les conseguí móviles a ella y a Sebastien. Nada de correo electrónico ni postal, ni ningún otro tipo de comunicación. No volví a verla hasta el año siguiente. Va al Mardi Gras, se mete en un avión privado que le he organizado y se marcha volando. Nos habíamos prometido el uno al otro que pasaríamos unos días juntos al año, sin excepciones. El 1 de abril o antes.

«Su única familia —pensó Miranda—. Su único vínculo con el hogar».

—Y los dos encontrasteis maneras de mantener la promesa.

—Sí, las encontramos. En fin.

Volvió a la isla y terminó de llenar el táper. Su voz volvía a sonar tranquila, como si el arrebato de ira y emoción no hubiera tenido lugar. Miranda se dio cuenta de que se contenía, de que reprimía su verdadero ser, y ¿acaso ella no estaba haciendo exactamente lo mismo?

—Seguro que ya tienes material suficiente para tu libro.

—Probablemente.

—Sería más fácil para los dos si dejáramos de vernos los domingos.

—Probablemente —repitió.

Booth le tendió el táper, que cogió y dejó sobre la encimera. «Basta —pensó Miranda—. Basta de fingir, basta de filtros, basta de negativas por parte de ambos».

—¿Por qué no me preguntas qué quiero?

—¿Qué quieres?

—Tal vez quería que insistieras un poquitín para no cargar con la responsabilidad, pero ese momento pasó.

Se acercó hasta él, posó las manos en sus mejillas y apenas rozó sus labios con los suyos. Su corazón dio un lento vuelco mientras Booth la miraba casi igual que aquel primer día en clase, mil años atrás: con intensidad, tristeza y algo de enfado.

—Tal vez quiera volver atrás, aunque solo sea por hoy, a aquello que nos arrebataron. Te amaba como solo se puede amar a los veinte: sin restricciones, como un tsunami, con todo el futuro por delante en bellos colores. Tal vez quiera un poco de aquello, aunque solo sea por hoy.

—Yo no...

—Creo que me lo debes. Creo que quieres resarcirme por esos colores que se han desvaído. —Al volver a besarlo, percibió cómo se contenía, cómo se reprimía—. Resárceme, Booth —murmuró. Enlazó los brazos alrededor de su cuello y, de un salto, le rodeó la cintura con las piernas—. Llévame arriba. —La cabeza le daba vueltas, sus besos se tornaron urgentes—. Llévame a la cama o tendré que seducirte sobre la encimera de la cocina.

—No voy a permitir que te arrepientas. No voy a permitir que lo califiques de error.

—Ahora somos adultos. —Se deleitó en su cuello mientras la conducía fuera de la cocina—. No es más que sexo.

Booth se detuvo y se echó atrás para mirarla a los ojos.

—Sí lo somos, y no lo es.

Derrotada, apoyó la frente sobre la de él. Admitirlo no era un error, sino un riesgo. Lo asumió.

—No, no lo es. —Hizo lo que llevaba semanas deseando: le peinó el cabello con los dedos—. Solo voy a pedirte una cosa.

—Me siento inclinado a concedértela.

—No vuelvas a marcharte sin más. Yo tampoco lo haré. Si llega el momento de que uno de los dos se vaya, cuando llegue, no nos marcharemos sin más.

—Hecho. —Llegados al dormitorio, Booth la dejó en el suelo y comenzó a deshacerle la trenza—. Si cambias de idea sobre esto..., mañana encontrarán mi cuerpo destrozado en el suelo bajo la ventana.

—Eso no lo puedo consentir. —Tiró de la sudadera antes de recorrer su pecho con las manos—. Realmente te has mantenido en forma.

—Un ladrón barrigón es un ladrón lento. Dios, tu pelo. —Hundió el rostro en su cabello suelto—. He echado de menos verlo, tocarlo. —Con la mirada clavada en la suya, le quitó el jersey por la cabeza—. Verte, tocarte.

La levantó en brazos, la atrajo hacia sí y, por fin, unió su boca a la suya y se dejó llevar. Tomó lo que deseaba, todo lo que quería. Era un sueño hecho realidad, un sueño que envolvía sus sentidos hasta saturarlos. Con besos lentos y fastuosos, con su boca rendida a la de él, devorándola, el pasado y el presente se entretejieron hasta convertirse en algo distinto y solo suyo. Una flor, largo tiempo dormida, finalmente se abrió.

Booth la depositó en la cama y entrelazó los dedos con los suyos. Para prolongar el momento, fue besándola con delicadeza en la ceja, los párpados, las mejillas. Luego, con sus labios pegados, se sumergió en ella.

Todo en el interior de Miranda despertaba, se tensaba y se consumía. No creía haber dormido: había tenido una vida, amantes, un trabajo; pero con aquel beso sintió como si una parte de ella, algo elemental, volviera a despertar. Booth le mantenía las manos sujetas mientras sus labios la recorrían, y la sensación de impotencia la abrumaba, la seducía y la tentaba a capitular.

—He soñado contigo —reconoció Booth mientras su lengua se deslizaba bajo su sujetador para encontrarla y enardecerla—. Soñaba contigo, con esto, y me despertaba con el olor de tu cabello envolviéndome. —Subió hasta su garganta recorriéndola con los labios, los dientes, la lengua—. Aquí estás por fin. Me torturabas, sentada o de pie en mi cocina, con todas esas preguntas.

—Lo sé —respondió casi sin aliento, maravillosamente sin aliento en ese instante—. Era lo que quería.

—Pues diste en la diana. —Le levantó una mano y le mordisqueó los nudillos—. Tengo derecho a vengarme un poco.

Las caderas de Miranda se arquearon; el pulso se le aceleraba.

—Sírvete.

—Voy.

Le soltó las manos y, en un movimiento rápido como una exhalación, le soltó el sujetador. Miranda alargó las manos hacia él mientras se lo quitaba, pero se las atrapó de nuevo y esta vez le estiró los brazos por encima de la cabeza.

—Me estoy sirviendo.

El corazón le latía errático bajo las lentas exigencias de su boca. ¿Acaso lo había olvidado? ¿Cómo había podido olvidar el modo en que podía tomar para sí y proporcionar un placer tan doloroso?

El placer creció, creció, creció hasta que Miranda comenzó a temblar y, acto seguido, a retorcerse. Solo con su boca la había llevado a lo más alto. Booth sintió cómo ascendía y cómo caía antes de soltar sus manos para poder tocarla con las suyas. Toda aquella preciosa piel, tan suave y algo húmeda por el calor que se daban el uno al otro. Todas aquellas curvas, dulces y sutiles, y aquellas largas extremidades que por fin podía tocar y explorar y poseer de nuevo.

Las manos de Miranda se movieron apresuradas sobre él al tiempo que su cuerpo se movía bajo el suyo y le ofrecía todo lo que deseaba. Los dos se arrodillaron sobre la cama, precipitándose a desnudar al otro. Miranda soltó una carcajada jadeante.

—Quítate esas malditas zapatillas y termina lo que has empezado.

—No puedo dejar de mirarte.

—Termina ahora y mírame después, Booth. Booth —repitió, envolviéndolo en aquellas piernas interminables para atraerlo hacia sí.

Las uñas de Miranda se le clavaron en los hombros al tiempo que su cabeza caía hacia atrás, pero él siguió mirándola, mirando la cascada de su melena y la necesidad en sus ojos mientras se tomaban.

Todo lo que deseaba lo envolvía, un sueño tanto tiempo fuera de su alcance por fin yacía cálido y vibrante entre sus brazos. Fuera cual fuese el precio que pagar, se entregó al momento y a ella, sin remordimientos.

Miranda no se ovilló contra él como había hecho antaño. Aquella no era la jovencita cándida que una vez había sido; desde luego, no era una mujer que creyese que el amor de alguna manera forjaba un camino único, y él no era el chico dulce y tímido del que se había enamorado perdidamente, sino un hombre mucho más complicado y complejo. En la cama, a su lado, admitió que aquel hombre la fascinaba. Una evaluación sincera (y no quería sino sinceridad) añadía emoción y atractivo, pero todas aquellas reacciones no sumaban nada al amor, que, aunque fuera un camino claro, seguía estando plagado de baches, trampas y obstáculos. «Así que —concluyó— adelante con ello».

Booth alargó la mano y la enlazó con la suya. Miranda cerró los ojos y buscó unas defensas que solía tener preparadas.

—No es solo sexo —aseveró Booth— y estamos bien.

—No busco romance, una relación o un felices para siempre, Booth.

—Esas cosas no están al alcance de alguien como yo, pero seguimos estando bien. Hay algo entre nosotros, Miranda, y siempre lo ha habido. Estoy dispuesto a tomarlo, por el momento, y conformarme con ello. —Se incorporó y, sentado, la miró—. Si no eché a correr cuando volví a verte fue por los chavales, pero no fue el único motivo. Tú no fuiste directamente a Lorna o a la policía porque querías respuestas, y porque podrías usarlas, pero ese no es el único motivo.

Miranda se sentó a su lado y, a oscuras, estudió su sombra.

—No, no lo es. Solo voy a quedarme hasta julio.

—¿Ves? Ese es el vaso medio vacío. Lo que yo veo es que tengo tres meses contigo. Aprovechémoslos.

—Siempre he pensado que, si el vaso está medio vacío, hay que levantar el culo y llenarlo. —Ceder no era lo mismo que rendirse, pensó mientras le acariciaba el cabello—. Pues muy bien, Booth, llenémoslo.

Este se inclinó hacia delante lo justo para que sus labios tocaran los suyos.

—Quédate.

—Eso sería llenar tanto el vaso que rebosase y se derramáse por todo el suelo.

—Empezaremos poco a poco. Quédate a tomar el café y el postre.

—Tú no bebes café.

—Me tomaré un *latte*.

—Si a eso lo llamas café… —Ladeó la cabeza—. ¿Qué postre?

—Tomaremos *sundaes* con chocolate caliente.

—No tienes *sundaes* con chocolate en el congelador.

—No, pero sí que tengo helado, un tarro de cobertura de chocolate en la alacena y nata para montar en el frigorífico. Los juntamos y tenemos nuestros *sundaes*.

—Nata para montar. ¿Qué tiene de malo la que viene en bote o en lata?

—No empieces.

Antes de que pudiera vestirse, Booth le tendió un albornoz y se puso la sudadera. Tras la debida consideración, Miranda decidió que, si una sabía que la estaban manipulando, en realidad no la estaban manipulando. Se ocupó del café mientras Booth transformaba una tarrina de nata para montar. Luego se sentó a la encimera, con su albornoz puesto, y se comió un *sundae* con chocolate caliente.

—He pensado que voy a ir a tu firma el fin de semana que viene.

—No tienes por qué hacerlo.

—Enseño literatura —señaló— y tenemos a una autora superventas en el pueblo. ¿Qué tipo de ejemplo daría si no voy? Y tú puedes pagarme viniendo a una de las representaciones de *Birdie*.

—Tenía pensado hacerlo igualmente. En serio, nadie se va a dar cuenta ni le va a importar si vienes a la firma o no.

Divertido, agitó la cuchara en el aire.

—Ahí te equivocas; se nota que solo llevas tres meses en Westbend. No te gustan, ¿verdad? Las firmas.

—No he dicho eso.

—Todo tu cuerpo lo dice. ¿Por qué no?

Miranda suspiró y comenzó a juguetear con la cuchara en el helado.

—Siempre me hacen sentir como si no fuera yo. Escribir es algo solitario, estáis la historia y tú. Luego, una vez hecho, la gente quiere que salgas ahí y, en fin, actúes.

—¿Miedo escénico?

—Nunca me ha preocupado salir a escena. Me gustaba actuar en el instituto. Pero en una obra se supone que eres alguien distinto; esa es la gracia.

—Cada actor aporta algo de sí mismo al papel. La librería, en este caso, es tu escenario.

—Me gusta conocer a los lectores. Agradezco a la gente que invierta tiempo en leer algo que he escrito yo. Es solo que me saca de mi bonita y cómoda zona de confort.

—Donde estáis únicamente tu historia y tú.

—Sí. Aunque, una vez más, uno de los motivos por los que estoy pasando esta temporada en Westbend es para ampliar esa zona. Una puede volverse comodona y entonces la rutina, de la que soy fan, se convierte en estancamiento.

Lamió un poco de nata montada de la cuchara antes de hacer un gesto con ella.

—Para ti el estancamiento no es un problema, porque cambias de rutinas, de lugar y de todo cuando te conviene.

—No siempre me conviene; a veces es necesario y ya.

—Mi personaje está demasiado comprometido con el restaurante como para cambiar las cosas. ¿Tú robas a las mujeres con quienes te acuestas?

—¡No! Por el amor de Dios. —Consternado, se pasó las manos por el pelo—. Menuda pregunta para estar ahí sentada, desnuda bajo el albornoz.

—Él sí. Es algo clave en la trama. Se ha acostado con la víctima, y no es la primera con la que lo hace para luego robarle, aunque sí es la primera que acaba muerta. Y tú ¿por qué no? La intimidad proporciona acceso.

—Porque, en primer lugar, sería de muy mala educación.

Miranda rio, soltó la cuchara, y rio aún más. Luego, se inclinó hacia delante y le rodeó el rostro con las manos.

—Te pega pensar así, sentir así. Es parte de lo que hace que seas tan irresistible, ese extraño código moral.

—Flexible.

—Extraño y flexible, pero genuino. ¿Y en segundo lugar? Suele haber un segundo lugar si hay un primero.

—En segundo lugar, es un vínculo directo. Aunque no estés aún en el punto de mira, es probable que la policía tenga algunas preguntas que hacerte.

—Sí, eso es algo que voy a usar. —Miranda volvió a coger la cuchara y sonrió a Booth—. Preparas un *sundae* con chocolate caliente riquísimo.

—También preparo una tortilla de queso riquísima. Si te quedas, te invito. Y ya le has metido mano, porque la haré con los huevos que estropeaste al preparar el barniz.

En lugar de arquearse, sus cejas se fruncieron.

—No estropeé tantos.

—Tengo más.

Miranda se quedó mirando la cucharada de helado con chocolate antes de comérselo.

—¿Le vas a poner beicon?

—Y pan francés tostado.

—Bueno…, en tal caso podría lamer lo que se te caiga del plato al suelo.

—Tengo fregona, ¿sabes?

Miranda se quedó.

23

Volvió a quedarse a mitad de la semana, después del ensayo, y le resultó extrañamente relajante sentarse a leer delante de la chimenea de Booth mientras este calificaba ejercicios. No era una rutina, se aseguró a sí misma, ni siquiera una expectativa. Solo había sido una invitación informal a pasarse por allí después del ensayo a comer pizza casera... y a quedarse.

La noche de la firma de libros, Miranda se puso un vestido sencillo de un gris suave con una cazadora de cuero azulón. Se dejó el cabello suelto y se calzó unos tacones a juego con la cazadora. Tenía un aspecto elegante y profesional, nada recargado. Al salir del dormitorio, parpadeó con incredulidad ante el arcoíris de tulipanes en un jarrón cuadrado transparente que había sobre la encimera de la cocina. Cogió la nota apoyada en él.

Mucha mierda.

Booth, por supuesto. Por lo visto, el ladrón había entrado y dejado algo en lugar de llevarse nada. Miranda habría deseado que no le resultase tan encantador.

—No debería hacerme tanta ilusión —murmuró, aunque se guardó la nota en la cartera a modo de talismán para que le diera suerte.

Cuando llegó al centro del pueblo, entró en la librería por la parte trasera, tal y como le habían indicado. Encontró a Carolyn emocionadísima y el mostrador lleno de pilas de ejemplares de sus libros.

—¡Debería haberte pedido que vinieras una hora antes en lugar de treinta minutos! ¡Llevamos todo el día recibiendo pedidos de preventa por internet! La gente ya está haciendo cola y, ¿te lo puedes creer?, hay un equipo de televisión que ha venido desde Washington. Me han hecho una entrevista rápida y ahora están hablando con algunos clientes. Por supuesto, quieren charlar contigo.

A pesar de la sonrisa entusiasta que le dedicó, a Miranda se le hizo un nudo en el estómago.

—¡Genial!

—No tienes nada de qué preocuparte. Para estos actos tenemos un sistema tan fluido que va como la seda, y voy a ayudarte a lidiar con estos pedidos. ¿Te traigo primero algo de beber?

«Un buen lingotazo de whisky», pensó Miranda.

—Con agua bastará, gracias.

—¡A tu servicio! —canturreó Carolyn—. No me puedo creer que nuestra tienda vaya a salir en las noticias de las once, y quizá otra vez por la mañana.

Miranda mantuvo la sonrisa en su sitio mientras Carolyn le tendía el agua y exclamaba:

—Yupi.

Andy había anunciado que se trataba de una autora «casi local» debido a su relación con Cesca, y la estrategia había funcionado, al igual que su amplia campaña de marketing en redes sociales.

Cuando Miranda accedió al lugar del acto, vio un impresionante mar de rostros, incluido el de Booth, de pie con Cesca y Lorna. La parte de preguntas y respuestas de este tipo de actos nunca le preocupaba. Sabía cómo responderlas e hizo todo lo posible por mantener la misma actitud cuando se prestó a la entrevista, afortunadamente breve, con el periodista de Washington. Si bien notó cómo Booth evitaba que la cámara lo captase, dudaba de que nadie más lo hiciera. Demostró ser tan refinado en sus movimientos como el sistema desarrollado por los Stipper para sus actos.

Miranda se sentó a la mesa, firmó libros, se hizo fotografías con los clientes, charló y, poco a poco, el zumbido de los oídos aminoró hasta que logró sentirse casi normal. Cuando Cesca se le acercó, negó con la cabeza.

—Tú ya tienes el libro firmado.

—Y tú vas a ver que no es para mí, sino para una amiga mía. Ronda siempre anda presumiendo de su hija la médica y su hijo el abogado. ¡A ver si es capaz de mejorar esto! Ay, qué orgullosa estoy de ti. —Se volvió hacia Booth—. Por favor, hazme una foto con mi famosa ahijada.

Una vez tomada la instantánea, Booth también le tendió un libro.

—Pensaba que ya lo habías leído.

—Y lo he hecho. Este puede sumarse a mi colección de libros firmados. La parte de la charla te ha salido fenomenal.

—Siempre es la más sencilla para mí.

—Me alegro de haber venido. Ahora tengo que irme; esta noche tengo que ocuparme de cuestiones técnicas. Es probable que no vuelva a casa hasta las nueve.

Miranda oyó la pregunta en su afirmación.

—Después del acto, tengo una cita con el club de lectura. Creo que volveré a casa sobre la misma hora.

—Que te diviertas.

Lo hizo y, para sorpresa suya, mucho. Aun así, normalmente se habría ido directa a casa, se habría puesto un chándal o un pijama y se habría pasado al menos una hora tirada, mirando al techo en silencio. En cambio, condujo hasta casa de Booth.

—Qué sincronización —dijo este cuando Miranda llamó a la puerta—. Llegué hace unos cinco minutos.

La atrajo hacia sí y la envolvió entre sus brazos. El beso hizo mucho más por el equilibrio mental de Miranda que mirar al techo en silencio.

—Tengo champán.

—Cesca también, pero me limité a una copa.

—Ahora puedes beberte dos. —Se echó hacia atrás—. Estabas, y estás, preciosa.

—El objetivo era no parecer recargada.

—Pues lo has conseguido de sobra. Creo que le has alegrado el año a Carolyn. —Tomándola de la mano, la condujo hasta la cocina y a la botella que acababa de sacar del frigorífico para meterla en un cubo con hielo—. ¿Sabes? Carolyn tiene a Cesca en el bolsillo, así que te va a dar la tabarra para que vuelvas.

—Ya ha empezado a hacerlo —dijo mientras se quitaba los zapatos de tacón y emitía un sonido de placer como solo entendería una mujer que ha pasado horas de pie encaramada en unos.

—Siéntate. Voy a abrir el champán.

—Llevo horas sentada. Te colaste en mi casa.

—Pero no rompí nada.

Miranda se acercó a él y le dio un golpecito en el brazo.

—Podías haber llamado.

—Se habría perdido el factor sorpresa —respondió Booth mientras descorchaba la botella.

—Eso es cierto, y las flores son muy bonitas. Gracias.

—De nada. —Booth le tendió una copa y cogió la suya—. Enhorabuena por el éxito de *Una tarde con Miranda Emerson*.

Miranda le dio un sorbo, hizo girar los hombros y suspiró.

—Cómo me alegro de que se haya acabado.

—Me gustó verte allí, siendo el centro de atención. Me sentí en las nubes.

—Lo dices en serio —murmuró Miranda.

—¿Por qué no iba a ser así?

—No lo sé. No lo sé. Supongo… que para ti esto será poca cosa, una firma de libros en un pueblo como Westbend.

—No lo es; es donde vivo, y estás tú. Por una noche, tal vez podríamos dejar de lado a qué me dedico.

—Creo que hemos hecho muy buen trabajo a la hora de dejarlo de lado, y no lo digo como un insulto o una indirecta. —Miranda se sentó y dio otro sorbo al champán—. Yo también te he observado. Para ti no es una actuación. Tú no finges llevarte bien con la gente. Realmente lo sientes. No estás usando el musical de primavera como parte de tu tapadera. Tú quieres que esos chiquillos brillen.

—Una vez más, ¿por qué no iba a hacerlo?

¿Cómo explicarle, se preguntó Miranda, lo simple que era para él y lo tortuoso que le resultaba a ella?

—Para ti todo es perfectamente normal. A otras personas, como a mí, por ejemplo, nos cuesta más encontrar esa normalidad. La primera vez que te vi pensé: «Ay, es un poco tímido» y, por supuesto, aquello me convenció para acercarme. Yo funciono así. Pero lo que vi como timidez era en realidad precaución, algo necesario para ti. Así que ahora, al echar la vista atrás, sé que las cosas que me dijiste iban en serio, aunque pasadas por tu filtro de normalidad.

No podía discutírselo; Booth lo recordaba todo.

—No puedo volver atrás y cambiar lo que sucedió.

—No, no es eso lo que quiero decir, en absoluto. Es solo que… eres increíblemente sincero para ser alguien que vive de mentir. ¿Y lo que me dijiste antes, lo de cómo un actor aporta al papel algo de sí mismo? Veo que tal vez cambies de nombre, incluso de aspecto, de tapadera, de todo, pero sigues siendo tú.

—Es algo que estoy aprendiendo a aceptar.

—Avísame cuando lo consigas. Entretanto, ¿por qué no te sientas y me cuentas cómo van las cuestiones técnicas?

—¿De verdad quieres oírlo?

—Pues sí, sobre todo porque así tendré una excusa para tomarme una segunda copa de esto y relajarme antes de llevarte arriba y seducirte.

Booth cogió la botella.

—Seré rápido.

Durante el descanso del almuerzo, Booth se pasó un momento por el salón de actos. Los martillos y las pistolas de clavos retumbaban, y se oía el quejido de una taladradora. Mientras bajaba por el pasillo central, le llegó el olor de la pintura fresca desde donde varios alumnos trabajaban en el decorado de la estación de tren para el número *We Love You, Conrad.* Jill Bester, la madre del alumno encargado de las cuestiones técnicas y diseñadora voluntaria de los decorados, supervisaba a otro chico mientras apretaba un tornillo en uno de los cubículos inferiores del número inicial.

—Buen trabajo, Chuck. Esto está listo. —Entonces llamó a Booth y se tocó la visera de la gorra de béisbol—. ¿Qué te parece?

Booth observó los cubículos de distintas longitudes y anchos, e imaginó sin problemas al elenco subido en ellos, repartido por el escenario, sentado en su interior con los teléfonos de utilería.

—Es perfecto.

—Lo será cuando lo pintemos. —Caminó hasta una mesa plegable para coger su tableta y abrió una imagen con el diseño—. Esto está y esto también, ¿no?

Booth miró la pantalla, llena de colores atrevidos y brillantes, pensó en las indicaciones de luces que acentuarían los puntos destacados.

—Eso también está perfecto. No sé qué haríamos sin ti, Jill.

—Me encanta colaborar, sobre todo en el musical de primavera.

—No vas a abandonarme cuando Tod se gradúe, ¿verdad?

—Tú intenta librarte de mí. Solo me quedan otros veinte minutos con el equipo, pero Missy va a traer a algunos de sus alumnos de artes para ayudarme durante la siguiente hora. Podrás usar los cubos y el decorado de la cocina en el ensayo de esta noche.

—Casi has acabado las construcciones, y en la fecha prevista.

—Así es como nos gusta hacerlo. Tú también has invertido un montón de tiempo. —Se puso en jarras mientras contemplaba lo que otros verían como un caos—. Los telones de fondo deberían estar listos a finales de esta semana, y te agradecemos que no hayas invertido tiempo en ellos.

—Otra indirecta sobre mis talentos artísticos —bromeó Booth.

—No tienes ninguno en lo que a dibujar o pintar se refiere.

—Cruel, pero cierto. Ve a comer, Jill. Yo iré luego.

Sacó una Coca-Cola y una manzana de la sala de profesores, echó un vistazo al vestuario y se preparó para la clase siguiente. Las próximas semanas seguirían el mismo horario de locos, pero no le importaba lo más mínimo. Pensó en cuando dicho horario volviera a bajar el ritmo y se preguntó si a Miranda le apetecería hacer senderismo o piragüismo. Aún no había tenido tiempo para averiguarlo.

¿Deberían salir a la manera tradicional? ¿A cenar, al cine, a algún concierto en la ciudad? ¿Cómo podía estar tan enamorado de ella y no haberse planteado las cosas más sencillas? Hablarían de ello, decidió mientras sonaba el timbre final y los chicos se apresuraban ruidosamente hacia la puerta; todos salvo Louis, que siempre parecía tener una pregunta que hacer en el último momento.

—Ey, señor Booth.

—¿Qué pasa, Louis?

Solo tardó diez minutos en lidiar con la ansiedad de Louis ante el próximo examen sobre *Julio César*. El estudiante de primero, que acaba de llegar trasladado de Pennsylvania, aún no había encontrado su círculo de amigos, su zona de confort ni su sitio.

—¿Sabes, Louis? Me vendría genial otro tramoyista.

—Ay, no tengo ni idea de esas cosas.

—Te podemos enseñar lo básico. —A juicio de Booth, no había nada que ayudase a abrirse a un chico tímido y miedoso como el teatro, ya fuera sobre el escenario o entre bambalinas—. ¿Por qué no pides permiso a tus padres para quedarte a ver un ensayo?

La cautela y la inquietud de Louis rezumaban como el agua a través de una grieta en un vaso.

—¿Solo para ver?

—Si quieres. Empezamos a las cuatro; ahora mismo voy para allá. —Booth se levantó y guardó sus pertenencias en el maletín—. Puedes volver conmigo andando. No coges el autobús,

¿verdad? Vienes al instituto a pie. —Sus padres trabajaban los dos, recordó Booth, y no tenía hermanos.

—Sí, son solo un par de manzanas.

Booth echó a andar para que el chico se pusiera a su altura.

—Aún estamos trabajando en los decorados, pero la mayoría de las construcciones están terminadas y ya tenemos la utilería distribuida.

—¿Todos sus tramoyistas son alumnos?

—Sí. Los tramoyistas, los técnicos, el utilero, el escenógrafo, los actores; y los que construyen y pintan los decorados también son alumnos.

—¿Cómo saben hacer todo eso?

Preocupación, rezumaba preocupación.

—Les enseñamos: algunos han aprendido de sus padres, pero les enseñamos y los supervisamos.

Quedaban algunos estudiantes rezagados por los pasillos, ligando junto a las taquillas o escribiendo mensajes a alguien a quien habían visto dos minutos antes, pero el instituto ya daba esa sensación de vacío que tienen los edificios que han terminado el grueso del trabajo por ese día. Booth entró en el salón de actos, desierto antes de que el elenco y el equipo comenzaran a llegar. Vio que Jill había terminado los cubos y los había dejado en el centro del escenario, llamativos y atrevidos. Encendió las luces de sala.

—Eso lo han construido los chavales; les ha enseñado la señora Bester, la madre de uno de los alumnos.

—¿Para qué sirven?

—Quédate y lo verás. Llama a tu madre.

—Puedo mandarle un mensaje y ya.

—Pues hazlo.

—Vale, pero ¿qué hace un tramoyista?

—Algunas de las piezas del decorado van sobre ruedas, que se bloquean para inmovilizarlas. Los tramoyistas acceden al escenario entre escena y escena, se llevan las piezas y colocan las siguientes en sus marcas.

—¿Qué marcas?

Booth hizo un gesto y echó a andar por el pasillo central.

—Mándale un mensaje a tu madre.

«Ya eres mío», pensó Booth mientras Louis lo acribillaba a preguntas y escribía en el móvil sin dejar de andar. A las cuatro y cuarto, Booth había conseguido meter en los cubículos a los miembros del elenco que participaban en la escena.

—Joley, apóyate en la pared, en el lateral derecho. Extiende la pierna y pon el pie en la pared de enfrente. Sí, eso es. El teléfono en la otra mano: no te tapes la cara. —Impartió órdenes a otros alumnos y luego dio un paso atrás—. ¿Qué te parece, Louis? —le preguntó al chico, que estaba sentado en la primera fila.

—Tiene una pinta fantástica.

—A mí también me lo parece. Se levanta el telón. Manteneos en posición durante el aplauso. Permaneced así hasta que entre la música y suene el primer timbrazo.

Dio la entrada a la música y vio cómo se desarrollaba la escena. Le levantó el ánimo; se lo levantó de verdad. Impartió algunas órdenes más por encima de las voces y asintió mientras los chicos aprovechaban su espacio al máximo. Cuando acabó el número, Louis rompió a aplaudir de forma espontánea.

—Ay, lo siento.

—Nadie sobre un escenario va a quejarse de que lo aplaudan, colega.

A las cinco, Booth tenía a Louis encima del escenario, moviendo decorados y utilería. A las seis y media, parecía que al chiquillo le hubieran entregado las llaves del reino de los cielos.

—¿De verdad puedo quedarme de tramoyista, señor Booth?

—Siempre y cuando tus padres te dejen. Lo has pillado rápido.

—Es divertido.

—Sí, lo es.

—¡Ey, Lou! Vas a casa por el mismo camino que yo, ¿verdad?

Louis parpadeó ante lo que aquel chico había dicho.

—Sí, creo.

—Pues vamos juntos.

Cuando todos los alumnos se hubieron marchado y Booth apagaba las luces, pensó que no había chavales como los teatreros.

Mientras se encaminaba hacia la salida, la sensación de vacío era total. Fuera soplaba el fresco viento de marzo, aunque distinguió que los árboles empezaban a verdear y ya asomaban algunos narcisos esperanzados. La primavera estaba a punto de llegar, pensó mientras los coches que llevaban a sus chicos abandonaban el aparcamiento. Un par de ellos hicieron sonar el claxon, por lo que los saludó con la mano sin dejar de andar.

Siguió haciéndolo aun cuando vio la berlina estacionada al lado de su coche y el hombre que salió de ella a esperarlo. No era el que recordaba de más de diez años atrás, pero era del mismo tipo: hombros anchos, rostro pétreo, ojos severos. Se bajó un segundo hombre: algo mayor, algo más alto. Booth se percató de que no sentía nada, ni pánico, ni pena, nada. Después de todo, sabía que ese día llegaría tarde o temprano.

—Suba al coche.

—Ya tengo el mío.

—Deme las llaves. Él conducirá su coche.

«Es el momento de hacerte valer —pensó Booth—; si no, todo se te echa encima y te aplasta».

—Me quedaré con mis llaves y conduciré mi coche.

—No creo que quiera problemas.

—Nada de problemas. Tu amigo puede venirse conmigo, pero conduciré mi propio coche. Dile a LaPorte que puedes seguirme a casa. ¿Qué otra cosa voy a hacer?

El guardaespaldas se quedó mirándolo un instante antes de asentir hacia su compañero.

Booth se subió a su coche y pulsó el botón de encendido. Apagó la radio. No le parecía apropiado oír música llevando un matón al lado con una pistola a la cadera. Condujo en silencio y estudió sus opciones. Estaba preparado para los imprevistos; siempre lo estaba. Puede que, una vez más, Miranda lo cambiara todo, pero tenía sus recursos. Lo primero era mantener a LaPorte alejado de ella, alejado de Mags y de Sebastien, de Dauphine y de su familia, y de la gente de Westbend. ¿Lo segundo? Evitar huesos rotos y heridas de bala. ¿Después? Había varios escenarios. LaPorte quería algo: el cuerpo y el alma de Booth, sí, pero primero querría que le consiguiera algo. Lo aprovecharía, fuera lo que fuese y donde fuese.

Ni siquiera desvió la mirada cuando pasaron por delante de la casa de Miranda, pero vio de reojo el brillo de las luces en las ventanas mientras el crepúsculo se extendía para dar paso a la noche. Le había dicho que le enviaría un mensaje en cuanto llegase a casa, pero tendría que esperar.

Dejó el vehículo en la cochera y se bajó sin mediar palabra. En lugar de entrar por el vestíbulo, el acceso utilizado por los amigos, enfiló hacia la parte delantera de la casa con su pasajero pisándole los talones. Oyó cómo el segundo guardaespaldas se apeaba mientras abría la puerta delantera. Ignorándolos, entró en la casa e introdujo el código en la alarma. Entonces recurrió a la primera medida contra imprevistos: activó las grabadoras y cámaras que tenía vinculadas.

—Comprueba la casa, Angelo —le dijo el primer hombre al pasajero de Booth.

—Aquí no hay nadie.

—Comprueba la casa. ¿Tiene usted armas, señor Booth?

—Vuestro jefe ya os habrá dicho que no las uso, pero tengo un juego de cuchillos buenísimo en la cocina: me gusta cocinar.

El hombre señaló una silla.

—Siéntese.

—Voy a quitarme la cazadora y a colgarla ahí.

Cuando apuntó al armario, el matón atravesó la entrada, abrió la puerta y lo comprobó, junto al resto de las prendas de abrigo, en busca de armas inexistentes. Booth esperó a que terminara y colgó la cazadora. Se sentó y dejó el maletín al lado de la silla. El guardaespaldas lo cogió, lo examinó y volvió a dejarlo en el suelo. El otro regresó por las escaleras.

—No hay nada.

—Decídselo el señor LaPorte y luego esperad fuera.

Booth pasó el tiempo especulando cómo podía haberlo encontrado LaPorte… y se le ocurrió alguna idea. Luego caviló sobre qué querría que robara: ahí no tenía la más mínima.

LaPorte atravesó la puerta delantera. Caminaba con paso lánguido, seguro. Llevaba un traje gris de raya diplomática con una camisa de un tono más claro y una corbata a rayas azul y gris. Iba vestido para hacer negocios, por supuesto. Seguía teniendo el cabello sedoso, una buena mata dorada sin atisbo de gris. Como LaPorte frisaba los cincuenta y tantos, Booth concluyó que se teñía, igual que supo que se había hecho algún que otro retoque para mantener una cara tan tersa y suave. Vanidad. Todo se reducía a la vanidad.

—Hace tiempo que no charlamos. —Antes de sentarse, LaPorte paseó la mirada por la sala—. Un poco rústica, diría yo, para un hombre que ha vivido tantas experiencias como tú.

—Por ahora me vale.

—Sí, «por ahora» es la clave, ¿verdad? Vives una vida nómada y, sin embargo, aquí estás, haciendo de profesor de instituto en un pueblucho de cinco, si no cuatro casas. Debes de aburrirte lo indecible.

—Aún no, he disfrutado del descanso. ¿Qué quieres que robe?

—Oh, ya llegaremos a eso. Te dejé tranquilo durante tus aventuras en Europa y cuando se te ocurrió elegir este lugar y esta vida durante los últimos años. Claro que podría haberte visitado en cualquier momento, pero soy un hombre paciente.

«Miente», advirtió Booth. Se había dejado Sudamérica, Australia, Nueva Zelanda, Nueva York y todo lo demás. No lo había descubierto hasta ese momento, y todas esas mentiras (y su vanidad) añadían peso al platillo de Booth en la balanza del poder.

—Además —prosiguió LaPorte—, me he dado cuenta de que me vendrías mejor con un poco más de madurez. Ahora que has disfrutado de este descanso, podemos abordar tu siguiente paso.

—No tengo interés en trabajar para ti.

Con una confianza superlativa, LaPorte trazó un gesto con la mano.

—Lo que a ti te interese no me preocupa, pero imagino que quien sí te seguirá preocupando es tu tía, y puede que Sebastien, aunque hayas decidido no pasar tiempo con ellos. ¿Debería sentirme responsable de vuestro distanciamiento?

Había lanzado el señuelo, pero Booth no iba a picar.

—He estado ocupado.

—Como a menudo sucede con la familia y los amigos. Tengo entendido que estás muy implicado con tus alumnos, educando sus jóvenes mentes. Todos ellos tan jóvenes, tan frescos, con tanto futuro por delante.

—¿En serio? —Booth soltó una breve carcajada cargada de asco—. ¿Ahora amenazas a unos chavales?

—Los accidentes suceden, incluso en un pueblo tranquilo, ¿no?

—Diría que eso está por debajo de ti, pero ya veo que no.

—Podía ir directamente a por la mujer. Qué gusto debe de ser tener de vuelta en la vida a tu antiguo amor.

Booth se había preparado para aquello, por lo que miró a LaPorte a los ojos sin inmutarse.

—No, la verdad es que no. Lo que queremos a los veinte años cambia, pero me reconoció. Yo no tenía ni idea de lo de la puñetera madrina. —Booth se encogió de hombros—. Lo que sí sé es atizar las ascuas cuando es necesario y usarlas para mi provecho. La muchacha es sensible a una historia triste y un buen revolcón entre las sábanas.

Booth captó una chispa de interés y de sospecha.

—¿No sabe a lo que te dedicas?

—¿Por quién me tomas? Si lo supiera, no sería capaz de tener la boca cerrada. Mi tía, ¿sabes?, tuvo un desafortunado lío de drogas que le dio problemas con la policía. Debía ayudarla, tenía que intentarlo. Las cosas no fueron bien, etcétera, etcétera. Al final me cambié de nombre, terminé mis estudios y estaba demasiado avergonzado como para volver a ponerme en contacto con Miranda.

—¿Y tu tía?

—Bueno, a los efectos de esta pantomima, murió de sobredosis. Ahora, mi antiguo amor de la universidad reaparece en mi vida y los viejos sentimientos afloran de nuevo. Para ser una mujer inteligente, y esta lo es de sobra, resulta facilísimo engañarla. —Con una leve mueca de desdén, Booth se encogió de hombros—. Sobre todo si sabes buscarle los puntos débiles. Me apenaría que le hicieras daño: no me gusta la violencia, es sucia; pero no es más que otra mujer, otro objetivo. Puede que tú hayas contribuido en parte a curarme de estrechar lazos, pero el caso es que estoy curado.

LaPorte entrelazó las manos. A Booth no le pareció que el interés que mostraba su rostro fuera completamente de agrado; era más bien el de alguien que observa una mancha extraña al microscopio.

—Pero no completaste tu formación. Careces de título y, desde luego, de certificado alguno. Todo mentira, todo falso. Para tu superior en el instituto, la comunidad, los padres, las autoridades, para todos sería una revelación, creo, si se lo hiciera saber.

—No me cabe la menor duda, pero no vas a hacerlo.

—Ah, ¿no?

—Quieres algo, y esta tapadera te viene tan bien como a mí. Si la levantas, la policía empezará a husmear. —Con toda tranquilidad, el ladrón estiró las piernas—. Si quieres contar conmigo, LaPorte, es porque me aseguro de que nadie venga a husmear; llevo haciéndolo desde que tenía nueve años. Tienes a otros a quienes llamar, y a quienes has llamado para que roben lo que fuera para ti. Ninguno de ellos puede decir lo mismo. —Booth se arrellanó, relajado y ligeramente divertido—. Puedes mandarme a la policía y, si pueden, si me cogen, me meterán en la cárcel. No es así como conseguirás lo que quieres, así que déjate de chorradas y dime qué quieres que robe.

—Todavía tienes que aprender modales —dijo LaPorte, lanzando una mirada a su guardaespaldas.

—Cuidado —dijo Booth en voz muy baja, haciendo que LaPorte levantase un dedo—. Tienes un nuevo perro de presa y puedes ordenarle que me pegue como hiciste con el otro, pero eso no me motivará a conseguirte lo que quieres. Me necesitas motivado. Ya no tienes nada con lo que presionarme. —Se inclinó hacia delante, su mirada dura y fría—. Me aseguré de ello.

—¿Quieres motivación? Tres millones de dólares; eso es lo que te pagaré.

Booth volvió a recostarse en el asiento y cruzó los tobillos.

—Esa no es una suma tan asombrosa como cuando tenía veinte años. Ahora el precio lo pongo yo, y no te lo diré hasta que sepa qué he de conseguir.

—Me gustaría un brandy.

—Y mí me gustaría tener un par de rubias esperándome arriba. Dime qué cojones tengo que robar y tendrás mejores opciones de conseguir lo que quieres esta noche que yo.

—La Diosa Roja.

Al oír el nombre, la máscara de aburrido desdén de Booth se cayó. Al ver su reacción de perplejidad, LaPorte sonrió.

—Y ahora me gustaría ese brandy.

—La mayoría de la gente cree que la Diosa Roja es un mito.

—La mayoría de la gente es idiota. La mayoría de la gente no sabe exactamente dónde está. Yo no soy idiota y sí lo sé. Si quieres saberlo también, sírveme un brandy.

24

Como necesitaba un momento (o varios) para aclararse la mente, Booth se levantó y fue hasta el armario de los licores en la trascocina. Aunque habría preferido una Coca-Cola, no casaba con el personaje que había adoptado: no solo un ladrón, sino duro, cínico, bebedor. Seguro, controlado, desalmado. Tras servirle el brandy a LaPorte, se preparó tres dedos de whisky sin hielo.

La Diosa Roja, origen de leyendas, sangre, muerte y traiciones. No había nadie en el mundillo que no hubiera soñado con ella, incluido él, aunque, se recordó, la gente también soñaba con dragones y monedas mágicas, y eso no hacía que fueran reales. Le acercó el brandy a LaPorte y volvió a sentarse.

—¿Qué te hace pensar que no solo conoces la existencia de la Diosa Roja, sino también dónde encontrarla?

—Porque el año pasado salió a subasta entre unos pocos elegidos.

Booth admitió que había permanecido demasiado fuera de juego, porque no había oído ni un solo rumor al respecto.

—La autenticaste.

—De lo contrario, ¿habría pujado?

—La has visto.

—En un entorno muy limitado. La tuve en las manos.

—Mientras agitaba el brandy con una, LaPorte se miraba fijamente la otra, como si aún viera la gema—. El nombre le conviene. No hay otra como ella. Nada se le parece. Es única en el mundo entero.

—¿Por qué no la adquiriste en la subasta?

La ira de LaPorte afloró un instante antes de que le diera un sorbo al brandy.

—La puja final fue de tres millones el quilate y la Diosa, el mayor diamante rojo en bruto jamás extraído, pesa la mitad que el Moussaieff. 19,8 quilates de rojo puro, absolutamente puro, sin una sombra de marrón, azul o verde. —Dio otro sorbo al brandy—. ¿Por qué iba a pagar sesenta millones cuando puedo pagarte tres a ti por hacerte con ella?

—No vas a conseguirla por tres. —Booth desdeñó la oferta con un lento movimiento de hombros—. Quizá por cinco, depende. ¿Quién la compró? ¿Dónde está?

—Podías plantearte adquirirla para ti, esfumarte con ella. Yo que tú me lo pensaría mucho; si no pones la Diosa Roja en mis manos, te mataré de la manera más dolorosa.

Booth, frío como el hielo, le sostuvo la mirada.

—Si acepto un trabajo, lo cumplo; bastante molesto es que te presentes en la puerta de mi casa cuando te plazca para amenazarme y, desde luego, no quiero cargar con esa piedra. Jamás sería capaz de venderla: demasiado riesgo. Si acepto el trabajo, tú eres el cliente. Así es como funciono y lo sabes, de lo contrario, no habría durado tanto; pero no voy a aceptarlo sin conocer los detalles.

En medio del silencio, Booth dio un sorbo al whisky y espero. Sintió cómo el poder cambiaba sutilmente de manos cuando LaPorte fue el primero en interrumpirlo.

—La Diosa está en Georgetown, Washington. Quiero pensar que es el destino, dado que te pone las cosas más fáciles. La compró Alan C. Mountjoy.

—La subasta debió de ser ciega —comentó Booth—, sin que nadie conociera la identidad del resto de los participantes ni la del mayor postor.

—Por descontado, pero hay maneras de descubrirlo.

Sin alterar un ápice el tono de voz, Booth preguntó:

—¿A quién has asesinado?

—Yo no soy un asesino. El hombre que poseía la Diosa mató a su propio padre por ella. Organizar un accidente parecía una suerte de justicia divina, y su muerte me ayudó a que la persona encargada de la subasta viera las bondades de cooperar conmigo ante una petición tan sencilla.

—¿Qué fue de ella?

—Por lo que se ve, ha desaparecido. —Otro sorbo de brandy—. Cosas que pasan, todo el tiempo. Si intentas rechazar el trabajo ahora que cuentas con esta información, tú no desaparecerás, pero Edward aquí presente te matará de una paliza y Angelo y él harán que parezca un robo con allanamiento. Una tragedia en la ribera del río.

—No voy a rechazarlo. ¿Por qué iba a rechazar la oportunidad de robar una leyenda? Pero el precio son cinco millones, y no me vengas con regateos, LaPorte. Puede que necesite contratar a alguien para que me ayude. La mitad por adelantado.

—Un millón por adelantado.

—No. —Booth tenía que establecer los términos y el tono—. La mitad. Soy el mejor, soy el puto amo del mundillo; si no, no estarías aquí. La mitad por adelantado y la mitad a la entrega.

—La quiero en un plazo de seis semanas.

—No —repitió Booth, que empezaba a disfrutar de la gélida furia en el semblante de LaPorte—. Tú me contratas y yo pongo los términos. Tengo un musical que montar. —Alzó una mano antes de que LaPorte pudiera levantarse del todo de la silla—. Si me largo antes de que representemos o de que acabe el curso, habrá preguntas. Si me desvanezco, me buscarán. Llevo tres años aquí y formo parte de la comunidad. No es como la universidad, donde no llevaba más que unos meses. Por Dios, me llevo bien con el jefe de policía, con el mismísimo alcalde. Investigarán.

Movió la mano que tenía levantada a un lado y a otro como si estuviera cavilando.

—Puedo hacer gran parte de las pesquisas en remoto, e ir de excursión uno o dos fines de semana… después del musical. Nadie le dará mayor importancia; puedo cogerme vacaciones una vez que acabe el curso. Nadie preguntará nada, y así podré averiguar cómo hacerme con la piedra: diría que el trabajo estará listo para agosto. Y lo mejor será que vuelva y pase otro año más aquí, enterrado tras el trabajo de mi vida.

»Y después… —murmuró Booth, dejando que su voz trasluciera placer—, después podré largarme de aquí de una vez. En Europa las cosas volverán a estar tranquilas, o en cualquier otro lugar donde me apetezca aterrizar. —Tiñendo sus ojos de emoción, alzó el vaso—. Esos son mis términos: cinco millones, la mitad por adelantado y la mitad a la entrega, y mantente alejado mientras trabajo. No quiero sentirte respirándome en el cuello. Un trabajo de leyenda.

Booth negó con la cabeza antes de darle un largo trago al whisky.

—Para agosto. La pondré en tus avariciosas manos en agosto. Este no es el comienzo de una bonita amistad, LaPorte, pero sí un contrato muy lucrativo por ambas partes. Ahora acábate el brandy y fuera de aquí. Tengo un montón de trabajo que hacer.

—¿Crees que tu arrogancia y tu mala educación de alguna manera me resultan simpáticas?

—Creo que las confundes con la seguridad y, dado que me has secuestrado en mi actual lugar de trabajo y me has amenazado con lisiarme o matarme, me importa tres cojones si me consideras descortés.

Booth esperó a ver si había ido demasiado lejos, si Edward el del semblante pétreo le quitaba la arrogancia a golpes, pero LaPorte dejó el vaso a un lado.

—Te daré una forma de ponerte en contacto conmigo.

—¿En serio? —Booth tensó aún más la cuerda haciendo un gesto con el vaso—. ¿Esperas que robe la Diosa Roja, pero no crees que pueda conseguir tu número de móvil personal? Ya te avisaré de dónde transferirme el adelanto. Aquí no vuelvas. ¿Si alguien te ve o viene con preguntas? ¿Si alguien te reconoce? Se acabó el trato. Déjame ponerme a trabajar.

Mientras LaPorte enfilaba hacia la puerta, su guardaespaldas la abrió.

—Si fallas y huyes, te encontraré, y no seré tan paciente y atento.

Booth esperó a oír cómo el coche se marchaba y observó las luces que se alejaban antes de subir al piso superior y cambiarse la ropa por una camiseta negra de manga larga, tejanos negros y zapatillas negras de caña alta. Por si acaso: si LaPorte tenía a alguien vigilando la casa para comprobar cuál era su reacción inicial y sus primeros pasos, no vería nada.

Encendió la lámpara de su despacho y bajó las persianas. La luz se vería por la ventana, pero nadie atisbaría el interior. Comprobó la grabación en el ordenador portátil, hizo una búsqueda y confirmó sus sospechas. Salió por la puerta trasera como una sombra y, en cuestión de segundos, se encontró entre los árboles. Conocía el camino, había paseado por esos bosques un sinfín de veces en los últimos tres años. La débil luz de la luna no alumbraba demasiado, pero no la necesitaba. Tenía las rutas de escape grabadas en la mente. Tal vez se hubiera relajado demasiado, lo admitía, para creer que jamás tendría que usar ninguna, pero la ruta que precisaba en ese momento se le apareció con claridad.

Los delgados rayos de luna plateaban las sombras cercanas, mientras las más oscuras poseían una profundidad de medianoche. Una lechuza ululó sus dos notas con curiosidad y, a la izquierda de Booth, algo chapoteó en el río. Saltó por encima de una rama gruesa y larga que los vientos de marzo debían de haber tirado de una sacudida, y mantuvo el oído aguzado por si sentía algún coche en la carretera, algún crujido que delatara a un humano en lugar de un animal.

Las luces de la casa de Miranda brillaban como faros en la oscuridad.

Al llegar a la linde del bosque, Booth se detuvo y observó la carretera antes de volverse hacia la casa. Vio a Miranda claramente a través de la ventana de la cocina. Llevaba el pelo trenzado y le caía por la espalda sobre una sudadera gris extraancha. Esperó dos minutos largos, pero no pasó ni un solo coche. Aun así, dio un gran rodeo a la vivienda en busca de señales de que alguien estuviera vigilándola antes de entrar por la puerta trasera.

Miranda tenía la música puesta a todo volumen y Booth la vio sacar una bolsa de palomitas del microondas. En lugar de llamar, trató de abrir la puerta. Al ver que la llave no estaba echada, negó con la cabeza y entró.

—Miranda…

Esta no gritó, tan solo emitió un sonido ahogado al tiempo que se giraba. La bolsa de palomitas salió disparada por los aires. Booth la atrapó y la dejó sobre la encimera, cerró la puerta y giró la llave.

—¡Booth! ¡Pero qué demonios haces! Me acabas de dar un susto de muerte.

—Tenemos que hablar, ahora mismo. —Cerró las venecianas de la cocina—. Ocúpate de las del cuarto de estar.

—¿Cómo?

—Las persianas, Miranda. Ve a bajar las persianas. No creo que haya nadie vigilando tu casa, pero bájalas.

—¿Quién? ¿Qué dices?

—LaPorte. Si bajas las puñeteras persianas, te lo explicaré. Tú ve a bajarlas, tranquilamente, como si te preparases para irte a la cama.

Miranda nunca lo había visto así: frío, peligroso, impaciente. El corazón empezó a latirle desbocado.

—Si tratas de asustarme, la jugada te está saliendo fenomenal.

—Bien, y asegúrate de que la puerta delantera esté cerrada con llave.

Miranda atravesó el cuarto de estar y bajó las persianas de madera. Cuando fue a la puerta y Booth oyó el chasquido de la cerradura, salió de donde se encontraba.

—Ya te daré luego una charla sobre las casas sin seguridad. Deberías sentarte.

—No voy a sentarme hasta que me digas qué demonios sucede. ¿Qué pasa con LaPorte?

—Me ha encontrado. Él y un par de sus secuaces estaban esperándome cuando salí del ensayo.

—Booth. —La irritación de Miranda se tornó al instante en preocupación—. ¿Te han hecho daño?

—No. Ese nunca es su primer movimiento. Empieza intimidando, amenazando, exigiendo. Quiere que creas que tiene todo el poder, todas las cartas en la mano; pero ha cometido un error. —Booth caminaba por la pieza, una vez que su angustia había amainado al encontrar a Miranda a salvo. Ya lidiaría con la cólera más tarde; en ese momento tenía que contemplar la situación en su conjunto, ver los pasos, trazar un plan—. Ha mentido. Me ha mentido descaradamente al decirme que sabía que he estado aquí todo el tiempo. Eso es ego, vanidad, juego de poder y un error.

—¿Cómo sabes que era mentira?

—Si lo hubiera sabido, no habría esperado. Ha sido el equipo de televisión en la librería. Hicieron una toma del panel de recomendaciones de los alumnos de Westbend, y Carolyn mencionó mi nombre. LaPorte tendrá ojeadores, o a alguien con un programa informático: Sebastian Booth, los dos nombres, y el tuyo. Los suma y se pone a investigar. Según lo veo yo, me ha mentido al decir que sabía dónde estaba porque acaba de descubrirme.

—Todo por participar en esa estúpida firma, porque yo…

—No, Miranda —la cortó—, no tiene que ver con nada que tú hicieras. Es como un gato delante de una ratonera, y cree que yo soy el ratón. Se equivoca de cabo a rabo.

—¿Qué quiere? ¿Qué vas a hacer? ¿Qué…?

—Respira. Siéntate, por favor.

Miranda se sentó, entrelazó las manos e inspiró hondo. Sintió, pero de verdad, cómo aquella herida cicatrizada sobre su corazón volvía a abrirse.

—Tienes que irte, desaparecer de nuevo. Esta vez querías decírmelo primero.

—No me voy a ninguna parte. Tengo un musical de primavera que montar y justo después vienen los exámenes finales.

—No entiendo qué quieres decir.

—Hace años hui porque no sabía qué más hacer. LaPorte ostentaba todo el poder y yo le tenía miedo, por Mags, por ti, por mí. Ahora repite el mismo patrón, casi idéntico, pero no se enfrenta a la misma persona que antaño, y ha mentido. —Esbozó una sonrisa al entender que todo el miedo con el que había vivido se había desvanecido como el humo—. Ha mentido para aplastarme bajo el peso de creer que podía manipularme en cualquier momento, pero no es así, y yo sé mentir mejor. —Booth se sentó en la mesita del café frente a Miranda—. Y esta vez voy a contártelo todo. LaPorte ignora que Mags y yo seguimos muy unidos; él cree que llevamos años sin vernos, y yo se lo he hecho creer así: que no es nada para mí, y tú tampoco. Tuve mala suerte cuando te mudaste a esta zona y aún peor cuando me viste y me reconociste, pero he jugado con los viejos sentimientos y te he colado una historia trágica. Tengo una grabación de la conversación entera, así que puedes escucharla si quieres.

—Una grabación.

—Un interruptor remoto en mi sistema de alarma. Todo está en mi ordenador portátil, pero lo más importante es que te dije que Mags, mi única familia, se había metido en problemas: drogadicción, policía, desesperación. Tenía que ocuparme de ella, estaba avergonzado, luego tuve problemas y demás. Mags murió.

—Dios mío, Booth.

—Yo te di pena y te creíste lo del cambio de nombre. En cualquier caso, una vez que eso lo tuve controlado, te embauqué para acostarme contigo.

En medio del remolino de ideas en la cabeza de Miranda, algo le llamó la atención.

—Me has convertido en una idiota y una cobarde.

—En efecto, y en alguien que no me importa, alguien que en este momento me es útil, cómodo. Cabréate si quieres —añadió al ver cómo su cuerpo se tensaba y su mirada se endurecía.

—Ni te lo imaginas.

—Vale, pero déjame acabar. Se tragó lo de que necesito acabar el curso para que nadie me busque y empiece a investigar. Debería haberlo pensado él solo: llevo aquí tres años, he establecido vínculos; no es como llevar un par de meses en la universidad. El caso es que, en vez de un plazo de pocas semanas, cuento con meses.

—¿Un plazo para qué?

—Para que robe lo que quiere: la Diosa Roja. —Booth se quedó con la mirada perdida en la distancia, como si contemplase algo sagrado.

—¿Qué es la Diosa Roja? ¿Una escultura? ¿Un cuadro?

—No. —Su mirada se volvió de nuevo hacia ella—. Es un diamante rojo, en bruto, sin tallar, de casi veinte quilates, puro. Es el puto santo grial para alguien como yo y, al igual que el grial, la mayoría de quienes han oído hablar de él piensan que no es más que un mito, una leyenda; pero LaPorte lo ha visto, lo ha verificado y lo ha tenido en la mano.

—Si lo tiene, ¿para qué te necesita?

—No lo tiene. Lo sobrepujaron en una subasta, una subasta secreta. Está todo en la grabación. La Diosa tiene una historia sangrienta. Es el mayor diamante rojo que existe. La gente ha matado por él. Imagino que LaPorte estará sopesando la idea de asesinarme cuando se lo consiga. Y desde luego que, si no se lo consigo, esa es su intención.

El modo en que hablaba de asesinato hizo que a Miranda se le secara la garganta.

—Tienes que ir a la policía, al FBI o a la autoridad que se ocupe de este tipo de cosas.

—Eso es lo último que debería hacer, así que no. Acabaría en la cárcel y luego muerto: LaPorte se aseguraría de ello.

—Entonces tienes que huir, tienes que irte. ¿Qué más puedes hacer?

—Fácil. Voy a robar la Diosa Roja.

—¿Vas a robarla para él? ¿Vas a dejar que te utilice de nuevo?

Booth le dirigió una mirada de tal infinita paciencia que Miranda quiso borrársela de un bofetón.

—No voy a robarla para él. Voy a robarla y luego voy a usarla para hacer que me las pague. He conseguido tiempo suficiente para pensar, para averiguar cómo hacerlo, y lo averiguaré. Esta vez no es mi cliente, es el maldito objetivo. —Booth se inclinó hacia delante y le cogió las manos—. Podrías decidir pasar una temporada con tu padre en Oxford. LaPorte cree que soy como él, Miranda, que no me importa nadie. No se va a preocupar por ti si estás en Inglaterra.

—No voy a irme a Inglaterra.

—Tú escúchame.

—No. —Se puso en pie—. No. No voy a dejar que alguien a quien jamás he visto la cara dirija mis pasos o me obligue a hacer algo que no quiero. Ya me arruinó la vida una vez, no va a lograrlo de nuevo. Y ahora quiero un trago. —Entró en la cocina con paso decidido—. Tú no eres la misma persona —prosiguió mientras le quitaba el tapón a una botella de sauvignon blanc— y yo tampoco. ¿Quieres una copa?

—Ahora sí. Solo sería hasta agosto, puede que septiembre. Quizá antes, aún tengo que mirarlo.

—No. Ni siquiera sabía que los diamantes podían ser rojos ¿y ahora este cabrón avaricioso y no sé qué pedrusco van a dictar mi vida? Ni lo sueñes.

—Hay diamantes de todos los colores, pero el rojo es el menos común, por lo que tiene más valor por quilate que el resto. La mayoría son pequeños. En cualquier caso, lo importante es que LaPorte está obsesionado con él y puedo aprovecharlo: voy a aprovecharlo. No quiero que te afecten las posibles represalias.

—¿Por qué habría de suceder? —Miranda se echó la trenza hacia atrás con un gesto de la cabeza y le dio un sorbo al vino—. Dices que lo has convencido de que no te importo, de que me estás usando de tapadera, igual que usaste a Mags en la historia que supuestamente me contaste. Vas por libre, ¿no? ¿Eso se lo ha creído o no?

—Sí, sí, se lo ha creído. ¿Por qué no se lo iba a creer? —Bebió un poco de vino, dejó la copa en la mesa y echó a andar de nuevo—. Él no comprende el amor, no quiere a nadie. No alberga sentimientos por nadie. Se guía por el ansia de poseer, no por los sentimientos; ni siquiera ama sus posesiones. Hace años usó lo que yo sentía por ti, lo que veía como una debilidad, y pensaba que podía usarlo de nuevo, pero no lo hará. Jamás volverá a usarte a ti ni lo que siento por ti. —Al darse la vuelta, vio a Miranda en pie bajo las brillantes luces de la cocina, mirándolo fijamente—. Por Dios, Miranda, necesito que lo sepas: jamás he sentido por nadie lo que siento por ti, ni antes ni después. Siempre has sido tú. Solo tú.

—¿Cómo piensas que puedes decirme eso, que puedo oírte decir eso, y luego hacer la maleta y coger un avión a Oxford?

—No tengo nada que ofrecerte salvo mis sentimientos. Los dos lo sabemos. Ahora mismo, necesito averiguar cómo resolver este problema, porque hasta que no lo haga no vas a estar completamente fuera del radar de LaPorte, y tampoco Mags. Para mí sois las personas más importantes del mundo, así que voy a resolverlo.

El corazón de Miranda ya no latía desbocado, sino fuerte, rítmico.

—¿El problema es tu prioridad?

—Tiene que serlo.

Miranda fijó su mirada en la copa de vino y asintió.

—Muy bien. ¿Cómo puedo ayudarte a resolverlo?

—Yo no...

—Te prohíbo que me digas que no quieres mi ayuda, que no necesitas mi ayuda y que quieres mandarme a miles de kilómetros de distancia, como si fuera una damisela en una torre, inútil, indefensa y cobarde. —Mientras hablaba, caminó hacia Booth y subrayó cada una de sus palabras clavándole un dedo en el pecho.

—No te veo inútil, indefensa ni cobarde; jamás te he visto así. Decidida, firme, directa: esa has sido siempre tú, por lo que no pensaba exactamente que fueras como una princesa en una torre.

—Tampoco te permitiré decir: «Pero, Miranda, estaré preocupado y distraído a menos que sepa que estás a salvo».

Booth no pudo evitarlo. Alargó la mano y le acarició la trenza.

—Puede que eso sí lo haya pensado.

—Mis sentimientos también cuentan; además, tengo un cerebro, así que te daré otra oportunidad: ¿cómo puedo ayudarte a resolver el problema?

—Solo déjame... —Booth apoyó su frente en la de Miranda— adaptarme.

—Pues date prisa.

La carcajada que se le escapó alivió la tensión que sentía en los hombros.

—Empecemos por aquí: recoge todo lo que necesites por el momento; tu casa no es segura. Puedo solucionarlo si quieres, pero si recoges lo que necesites y te quedas en mi casa un tiempo, contribuirás a que no esté preocupado y distraído, y podré concentrarme. Además —añadió antes de que Miranda pudiera objetar—, compartir algunas ideas contigo podría servirme de ayuda. Sabes cómo desarrollar una trama.

—Eso me gusta más, así que acepto, pero necesitaré un espacio para trabajar.

—Puedes usar la habitación de invitados o, si no te conviene, puedo trasladar mis trastos del instituto al piso de arriba para que te quedes con mi despacho.

—La habitación de invitados está bien. Dame quince minutos. —Echó a andar, pero se detuvo y se quedó mirándolo con aquellos ojos fríos de bruja del mar—. No te queda otra que seguir adaptándote, Booth. Para esta producción en concreto, olvídate de actuar en solitario.

Tenía razón, admitió Booth mientras deambulaba por la cocina de Miranda. Había demasiados factores, demasiado riesgo, demasiado en juego. Así que, mientras ella recogía, sacó el teléfono y llamó a Sebastien. Cuando Miranda hubo acabado y Booth tuvo los primeros pasos organizados, cargó sus pertenencias (más de las que había previsto) en el coche.

—Por la mañana traeremos tu coche de vuelta —le dijo Booth—. Hasta que no sepa a quién ha mandado a espiarme, será mejor que parezca que vas y vienes a mi casa.

—¿Cuando me apetece echar un polvo?

—Por el momento.

—Me parece bien. ¿Cómo vas a averiguar quién ha venido a espiarte, si es que LaPorte te manda a alguien?

—Lo hará. No esperaba que insistiera en quedarme, así que por el momento no tiene a nadie, pero para mañana o pasado como muy tarde, lo tendrá. No debería ser difícil averiguarlo. Quien sea necesitará un lugar donde vivir, ya sea cerca de mi casa o del instituto. ¿Y sabes quién conoce a cualquiera que busque casa en Westbend o alrededores?

—Tracey, por supuesto. —Miranda aparcó junto al coche de Booth—. Yo me ocupo; habíamos hablado de comer juntas, así que quedaré con ella y le preguntaré sin que resulte demasiado obvio.

Su primer instinto era dudar, y lo sabía, por lo que decidió ignorarlo:

—Lo más probable es que sea una vivienda de alquiler, pero LaPorte podría autorizar una compra.

—Lo tengo bajo control, Booth.

—Está bien.

Booth agarró la maleta, la funda del portátil y una bandolera, y ya estaba a punto de coger otra enorme de tela cuando Miranda se le adelantó.

—Necesitaré llaves y el código de la alarma —le dijo mientras acarreaban sus cosas escaleras arriba.

«Adáptate, adáptate», se recordó Booth.

—Puedo montar mi área de trabajo por la mañana. Deja el ordenador portátil y la bandolera aquí. Necesitaré la contraseña del wifi. —Sin parar un instante, Miranda entró en el dormitorio de Booth y abrió la maleta—. También me hará falta un cajón y algo de espacio en el vestidor, además de un cajón en la cómoda y algo de sitio en el cuarto de baño. —Se dio la vuelta y sonrió—. ¿Te estás adaptando?

—Sí.

—¿Duele?

—Un poco. ¿Alguna vez has vivido con otra persona?

—Quitando a mi padre, no, pero me parece obvio que soy más flexible que tú. Necesito mi espacio, tanto personal como de trabajo, y no soy una dejada, pero jamás seré una obsesa del orden como tú.

—Yo no diría «obseso».

—Porque eres tú quien lo es —señaló—. Es algo bueno, pero yo no voy a ser capaz de alcanzar tus aterradores niveles de pulcritud. Tú vas a adaptarte y yo voy a hacer todo lo posible por ser respetuosa. Una vez que hayamos superado las cuestiones prácticas, podremos concentrarnos en resolver el problema.

Booth abrió un cajón, sacó unas camisetas (un montón de camisetas dobladas con perfecta precisión) y las transfirió a otro cajón.

—¿Es suficiente?

«Más bien no», pensó Miranda, pero asintió.

—Por el momento.

Booth fue hasta el vestidor y movió algunas prensas, dudó y movió unas cuantas más.

—Aquí ya hay espacio de sobra: barras y perchas, estantes. Y solo estoy usando dos cajones del armario del cuarto de baño; tiene seis.

—Genial, usaré los otros cuatro.

Si Booth se preguntó para qué podía querer cuatro cajones, no llegó a expresarlo en voz alta.

—¿Necesitas ayuda?

—No.

—Vale, bien. Voy a preparar algo de comida, no he cenado. ¿Quieres algo?

—Yo tampoco he cenado.

—Estabas haciendo palomitas.

—Para cenar.

En lugar de quedarse mirándola, Booth cerró los ojos un instante.

—No quiero ni pensarlo. Voy a fingir que jamás has dicho eso. Estaré abajo.

Una vez sola, Miranda llenó el cajón y usó las perchas y los estantes del vestidor. Mientras sacaba los artículos de maquillaje, cuidado facial y capilar, y los de baño, rio para sí. Era una situación absolutamente terrible, una situación peligrosa y muy real; sin embargo, no podía negar que iba a disfrutarla, que ya estaba disfrutándola, a muchos niveles. «Menuda cara ha puesto», pensó mientras veía la suya reflejada en el espejo del baño. Una mirada de asombro y estupefacción cuando había empezado a enumerar sus necesidades de espacio en el espacio «de él». Booth estaba demasiado acostumbrado a estar solo, a ir por libre, a seguir su propio horario. Ahora tendría que hacerle sitio, compartir sus planes, su casa y, al menos por el momento, su vida.

—Las cosas cambian, Booth —murmuró—, y esta vez no es solo tu nombre.

Salió del dormitorio y echó un vistazo al cuarto de invitados, su despacho temporal, antes de bajar. Sonrió de oreja a oreja al imaginar cómo se «adaptaría» aquel hombre a que el espacio de trabajo de Miranda convirtiera la habitación en una leonera (para los estándares de Booth) en menos de veinticuatro horas. Cerraría la puerta y ya, pensó mientras descendía. Booth tenía cosas más importantes de las que preocuparse, y ahora ella también. Le gustase o no, ella iba en ese barco mientras durase la travesía. LaPorte ya había arruinado sus esperanzas y sus hermosos sueños de juventud una vez. No iba a permitírselo de nuevo. Ninguno de los dos lo permitiría.

Mientras se acercaba a la cocina, lo vio atareado en los fogones, con un paño extendido sobre el hombro, y su corazón suspiró, igual que había hecho a los veinte años. Seguía haciéndolo a pesar de que ahora sí sabía quién era. Ya lidiaría con ello, se prometió a sí misma. Lidiaría con sus sentimientos y con todas las esperanzas y sueños que le provocaban una vez que hubieran resuelto el problema.

Entró en la cocina.

—Bueno, ¿qué hay para cenar?

25

Booth obró una especie de milagro con pasta, pequeños tomates de pera, alubias blancas, aceitunas y espinacas. Una vez emplatado, ralló parmesano por encima. Cuando se sentaron, Miranda probó el primer bocado.

—No sé cómo has sido capaz de preparar esto en lo que yo he tardado en deshacer la maleta.

—Son mis dotes extraordinarias.

—Lo dices de broma, pero es verdad. ¿Y qué dotes extraordinarias necesitas para resolver el problema? Compartamos ideas —le recordó al verlo vacilar—. No he venido solo por el sexo y la comida.

—El problema tiene varias capas, así que hay que ir una a una. En cuanto sepa a quién me ha mandado LaPorte, o a quiénes, porque imagino que serán como mínimo dos, probablemente una pareja, o dos haciéndose pasar por una pareja, y sepa dónde se alojan, puedo decidir cómo darles la impresión que quiero que le transmitan.

—¿Y así creerá que ha ganado la primera ronda?

—Justo. Podría implicar coger el coche e ir a Georgetown una noche, o una mañana en fin de semana, y dejar que me sigan si quieren. —Más relajado ahora que Miranda estaba donde él quería y más centrado en los pasos y las etapas, bebió un poco de vino—. Así podré echar un vistazo de primera mano al objetivo y su entorno. Tendré que hacerlo dos o tres veces, aun cuando tenga los planos.

—¿Puedes conseguir sin más los planos de una vivienda privada?

Booth pinchó algunos *capellini* y los enrolló con el tenedor.

—También tengo unas dotes extraordinarias como hacker y, si las mías no bastaran, conozco a alguien. Es probable que la cámara del tesoro esté cerca de algún cuarto privado de Mountjoy, el tipo que tiene ahora mismo la Diosa.

—¿De verdad se llama Mountjoy?

—Alan C. Mountjoy. Da la casualidad de que tenía su casa en mi lista de objetivos potenciales. —Booth entendió la mirada que le lanzó—. Una lista que lleva guardada desde que cerramos nuestro trato. En cualquier caso, es probable que la cámara esté cerca de su despacho, estudio o dormitorio principal. Y contará con fuertes medidas de seguridad, así que necesitaré los planos del sistema. ¿Qué tendrá? —prosiguió mientras comían—. Alarmas, cámaras, puede que detectores de movimiento, luces de seguridad, probablemente un elemento humano: guardias patrullando sobre el terreno. ¿Perro? El año pasado, cuando lo metí en la lista, no tenía, pero las cosas cambian. Necesito saber si tiene perro, ya sea mascota o perro guardián. Si hay perro, normalmente desisto, pero esta vez nos encargaremos de él.

Miranda lo fulminó con la mirada.

—No vas a hacer daño al perro.

—Ahora mismo solo es un perro potencial, Miranda, y, si resultara ser real, no, no voy a hacerle daño. Carne roja. Un perro es un perro, y los perros se vuelven locos por un buen filete grasiento. Si no consigo entrar así, buscaré otra forma; uno de nosotros lo atraerá.

—¿Uno de nosotros?

Booth la miró con seriedad.

—En este caso, el «nosotros» no te incluye. Me he puesto en contacto con Sebastien y va a empezar a ocuparse de otra capa del problema. LaPorte tiene una especie de red: gente que se dedica a lo que yo, que investiga, que recopila información o que aporta fuerza bruta. Sus propios guardaespaldas y personal de seguridad, y los que pueden viajar si hay alguien a quien intimidad, amenazar, presionar o algo peor.

Por fuera, Miranda siguió comiendo tranquilamente, pero por dentro se estremeció.

—¿Te refieres a matones? ¿A asesinos a sueldo?

—En efecto. Digamos que se le antoja una propiedad en Lyon y que los dueños no quieren venderla, y menos aún al precio que propone. Entonces envía a alguien para convencerlos, de una manera u otra. —Booth pensó que le había contado algunas cosas sobre LaPorte, pero que Miranda no llegaba a entender del todo el alcance de su poder y su naturaleza perversa. Era necesario que lo comprendiera—. Ansía cosas, Miranda, sobre todo si le pertenecen a otro. Cosas importantes, únicas, que no tienen precio; y cuando ansía algo, nada se interpone en su camino hasta conseguirlo: matar u ordenar que maten a alguien no es más que quitarse un obstáculo de en medio.

—Es malvado.

Booth se encogió de hombros.

—Yo más bien diría que es retorcido, pero si prefieres llamarlo «malvado», adelante. No sabe que me he pasado un montón de años estudiando sus patrones, sus métodos. Conozco parte de esa red, y Sebastien se encargará de ese nivel.

—¿A qué te refieres con lo del nivel?

—Necesito un cabeza de turco. He pensado en alguien, pero primero debo ver cómo organizo la logística.

—¿Un cabeza de turco? No es algo que se use a diario. —Pinchó un tomate—. ¿Para qué necesitas uno?

—Para que caiga por mí y, al relacionarlo con LaPorte, este también caiga.

—Un momento, un momento. —Miranda había cogido la copa, pero volvió a soltarla—. Booth, ¿vas a inculpar a alguien? ¿A uno de tus... socios?

—A un socio no. Es alguien del mundillo que no tiene lo que tú llamas mi «moral flexible». Alguien que realmente disfruta allanando casas y aterrorizando a sus habitantes. Y, oye, si la única manera de conseguir la combinación de una caja fuerte es darle una paliza a la mujer del dueño, o algo peor, pues eso que se lleva. Los cerdos como él son quienes nos dan mala fama. —Encogiéndose de hombros, Booth se sirvió más pasta—. Así que sí, voy a inculparlo. LaPorte va a contratarlo para robar la Diosa y le dirá que es un trabajo silencioso; es decir, sin violencia ni huellas. Solo que dejará huellas, y muchas.

—No lo entiendo. ¿Por qué LaPorte va a contratarlo cuando te tiene a ti?

—El cabeza de turco pensará que se trata de LaPorte, pero seré yo quien le haga el encargo. —Booth sonrió a Miranda y su voz se tornó suave, arrogante y con un pronunciado acento sureño—. Bastará con un millón en efectivo, y otros dos a la entrega.

—Eres bueno. ¿Es así como suena?

—Puedes oírlo tú misma en la grabación. —Mientras comía, empezó a tirar del hilo y a desarrollar el plan como quien saca un espagueti de la maraña de pasta—. Necesito una casa en el lago Charles, equiparable a la de LaPorte. Hay que dar con el momento y el lugar, y conseguir que LaPorte no tenga una coartada creíble. Atraeré allí al cabeza de turco en el instante preciso. —Con la mirada perdida, comenzó a visualizarlo en su mente—. Necesitamos tiempo para montarlo, que la casa permanezca vacía durante cinco a diez horas para que salga bien. Lo atraemos por la noche, celebramos la reunión en lo que parecerá el despacho de LaPorte, cerramos el trato, desmontamos el decorado y nos vamos.

—Haces que suene sencillo, pero no puede serlo.

—Sencillo no; cuestión de capas, pasos, sincronización. Cuestión de detalles. —Frunció el ceño al pensar en los que ya le rondaban la cabeza—. Llevará cierto trabajo perfeccionarlo.

—Pero ¿este cabeza de turco no conoce a LaPorte? ¿No ha estado ya en su casa?

—Todavía no puedo confirmar si ha estado en el lago Charles, pero sí que ha tratado con LaPorte en persona. Esa parte no es un problema: si me he ganado el sobrenombre de Camaleón es por algo. Tendré que ponerme tras un escritorio. Mido unos diez centímetros más que LaPorte, pero lograré que funcione. Necesitaré el lugar entre cinco y diez horas: ya veré cómo. —Booth le rellenó la copa—. Has visto *El golpe*, ¿verdad?

—¿La película de Paul Newman y Robert Redford? Claro, es un clásico.

—Esto no será tan elaborado ni implicará a tanta gente, pero parte del mismo concepto y, al final, les cargamos el muerto a dos tipos malos. Funcionará. Haré que funcione.

«Una confianza absoluta», pensó Miranda. Aunque ella no la compartiera, era capaz de admirarla.

—Suenas como si estuvieras deseando empezar.

—Y lo estoy. Si he tenido un objetivo desde que dejé Chapel Hill, ha sido tomarme la revancha, hacer que caiga con todo el equipo. Ahora tengo una posibilidad real de conseguirlo. La última jugada está en mis manos, solo tengo que averiguar cómo mover las piezas.

—¿Y si el cabeza de turco se pone en contacto con LaPorte?

—Me aseguraré de que no lo haga. Sé cómo actúa: a LaPorte no le gusta que lo molesten ni dejar ningún rastro tras de sí. Aceptas el trabajo, lo llevas a cabo y no te pones en contacto con él a menos que te proporcione la manera de hacerlo. Puede que te pillen, como les ha sucedido a algunos, y puede que menciones su nombre tratando de llegar a un acuerdo con la policía. Puede que un investigador vaya a hablar con LaPorte, pero ahí se acaba siempre todo, porque no hay ningún vínculo, ninguna prueba que lo relacione con el caso.

—Solo que esta vez sí la habrá.

—Ni te lo imaginas. —Entonces sonrió, no solo con confianza, sino con un punto de humor—. Confía en mí.

—Sí que confío, por lo que se ve. A mí tampoco se me da mal investigar, así que voy a usar parte de mis dotes extraordinarias para saber más sobre el diamante; también me gustaría ver la grabación.

—Vale, pero recuerda que estaba representando un papel. Las cosas que he dicho…

—No me equivoqué contigo hace doce años y tampoco me equivoco ahora. Solo una pregunta más: ¿qué tienes pensado hacer con la Diosa Roja una vez que esté en tus manos?

—Tengo algunas ideas, todavía me lo estoy pensando; pero ninguna de ellas implica quedármela ni venderla.

—Por el momento me basta. Quedaré con Tracey, averiguaré lo que sabe sobre alquileres o compraventa y le diré que quiero ampliar mi contrato hasta agosto.

—Miranda…

—Mientras dure la travesía, ¿recuerdas? Estoy metida en esto, Booth; ni en la periferia ni en la distancia, hasta el fondo.

—Si algo sale mal, si me pillan…

—No te van a pillar. ¿No dijiste que ibas a hacer que funcionara? Si tanto confías en ti mismo, confía un poco en mí también. Esta vez tienes apoyo, tienes un equipo: ve acostumbrándote —le sugirió, antes de ponerse en pie—. Tú cocinas y yo friego. Creo que esa también es la mejor solución para los dos. —Miranda llevó los platos al fregadero—. Ah, se me olvidaba. Necesito las llaves y el código.

Booth llevaba mucho tiempo viviendo a su manera: su espacio, su horario, su ritmo. No se veía como un hombre que tuviera problemas para hacer hueco a otros, compartir o integrarse. Además, quería que Miranda estuviera allí, por su propia seguridad y por él. La quería a su lado y punto. No obstante, experimentó un rápido e inesperado vuelco al ver su ropa en su armario, que ahora era de los dos, y otro al descubrir su cepillo de dientes en el mueble del baño.

Miranda no había tardado en montar su área de trabajo y, en menos de veinticuatro horas, convirtió el encanto informal del cuarto de invitados en una especie de caos creativo. Como una parte de Booth pugnaba por ordenarlo todo, empezó a preguntarse si tenía un problema, pero se dijo que aprendería a no hacerle caso y, lo que era más importante, tenía otras cosas de las que preocuparse más allá de los papeles desperdigados y las tazas de café abandonadas por doquier.

Como siempre, se dedicó a compartimentalizar, la única manera que conocía de gestionar las vidas que había elegido. Impartió sus clases, calificó ejercicios, lidió con algún que otro alumno díscolo o, todavía peor, algún que otro padre quejicoso. Dirigió ensayos, mientras el primero con vestuario se cernía ya sobre ellos. Habló con Sebastien, archivó los datos recopilados y planificó los distintos niveles de aquel trabajo.

Antes que nada, quería separar a Miranda de todos esos planes. Puede que sí que quisiera mandarla a una torre, pero ¿qué demonios tenía eso de malo? No había sido capaz de proteger a su madre del cáncer y la había perdido. No estaba dispuesto a perder a Miranda. Sin embargo, ella se mantuvo en sus trece.

Les habló a los alumnos de tercer año de *La tempestad*: de aquel mundo feliz, de la brujería, de la traición, del romance. Pensó en la cita de Miranda con Tracey. «Se las ingeniará», pensó, por lo que la apartó de su mente para centrarse en Próspero y Calibán.

«Me las ingeniaré», pensó Miranda mientras entraba con paso tranquilo en Water's Edge con diez minutos de adelanto. Quería sentarse en la bonita mesa exterior, expuesta a la dulce brisa, con su copa de pinot grigio del mediodía antes de que Tracey llegara. Un encargo sencillo y placentero, puesto que Tracey le caía bien. Cuando vivía en Chapel Hill, rara vez, por no decir nunca, salía a comer con alguna amiga, ya que seguía un horario de escritura bastante estricto, de modo que aquello constituía un agradable paréntesis: la guinda del pastel. Un almuerzo medio elegante con una amiga junto al río, disfrutando de la brisa fresca de la primavera y, con un poco de suerte, recopilando algo de información fidedigna para ayudar a Booth.

De verdad quería ayudarlo y (otra guinda en el pastel) quería sentir la emoción de participar en un robo. No sentía el más mínimo atisbo de culpa, lo que la sorprendió bastante, si bien era cierto que aquello que Booth pretendía robar era algo ya robado y que había provocado un asesinato a sangre fría. En este caso no se trataba de hacerlo por interés, y no era que su propio código moral fuera especialmente flexible, sino que se trataba de un mero vehículo para reparar una injusticia. Como la venganza le suponía un área gris, prefería considerarlo justicia, en la que creía firmemente.

Pidió la bebida y se acomodó. Se había vestido para una reunión de chicas: cazadora de ante morado chillón, pantalones y top de lino, botas modernas y un pañuelo divertido. Vio a Tracey, de rojo atrevido y crema, llegar a toda prisa con diez minutos de retraso, justo como Miranda esperaba.

—¡Lo siento, lo siento mucho!

—¡Ay, déjalo! —Rio para quitarle importancia y levantó la copa de vino—. He estado disfrutando del vino y las vistas. Espero que tú también tomes un poco, para no sentirme una borracha diurna.

—Mira cómo me hago de rogar: otra copa para mí —pidió Tracey al camarero—. Gracias, Rod. Ay, qué bien, no pensaba yo que te convencería para quedar a comer.

—Quería tomarme un descanso y darte las gracias por ampliar mi contrato de alquiler.

—Yo encantada. Estoy deseando leer el libro: es emocionante. Espero que estés teniendo tiempo para disfrutar de la casa, del río, de los jardines; la primavera ya empieza a asomar.

—Pues sí, y está todo precioso. Me temía que alguien más tuviera reservada la casa y que me tocase mudarme. Debes de estar hasta arriba de reservas, sobre todo para las propiedades en la ribera.

—Las cosas van bien. Gracias, Rod —volvió a decir cuando el camarero le trajo el vino.

Este les cantó los platos del día y las invitó a tomarse su tiempo.

—Tienes que probar el entrante de calamares. ¿Te parece si lo compartimos?

—Suena bien.

—Empezaremos por ahí, Rod, y ya nos pensaremos el resto.

Finalizada la comanda, Tracey se recostó en el asiento, tomó un sorbo de vino y exhaló:

—Ahhh.

Miranda le dio un codazo amigable.

—¿Has estado ocupada?

—Sí, pero no me voy a quejar.

Un nuevo codazo.

—¿Algún recién llegado?

—De hecho, acabo de firmar un alquiler de tres meses en una casa nada más pasar la tuya. En temporada normalmente se alquila por semanas, pero esta pareja la quería por tres meses. Si tienes oportunidad de conocerlos, son majos. Él trabaja en Washington y, cuando no pueda teletrabajar, irá y vendrá en el día. Ella es fotógrafa y está con una serie de naturaleza, por lo que le interesa la ubicación.

—Ah, ¿sí? Qué interesante. ¿Su obra es conocida?

—Bueno, yo no la conocía. Los dos son de Washington y esto, por lo que se ve, constituye un cambio en la carrera de ella. Me da la impresión de que es más bien un pasatiempo, o que lo era, y que él ha accedido a su capricho. La casa es vacacional, permanece cerrada entre finales de otoño y primavera, y lleva sin reformarse una década, así que es una suerte tanto para los propietarios como para nosotros.

—Pues sí, ¿no? —Miranda partió por la mitad un grueso y mullido palito de pan a las finas hierbas y le ofreció un pedazo a Tracey—. ¿A qué se dedica él?

—Debe de ser algo supersecreto para el gobierno, porque se ha mostrado de lo más reservado al respecto.

Miranda agitó los hombros con picardía.

—Me encantan los misterios. Tú investigas a los solicitantes, ¿verdad?

—Desde luego. Él trabaja para una empresa llamada Legacy Consultants, nada que sonase raro. Ella es autónoma y yo diría que lo hace más bien por pasar el rato. En cualquier caso, su calificación de riesgo era positiva, pagaron el primer mes y la fianza, y no se quejaron por que la cocina y el baño estuvieran viejos. La propiedad no es fácil de colocar durante más de una semana y, aun así, cuesta. Cuando creía que iba a quedarse vacía la mayor parte de la temporada, ¡pum!, recibí la solicitud hace solo unos días y van a mudarse mañana.

—Enhorabuena —la felicitó Miranda, haciendo chocar su copa con la de Tracey.

—Gracias. Y, ahora, basta de propiedades inmobiliarias. ¿Qué tal te va a ti?

Compartieron el aperitivo, comieron ensalada y volvieron a compartir un enorme brownie con chocolate caliente y helado de vainilla. «Qué encargo tan sencillo —reflexionó Miranda mientras conducía de vuelta a casa de Booth— y qué agradable». La próxima vez quedaría a comer con Tracey solo por el factor amistad pero, por el momento, imaginó que no haría daño a nadie si pasaba por delante de la propiedad junto al río.

Cuando Booth volvió a casa tras un largo ensayo, encontró a Miranda sentada a la encimera de la cocina con su tableta y una copa de vino. El hecho de que pareciera sentirse cómoda en casa le provocó sensaciones contradictorias: la extrañeza de tener a alguien tan acomodado en su espacio pugnaba con el placer de que se tratase de ella. Percibió en el aire una mezcla de aroma dulce y salado mientras Miranda dejaba la tableta a un lado y le sonreía.

—Hola. ¿Qué tal todo?

—Podría haber ido peor.

Booth se adentró en su oficina para dejar el maletín sobre el escritorio. Miranda se levantó y fue a darle un beso. «Que extraña normalidad», pensó.

—Me he encargado de la cena —le dijo Miranda.

—¿Has cocinado?

—Suenas sorprendido y a la vez preocupado. Me he encargado de la cena, y mi manera de hacerlo es pedir comida china. Espero que tengas hambre, porque, como no sabía qué querrías, he encargado un poco de todo. Coge una copa de vino y siéntate. Voy a prepararlo.

—Para mí solo una Coca-Cola, que aún tengo que trabajar. Miranda…, gracias.

—Se llama trabajo en equipo, ¿recuerdas? —Como si estuviera en su casa, sacó varias cajas de cartón y recipientes del horno, y empezó a servir parte del contenido por cuencos y fuentes—. Puede que estés acostumbrado a cocinar cada noche, pero no es necesario que, cuando pasas entre diez y doce horas al día en el instituto, luego tengas que lidiar con el problema de vuelta en casa. —Se echó la trenza hacia atrás con un golpe de cabeza mientras llevaba los platos a la mesa—. He pensado que, salvo que no quieras, puedo pedir algo cada dos o tres días, al menos hasta que representéis el musical.

—Sería estupendo.

—Pues dalo por hecho. Yo me encargo.

Booth apagó el horno, pues a ella se le había olvidado. Cogió una Coca-Cola y se sentó a la mesa. Entonces la cogió de la mano.

—Te lo agradezco.

—Es comida china para llevar, Booth.

—Es comida por la que no he tenido que preocuparme. Hacía mucho que nadie se encargaba de prepararme la cena.

Miranda no estaba segura de por qué aquello le provocó una punzada en el corazón, pero le apretó la mano con rapidez.

—Son las ventajas de tener una compañera de piso. Ah, y hoy me he dado cuenta de una cosa; no entiendo cómo se me pasó hasta ahora.

—¿De qué?

—De que tienes un kayak colgado del techo de la cochera.

—Sí, normalmente por estas fechas ya lo tendría en el agua, pero he estado un poco ocupado. Si quieres, puedes alquilar uno y te enseño a manejarlo.

—Olvidas que me crie junto a un lago. —Empezó por el pollo General Tso—. Llevo haciendo piragüismo desde que era una niña. Tal vez, cuando estés un poco menos ocupado, podemos probar el río juntos.

«Más normalidad», pensó Booth: una normalidad sencilla y agradable.

—Parece que este fin de semana va a hacer buen tiempo.

—Si el libro coopera mañana, tal vez podamos ir al pueblo y comprar un kayak. Entretanto, no sé si te interesará saber que hoy he disfrutado de un almuerzo muy placentero con Tracey.

—Madre mía, que rápido te mueves. Pensé que lo harías el fin de semana.

—Hoy tenía tiempo, así que aproveché la oportunidad. Aquí tienes un poco más de información para que cueles en ese cerebro tuyo, que ya debe de estar repleto. Primero: ni siquiera me hizo falta usar mis hábiles artimañas para averiguar que tenías toda la razón cuando dijiste que LaPorte enviaría a gente. —Miranda ahogó un pequeño grito mientras miraba atónita las puertas de cristal. Al instante Booth estaba en pie—. Lo siento, no es nada. Es que he visto un colibrí, como un zafiro en movimiento, en el comedero de ahí fuera. Son de mis aves favoritas y es el primero que veo esta primavera.

—Está bien; de todas formas, no me hacían falta esos últimos cinco años de vida. ¿A quién te refieres y cómo sabes que los ha enviado LaPorte?

—No me dijo los nombres: debería haber usado mis hábiles artimañas para obtenerlos, pero no se me ocurrió. Es una pareja y se supone que él trabaja, en remoto sobre todo, para una consultoría en Washington: Legacy Consultants. Ella afirma ser fotógrafa independiente y quiere dedicarse a la fauna. ¿Te acuerdas de la casa que queda a poco menos de un kilómetro de aquí? Pequeñita, vieja. Tracey dice que le hace falta una buena reforma y que solo se alquila por semanas, y tampoco mucho, en temporada. Firmaron por tres meses en el acto. Se han trasladado hoy.

—Sé cuál es. —La visualizó con total facilidad—. El propietario lleva allí a sus amigos cuando hay puente y salen a pescar. Más que una reforma, necesita que la echen abajo. Tampoco tiene muy buenas vistas, pero queda apartada. Ofrece privacidad.

—En el camino de entrada hay aparcados un Mercedes Clase G negro reluciente y un BMW biplaza descapotable. Y sí, he tenido que buscarlos en internet, porque no sé distinguir un coche de otro. Eso significa que podrían permitirse un alquiler vacacional mucho mejor, así que mi sentido detectivesco me dice que lo hicieron por la ubicación: apartada y a menos de un kilómetro. Además, una naturalista armada con una cámara no llama la atención si, caminando por el bosque, sigue el curso del río y acaba por aquí, ¿verdad?

—Ahora sí. ¿Cómo sabes lo de los coches?

—Porque los busqué.

—No, que cómo supiste qué buscar.

—Los vi, y pude atisbar la marca, cuando pasé por delante. Es una vía pública, Booth —argumentó antes de que este pudiera replicar—, una vía que ahora mismo me queda de camino a casa. Es normal, natural y esperable que pase por ella. Tomé nota de los coches y de que todas las persianas estaban bajadas. Ese mismo sentido detectivesco me dice que, durante la mudanza, ahí dentro están haciendo algo que no quieren que nadie vea.

—Aumentar la seguridad y montar un área de trabajo. Lo inteligente sería instalar varias cámaras de rastreo de fauna en el bosque, apuntando hacia mi casa. Ya pensaré qué puedo hacer para que tengan algo que enviarle a LaPorte y que se quede contento.

—Podría hornear galletas, o mejor aún, podría poner en una bandeja unas galletas de la panadería del pueblo y fingir que las he hecho yo. Se las llevo y les doy la bienvenida al barrio.

—Primero: no. —Booth se comió un rollito de primavera y lo hizo bajar con Coca-Cola—. Segundo: ¿cómo que fingir que has hecho galletas?

—Si quisiera que alguien se sintiera bienvenido, no lo expondría a mis galletas. Es algo normal, especialmente en mi zona: lo de llevarle galletas a un vecino nuevo, no lo de fingir que las has hecho tú. En un modo de decir: «Hola, bienvenidos» sin más. Luego esperas que te inviten a su casa por pura cortesía y así se la cotilleas.

—Una vez más: no. Me enteraré de sus nombres y veré qué puedo averiguar sobre ellos.

—¿Cómo vas a enterarte de sus nombres a menos que les preguntes? Y para eso necesitas galletas o algo similar.

—No, lo único que necesito es hackear los archivos de Tracey. Podría preguntarle si me la encontrara, pero esto es más rápido.

—Ah.

Booth podía notar cómo Miranda daba vueltas a las implicaciones éticas del hackeo.

—Si Tracey lo supiera, nos ayudaría, pero no puedo decirle nada, así que supongo que esto es una especie de un atajo. Pero ¿no estarán usando nombres falsos?

—Es muy probable, igual que es muy probable que lo sean los permisos de conducción que le hayan dado a Tracey. Puedo pasarlos por un software de reconocimiento facial.

Miranda se echó hacia atrás, perpleja e intrigada.

—¿Sabes hacerlo?

—No he tenido mucha necesidad, pero sí. O más bien sabe Jacques, un conocido mío. Y, si no, Sebastien. —Su voz sonó ausente mientras su mirada se perdía en el exterior—. Es casi de noche, demasiado tarde para salir a dar un paseo tranquilo por el bosque —consideró—, y es probable que no planten las cámaras hasta mañana, mientras estoy en el instituto. Quiero echar un vistazo a su equipo, pero primero vamos a ver qué averiguamos sobre ellos.

—Vas a ir a espiarlos, ¿verdad?

—Lo haré en algún momento, pero no lo considero espionaje.

—Entonces ¿qué?

—Trabajo. Sacaremos algo de tiempo este fin de semana para hacer piragüismo; esa parte del río es muy bonita para navegar. Venga, yo me encargo de los platos.

—No, es evidente que tu cerebro hiperactivo está a cientos de kilómetros de distancia. Yo me ocupo, tú vete a hacer tus cosas de hacker.

—Gracias. —Era obvio que no tenía sentido discutir—. No debería tardar mucho.

Miranda se quedó pensando mientras Booth enfilaba las escaleras. ¿No tardar mucho era algo malo, pues demostraba que tenía maña para acceder ilícitamente a información personal y de empresas? ¿O algo bueno, ya que no le costaría averiguar a quién había contratado LaPorte para vigilarlo, o incluso hacer algo peor si no le gustaba lo que veía? Guardó las sobras en táperes, pues había pedido demasiada comida, y llenó el lavavajillas. Como ya conocía los estándares de higiene de su compañero de vivienda, limpió a fondo todas las superficies y, muerta de ganas por ver cómo hackeaba un sistema, subió al piso de arriba.

26

Al aproximarse al dormitorio, Miranda oyó la voz de Booth. Sonaba de buen humor. Estaba sentado al ordenador de su cuarto secreto, hablando con un hombre al otro lado de la pantalla. Un hombre mayor y atractivo, de rostro áspero, con una buena mata de cabello plateado, barbita incipiente y ojos despiertos. Por el acento, pensó que sin duda se trataba de Sebastien. En ese momento, un extraño perrillo de ojos saltones se coló sin previo aviso y ocupó todo el campo de visión.

—*Mais*, mi Wiley no siente sino cariño por ti.

—¿Por qué lo humillas poniéndole un collar de cristales?

—Es un regalo de nuestra Mags y le gusta. Entonces ¿estás seguro de que se trata de Cannery?

—Al cien por cien. Lo reconocí por aquella vez cuando casi nos cruzamos en Calais. Han pasado unos años y ahora lleva barba y se ha teñido el pelo de castaño, pero las caras no se me olvidan.

—Ni las caras ni nada. Diría que LaPorte ha mandado algo más que espías. Cannery es un ejecutor.

—No le daré motivos para ejecutar nada. Aún tengo que investigar a la mujer. Usa el nombre de Lori Slade, pero ni de broma se llamará así. Sabiendo que LaPorte me ha enviado a alguien como Cannery, quería que estuvieras alerta. Échale un ojo a Mags, Sebastien, por si acaso.

—*Cher*, a Mags yo siempre le tengo echado el ojo, y le echo todo lo demás siempre que me deja.

—Por Dios, Sebastien, que es mi tía.

Booth se frotó la cara con las manos. El perrillo apareció de nuevo con un ratoncito de peluche entre los dientes.

—Wiley quiere compartir a Coquette contigo.

—Para la próxima. Luego me pasaré por allí, por si logro ver algo de lo que tengan montado. Durante el fin de semana miraré desde el río. En cuanto terminemos con el musical, te buscaré una ubicación en Georgetown.

—No, lo haré yo; eso corre de mi parte. LaPorte te persigue porque yo lo puse sobre tu pista.

—Sebastien…

—Eso corre de mi parte. *C'est tout!*

—Está bien, vale. —Booth levantó la mano en un gesto de paz—. Avísame cuando lo tengas organizado.

—Mándame las fotos de tus vecinos; investigaré a la mujer, tengo un programa nuevo. —Sebastien alzó la mirada y volvió a sonreír, insinuante esta vez—. Así que esta es Miranda. Me alegro mucho de conocerte por fin.

—Siento interrumpir.

—Las mujeres bellas nunca interrumpen, solo dan realce. —Entonces le dirigió una amplia sonrisa a Booth—. *Ta rousse est glorieuse, mon ami.*

—*Merci beaucoup* —respondió Miranda—. *Je parle assez bien française.*

—En tal caso, ven a mi pantano y disfrutaremos de un sinfín de conversaciones. Si quieres, puedes traer a *mon bon ami.*

—Ven tú al norte.

—*Bien sûr*, en cuanto sea el momento. Tú no te preocupes, *ma belle*. Este muchacho es de los míos, y yo no permito que a los míos les pase nada malo. Envíame las fotos y te tendré el nombre de la mujer, el de verdad, antes de mañana.

—Ahora te las envío. Estate atento, Sebastien.

—Como siempre, *cher. À bientôt* —se despidió, lanzándole un beso a Miranda antes de cortar la conexión.

—He venido a fisgonear y no voy a pedir perdón por ello.

—No puede considerarse fisgonear si yo sabía que estabas haciéndolo; y lo sabía.

—Cuéntame lo del Cannery este y Calais.

—Dame un segundo.

Booth hizo algo (enviar la foto, entendió Miranda) antes de que los rostros de un hombre y una mujer ocuparan toda la pantalla. Él parecía tener entre treinta y tantos y cuarenta y pocos, pelo castaño corto, una barbita cuidada del mismo color, ojos marrones y fríos. La mujer, una belleza, parecía una década menor, rasgos angulosos, grandes ojos de color avellana; llevaba el cabello corto de color ala de cuervo, tan anguloso como sus rasgos, con flequillo.

—Los vecinos —le dijo.

—Y John Madison es en realidad el tal Cannery.

—Lucius Cannery; LaPorte lo mandó a Francia en mi busca. Se acercó mucho, demasiado, por eso lo detecté. Poco tiempo después, mientras preparaba un trabajo en París, vi a LaPorte. Por eso decidí dejar Europa.

—Sebastien ha dicho que es un ejecutor. Eso significa que hace daño a la gente, o cosas peores.

—Por dinero, desde luego, pero LaPorte me quiere vivo e ileso, al menos por ahora. Cannery es una especie de seguro; la mujer es la que se encargará de vigilar. Tú solo tienes que mantener las distancias. —Miranda lo miró fijamente, así que añadió—: Los dos tenemos que mantener las distancias. Si nos los encontramos, nos mostraremos amigables sin más.

—¿Cannery no sabrá que lo has reconocido?

—No sabe que lo vi en Francia. LaPorte jamás mandaría a alguien a quien creyese que podría reconocer. —Booth alzó la mano y tomó la de Miranda—. No voy a ocultarte nada. El conocimiento es poder, es un arma, y quiero que tengas ambos.

—Así que ¿ibas a decirme que tenías previsto pasar, pero no para espiar, por delante de su casa?

—Quizá —reconoció al cabo de un momento—. No lo sé, pero te habría contado lo que hubiese descubierto.

—¿Y si al despertar veo que no estás aquí? Me preocuparía, me asustaría.

—Tienes razón. No estoy acostumbrado a tener a alguien que se preocupe o se asuste por mí. Tal vez puedas darme algo de manga ancha por el momento.

—Solo por el momento —respondió, al tiempo que tomaba su rostro entre las manos—, pero la anchura no es infinita.

—Entendido. —Booth se levantó y la envolvió entre sus brazos—. Aprendo bastante rápido.

—Bien, porque tengo intención de educarte, aunque por el momento imagino que tendrás trabajo que hacer.

—Un par de cosas, sí.

—Puedes añadir esto si te sirve de ayuda —dijo, mientras sacaba un pendrive del bolsillo—. Es todo lo que he encontrado sobre la Diosa Roja, aunque supongo que ya lo sabrás: que la extrajeron en el oeste de Australia hace ochenta y cuatro años, cuánto pesa, cuánto valía entonces y cuánto ahora, etcétera. Lo de la muerte prematura de Carl Santis, el propietario de la mina, antes de concluir la venta de la piedra a lady Jane Dubois, una rica aristocrática británica.

Booth conocía la historia con todas sus variantes, pero dejó que Miranda se la contara.

—Entonces, el socio del desafortunado propietario sacó la piedra a subasta —continuó esta— y lady Jane, que parecía empeñada en obtenerla, acabó pagando casi ochocientas libras por quilate, unos cuatro millones de libras más del precio acordado en un principio.

—Santis necesitaba flujo de efectivo, por lo que propuso un precio inicial demasiado bajo.

—Y es probable que lo asesinara su socio, pero jamás se demostró. Sospecho que pagaría una buena suma para quedar libre de toda culpa.

Booth sonrió.

—Ah, ¿sí?

—Por descontado. En cualquier caso, el socio, y con toda probabilidad asesino, se largó con el dinero y dejó a la familia de

Santis en graves apuros económicos. El hijo mayor se suicidó, la hija murió de parto, el hijo pequeño huyó a América y jamás se volvió a saber de él.

—Víctimas de la maldición de la Diosa Roja, si crees en esas cosas.

—Mucha tragedia para una sola familia en menos de un año, y poco después, el socio acabó flotando boca abajo en el East River de Nueva York.

—Algunos dicen que fue el hijo pequeño; otros, que la Diosa.

—En cualquier caso, acabó muerto —concluyó Miranda—. Luego se celebró una fiesta en la propiedad de lady Jane que duraría toda una semana y que supuestamente culminaría con el corte de la piedra por parte de unos expertos contratados por ella.

—Lo organizó como si se tratara de una representación teatral —añadió Booth—. Convocó a la prensa, a otros aristócratas, sirvientes, personal de seguridad… Un espectáculo estúpido e indulgente de riqueza y privilegio.

—Y pagó por ello, ¿no?, dado que la piedra desapareció para nunca volver a verse, al menos de manera oficial. Hubo una investigación a fondo, por supuesto, pero ni rastro. —Miranda le dio una palmadita en el pecho—. Diría que fuiste tú, pero entonces ni siquiera habías nacido.

—¿Una reencarnación?

—Siempre es una posibilidad. En fin, he añadido la multitud de teorías conspirativas, los mitos, las maldiciones, los supuestos poderes místicos de la piedra: la venganza de la Diosa, entre otros. También varios relatos de quienes afirman haberla visto durante los últimos setenta y cinco años. Además, tengo una pregunta.

—No puedo prometerte que tenga la respuesta, pero adelante.

—Es obvio que LaPorte ha visto la piedra, ya que la ha autenticado, pero ¿por qué en las ocho décadas desde que lo extrajeron de la mina nadie ha cogido semejante pedruscote feo y, como una persona sensata, lo ha cortado y tallado para obtener varias gemas brillantes, bonitas y deslumbrantes?

Booth tardó un instante en recuperar la voz.

—¿Pedruscote feo?

—Bueno, sí. No es más que… —levantó las manos con las palmas hacia arriba, como si sostuviera la gema— un pedrusco enorme y soso.

Booth fue incapaz de responder hasta recuperar el aliento que ella le había cortado.

—No hay nada igual en el mundo. Es un diamante único en su categoría.

—Solo hay un Red Shield, ¿no? El diamante rojo de 5,11 quilates cortado del Moussaieff Red, y es alucinante. Puede que el engarce no me interese, pero es cuestión de gusto personal. Sin embargo, hay gente que ha matado por este pedazo de carbono, que jamás ha revelado lo que oculta. Es como si Miguel Ángel hubiera dejado el *David* dentro de su enorme bloque de mármol.

Booth decidió que necesitaba sentarse.

—Es una forma de verlo.

—Que, obviamente, no es la tuya. ¿Cuál es la tuya?

—Es un diamante puro, Miranda. Es una leyenda y, si la analizas, verás que afirma que todo el que ha planeado o intentado cortarlo ha encontrado una de esas muertes prematuras.

—Soltaría una carcajada y diría que no te lo crees ni tú, pero veo que sí te lo crees; tú, que te ríes de la videncia.

—No me río de la videncia y no digo que no crea. Lady Jane murió de gripe tres meses después de que le robasen a la Diosa. Solo unas semanas más tarde, Josh Stein, el experto a quien contrató para cortar la piedra, perdió la vida en un accidente de coche, sin otro vehículo implicado, en las afueras de Londres. Los dos asistentes que lo acompañaban en la fiesta de lady Jane murieron ese mismo año. Esa es una racha grave de mala suerte, y no incluyo a otras personas de quienes se cree que fueron contratadas tras el robo y que también acabaron muertas.

—Así que sí lo crees.

—Un patrón es un patrón. Yo respeto los patrones.

—Pero ¿no te preocupa robarla?

—No voy a cortarla ni a contratar a nadie para que lo haga. Si LaPorte piensa hacerlo, cosa que dudo, da igual, porque no se va a quedar con la piedra.

—¿Quién se la quedará? Aún no has dicho nada.

—Supongo que va a producirse una larga y procelosa batalla entre las autoridades y quienesquiera que afirmen ser los herederos de lady Jane; fue ella quien la compró. Aunque también podrían intentar reclamarla los herederos de Santis. Para entonces, ya no será cosa mía.

—Debería estar en un museo.

—No digo que no. No soy quién para decidirlo.

—¿Y si lo fueras?

—Elegiría un museo. Creo, y puedes aguantarte la risa, creo que la Diosa quiere ser vista, admirada, respetada.

—No me río; de hecho, se me ocurre cómo, quizá, podríamos hacer que eso sucediera. ¿Conoces a algún falsificador?

Desconcertado, Booth frunció el ceño.

—Tal vez.

—¿Y si, en el lecho de muerte, lady Jane fue consciente del error que había cometido y dejó instrucciones sobre su voluntad respecto a la Diosa Roja? Instrucciones claras, con testigos y certificadas por su abogado. Algo así como un codicilo a su testamento. ¿Y si ese codicilo saliera a la luz de repente?

Tal vez pareciera algo salido de una novela gótica, pero... a Booth le gustaban las novelas góticas.

—Sería una coincidencia tremenda.

—Cierto, pero... ya no sería cosa nuestra.

Booth se giró a derecha e izquierda sobre la silla. «Detalles —reflexionó—, más detalles».

—Deja que me lo piense.

—Hazlo —respondió al tiempo que posaba el pendrive sobre el escritorio.

Booth decidió seguir su consejo. Si encontraba la manera, sería algo que podría hacer tanto por Miranda como por la Diosa. Un documento así se vería sometido a un proceso exhaustivo de análisis y autenticación. El papel, la tinta, el sello y, sobre todo, la letra manuscrita. Si encontraba la manera, le costaría tiempo y dinero; pero si lo lograba, merecería la pena. Una especie de justicia, pensó, de reparar errores pasados; aunque primero tenía que hacerse con la piedra, y para eso necesitaba algo más que planos: quería echar un buen vistazo al interior de la casa. Tenía varias ideas al respecto y, haciendo girar la silla hacia el escritorio, comenzó a regar las semillas que ya había plantado.

Lo primero era el musical y, como no quería decepcionar a sus chicos, dejó de lado todo lo que pudo durante la semana previa al estreno. Eso no significaba que no fuera a salir a caminar por el bosque un sábado por la mañana, acompañado de Miranda, que se negó a permitir que se la quitara de encima.

—Procura que toda la conversación sea superficial. Solo estamos dando un paseo mañanero.

—Lo tengo controlado, Booth. —Le cogió la mano mientras salían al aire fresco de abril—. Deberías hacerte con un perro.

—Trabajo todo el día.

—Es que un paseo por el bosque da la impresión de necesitar un perro trotando alegre a tu lado; un perro grande y tontorrón, ese es tu tipo.

—¿Grande y tontorrón es mi tipo? —Había acertado de lleno, y eso lo dejó perplejo.

—En cuestión de perros, sí; un perro al que le guste nadar, para que pueda jugar en el río. —Respiró hondo el aire primaveral mientras tomaban el sendero marcado entre los árboles—. Todo reverdece. Tus lilas están preciosas. Los pájaros no dejan de cantar. Me gusta que hayas puesto comederos en el jardín: debería hacer lo mismo en mi casa de alquiler.

—En el pueblo tienen algunos con muy buena pinta —le dijo Booth, que ya había detectado dos cámaras y esperaba encontrar más—, pero solamente vas a quedarte unos meses más.

—Bueno, nunca se sabe —respondió con desenvoltura, lanzándole una mirada coqueta.

Era la primera vez que la veía poner una cara así, pensó Booth. Le salía fenomenal.

—Al fin y al cabo, puedo escribir en cualquier parte, y le he cogido mucho cariño a la zona. Especialmente a mis vecinos.

Booth le besó la coronilla al tiempo que, deliberadamente, ponía los ojos en blanco de cara a la cámara.

—Deberíamos…, bueno, deberías pensarte en serio lo de hacerte con un perro. ¿No te imaginas un labrador feliz corriendo por el bosque y chapoteando en el río?

—Llenándome la casa de barro, ladrando a las ardillas…

Miranda se rio y le dio un codazo cariñoso.

—¡Ay, cómo eres!

—Ay, sí, cómo soy.

Booth sintió que alguien los observaba, y no solo a través de las cámaras. También oyó un leve crujido, unos pasos quedos. No reaccionó, se limitó a rodear los hombros de Miranda con un brazo.

—Hoy no tengo mucho tiempo. Esta tarde tengo que ponerme con los detalles técnicos.

—El viernes es el estreno. Estoy deseando ver qué has hecho.

—Lo importante son los chavales.

—Por supuesto, pero tú los has guiado todo el tiempo. Me encanta lo mucho que te has volcado en… ¿Has oído algo?

—Es probable que…

Booth se calló al ver aparecer a una mujer por el sendero. Llevaba una cámara colgada de una correa al cuello y una bolsa funda al hombro que, sospechaba Booth, contendría algo más que lentes. Tan esbelta que parecía reducida a músculos y energía, vestía botas de senderismo, tejanos y una sudadera con capucha de camuflaje con una gorra de béisbol negra cubriendo su corto cabello negro.

—Lo siento mucho. —Levantó las manos a modo de disculpa—. ¿Me he pasado de la raya?

Booth detectó un acento mínimo escondido en su voz: no había logrado erradicar completamente su origen de Arkansas. Le dirigió una sonrisa relajada, aunque se aseguró de que la mujer viera desconfianza en sus ojos.

—¿Qué raya?

—La del límite de la propiedad. No estaba prestando atención, lo siento —repitió—. Soy Lori Slade; hemos alquilado el bungalow. —Hizo un gesto vago en dirección a la casa—. Soy fotógrafa y estaba tomando algunas instantáneas. No era mi intención meterme sin permiso.

—No pasa nada, siempre y cuando solo esté haciendo fotos. No somos quisquillosos con las lindes. Soy Sebastian Booth.

—Es un placer.

—Miranda Emerson. Creo que pasé por delante de su casa el día que se estaban mudando. Bienvenida al Rappahannock.

—Gracias. Es precioso, justo lo que buscaba para mi proyecto. Me pareció haber oído antes un pájaro carpintero, así que agarré el equipo, pero no lo he encontrado.

—Hágase con un comedero y bolas de sebo —sugirió Booth, como un buen vecino—, así se le acercarán.

—¿De sebo? Las buscaré, gracias. Ahora debería volver; ni siquiera le dije a mi marido que iba a salir.

—Que disfrute del fin de semana —alzó la voz Miranda mientras la mujer se alejaba—. Qué susto me ha dado.

Booth se limitó a encogerse de hombros.

—No sé cómo alguien que puede permitirse una Nikon así ha alquilado un cuchitril como el bungalow ese, pero tiene que haber de todo. Nosotros también deberíamos volver; tengo tareas domésticas que dejar acabadas antes de ir el instituto.

—Tú y tus quehaceres sabatinos. —Miranda enlazó el brazo alrededor de su cintura mientras se daban la vuelta—. ¿Sabes? Podrías contratar a alguien para que te limpiara la casa.

—Me permiten despejar la mente.

—Pero mañana salimos a hacer kayak, ¿vale? Hoy voy a ir al pueblo a comprarme el mío.

—Claro. Es un pasatiempo que también permite despejar la mente.

—Qué guapa es la vecina nueva. Creo que no llevaba ni pizca de maquillaje. Y qué delgada y hábil parecía, ¿verdad?

—La verdad es que no me he dado cuenta. —Booth volvió a darle un beso en la coronilla y a poner los ojos en blanco—. A mí me gustan las pelirrojas.

Miranda soltó una risita tonta y se arrimó a su cuerpo mientras caminaban de vuelta a casa. Al cerrar la puerta a su espalda, Miranda se dio la vuelta y encaró a Booth.

—Era ella. Era…

—Selene Warwick. —Booth colgó el cortavientos en el vestíbulo y le hizo un gesto a Miranda para que le diera el suyo—. Nacida en los Ozarks. Empezó traficando con droga, transportando y distribuyendo, pero sin consumir. Cometió su primer asesinato a sueldo antes de tener edad para beber alcohol. Es buenísima en lo suyo.

—Lo de que es guapa lo dije en serio. Lo es, pero sus rasgos son duros. —Cuando Miranda se dio cuenta de que se estaba frotando los brazos helados, paró—. Todo en ella es duro y da un poco de miedo.

—Tú también dabas un poco de miedo. —Booth entró en la cocina y sacó un par de Coca-Colas—. Toda coqueta, melosa y pegajosa.

—Dado que todo ello va en contra de mi naturaleza, pensé que podía salirme bien.

—Pues sí que te salió.

—¿Crees que va al bosque de vez en cuando, esperando toparse contigo?

—No le hace falta; las cámaras le avisan si paso por allí.

—¿Has visto cámaras?

—Cuatro, antes de que decidiera cruzarse con nosotros.

—Soy bastante observadora y no detecté ninguna. —Frunció el ceño y dio un sorbo a la Coca-Cola—. Me fastidia.

—No salgas a caminar por allí sola. Su trabajo es vigilar, pero no merece la pena jugársela. Ahora tengo que ocuparme de los detalles técnicos —añadió— y de las tareas domésticas.

—Te ayudaré con las tareas. Es lo que haría una mujer coqueta, melosa y pegajosa dispuesta a cazarte.

—Genial. Vamos a quitar las sábanas; puedes cambiarlas por unas limpias en lo que yo pongo la lavadora. Mientras limpiamos, te contaré lo de la cita que tengo dentro de dos semanas con la señora Mountjoy.

—¿Que… tienes una cita con las personas a quienes vas a robar?

—Ahora te lo cuento —repitió.

Al día siguiente, mientras navegaban en kayak, Booth se aseguró de pasar por delante del bungalow. Vio a Cannery en el jardín y lo saludó con la mano: un gesto informal, de vecindad. Este respondió con el mismo gesto y el mismo tono, añadiendo una especie de sonrisa burlona. A continuación, Booth dejó todo a un lado para disfrutar de un par de horas en el río con Miranda.

Esta llevaba un sombrero de ala ancha (el escudo de las pelirrojas contra el sol) y remaba con golpes fuertes y homogéneos. Booth se relajó mientras el río los llevaba por el sol y la sombra. Una tarde tranquila, pensó, con los ciervos pastando silenciosos en los bosques, un par de chicos sentados en las rocas con el sedal en el agua y un halcón sobrevolándolos en círculos con paciencia infinita.

—Esto es realmente hermoso —dijo Miranda—. O he estado muy ocupada o no me he tomado mi tiempo, pero el caso es que llevo sin hacer piragüismo un año.

—No has perdido maña. Cuando tengamos más tiempo, podemos coger un kayak para dos y poner rumbo a la bahía. Puedo pedirle a alguien que vaya a buscarnos para traernos luego de vuelta.

Miranda lo fulminó con la mirada.

—¿Crees que no podría con el trayecto de regreso?

—Es largo —repitió Booth—. Quizá… podríamos reservar una habitación y aprovechar el fin de semana.

—Ahí le has dado.

—Cuando todo esto haya concluido. Hacia finales de agosto, más o menos.

Miranda se bajó las gafas de sol.

—Tomo nota. Es interesante que estemos disfrutando de este precioso interludio como si no tuviéramos nada más que hacer o en que pensar.

—Hoy no tenemos nada más. —Alargó el brazo por encima del agua para tomarle la mano—. Centrémonos en el hoy.

La noche del estreno, reinaba el caos entre bambalinas. Los nervios, una línea temblorosa que frisaba con la histeria y una emoción que cortaba la respiración, a veces literalmente, se superponían en un concierto alocado mientras los adolescentes se vestían, se maquillaban y se peinaban al estilo de los años sesenta. Los bailarines estiraban, los cantantes vocalizaban, y Booth hacía lo posible por estar en todas partes a la vez. Calmó nervios, secó algunas lágrimas de ansiedad, repasó las entradas con el equipo y el escenógrafo. Una rendija entre los bastidores le mostró cómo iba llenándose el patio de butacas, y llenándose a base de bien. Entre los rostros conocidos vio a Miranda, programa en mano, charlando con Lorna y Cesca. Entonces oyó la llamada: «Quince minutos para el telón. Quince minutos».

Echó a andar para hacer una última comprobación y descubrió a Louis (ahora conocido como «Lou») con el resto de los tramoyistas, todos de negro: ya era uno más del grupo. Pasó revista a los trajes, el maquillaje, la mesa de mezclas, el cuadro de luces, la utilería. Lo comprobó todo. Acto seguido, llamó al elenco, que lo rodeó formando un círculo de nerviosa alegría.

—Bueno, grupo, pues ya está. Habéis hecho el trabajo y estoy orgulloso de cada uno de vosotros; ahora es el momento de recoger las mieles. No solo vais a haceros dueños del escenario: la noche es vuestra. ¿Listos?

Le respondió un coro de «¡Sí!», «¡Estamos listos!» y «¡Por supuesto!», y Booth alargó la mano hasta el centro del círculo. Las demás se sumaron a la suya, formando una torre.

—¿Listos?

Con las manos unidas, se alzaron las voces.

—¡Pues adelante! Tres, dos, uno.

Las manos se levantaron entre gritos.

—En posición —dijo Booth, al tiempo que ocupaba la suya entre bastidores. Esperó a ver cómo los chavales se situaban en sus puestos en el escenario—. Abajo las luces de sala. Preséntanos, Marlie.

—Buenas noches. Les damos la bienvenida a la producción del instituto de Westbend del musical de Michael Stewart *Un beso para Birdie*, con música de Charles Strouse y letra de Lee Adams. Les rogamos que apaguen sus teléfonos móviles y se abstengan de usar flash al hacer fotos, o la directora Downey los regañará personalmente, y seguro que no quieren. Ahora, relájense y disfruten del espectáculo.

—Telón —ordenó Booth, sabiendo que cada uno de los miembros del elenco y el equipo estaban emocionados con el sonido de los aplausos. Dio la señal para que iluminaran a Kim y a su amiga, que se encontraban a ambos extremos del escenario con un teléfono de época en la mano para el diálogo inicial.

Entonces sonó el timbrazo y las luces enfocaron el cubículo que ocupaba el centro del escenario. Las voces se elevaron por encima de nuevos aplausos.

What's the story, morning glory? What's the tale, nightingale?[2]

«Dejadlos boquiabiertos», pensó Booth.

Entre bambalinas reinaba ahora un caos controlado mientras los actores salían a toda prisa y los tramoyistas se apresuraban a cambiar de escena. Booth oyó risas por parte del público… en los momentos adecuados. Un fuerte aplauso tras cada número. Un par de detallitos y alguna equivocación en el texto aquí y allá, pero nada de lo que el público fuera a percatarse.

No se relajó hasta que su Kim, que brillaba como una verdadera estrella, terminó el número final y el público se puso en pie. Entonces vio aquellos rostros radiantes salir a saludar, uno a uno o en parejas, y alinearse mientras el aplauso los envolvía. Con las manos unidas, hicieron una reverencia, y otra, y otra más. Booth salió al escenario cuando el elenco lo llamó e hizo una reverencia

---

[2] «¿Qué te cuentas, gloria de la mañana? ¿Qué hay de nuevo, ruiseñor?». *(N. de la T.)*.

él solo. «Una cosa menos —pensó mientras ayudaba a reorganizar el vestuario—, quedan dos». Se aseguró de que toda la utilería quedaba guardada y, apagando las luces a medida que avanzaba, salió por la puerta lateral.

Encontró a Miranda sentada en el murete del aparcamiento.

—No sabía que estarías aquí. Supuse que vendrías con tu coche.

—Me ha traído Lorna y no quería hacerla esperar. No solo hace una noche preciosa, aún estoy alucinada con el musical.

Booth se sintió henchido de orgullo.

—Han estado geniales, ¿verdad? Realmente geniales.

—Han estado maravillosos. He visto bastantes musicales de instituto, Booth, muchos. Este ha estado muy por encima de la media.

—Se han dejado la piel trabajando.

Miranda le posó una mano en el brazo mientras Booth abría el coche.

—Atribúyete el mérito que te corresponde.

—Oh, lo hago. Yo también me he dejado la piel trabajando. Ha merecido la pena —añadió mientras se montaban—. Ha merecido muchísimo la pena, pero todavía quedan otras dos funciones.

—La chica que ha interpretado a Kim.

—Alicia.

—¿Tiene planes?

—Sus padres esperan que se dedique a la enseñanza.

—¿Es eso lo que quiere ella?

—La verdad es que no. La apoyan con las clases de baile y los musicales de instituto. Ha hecho algo de teatro comunitario en verano y a ellos les parece bien. Quiero pensar que lo que han visto esta noche, porque lo ha bordado, los ayudará a darle una oportunidad de probar en serio lo que quiere.

—Espero que lo consiga. Esos chavales te adoran, tus chiquillos del teatro. Te quieren y se les nota.

—Es mutuo.

Aparcó en la cochera y echó un vistazo a la puerta del vestíbulo. Abrió con la llave y volvió a activar la alarma.

—No sé tú, pero me apetece un vino. Solo necesito comprobar algo en mi despacho.

—Yo me encargo de servirlo.

Cuando Miranda se lo llevó el despacho, ahogó un grito ante lo que vio en el monitor.

—Esa es tu casa, el exterior. La gente de LaPorte ha entrado.

—Lo han intentado —la corrigió—. Allanar viviendas no es lo suyo; podrían echar abajo una puerta o romper una ventana, pero eso haría que viniera la policía y me revelaría que alguien quiere entrar. Probablemente sea lo que ella le está explicando a él aquí. —Dio un toque en la pantalla—. La mujer está aburrida. No hay nadie a quien lisiar, nadie a quien matar, así día tras día: es algo que te tiene que minar la moral.

Miranda notó el corazón en la garganta.

—Por Dios, Booth.

—Me llegó una alerta al móvil cuando trataron de abrir las puertas, pero tenía que concentrarme en el musical. Aunque hubieran entrado, cosa que no podían hacer sin emplear la fuerza bruta, no habrían encontrado nada que yo no quisiera que encontraran.

—Así que ya te lo esperabas.

Asintiendo, Booth aceptó el vino y bebió mientras examinaba los vídeos de nuevo.

—Si supiera que mi objetivo va a pasar más de tres horas fuera de casa, también me daría un paseíto por el lugar, para tantearlo y ver qué hay.

—Podrías enseñarle estas imágenes a la policía. A ellos les arruinaría los planes y fastidiarías a LaPorte.

—Podría hacerlo, y no me importaría lograr todo eso, pero Warwick es buena en lo suyo, y lo es porque le gusta lisiar y matar. Es inteligente y hábil, pero también es inestable y está mal de la cabeza. Podría decidir cargarse a cualquiera que fuera a preguntarle por esta visitilla.

Booth giró en la silla y atrajo a Miranda hasta sentarla sobre su regazo.

—¿Esto te hace feliz?

—Estaré feliz de mandarle el vídeo a LaPorte y advertirle que o para con la mierda de los vigilantes, o se rompe el trato; se lo haré saber con una considerable indignación. —Le besó un lado del cuello—. Me gustará hacerlo —murmuró—, eso también me gusta hacerlo.

—Deduzco que ver cómo alguien que disfruta lisiando y matando intenta allanar tu casa te hace feliz y despierta tus apetitos sexuales.

—El musical me ha hecho feliz, el intento de allanamiento solo ha sido satisfactorio y eres tú quien despierta mis apetitos sexuales. Me ha gustado verte entre el público. —Ascendió con la mano por su costado hasta rozarle levemente un seno—. Me gustaría mirar y verte otra vez mañana por la noche.

—Porque no quieres que esté aquí si intentan entrar de nuevo.

—Esa es una ventaja añadida, pero realmente me ha gustado verte.

—¿Podría seguir el musical entre bastidores? —Booth conseguía sosegarla y excitarla al mismo tiempo—. Hace años que no siento el subidón de las bambalinas.

—Claro. Ahora voy a dejar la copa de vino, porque lo que tengo en mente exige el uso de las dos manos.

—¡Oh! —Se apartó el pelo con un movimiento de la cabeza y enarcó una ceja—. ¿Y qué es lo que tienes en mente?

—Enseguida lo verás.

En menos de cinco segundos le había desabrochado la camisa y le había soltado el cierre del sujetador. No había usado más que los pulgares, solo los pulgares. Y los dientes.

Miranda tuvo que agarrarse a su hombro con una mano mientras la espalda se le derretía.

—Creo que… ¡Dios! Creo que también voy a dejar mi copa de vino.

—Buena idea —dijo mientras le abría en un solo movimiento el corchete del pantalón—, porque no he hecho más que empezar.

No le quitó la ropa de inmediato. Le resultaba erótico y excitante tomarla cuando los dos estaban a medio vestir. La camisa de Miranda, de un blanco inmaculado, le resbaló por los hombros y, sujeta únicamente por las muñecas, dejó expuesta una enorme cantidad de suave piel. Los sonidos que Miranda hacía con la boca, ávida de la suya, le encendían la sangre, las entrañas, la entrepierna. Sonidos urgentes, desesperados, mientras forcejeaba con el cinturón.

La silla se balanceó y giró bajo sus cuerpos mientras Booth le deslizaba los pantalones por las caderas. Aferrándola con un brazo, descendió con una mano, la palpó, la acarició y la atormentó hasta que sus dedos penetraron en su centro húmedo y cálido. Miranda gritó una vez, dos, sin parar de temblar y de estremecerse, antes de dejar caer exánime la cabeza sobre su hombro.

—No puedo, no puedo.

Se había vuelto líquida, pensó Booth, como cera al sol: caliente, muy caliente y fluida.

—Sí puedes. Solo un poco más. —Sus caricias se tornaron leves hasta que la respiración de Miranda volvió a hacerse pesada y sus caderas comenzaron a moverse contra la mano de Booth—. Dame tan solo un poco más.

La destrozaba, la destruía, la renovaba. El placer, desconcertante y glorioso, fue creciendo nuevamente para rendirse solo ante aquello, ante él, para dejar que él tomara lo que quisiera, como quisiera y durante todo el tiempo que quisiera. Cuando, al fin, por fin, se introdujo de un empellón, lo único que pudo hacer Miranda fue apoyar el rostro en su cuello y dejarse llevar.

Cuando Booth salió al escenario una vez finalizada la última función, el elenco y el equipo le regalaron un paquete de jamón, lo que le hizo reír a pesar de la extraña tristeza por que hubiera acabado todo. Entonces su Kim dio un paso al frente.

—Tenemos algo para acompañar el regalo. Algunos de nosotros volveremos el año que viene y contamos con que usted convierta de nuevo a unos paquetes en una compañía. Otros se graduarán el mes que viene y seguirán adelante. Sin embargo, ninguno de nosotros lo olvidaremos. Así que...

La chica entonó uno de los números y, en cuanto la música fluyó, se unió el resto del grupo, modificando levemente la letra original de *We Love You, Conrad*.

We love you, Mister B, oh yes, we do. We love you, Mister B, and we'll be true.[3]

El gesto lo dejó estupefacto, sin habla. Aquellas voces llenaron hasta tal punto su corazón que hubo de obligarse a mantener el tipo cuando acabaron y los aplausos se extinguieron. Al mirar sus rostros, supo que era cierto: lo querían.

—Gracias. Gracias por el regalo, y no me refiero al jamón. Sois un tesoro para mí, todos y cada uno de vosotros. Un último saludo y abajo el telón.

Tras la bajada del telón, tras la celebración y la fiesta con el elenco, mientras yacía en la cama junto a Miranda, se preguntó en medio de la oscuridad si él sería de los que volverían el curso siguiente o de los que seguirían adelante.

---

[3] «Lo queremos, señor B, oh, claro que sí. Lo queremos, señor B., y le seremos fieles». *(N. de la T.)*.

27

Tenía exámenes finales que preparar, pero como ya lo había hecho antes, le quedó mucho más tiempo que invertir en la Diosa y en cómo robarla. Disponía del resto de la semana antes de poner en marcha el primer paso, que pretendía llevar a cabo él solo. Sin embargo, Miranda tenía otros planes. Buscaba maneras de disuadirla, aunque ya sabía que todo sería en vano, mientras se deleitaba con una de sus tareas favoritas para las tardes de primavera después de las clases: cortar el césped. Pensó que asaría algo de pollo para cenar y lo serviría con arroz salvaje y espárragos.

En el bosque, las hojas habían brotado exuberantes y las azaleas habían florecido. La gente aprovechaba las tardes cálidas y ya tenían las barcas en el río. El césped cortado olía a verano, uno de los perfumes favoritos de Booth. Vio a Selene emerger del bosque, esta vez sin cámara, con paso decidido. Apagó el cortacésped y confrontó su mirada dura sin inmutarse.

—Diría que has tenido noticias del jefe.

—Te crees muy listo.

—No, no me lo creo, lo sé. Soy lo bastante listo como para saber que puedes matarme de un tiro ahora mismo, sobre el césped a medio cortar, con esa pistola que guardas bajo la sudadera. Supongo que los dos somos lo bastante listos como para saber que, de hacerlo, LaPorte te perseguirá hasta que alguien te meta un navajazo o una bala en el cuerpo; y eso cortaría drásticamente la proyección de tu carrera.

—Me has costado cincuenta de los grandes.

—Puedes verlo así. —Booth se apoyó tranquilamente en el cortacésped—. También puedes verlo de esta otra forma: ya no vas a tener que pasarte los próximos dos meses, más o menos, en ese cuchitril y con un gilipollas como Cannery.

—Cincuenta de los grandes —repitió.

—Bueno, a mí no me mires. Te han pillado. Son cosas que pasan. Tendrás que aguantarte, Selene.

La mujer se le acercó.

—Puedo esperar a que hagas lo que LaPorte quiere que hagas y luego matarte, o puedo tomarla con la puta inútil de la pelirroja.

Los ojos de Selene adoptaron una expresión de leve sorpresa cuando los de Booth cambiaron. No retrocedió al ver la amenaza en ellos. Él tampoco.

—Conoces mi reputación tan bien como yo la tuya. Si no, investiga un poco. Como le hagas daño, como le toques un solo pelo, iré a por ti. No me detendré ante nada y jamás me encontrarás. No te mataré: demasiado rápido; me aseguraré de que pases el resto de tu vida en la cárcel, y no una cárcel estadounidense, decente y con sus normas. Sé por dónde has trabajado, Selene, y algunas de las cárceles en esos países hacen que nuestro sistema parezca Disneylandia.

—No me das miedo.

—¿No? —Cuando Booth dio un paso atrás con la pistola de Selene en la mano, sus ojos se abrieron como platos—. Pues debería. Podría matarte aquí y ahora, enterrar tu cadáver en el bosque y hacer que pareciese que ha sido Cannery. O puedes irte, dar los cincuenta por perdidos y superarlo. Porque, créeme, a partir de ahora voy a saber dónde estás y qué estás haciendo: has hecho que se convierta en una misión para mí. Averigua quién es Frank Javier y lo que le pasó cuando se cruzó en mi camino. Eso debería ayudarte a decidir cómo proceder.

—¿Crees que esto acaba aquí?

—Lo que creo es que te estoy apuntando con una pistola a las tripas y que podría acabar aquí y ahora. Ahora, lárgate de mi jardín.

La mujer se dio la vuelta y enfiló hacia el bosque a grandes zancadas.

—Frank Javier, Lima, Perú —le gritó Booth a la espalda—. Búscalo.

Mientras Selene desaparecía en el bosque, Booth oyó abrirse la puerta tras él.

—Métete en casa —dijo sin girarse.

—Se ha ido. Tienes una pistola en la mano. ¿Le habrías disparado?

—No, pero eso es una debilidad mía. LaPorte no tiene las mismas sensibilidades y Selene le va a poner las orejas coloradas.

Por seguridad, Booth sacó el cargador y comprobó que la recámara estaba vacía. Que odiase las armas no significaba que no supiera cómo funcionaban. Entonces se dio la vuelta y vio a Miranda en el patio, con un cuchillo de cocina en las manos.

—Por Dios, Miranda. Guarda eso.

—¿Qué vas a hacer con esa arma?

—La dejaré en el bungalow una vez que se hayan ido, pero ahora voy a hacerle saber a LaPorte que su sicaria le va a costar otro millón de dólares. Por adelantado.

—¿Tú...? —Miranda se interrumpió y volvió a empezar—. Booth, ¿mataste al tal Javier?

—Nunca he matado a nadie ni tengo previsto hacerlo. —Fue hasta el cobertizo del jardín a guardar la pistola y el cargador, por separado—. Está en una cárcel de mierda en Perú.

—¿Qué te hizo para terminar ahí?

Booth se dio la vuelta y le sostuvo la mirada.

—Trató de hacer algo similar a lo de Selene ahora mismo: meterse por medio. Ahora ve a guardar eso —le pidió con voz más suave—. Tengo que hacer una llamada.

Al dejar en su sitio el cuchillo de cocina Miranda advirtió, como si se tratara de la mano de otro, que la suya no temblaba. Sin embargo, no lograba que el corazón volviera a latirle a un ritmo normal. Una vez finalizada la jornada laboral, había bajado a la cocina a por una botella de agua y, al oír voces a través de la mosquitera, había mirado por la ventana, un breve vistazo mientras desenroscaba el tapón de la botella, y allí estaba Booth, enfrentándose a una asesina a sueldo. Entonces había agarrado el cuchillo de cocina. Aún no sabía exactamente qué pretendía hacer con él, pero segundos después Booth tenía una pistola en la mano: la de la sicaria. Le había quitado el arma a una profesional del crimen con la misma facilidad con la que habría arrancado una flor silvestre en una pradera. ¿Cómo se sentía Miranda al respecto? Tal vez lo supiera una vez que el corazón hubiera dejado de golpearle contra las costillas.

Tomó un largo trago de agua y luego otro, mientras veía a Booth de pie en el muelle estrecho, hablando por su teléfono móvil. Cogió otra botella de agua y salió. Mientras se aproximaba al muelle, Booth volvió la vista hacia ella con expresión de ligero hastío. Una expresión que no casaba con la frialdad de su voz.

—Te dicho que no me toques los huevos, LaPorte, y mandarme a una asesina psicópata a mi puñetera casa es tocármelos. Me importa una mierda si es cosa tuya o no —dijo al cabo de una breve pausa—. Me has tocado los huevos, has roto lo pactado y eso te va a costar otro millón. O me lo pagas o te buscas a otro que te consiga la piedra. Ya sabes dónde transferirlo. Lo comprobaré dentro de veinte minutos: si el dinero no está, se acabó el trato. Ah, y como vuelva por aquí encontrarán su cuerpo a la puerta de tu puta casa. Cuenta con ello.

Cortó la conexión, se guardó el teléfono en el bolsillo y aceptó la botella que Miranda le tendía.

—¿No podías quedarte diez minutos dentro?

—Si vuelve para matarte, no creo que quedarme escondida en casa le impida ir a por mí.

—No te tocará.

—¿Solo te tocará a ti?

—No va a volver. Aquí ya ha terminado.

A su espalda, un ave sobrevoló rasante el río antes de alzar el vuelo otra vez hacia el cielo. Una fina línea de sudor le bajaba a Booth por el centro de la camiseta; no por el miedo, pensó Miranda, ni siquiera por la ira: por algo tan sencillo y cotidiano como cortar el césped una tarde soleada.

—¿Cómo sabes que ha terminado?

—Porque la satisfacción de matarme no compensa que LaPorte contrate a alguien para matarla a ella. Y una vez acabado el trabajo, estará en la cárcel.

—¿Cómo lo sabes?

—A menos que LaPorte se la cargue antes, me aseguraré de ello.

—¿Cómo hiciste con el tal Javier?

—Sí, igual. Tengo que acabar de cortar el césped.

Miranda le posó la mano en el pecho.

—Cuéntame lo de Javier. Me lo debes, Booth: si no le hubieras quitado el arma, podría haberla usado. Antes dijiste que se metió por medio. ¿Cómo?

—Es un ladrón de tercera que intentó colgarme uno de sus trabajos. Un trabajo chapucero, como la mayoría de los suyos, y que terminó con la víctima, que se suponía que no estaría en casa aquella noche, en el hospital. Mientras le estaba dando una paliza monumental, le dijo al tipo que era el Camaleón y, para rematarlo, llamó a la policía con una pista anónima. —Se detuvo e, inclinando la botella, bebió un trago de agua—. Una pista poco creíble, porque las chapuzas y la violencia física no son mi estilo, pero revolvió las aguas. Así que lo contraté.

—Que lo contrataste.

—Lo contrató un peruano rico llamado… ¿qué nombre usé? Ah, sí, Lejandro Vega, y en la misma reunión también le compré el solitario de diamantes de doce quilates que le había robado al hombre a quien dio la paliza. Lo planté en su apartamento, junto con un par de objetos más, y alerté a las autoridades de un allanamiento en curso. Lo rodearon y se resolvieron dos casos de un plumazo. Está cumpliendo una condena bien larga en una cárcel peruana de lo más inhóspita. Me colé una vez, solo para hacerle saber quién lo había mandado allí y por qué.

A Miranda se le secó la garganta, pero ya se le había acabado el agua.

—¿Cómo que te «colaste» en una cárcel peruana?

—No es tan difícil y, bajo mi punto de vista, era necesario. Quería que se corriese la voz. —Contempló el río y el bosque por donde se había marchado Selene con ojos fríos y tranquilos—. Yo pago mis deudas. —Se terminó el agua y le tendió la botella vacía a Miranda—. Tengo que acabar de cortar el césped de la parte trasera, mañana me pondré con el jardín delantero. Vamos a cenar pollo asado y quiero que marine una hora.

Miranda volvió a detenerlo, esta vez con la mano en la mejilla.

—Estás enfadadísimo.

—Pues claro que lo estoy. Se presentó aquí armada cuando estabas en casa.

—Tenía un cuchillo de cocina.

Booth dejó escapar media carcajada antes de voltearle la mano y besarle la palma.

—No volverá; LaPorte se asegurará de ello. Al final, todo esto juega a nuestro favor.

—¿Y eso?

—LaPorte estaba inquieto, se lo he notado. No ha sido capaz de controlarla, pero yo sí, y ahora lo controlo a él. Le va a costar un millón más.

—¿Lo pagará?

Booth sacó el móvil y lo comprobó.

—Ya lo ha hecho.

Miranda cayó en la cuenta de que, para ella, Booth era capaz de hacer cualquier cosa, cualquiera, así que asintió.

—Bien. Ve a obrar tu milagro con el pollo; yo terminaré de cortar el césped. Tengo un jardincito trasero muy mono en Chapel Hill —dijo al verlo dudar— y lo cuido yo. Me gusta.

—Vale, está bien. Siento todo esto.

Miranda le devolvió la botella de agua.

—¿No es una estupidez disculparse por tener agallas y habilidad suficientes para ahuyentar a una asesina profesional?

—Tenía cubriéndome a una pelirroja con un cuchillo de cocina.

Booth entró por la parte trasera y se lavó las manos. Imaginó que la llamada colérica a LaPorte y la exigencia del millón adicional no solo eliminaría a Warwick de la zona y la amenaza para Miranda, sino que probablemente garantizaría la sentencia de muerte de la sicaria. Él había hecho lo que tenía que hacer, pensó mientras veía a Miranda cortando el césped, y no se arrepentía de nada.

Después de cenar y de que hubiera oscurecido, Miranda lo acompañó al bungalow. Booth enfiló el sendero del bosque porque quería asegurarse de que hubieran quitado las cámaras: lo habían hecho. Miranda dio un toquecito con el dedo en la bolsa que llevaba al hombro.

—No sabía que necesitaras tantas herramientas para entrar en la casa.

—Y no las necesito. Las luces están apagadas; daremos la vuelta hasta la parte trasera.

—¿Qué llevas en la bolsa, Booth?

—Un par de cosas que recogí en una visita anterior.

—Una visita anterior… ¿cuándo?

—Después de que trataran de entrar en mi casa. Te dejé una nota por si te despertabas, para que no te preocupases.

—Qué considerado.

Booth pasó por alto su tono; supuso que tenía derecho a mostrarse irritada.

—Justo lo que pensé. Mira, nunca imaginé que tendría una pistola que plantar cuando se fueran. Necesitaba algo de seguridad.

Los dos coches habían desaparecido. Luego, Booth comprobó que los cubos de basura estaban vacíos. Buena idea la de dejarlos limpios. Sacó de la bolsa un par de guantes quirúrgicos.

—Póntelos.

—¿En serio? ¿Por qué iba a buscar nadie huellas dactilares?

—Porque voy a darles motivo para hacerlo —Se puso otro par y probó a abrir la puerta trasera—. No se han molestado en cerrar con llave.

—Oh. —La decepción vibró en el monosílabo—. Y yo que esperaba ver cómo entrabas.

—En este caso, se abre la puerta y ya.

Una vez dentro, Booth encendió las luces de la cocina. Miranda se sobresaltó.

—¡Has encendido las luces!

—Dejar una luz encendida levanta muchas menos sospechas que un par de linternas moviéndose en una casa a oscuras. —Booth atravesó la estancia, bajó las persianas de las ventanas delanteras y la recorrió con la mirada—. De verdad que deberían gastarse un mínimo en este lugar. El cajón de la cocina para la pistola, creo.

—Tiene tus huellas.

—La he limpiado, igual que ellos habrán limpiado la casa antes de marcharse; sin embargo, la revista tendrá sus huellas y he tenido cuidado al manipularla. —Booth abrió varios cajones, encontró uno con un surtido lamentable de utensilios de cocina de plástico y colocó la pistola al fondo, detrás de una espumadera. Acto seguido, depositó su bolsa en la mesa de la cocina—. A ver, ¿qué se dejarían sin querer unas personas que se marcharan a toda prisa? Cogí un par de cosas de sus contenedores después de que los sacaran a la calle la noche antes de la recogida.

El botellín de cerveza fue debajo del fregadero, no dentro del cubo de la basura, sino al lado; una revista encontró su sitio bajo los cojines hundidos del sofá del cuarto de estar. Una botella vacía de tequila quedó en un rincón polvoriento de uno de los armarios superiores. Booth sacó un calcetín negro desparejado y se encaminó a un dormitorio.

—¿Lo encontraste en la basura?

—En un cesto de ropa sucia, en el cuarto de la colada, la noche que entré en su casa —respondió al tiempo que lo ponía bajo la cama.

Luego cogió un sujetador deportivo rojo chillón y lo mandó de una patada bajo la cómoda del segundo dormitorio, e hizo una bola con una funda de almohada que había en la bolsa para encajarla entre la lavadora y la secadora.

—Cuando entraste estaban aquí, dormidos.

—Es a lo que me dedico, Miranda. Apártate.

Booth cogió un segundo botellín y lo estrelló contra el lateral de la mesa. A continuación, cogió una de las sillas de la cocina y la reventó contra la encimera. Al ver la pequeña marca que había dejado en la formica vetusta, asintió satisfecho.

—No quiero romperme la mano —comentó antes de envolvérsela en una toalla gruesa y hundir de un puñetazo una puerta de madera hueca.

—Estás haciendo que parezca que se pelearon, que llegaron a las manos.

—Con el nivel de daños justo para hacer saltar las alarmas. En realidad, les estoy haciendo un favor a los propietarios. El seguro lo cubrirá y, con una reforma medio decente, le sacarán más dinero a la propiedad.

—No es por eso por lo que estás haciendo todo esto.

Estaba a punto de esgrimir una excusa, pero se detuvo. Miranda merecía la verdad.

—Esto hará que la policía se ponga en marcha. Con suerte, obtendrán sus nombres reales y sus historiales. Tal vez lleguen a Warwick antes de que lo haga LaPorte. Le ha costado un millón de dólares y él también es de los que salda sus deudas.

—Prefieres verla en la cárcel que bajo tierra.

Booth se puso en pie, alto y delgado con sus tejanos maltrechos y sus Chucks raídas.

—Sí, pero ella ha elegido su camino, igual que yo elegí el mío.

—Te habría matado, y a mí también, y… no habría vuelto a pensar en ninguno de los dos. Lo que le pase a partir de ahora no es responsabilidad tuya.

—No, pero en cualquier caso voy a escenificar una pelea para que les cause problemas a Cannery y a ella.

—Vale. —«A por todas», pensó Miranda mientras miraba a su alrededor—. Y ahora, ¿qué?

—Retiraremos parte del vidrio y la madera, como si hubieran tratado de esconderlo, pero dejaremos algo. Imagino que habrán limpiado a fondo la casa, pero es probable que se les haya pasado algún rincón. Pagaron por adelantado, así que ¿a quién le va a importar que se hayan ido pronto? En un caso así, uno tampoco se preocupa demasiado.

—Pero Tracey, los propietarios y la policía sí se van a preocupar cuando encuentren daños, el rastro de lo que parece una pelea, y una pistola cargada.

—Ahí lo tienes. Tengo un par de cosas más que dejar por aquí, luego recogemos y nos vamos a casa. Como somos vecinos, nos harán algunas preguntas. Di la verdad... hasta cierto punto. A ella nos la encontramos una mañana paseando por los bosques entre mi casa y el bungalow. Llevaba una cámara y nos contó todo aquello. Esta noche ha pasado por casa mientras cortaba el césped, sin cámara, parecía enfadada, pero nos dijo que simplemente iba a dar una vuelta.

—Se ciñe bastante a la verdad.

Las preguntas llegaron al acabar la semana, cuando llamaron a la puerta de casa de Miranda. Esta había vuelto para hacer la maleta antes de pasar el fin de semana en Georgetown, una excursión a la que Booth no quería que fuese. Los golpes la interrumpieron mientras decidía qué ponerse para conocer a la tía y al padre putativo de Booth. Luego iría con él, le gustase o no, a inspeccionar la casa.

Aunque no había tenido oportunidad de que los presentaran, al abrir la puerta reconoció al jefe de policía.

—Siento molestarla, señorita Emerson. Soy Greg Capton, el jefe de policía.

—Ay, por supuesto. —Le tendió la mano, esperando que no estuviera pegajosa por los nervios.

—¿Me concede unos minutos?

—Claro, entre. ¿Hay algún problema?

—Puede que sí. Se trata de sus vecinos del final de la calle.

—¿Vecinos? Ay, perdón, siéntese. ¿Le sirvo un café?

—Se lo agradezco, aunque no le quitaré mucho tiempo. —Se sentó y le dedicó una sonrisa encantadora—. ¿Puede decirme cuándo fue la última vez que vio a la pareja que alquiló el bungalow? La casita al otro lado de la de Sebastian Booth. Conoce a Booth, ¿verdad?

—Sí, conozco a Booth —respondió con una carcajada—. Imagino que, como jefe de policía, sabrá que Booth y yo estamos saliendo. En cuanto a la gente del bungalow, no estoy segura. A él no lo he visto nunca. Booth y yo nos cruzamos con ella una mañana mientras dábamos un paseo por el bosque. No estoy segura de cuándo fue..., ¿hace dos o tres semanas, quizá? Había salido a hacer fotos. ¿Ha pasado algo?

—No puedo afirmarlo. Tracey, ya sabe quién es Tracey, se preocupó al oír que no habían sacado la basura dos semanas seguidas. Por lo visto, han recogido y se han ido.

—¿Sí? Qué extraño, ¿no? Ella parecía ilusionada por la oportunidad de hacer fotos de la fauna local, o eso dijo. Pero, ¿sabe?, la otra tarde estaba yo en casa de Booth, el lunes a última hora, creo —se corrigió—, y pasó por allí mientras Booth andaba cortando el césped en la parte trasera. La vi por la ventana y me pregunté si debería ofrecerle algo de beber, pero se marchó enseguida. Booth me dijo que parecía disgustada. ¿No avisaron a Tracey de que se mudaban?

—Parece que no. ¿No habló usted con ella el lunes por la tarde?

—No. Estaba acabando de trabajar y, al bajar a beber agua, la vi hablando con Booth. Luego volvió en dirección al bungalow, por el bosque. Cuando salí, Booth dijo que solo había ido a dar una vuelta, que quería dar un paseo o tomar el aire o... no lo sé con certeza, lo siento. Y dijo que parecía disgustada. Tal vez lo estaba, o quizá estaba molesta por la mudanza.

—Puede ser. Bueno, gracias por su tiempo.

«Ni una mención sobre la pistola o los daños», pensó Miranda mientras cerraba la puerta tras su marcha. Sacó el móvil: obtendría una crónica más detallada de Tracey. Mientras hacía la maleta, activó el altavoz del móvil.

—… Y, cuando no respondieron al teléfono, decidí pasarme por la casa. Faltaban los coches, y las persianas estaban bajadas. Fui hasta la puerta trasera y ¡no estaba echada la llave! Cuando entré, vi que algo no iba nada bien, Miranda. Parecía que hubiera habido una pelea. Una pelea de verdad.

—¡Madre mía! —«El vestido negro», pensó, por si salían a cenar.

—Faltaba una de las sillas de la cocina y vi algunos pedazos debajo de la mesa. También había trozos de cristal, y la puerta del cuarto escobero tiene una abolladura enorme, ¡como si alguien le hubiera dado un puñetazo!

—Qué horror. ¿Crees que él le habrá hecho daño?

—No lo sé, de verdad que no lo sé, lo que sí puedo decirte es que no creo que durmieran juntos; pienso que dormían en habitaciones separadas. Se llevaron la basura con ellos. ¿Quién hace eso? Aunque se dejaron algunas cosas: botellines de cerveza, una botella de tequila, completamente vacía. Creo que uno de ellos podría ser de los que beben a escondidas.

Miranda dejó que Tracey se desahogara mientras terminaba de hacer la maleta.

—Espero que descubras qué sucedió y que, cuando lo hagas, me lo cuentes.

—No lo dudes.

—Ahora tengo que dejarte. Booth y yo nos vamos de fin de semana.

—¡Qué romántico!

—Eso espero. Ya te contaré cuando vuelva si se cumplen mis expectativas. Buena suerte con el misterio de los inquilinos desaparecidos.

—¡Que te diviertas!

Miranda cargó la maleta, el ordenador portátil y el bolso en el coche. Esperaría a Booth en su casa: si presentaba como cosa hecha que se iba a ir con él, le costaría más inventarse nuevos motivos para dejarla en tierra. Aun así, Booth lo intentó.

—Empiezo a pensar que no quieres que conozca a tu tía ni a Sebastien.

—Iremos a Nueva Orleans cuando esto termine y te los presentaré.

—Ahora mismo solo estamos a un par de horas de coche y estoy deseando conocerlos… y representar mi papel mañana.

—No hace falta que…

—Un hombre como…, ¿cómo dijiste que te llamabas? —Miranda rio cuando él se limitó a cerrar los ojos—. Monsieur Henri Dubeck, el gran diseñador de interiores excéntrico, exclusivo y difícil. También eres discreto: jamás revelas el nombre de tus clientes y mucho menos hablas de ellos. Yo soy mademoiselle Marguerite Gavier, tu asistente fiel y sufridora. —Señaló su maleta antes de mover el dedo hacia la puerta—. Acordamos que iría, Booth.

—Me encontraba en un estado de debilidad después del vino y el sexo.

—Un trato es un trato, y cuatro ojos ven más que dos.

Miranda salió con la funda del portátil y el bolso, y esperó a que Booth cargase la maleta. Este, en una vana esperanza, la había dejado para el final.

—Verás que voy ligera de equipaje y tú no.

—En esas bolsas viajan Dubeck y Gavier.

Miranda se subió al coche y, mientras se abrochaba el cinturón de seguridad, sonrió.

—¿Ves? Ya sabías que vendría.

—Eso parece.

—Podemos volver a repasar mi personaje, pero lo primero: no me has contado cómo has conseguido que Regal, vaya nombre absurdo, Regal Mountjoy, la flamante mujer florero de Alan C., se trague lo de Dubeck.

—Como es natural, las flamantes mujeres florero quieren poner su sello en los espacios decorados y ocupados previamente por las exmujeres; y yo tengo un contacto en Francia, una mujer importante, que tiene tratos con un conocido de Regal. Ella plantó la semilla por mí.

—¿Una antigua amante?

—No; una antigua clienta.

Miranda se puso cómoda para el viaje; dijera lo que aquello dijese sobre ella, le importaba un comino: le encantaban sus historias.

—Así que robaste algo para la francesa.

—Readquirí algo de su propiedad. Su bisabuela fue una artista de cierta importancia. Los nazis robaron un retrato de la abuela de mi clienta, de cuando era niña. La abuela sobrevivió al Holocausto; nadie más de su familia lo consiguió.

—Qué horror, pero qué horror.

—Mi clienta quería el retrato de vuelta, había agotado todas las demás vías cuando me contrató. Acepté el trabajo *pro bono* porque, porque…

Miranda posó la mano sobre la de Booth.

—Porque sí.

—Dijo que, si alguna vez necesitaba un favor, lo que fuese, allí estaría. Así que le dejó caer a una amiga de una amiga de Regal que Dubeck iba a visitar a un cliente en Washington, un cliente famoso, y que tenía pensado quedarse unos días. Convencieron a Dubeck para que aceptase una cita con Regal y se planteasen honrarla con su gran talento.

—Así que la cuestión es cómo vas a representar con convicción a un estirado diseñador de interiores francés.

—Ya lo he hecho varias veces, aunque Dubeck se retirará después de esta.

—¿Has diseñado interiores?

—He estado en un montón de casas elegantes: recargadas, minimalistas, retro, ultramodernas. Es simplemente una cuestión de tomarle la medida al cliente, de averiguar lo que de verdad desea… o, espera, de hablar como hay que hablar y hacer cálculos.

—¿Cálculos?

—Estimaciones, Miranda. Hace unos ocho años me encargué de una vivienda en Provenza: aposté por el estilo de casa de campo moderna con algunos toques rústicos. Quedó bien. Me embolsé una buena suma y me largué con un collar de esmeraldas de treinta y tres quilates, y veinte quilates de diamantes blancos engarzados en platino.

Oh, sí, a Miranda le encantaban sus historias.

—¿Les decoraste la casa y luego les robaste las joyas?

—Nunca robo a un cliente. Esta va a ser la excepción y el motivo por el que Dubeck se va a retirar. Me las llevé de un chalet vecino y luego supervisé la instalación de unas cortinas de lino azules en el dormitorio principal de mi cliente. Todos nos quedamos en shock, horrorizados.

—Me lo imagino. —Como le sucedía a menudo, Miranda pensó en lo fascinante y complicado que era el hombre del que se había enamorado.

Nunca había estado en Georgetown, por lo que disfrutó del cambio de escenario. Los edificios altos de ladrillo, las calles concurridas y el tráfico infernal, las luces de las tiendas y restaurantes.

—Es como un pueblo dentro de una ciudad, ¿verdad? Tiene dignidad, historia y actividad, todo junto. Me gustaría pasar algún tiempo aquí cuando no andemos de correrías.

Booth se quedó mirándola.

—De correrías.

—Me gusta la palabra, es clásica y atemporal. ¿Tú cómo lo llamarías?

—Trabajo —respondió llanamente, antes de acceder a un pequeño aparcamiento junto a una bonita casa de ladrillo de tres plantas.

Las flores cubrían el minúsculo jardín delantero a ambos lados de un caminito de baldosas, que conducía a tres escalones y una puerta delantera con tejadillo. La puerta se abrió y una mujer se precipitó al exterior, su pelo (de color ciruela, decidió Miranda) se agitaba en el aire. Un perrillo minúsculo salió corriendo tras ella hasta el escalón superior, donde se quedó bailando sobre sus patitas achaparradas. La mujer rodeó con sus brazos a Booth y, cuando él le respondió con el mismo gesto, a Miranda se le empañaron los ojos. «Es amor —pensó—, puro e incuestionable».

—Te he echado de menos, chaval, pero un montonazo.

—Yo también te he echado de menos. —Booth se apartó un poco y le pasó la mano por el cabello—. ¿Qué color es este?

—Color Jack Horner.

—¿Y eso?

—Por la canción infantil: el niño que mete el dedo en el pastel de Navidad y saca una ciruela —dijo Miranda, lo que le valió una sonrisa llorosa de Mags.

Con una carcajada franca, la mujer la envolvió en su abrazo. A Miranda le olió a Chanel, rosas y pan recién horneado.

—Eres la elegida —murmuró Mags, antes de separarse de ella —. Yo soy Mags.

—Miranda.

—Entra, entra. Dejemos que los hombres se ocupen de las maletas y que el vino se oxigene en la encimera. Este es Wiley —añadió mientras subían los escalones.

El perro se subió de un salto en brazos de Miranda y se quedó mirándola con sus ojillos saltones rebosantes de amor.

—Ay, Dios, eres adorable.

—¿A que sí? —respondió Mags conduciéndola al interior, mientras Booth las contemplaba asombrado.

Sebastien caminó sin prisa hacia ellos, con un paño de cocina sobre un hombro y el cabello gris recogido en una coleta tan achaparrada como las patas de Wiley.

—Ah, *ma belle amie, bienvenue!*

Miranda no solo recibió un abrazo, sino también un beso en cada mejilla.

—Booth necesita ayuda con las maletas. Sebastien ha preparado un festín —continuó diciendo Mags mientras atravesaba el vestíbulo seguida por Miranda y la conducía hacia una estancia enorme con una pared acristalada cuyas puertas abiertas daban a un patio enlosado coronado por una fuente. El aire olía a gloria—. Cuando prepara un festín, yo me dedico a mirar. De vez en cuando remuevo. En ocasiones especiales, pico y hasta muelo.

—Eso es lo que hago yo.

Mags la miró con una sonrisa radiante.

—Anda que no somos listas, ¿eh? Ven, vamos a servirnos un vino.

28

El vino corría y la comida no dejaba de llegar. La conversación fluía incesante mientras Miranda probaba las bolitas de *boudin*. No sabía exactamente qué eran, pero sí que estaban deliciosas. En ningún momento se tocó el tema de LaPorte ni de la Diosa Roja, ni ningún otro aspecto de lo que les esperaba. Saltaron de la comida a Nueva Orleans, Westbend, los libros de Miranda y de vuelta a la comida mientras se trasladaban de la espaciosa cocina a la zona de comedor formal, donde la mesa estaba dispuesta con primor, con flores y velas.

Sebastien, que claramente se lo estaba pasando en grande, dejó una bandeja de pasteles de cangrejo en una bonita presentación sobre un lecho de hojas verdes servidas con su propia receta de *rémoulade*. A Miranda le bastó un bocado para alzar la copa hacia él.

—Asombroso. Ya veo de dónde ha sacado Booth sus habilidades en la cocina.

—Pulí un diamante en bruto. Esta noche te traemos Nueva Orleans a la mesa.

—No creo que encuentre nada mejor en Bourbon Street.

—Si mi corazón no perteneciera a tu tía —dijo Sebastien, dándole una palmadita—, te robaría a esta mujer, *mon ami*. Ven a visitarme a mi pantano, *cher*, y nos montaremos un *fais-dodo*.

—Me encantaría conocer tu pantano. —Y lo conocería, decidió Miranda—. Booth dice que tienes tres hijas.

—Mis tres joyas, y ahora soy abuelo también. Cuatro nietos tengo, y otro en camino.

—Lo que me convierte en abuela honoraria —terció Mags—. Me llaman «Magma». El tiempo pasa —añadió, guiñándole el ojo a Sebastien—, así que las personas inteligentes lo aceptan y disfrutan del viaje.

No abordaron el objetivo de la visita hasta que estuvieron sentados con sus porciones de pudin de pan con salsa de caramelo.

—*Mais* —comenzó Sebastien—, mañana.

—Mañana —repitió Booth—. La cita es a las dos, así que saldremos de aquí a las dos. Dubeck les hará esperar. ¿Tienes organizado el transporte?

Sebastien asintió.

—*Bien sûr.*

—Imagino que con noventa minutos nos bastará, y le daré una tarjeta a la clienta, o más bien se la dará Miranda, con línea directa al teléfono desechable. ¿Lo tiene Dauphine?

—Está preparada —confirmó Mags—. Es la asistente administrativa de monsieur Dubeck.

—Evaluaré la seguridad, electrónica y humana, los puntos débiles, localizaré el lugar del objetivo y obtendré el calendario de la clienta para los próximos tres meses.

—¿Todo eso en noventa minutos?

Booth miró con fijeza a Miranda.

—Menos, pero con las florituras serán noventa. Dubeck es un hombre ocupado. Si tardamos más, será porque la mujer me da más de lo que espero.

—Es habladora. —Ufana, Mags le dio un sorbo al café—. Me hice la pedicura en el salón al que va ella. No os creeríais lo que te cobran en ese lugar por hacerte las uñas.

—Pásame la factura.

—Anda ya —replicó, subrayando sus palabras con un gesto de la mano—. Me tomé una copa de champán bueno y pude observar un rato al objetivo. Además, la pedicura es fabulosa. La mujer presume, deja caer nombres de contactos y se pasa gran parte del tiempo cotilleando por teléfono con sus amigas. El resto, hojeando revistas de moda. Me pareció que es más superficial que un charquito, inofensiva y algo atolondrada. Su aura tiene toques de marrón con rosa palo. Realmente quiere a su marido, pero el dinero tampoco es que le venga mal.

—Un momento. —La mano de Miranda salió disparada hacia arriba—. ¿Lees el aura?

—Madame Magdelaine ve lo que ve —respondió Mags, con un exagerado ademán dramático—. ¿La tuya? Roja, con toques de naranja y amarillo. Segura de ti misma, directa, creativa. Necesitas y quieres aprender mediante la experiencia.

—Todo eso te lo podría haber dicho yo sin leer aura alguna —señaló Booth; Mags lo miró con un aleteo de pestañas.

—Añadiré que eres un puto suertudo, chaval. Esos rayos naranjas indican energía sexual, además de creativa.

—Cambiemos de tema —dijo Booth al tiempo que Miranda soltaba una carcajada rápida—. ¿El objetivo?

Mags le guiñó un ojo a Miranda.

—Ya hablaremos luego.

—Sí, por favor.

—Bueno…, para romper el hielo admiré sus pendientes, de botón con diamantes amarillo canario, Graff, de unos dos quilates cada uno, y me dijo que su marido se los había regalado durante un fin de semana romántico en París por San Valentín. «Es un muñequito», según sus palabras.

—¿Y tú quién eras?

—No me preguntó mi nombre ni nada sobre mí. Solo hablamos unos minutos y, con todo y con eso, se las apañó para dejar caer que el famoso diseñador Dubeck iba a ayudarla a reimaginar su dormitorio principal. Me mostré debidamente impresionada. —Mags rio mirando su cuchara—. Lo que es más, te interesará saber que todo esto es una sorpresa para su marido por su tercer aniversario. Ahora mismo está de escapada golfista en Hilton Head.

—Tanto mejor. —Booth se volvió hacia Sebastien—. ¿Y los preparativos del lago Charles?

—Tenemos una de las casas que habías escogido. Creo que es una buena elección. Nos coordinaremos con el calendario de LaPorte y haremos que la familia y el personal se vayan.

—¿Eso cómo se consigue? —se preguntó Miranda.

—Podríamos tener suerte y que coincida con las vacaciones de la familia. En ese caso, solo tendríamos que encargarnos del personal —explicó Booth—. O bien encontramos un motivo para que todos tengan que pasar la noche fuera.

—Una plaga sería lo suyo —terció Sebastien— o una fuga de gas.

Booth asintió.

—Rápido y sencillo. Creo que mejor una fuga de gas, si consigo cuadrarlo. Si no, un par de ratas, unos ratones. Hora de llamar al exterminador, que será uno de los nuestros. Les sugerimos que salgan todos de la casa, humanos y mascotas, y que les resolveremos el problema en una noche. —Booth se volvió hacia Sebastien—. Diría que lo mejor será hacerlo a mediados de junio.

—Estaremos preparados.

—Todo es cuestión de credibilidad y sincronización.

—¿No es también cuestión de robar un diamantón gordísimo?

Esta vez, Booth le dio una palmadita a Miranda en la mano.

—Todavía no, pero ya llegaremos.

La pelirroja supuso que los preparativos de la mañana siguiente para entrar en la casa eran una forma de ir llegando. Tras un desayuno elaborado, se sentó en el patio trasero con Mags mientras Wiley, acabado su paseo, sesteaba bajo la mesa.

—No quiero meterme donde nadie me llama —comenzó a decir Mags—, pero que sepas que haces feliz a mi sobrino.

—Así lo espero.

—Ha habido mucha tristeza, ira y maldad en su vida. También ha habido felicidad, pero nada comparado contigo.

Las palabras le llegaron al corazón, donde quedaron guardadas.

—Eso..., oír algo así es maravilloso.

—La primera vez que me habló de ti, cuando estabais en la universidad, se le notaba feliz, pero feliz de verdad, y pensé: «Mi chaval está enamorado». Alejarse de ti le arrancó un pedazo de corazón. Y se alejó de ti por mi culpa.

—No, Mags. —Miranda, la decidida, la firme, la directa, extendió la mano y apretó la de la mujer—. No. Se alejó por LaPorte. Yo quería culpar a Booth... y lo culpé —admitió.

—Claro que lo culpaste —dijo Mags con voz queda—. Era lo que él quería.

—Pero ahora lo sé todo. Sé que en esta historia solo hay un malo. Me dejó destrozada, eso no te lo niego, y me cambió; cambió mi actitud y mi forma de ver las cosas, pero... ¿crees en el destino?

—Ay, cariño. —Mags se carcajeó—. Y tanto.

—Bueno, los dos éramos muy jóvenes y a saber cómo habríamos gestionado a largo plazo todo aquello que sentíamos. Ahora somos adultos, más inteligentes y estamos más vividos, y en estos últimos meses he llegado a conocer a Booth mejor de lo que jamás llegué a hacerlo durante aquel enamoramiento. —Volvió la vista hacia la casa y alzó la mirada hasta las ventanas del cuarto en el que habían pasado la noche—. ¿Te ha contado lo de Selene Warwick?

—Me ha dicho que LaPorte prescindió de ella y de Cannery.

—Sí, pero una vez que Booth lo hubo amenazado. Y fue él quien echó a Selene.

Mientras le contaba la historia a Mags, esta sirvió un poco más del té helado de Sebastien en los vasos.

—Nunca me cuenta ese tipo de cosas —reconoció Mags con un suspiro—. No creo que suela comentarlas con Sebastien tampoco.

—Dudo que me lo hubiera contado, pero lo vi por mí misma, y una de las cosas que vi fue a un hombre que sabe hacerse valer. Le quitó el arma y la echó, amenazó a LaPorte, o más bien lo hostigó —rectificó Miranda— hasta sacarle otro millón de dólares. Luego preparó la casa que habían alquilado para que los identificasen, de modo que las autoridades los busquen. Que los encuentren es otra cosa, pero Booth lo hizo todo con enorme... facilidad. Todo eso y lo que está haciendo ahora, al mismo tiempo que enseña a tiempo completo y monta un musical de instituto verdaderamente impresionante. Creo que sería capaz de hacer cualquier cosa que se propusiera.

—A mí no tienes que convencerme. Tú lo amas; no es una pregunta, porque veo lo que veo. Tendrás que decidir qué hacer al respecto.

—Oh, ya lo tengo decidido. —Miranda volvió a levantar la vista hacia la ventana—. Solo hay que esperar a que esto haya terminado.

Antes de que Mags pudiera preguntarle, apareció Sebastien, que se llevó una mano al corazón.

—¡Ah! *Les belles femmes!*

Al oír su voz, Wiley se levantó de un salto y echó a correr y a bailar sobre las patas traseras. Sebastien lo cogió en brazos y le hizo una carantoña.

—Booth está listo para ponerse contigo, *cher*.

Miranda entró en la casa y, tras subir la escalera recta hasta el rellano, giró a la izquierda. La puerta del dormitorio estaba abierta, por lo que entró. Entonces dio un respingo.

El hombre que se miraba en el espejo de vestir móvil llevaba un tupé bitono: gris piedra coronado por un mechón blanco como la nieve. La perilla, también gris, terminaba en una punta blanca. Bajo un traje del gris más pálido de los pálidos con chaleco azul real, el desconocido poseía unos hombros anchos y un pecho amplio. Los anillos brillaban en los dos meñiques y en la solapa de la chaqueta refulgía un broche en forma de fénix. No vio a Booth hasta que habló.

—Bueno, ahora hay que empezar contigo.

—Tú..., no te habría reconocido si nos cruzamos en la calle. Pareces mayor y... más corpulento. Tienes los ojos marrones.

—Lentillas de colores. —Booth hablaba rápido; Miranda se percató de que estaba en modo de trabajo—. Desvístete y ponte el albornoz. Tengo que peinarte y maquillarte.

—Gracias, pero llevo haciéndolo yo sola desde los doce años.

—No así. Ese va a ser tu pelo —dijo, señalando una peluca rubia con un drástico *bob* y flequillo.

—Vale. Se da un aire a la que llevaba Julia Roberts al principio de *Pretty Woman*.

—Supongo que sí.

Miranda fue a cerrar la puerta antes de desvestirse.

—Imagino que a mí no me pondrás barba.

—Esta vez no.

Booth se quitó la chaqueta y la dejó encima de la cama mientras Miranda se ponía el albornoz y se sentaba. Entonces él giró la silla de modo que quedase de espaldas al espejo. Ella, de inmediato, trató de darle media vuelta.

—¡Quiero mirar!

—No. Cuando haya acabado, te llevarás la sorpresa. —Comenzó a formar un casquete con su pelo—. Así no nos molestará mientras te hago la cara. Voy a trabajar sobre el maquillaje que ya llevas.

—¿Puedes ponerme un lunar? Siempre me he preguntado qué tal me quedaría uno. —Entonces botó sobre la silla al verlo abrir un estuche maletín—. ¡Madre mía, pero mira qué brochas! ¡Y las paletas! Déjame ver…

Booth le dio un manotazo.

—Son mías. Luego te dejo verlas, que tengo un horario que cumplir.

—Tu cara también es más redondeada por la zona de la mandíbula.

—Mmm.

—¿La mía también va a ser más redondeada?

—No —respondió sin dejar de trajinar—. Solo te pondré un maquillaje más fuerte, sobre todo en los ojos, y rojo chillón en los labios.

—El pintalabios rojo no me queda bien.

—Hoy sí.

Booth aplicó, retocó, trazó y empolvó. Sorprendió a Miranda al ponerle pestañas falsas, sin hacerle caso cuando le advirtió que lucirían horteras y cursis. Le cambió los pendientes, le colocó la peluca y la estudió con los ojos entrecerrados antes de ponerle unas gafas de montura negra. Cuando intentó darse la vuelta y mirar, la levantó de un tirón de la silla y la alejó del espejo.

—Todavía no. Tienes que ponerte esto —le dijo, tendiéndole un bodi que la dejó boquiabierta.

—¿Ese va a ser mi culo? Menudo culazo vas a ponerme, y esas son mis... —Miranda se cubrió el pecho con una mano en ademán protector—. Voy a tener el culo gordo, las caderas anchas y unas tetas enormes.

—No son enormes; están en proporción con el resto. Si alguna vez te describe, no dirá que eres «esbelta» ni «espigada», dirá: «curvilínea».

—¿Por qué no «robusta»?

—Es otra opción. Tú querías un papel, Miranda —le recordó—, pues este es tu vestuario.

Miranda rezongó, pero dejó a un lado el albornoz y permitió que Booth la ayudara a ponerse el bodi.

—Me queda un poco justo y me empuja las tetas hacia arriba.

—Se supone que tiene que irte justo y tiene que empujártelas. Aquí está el resto.

Miranda observó la minifalda, la chaqueta y la camiseta blanca y sedosa.

—Esa falda es cortísima.

—Miranda.

—Vale, vale. No sé si me va a caber el culo nuevo.

Por supuesto que le cupo todo, igual que le valieron los zapatos negros de tacón de aguja. Después de anudarle a un lado del cuello un pañuelo rojo, negro y dorado, Booth se echó hacia atrás y giró un dedo para que Miranda se diese la vuelta.

—Bien. Muy bien. Ahora sí puedes verte.

Miranda se aproximó al espejo y se quedó mirando atónita. Se dio cuenta de que tampoco se habría reconocido por la calle. Sus ojos lucían enormes y fuertemente sombreados. En vez de cursis y horteras, sus pestañas resultaban exóticas en contraste con las gafas de empollona. Los labios rojos parecían en cierto modo franceses y presentaban un arco de Cupido más pronunciado que el suyo.

—No parezco yo. No parece una peluca y, con este cuerpo, creo que podría ganarme la vida estupendamente como bailarina exótica. ¿Me estoy acostando con Dubeck?

—*Mais non!* —respondió Booth poniendo el acento correspondiente—. No eres sino una herramienta más para él; no mucho mejor que la cinta métrica.

—Vale. ¿Noto un toquecito de Poirot en la voz de Dubeck?

—Un *soupçon*.

Todavía fascinada, se giró a un lado y a otro.

—Era belga.

Miranda no llegó a ver la sonrisa de honda satisfacción de Booth.

—Sí, pero sigue quedando bien. A ver tu acento.

Había practicado en privado.

—Estoy a disposición de *monsieur*, que ni se fija en mí, pero tengo sueños.

La voz era suave, queda, con algo de aire y un acento sutil. Mejor, pensó Booth, que algo exagerado.

—Nos valdrá. ¿Puedes mantenerlo?

Miranda se quedó observando, con cierta intensidad, su nueva cara en el espejo.

—Puedo mantenerlo.

—Cuando te hable en francés, responde en francés. ¿En inglés? Pues en inglés. No tendrás que decir gran cosa, tú sígueme.

—Lo sé, ya lo habíamos acordado.

—Las cosas se interiorizan a fuerza de repetirlas. Quítate el reloj, ella no se lo podría permitir. Pruébate estas tres pulseras. Llevarás este bolso: contiene la tableta para tomar notas, cinta métrica, lápices, bolis, un cuaderno, la cajita con las tarjetas de visita de él y otros útiles. Mírame y no sonrías. —Cuando Miranda lo hizo, le tomó una fotografía—. Querrás familiarizarte con el contenido, mueve lo que quieras siempre y cuando luego sepas dónde has puesto cada cosa. Ahora vuelvo.

—Vale. Estoy un poco nerviosa, pero creo que casa con mi personalidad.

Miranda se sentó, abrió el bolso y repasó el contenido, vio que lo había organizado igual que haría ella. Probó la tableta y trató de tomar algunas notas en francés. Mientras esperaba, se levantó a echar un vistazo al maletín de maquillaje, que le pareció asombroso.

—Aquí tienes tu cartera —dijo Booth una vez de regreso—. Llevas el carnet, una tarjeta de crédito y algo de efectivo: euros y dólares.

Miranda la abrió y la observó.

—Tengo un carnet de conducir francés con una foto que refleja exactamente cómo me veo ahora mismo.

—Es un trabajo rápido, por si acaso. La tarjeta de crédito es de utilería, otro por si acaso. Deberíamos irnos. No exageres con el personaje, mantente en segundo plano.

—¿Con estas pintas?

—¿No oíste cómo la describió Mags? Solo se preocupa por ella misma y la gente importante. No se va a fijar en ti porque no lo eres. Verá a una francesa joven y rubia con ese bolso bueno y esos zapatos baratos.

—Como Clarice Starling.

—Vaya, no es de extrañar que esté loco por ti. Sí, como Clarice, solo que tú eres alta, corpulenta y solo hablas cuando te preguntan.

—*Oui, monsieur* —murmuró, bajando los ojos de pesadas pestañas—. *Je ne suis personne.*

—*Exactement* —respondió Booth antes de besarle la mano y conducirla fuera del cuarto.

Mags, que los esperaba al final de las escaleras, se puso en jarras.

—Buen trabajo, colega. Estás estupenda de rubia, corazón. El rojo es lo tuyo, pero estás estupendísima. Mucha mierda.

—Con estos tacones, espero no pisar ninguna. —Miranda le cogió la mano a Mags—. No dejes de mandarme buenas vibraciones, ¿vale? Es mi debut.

—Estarás en mis pensamientos. Sebastien os espera fuera.

Aguardaba junto a una limusina negra, vestido con un traje gris y gorra de chófer. Puso los ojos en blanco al ver a Miranda y soltó:

—*Oh là là.*

Esta se montó entre risas.

—¿Una limusina?

—*Bien sûr.* —Booth, o más bien Dubeck, pensó Miranda, se sentó a su lado—. Soy Dubeck, ¿cómo voy a viajar si no? Pon el acento y mantenlo. Métete en el personaje y no salgas.

Miranda sacó una cajita de polvos compactos del bolso y se miró la nueva cara en el espejo para grabársela en la mente.

La casa era espectacular, no podía negarlo. Se erigía maciza y elegante en el corazón de Georgetown con sus tres plantas y anchos perfiles blancos sobre el más pálido de los amarillos. Los jardines delanteros estaban alborozados de primavera.

—Ni tapia ni cancela —comentó con su suave acento—. Me esperaba más seguridad.

—La tienen. ¿Ves el edificio de la izquierda? Es la garita, y tendrá personal las veinticuatro horas.

Sebastien se detuvo en el camino de entrada de baldosas, delante de un pórtico blanco que protegía la doble puerta delantera. Le abrió a Booth, rodeó el vehículo, e hizo lo mismo con Miranda. Esta, metida en el personaje, se situó un par de pasos por detrás de Booth mientras él caminaba a grandes zancadas hacia el timbre, que se abrió en cuanto hubo llamado. La mujer de mediana edad y uniforme negro parecía estar en una excepcional buena forma. Booth imaginó que aunaría la seguridad con el servicio de la casa. Miranda, diligente, sacó una de las tarjetas de visita de Dubeck.

—Monsieur Dubeck —dijo—. Tiene una cita con madame Mountjoy.

—Pasen, por favor.

La criada los condujo a un gran vestíbulo de techos altísimos. Los suelos resplandecían bajo una alfombra de Aubusson perfectamente desgastada. En las paredes, los espejos antiguos se intercalaban con obras de arte y complementaban los muebles de caoba pulida y colores apacibles. El aire olía un poco de más a rosas y gardenias.

—Por favor, pónganse cómodos en la sala. —Los condujo hasta una amplia estancia con una chimenea neoclásica, tres altos ventanales, más obras de arte y más colores apagados—. La señora Mountjoy estará con ustedes enseguida. ¿Desean tomar algún refresco?

—Café, fuerte y solo.

Booth arrugó el ceño ostensiblemente mientras deambulaba por la pieza, evaluándola. Miranda, sin levantar la vista, asintió.

—Sí, por favor, gracias.

Se quedó donde estaba con las manos entrelazadas cuando la criada se fue, mientras Booth seguía dando vueltas y estudiando la estancia. Luego empezó a hablar rápidamente en francés, le lanzó una mirada de impaciencia y le hizo un gestó igual de impaciente. Miranda sacó la tableta del bolso e hizo lo posible por tomar notas mientras en su cabeza interpretaba a toda velocidad. «Buen gusto, discreto, obras de arte correctas, dignas y respetuosas con la arquitectura de la casa. Marquetería bella. Enlucidos originales».

Mientras terminaba de hablar, Miranda oyó ruido de tacones, probablemente tan altos como los suyos, repiqueteando a toda prisa. La nueva esposa, una rubia despampanante vestida con un atrevido Versace rojo, llegó casi trotando. Su alegría centelleaba como los diamantes que lucía en las orejas, en la muñeca y en los dedos.

—¡Monsieur Dubeck! —La mujer, que pronunció «mesié», alargó la mano—. Bienvenido. Muchísimas gracias por acudir a la cita.

—Madame. —Booth asió sus dedos con ligereza y le besó el dorso de la mano—. Como sabe, mi tiempo es limitado.

—Cierto, cierto. Estoy encantadísima de que vaya a dedicarme un poco de ese tiempo. —Otra mujer de uniforme, más joven, entró empujando un carrito—. Espero que pueda permitirse un momento para tomar café.

—Me lo permitiré.

Booth se acomodó y esperó a que le sirvieran. Miranda se sentó en el borde de una silla, con las rodillas juntas. Permaneció en silencio, consciente de que en esas circunstancias no era sino otro mueble más.

—Esta casa tiene cierta edad —comenzó a decir Booth, que prosiguió antes de que Regal pudiera disculparse por ello— y la lleva muy bien, es una gran belleza.

—¡Oh, gracias!

—El mérito es de la casa, no suyo —replicó con desdén mientras tomaba un sorbito de café—, pero parece bien atendida y respetada. Tendré que verla en su totalidad antes de acceder a ocuparme del dormitorio principal y realzarlo.

—Por supuesto. Me complacerá enormemente mostrarle la casa. Estoy emocionada por que haya aceptado plantearse diseñar el dormitorio. Siento que no me representa, o no nos representa a mi marido y a mí. Hay en él... demasiado de su anterior esposa; no sé si me entiende.

—Todos los que viven en una casa dejan algo propio al abandonarla. *Mais oui*, usted desea... exorcizar a su predecesora.

—¡Sí! —Regal unió las palmas de las manos como si de una plegaria se tratara—. Gracias por su comprensión.

Booth dejó el café a un lado.

—Empecemos.

Le hizo un gesto a Miranda, a quien Regal apenas miró. Tomaba notas y, de vez en cuando, Booth le daba alguna orden en francés; por lo demás, se limitaba a seguirles los pasos de una estancia a otra. Un estudio, un salón con un piano de cola, un invernadero de verdad en el que crecían con fuerza naranjos, limoneros y limas, cuyas flores perfumaban el aire. Visitaron una biblioteca, una sala de lectura (¿para qué querían ambas?), un comedor formal con una mesa para treinta comensales, un comedor familiar y una salita matinal con un mirador de cristal con vistas a los extensos jardines, una piscina, una casa de la piscina, otro garaje. La cocina, remodelada a fondo y decorada con encanto clásico, los cuartos del servicio, más zonas de asueto. Salas y más salas hasta que por fin bajaron las escaleras para llegar a un cine con barra de bar, filas de amplias butacas de cuero y dos lavabos. Zonas de almacenamiento, zonas de instalaciones. Luego, subieron de nuevo para enfilar la escalinata que comunicaba con la segunda planta.

Regal no dejaba de parlotear. Booth (Dubeck) no hablaba más que para arrojar algún comentario o una orden a su fiel asistente. Detuvo a Regal antes de que pudiera abrir la puerta doble del dormitorio principal.

—*Mais non*. Quiero ver la siguiente planta antes de conocer el dormitorio: lo dejaremos para el final.

Allí encontraron una especie de salón de baile con un trío de candelabros Waterford, una cocina de catering más grande que la de la casa de Miranda en el pueblo, dos cuartos de baño completos, dos aseos, cuartos de estar… y una puerta cerrada con llave. Booth advirtió que no era una puerta original, sino que fingía serlo. Sin más, dio un golpecito y confirmó que se trataba de un revestimiento de madera sobre acero.

—¿Y esto?

—Oh, esa puerta conduce al ático. Mi marido tiene ahí arriba una especie de guarida, por así decirlo. Siempre está cerrada con llave. Nadie tiene permiso para subir.

—¿Quizá tenga encerrada a la loca del ático? —Cuando la mujer no dio señal de entender, Booth se encogió de hombros con un ademán de lo más francés—. *Maintenant*, un hombre debe tener sus secretos, ¿sí? Ahora ya puede mostrarme lo que desea cambiar.

La mujer casi brincó sobre sus Louboutin. El dormitorio principal consistía en la habitación propiamente dicha, con sus altos ventanales, su techo de cajetones, una gigantesca cama con dosel y dos cuartos de baño, dos vestidores y una salita. A Miranda, el mobiliario y la decoración le parecieron muy bonitos, si acaso demasiado femeninos con tanta flor y detalles en color rosa. Booth lo examinó todo, incluidos los armarios a medida. Caminaba, deambulaba, se detenía, escrutaba algo, lo tocaba; todo ello mientras Regal, en silencio al fin, permanecía de pie con las manos enlazadas entre los senos.

—El espacio está bien aprovechado —reconoció antes de ladrarle algo en francés a Miranda, que tomaba notas con diligencia—, pero no es usted. Hay elegancia, sí, pero no hay romance, no hay sexualidad. A usted le gusta el buen sexo, ¿sí?

Regal parpadeó.

—Bueno, sí. Mi marido y yo... Sí.

—Creo que la última vez que se remodeló esta habitación, nadie pensó en el sexo, solo en el estilo. El estilo es..., eh, de buen gusto. Conservador. No es lo que tengo en mente para usted.

—Realmente quiero algo más moderno —comenzó a decir Regal—, con más color y... —La mujer se calló de inmediato al ver la mirada fría de Booth.

—¿Moderno? ¡Qué moderno ni moderno! —Booth agitaba una mano por el aire como si fuese un hacha cortando leña—. Sería una abominación en este espacio, en esta casa. Tiene algo antiguo y debe respetarlo. *Mais* tendrá romance, sexualidad. Aquí, los colores han de ser suaves, un sueño, un primer beso. El gris más tenue, como un abrazo bajo una lluvia de verano, los verdes apacibles y los azules del mar en el crepúsculo. Esta cama, esta magnífica cama, ¿es en esta cama donde dormía con su otra esposa?

—Sí.

Booth hizo un gesto de desdén.

—Debe irse: que viva en otro espacio. Usted tendrá su propia cama.

—Ay, solo con eso, monsieur Dubeck, solo con eso ya me haría muy feliz.

—La haré feliz y haré que esta casa siga siendo feliz. —Chasqueó los dedos dirigiéndose a Miranda y le ordenó en francés que midiera las cortinas—. Esas cortinas deben irse. Son pesadas y el color es demasiado llamativo. Suavidad, suavidad. ¡La alfombra, no! Las tapicerías hay que cambiarlas todas, en toda la habitación. —Alzó la vista a la lámpara del techo y arrugó el ceño—. Aquí, creo, necesitará un toque de modernidad. Para crear tensión, un detallito. Ya tengo algo en mente. Veremos. —Dio algunos pasos y repitió el gesto—. Veremos. La repisa de la chimenea es buena, de roble. A quien la pintara de blanco deberían lincharlo por las calles. La decaparemos para devolverle su esplendor original.

Recorrió cada uno de los espacios expresando su visión, dejando que Miranda, maravillada, tomase medidas. Regal terminó sollozando de gratitud y ni siquiera parpadeó ante la cifra astronómica que Booth le propuso solo por el diseño; la mano de obra y los materiales se sumarían según las necesidades. Le dio instrucciones para que le transfiriese la mitad de los honorarios y la dejó llorando de felicidad en el umbral. Miranda no abrió la boca hasta que se hubieron marchado de la propiedad.

—Hemos tardado más de noventa minutos.

—Sí, un poco. La casa era grande, y fabulosa, la verdad.

—Lo único que realmente le envidio es el invernadero. Es la primera vez que veo uno y ahora se va a convertir en uno de mis objetivos vitales. La puerta del ático, ¿verdad?

—Sí. Es de acero, Sebastien, con un revestimiento de madera de calidad: una buena reproducción de los paneles originales del resto de las puertas.

—Ah. La seguridad cambia de turno a las tres. Entran dos hombres y salen otros dos.

—Bueno es saberlo. No hay cámaras en el interior: sorprendente. En el exterior hay en dirección norte, sur, este y oeste, pero quedan muchos huecos. He visto las garitas de seguridad: una en el lavadero y otra en el sótano. Tiene un sistema doméstico inteligente; ese lo podemos desactivar en remoto y anular las alarmas y los detectores de movimiento. —Mientras pensaba e imaginaba, Booth se acariciaba la perilla bitono—. Ya veré cómo encarar la seguridad en vivo. Una vez dentro, es cuestión de atravesar la puerta; tiene una buena cerradura, pero el hombre no ha querido que llamase la atención, así que no tiene ni cerrojo ni sistema digital. Puedo buscar si tiene alarma, aunque me da la impresión de que no cree que nadie vaya a llegar tan lejos. Además, le encanta la casa, le encanta su antigüedad y la arquitectura; se nota cuando uno pasea por el interior. —Se volvió hacia Miranda y le sonrió—. Lo has hecho genial.

—No he hecho nada.

—Has hecho exactamente lo que tenías que hacer: responder de inmediato a mis órdenes y, por lo demás, fundirte en el entorno.

—Me lo imaginé. Básicamente, ni siquiera se daba cuenta de que estaba allí.

—Claro que sí. Te lanzó un par de miradas de arriba abajo y se preguntó si ya te habría llevado a la cama. Tú le envidiaste el invernadero y ella envidió tus piernas, pero no eres más que el servicio, no va a pensar demasiado en ti, si es que vuelves a pasar por su cabeza.

—Va a llevarse un disgusto enorme cuando tu…, cuando Dubeck no le redecore ese espacio.

—No, no se lo va a llevar, porque le voy a hacer el trabajo y le va a encantar. Has tomado notas, ¿verdad?

Miranda palideció, estupefacta.

—Sí, lo he intentado, pero…

—Es broma. —Se inclinó y le dio un beso—. Recuerdo lo que he visto y lo que he dicho. Será divertido.

—Te va a pagar, a ti solo, alrededor de quinientos mil dólares por la gracia.

—Tanto paga, tanto recibe —Respondió con jovialidad—. Danos unos treinta minutos para cambiarnos, Sebastien, y nos pondremos a ello.

—Es lo que tardaré en devolver la limusina.

Cuando Sebastien hubo aparcado, Booth fue a abrirle la puerta a Miranda.

—Tomaremos cócteles en el patio y hablaremos de todo esto —sugirió Sebastien.

—Es un buen plan.

Booth le dio la mano a Miranda al enfilar hacia la puerta.

—Tengo algo que confesarte —dijo ella.

—¿El qué?

—Me lo he pasado bien. De verdad que me ha encantado, todo, desde representar ese papel tan tonto, pasando por la visita guiada a esa mansión alucinante, hasta verte lanzar órdenes, insultos y cumplidos. Debería pensar que está mal, pero no lo siento así.

Una vez cruzado el umbral, Booth la tomó por los hombros y la atrajo hacia él para besarla.

—Esta vez se trata de reparar injusticias. No voy a afirmar que sea lo que siempre hago, ni siquiera lo que más hago, pero esta vez es así.

—Casi me estaba dando pena. Con lo ilusionada que se la veía, Booth, y no pilló tu referencia a *Jane Eyre*. Podrías haberle dicho que le hacían falta lunares arcoíris, cortinones de terciopelo burdeos y una cama de obra, y habría aceptado sin rechistar.

—Mejor evitar el burdeos en las cortinas —respondió Booth, haciéndola reír.

—Tono nota. Es solo que… estaba entusiasmada. Y en serio que me dio pena, un poco, porque no debería tener que dormir en la misma cama que su marido compartió con otra mujer, y lo único que quiere es hacer suyo ese espacio en concreto. Solo eso.

—Ahí está la gracia. —Booth le acarició un instante los hombros, que aún le sujetaba—. Le daremos justo eso: ella tendrá su espacio y nosotros nos llevaremos algo que su marido no debería tener. Y, además, haremos que LaPorte pague. Si lo hacemos bien, todo el mundo saldrá ganando.

—Vale. —Miranda soltó aire—. Pues hagámoslo bien.

29

Conforme el curso escolar se acercaba a su fin, Booth repartía su tiempo: además de los ejercicios que calificar y los exámenes finales que preparar, hacía malabares para estudiar minuciosamente muestras de pintura y telas y consultar con Sebastien sobre sistemas de seguridad y cómo saltárselos. Encontró la lámpara perfecta para el dormitorio, una araña de ensueño con cristales azules colgantes y detalles en metal envejecido, así como la cama que quería: ambas procedentes de Francia. Viajó dos veces más a Georgetown, una vez como pintor subcontratado y, la siguiente, acompañado de Mags, como tapiceros. En ambos casos, Regal los coló en la casa mientras el marido estaba ausente. Se pasó todo el mes de mayo trabajando, mientras su visión (en distintas áreas) iba adquiriendo cada vez mayor claridad.

El viernes del puente del Día de los Caídos, le dijo a Miranda que volvería un poco tarde. Al llegar a casa, la encontró en la cocina arreglando algunas de sus rosas Knock Out en un jarrón.

—Hola. Se te ve contento.

—Me siento muy bien. Qué rosas tan bonitas.

—A mí también me lo parecen. —Miranda dio un paso atrás para admirar su obra—. Fin de semana de puente: hora de tomarse un vino en el patio. Mañana quizá podríamos salir con los kayaks; se supone que hará sol y calor.

—Puede que esté algo ocupado.

Booth depositó una bolsa en la mesa, la abrió y dejó una enorme piedra roja al lado. Miranda se llevó tal susto que estuvo a punto de volcar el jarrón.

—¡Ay, Dios mío! ¿Es la piedra? Ya lo has hecho. Pero ¿cómo…, cuándo lo has hecho? ¡Ay, Dios, Booth! —Le dio un puñetazo amigable antes de sostenerla en la mano—. Pesa bastante. ¡No me has dicho nada! ¡No me lo puedo creer!

—No es la Diosa, es una réplica que mandé hacer. La he recogido esta tarde, por eso llego tarde. Es exactamente del mismo tamaño, forma, peso y color. Un trabajo fantástico.

—¿Es falsa? ¿Para qué necesitas una falsificación? No querrás colársela a LaPorte, ¿no? La mandará autenticar. Madre mía, pero si no es más que un pedrusco rojo, feo y soso.

—Que se parece en todo al original, al menos lo suficiente como para dar el pego a plena vista, y necesito una réplica para ponerla en el lugar de la piedra original cuando me la lleve. Mañana por la noche.

—¿Cómo? —Miranda tragó con dificultad—. Mañana. Pero si habías dicho junio, finales de junio, cuando acabara el curso, cuando…

—Los Mountjoy van a viajar durante el fin de semana a una fiesta en casa de un amigo en Kennebunkport. —Echó un vistazo al reloj de la cocina—. Ahora mismo su avión privado debe de estar desplegando el tren de aterrizaje. Iría esta noche, pero mañana es mejor. Tenía que asegurarme de que la réplica valiera y vale, y valdrá. Este calendario también me vale.

Miranda no era de las que entraban en pánico, por lo que se dijo que no era eso lo que le estaba sucediendo. Pero sí.

—No entiendo lo del calendario. No entiendo nada. Pensaba que había más tiempo. Deberías tomarte más tiempo.

—No necesito más tiempo y, así, tú tendrás menos para preocuparte. —Le frotó los brazos en movimientos ascendentes y descendentes—. Sé lo que hago. Respira. Confía en mí. —Se dio la vuelta, se encaminó a la trascocina y sacó una botella de pinot grigio del botellero: iría bien con el pescado que tenía pensado asar—. Vamos al patio a tomarnos el vino y te lo explico.

—No creo que pueda sentarme, de verdad que no. ¿Y si…?

—El río suele producir un efecto tranquilizador. LaPorte no espera que me lleve a la Diosa hasta bien entrado el mes de agosto; le dejé claro que no podía ponerme a planificar nada en serio hasta que hubiera terminado el curso escolar: no iba a fastidiar mi tapadera. Regal no ha abierto la boca sobre Dubeck porque sabe que, si su marido se entera, podría poner fin a la reforma. Vamos. —Cogió el vino y las copas y enfiló hacia la puerta—. Necesito la réplica porque es probable que Mountjoy pase algo de tiempo en su cámara del tesoro antes de que se marchen a Europa. Siempre que la réplica esté allí, no habrá problema. —Booth sirvió el vino, se sentó y estiró sus largas piernas—. El mes que viene, con el final de curso, mi barbacoa anual para celebrarlo…

—Una barbacoa. —Miranda decidió que estaba loco. Se había enamorado de un loco—. Con todo esto en marcha, ¿vas a organizar una barbacoa?

—Es una tradición, la gente la espera. Tenemos que seguir haciendo lo que se espera. Entretanto, los Mountjoy se van a Europa y todos los equipos subcontratados por Dubeck se ponen a trabajar. Él aparecerá varias veces y al mismo tiempo yo, haciéndome pasar por LaPorte, llamo a Russell, el cabeza de turco. Nos encontramos en la casa del lago Charles, por la noche. Lo contrato para que robe la Diosa Roja y le doy detalles más que suficientes para que el trabajo sea razonablemente sencillo.

—Pero robará la réplica.

—Sí, o más bien lo intentará.

—No lo entiendo. —Miranda se sentó, después de todo, y cogió la copa de vino—. Estoy perdida.

—Russell es lo bastante bueno como para entrar con la información que le daré; además, o Sebastien o yo nos aseguraremos de que lo consiga. No solo encontrará la Diosa; estoy seguro de que no se irá de la cámara o de la casa sin llevarse algo más. Pero no podrá salir, porque dispararemos las alarmas en remoto y eso hará que el personal de seguridad de Mountjoy y la policía lleguen en tropel.

—Quieres que lo pillen, al cabeza de turco.

—Es un detalle clave. —Satisfecho, Booth estiró las piernas y contempló el río con admiración—. Cuando lo atrapen, con lo que sea que se haya llevado, delatará a LaPorte.

—¿Y si no lo hace?

—Si no lo hace, rastrearán sin problemas el montón de dinero recién llegado a la cuenta bancaria de Russell y verán que el origen está en LaPorte.

Con ademán frustrado, Miranda se llevó las manos a la cabeza.

—Pero LaPorte no pagó a Russell, le pagaste tú.

—Ah, ¿no? —Booth sonrió y tomó un sorbo de vino mientras gozaba de la brisa primaveral, de las flores, del zumbido de las abejas—. LaPorte ha transferido tres millones de dólares a una cuenta que he abierto a su nombre y con sus datos. El medio millón por adelantado de Russell procederá de esa cuenta, así como algunas otras transacciones sospechosas.

Miranda empezaba a entenderlo, por lo que volvió a coger su vino.

—Vas a tenderle una trampa con su propio dinero. Es una genialidad.

—Gracias. Me gusta. Y es más que su propio dinero, pero ese es el culmen. Ahora tengo que marinar el atún y preparar los pimientos que voy a asar.

—Pero no me dejes así.

—Te contaré el resto.

Miranda se levantó al mismo tiempo que él.

—Mañana iré contigo.

—Vendrás, y te quedarás con Mags. No vas a venir conmigo a hacer el trabajo y no hay más que hablar.

—Porque te estorbaría.

—Te quiero, Miranda, eso es así, y sí, me estorbarías. Pero voy a contarte el resto.

El plan parecía imposible de tan complicado y ridículamente sencillo al mismo tiempo. Miranda hizo examen de conciencia un sinfín de veces durante las siguientes veinticuatro horas. Aun así, cuando se vio con Booth, Mags, Sebastien y el perrillo en

Georgetown, seguía sin saber exactamente lo que sentía. Reflexionó sobre lo que pensaría su padre si supiera en dónde se había metido, pero no obtuvo respuesta. Lo único que sabía era que ya no había vuelta atrás.

—Me encantan las piedras —comentó Mags mientras todos observaban la Diosa falsa, que reposaba en la mesa—. En bruto, pulidas, talladas…, todas ellas poseen una vida en su interior que me fascina. Esta está ahí, sin más…

—Porque no es una piedra. Es de material compuesto.

—Es de buena calidad. —Sebastien la levantó y la estudió desde todos los ángulos—. Es como en las fotografías; no es que haya muchas, pero las que se pueden ver. *Mais, mon ami*, no puedes estar seguro de que engañe al hombre que la ha sostenido, la ha acariciado y se ha deleitado en ella.

—Si no lo engaña, cambiaremos de plan. Estaremos pendientes y sabremos si el camino está despejado antes de que se vayan a Europa. Si llegamos tan lejos, seguiremos los pasos hasta terminar. —Booth echó los hombros atrás—. Voy a comprobar el equipo antes de cambiarme.

—Come primero —insistió Sebastien—. Así mantendrás un nivel de energía alto.

—Algo ligero, y nada de alcohol.

Miranda comió un poco, aunque más que nada fingió hacerlo. Esperaba preocuparse; lo que no se esperaba era sentirse casi enferma de la preocupación mientras que a Booth se le veía absolutamente tranquilo. Cuando este subió con Sebastien, ella se quedó a ayudar a Mags a fregar los platos.

—No pasa nada por estar preocupada, es natural.

—¿Tú lo estás?

—Siempre me preocupo un poco —admitió Mags—. Sobre todo cuando, de niño, se escapaba de casa, con Dana tan enferma y la pila de facturas cada vez más alta. Luego había dinero para la hipoteca y para las facturas médicas. Me preocupaba que vendiera drogas o se vendiera él mismo, el dulce niñito de mi hermana, pero no.

—Ay, Mags, has tenido que cargar con un peso enorme.

Esta negó con la cabeza.

—Ni Dana ni Booth fueron una carga. Eran, y son, una luz en mi vida —respondió, acariciando el cristal de celestita que llevaba colgado de una cadena en memoria de su hermana—. Cuando descubrí lo que Booth hacía exactamente, me preocupé, pero era él quien le procuraba un techo a su madre y ponía comida en la mesa. No podríamos habernos mantenido a flote solo con la empresa de limpiezas; era demasiado. —Cerró la puerta del lavavajillas—. Me preocupaba Sebastien, pero ahora está prácticamente jubilado. Sus hijas son adultas y están establecidas, y él tiene de sobra. Mi negocio con Dauphine va bien y él nos echa una mano; así se entretiene.

—Pero esta noche estás preocupada por los dos.

Mags le apretó la mano a Miranda.

—Esperar es un asco, ¿verdad? Vamos a encender velas, un poco de buena magia blanca.

—No sé si creo en ese tipo de magia.

—Ay, ya creo yo por las dos. —El hilo de sus pensamientos hizo que la sonrisa de Mags se tornase una furia gélida—. Si no, fabricaría un puñetero muñeco de vudú de LaPorte y lo quemaría hasta reducirlo a cenizas. No iba a saber ni por dónde le vino el golpe.

—¿De verdad crees que podrías hacer algo así?

—Si no pudiera, conozco a un par allí en casa que sí podrían, pero no es el camino. Este es el camino.

—Eso dicen los mandalorianos.

Con una carcajada franca, Mags agarró a Miranda y le plantó un sonoro beso.

—Booth tiene que estar más loco por ti que un payaso de circo.

—¿Conoces a algún payaso?

—Salí con uno, menudo cabrón malhumorado. —Mags paseó la mirada por la cocina una última vez—. Venga, encendamos unas velas y esperemos a que vuelvan.

Cuando Booth bajó, Miranda se dio cuenta de que era igualito a como ella imaginaba a un ladrón: delgado, espigado, estilizado, con tejanos negros, camiseta negra de manga larga y zapatillas negras de caña alta. Decidió no preguntarse lo que diría de ella que le resultase tremendamente sexy.

—No irás a marcharte ya; no son ni las diez.

—Ya está oscuro y la casa, vacía. No habrá nadie más que los de seguridad, y eso no va a cambiar aunque espere. —Booth le posó las manos en los hombros—. Todo va a ir bien. Pronto estaré de vuelta.

«No te dejes vencer por el pánico. No te dejes vencer por el pánico». Demasiado tarde.

—No sé qué debería hacer, cómo debería sentirme.

—Piensa que es como si me llamaran para ir a trabajar un par de horas. —Le dio un beso leve y despreocupado antes de volverse hacia Mags—. Te traeré a tu novio de vuelta.

—Más te vale.

—Yo soy el que conduce, así que seré yo quien nos traiga de vuelta. *À bientôt, ma belle.* —El beso de Sebastien no fue ni leve ni despreocupado.

Acto seguido, los dos hombres, ataviados de negro cual ladrones, salieron por la puerta y se alejaron en un SUV negro.

—Ay, Dios, que está pasando de verdad.

Presa del pánico, Miranda avanzó un par de pasos en el exterior, como si fuera a echar a correr detrás de ellos. Mags le rodeó el brazo con los dedos.

—¿Juegas al Scrabble?

—¿Cómo? —Atónita, Miranda se quedó mirándola con los ojos como platos—. ¿Qué has dicho?

—Vamos a encender las velas y luego te voy a enseñar cómo se juega al Scrabble en mi familia. Nos hará falta vino.

Sebastien pasó con el coche por delante de la mansión. Las luces de seguridad brillaban. Otras se distinguían en las ventanas de los edificios exteriores. Los apliques que flanqueaban las puertas de entrada proyectaban una suave luz dorada.

—Mira —dijo Sebastien, señalando con un gesto de la barbilla—. El hombre con el perro grande y rizoso.

—Es un *labradoodle*.

—Van camino de casa. Sale a pasearlo a esta hora cada noche; por lo demás, no hay demasiada gente a pie, ¿ves? Ay, mira ahí.

Booth desvió la mirada hacia el final de la calle.

—Alguien está celebrando una fiesta. Tal vez cuando acabe haya gente que se vaya andando. Gira a la izquierda; caminaré desde aquí. Te avisaré en cuanto esté listo para que me recojas.

—La Diosa te espera, *cher*. Quiere que te la lleves.

—En tal caso, espero que tenga la maleta lista.

—No, no, es lo que te digo: lo siento los huesos. La han usado por envidia y avaricia, por ella ha habido sangre y ha habido muerte. Ahora se trata de hacer justicia, de saldar una deuda. Ella es la respuesta, y creo que siempre ha sido la respuesta para ti. Te está esperando.

Booth se detuvo un momento y permitió que los sentimientos afloraran.

—Quiero una vida, Sebastien. Lo único que siempre he querido es una vida elegida por mí.

—Pues ve a por ella.

Booth se bajó con destreza del vehículo. Una pareja salió de un restaurante a media manzana de distancia y se subió a un taxi que esperaba en la puerta. Cuando pasaron a su lado, siguió caminando como si nada, no era más que un tipo dando un paseo una noche agradable de primavera. Olió rosas en el jardín de alguien, luego heliotropo; oyó un bajo rítmico por las ventanillas abiertas de un coche al pasar. No pensaba en nada, había dejado de lado todo salvo el siguiente paso y, en las sombras entre las farolas, en el estrecho hueco que dejaban las cámaras de seguridad, lo dio.

En su cabeza aparecieron las luces y las cámaras con la misma claridad que en el mapa que había elaborado. Dio un amplio rodeo, aprovechó los árboles y los arbustos, captó el aroma del jazmín abierto a la noche mientras se escabullía por otro hueco. Atravesó corriendo un tramo, se agachó y se detuvo al ver abierta la puerta de la garita. Cuando el vigilante salió a encenderse un cigarrillo, Booth vio la 9 milímetros que llevaba a la cadera. A través de las rosas y el jazmín, le llegó el hedor del humo al exhalar. El hombre, fornido y con el cabello rubio cortado al ras, paseaba mientras fumaba. De aspecto militar, aunque no de servicio, decidió Booth. Las cámaras se ocupaban de todo. Estaba tomándose un descanso para echarse un pitillo y estirar las piernas, y retrasando ligeramente su plan.

Booth esperó. Una o dos veces, el guarda se acercó lo suficiente como para estirar el brazo y agarrarle la pierna. A continuación, vació el cigarrillo como haría todo buen marine, dejó la colilla en una lata de pastillas de menta Altoids y se volvió a la garita. Booth espero un minuto más antes de echar nuevamente a correr.

Se agachó bajo un arce japonés junto a la fachada de la casa más alejada. «Esta parte es peliaguda», pensó. Aunque los guardas no podían verlo salvo a través de las cámaras, él tampoco los veía a ellos, pero sí acertaba a distinguir el punto de entrada elegido, la puerta lateral del invernadero. Sacó el control remoto. Tenía siete segundos. Esperaba interrumpir la grabación de las cámaras durante siete segundos; era lo único que necesitaba: un poco de electricidad estática, un breve fallo técnico. Una vez dentro, diez segundos para reactivar la alarma. Probablemente la habrían programado a treinta o más, como hacía la mayoría de la gente, pero, según sus cálculos, todo lo que pasara de diez segundos podía, y debía, alertar a los vigilantes de un allanamiento. Si se pasaba con cualquiera de los tiempos, quizá dispondría de treinta segundos para escapar.

«Y una mierda», pensó. La Diosa lo esperaba. Miranda lo esperaba. Su vida, la que él eligiera, lo esperaba. Esta vez, escapar no era una opción.

Conectó el control remoto y, contando los segundos, corrió hacia la puerta. La cerradura no era el problema en sí: lo difícil era no dejar señales de haberla forzado. La abrió con habilidad, entró y reinició su reloj interno. Sacó la cubierta y fijó su lector digital. Siguió contando mientras los números parpadeaban en la pantalla. Tardó diez segundos exactos en dar con el código de seis dígitos.

Allí estaba, rodeado de los aromas embriagadores de las naranjas, de los limones, del azahar. Cerró los ojos para orientarse. Entonces surgió en su interior la antigua sensación, aquel frenesí visceral. Hacía casi un año desde el trabajo que había llevado a cabo el verano anterior, para mantener los músculos en forma, antes de volver a las clases. Y luego llegó Miranda.

De modo que acogió la sensación mientras se desplazaba por la casa. No usó luz alguna y se mantuvo alejado de las ventanas, no solo porque alguien podría verlo, sino para evitar cualquier oportunidad de activar un detector de movimiento.

La criada/vigilante del interior tenía su base de operaciones cerca de la cocina, por lo que evitó esa zona. Sabía que estaba despierta, había visto la luz encendida. Solo se acercó lo suficiente para oír el murmullo al otro lado de la puerta: risas. «La televisión —concluyó—, algún programa nocturno». Tanto mejor; él haría lo que había ido a hacer y ella no daría cuenta de perturbación alguna. El resto del servicio interno vivía en otra parte de la propiedad; Booth había visto luces en la casa del personal y movimiento tras las ventanas. Tendría cuidado al marcharse.

Usó la escalera principal para acceder a la segunda planta y, luego, a la tercera. Siguió el mismo recorrido que días atrás con Miranda y la señora de la casa, evitando cauteloso los dos peldaños que, según había notado, crujían levemente. Fue directo a la puerta cerrada. No se preocupó por evitar toda señal de haber manipulado la cerradura. De hecho, pretendía dejar más que nunca, aunque sutiles, de modo que cualquier policía decente las detectase. Sabía que Russell dejaría más.

Una vez dentro, cerró la puerta a sus espaldas y esperó por si oía algo y a que sus ojos volvieran a adaptarse. Allí dentro estaba más oscuro y las malditas escaleras crujían más. Aun así, las probabilidades de que alguien de la seguridad de la casa lo oyera desde la planta principal y a través de una puerta de acero eran prácticamente nulas.

Al final de las escaleras distinguió dos ventanas, ambas con las persianas bajadas. Sacó la linterna y recorrió el espacio con la mirada: amplio, con numerosas formas, techo abuhardillado... y una cámara.

—Mierda.

Caviló sin abandonar el ángulo muerto y, una vez más, calculó sus probabilidades: no creía que Mountjoy confiase a sus empleados una vista de su colección privada; solo él tendría acceso a la cámara. Tal vez echase un vistazo cuando estaba fuera o se grabase a sí mismo en medio de sus tesoros. En cualquier caso, Booth tendría que desactivarla el tiempo suficiente para hacer lo que había ido a hacer.

Cogió una vez más el control remoto y exhaló un largo suspiro cuando la luz de la cámara pasó del verde al rojo. Sin tiempo que perder, se lanzó, encendió el interruptor de la luz y esta inundó el cuarto.

Ya había visto algo así con anterioridad, pero tenía que admitir que Alan C. Mountjoy había creado un espacio suntuoso para su solaz con muebles antiguos dispuestos con buen gusto y un mueble bar pequeño, pero bien aprovisionado. Obras de arte, por supuesto. Booth contó ocho pinturas exquisitas y el doble de esculturas. Las joyas brillaban en sus expositores de cristal, así como una colección impresionante, pero que muy impresionante, de gemas, tanto en bruto como talladas.

La pieza estrella estaba expuesta sobre una columna dorada coronada por una mano abierta, como si la sostuviera. Era maravillosa. Brutal, elemental, pura. Única en su especie.

A Booth se le cortó la respiración. Todo lo demás palidecía a su lado: el Degas, el Rodin, los diamantes blancos como el hielo, los rubíes rojo sangre no eran nada en comparación. Al tocarla, al levantarla, Booth habría jurado que la oyó respirar. Dejó la réplica en su lugar. Se adaptaba perfectamente a aquella palma dorada. Oyó cómo su propio corazón latía con fuerza cuando introdujo a la Diosa con ademán reverencial en el saquito de terciopelo y este en su cartera de cuero. Mientras volvía sobre sus pasos, apagó las luces y reactivó la cámara.

—Creo que me estabas esperando —murmuró mientras bajaba las escaleras— y espero llevarte adonde quieres ir.

Se percató de que, si no era el caso, según la leyenda la propia piedra se lo haría saber con un final fatídico.

Al llegar a la segunda planta, vio las luces encendidas en la principal y esperó de corazón que ese fatídico final no hubiera llegado aún. Se ocultó entre las sombras y vio que se trataba de la criada, que estaba efectuando una ronda de reconocimiento. ¿Subiría a la siguiente planta? En tal caso, podría esquivarla y esperar a que se fuera. La oyó canturrear y reconoció la melodía. Muy bien, era fan de Lady Gaga, así que no podía ser tan mala, pero si lo pillaba, le pegaría una paliza o le dispararía, y prefería evitar ambas opciones. Vio de soslayo cómo atravesaba el vestíbulo camino de la puerta delantera. Llevaba un albornoz corto, cuyos bolsillos tiraban un poco hacia abajo. Buenas piernas, pies descalzos. La mujer comprobó la puerta delantera y la alarma; a continuación, se sacó el teléfono del bolsillo.

—Soy Rena, está todo despejado. Doy la noche por concluida.

—Recibido. Todo despejado. Nosotros seguimos de guardia.

La mujer volvió a guardarse el teléfono en el bolsillo. Booth supuso que el otro le tiraba por el peso de un arma. Entonces desapareció de su vista y se apagaron las luces. Booth esperó, dándole tiempo, mucho tiempo, para que se acomodara en sus habitaciones. Luego añadió un poco más, por si acaso, antes de bajar las escaleras a oscuras y regresar al invernadero. Por el simple placer de hacerlo, arrancó una naranja y se la guardó en la cartera. Se encargó de la alarma y de la puerta, y salió para luego hacer el mismo recorrido de vuelta.

No sintió alivio, todavía no, no se lo permitió. Envió un mensaje a Sebastien mientras se alejaba de la mansión, hacia los bares, los restaurantes, la gente, la vida nocturna. A cuatro manzanas de distancia, este se aproximó con suavidad a la acera.

—C'est fini? —preguntó cuando Booth se subió al asiento del copiloto.

—Pues claro.

—Has tardado un poco más de lo planeado.

—Pero aún estamos dentro del plazo previsto.

Aún no sentía alivio, pensó de nuevo, ni lo sentiría hasta que hubiera acabado todo, no solo aquella fase.

Demonios, puede que algo de alivio sí sintiera.

—Acabo de robar la Diosa Roja y no se va a enterar nadie más que tú, Mags y Miranda. Y, a su debido tiempo, LaPorte.

—*Mon ami*, tú siempre lo sabrás.

—Sí. Maldita sea, sí. —Se frotó la cara con las manos—. No podía respirar y los oídos empezaron a pitarme cuando la cogí en las manos. Tal vez nadie más que tú debería enterarse de esa parte.

Con suavidad, Sebastien subió por el camino de la casa.

—Estoy orgulloso de ti. Has conseguido lo que nadie hasta ahora había logrado.

—Ya la han robado antes.

—Con sangre, dolor y muerte. Para mí, *cher*, tú la has liberado. Esto es completamente diferente.

—Esa era mi sensación. —Booth se bajó del coche, todavía algo afectado—. Te lo juro por Dios.

La puerta de la casa se abrió y Booth vio a Miranda en el umbral, bañada por la luz, con Mags a su espalda. Se llevó la mano al corazón y esbozó una sonrisa.

—Bienvenido a casa. Estás bien. Los dos estáis bien.

—Todo está bien. —Al acercarse a besarla, advirtió que temblaba—. Siento haberte preocupado. —Metió la mano en la cartera y sacó la naranja—. Te he traído un recuerdo.

Miranda se quedó observándola y estalló en carcajadas. La cogió y la apretó contra su nariz para extraerle el perfume.

—Gracias.

—¿No ha habido ningún problema? —Mags se acercó, solo para tocarlos a ambos—. ¿Ningún problema?

—Uno de los guardias salió a dar un paseo y fumarse un cigarrillo, la criada echó un último vistazo a la planta principal y Mountjoy tiene una cámara donde guarda la colección. Eso hizo que tardara un poco más.

—Por el amor de Dios…, o de la Diosa —rectifico Mags—, déjame verla.

Booth llevó la cartera hasta la cocina, sacó y la depositó sobre la encimera. De un rojo bruto y puro, más ancha que larga, como un gran puño sobre el granito.

—Tiene el mismo aspecto que la réplica —dijo Miranda al cabo de un momento—, pero no… provoca la misma sensación.

Embelesado, Booth recorrió la piedra con un dedo.

—¿Por qué?

—No lo sé, quizá porque sé que no lo es, pero la sensación es más potente. Es la palabra que me viene a la cabeza.

Sebastien cogió la piedra y, levantándola, emitió un quejido largo y suave, «ahhh», antes de sonreír a Mags.

—Si pudiera, te la regalaría.

La mujer posó su mano sobre la de él, con la Diosa debajo.

—Te prefiero a ti —respondió Mags antes de mirar a Miranda y asentir—. «Potente». Buena palabra.

—Podrías quedártela. —Miranda posó su mano sobre la de Mags—. Debes de sentirte tentado.

—No. —Ni un poco, pensó Booth, ni siquiera un poco—. La Diosa tiene un propósito. —Posó su mano sobre las demás—. Cuando lo haya cumplido, le pertenecerá al mundo. Se acabó lo de esconderla.

Miranda asintió y, dando un paso atrás, esperó a que Booth volviese a guardarla en el saquito de terciopelo.

—¿Ahora qué toca?

—La semana de exámenes finales.

Riendo, lo rodeó con sus brazos y lo estrechó con fuerza.

30

Las semanas de los exámenes finales enseguida dieron paso a la graduación. Como siempre, Booth sintió una punzada al ver a sus alumnos de último año cruzar el estrado con la toga y el birrete. Y, como siempre, se preguntó qué harían, adónde irían, qué huella dejarían en el mundo.

El curso escolar llegó a su fin para el resto de sus alumnos y para él. Y, como siempre hacía antes de marcharse el último día, recorrió los pasillos, el salón de actos y los bastidores, pues nunca sabía con certeza si volvería. Ese año, más que ningún otro, todo pendía de un hilo. Quedaban diez días hasta su fiesta anual y mucho con qué llenar el tiempo.

Al llegar a casa, Miranda lo recibió en la puerta con su maleta lista… y la de él.

—Dijiste que querías ponerte en marcha lo antes posible.

—Sí. —Le acarició los brazos arriba y abajo—. Ojalá…

—No tiene sentido volver a darle vueltas. Decidimos que iría. Tengo un papel que representar.

—Lo decidiste tú —la corrigió Booth, antes de darle un apretón en los brazos—. No, diría que la palabra es «insististe».

—Estoy deseando conocer Nueva Orleans, el pantano de Sebastien, el lago Charles. Vuelvo a ser un accesorio, como la última vez, eso está claro, pero tengo un papel que representar y estoy deseando hacerlo. Además —añadió—, fuiste tú quién adelantó el calendario.

—Porque LaPorte se va a pasar encerrado los próximos días después de hacerse un retoque. —En un esfuerzo por dejar de lado la preocupación, Booth agitó la mano delante de su cara—. Y, gracias a Sebastien, la familia Moren y el personal de servicio están a punto de abandonar su vivienda hasta mañana por la mañana. Una fuga de gas peligrosa.

—Entonces, estamos listos.

Acorralado como solo ella sabía acorralarlo, echó un último vistazo a la casa antes de conducir hasta el aeropuerto y embarcar en el avión privado que los llevaría a Nueva Orleans.

—Podría acostumbrarme a viajar así, ¿sabes? —dijo Miranda mientras, arrellanada en su cómodo asiento de cuero, bebía champán a sorbitos—. Puede que me haya criado con cierto nivel de privilegio, pero no incluía jets privados.

—Es por trabajo.

—¿Estás nervioso por esta parte?

—No. —No se lo podía permitir—. La vanidad de LaPorte tan solo nos ha facilitado el viaje. Siempre que Russell cumpla el horario, y tendrá demasiado miedo de LaPorte y de perder la oportunidad como para desviarse, todo irá bien. —Con la mente fija en los pasos y etapas, le dio una palmadita distraída en la mano—. Esta vez de verdad que no puedo enseñarte Nueva Orleans. Nos cambiaremos y, acto seguido, iremos en coche al lago Charles. El plazo es bastante justo, y necesitamos salir de la casa camino de la nuestra en menos de cuatro horas, contándolo todo. —Comprobó la hora—. Jacques nos recogerá en el aeropuerto y nos llevará a casa de Sebastien. Allí nos meteremos en el personaje mientras Sebastien y Mags montan la oficina falsa de LaPorte.

—¿Por qué no nos cambiamos en el lago Charles?

—Por sincronización y porque habría más posibilidades de cometer un error, de dejar alguna huella.

—Vale, y luego vamos al lago Charles.

—Nos llevará Jacques; él también tiene un papel que representar. Russell llega a las once y cerramos el trato. Desmontamos el decorado, volvemos a Nueva Orleans y salimos del personaje. Por la mañana estaremos de vuelta en casa.

—Y cuando Regal y el marido estén en Europa, mientras la gente de Dubeck trabaja en redecorar el dormitorio, Russell entra a robar a la Diosa, se lleva la falsificación y lo pillan.

Cuestión de sincronización, y de que cada eslabón se encadenase con el siguiente, pensó Booth. De uno en uno.

—Ese es el plan.

—Porque vas a disparar las alarmas y hacer que rodeen el lugar. Luego plantarás la Diosa Roja en casa de LaPorte y alertarás a las autoridades, en lo que ayudaría que Russell lo delatara.

—Aun cuando no lo hiciera...

—Y, aun cuando no lo hiciera —prosiguió Miranda—, tú dejarás un rastro de dinero. Hay una cosa que no me quito de la cabeza: ¿qué pasa si LaPorte te incrimina a ti?

—Puede intentarlo, pero tendría que admitir varios delitos y yo no soy más que un profesor de instituto. —Booth se encogió de hombros y los hizo girar—. El entorno que me he creado se sostendrá a menos que husmeen demasiado y, como el Camaleón ha dado un par de golpes este año en Francia y en Italia, y yo no he salido del país, ¿por qué iban a hacerlo?

—¿Cómo te las has ingeniado para hacerlo si este año no has estado en ninguno de esos países?

«Relájate», se ordenó Booth, y consiguió esbozar una sonrisa.

—Llamé a un par de... colegas y les pedí sencillamente que usaran mi marca personal en algún trabajo pendiente. Durante uno de ellos, a finales de marzo, estaba celebrando una reunión del club de teatro; el otro tuvo lugar la última noche que representamos el musical de primavera. LaPorte puede tratar de implicarme, pero no hará sino buscarse más problemas.

—Te diré lo que opino: LaPorte solo intenta implicarte, si es que lo hace, por mi culpa.

Booth se giró y le clavó una mirada dura.

—¿Qué tienes que ver tú con él?

—Lo conocí cuando ambos coincidimos en Nueva York.

—Miranda, no...

—Escúchame. Le di a Sebastien una lista de ciudades y fechas, las estudió y descubrimos que LaPorte y yo estuvimos al mismo tiempo en Nueva York durante tres días, aunque yo pasé cuatro, hace unos años. —Visiblemente encantada con su idea, además de resuelta, se embaló—. Carter y yo tuvimos un rollo, del que me arrepiento enormemente, pues me hizo ciertas exigencias y se puso desagradable cuando me negué. Desde entonces me ha contactado un par de veces, pero yo he seguido negándome al sentir que había una amenaza velada; nada específico, pero me hizo sentir incómoda. Parece obsesionado conmigo, como si fuera su posesión.

—Ni de broma.

Miranda dio otro sorbo.

—¿No crees que un hombre podría obsesionarse conmigo?

—No, eso sí, pero...

—Llegado el caso, puedo hacer que funcione. No he tenido una relación de verdad hasta que apareciste tú, y en parte se debe a lo que me pasó con él. —Miranda parpadeó, mirándolo con emoción, temblorosa, con las lágrimas a flor de piel—. Debió de descubrirlo y envió a esas dos personas horribles a vigilarme y, por mi culpa, también a ti. Hasta ahora no te había contado nada porque... —Una única lágrima le rodó mejilla abajo mientras Miranda se volvía hacia Booth y le asía el brazo, tratando de sofrenar un sollozo—. Tenía miedo, de él, de contarte que hasta una vez... Tenía miedo de que te lastimara o me dejases. ¡Oh, Booth, perdóname!

Una cosa era cierta, pensó este, y había que admitirlo:

—Eres muy buena.

Miranda se echó atrás el cabello con una sacudida de cabeza.

—He estado ensayando con Mags. Si se da el caso, puedo hacer que suene mejor que un soneto de Shakespeare.

Aquella mujer... lo pasmaba.

—Lo creo.

—Claro que lo crees, y deberías dejarme, porque voy a hacerlo igualmente. El centro de atención pasará de ti a mí y yo no tengo nada que ocultar.

—Mentir a la policía...

—Ese barco ya zarpó. —Hizo un gesto con la mano en el aire como si la nave se alejara en el horizonte—. Sé quién eres y lo que haces; he formado parte, me he asegurado de ello. —Llena de seguridad, se limpió la lágrima y la lanzó al aire con un golpe de dedos—. No te he delatado. LaPorte también me quitó algo y sabes cómo me siento al respecto. Si las autoridades te investigan, verán que todo se debe a mí y a mi falta de buen juicio hace cuatro..., casi cinco años, cuando un encantador hombre mayor me sedujo.

Se acabó el champán y dejó la flauta a un lado. La diversión se esfumó de sus ojos de bruja cuando se encontró con los de él.

—No quiero diamantes, Booth, ni obras maestras de la pintura. Esto es lo que quiero, y necesito que me lo des. Lo haré y lo diré de todas formas, pero significaría mucho para mí si no tuviera que hacerlo a tus espaldas.

—Primero demos el siguiente paso, ¿vale? De uno en uno. —Le tomó la mano y se la llevó a los labios—. Es un buen plan.

Tal y como había prometido, Jacques los recogió en el aeropuerto. Miranda vio a un hombre enjuto, de su edad aproximadamente, con tejanos extragrandes rotos y una camiseta de los New Orleans Saints. Llevaba el pelo en *twists* cortos y lucía un minúsculo aro de plata en una oreja. Al ver a Booth, la sonrisa casi le dividió la cara en dos.

—¡Eh, tío! —Chocaron las palmas y los puños antes de fundirse en un sólido abrazo—. Tienes buena pinta, pero la de esta es aún un mejor.

—Miranda Emerson, este es Jacques Xavier.

—*Bienvenue.* —Jacques le tomó la mano y le dio un beso cautivador en los nudillos—. Lo tenemos todo listo, así que en marcha. —Abrió la puerta del pasajero—. Tú irás delante y así me cuentas la historia de tu vida.

—Aún no ha acabado —dijo Miranda mientras se subía al coche—, pero te la contaré si tú me cuentas la tuya.

Booth permaneció en el asiento trasero mientras Jacques y Miranda charlaban como viejos amigos y sacó el teléfono desechable para comprobar cómo iban las cosas en el lago Charles.

Cuestión de sincronización, pensó de nuevo, todo era cuestión de sincronización.

Miranda apenas echó una ojeada rápida a Nueva Orleans, y ni siquiera al Barrio Francés, mientras Jacques los llevaba del aeropuerto al pantano donde Sebastien tenía su casita.

—¡Ay, qué maravilla! —exclamó mientras giraba en círculos junto al coche. Hacía un calor pesado, el agua se movía deliciosa, el musgo español colgaba como puntillas—. Es precioso: exótico y primitivo al mismo tiempo. Y mira qué casa, es encantadora.

—Me alegro de que te guste. Tenemos que… —Booth se quedó callado cuando la puerta delantera se abrió y apareció Dauphine, embarazada.

Llevaba un vestido ceñido y sin mangas, que subrayaba su barriga, la tercera. Salió al porche y se apoyó una mano en la cadera.

—Así que esta es la elegida. —Se quedó mirando largamente a Miranda—. La chica que dejaste atrás.

—A quien intentó dejar atrás —la corrigió Miranda.

—Soy Dauphine, una vieja amiga.

—¿Tienes muchas viejas amigas tan arrebatadoramente guapas, Booth?

—No como esta. —Se acercó a ella y le envolvió en un abrazo—. ¿Dónde están los niños?

—Con los abuelos.

—¿Y Luc?

—En el lago Charles, echando una mano.

—Dauphine, no hacía falta que…

—No hacía falta, pero se hace. Habría ido yo misma si no fuera por esto —añadió, poniéndose la mano en la barriga—, pero aquí estoy para lo que haga falta. Hola, Jacques.

—Somos familia —le recordó Jacques a Booth al tiempo que se echaba una funda de ropa al hombro—. Aquí tengo mi traje elegante.

—Y yo tengo limonada y vino, algo de comida hecha…, aunque no sea tan buena como lo tuya o la de Sebastien. He echado de menos esta carita —dijo, besando a Booth— y tenía ganas de ver la tuya.

Le tendió la mano a Miranda, que la aceptó.

—No diré que cualquier amigo de Booth es amigo mío, porque no estoy segura de ello, pero sí lo diré de cualquier amigo de Mags. Me alegro mucho de conocerte.

—Entrad, descansad un poco. Sí, sí, tu calendario —le dijo Dauphine a Booth—, pero descansa un momento. Te echaré una mano con las transformaciones.

Puede que no se ajustasen a la perfección a sus pasos o a su calendario, uno de los motivos por los que Booth había trabajado solo durante gran parte de su carrera, pero le fascinó lo rápido que Miranda hizo buenas migas con sus dos viejos amigos. Bebieron limonada (nada de vino mientras trabajaban, era una orden) y comieron unas estupendas gambas a la criolla. A continuación, Booth sacó el vestuario de Miranda.

—Nada de culazo esta vez; eso es un plus. —Miranda se dio una palmadita al sujetador y los pechos falsos—. Solo unas tetas gigantescas.

—No son gigantescas, solo están… realzadas. Visiblemente realzadas.

—Estás perfecta tal y como eres —le dijo Jacques—, esto es teatro: una obra en la que actuarás conmigo, de traje elegante y mirada dura.

Jacques cambió de cara y formó lo que Miranda tuvo que admitir que era una mirada de lo más dura. Observó el sobrio traje negro, severo, pero de un corte perfecto, entallado, y la pistolera con su arma.

—Voy a llevar pistola.

—De utilería: falsa. Además de ocuparte de la casa, te encargas de la seguridad. Perteneciste al MI6.

—¿Como los espías? Genial. Me gusta patear culos.

—Acompañarás a Russell al despacho y de vuelta a la calle. Lo conducirás sin abrir la boca.

—Soy una escolta —le dijo Miranda a Dauphine.

—Empecemos con el maquillaje.

—Miranda y yo podemos ocuparnos del nuestro —señaló Dauphine—. Tengo la fotografía de quién tiene que ser.

—Vale. No te preocupes por que quede exacta. —Booth decidió que siempre podía retocarla después—. Aquí está la peluca. —Sacó del estuche una larga melena castaña con mechas doradas perfectas y la sostuvo al lado de la cara de Miranda—. No uses bronceador; es británica: Lily Cross, y la verdadera Lily Cross lleva un pequeño tatuaje de una mariposa. Aquí tengo uno falso para que te lo pongas.

—¡Voy a llevar un tatuaje!

—Temporal. ¿Sabes cómo aplicarlo?

—Nos apañaremos, *cher*. —Dauphine le dio una palmadita en la mejilla—. ¿Dónde lo quieres?

—En mitad de la parte interior de la muñeca izquierda. Las joyas...

—Lo tenemos controlado. —Dauphine agarró el maletín y le quitó la ropa—. Vamos, Miranda, o nos matará de aburrimiento con tanta cháchara.

Entraron en el dormitorio de Sebastien y cerraron la puerta. Segundos después, Booth oyó un estallido de carcajadas.

—Parece que has encontrado una joya.

Sin apartar la vista de la puerta cerrada, Booth asintió.

—Lo es, y una sorpresa constante. Te agradezco la ayuda que me estás prestando, Jacques.

—Voy a llevar un traje bueno, a conducir un coche bueno y a tener pinta de tipo malo y peligroso. —Volvió a sonreír de oreja a oreja—. Me gusta este trabajo.

—Vamos a peinarte hacia atrás —decidió Booth— y voy a ponerte algo de barba. Para este papel tendrás que quitarte los pendientes.

Iban con retraso, pensó Booth una vez que había adaptado el aspecto de Jacques. Mientras este se ponía el traje, se dispuso a convertirse en Carter LaPorte. Durante la hora siguiente oyó más risas, varias exclamaciones y un montón de murmullos y cuchicheos. Hizo lo que pudo por no hacerles caso mientras trabajaba la masilla facial para redondearse la cara y le ponía algo de color a toda piel visible para conseguir un bronceado sutil de hombre rico. Añadió algunos moretones alrededor de la mandíbula y los ojos para representar a alguien que acababa de someterse a una intervención de cirugía estética.

—Ahora ya no eres tan guapo —comentó Jacques, que lo observaba mientras seguía bebiendo limonada—. Esos retoques que se hace el hombre no van a cambiar nada. También pareces más viejo. Menudo arte tienes con todos esos potingues.

—Es útil.

Con la peluca, las lentillas de color y el relleno bajo el traje, daría el pego. Bajo una buena luz y de cerca, no, pero ya había previsto cómo solventarlo.

En ese momento salió Dauphine. Le lanzó la clásica mirada atónita antes de echarse a reír.

—A primera vista, es inquietante lo mucho que te pareces a él, pero eres demasiado alto.

—Permaneceré sentado tras el escritorio. Colará.

—Sí, creo que sí. Y ahora, te presento a Lily Cross.

Miranda salió del cuarto, con una mirada tan seria como su traje. La nariz era un poco más larga y algo más estrecha. «Buen trabajo», pensó Booth. Le habían recogido la peluca en una cola de caballo lisa y pulcra. Llevaba la chaqueta abierta para que asomase mínimamente el arma.

—Buen trabajo, sí, buenísimo.

Los ojos de Miranda, de un azul gélido, centellearon.

—Has conseguido ponerte las lentillas. ¿Qué tal con ellas?

—Estoy acostumbrándome.

El hecho de que hablase con un leve y dulce acento británico hizo sonreír a Booth. Sí, aquella mujer era una sorpresa constante.

—Nada mal, pero que nada mal.

—He echado un vistazo a mi identidad y he leído el historial. Lily es de Londres. Buena educación, le gustan los riesgos y patear culos.

—Fenomenal, pero en este trabajo seguirás limitándote a figurar.

—Entendido. No me gusta tu aspecto.

—No me durará mucho. Me has ahorrado tiempo, Dauphine.

—Haría más si pudiera. Tú —dijo, volviéndose a Miranda y

tomándole las manos—, vuelve para conocer al resto de la familia y te enseñaremos Nueva Orleans.

—Lo haré. Gracias, Dauphine, por todo.

—Ah, *c'est rien*.

—Vamos con un poco de retraso. Miranda, coge esa bolsa negra. He guardado lentillas de repuesto y maquillaje por si necesitas exagerarlo.

—Lo tengo.

—Podemos dejarte en casa —comenzó a decir Booth, pero Dauphine lo acalló con un gesto de la mano.

—Van a venir a buscarme mis padres. Disfrutaré de una estupenda media hora, sentada y bebiendo limonada en el porche. En silencio. ¿Me avisarás cuando hayáis acabado?

—Lo haré. —Se quedó parado un momento y la atrajo hacia sí—. Eres uno de los grandes amores de mi vida.

—Y tú de la mía. —Dauphine salió con ellos y se volvió hacia Miranda—. Tú eres «el» gran amor. Lo sabes.

—Lo sé. Me alegro de que estuvieras a su lado, y de que ahora lo estés al mío.

Esta vez, Booth y Miranda se acomodaron en el asiento trasero, donde Booth le tendió una carpeta.

—El codicilio de lady Jane Dubois relativo a la Diosa.

—¿En serio? No pensé que tuvieras tiempo para trabajar en él. No volviste a decir nada al respecto.

—No fui yo quien trabajó en él, fue Jacques. Es un genio de las falsificaciones.

El hombre les dedicó una sonrisa enorme por el espejo retrovisor. Miranda abrió la carpeta y estudió los documentos, protegidos por fundas de plástico.

—Vaya, guau. Parece antiguo, por el papel, y auténtico. Imagino que no hay ni que preguntar si la firma de la mujer coincide, o la del abogado y el testigo.

—Darán el pego —le aseguró Jacques—. Booth me ha dado tiempo de sobra para trabajar, para envejecer el papel y la tinta. Un trabajo divertido, aunque paga más de lo que debería.

—Quien paga es LaPorte —le recordó Booth.

—Por eso acepté el dinero.

Miranda le devolvió la carpeta a Booth y se inclinó hacia delante.

—Así que esto es a lo que te dedicas.

—Es uno de mis oficios.

Mientras Jacques charlaba con jovialidad, Miranda se enteró de que ahora se ganaba la vida como programador informático, ¡cien por cien legal! Algún trabajillo aquí y allá, sobre todo para buenos amigos o por un buen dinero. Tenía una chica, que tocaba en una banda de zydeco. Pensaba que tal vez deberían casarse. Tal vez.

Desembocaron en el lago Charles bajo una media luna que rielaba sobre las aguas. Booth hizo un gesto por la ventanilla.

—Esa es la casa de LaPorte.

—Menuda casa —respondió Miranda, mientras la luz lunar le dejaba entrever jardines, vallas y cancelas, así como la inmensa mansión y los edificios exteriores.

—¿Seguro que está ahí?

—Seguro. Y solo, salvo por el personal de seguridad y de servicio. —Booth se dio un toquecito en la parte hinchada y amoratada de la cara—. Vanidad: se hace un retoque cada pocos años y después cierra todo, como mínimo, durante un par de días. Ni invitados, ni visitantes, ni interrupciones. —Booth sonrió al imaginarse a LaPorte solo en sus inmensas estancias—. Le gusta creer que nadie excepto su equipo de médicos sabe que se opera.

—¿Cómo descubriste todo esto?

—Porque mi maldita misión desde hace más de una década es enterarme de absolutamente todo sobre él. —Los ojos de Booth, marrones como los de LaPorte, miraban fijamente al frente—. Lo conozco del derecho y del revés. Llevo preparándome mucho tiempo para este trabajo. Sabía que al final siempre íbamos a llegar a esto.

Jacques pasó de largo y recorrió un kilómetro escaso hasta otra propiedad vallada. Esta vez, las puertas se deslizaron en silencio hasta abrirse. A Miranda el corazón se le paró un instante cuando el vigilante, de hombros anchos y enfundado en un traje oscuro, se acercó al vehículo. Jacques bajó la ventanilla y dijo:

—¡Ey, primo, ¿qué te cuentas?!

—Todo bien por aquí. —Luc señaló a Booth con el dedo—. Pensé que eras el mismísimo LaPorte.

—Si mantenemos las luces bajas, colará. Miranda, este es Luc, el Luc de Dauphine. Más tarde podéis conoceros mejor, pero ahora tenemos que entrar.

—Os están esperando.

Luc dio un paso atrás y Jacques recorrió el camino asfaltado. Las puertas volvieron a cerrarse. Bajo sus pechos falsos, el corazón de Miranda volvió a latir con normalidad.

—Esto no parece real del todo.

Booth le cubrió la mano con la suya.

—Pronto lo será.

Booth se dio cuenta de que habían cortado las luces de seguridad como habían planeado. Las casas, los terrenos, aunque grandes, elegantes, extensos y ricos, no eran como los de LaPorte. Tendría que confiar en que Russell no prestara demasiada atención al exterior, a la falta de iluminación. Según sus pesquisas, LaPorte solo había recibido a Russell una vez en su propiedad del lago Charles, y había sido ocho años atrás. Si, además, según su experiencia, la gente a menudo solo veía lo que esperaba ver, debería funcionar.

La puerta se abrió en el momento en que se detenía el vehículo. Otro hombre trajeado, pensó Miranda. Esta vez fibroso, con el pelo gris cortado a cepillo y una nariz prominente. No reconoció a Sebastien hasta que habló.

—Llegáis un poco tarde, chiquitines.

—Lo sé. Nos daremos prisa para compensar.

Sebastien asintió y se volvió con una sonrisa hacia Miranda.

—Das miedo. No enfadaría a alguien como tú.

—Lo mismo digo. Sinceramente, no te había reconocido.

—Tampoco me reconocerá Russell. ¿Qué te ha parecido mi pantano?

—Es maravilloso. Es mágico. No he tenido oportunidad de ver un *cocodril*.

—Para la próxima.

—Te avisaré si tienes que demorarte —le advirtió Booth a Jacques—. Lo tienes bajo control, ¿verdad?

—Lo tengo —respondió antes de despedirse con un gesto rápido y marcharse.

—Vamos dentro.

El vestíbulo, de proporciones generosas, tenía techos altos y un trío de lámparas de araña. Su luz iluminaba un elaborado mosaico de baldosas y una enorme mesa sobre él. La escalinata principal rivalizaba con la de *Lo que el viento se llevó*.

—Es… impresionante —decidió Miranda—. ¿Russell no se dará cuenta de que no es la entrada de la mansión de LaPorte?

—Solo ha estado una vez allí, pero ese es el motivo por el que lo conducirás por la puerta lateral hasta el despacho de LaPorte. Mags te mostrará la ruta. ¿Dónde está Mags?

—Tuve que hacerle unos retoques… —Sebastien se señaló la cara y el pelo con un gesto de la mano.

—¿La familia y el servicio están a buen recaudo?

—Se marcharon rápido, además. Una fuga interna de gas: muy peligrosa, pero la empresa del gas trabaja de noche y hará que todo vuelva a ser seguro. De todas formas, no tienen tanta gente viviendo aquí como LaPorte. La familia se ha ido a Nueva Orleans, a un hotel. Le dije al hombre que lo llamaría para ponerlo al corriente. Lo llamé hace una hora, le dije que hemos localizado el problema y que acabaremos sobre las dos y que si quería que lo llamara entonces. Me ha dicho que no, que no lo llame hasta por la mañana a menos que haya más problemas.

—Bien. Nosotros queremos estar fuera antes de la una. Veamos el despacho.

—Te va a gustar.

Abrió camino para conducirlos fuera del vestíbulo a través de un amplio umbral; después cruzaron una sala de aspecto elegante y pasaron lo que Miranda vio que era una sala de música con un piano de cola blanco y brillante, hasta unas puertas. Sebastien las abrió y dijo:

—*Et voilà!*

Booth sonrió de oreja a oreja.

—Es perfecto. Un poco más pequeño que el de LaPorte, y la pintura de la pared es distinta, pero es neutra. El escritorio, las sillas, la pared por detrás. Perfecto. Un trabajo fantástico.

—Hay que agradecerle la mayor parte a Luc.

—Y se la agradezco.

Booth dio una vuelta al cuarto, dominado por el escritorio ornamentado. Como lo sabía y miraba con ojos escrutadores, vio los frentes falsos, la utilería, la ingeniosa reproducción de la vitrina victoriana de LaPorte.

—Traedlo por esa puerta. Mantened las luces bajas, que solo se fije en mí. Funcionará. No tiene motivos para dudar de dónde se supone que está.

Se giró cuando entró Mags. Llevaba un sobrio uniforme negro y unos zapatos feos y prácticos. El cabello, de un gris ratonil, formaba una especie de corona de rizos cortos.

—Solo por ti me dejaría ver con estas pintas.

—Te veo ahí debajo y estás preciosa. —Booth caminó hasta su tía y le tomó las manos.

—Anda ya. Yo me parezco a la tía Lydia y tú te pareces demasiado al cabrón ese. ¿Y tú? —señaló a Miranda—. Tienes pinta de tía dura.

—Llevo una pistola y un tatuaje. Son falsos, como estas dos —dijo, palmeándose los pechos—, pero los llevo.

—¿Qué te parece si le muestras a Miranda la ruta para traer a Russell y luego sacarlo de aquí?

—Ven conmigo, campeona. —Mags salió con Miranda por la puerta lateral, donde el aire olía a gardenias—. ¿Qué tal está mi muchacho?

—Concentrado. Concentradísimo, pero tú ya lo has visto así. No creo que haya estado durmiendo gran cosa, pero se lo ve firme. Como una roca.

—¿Y tú?

—A veces me parece que es como una gran aventura, y luego pienso que todo esto no es más que una locura. Realmente quiero que se acabe y, al mismo tiempo, jamás olvidaré un solo minuto.

—Me parece una reacción sana. Bueno, vamos a recorrer la ruta. Odio que estos zapatos sean tan cómodos.

—Son horrorosos.

—Ya, por eso detesto sentirme como si caminase sobre una nube. El caso es que Jacques traerá a Russell rodeando el lago hasta el lateral de la mansión. Tú estarás esperándolo al final del sendero.

—Booth me lo ha repetido una docena de veces, pero es bueno verlo en persona.

—Cuando entréis, Booth estará sentado al escritorio. Yo saldré por las puertas interiores. Yo cierro las mías y tú, en cuanto Booth te dé la señal, retrocedes y cierras la tuya.

Llegaron al final del sendero con el lago iluminado por la luna. Más gardenias, unidas a las rosas, perfumaban el aire. Miranda imaginó que la pérgola, con sus matas trepadoras salpicadas de flores rojas, ofrecerían sombra para disfrutar de aquella vista del lago los días soleados.

—Menos de dos minutos en ambos sentidos. ¿Te parece?

—Sí, me parece bien.

Mags le apretó el brazo.

—No a todo el mundo…, probablemente a la mayoría no se lo parecería. Quería decirte lo mucho que significa para mí que estés con Booth en esto.

—Estoy con él —se limitó a responder Miranda— y Booth no es el único que desea una revancha. LaPorte se ha buscado todo lo que le va a pasar y, cuando le llegue el momento, sabré que contribuí a que sucediera. —Respiró hondo—. Para mí, Mags, es importante contribuir.

En el despacho, Booth dispuso unos papeles. Repasó el trabajo conjunto, las etapas que les quedaban, las contingencias en caso de que alguna saliera mal. Cada acción y su potencial consecuencia. Tenía una vía de escape para Miranda si todo se iba al garete, y contaba con que Mags y Sebastien la convencerían de usarla porque, si fracasaba, caería con todo el equipo, pero no la arrastraría con él.

Sebastien dejó el vaso bajo de cristal con té fuerte, del color del bourbon, sobre un posavasos en el escritorio. Booth lo empujó un par de centímetros y ajustó el ángulo del tintero antiguo.

—¿Estás preocupado, *mon ami*?

—He cubierto todas las bases de la mejor forma que se me ocurre y veo que todas las piezas encajan. Pero luego está Miranda. Si una de las piezas se atasca, necesito saber que te asegurarás de que se desvincule de todo.

—El amor hace que nos preocupemos. Paso a paso, tú ve paso a paso.

—He tomado medidas de contingencia —añadió Booth—. Si la cosa revienta, haz lo que tengas que hacer. Convéncela de decir que no sabía nada. Ha sido un títere, un engaño, una tapadera, tal y como le dije a LaPorte en la grabación. Todo el tiempo conté con otra mujer, que se hizo pasar por mi asistente y a quien luego traje aquí. La creerán. ¿Por qué no iban a hacerlo?

—¿Es eso lo que piensas de mí? —preguntó Miranda desde la puerta lateral—. ¿Crees que te voy a dejar tirado para salvarme?

—Miranda…

—Sé listo y cállate, no digas ni una palabra más. —Caminó hasta él y le clavó un dedo en el brazo—. Yo tomo mis propias decisiones. Yo elijo mi propio destino. Y te elijo a ti. Eres idiota cuando me tocas las narices, pero aun cuando lo haces, sigo eligiéndote.

—Yo también tomo mis propias decisiones y elegí mi propio destino hace mucho tiempo. Si esto sale mal, te desvincularé. Les diré que te metí yo y te mentí una y otra vez.

—¿A quién se lo vas a decir? —Volvió a clavarle el dedo—. ¿A la policía, al FBI, a la Interpol? Llevas haciendo esto desde que estabas en la maldita primaria, idiota, ¿y de repente vas a echarlo todo a perder por mí? Menuda gilipollez. Corta el rollo y céntrate —le ordenó—. Da el siguiente paso, y luego el siguiente. Haz el trabajo y deja de pelearte conmigo. Yo peleo más sucio que tú.

—No sabes lo que dices.

Miranda le tomó la cara entre las manos, ignorando la máscara de LaPorte, y lo besó con fuerza.

—Te equivocas. Y ahora, hemos venido a hacer lo que toca.

—Vale, vale. Tengo que comprobar algunas cosas.

—Me he enamorado. —Sebastien se llevó una mano al corazón al tiempo que Booth se alejaba—. Creo que ahora tengo cuatro hijas preciosas.

—Qué bonito lo que dices. —Miranda se le acercó, suspiró y se apoyó en él—. No quiero ponerle las cosas aún más difíciles.

—No lo haces, pero sí que haces que sea más lo que se juega. Antes, si fallaba, podía huir. Esta vez no huirá.

—Esta vez no fallará.

—No, *ma chère amie*, no fallará. Pero está cansado y preocupado... por ti. Eso lo irrita.

—Mejor. LaPorte estaría cansado y preocupado después de una operación estética.

—*Mais oui*, ahora tengo cuatro hijas preciosas.

Miranda volvió a recorrer la ruta estipulada, para ensayar, con pasos largos y firmes y, al llegar al final, encontró a Booth mirando al lago. Este dejó a un lado el teléfono que llevaba en la mano.

—Jacques viene de camino con Russell.

—Bien.

—No estoy tratando de quitarte poder de elección.

—Ah, ¿no?

—No. Solo quiero evitar que pagues el precio por desviarte a un camino que yo llevo recorriendo la mayor parte de mi vida.

—Entonces, no la cagues.

—No voy a cagarla, pero...

—Entonces, deja de hablar de ello. —La frustración creció y se desbordó—. Uno no dice «Macbeth» dentro de un teatro ni le desea a un actor buena suerte antes de salir a escena. Y, desde luego, no deberías hablar de algo terrible que podría suceder mientras trabajas. —Por dentro, deseó poder quitarse las malditas lentillas, pero prosiguió con el mismo tono inflexible—. Uno dice «la obra escocesa» o «mucha mierda» o *break a leg*. Y uno se calla los «y si». No querrás hacerme creer que soy un lastre para ti, en vez de un brazo más con el que remar.

—No eres un lastre. —Booth la giró hacia sí—. No lo eres. Hasta ahora nunca había tenido que preocuparme por nadie, así que...

—¡Ay, chorradas! Tú escúchate —replicó, dándole un empujón—. Estás aquí parado en este instante porque, de niño, te preocupaste por tu madre. Te preocupaste por Mags. Te preocupaste por mí. Te has preocupado por Dauphine y su familia y tus chiquillos, por tus amigos. —Al levantar las manos golpeó sin querer la culata de la pistola falsa. Parecía capaz de molerle los huesos a cualquiera—. Eres así, y por eso LaPorte te utilizó: sabe que harás lo que sea por proteger a la gente que te importa. Lo que no sabe, porque es incapaz de imaginarlo, es que llevas años y años pensando cómo tomarte la revancha o que no solo estoy dispuesta, sino deseosa de ayudarte a hacerlo. Así que para de una vez y vamos a darle a ese cabrón su merecido.

Cuando Booth empezó a hablar, Miranda lo interrumpió.

—«La obra escocesa», Booth. No atraigas a la mala suerte.

Como no se le ocurría ni un solo argumento lógico, dijo lo que tenía más claro en la mente.

—Te quiero.

—Pues, entonces, que empiece el espectáculo.

Poco antes de medianoche, Booth, Miranda, Mags y Sebastien estaban juntos delante de lo que sería la puerta del despacho de LaPorte. Booth echó un vistazo al teléfono.

—Luc acaba de dejarle atravesar las puertas. Vamos a empanar y a freír ese pescado.

Sebastien cruzó las puertas interiores para apostarse fuera: un simple guarda de servicio. Miranda enfiló la puerta lateral y volvió la vista atrás.

—Mucha mierda —dijo, antes de cerrarla tras ella.

—Es única entre un millón —señaló Mags al tiempo que se encaminaba a las puertas del despacho y tomaba posición.

—Única en el mundo. Supongo que eso la convierte en mi Diosa Roja —concluyó Booth, que, acto seguido, se sentó y se convirtió en LaPorte. Mientras esperaba, encendió el ordenador y puso en marcha la grabación. Al cabo de un momento, Miranda llamó a la puerta lateral—. Sí.

—El señor Russell, señor —dijo, abriéndola.

El falso LaPorte lo invitó a entrar con un gesto. Miranda se hizo a un lado para dejar pasar a Russell, lanzó una última mirada a Booth y cerró. Se alejó con pasos largos y firmes. Luego, se quedó parada en mitad del aire fragante, contemplando el lago sin verlo, y esperó.

Booth cogió el vaso de té. Russell, cuya cintura empezaba a ponerse fofa, un hombre que trataba por todos los medios de disimular los cincuenta ya cumplidos, llevaba una coleta corta de cabello castaño. Tenía ojos azules de mirada reservada, mentón cuadrado y las carillas de los dientes más rectas que las teclas de un piano. Conocía a LaPorte lo suficiente como para haberse puesto un traje, aunque tal vez el tejido mil rayas no fuera la elección más adecuada.

En el despacho tenuemente iluminado y con las cortinas echadas, Booth le indicó con un gesto la silla al otro lado del escritorio.

—Me alegro de verlo, señor LaPorte. ¿Cómo está?

—Me estoy tomando unos días de vacaciones, para descansar, pero tengo un trabajo que no puede esperar.

—Siempre es un placer hacer negocios con usted.

—Voy a darle el nombre y la dirección de un hombre y un lugar. Ese hombre tiene algo que quiero en esa ubicación. Lo adquirirá para mí.

—Suena bien.

—Tenía previsto contratar a otra persona para este trabajo concreto, pero después de pagar por la… investigación inicial, ha demostrado ser una opción poco satisfactoria. Usted se beneficiará de dicha investigación y del hecho de que, en unos días, la persona sobre quien le daré la información estará en Europa. —Booth estudió a Russell con frialdad a través de los ojos levemente amoratados de LaPorte—. Dispondrá de tres semanas para adquirir lo que quiero. La ubicación está en Washington, en Georgetown. Le pagaré diez mil dólares por los gastos de esas tres semanas. Le adelantaré un millón de dólares estadounidenses y, cuando me entregue lo que deseo adquirir, le transferiré un millón más. Los términos no son negociables: los toma o los deja. Si los deja, no volverá a trabajar para mí.

—Hemos trabajado bien juntos en el pasado —se apresuró a replicar Russell.

—Y usted no era mi primera opción, dado que en el pasado no ha llevado a cabo su trabajo como yo deseaba.

Por el modo en que Russell se removió, Booth supo que había dado en el clavo.

—Sé que no quedó totalmente satisfecho con nuestro último trabajo, el pavo de porcelana.

—¿Y por qué? —preguntó Booth con sequedad.

—Aquella pequeña marca, pero, como ya le expliqué, ya estaba desconchado cuando lo cogí. Aunque recortó la mitad del precio, yo... —El hombre se calló cuando Booth levantó la mano.

—No haga que me arrepienta de haberle dado otra oportunidad, señor Russell. Tiene tres semanas, a partir del día de hoy, para hacerme la entrega aquí mismo.

—¿De qué se trata?

—Eludirá la seguridad, electrónica y humana, del lugar que le indicaré. Como le he dicho, gran parte del trabajo ya lo ha hecho alguien más. Entrará en el cuarto privado del ático de esta vivienda y adquirirá la Diosa Roja para mí.

Aquellos ojos reservados se abrieron como platos.

—¿La Diosa R...? ¿Está de coña?

Booth apretó los labios y entrecerró los ojos.

—Ese lenguaje no le hace ningún favor.

—Perdón. He oído rumores sobre la piedra, pero la mayoría de la gente no se los cree.

—Un millón por adelantado y diez mil de gastos. Un millón a la entrega. Lo toma o lo deja. Los rumores son ciertos. He visto la piedra con mis propios ojos; la he tenido en mis manos. La quiero. Si desea usted trabajar conmigo en el futuro, consígala.

—Tres semanas no es mucho tiempo.

—Tengo planos de la vivienda y todos los datos sobre la seguridad. Tengo la ubicación exacta de la piedra en su interior. A excepción de una mujer de seguridad, la casa como tal estará vacía. O lo toma o lo deja, no tengo más tiempo que perder ni ganas de perderlo.

—Lo tomo.

Booth imitó la sonrisita de superioridad de LaPorte.

—Una decisión inteligente. Deme sus datos bancarios y mañana por la mañana tendrá el dinero en la cuenta. No se ponga en contacto conmigo. Le proporcionaré un número en el que dejar un mensaje si necesita hacerme llegar cualquier información. No piense en huir con la piedra. Le daría caza, como he hecho con otros. Ya sabe cómo acabaron.

—¿Qué demonios haría yo con esa piedra? Acepto los dos millones; con esos sí que sé qué hacer. ¿Cómo respondo si tengo que enfrentarme a personal de seguridad?

—Como considere necesario. Consiga la piedra. Deme sus datos y llévese esto. —Booth deslizó por la mesa un paquete de documentos y le hizo un gesto a Miranda. Una vez que hubo apuntado los datos de la cuenta de Russell, levantó de nuevo el vaso—. Así concluye por hoy nuestro negocio.

—No se arrepentirá. —Russell se levantó—. Nos vemos en tres semanas o menos.

Cuando Russell salió, Miranda estaba esperándolo en la puerta para conducirlo de vuelta hasta Jacques y el coche. Booth apagó la grabación. Se echó hacia atrás y se dio tiempo para inspirar y espirar. «Tres semanas como máximo», pensó. Las cosas ahora tendrían que moverse rápido.

Miranda volvió a entrar.

—Ya se marcha. ¿Cómo ha ido?

—Se lo ha tragado de principio a fin. En el momento en que le mencioné a la Diosa ya no supo ver ni pensar con claridad.

—Así que esta parte ha ido bien. Lo hemos conseguido.

—Tenemos que desmontar el decorado e irnos, pero sí. Escucha, siento lo de antes.

—Yo no. —Miranda caminó hasta Booth y se sentó en el borde del escritorio—. Somos como somos, los dos. Volveremos a estar en desacuerdo, discutiremos. Quizá podríamos refrenarnos hasta que todo esto haya terminado.

—Tres semanas como máximo. Probablemente menos, porque una vez que Russell eche un vistazo a lo que ya tenemos preparado, querrá ponerse en marcha. Creo que lo soportaremos. Vamos a desmontar.

—¿Luego nos vamos a casa?

—Sí. —Booth se levantó y la envolvió entre sus brazos—. Nos vamos a casa.

31

Booth se pasó el día previo a su barbacoa anual como siempre: en la cocina preparando acompañamientos, salsas y adobos. Ese año tenía consigo a Miranda a cargo de cortar, remover y mezclar algunos de los ingredientes. Estaba sentada a la encimera, con el pelo recogido en una trenza y la frente fruncida mientras pelaba una montaña de patatas para la ensalada cajún.

—No sé cómo eres capaz de hacer todo esto.

—Tú te estás encargando de muchas de las tareas más pesadas, cosa que aprecio. Dejar una gran parte ya preparada, como la ensalada de patatas de hoy, permite que los sabores se integren. Además, mañana se trata de disfrutar.

—Me refiero a que no sé cómo puedes cocinar y celebrar una fiesta para cien personas o más con todo lo que tienes en marcha.

—Si no la celebro, la gente se preguntará por qué. Y, cuando todo esto termine, llamará la atención que no haya tenido lugar —respondió mientras retiraba del fuego las conchas de pasta, al dente, y las vertía en el escurridor dispuesto en el fregadero para la ensalada suprema de gambas—. Tengo un favor que pedirte.

—¿Además de pelar un millón de patatas?

—Lo estás haciendo fenomenal.

La ceja de Miranda se enarcó un instante antes de que lo fulminase con la mirada.

—Sé cuándo me tratan con condescendencia. ¿Qué favor?

—Antes de pedírtelo, quiero decirte que no se trata de quitarte poder de elección o de protegerte. Se trata más bien de protegerme a mí si...

—«La obra escocesa», Booth.

—No es ese tipo de «si», sino si LaPorte intenta implicarme. Lo que me dijiste aquel día, lo de que todo fue por ti, lo de aquel momento en Nueva York del que te arrepentiste. Voy a aprovecharlo. Tengo un archivo que me he inventado, con información sobre mí, el profesor de instituto, y sobre otros hombres relacionados con algunas de las mujeres con quienes ha estado LaPorte.

Miranda echó la espalda hacia atrás y se frotó la nariz con el dorso de la mano.

—Ah, ya veo por dónde vas. LaPorte ha guardado informes de esos hombres... Deberías añadir una mujer o dos por si alguna de sus antiguas amantes prefería a las mujeres o se enamoró de alguna.

—Buena idea. —Debería habérsele ocurrido—. Vale.

—LaPorte conserva informes, les sigue la pista porque tiene una personalidad obsesiva y vengativa. Si trata de implicarte, ese archivo añadirá peso a mi versión.

—Justo. Pero hay más en el favor que te pido: necesito que seas mi coartada.

—¿De qué?

—Necesito volver al lago Charles, y necesito que tú te quedes aquí.

—Un momento.

—Mi coartada, Miranda. Necesito bajar, meterme en su casa, dejar la Diosa, los informes y un par de cosas más. Al mismo tiempo, tengo que estar aquí. Justó aquí. Puedes jurar que estaba.

—¿Así que tu coartada no puede estar allí para el momento de la revancha?

—Yo tampoco estaré. Yo estaré de vuelta aquí, pero me va a llevar tiempo ir a Washington, volar a Nueva Orleans, conducir hasta el lago Charles, hacer lo que tengo que hacer y volver. Necesito veinticuatro horas y te estoy pidiendo que me las concedas.

—Eso te será de ayuda.

—Más que pelar esas patatas.

—¿Cuándo te vas?

—Sebastien y Mags están vigilando a Russell. Ha reservado una suite elegante en Georgetown y Sebastien ha entrado en ella un par de veces. La última, esta mañana, mientras Russell usaba el gimnasio del hotel. Comprobó su agenda en el portátil. Tiene previsto dar el golpe mañana por la noche.

Booth vertió la pasta escurrida en un bol, añadió cebolla, apio, aceitunas negras y verdes ya preparadas, y las gambas que había pelado y cocido.

—¿La noche después de la fiesta? Pero... —comenzó a decir Miranda.

—Por eso tengo que irme en cuanto todo el mundo se haya marchado. Tengo que dejarte la limpieza a ti, y lo siento. El calendario cuadra a la perfección. Todo va a salir a pedir de boca. Si alguien viene o llama, le dices que estoy dormido, de resaca o dando un paseo, lo que sea, aunque no creo que nadie pregunte. Estaré de vuelta en menos de veinticuatro horas.

—Nunca me dijiste que tenías pensado meterte en su casa.

—Esa es la parte fácil. Es un trabajo nocturno que llevo planeando unos doce años.

—¿Me cuentas cómo lo harás para que pueda imaginármelo según suceda? ¿Para que pueda visualizarte?

—¿Por qué no?

—Pues trato hecho. Empieza por el principio, ¿vale? Empieza por cómo vas a asegurarte de que pillen a Russell con la falsificación y todo lo demás que piense llevarse.

Asintiendo, Booth comenzó a picar finas hierbas de su jardín.

—Muy bien. Así es como va a desarrollarse.

Miranda pensó que lo estaba haciendo bien durante la fiesta, representando el papel de anfitriona cuando todo a su alrededor se difuminaba. Charló, comió, sirvió y rellenó. Vio a Booth asando costillas, pollo y hamburguesas como si no fuera más que otra fiesta de verano una tarde de domingo cualquiera. Jugó al *cornhole* y a la petanca, metió más cerveza y vino en cubas galvanizadas llenas de hielo. Evadió, como buenamente pudo, las preguntas directas y las indirectas sobre Booth y ella y, al final, se tomó un descanso de todo a la sombra, con Tracey y una margarita helada.

—No hay fiesta como la barbacoa de verano de Booth.

—Ya lo creo. La gente ha traído comida como para alimentar a un regimiento; además de lo que tenía él hecho, que daba para alimentar a otro regimiento más. En mi vida he pasado tantas horas en la cocina.

—Se os ve muy bien juntos. No, no, no te estoy preguntando —se defendió Tracey cuando Miranda la miró de soslayo—. Solo lo digo. Sé que la gente ha estado preguntando, o fingiendo no preguntar. Todo el mundo quiere a Booth. Eres la primera mujer con la que celebra su fiesta, la primera con la que ha estado tanto tiempo. Y tú has ampliado tu contrato de alquiler, pero...

Miranda dirigió la vista a donde Booth estaba lanzando herraduras. Tan relajado, tan tranquilo, chocando los cinco a su compañero cuando este acertó a rodear el poste.

—Estamos resolviendo algunas cosas. Tengo la impresión de que mañana nos pasaremos el día vegetando y luego las resolveremos.

—Los dos me caéis muy bien, así que solo voy a decir que sé cómo querría que las cosas se resolvieran.

Había aguantado toda la fiesta, pensó Miranda, aun cuando los últimos rezagados no se marcharon hasta después de las diez. Y aguantó cuando Booth bajó con una peluca rubia, perilla y una bolsa al hombro.

—Mags llegará dentro de un minuto a recogerme. Veinticuatro horas, Miranda.

—No vuelvas tarde. —Lo agarró y, sin soltarlo, repitió—: No vuelvas tarde, por favor.

—Lo mejor sería que no salieras de casa. De todas formas, se supone que va a llover. Nos quedamos en casa todo el día, dormimos hasta tarde, limpiamos… Siento tener que dejarte toda la limpieza.

—No es nada. La gente insistía en quedarse a limpiar, cuando lo único que quería era que se fueran.

—Nos quedamos en casa, dormimos hasta tarde, tuvimos sexo… Me gustaría que tuviéramos sexo. Vimos pelis, nos echamos la siesta. ¿Qué comimos?

—Sobras de la fiesta. —El aire no quería salir de sus pulmones—. No llegaste a salir de casa; ninguno de los dos salimos. No te preocupes. De todas formas, es un «y si».

—Ya está aquí Mags —dijo Booth, echando un vistazo al móvil—. Va a recogerme al final de la calle. Me tengo que ir. —Le dio un beso y le acarició la trenza—. Duerme un poco. Te veo mañana por la noche.

—Ay, Dios. Vale. Mucha mierda. *Break a leg*. No vuelvas tarde.

—Lo tengo bajo control —le dijo y, acto seguido, la dejó.

Miranda miró el reloj y comenzó la cuenta atrás.

Booth se puso la ropa de trabajo en casa de Mags, e iba de camino al lago Charles cuando Sebastien lo llamó al teléfono desechable.

—Russell acaba de atravesar la primera barrera.

—Está cumpliendo el horario; avísame cuando dispares las alarmas.

—¿Tú qué tal vas? ¿Andas cerca?

—A unos veinte minutos del objetivo. —Miró a Jacques en busca de confirmación.

—Más o menos. Estoy respetando el límite de velocidad; conduzco como una abuela con bifocales.

—Te avisaré cuando pasemos al modo silencio.

Una vez concluida la llamada, Jacques lo miró.

—¿Estás seguro de que Russell es lo bastante bueno para entrar?

—Se lo he puesto facilísimo y quiere el dinero. Entrará.

No obstante, empezó a sudar en cuanto Jacques se detuvo en el punto de entrega.

—A partir de ahora, ni una palabra. Da una vuelta si hace falta. Te avisaré cuando esté fuera.

—No te preocupes por mí. Yo te cubro.

Estaba a punto de llamar a Sebastien cuando saltó la señal en el teléfono.

—Gracias a Dios.

—Gracias a mí, *mon ami*. ¿Lo oyes?

A través del teléfono, a Booth le llegó el sonido de las alarmas y las sirenas. Cerró los ojos.

—Sí, lo oigo.

—Ojalá pudieras verlo. Luces, pero un montón. La casa está iluminada como si fuera Navidad.

—¿Dónde está Russell?

—Casi consiguió salir, casi. La mujer le dio alcance mientras cruzaba la puerta y ahora está en el suelo, con la pistola de la segurata apuntándole a la cabeza. La policía está a punto de llegar. ¿Y tú?

—En el punto de entrega. Voy a pasar a modo silencio. Ya te avisaré.

—Tiéndele una buena trampa a ese cerdo —lo animó Jacques mientras Booth se apeaba.

—Ese es el plan.

Lo esperaban diez minutos de caminata y cubrió el trayecto al trote ligero. Podía verlo todo en su mente: las distintas formas en que lo había planeado todo a lo largo de los años, cómo había ido perfeccionándolo después de hacer ese mismo viaje cada vez que visitaba Nueva Orleans. Sin embargo, esta vez no era por lucro. Tampoco exactamente por supervivencia. Era una bonita mezcla de venganza y justicia. Y, sucediera lo que sucediera después, si la última parte salía bien, pagaría el precio que hiciera falta por conseguir tal mezcla.

Al llegar a la finca, desactivó los sensores y escaló el muro en un ángulo muerto entre cámaras; siempre había alguno si uno sabía cómo buscarlo. Restableció los sensores y avanzó con paso rápido y firme. Se detuvo y se acuclilló ante el primer edificio exterior, donde almacenaba sus aperos el personal de jardinería que acudía dos veces por semana. Las luces de seguridad brillaban y bañaban los jardines y el césped. Una fuente repiqueteaba cantarina y en el bosquecillo cercano se oyó ulular una lechuza. Booth miró hacia la garita. Las luces estaban encendidas, ya que los guardas vigilaban las cámaras en turnos de seis horas, tanto exteriores como del interior, salvo por las áreas más íntimas: el dormitorio de LaPorte y su cámara del tesoro.

Recorrió el siguiente tramo con el mapa de las cámaras en la cabeza y, bajo el abrigo de los árboles, estudió el sólido enrejado de buganvillas violetas. Una carrerita. Se recuperó un instante y, acto seguido, pulsó el control remoto que desestabilizaría la alimentación durante dos segundos. Cuando volvió, ya estaba trepando.

Un punto débil, la terraza de la segunda planta: puertas dobles, con cerradura y un código de alarma de seis dígitos. Primero se ocupó del cerrojo y luego de la cerradura. Sospechaba que LaPorte no programaría más de treinta segundos para la alarma, una alarma que, según se había enterado, cambiaba cada seis días, una alarma con respaldo secundario de cuatro dígitos. Tal vez le llevase diez segundos.

Empezó a trabajar, se concentró en los números que parpadeaban, restableció la alarma de respaldo y se detuvo un instante. La casa estaba oscura y silenciosa. LaPorte dormía en la suntuosa cama de su suntuoso dormitorio, puede que con una suntuosa acompañante. «Mañana no tendrá un buen día —pensó Booth—, pero para nada».

Se puso en marcha, recorrió el pasillo con la mirada, esquivó los haces rojos de los sensores de movimiento y bajó las escaleras. El despacho estaría cerrado, por supuesto, y tendría que ocuparse de las cámaras de vigilancia, pero las grabaciones no pasarían por los monitores de los guardas. Esas eran para LaPorte.

Manipuló el cerrojo, abrió la puerta y apagó las cámaras. Si LaPorte sufría de insomnio, si miraba la transmisión de la cámara de su despacho, todo se iría al traste. Buscó un mecanismo en la librería que había detrás del escritorio, ignorando el hilo de sudor que le bajaba por la espada. Estaría ahí; tenía que estar ahí, porque había una habitación detrás del despacho y esa era la única vía de entrada y salida. «Demasiado, demasiado tiempo», pensó mientras buscaba. Tenía que volver a encender las cámaras. Echó un vistazo al escritorio y se agachó.

—Idiota —musitó al tiempo que pulsaba el botón. La librería se deslizó y dejó al descubierto la puerta de la cámara que estaba detrás—. Vale. Y un poco más de tiempo aquí.

Una vez más, se puso a trabajar. Movió los pitones, visualizó el gráfico. Difícil, difícil. Paró, giró el cuello para desentumecerse, y prosiguió. Estaba tardando mucho más de lo previsto. «Llevo más de una hora dentro» pensó. Tenía que largarse cuanto antes. Aún podía huir, volver a casa y pedirle a Miranda que huyera con él, a cualquier parte. Pero, una vez más, LaPorte le arrebataría su vida, sus decisiones, su destino.

Esta vez no. Quedaban dos horas hasta el alba y estaba muy cerca, demasiado como para desistir. Cuando cayó el último pitón, abrió la puerta. De todas las habitaciones de ese tipo que había visto, aquella era la más lujosa. Un palacio diseñado para un solo hombre, un solo soberano, un solo tirano. Los haces rojos se entrecruzaban por toda la cámara. Booth sacó el teléfono y grabó hasta el último centímetro. El oro, el marfil, la porcelana y el mármol. Las joyas, el arte. Las antigüedades inestimables, las lámparas exquisitas. Los jarrones Ming, las tallas esculpidas en alabastro. Contempló el cuadro que había robado, la gloria de aquel amanecer de Turner. Le hizo una foto, así como de la escultura que le había costado todos aquellos años sin Miranda. Reconoció otras obras sustraídas de museos, viviendas privadas, habitaciones como aquella. Algunos de los robos se habían cobrado vidas; eso también lo sabía Booth.

Bailó por encima, por debajo, alrededor de los haces hasta llegar a un pedestal vacío. Advirtió el foco exclusivo que lo iluminaría. Se preguntó si LaPorte lo habría mandado fabricar a medida pensando en la Diosa. Booth la sacó y la depositó sobre el mármol.

—Es solo por poco tiempo —murmuró—. No te quedarás aquí con él, te lo juro. Ninguno de vosotros os quedaréis con él.

Volvió a grabar con el móvil, tomó otra foto. Luego salió, cerró la cámara acorazada, lo grabó, cerró la librería y lo grabó. Retrocedió sobre sus pasos, una mera sombra deslizándose por una casa oscura. Una vez abajo, accionó el control remoto antes de echar a correr. Cuando aterrizó al otro lado de la tapia, comprobó la hora: las 2.43, cuarenta y tres largos minutos más de lo previsto. Quizá, después de todo, sí que volvería a casa un poco tarde.

Una vez dada la señal a Jacques, trotó de vuelta al punto de recogida mientras el sol quebraba la noche y afloraba rosado por el este. Los pájaros despertaron y rompieron a cantar al alba. Cuando llamó a Sebastien, se enteró de que Russell también había cantado.

—Te has tomado tu tiempo, *cher* —dijo Jacques cuando Booth se subió al coche.

—Una mínima complicación extra, pero todo bien. —Dejó el teléfono entre los dos—. Todo está ahí. Ya puedes hacer tu magia.

—Puedo hacerla y la haré. ¿Por qué no conduces y empiezo ahora mismo?

—¿Desde el coche?

—Diría que, para cuando lleguemos a casa, la policía y el FBI habrán recibido un regalito estupendo, con su envoltorio y su lazo enorme.

—Aparca ahí.

A medianoche, Miranda iba sin cesar de un lado a otro. Booth se retrasaba, maldita fuera. Una hora ya. Mags le había asegurado que estaba bien, que había embarcado en el vuelo de Nueva Orleans a Washington y que no lo habían detenido. Sin embargo, no dejaba de imaginarse que lo sacaban del avión a rastras, lo esposaban y lo arrestaban en el aeropuerto. Si no, ya estaría en casa. Decían que todo había salido según el plan, pero el plan no era ese.

Entonces oyó cómo se abría la puerta. Bajó las escaleras como una exhalación y allí lo vio, con un tristísimo ramo de flores envuelto en celofán en la mano.

—Llegas tarde —le dijo Miranda, antes de sentarse en los escalones y estallar en sollozos.

—No, por favor, no. Lo siento. Y las flores son realmente patéticas. Mags te dijo que todo estaba bien, ¿no?

—Pero no estabas aquí. Dame esas malditas flores. —Tras arrebatárselas, Miranda hundió la cara entre ellas y siguió llorando—. ¿La policía viene de camino?

—Hacia aquí no —respondió Booth, al tiempo que sonreía y le enjugaba las lágrimas—. Todo está bien. Todo ha salido bien. No solo ha funcionado lo de Russell, sino también el rastro de dinero y la denuncia anónima: una grabación de la cámara del tesoro de LaPorte y de la Diosa. Además, hay otro pago que realizó a otra cuenta y que no será capaz de rastrear. Me da la impresión de que fue el Camaleón. Lo contrató él, ¿verdad? Pero el trato se fue al garete, así que contrató a Russell.

—Fue el Camaleón quien dejó la falsificación en su lugar y tendió la trampa a LaPorte. Quien envío la grabación.

—Quien incumple un trato —dijo Booth con jovialidad— paga el precio. Necesito una Coca-Cola. Deja que coja una Coca-Cola y te lo contaré todo.

—Ni siquiera estás cansado.

—Estoy en pleno subidón. —Podría haber trepado hasta la luna y vuelto a bajar bailando—. Quizá, una vez que caiga, duerma una semana seguida, pero ahora mismo estoy en pleno subidón. Vamos a bebernos esa Coca-Cola.

—Yo tomaré vino. No quería beber alcohol por si tenía que ir a sacarte en libertad bajo fianza u hornearte un bizcocho, mi primer bizcocho, con una lima dentro.

En la cocina, Booth abrió las puertas para dejar que entrase la noche.

—Debía asegurarme de que todo funcionaba. En casa de LaPorte, en Washington. Eran muchos hilos, Miranda.

—No sé de qué me hablas. Nos hemos pasado el día en casa, ha estado lloviendo toda la mañana y parte de la tarde.

Booth le sirvió vino y se abrió una Coca-Cola para él.

—¿Ha llamado o ha venido alguien?

—Cesca llamó a media tarde, solo para decir que la fiesta había estado genial. Le conté que te habías quedado dormido viendo *Casablanca* y que quizá yo también me echaría una siesta.

—No me veo quedándome dormido con *Casablanca*.

—Estabas realmente cansado después de tanto sexo.

Booth sonrió con picardía.

—Muy bien. Puede que venga la policía. No creo que quieran más que confirmar sus sospechas, dado que todo está a la vista, cada paso que dio LaPorte y los informes. Nosotros somos los últimos; ese sería el motivo, si es que insiste en acusarme, por el que nos eligió.

—Eso no me preocupa, de verdad que no. Voy a poner estas pobres flores chuchurrías en agua.

—Tenía un anillo de esmeraldas que te habría quedado genial; un poco llamativo con sus diez quilates, pero habría sido perfecto para ti. Me resistí a llevármelo.

—Buena elección.

—Había estado en la casa dos veces antes.

—Lo sé.

—No, no lo sabes. Había entrado en la casa dos veces mientras él no estaba, para comprobar si era capaz y ver la disposición. La última vez no tenía la cámara ni el botón bajo el escritorio, pero fue hace unos años. Por eso tardé más.

—¿Ya habías allanado su casa?

—La práctica hace al maestro. —Dio un trago a la Coca-Cola—. Y entretanto, le ha dado un buen empujón a su museo personal. Hay un diamante, blanco ruso, un bonito colgante en forma de gota. No sé quién le haría el trabajo, no estoy seguro, lo que sí sé es que la mujer a quien pertenecía murió de la paliza que le propinaron.

—Y crees que fue Russell. —Como ahora lo entendía a la perfección, Miranda asintió—. Por eso elegiste a Russell.

—Estuvo implicado. Ha cantado con lo de LaPorte, y creo que este le devolverá el favor. El caso es que todo ha terminado y que los dos se van a pasar prácticamente toda la vida entre rejas.

Miranda lo observó con cuidado. El subidón, como él mismo había dicho, era evidente, pero la adrenalina se estaba disolviendo.

—¿Es suficiente, Harry?

El hombre abrió la boca, volvió a cerrarla.

—Me lo dijo Mags.

—Hace muchísimo tiempo que no soy Harry.

—Y para mí eres Booth. Para mí siempre serás Booth. Pero se lo estoy preguntando a Harry: ¿es suficiente?

—Sí. —Exhaló y la miró a los ojos—. Es suficiente. Más que suficiente. Es lo correcto.

—Bien. Para mí también es suficiente. Ahora quiero que me lo cuentes todo, de principio a fin, aunque primero tengo algunas cosas que decirte.

—La próxima vez que llegue tarde te traeré unas flores mejores.

Miranda acarició una rosa bastante mustia.

—Eso espero, pero no es de lo que se trata. —Se sentó y se giró sobre el taburete para mirarlo de frente—. Nunca he entendido por qué algunas personas dicen que quieren a alguien, y creen decirlo en serio, y que quieren construir una vida con ese alguien, y también lo dicen en serio, pero luego empiezan a intentar cambiar a la otra persona, a la persona a quien quieren. Si quieres a alguien, lo quieres y ya. ¿Estás de acuerdo?

—Claro.

—Bien. No voy a preguntarte si vas a continuar con tu trabajo nocturno. Espero que seas sincero conmigo al respecto.

—Un momento.

—No he terminado.

—Pero…

—No he terminado. Mi padre vuelve dentro de una semana o dos, y Deborah y él tienen previsto parar en Washington y bajar a verme. Se lo tengo que contar.

—¿El qué?

—Todo. No he terminado —repitió antes de que Booth pudiera objetar nada—. Yo no le miento a mi padre, eso es innegociable. Desde luego, no va a denunciar a su única hija a la policía, pero para zanjar el asunto, para dejarlo todo atado, no te va a quedar más remedio que casarte conmigo.

—Espera. ¿Cómo?

—Insisto en que me compres el anillo, no que lo robes, pero es lo único que te exijo, y eso también es innegociable. —Satisfecha, cogió la copa de vino—. Vamos fuera. Llevo encerrada todo el día.

—Miranda. —Booth se puso en pie para seguirla.

—Hace una noche fantástica. Así que, para continuar: no quiero una boda enorme y ostentosa. Sí que quiero un vestido fabulosísimo, pero eso es cosa mía. Creo que deberíamos casarnos aquí, porque aquí la gente te quiere y yo le he tomado cariño al lugar. Podemos organizar la boda para las vacaciones de primavera. O para las vacaciones de invierno si tienes prisa. Ahí soy flexible. Vas a seguir enseñando a tus chiquillos, ¿verdad?

—Miranda…

—Por supuesto que sí. —Le estaba pasando por encima con la misma facilidad con que lo había hecho en aquel café entre clases en la universidad—. Te encanta. Y, hablando de chiquillos.

El aleteo, como alas de murciélago, que había empezado en el estómago se le extendió hasta el pecho.

—Chiquillos.

—Los dos somos hijos únicos, pero me gustaría romper el ciclo. Insisto en que tengamos dos. Veremos qué tal nos va y, según nos vaya, estoy abierta a un tercero si los dos estamos de acuerdo. Pero lo de los dos es inamovible. —Miranda se giró, observó con detenimiento la casa y asintió—. Probablemente tengamos que ampliar la casa en algún momento, pero eso será más adelante. Ahora mismo, necesito mucho más espacio para mi ropa y mis cosas. Creo que por ahora eso es todo. Debería haber elaborado una lista.

—¿Podemos retroceder? Pero mucho, además —respondió Booth trazando un círculo amplio con la mano—. Hasta la parte en la que has dicho que, cuando quieres a alguien, no intentas cambiarlo.

—¿Quieres que te lo repita todo otra vez?

—No, no, empecemos por ahí. ¿Tú me quieres?

—Por supuesto que te quiero. —Su ceja salió disparada—. ¿Es que te has vuelto tonto de repente?

En ese momento no solo sentía un aleteo de murciélago, sino el revoloteo de la batcueva entera.

—No me lo habías dicho. Después de que nosotros… Cuando yo te lo dije, no respondiste.

—Calendario, Booth, cuestión de calendario. Este es el momento en que quería decírtelo. Hemos dejado lo malo atrás. Este es el comienzo.

Lo quería y eso, para él, era el alfa y el omega.

—¿No te importa que sea un ladrón?

—Te quiero. —Miranda posó la mano en su mejilla y le acarició la barba incipiente—. Con todo lo que eres.

Booth le tomó la mano y la sostuvo.

—No necesito seguir haciéndolo. Iba a decírtelo y a pedirte que me dieras una oportunidad. Ahora que te tengo, no lo necesito. Los espacios vacíos, los lugares perdidos, todos los llenas tú. Este ha sido mi último trabajo. Uno no dice con antelación que ningún trabajo va a ser el último o le saldrá mal. Pero una vez concluido, ya está. He terminado.

—Eso también me vale.

—La casa, tu casa familiar.

—Espero que mi padre y Deborah pasen allí un montón de años felices. Esta tarde llamé a una inmobiliaria para vender mi casa de Chapel Hill; después, por supuesto, de hablar de todas estas cosas, y de todo el sexo.

—Claro, es lo lógico.

—Puede que un día queramos trasladarnos a esa histórica casa familiar, o puede que no. No me importa. Pero insisto en lo de casarnos y en lo de dos o puede que tres chiquillos, y en lo de más espacio para mis cosas. Ah, y seguiré cortando y removiendo, y pidiendo comida a domicilio; no esperes más. Así que, ¿vas a casarte conmigo o no?

Miranda, pensó. Su Miranda. Y entonces no aguantó más.

—«Sí, tan deseoso como de la libertad el cautivo. Ten mi mano».

Con los ojos anegados de lágrimas, se la tomó.

—«Y tú la mía, que lleva mi corazón».

—¿Podemos celebrarlo durante las vacaciones de Navidad? Hará un año desde que volviste a mí.

—Desde que volvimos el uno al otro. Me encantaría celebrar una boda invernal. Y ahora, de verdad que deberías besarme hasta perder el sentido.

—Enseguida. ¿Te gustaría tener un invernadero?

Miranda rio.

—¡Sí!

—Y podríamos añadir una tercera planta. Tendrías una vista alucinante desde tu despacho y, como ahora voy a incorporar el vestidor principal y liberar esa zona, tendrás mucho más espacio para tus cosas.

—Me parece que voy a ser yo quien te bese hasta perder el sentido. —Miranda soltó la copa de vino y posó ambas manos sobre su cara—. Una vez me dijiste que siempre había sido yo, solo yo. Y acabas de decir que lleno todos los espacios vacíos y los lugares perdidos. Siempre has sido tú, Booth, solo tú. Para nosotros ya no hay nada perdido ni vacío.

Se besaron junto al río, bajo una luz de la luna. Abrazados, volvieron a besarse.

—En cuanto a contárselo a tu padre...

—Es innegociable, Booth.

—Vale. Vale.

Booth atrajo a Miranda hacia sí y apoyó la frente la suya. Entonces supo que, aunque la Diosa Roja iba a encontrar un nuevo hogar, su diosa ya había encontrado el suyo: a su lado.

EPÍLOGO

Un año después

Con los dedos entrelazados con los Miranda, Booth estaba parado en mitad del gran museo de Londres. No era más que parte de la multitud, pensó, uno de tantos que había ido a ver el extraordinario diamante conocido como la Diosa Roja. Esta, gracias a la generosidad de lady Jane Dubois, descansaba sobre un pedestal de mármol tras un grueso cristal.

Booth sabía que, por supuesto, el pedestal estaría cableado y el cristal sería antibalas. También se figuró que podría encontrar formas de saltarse todas esas medidas… si aún siguiera en el negocio. Sin embargo, la Diosa había encontrado su hogar, su lugar y su propósito, igual que él.

—Aquí se la ve bien y, he de decir, también se la ve feliz.

Cuando Miranda apoyó la cabeza en su hombro, Booth asintió.

—Sí, se la ve feliz.

—Me alegro de haber venido a verla. Me alegro de que tantos otros hayan venido y puedan venir en el futuro. ¿Te arrepientes?

Booth se llevó a los labios la mano que lucía el anillo de pedida y el de boda, ambos comprados y pagados.

—En absoluto.

Se despidió de la piedra y oyó comentar a alguien con tono de honda decepción:

—Ni siquiera brilla. No es más que un pedrusco rojo, feo y soso.

Cuando Miranda rio, Booth negó con la cabeza antes de alejarse con su propia diosa roja.

—¿Por qué no buscamos un café bonito y nos sentamos a comer algo?

—Booth, el bebé es del tamaño de un guisante. No me hace falta sentarme cada diez minutos ni comer cada hora.

—Pero está ahí. —Y era un milagro.

—Sí, y los dos estamos listos para nuestro primer viaje a Florencia. Este desvío nos ha permitido cerrar una puerta; vamos a abrir otra.

Le parecía bien, pero primero era preciso cerrar una más.

—LaPorte ha despedido a otro equipo de abogados.

Sonriendo, Miranda se apartó con un golpe de cabeza el cabello que se había dejado suelto.

—Debe de ser frustrante para él. Nadie le da lo que quiere.

—Incluso con el acuerdo al que ha llegado, Russell jamás saldrá de prisión. La mayoría de los activos de LaPorte están congelados; su cámara del tesoro, vacía, y tiene que llevar un dispositivo de seguimiento en el tobillo hasta que se celebre el juicio. —Booth sonrió para sí—. Me ha llegado el rumor de que van a revocarle la fianza.

—Oooh.

Booth le rodeó los hombros con un brazo mientras salían del museo y se adentraban en el día nublado de Londres.

—Ya tengo la impresión de que se está haciendo justicia —comentó Miranda—, pero apenas he tenido que rememorar el terrible error que cometí en Nueva York.

—Lo pillaron desprevenido. —¿Acaso Booth no se había asegurado de ello?—. Nosotros no éramos más que un par de hilos que cortar.

Booth no le dijo nada, y esperaba que Miranda nunca se enterase, pero habían encontrado el cuerpo de Selene Warwick, o lo que quedaba de él, arrastrado por el mar hasta una playa de Cannes, pocos días después de plantar la piedra en casa de LaPorte. No había huido lo bastante lejos, o lo bastante rápido. «Otra puerta cerrada», pensó Booth. Era hora de dejarlas atrás.

—¿Estás segura de que no quieres sentarte y comer algo?

—Completamente. ¿Vas a pasarte dándome la tabarra los próximos ocho meses?

—Es probable. Eres mi primera esposa y llevas dentro a mi primer hijo. —Las Humeantes, el océano, Nueva Orleans. La pelirroja en clase de Shakespeare—. Siento algo especial por todos los primeros.

—También soy tu última esposa, no lo olvides. Volvamos al aeropuerto ya. Quizá el señor Avión Privado pueda convencerlos de despegar un poco antes.

—Me parece bien.

Antes de que Booth intentase llamar a un taxi, Miranda lo llevó a rastras hasta el final de la acera y lo miró con aquellos ojos de bruja del mar.

—Me alegro de que primero hayamos hecho una parada aquí. Me alegro de que vayamos de disfrutar de dos semanas fabulosas en Italia, donde mi muy viajado marido me lo enseñará todo antes de volver a casa y hacernos con un cachorro.

—Con el bebé en camino…

—Se criarán juntos y el perro me hará compañía mientras trabajo y tú estás en el instituto. Es innegociable, Booth. Tenía razón con lo de mi padre y tengo razón con lo del cachorro.

Booth no podía negar la primera parte, ya que Ben ni lo había matado ni lo había mutilado.

—Antes de ponernos a discutir sobre eso —continuó Miranda—, voy a decirte que te quiero y que me haces estúpidamente feliz. Ahora bésame hasta perder el sentido.

—Buena idea.

Así que lo hizo. Y, cuando se subieron al taxi para dar comienzo a la siguiente etapa de su viaje, pensó en su madre y en las vidas que él había vivido. Pensó en el frenesí y en la sencilla satisfacción de saber que su trabajo nocturno ahora se limitaría a Miranda, al bebé y a un perro grande y baboso. Esa era la vida que había elegido, pensó mientras entrelazaba sus dedos con los de ella. Una vida más preciosa que los diamantes.

Citas

Págs. 9 y 160, «Mucho ruido y pocas nueces», acto III, escena I, y acto I, escena I (traducción de Edmundo Paz Soldán), en *Comedias. Obras completas 1*, Barcelona, Penguin Random House, 2016.

Pág. 155, «Macbeth», acto III, escena I (traducción de Agustín García Calvo), en *Tragedias: obras completas 2*, Barcelona, Penguin Random House, 2016.

Pág. 180, «Hamlet», acto I, escena V (traducción de Tomás Segovia), en *Tragedias. Obras completas 2*, Barcelona, Penguin Random House, 2016.

Pág. 313, «El rey Lear», acto IV, escena V (traducción de Vicente Molina Foix), en *Tragedias. Obras completas 2*, Barcelona, Penguin Random House, 2016.

Pág. 313, *Venus y Adonis* (traducción de Ramón García González), Alicante, Biblioteca Virtual Miguel de Cervantes, 2003.

Pág. 493, «La tempestad», acto III, escena I (traducción de Marcelo Cohen y Graciela Speranza), en *Romances. Obras completas 4*. Barcelona, Penguin Random House, 2016.

«Para viajar lejos no hay mejor nave que un libro».

EMILY DICKINSON

Gracias por tu lectura de este libro.

En **penguinlibros.club** encontrarás las mejores recomendaciones de lectura.

Únete a nuestra comunidad y viaja con nosotros.

penguinlibros.club

 penguinlibros

Este libro se publicó
en el mes de marzo de 2023